LE BAR
DE L'ESCADRILLE

DU MÊME AUTEUR

Textes autobiographiques

Un petit bourgeois, Grasset, 1963, Livre de Poche (2592) et « Les Cahiers Rouges », 1983.
Lettre à mon chien, Gallimard, 1975, et Folio (843).
Le Musée de l'homme, Grasset, 1978, et Livre de Poche (5368).
Bratislava, Grasset, 1990, et Livre de Poche (7358).
Autos Graphie, Albin Michel, 1990, et Livre de Poche (4313).
Mauvais genre, entretiens avec Arnaud Guillon et Frédéric Badré, Quai Voltaire, 1994, et Folio (2800), 1996.
Roman volé, Grasset, 1996.

Romans

L'Eau grise, Plon, 1951, et Stock, 1986.
Les Orphelins d'Auteuil, Plon, 1956, et Presses Pocket (2754).
Le Corps de Diane, Julliard, 1957, et Presses Pocket (2670).
Bleu comme la nuit, Grasset, 1958, et Livre de Poche (5743).
Une histoire française, Guilde du Livre, 1965, Grasset, 1966 (Grand Prix du Roman de l'Académie française) et Livre de Poche (5251).
Le Maître de maison, Grasset, 1968 (Plume d'Or du Figaro littéraire), et Livre de Poche (3576).
La Crève, Grasset, 1970 (prix Femina), et Livre de Poche (3420).

Allemande, Grasset, 1973, et Livre de Poche (3984).
L'Empire des nuages, Grasset, 1981, et Livre de Poche (5686).
La Fête des pères, Grasset, 1985, et Livre de Poche (6311).
En avant, calme et droit, Grasset, 1987, et Livre de Poche (6664).
Le Gardien des ruines, Grasset, 1992, et Livre de Poche (13576).

Libelles

Les Chiens à fouetter, Julliard, 1957.
Portrait d'un indifférent, Fasquelle (« Libelles »), 1957, et Grasset (« Diamant »).
Lettre ouverte à Jacques Chirac, Albin Michel, 1977.

Albums

Hébrides, photographies de Paul Strand, Guilde du Livre, 1962.
Vive la France, photographies d'Henri Cartier-Bresson, Robert Laffont, 1970.
Du bois dont on fait les Vosges, photographies de Patrick et Christiane Weisbecker, Le Chêne, 1976.
Metz la fidèle, photographies de Jean-Luc Tartarin, Denoël/Serpenoise, 1982.

En collaboration

Au marbre, chroniques retrouvées, 1952-1962, avec Françoise Sagan et Guy Dupré, La Désinvolture, 1988.

FRANÇOIS NOURISSIER
de l'Académie Goncourt

LE BAR
DE L'ESCADRILLE

roman

BERNARD GRASSET
PARIS

IL A ÉTÉ TIRÉ DE CET OUVRAGE
VINGT-CINQ EXEMPLAIRES
SUR VÉLIN CHIFFON DE LANA
DONT QUINZE EXEMPLAIRES DE VENTE
NUMÉROTÉS 1 A 15
ET DIX HORS COMMERCE
NUMÉROTÉS H.C. I A H.C. X.
CONSTITUANT L'ÉDITION ORIGINALE.

Tous droits de traduction, de reproduction et d'adaptation
réservés pour tous pays.

© *Éditions Grasset & Fasquelle*, 1997.

*À la mémoire de
François-Régis Bastide*

« Et il s'éloigne du monde, qui s'éloigne de lui. »

La Rochefoucauld,
Portrait du cardinal de Retz.

« Ils ne s'aiment pas, ils ne se détestent pas. Ils sont sur terre à la même époque; c'est tout. »

Jean Giono,
Cœurs, passions, caractères.

PREMIÈRE PARTIE

Au bar de l'Escadrille

JOS FORNEROD

Depuis qu'ils ont mon âge, les morts m'intéressent. Je les scrute, je les dévisage ces visages en train de finir. Pas le temps de larmoyer. J'examine, j'évalue, je compare, je déjoue les ruses de la mise en scène. On ment tant et plus sur les cadavres, on drape. Leur vraie couleur, par exemple, est entre vert et jaune. Et c'est mou, ça remue encore, c'est traversé de spasmes infimes, de relâchements presque invisibles, avec des bulles d'odeur qui crèvent, des affaissements. L'image de la raideur cadavérique assure leur ration de noblesse aux éplorés, mais la réalité est plus rude : une outre qui s'aplatit, parfois se vide, et l'on devine qu'au-dedans la pourriture continue de creuser.

Le cimetière était en pente, inachevé. Le mur de moellons qui en délimitait la partie nouvelle faisait regretter aux cœurs sensibles ces vieilles choses tassées, moussues, qui donnent aux anciens cimetières l'apparence de parcs de châteaux, et de la dignité au séjour des morts. Les morts ? Ah, parlons-en !

Pauvre Gandumas. La tête réduite à la moitié de son volume, il a dû bouillir un bon moment dans la marmite des Indiens. Son volume ? La viande, on dit la chair : autre mensonge. Elle enveloppe le visage d'illusions. La beauté, rien de plus : du décor, des volutes. L'os seul dit le vrai, qui est aigu, et de petit encombrement. Les morts sont des oiseaux tombés du nid. Le vent leur lève encore une plume mais déjà ils fermentent, ils faisandent, avant la finale dessiccation.

Ces derniers temps on avait vu l'oiseau pointer peu à peu

sous l'apparence familière de Gandumas. Le costume flottait autour de son corps, le col de sa chemise bâillait, comme aux chemineaux vêtus par la charité.

A l'hôpital, après la seconde opération, je l'avais trouvé nu sous le drap dans une chambre moite. Il avait rajeuni, le bougre, le peau brune encore du dernier été, le bréchet bombé, à la Proust. Il m'avait montré la cicatrice en lasso qui tournait autour de son torse. « Coupé en deux », comme disait cet avocat, dans ses plaidoiries, pour dégoûter les jurés de la guillotine.

C'est sa voix, au téléphone, qui m'avait révélé la mort. La mort parlait par sa bouche. Après avoir raccroché j'avais appelé le Professeur :

— Tu as vu Antoine ?
— A l'hôpital, comme toi, il y a trois jours.
— Alors ?
— Alors quoi ? Tu as compris, mon petit vieux, non ? On ne va pas pleurnicher. A nos âges, au bar de l'escadrille, on ouvre une bouteille et on se tait. Les survivants n'ont qu'à essayer de bien se tenir. C'est tout ce que tu avais à me dire ?...

Le Professeur a du sang-froid. Antoine est le deuxième de ces sept camarades – ils s'appelaient eux-mêmes la Pléiade, les Samouraï – qu'il enterre, en trois ans, d'une formule à l'emporte-pièce. Pauvre septuor, nous voilà quintette. Cela permet encore de la jolie musique. Nous demandons-nous parfois, lors de nos dîners mensuels, si vingt ans de copinage et d'excès de table n'ont pas épuisé entre nous l'amitié, s'il faut nous obstiner à prolonger nos jeunesses ? Nous sommes tous devenus importants, petits chefs, grands chefs, presque riches, même ! Et alors ? Quand Marc, la semaine de ses soixante ans, s'est tiré une balle dans la bouche, nous avons cru que mentaient nos panses et notre poil gris. Seuls les adolescents se tuent parce que la vie sent mauvais. Il est vrai que Marc était le moins arrivé d'entre nous, le moins classable. La chair fraîche qu'il traquait le samedi soir à Rochechouart avait préservé sa jeunesse. Il était encore capable de désespoir. Tirs forains, billards électriques : ultime théâtre de son destin...

Cette peau hâlée d'Antoine, à l'hôpital, cette cicatrice fraîche, si boursouflée, si charnelle, levaient des images d'amour. Antoine vêtu de flanelle tennis, chaussé de cuir lourd, avec sa tête de poilu de 14, on l'imaginait mal au lit avec une fille. Il prétendait les aimer un peu canailles et les pêcher sur les rives de la Marne, friture d'amour, Casque d'Or. Mais aucun homme, passé cinquante ans, ne croit plus aux bonnes fortunes de ses amis. Là, dans la chambre étouffante, le dimanche après-midi où j'étais allé le voir, tout s'éclaira. Cette chair malmenée, outragée, voilà que je l'imaginais dans les caresses. Même inquiétante indécence, même corps, dans le plaisir et la souffrance.

Dans cette autre chambre du même service hospitalier où, en hâte, on l'avait ramené trois semaines plus tard, il était méconnaissable : l'œil trouble, la parole hésitante. Il s'obstinait en tremblant à manger un yaourt dont chaque bouchée le suppliciait. Il ne me répondait plus, ou à peine, toutes ses forces mobilisées pour porter la cuiller à ses lèvres, déglutir. J'étais assis entre le lit et la fenêtre. C'était encore un dimanche. On trouve plus facilement où garer sa voiture, le dimanche : les malades ont bonne ration d'amour ce jour-là. Des gosses que les moribonds embêtaient risquaient des glissades dans le couloir. Un peu de yaourt coulait sur le menton d'Antoine. « Un mort qui mange », ai-je pensé. L'infirmière est venue. Elle a fait de l'index ce signe qui accompagnait dans mon enfance les remontrances. Agonisant ou pas, pépé, il faut finir son petit pot, lécher la cuiller. Seule ma présence, j'en suis sûr, l'empêcha d'ouvrir la bouche : seulement ce geste, de l'index dressé, et ce qu'on appelle « les gros yeux ». Je me suis souvenu d'Antoine à Florence, à Istamboul, à Prague, partout où nous nous étions trouvés ensemble et où il n'avait pas résisté à la tentation de tenir un discours brillant. Je me demandais toujours : « Les prépare-t-il ? » Non, Antoine improvisait. Les mots lui venaient en foule, goguenards, savants, dont il usait avec ivresse. Chagrine, l'infirmière est sortie en émettant un tstt, tstt, entre ses dents.

La veille, Eléonore m'avait téléphoné : « Tu n'imagines pas comme il est devenu difficile. Lui, si gourmand ! Il m'a refusé un petit fricandeau que je lui avais préparé... Et avant-hier une perdrix aux choux... »

Antoine avait fermé les yeux et je voyais sa pomme d'Adam tressauter. Puis son cou était demeuré immobile, et son torse, où, le drap glissant, on voyait saillir chaque côte, la pointe du sternum. La cicatrice, bleue, amincie, là où j'étais assis m'était à peine visible. Du temps avait passé. Je retenais ma respiration. La vie pouvait avoir fui le corps torturé. Un instant je l'ai espéré si violemment que je me suis levé, approché d'Antoine, penché sur lui, malgré la répugnance qui me pinçait le nez. Il avait toussé, rouvert des yeux vagues, comme crémeux, du bleu de lait qu'on voit à ceux des vieux chiens quand ils commencent à se cogner aux meubles. Des paroles incohérentes avaient coulé de sa bouche, à peine articulées : les mots « politique », « savoir-faire », « apaisement ». J'avais posé ma main sur la main à ma portée, tendineuse, froide. Je m'étais ensuite écarté le plus silencieusement possible. Le battant de la porte retombé, ce geste, pour lever un doute : une vitre à hauteur de visage permettait, du couloir, de surveiller les malades. Antoine était tourné vers moi, son regard redevenu brun. Me voyait-il ? Ou un reflet sur la vitre ? Il me sembla que de tout son silence, de toute son immobilité, il appelait. Comme appelle et supplie, croyons-nous, un animal en train de crever. Les animaux, au moins, on les caresse. Alors je m'étais écarté du judas et j'étais parti à grands pas, délivré.

YANN GUEVENECH

On a enterré Gandumas à huit jours de ses soixante et onze ans. Il en paraissait dix de moins à la ville et vingt de plus dans son cercueil. Il se prétendait natif du bélier : un mensonge d'une semaine pour ne pas avouer des souplesses de poisson. Des cornes au lieu de nageoires; on a sa fierté. Le symbole valait bien un coup de canif à l'état civil. Chabeuil a vérifié. Il sait tout sur Gandumas, Chabeuil. Il le suit de l'œil depuis trente ans comme du gibier dans le viseur d'une arme, et il rigole. Il n'a jamais appuyé sur la détente. Pas son genre. J'ai toujours eu l'impression qu'il pouvait foudroyer Gandumas en dix mots, d'un souvenir. Il s'est tu. Il préférait voir la panique brouiller le regard de l'autre quand ils se croisaient, ici ou là, et la savourer. Jamais non plus à ma connaissance Gandumas n'a écrit un mot contre Chabeuil. Dans les conversations, parfois, il se laissait aller, mais avec quelle prudence ! « Admirable styliste... » Taratata. Ils nous trouvent toujours du *style*, ces gros canards. Il faut dire qu'eux, pour le style, ne sont pas gâtés. Le genre artiste et la phrase ornée de Gandumas sentaient leur banlieue. Foulard et pied-de-poule. C'est ainsi qu'on l'avait surnommé, Gandumas, au *Cyrano* : « Pied-de-poule », en hommage à ses époustouflants vestons.

Quel était son secret ?

On le devinait, tout à l'heure, là, quelque part, planant sur le cimetière venteux, tapi dans quinze ou vingt mémoires, étouffé par les silences pieux, caché dans ces contradictions que la mort soudain révèle. Une famille surgit, des amis oubliés ou trahis réapparaissent, tentés par on ne sait quel pardon ou par l'envie de se revancher. Un cadavre, on peut l'embrasser, il ne mord pas.

Trois académiciens transis et parfaits évoquent un maréchalat que Gandumas a toujours feint de dédaigner. Mais le lui eût-on offert ? Des représentants des innombrables associations et syndicats où il militait, démangés par l'envie de prendre la parole, composent un échantillonnage de tous les hochets que peuvent espérer les littérateurs, des gueules qu'ils donnent. Prébendiers depuis longtemps stériles, sauterelles de séminaires, conférenciers à la plume sèche, chatouilleux des droits de l'homme, laudateurs de la Patrie Socialiste, avec leurs visages blêmes de froid et de peur, piétinent la terre dure en essayant de se pousser au premier rang où opèrent quelques photographes. Le plus dense et le plus convenable – cheveux drus, cravates sombres – le groupe des cocos s'est ressoudé malgré l'inconvénient de faire masse. A l'arrivée devant la maison de Gandumas et au cimetière, leurs Citroën noires ont pastiché un ballet ministériel complaisamment orchestré par les flics d'une municipalité rose. Le maire s'est surpassé, un papier inutile à la main, l'œil voilé mais goguenard, devant ces ténors du Comité central et de l'Huma. Les académiciens levaient les sourcils : où étaient-ils tombés ? L'enterrement civil, la banlieue perdue, la présidente des Amitiés France-Poldavie, passe encore. Mais ce raid de commando, ces funérailles noyautées, cet étalage d'affection pour le mort : faut-il qu'il les ait bien servis ! En a-t-il signé des manifestes, des appels, en a-t-il dénoncé des « ingérences inadmissibles », des « faucons du Pentagone », des « servilités atlantistes », et les factieux, et les fascistes, et Ridgway-la-Peste, et les missiles – pour mériter, la mort venue, cet hommage ostentatoire. On peut le griller, maintenant, Gandumas, il ne servira plus. Le sous-marin refait surface comme monte un poisson mort flotter à la vague, ventre à l'air.

Grenolle, Delcroix, Gerlier, Rigault – costumes et bonnes bouilles de représentants en idées généreuses – me secouent la main, virils, tristes et doux. Les communistes raffolent de leurs adversaires. On plume la volaille progressiste entre deux baisers Lamourette, mais on caresse d'égards et de cajoleuse indulgence les fieffés salopiauds de mon espèce. Je leur rends au décuple leur bonté et nous restons là un moment, dans l'attitude convenue de la déploration, les yeux tendres, la tête occupée de froids calculs. Je sais qu'ils savent que je sais, etc. Le maire parle du « lait de la tendresse humaine », pardi ! Le vent nous prend de dos et les cheveux s'embroussaillent à l'horizontale. Seul un énarque de culture s'obstine à se recoiffer de la main. D'Eléonore, cachée sous un crêpe, on ne voit que les épaules secouées par les sanglots. Moustachu, impérieux, son œil gris extraordinairement féroce, Rouergat domine la foule de sa silhouette géante ensachée dans une cape de loden, et de l'évidence de son chagrin. Il foudroie quiconque souffre moins que lui. Je me fais petit. Il y a ici une bonne moitié de gens à qui je ne serrerais pas la main. Les amis, à la différence des cocos, se sont dispersés. Si Chabeuil a « préféré s'abstenir », d'Entin est là, et Muller. Bien adaptée à la circonstance, leur tenue est plus rustique que celle des académiciens : tweed et chapeaux tyroliens, ils ont l'air de chasseurs qui pleureraient le lapin.

On a beaucoup reniflé, autour de la maison et au cimetière. Gandumas était aimé. Sa tête de chien, ses chemises à carreaux, ses coups de gueule, sa prose voyoute, sa véhémence de pochard faisaient partie de notre paysage. Parmi tous ces visages convenus je cherche ceux sur lesquels quelque chose de plus vrai que le froid ou la peur transparaisse. Les deux filles de Gandumas (« Mémère » et « Fofolle », disait-il), soutiennent Eléonore. Larmes et bouches crispées leur fabriquent enfin une ressemblance. L'une qui a joué douze ans les soubrettes à la Comédie-Française, l'autre qui vendait la presse rouge le dimanche matin à la sortie du métro. On a les messes qu'on mérite. Fornerod, trop peu vêtu, serre les mâchoires pour ne pas claquer des dents. Même tête osseuse et exsangue qu'à l'enterrement de Marc, en 79, quand la mère s'était mise à hurler au bord du trou. Antoine, Marc : ce sont des amis de trente ans qu'il porte en terre. Muller était encore de la même bande il y a peu. Je ne sais plus pourquoi ils se sont écartés de lui. Des querelles à l'heure du cognac, probable. Les franc-maçonneries de copains commencent dans les piaffements d'ambition et mollissent vingt ans plus tard dans l'aigreur des préséances. Le Professeur est là, astucieusement abrité du vent par le monument aux morts (*A ses enfants – Le Plessis-Bocage reconnaissant*). Il s'est arrondi comme un prélat. Lui aussi était des sept fondateurs de la coterie : il lui doit sa rosette, dit-on, et sa chaire. On rêve d'une meute de loups et l'on finit en syndicat de complaisances.

Les parlotes expédiées, une queue engourdie se forme dans l'allée centrale du cimetière, au bout de laquelle l'ordonnateur des pompes a planté la famille Gandumas. On se serre pour se réchauffer. Ou interdire le passage à des resquilleurs prêts à enjamber les tombes. Là-bas, à la grille, des chauffeurs impatients s'avancent et jettent des coups d'œil, leur cigarette retournée dans le creux de la main. On a descendu Gandumas au bout de deux cordes avec, posée sur le cercueil, la casquette de sergent-pilote qu'il porta en 40, inclinée à l'aviateur, et qui lui valut des bonnes fortunes sur lesquelles trente ans plus tard il s'extasiait encore. Eléonore a relevé son voile. Le grand visage ravagé, encadré de tout ce noir, paraît plus blanc dans le soleil. Des gens s'approchent avec une lenteur calculée qui aggrave la presse derrière eux. Une femme parle aux filles Gandumas comme si elle était seule à vouloir leur lécher la pomme ; les larmes redoublent sur les bonnes joues cramoisies de la soubrette et de la militante. Toute la scène, qui paraissait floue, flottante, prend alors de l'intensité. La dame lente semble ne pouvoir pas s'arracher à l'étreinte où elle-même emprisonne Eléonore. C'est Fornerod qui, avec fermeté, l'entraîne vers le portail au-delà duquel on entend des voix, quelques rires, des claquements de portières. Un instant je suis tenté de les suivre, non pas à cause de la femme lente, dont l'inertie larmoyante me ferait plutôt horreur, mais étonné parce qu'il m'a semblé déceler dans l'attitude de Fornerod un rêve éveillé, une obstination solitaire, qui ne ressemblent pas à l'idée qu'on se fait de lui. Je renonce pourtant à accélérer le pas, à les dépasser – d'ailleurs Fornerod vient de prendre congé de la femme lente. Il marche à grands pas vers la grille. Le saluer ? Je suis trop curieux – est-ce *le métier* qui le veut ? – de ce que révèlent les visages dans les moments aigus de la vie : femmes à la fin de leur grossesse, quand elles ont les yeux vastes et les joues maigres ; petite foule des enterrements, compacte et friable à la fois, où chaque attitude, chaque regard racontent une histoire. Ou encore – autrefois! – ces instants vers la fin des messes où les fidèles revenaient de la table de communion avec cette lèpre de béatitude qui leur creusait les traits, sans qu'on pût jamais savoir si leurs lèvres soudées, leurs paupières baissées signifiaient l'anéantissement du croyant ou si l'hostie s'était collée à leur palais, d'où la langue essayait de l'arracher. Fornerod avait une tête de cette espèce-là. Pourquoi est-il seul? On raconte des choses. Une femme, là-bas, l'a attendu, elle aussi sortie du cimetière. Jeune, non? Il me semble apercevoir une chevelure insolente, un grand châle gris, sans doute afin d'envelopper des vêtements multicolores. A cet âge-là, dans nos milieux, elles ont souvent l'air de fatmas ou de gitanes. Je l'ai vue tout à l'heure, maintenant je m'en souviens, se faufiler dans le vent entre les Regrets Eternels. Elle a fait un détour pour s'éloigner des Gandumas et s'en aller sans avoir à présenter de condoléances. Enfin, j'imagine... N'a-t-elle pas la bouche épaisse, une moue de gourmandise ou de dédain? Je la vois tenir à Fornerod la portière d'une petite voiture comme s'il était un vieillard et elle, son chauffeur. Sur quoi la pluie recommence à tomber.

JOS FORNEROD

Ensuite tout va très vite. Le paysage que le vent nettoyait se voile en un instant d'écharpes d'eau. Des gens s'esquivent sans embrassades ni serrements de mains. Les femmes tirent sur leurs cheveux un col, un foulard, à la paysanne, et c'est tout de suite une espèce de Russie, le royaume de la boue, les coulures de glaise, la terre grasse où prospèrent les cyprès et les vers. Une évaporée glisse, manque s'affaler dans les fleurs artificielles, se retient au bras d'un type en étouffant un rire. On voit voler des charognards dans le ciel du Plessis-Bocage. On entend hurler les loups. Des nuages passent vite, bas, s'écorniflent aux arbres et au clocher. Elisabeth m'a accroché le bras et m'entraîne. J'aime sa petite patte, âpre, si chaude, agrippée à mon manteau. Elle se retourne vers moi, le visage trop inquiet. « Le mort est dans le trou, lui dis-je. Moi, je survis... »

– Qui vous a amené ? Naturellement vous êtes sans voiture...

Elle me pousse dans la sienne, la sienne ? non, un type a dû la lui prêter, claque sur moi la portière si vite que je n'ai qu'une seconde pour apercevoir le sourire indulgent, les lèvres moqueuses. Assis, je me tasse, respire un coup profond. Le froid m'attendait ici, avec son accompagnement de pensées coupantes et immobiles, dans la bagnole aux odeurs de mégot. Les yeux fermés, je frissonne. Nouveau claquement de portière, bouffée d'air humide, déclics brefs de briquet, parfum de sucre chaud, rituel de la mise en route. J'ouvre l'œil et découvre, assise à l'arrière, une jeune personne au visage inquisiteur.

« Vous connaissez Luce ?... » Non, je ne connais pas le menton pointu de Luce sous une cloche de tweed qui mange la moitié d'une beauté brune et maigre. Je me tords le cou et grimace : les cimetières autorisent le silence. On entend au loin des appels, le bruit d'une course. Un rigolo de télévision joue les gendarmes, fait avec ses bras des mouvements de sémaphore sous le prétexte d'aider les conducteurs à échapper à l'encombrement qui s'est coagulé en quelques minutes. Elisabeth jette sa voiture sur la pelouse, deux roues sur le terre-plein du monument aux morts et file par une contre-allée. Luce l'approuve avec des mots modernes. La route de Paris n'est qu'à cinq cents mètres.

Les seules couleurs à percer le crachin universel sont les rouges et les jaunes des stations-service, avec leurs noms barbares, éternuements, initiales, coups de poing dans l'œil. « On lui a fait une totale », chuchotait Madame Sallet à Maman, rue Berthier, les après-midi de 1930. Le petit peuple des endeuillées et des encrêpées de Versailles était perpétuellement décimé par un fléau mystérieux, au nom impitoyable. Le murmure de Madame Sallet, ou de Madame Bédarride, ou de Madame Veuillot, et le visage navré de Maman toujours penché sur de la couture, émergent du film bruyant de la route toutes les fois qu'y flamboie le sigle Total, gourmand, brutal, au-dessus des sournois reflets.

Elisabeth parle. A moi ? Pour Luce ? Peut-être se sert-elle de la présence de Luce pour me dire ces lambeaux de souvenirs qui doivent lui serrer le cou à l'étrangler. Les gestes de la conduite – monter et rétrograder les vitesses, enfoncer les pédales – pour un moment privent son corps de l'onctuosité que des vêtements lâches, comme le châle gris, paraissent chargés de faire oublier. Elle laisse sa main droite posée sur le pommeau du levier des vitesses, main garçonnière, aux ongles courts. Les jeunes femmes très coucheuses possèdent souvent cette peau sans artifice, ces mouvements impérieux empruntés à la supposée virilité des hommes. On a quelque mal à l'imaginer, cette main, dans les caresses. (Torse maigre et hâlé d'Antoine, il y a un mois, à l'hôpital : le mystère des intimités, l'histoire enfouie de deux humains...) Et moi-même assis là, ma présence sans doute inexplicable ouvrant le champ aux hypothèses les plus grossières, dont quelques-unes ont dû circuler tout à l'heure à la sortie du cimetière quand Elisabeth m'a fait asseoir dans sa voiture, refermant la portière sur moi comme les hommes font aux femmes et aux hommes d'âge, – mais ne suis-je pas un homme d'âge ? Nul ridicule à ce qu'une Elisabeth (vingt-sept ans ? vingt-huit ?) me manifeste en public une vague déférence qui n'étonne que les habitués de son langage, de ses allures de porte qui claque. La métamorphose s'est faite en moi, avec une discrétion louable il est vrai, en une ou deux années, ainsi que la peau se dessèche, se couvre de macules brunes : quand apparaissent-elles ? Au plus noir de la nuit ? Comme des empreintes, pattes de chat, pattes de mouche, laissées par les rêves ? J'essaie de me voir avec les yeux d'autrui : le dos bien calé au siège, peu soucieux de mon apparence, le bide assez notarial, et sur les lèvres ce sourire accommodant des sourds qui approuvent tout, l'œil vide, pour n'avoir pas à répéter « Pardon ? » « Pardon ? », – preuve qu'il y a à se faire pardonner d'être devenu ce matou triste que j'aperçois, quand je n'ai pas été assez vif pour m'en détourner, dans les dernières vitrines à miroirs du boulevard Saint-Germain.

Pourquoi Elisabeth s'est-elle tuée ?

La bruine devient pluie, qui soudain redouble. Les essuie-glace accélèrent leur refus absurde. Fin de non-recevoir. C'en est fini des espérances. A partir de quand cesse-t-on de se demander comment finira la pièce ? Vivre m'ennuie et ne m'étonne presque plus. Ne te vautre pas sur la banquette, vieux, il y a encore des cuillerées et des cuillerées de yaourt à avaler, des années à tirer peut-être, dans les gris du paysage, deuil, crachin, flanelle, trianon. Comme répétait Jeannot en repeignant les boiseries de l'Alcôve : « On a beau dire, Monsieur Fornerod, on ne fait pas plus distingué qu'un petit gris léger... » M'y voilà voué, homme-brouillard, homme-souris, homme-crépuscule. Où sont passés l'aigu du jour, son gros ventre plein de viscères, le soleil, le chaud ? Quelles Bermudes, quel trou noir les ont aspirés ? Bientôt je ne traverserai plus que d'interminables franges de la nuit, des aubes pleines de chiffres, des soirs hantés d'anciens visages, poursuivant le sommeil, essayant de le prendre au piège de l'immobilité, du vide, comme autrefois je croyais mériter les jolies proies en chassant de ma tête les imaginations lascives, de mon langage les mots orduriers, afin qu'elles tombassent, mes petites chrétiennes, dans le pur, le purissime amour qui me faisait les paumes moites, le ventre dur. Ah! où en sommes-nous?

Sous la pluie, sur les trottoirs, piétinent des troupeaux de fillasses asexuées, blue-jeans humides, bottes fantaisie, bouche amère. La banlieue de la vie. Facile à arracher de soi, ce chiendent. Il suffira le moment venu d'ouvrir les yeux. Adieu! Adieu! Veinard d'Antoine. N'étaient les discours, qui collent à la mémoire de même façon qu'aux semelles la glaise pâle des cimetières, on l'envierait presque. Ah! bien sûr, l'image, l'image concrète, juteuse, sinon précise, n'est pas des plus plaisantes. La casquette écrasée sous les pelletées de terre, la concurrence déjà déchaînée, on croit la voir, entre le grouillement du dedans et celui du dehors. Dois-je poursuivre? Qui aimerait traquer les détails... Est-ce là ce qui la ronge, ma silencieuse?

Un peu gendelettre, Elisabeth, un peu noteuse, gratteuse, comme elles sont toutes, même si les seins mouvants-émouvants sous le chandail, et ce friselis d'humour à la surface du regard, le feraient facilement oublier. L'habitude, pourtant! M'ont-elles assez étonné, jadis et naguère, psychologues enjuponnées, amoureuses liberté-liberté-chérie, toujours une romance en train, deux fers au feu, une rupture savoureuse, et des chaînes arrachées, des tyrannies secouées... Je les croyais dolentes, broyées sous la peine ou l'outrage, à tout le moins fripées par la muflerie de l'homme. Mais non, souples comme des chattes, railleuses, indestructibles, elles s'étaient déjà relevées, époussetées, et le chapitre était là, fin prêt sur mon bureau, pimpant, dégouttant des humeurs de l'ex-amant qu'elles venaient de mouliner comme on faisait dans mon enfance aux steaks crus. On les pressait pour en extraire le sang frais dont on abreuvait alors les anémiques, à jeun, le matin. Ce Moyen Age durait encore dans les années trente. En ai-je publié de ce sang frais! Le coup de fouet, les cœurs vengés, dix siècles d'humiliations noyés dans la prose assassine!

ÉLISABETH VAUQUERAUD

Tu l'as vu, Luce ? Oh là là ! Son regard... Je le sais, j'ai l'air d'une pute. Ils disent : d'une *petite* pute, comme si j'avais quinze ans, la taille d'une puce. C'est ma bouche, elle les chavire, ça les rend méchants. Au lycée, déjà, ils parlaient juste assez haut pour que je les entende : « Vauqueraud, c'est une suceuse. » Ils l'écrivaient partout, à la craie, « Vauqueraud la suceuse », sur les murs, au tableau noir. Même dans la rue. Les profs finissaient par me regarder drôlement. C'est peut-être comme ça, en terminale, que j'ai tourneboulé ce pauvre Gerlier. Non mais tu l'as vu ?... Ce jour-là j'aurais mieux fait de me casser une patte. A dix-sept ans, quelle gloire ! Il écrivait des trucs sur le théâtre dans *l'Huma-Dimanche*, il expliquait, il s'étonnait, il condamnait, il animait... Qu'est-ce qu'il n'animait pas, Gerlier ? Toujours une réunion, un comité, et sa Dauphine pleine de paperasses, ses dossiers sous le bras, ses cheveux coupés ras. Je passais la main dedans à rebrousse-poil. Il se marrait : « Tes petits copains, ils ont tous des cheveux de gonzesse, ça ne te gêne pas ? » Je lui disais : « Mes petits copains, eux, ils n'ont pas une georgette qui les attend à la maison... » Il était furieux que je l'appelle Georgette, sa bonne femme. J'avais même étendu la dénomination à la race tout entière. Les georgettes c'étaient les épouses, les mémères, les couveuses de lardons, les légitimes, les lèvres minces, et vite fait les varices, le gros cul à la traîne. Ce que j'ai pu détester les bonnes femmes à cet âge-là ! C'étaient mes ennemies personnelles. Je rêvais de combats singuliers, d'humiliations publiques. Elles me l'ont bien rendu. A l'usure, les georgettes gagnent toujours. Une fois je me suis trouvée nez à nez avec celle de Gerlier. Elle était venue le chercher à la fin d'un cours. Elle le guettait devant la salle des profs. Je devais avoir les joues un peu rouges. Il m'avait coincée dans le couloir, entre les cases et le vestiaire. Il était plus imprudent que le plus flambard des mômes. Il osait des trucs incroyables, derrière les portes, dans les salles de classe pendant la récré, dans le bout de jardin du proviseur, vous savez : « Accès interdit aux élèves. » Plus on risquait de se faire poisser plus ça l'excitait. Jamais vu un type allumé comme lui. Il devenait tout blanc, il n'écoutait plus ce que je lui disais. Il était affamé. Ah ! l'œil de sa bonne femme ! Après ça je lui ai fait tirer la langue au moins quinze jours. J'étais sûre que des types de la classe avaient écrit une lettre anonyme ou donné des coups de téléphone, c'était leur genre. Ils me regardaient en dessous en rigolant. Ils m'avaient surnommée « Fräulein Hegel », et ça aussi ils l'écrivaient partout. « Hegel », bien sûr, c'était Gerlier. Il en perdait les pédales. Heureusement que le bac est arrivé, les plombs auraient sauté. J'ai filé au camping de Cavalaire avec les parents, j'en avais ma claque, je déteste les drames. J'ai laissé ses lettres en souffrance – joli mot, non ? – à la poste restante. Il y avait des festivals de jazz, des concerts pop, des types de mon âge avec des motos. Quand Gerlier est arrivé ça a fait vilain. Mon père lui a foutu une frousse terrible : les arguments politiques, l'air grave, c'était vicieux. On a encore baisé une fois, la nuit, sur la plage, mais il avait trop peur. Moi je me sentais toute chamboulée. Les petits jeunes gens ne seront jamais mon affaire. Quand on a goûté aux vrais muflards, avec leurs vies trop pleines, mal foutues, les paniques, les lâchetés, et ce désir énorme qui leur fait perdre le sens, le reste paraît fade. Les nonchalants, l'air j'suis-si-beau-qu'ça-me-fatigue, merci ! Je ne sais pas pourquoi la formule s'applique toujours aux femmes, c'est les hommes – certains hommes – qui ont le feu au cul. Ceux-là, je les aimante, je n'y peux rien, ils me repèrent même dans une foule. Ça s'est passé comme ça avec Antoine. On m'avait fait venir en bouche-trou, à la télé, dans une émission où il avait la vedette. On m'avait dit : « Il y aura Gandumas », bon, j'avais pioché deux ou trois de ses bouquins. Il a flambé comme de l'amadou, Antoine! Ce soir-là, le plus obtus des téléspectateurs de Barcelonnette a été mis dans la confidence. Gandumas a coupé court aux salamalecs d'après l'émission, il m'a emmenée manger de la soupe à l'oignon. C'était important, pour lui, manger. Il me regardait me dépêtrer des fils de fromage et je savais qu'il pensait : « Toi, ma petite, tu en veux... » Vous vous rappelez l'expression qui nous faisait rire : une grande salope tropicale... Dans le restaurant chaud, au milieu des odeurs, de tous ces visages luisants, je me sentais gaie, confortable, je me disais : « Ma belle Elisabeth, tu es une grande salope tropicale... – Pourquoi ris-tu ? » demandait Antoine (il m'avait tout de suite tutoyée). La première fois, cette nuit-là, dans ma chambre, ça n'a pas été terrible. Il y avait l'oignon, et tout ce muscadet... Ils sont parfois comme des enfants. Et puis sa georgette à lui, qui s'appelait Eléonore et qui se rongeait les sangs au Plessis-Bocage. Plus tard je l'ai connue, Eléonore, et je l'ai bien aimée. Elle aussi m'avait à la bonne, je crois. Mais aujourd'hui, entortillée dans ses crêpes et soutenue par les deux greluches, elle m'a fait horreur. Pourquoi a-t-elle accepté cette comédie ? Et ces discours ! Ce n'était pas ça, Antoine. C'était un grand queuteur sentimental qui buvait des coups pour se donner du courage, et qui labourait ses livres comme un bœuf. Quant à Gerlier, plus Gerlier que jamais, au premier rang. Il n'est plus prof, maintenant. Tu le savais ? La politique et la georgette le tiennent bien serré, bien soumis. Il m'a regardée pendant le discours de Delcroix du même air de privé-de-dessert qu'il me dédiait, autrefois, pendant les interros écrites, au-dessus des dos penchés.

MONSIEUR FIQUET, DIT « TANAGRA »

La mère Fiquet avait ses défauts mais elle a au moins appris à son garçon une règle de savoir-vivre. « A l'église et au cimetière, me disait-elle, regarde tes pieds, ou droit devant toi. Tu n'es pas là pour faire des flaflas. » Alors qu'ici leurs mines, leurs bonjours murmurés, leurs airs de membres du même club, les messes basses qu'ils ne peuvent pas se retenir de souffler à l'oreille du voisin, – c'est révoltant. Ils respectent quoi ces gens-là ? Je m'y attendais et ce matin j'hésitais à venir. Mais Gandumas était un ami. Jamais il n'est passé rue Jacob sans monter me serrer la main. Un mot, une blague (parce qu'en politique on n'était pas du même bord, lui et moi, et je lui cassais le morceau plus souvent qu'à son tour), mais le geste y était. Il y en a tant qui ne daignent emprunter mon escalier que pour demander où en est leur compte et mendier un chèque. « Leur compte » ! Une soustraction, vite fait. Ils ont deux méthodes : entortiller d'abord le patron ou venir me la faire au sentiment. Ils alternent les procédés. Quand l'un ne rend plus, ils tentent l'autre. Gandumas, lui, c'était quelqu'un. S'il avait besoin d'argent il proposait ce qu'il appelait « un rendez-vous triangulaire » : Fornerod, lui et moi. Il se faisait tout rond, dynamique, un plaisir. J'arrivais mon petit papier à la main et le patron, l'air embêté, me demandait : « Qu'est-ce que vous en pensez, Fiquet ? »

Depuis trois ans, ce qui fascinait Gandumas, c'était le terminal de l'ordinateur. Il disait « où en sommes-nous ? » et, penché derrière moi, il regardait les chiffres apparaître sur l'écran, cherchait à comprendre, se frottait les mains : « Comment feront les margoulins, désormais ?... » Il était comme ça, il avait confiance.

Je ne prétends pas qu'au Plessis, ce matin, ce soit tout crocodile et compagnie. Des tas de gens l'aimaient, Gandumas, et la famille fait pitié. Mais, comment dire ? on sent la soupe qui continue de bouillir dans la marmite. Ils se tiennent à peu près tranquilles, à peu près silencieux, l'air consterné, occupés de pensées profondes, mais par là-dessous on les devine nerveux, impatients, pressés de repartir au galop et d'oublier quelle peur les a secoués, tout à l'heure, avant qu'on ne visse le couvercle.

A la maison mortuaire j'ai eu besoin de m'isoler un instant. J'ai poussé des portes au hasard. Je me suis retrouvé dans la salle de bain de Gandumas : ses savates, sa robe de chambre, impossible de s'y tromper. On serait saisi à moins. Je suis resté indécis, immobile. Vous me voyez tirer la chasse d'eau alors que de l'autre côté de la cloison... Au bout d'un moment j'ai entrouvert, à peine, la porte qui donnait sur la chambre où l'on exposait le corps dans le cercueil béant. Toute bleue, la chambre, et chichiteuse, pas du tout le genre de Gandumas. Placé où j'étais, derrière la bière, enfin non, un peu de côté, je voyais les tréteaux, la retombée du velours, le dos des couronnes : de la paille, du fil de fer. Et puis les gens qui s'approchaient par la porte du salon. Ils arrivaient là, en pleine lumière, presque face à moi, les yeux rapetissés, intenses. Ah ! un drôle de regard, et tous le même ! La famille n'avait pas fermé les volets, pour éviter les comédies de cierges et de goupillon, j'imagine, puisque c'était une cérémonie civile, et un soleil inattendu fouillait chaque trait des visages. Il y avait ceux qui s'arrêtaient sur le seuil, terrorisés. Les yeux vite fermés, façon prière, et le mouchoir sous le nez, façon sanglot. On connaît. Surtout ne pas voir, et encore moins *sentir* ! Les fleurs ? Le soudain soleil ? Le chauffage central ? Toujours est-il que l'odeur prenait à la gorge. Ou à l'imagination ? Quelle peur, les pauvres ! Les autres, les courageux, je les voyais s'avancer, s'avancer encore (et entre deux de ces héros la petite Vauqueraud ficelée dans un châle), et se planter là, à toucher la dépouille, pupilles et narines dilatées. Le père Volker est arrivé, en soutane : une fois n'est pas coutume. Il s'est agenouillé et tout le monde l'a contourné, lui a laissé un espace vide, comme par respect des compétences. Il était de la partie en quelque sorte, un professionnel. J'ai vu couler sur ses joues des larmes qui n'étaient pas prévues dans la représentation. Il a sorti son mouchoir et s'est essuyé tranquillement les yeux avant de se relever. Elisabeth Vauqueraud était toujours là, tassée contre le chambranle où pointaient les gonds. Ils avaient retiré la porte, comme on fait à la maison quand les gosses donnent une boum. Elle paraissait ne pas pouvoir décoller son regard de Gandumas, la petite Vauqueraud. Moi je ne voyais, au-dessus du coussin de satin blanc, qu'un morceau de front jaune et l'arête du nez. Je me suis rappelé ces bruits qui avaient couru, rue Jacob, il y a trois ou quatre ans. Quelquefois on a beau se boucher les oreilles les gens bavent, répètent, amplifient. J'ai eu honte d'être embusqué là et de retrouver au fond de moi, sans le vouloir, l'écho de toute cette saloperie que je sentais circuler dans les chuchotements, les silences. J'ai refermé doucement la porte. J'aurais mieux fait de ne pas venir.

Au jardin les gens s'étaient regroupés dans ce triangle de soleil, entre les sapins. On les entendait murmurer : « Etes-vous entré ? Vous l'avez vu ?... » Ils avaient tous calculé les heures, à la minute près, afin d'arriver après la mise en boîte, couvercle vissé. Au lieu de quoi, quand ils avaient suivi le flot et pénétré dans la chambre, ce mort tellement mort, dans la lumière crue, les avait bouleversés.

Je surveillais le perron, je guettais l'apparition de la petite Vauqueraud. Telle que je l'avais aperçue, soudée au mur sans lequel elle aurait glissé au sol, je la croyais capable de rester là-haut, fascinée, jusqu'à ce que les croque-morts l'obligent à quitter la chambre. Mais je ne l'ai pas vue sortir de la maison. J'avais pitié. J'ai fait celui qui ne remarquait pas les sourires aimables. A force de suivre le conseil de la mère Fiquet et de regarder mes pieds j'ai failli bousculer Fornerod. Il arborait un air narquois et fermé pour ne pas paraître ému. Il tenait par le coude, de la main droite, sa belle-fille, de sorte qu'il tendait deux doigts de la main gauche à ceux qui venaient le saluer. C'est ainsi qu'on se fait détester. Il était presque seul à connaître tout le monde ; il occupait le centre des allées et venues, des murmures. Bien obligé d'être patient. Mais je lui connais ce visage : il se sentait prisonnier. Rue Jacob il aurait filé depuis longtemps. Il est célèbre pour ses disparitions. « J'ai appris ça de Morand », dit-il. De fait, ce Morand, qui lui non plus n'était guère dans mes idées, je l'ai vu un jour : il était monté dans mon bureau relire un vieux contrat, une affaire d'avant moi. Il ne disait pas un contrat mais un « traité », et il parlait de « réclame », non de publicité. Je lui ai trouvé l'œil étonné, glacial et gris. Soudain il n'a plus été là et j'ai compris ce que voulait dire Fornerod. Louvette, qui l'avait croisé dans le couloir, a passé sa tête par la porte : « Il est... il est madérisé, vous ne trouvez pas, Fiquet ? »

Les voix montent, maintenant, se libèrent. Dès qu'ils ont franchi le portail du cimetière ils redressent les épaules, leur cou pivote de nouveau. Ils s'engouffrent presque joyeusement dans les voitures, font ronfler les moteurs. Les gendarmes ont reconnu des gens qu'ils ne connaissent pas mais dont la tête leur dit des choses. Les reconnus-inconnus prennent l'air furtif et las qu'ils ont copié sur les vraies vedettes ; ils paraissent presser le pas mais en vérité ils traînent, ils traînent... C'est nouveau, tout ça. On les devine amollis de bonheur. Rassurés. Ce beau linge n'est pas du vrai beau linge. Ce n'est pas nous, rue Jacob, qu'il faut espérer tromper. On fait cette lessive-là à longueur d'année. Il n'y a que Madame Fiquet pour m'envier mes fréquentations ! Pas mauvais bougres, ces gens-là, des écorchés, des fragiles. Il faut tout le temps les câliner, mentir. On apprend. Avec les chiffres, c'est ingrat ! Les mots c'est plus commode. Une maison comme les JFF me fait penser à ces tentes de la Sécurité routière où des gars à croix rouge attendent la bigorne, à petite distance des « points noirs », les dimanches de printemps. Nos conseillers littéraires – titre vague, salaire non moins vague – sont à la fois brancardiers, réanimateurs, chirurgiens, rebouteux. Les paroles suaves, les airs de flûte. La Maison, rue Jacob, une vraie clinique : dans chaque alvéole on passe les sels sous le nez d'une évanouie, on ampute un naïf de ses illusions. Et tout ça dans les « ma chérie », les lambeaux d'amourettes, les souvenirs de coucheries, la confusion de l'alcool. Quand j'ai découvert ce cirque, il y a quatorze ans, j'ai failli refaire mes valises. On gagnait mieux à la Lybienne des Pétroles. Et puis je m'y suis habitué, je me suis cimenté une morale, j'ai appris à tout oublier : les chiffres, les noms, les larmes. Ah ne me mettez pas sur ce sujet-là !

Fornerod passe sans bruit dans les couloirs, on croirait qu'il glisse, un fantôme. Un fantôme souriant. Mais depuis quelque temps on aime moins son sourire. Il aperçoit chacun par une porte entrouverte, il reconnaît une robe, une voix, une douceur volubile. Lui, personne ne le voit, ou une ombre, il est déjà loin, il s'esquive. Les auteurs le croient enfermé à longueur de journée dans ce bureau qu'ils ont appris à nommer l'Alcôve, comme nous tous, alors qu'il passe son temps à rôder, à descendre et grimper nos bouts d'escalier, à profiter de chaque coude de couloir pour échapper aux raseurs. Il appelle ça prendre le pouls de la maison. Il doit l'aimer fiévreuse. Il sait qu'en son absence le cœur de la rue Jacob bat plus lentement. Au contraire, le soir, quand il s'éternise dans l'Alcôve et que la pauvre Louvette, son manteau sur le dos et sa machine à écrire encapuchonnée, piétine sans oser partir, on a l'impression qu'enfin la Maison vit de sa vraie vie, est aux écoutes, prépare ses coups. Les malins l'ont compris, qui arrivent à sept heures moins le quart et guettent sur le trottoir afin de se faufiler dans la cour quand sort le dernier magasinier ou qu'arrivent les femmes de ménage. « Je monte chez Jos », disent-ils d'un ton sans réplique. Ils savent que le patron est là parce que la Peugeot y est, deux roues sur le bateau de la porte cochère, Jeannot au volant. Ils espèrent obtenir davantage à ce moment-là, entre chien et loup, quand Fornerod sort une bouteille et raconte ses campagnes. A moins qu'ils ne veuillent se faire aimer, simplement. Ils se payent d'illusions : jamais je n'ai vu au patron un œil plus attentif que dans ces instants de confidences où il a l'air de s'oublier. Il regarde ses auteurs se servir un verre, deux (plutôt deux), et il écoute leurs projets, toujours souriant. Vieux chat maigre qui en a vu d'autres. Il aime nous sentir là, autour de lui, assez nombreux mais pas trop, six ou sept, c'est le bon chiffre, dans les fauteuils, sur le divan et même, au-dessus d'un certain tirage, une fesse posée sur le bureau. Parfois un appel sur la ligne directe. Fornerod répond brièvement et jamais nous ne devinons qui parle au bout du fil. Monsieur Gendre est presque toujours là, à ne boire que de l'eau, lui. Il appelle son beau-père « Jos », mais le patron ne l'appelle que « Mazurier », sur un ton moqueur, tendre. Il l'aime, son gendre. Pourquoi Mazurier n'était-il pas au cimetière tout à l'heure ? Ni Mme Fornerod, mais ça tout le monde a compris, elle traîne une grippe. Quant à José-Clo elle n'a guère quitté Fornerod. On prétend que c'est lui qui a choisi Mazurier, mais on dit tant de choses. Il n'a pas dû se presser de rentrer de la Foire de Florence, Monsieur Gendre. Pour ce qu'il aimait Gandumas ! Il l'appelait le Père la Chimère et il n'aura pas voulu laisser Brutiger intriguer seul à la Foire. Toujours est-il qu'il est un fidèle des retrouvailles vespérales de l'Alcôve. Ce n'est pas le cas de Brutiger qui préfère voguer, de son pas élastique d'obèse, vers ce bar de la rue Visconti, si discret. Si X ou Y – suivez mon regard – se faisaient encore des illusions il y a un an ou deux ils peuvent déchanter. Mazurier régnera sur les JFF et José-Clo, qu'on disait une tête de linotte, s'y mettra le jour venu. Bon chien... Il faut déjà l'entendre, dans un comité, quand elle commence à prendre la défense d'un de « ses auteurs », comme elle dit. Mazurier la laisse faire, trop content. Il est épanoui d'avoir tiré le gros lot. Au lieu de faire la tête d'œuf à pas d'heure dans les cabinets ministériels, il a séduit Fornerod (ainsi que sa belle-fille, dans la foulée...), et un jour la Maison lui tombera dans le bec. Il s'est encanaillé juste ce qu'il fallait pour inspirer confiance aux auteurs – un Conseiller d'Etat, ça les rebroussait – et en deux ans il a fait partie des meubles. Il s'est même imposé, ou ça viendra vite, à Brutiger et à sa bande. Quant à la linotte, à la voir ce matin au bras de son beau-père, souple, vive, une anguille en deuil, murmurant à chacun le mot qu'il fallait, tendant sa joue (elle n'embrasse jamais), il ne fallait pas être devin pour prévoir quelle parfaite patronne elle deviendra. La graine bourgeoise finit toujours par germer. Mais pourquoi n'est-elle pas repartie du cimetière avec son beau-père ?

HENRI D'ENTIN

Notre pudeur ne va pas durer longtemps. Peu à peu les voitures vont se distancer l'une l'autre, se perdre de vue, et la trace de notre présence autour d'Antoine se diluera dans la circulation d'une aigre matinée de printemps. Pour l'instant nous roulons encore lentement, en une sorte de convoi, personne n'osant accélérer. Seuls quelques chauffeurs doublent sans pudeur, dont les maîtres s'enfoncent dans leur siège pour ne pas être vus ni jugés. Les champs se font rares. Des supermarchés, des parcs de bagnoles d'occasion, des *garden centers* composent un paysage accablant. Chaque fois qu'il sortait de chez lui c'est donc ce film que contemplait Antoine, cette vérole qui peu à peu avait prospéré entre la ville qu'il avait fuie et la drôle de maison bricolée, précaire, une isba, où il avait cru trouver refuge. Nous connaissons mal nos amis.

Je suis heureux d'avoir pris Georges ce matin. Sa présence au volant me permet de fermer les yeux sur l'abominable banlieue et m'épargne les gestes si néfastes à ma concentration. L'encre s'assèche dès qu'on secoue l'encrier. Je pouvais craindre de quitter, délabré, la cérémonie, et d'être un long moment incapable de me réinstaller à ma table. Il n'en sera rien. La sérénité ne m'a pas un instant abandonné ; elle a apaisé en moi les vagues de panique qui ébranlaient les survivants rassemblés autour du cercueil. Je les sentais gonfler, ces vagues, déferler malgré les attitudes compassées, les visages graves. Je n'ai pas cédé à leur harcèlement. Je ressens mon calme comme une victoire. Un furtif rayon de soleil n'était peut-être pas étranger à mon égalité d'âme, ni le chaud pardessus dont j'avais pris la précaution de me vêtir alors que mes voisins frissonnaient dans le vent acide. Expose-t-on systématiquement les cimetières au froid ? Les installe-t-on sur ces versants ingrats parce qu'ils sont peu propices aux maisons des vivants ?

Un col relevé tenu d'une main blanche, les cheveux embroussaillés, les frissons : il n'existe pas de plus convaincante expression du *chagrin*.

J'observais tout à l'heure les visages et l'une des boutades de Montherlant dans *Les Jeunes Filles* me revenait en mémoire. Quels sont, se demandait Costals, mes sentiments à l'endroit de tel confrère à peu près aussi célèbre que moi ? Réponse : *J'attends qu'il meure*. Pensée irrévérencieuse ? L'insolente joie de survivre palpite dans les cimetières, aussi forte que la peur, et toute mêlée à elle. Il est vrai que tous ces *créateurs* rassemblés ne peuvent pas, penchés sur la tombe d'un des leurs, s'empêcher d'évaluer la place que le mort libère, ni de comparer leur robustesse à sa fatale fragilité, leur notoriété à la sienne, leurs chances de durer aux siennes. Une suite en quelque sorte à la réflexion de Costals. A moins de surgissement d'inédits (mais comptons sur les héritiers : si les textes sont bons ils en interdiront la publication), seul un écrivain mort ne peut plus faire exploser dans les pattes de ses confrères un chef-d'œuvre inattendu. Quand nous disons à l'un de nos semblables : « Oui, je travaille beaucoup en ce moment », il faut voir vaciller son regard. Tous ces confrères retirés dans leurs castels, burons, mas, fermes, chalets, perchoirs à poutres apparentes, anonymes et juteuses chambres d'hôtel, et occupés à *travailler* : ils constituent la menace multiforme, permanente, qui empêche l'écrivain de dormir. Que préparent-*ils* ? Quelle audace, quelle sauvage trouvaille ? On dirait des renards invisibles patrouillant la nuit autour de notre poulailler.

L'autre raison pour laquelle, à aucun moment de la matinée, l'émotion ne m'a alangui, c'est l'absurde surenchère politique à quoi se sont livrés quelques hurluberlus. Des bureaucrates de révolution, venus en costumes de comptables et bagnoles de PDG, ont racolé sur la tombe de ce pauvre Antoine. Rhétorique de pions affolés de rêvasseries. C'était beau comme les couplets communards que détaillent, contre un cacheton, dans les maisons de la Culture, d'héroïques goualeurs engagés. Tout le monde savait que le pauvre Antoine avait donné des gages à ces gens-là, sans doute pour se dédouaner à la suite de quelque peccadille qu'il serait indigne de déterrer. Ils ont été légion, comme lui, entre 1944 et 1956. A partir de Budapest, les opinions interdites depuis douze ans sont redevenues *jouables*, à condition d'être prudemment administrées. Mais Antoine Gandumas s'était jeté dans le bon camp avec une telle furia que cette nouvelle peau était devenue la sienne, ou tout comme. Au reste, on devait le tenir par un dossier bien fourni – à moins que le dévouement ne suffît : Antoine avait besoin de passions. J'ai mal écouté les discoureurs. Pas un mot, m'a-t-il semblé, sur *l'œuvre* d'Antoine, sinon sur ces chansons qui l'avaient rendu populaire : dans la petite foule on voyait Ferrat, Lherminier, la Montero, Chancel. On voyait aussi, hélas, Folleuse hagard chercher rageusement un photographe ou un ministre. Fornerod se tenait juste derrière la famille Gandumas et, me sembla-t-il, sa belle-fille, José-Clo, serrait la main d'Eléonore. Je finirai par signer avec Fornerod pour qu'à mes obsèques on cajole ainsi ma veuve. Il est vrai que, sans épouse, comment laisserais-je une veuve ? Je sais qu'à peine aurai-je cédé aux invites de Fornerod je ne verrai plus que les inconvénients de mon choix : auteurs trop nombreux, froideur de Jos, snobisme de Claude, et toute une maison si satisfaite de sa réputation que ses ressorts se détendent. J'irai quand même. Changer d'éditeur est pour les écrivains une tentation vertigineuse et récurrente : on croit à un nouveau partenaire comme aux pilules chargées de stimuler les virilités assoupies, comme aux philtres d'amour. Avoir un éditeur qui ne soit pas un bourgeois gourmé, ni un chef de service mégalomane, ni un alcoolique, ni un voyou de charme : je poursuis ce rêve depuis trente ans.

Je lâche les rênes à Georges afin qu'il puisse enfin me démontrer son savoir-faire. Je ferme les yeux. Moins par peur que pour vérifier la docilité de mon travail, qui continue d'affleurer sous la surface de ces trois heures pendant lesquelles je me suis détourné de lui. Mais dès la première sollicitation les mots sont là, et les visages, baignés de la surprise un peu fiévreuse que me procure toujours l'aventure d'*inventer*. Vite m'y remettre. Le fil n'est pas rompu. A peine rentré, j'enfilerai le chandail gris et me verserai deux doigts d'alcool – pas davantage. J'aurai deux heures devant moi avant que Georges ne m'apporte la salade et le café qu'il m'aura préparés.

JOS FORNEROD

Paris, enfin. Un de ces jours qui ont glissé et sont tombés au fond du malheur. Les vitres de la voiture sont couvertes de buée. Aux feux rouges défilent dans cette brume des visages égarés, absents, haineux peut-être. Le creux du monde. Le cul du monde. Avec la moiteur, les suintements de ventre qu'on trouve aux culs du monde. L'à-quoi-bon et les solitudes qui y fermentent. Elisabeth essuie parfois le pare-brise avec un coin de son châle. La nommée Luce allume cigarette sur cigarette. Aujourd'hui sera un jour comme ça, strident, interminable. Strident à cause de ce sifflement dans ma tête, de cet impérieux et équivoque sifflement qui me rappelle à l'ordre. Quel ordre ? De temps en temps la voix d'Elisabeth chantonne sa ritournelle, grogne des injures à l'adresse des lambins qu'elle éclabousse, mâchonne des remarques gouailleuses dont elle continue d'accabler la mascarade du Plessis-Bocage, sans gaieté, pour tuer en elle le mort, une bonne fois.

La foule de midi envahit les trottoirs, piétine sous une lumière de crépuscule. Eponge gorgée d'eau. La nommée Luce dit parfois, la voix sourde, des choses cyniques et brèves qui relancent Elisabeth. Elle doit vouloir m'épater, Luce. On la dépose (elle a dit : « Jetez-moi ») derrière l'Hôtel de Ville. Elle a enfoncé son petit chapeau et fait le tour de la voiture pour me dire au revoir par la vitre un instant baissée. Quand je la relève la buée en a disparu et le monde réapparaît à ma droite, inexorable.

— Vous ne l'avez pas reconnue, avouez ! Vous avez pourtant publié son mari, il y a quatre ou cinq ans. *L'Ile en feu*, Karapoulos, ça ne vous dit rien ?

La boîte de vitesses souffre sous la poigne soudain brutale. Ne pas répondre. J'ai publié deux mille auteurs et la plupart de leurs visages se sont estompés, comme aux vitres de la voiture les passants, les rues. Sans quoi, quel dîner de têtes ! Cette Luce aux yeux fouineurs je la revois, maintenant, ou crois la revoir, la peau hâlée, vêtue de blanc, rue de Seine, sans doute un jour de juin. Un jour de juin ? Claude ouvre alors toutes les fenêtres. Elle enrage que la Maison n'ait pas réussi à acheter à temps le rez-de-chaussée de l'immeuble pour nous y installer. Elle rêve de la pelouse et des deux acacias, dans le trou humide entouré de hauts murs où nos invités, ce jour de juin, secouaient la cendre de leurs cigarettes. Claude allait de groupe en groupe, nette, cent fois plus civilisée que moi, telle qu'elle m'apparaît toujours parmi d'autres gens : une mouvante géométrie de verticales et de courbes qui lui dessinent cette beauté intimidante, ses cheveux courts bougeant à chacun de ses pas, comme aux Américaines quand nous les découvrîmes, en 1944. Je ne la regarde vraiment que ces jours-là, où du monde nous entoure. Claude est alors sur un théâtre et je puis l'observer sans impudeur. Invulnérable : elle est invulnérable, tel est mon dogme. Je sais pourtant, et depuis plusieurs mois, que des signes nouveaux la marquent, la griffent. Sans doute chacun les remarque-t-il mais je continue de la croire inchangée. De le feindre, bien sûr. Quand ai-je vu pour la première fois sur elle, sur son visage surtout, ce bleu transparent sous les yeux, ce léger amaigrissement que les imbéciles nomment « l'élégance » de Claude, quand ai-je ressenti cette impression diffuse qu'elle devenait cassante, fragile ? Ce crépuscule-là, peut-être, quand Luce Karapoulos promenait sa beauté osseuse et brune à travers le salon de la rue de Seine ? Claude était accroupie devant la cheminée où rougeoyaient les braises des fins de soirées. Je remarquai d'abord son inattention : ce visage levé vers le bavard dans l'attitude du plus intense intérêt me parut vide, ou plutôt tourné vers le dedans, comme si Claude eût été à l'écoute d'une rumeur sourde, d'un message compliqué, presque inaudible. En continuant de la fixer – je la trouvais discourtoise et cherchais le moyen de briser sa distraction –, au lieu d'attirer son regard je m'étais à mon tour absorbé dans cet avertissement qu'elle semblait guetter. Je n'entendais plus le discoureur. Le vrai visage de Claude, fondu, effilé, s'était superposé aux traits que ma distraction continuait de lui prêter : j'avais découvert qu'il s'agissait du visage d'une vieille femme, de la vieille femme qu'elle serait, non pas dans un avenir irréel, lointain, mais bientôt. Un avenir qui déjà nous tirait par la main. Expérience banale, oui. J'ai l'habitude de ces mutations du paysage humain, de l'ombre fugitive qu'y font les nuages. « Mes auteurs », comme on dit, ou mieux : « nos auteurs », restent souvent un an ou davantage sans venir rue Jacob. Quand ils y resurgissent ils sont des inconnus à la nouvelle apparence de qui je dois m'accoutumer. Parfois la maladie les marque, ou je ne sais quel égarement. Mais Claude ! Les misères ordinaires des femmes n'ont pas prise sur elle. Sur elle les robes ne se chiffonnent pas. Elle aime toujours autant le soleil, la forêt. Aussi ce soir-là, devant le feu, ai-je été plus curieux qu'effrayé. J'ai bien ressenti, très floue au fond de moi, l'impression que peut-être nous abordions la préhistoire du malheur, qu'un jour ces minutes devant le feu compteraient, que leur souvenir me harcèlerait, mais ce ne fut pas une crainte plus aiguë que celles de ce matin, ravivées il est vrai par les ondées funèbres du Plessis-Bocage. Déjà le visage de Claude s'éclairait. Elle trouvait la répartie qu'il fallait, le sourire. Le sourire disloquait le présage un instant entrevu, les chairs retrouvaient leur moelleux, les yeux leur chaleur, Claude tournait vers moi un air étonné. Avais-je la tête de qui vient de croiser les ombres ?

Sans doute avais-je *touché le fond* puisque je me sens remonter à tire-d'aile. Mais suis-je dans l'eau qui noie ou dans l'air qui permet toutes les escapades ? Saurai-je longtemps nager, voler ? Aussi irréelles que paraissent ces hypothèses dans la petite voiture d'Elisabeth, gorgée de poisons, enfumée, où flottent toutes nos paroles tues, je sais que dans deux mois nous « rouvrirons Louveciennes », qu'il y aura rue de Seine d'autres réceptions semblables à celle où apparut la belle Karapoulos, semblables et différentes, où triompheront d'éphémères vainqueurs, dont de jeunes inconnues seront les reines, vainqueurs et reines que dans deux ans j'aurai oubliés comme j'avais oublié l'épouse

Karapoulos. Cela durera toujours. Ah, bien sûr, je ne m'en amuse plus autant qu'autrefois. Les articulations se sont rouillées, les formules, stéréotypées. De plus en plus je travaille comme je fais l'amour : avec davantage de savoir-faire que d'appétit. La rue Jacob et la rue de Seine, unies ou séparées par le jardin froid où Jeannot va ramasser les mégots les lendemains de fêtes, ne sont plus que les deux scènes d'un même théâtre où je joue le même rôle.

Voix d'Elisabeth : « Voulez-vous que je vous laisse ici, et finir la route à pied ? Il ne pleut plus. Vous n'êtes qu'à cinq minutes de votre bureau et nous ne sortirons jamais de cette mélasse. »

Je n'avais pas remarqué notre immobilité, ni l'encombrement, ni l'impatience pourtant visible d'Elisabeth. Il est vrai que je ferme souvent les yeux en voiture. « Vous récupérez, Patron, » affirme Jeannot, rassurant. J'embrasse maladroitement la main qui se tend vers moi, tâtonne, sans qu'Elisabeth songe à m'aider, pour ouvrir la portière (comme les vieux qui ne savent jamais trouver un bouton, une poignée, ni où l'on en est du film...), me déplie hors de la carrosserie trop étroite, fais un signe. La petite Renault, rageuse, démarre en m'aspergeant d'eau. Sur le trottoir, m'attendent en grondant les grands chiens noirs du dégoût.

FOLLEUSE

Je me suis longtemps demandé quel mal me desséchait comme jaunit l'herbe sous la canicule. Maintenant je le sais : le mépris. Le mépris est mon soleil. Il me brûle et je me nourris de lui. Impossible de décolérer depuis la clownerie de ce matin. Ma colère est forte et belle ; s'apaiserait-elle, elle me manquerait ; je la caresse jusqu'à ce qu'elle érige son défi au-dessus de toutes ces nuques pliées dans un simulacre de respect. Du respect ? Deux cents augustes de plume rendent un dernier hommage à un pitre de la tribu : il n'y a pas de quoi lever son chapeau. Le pauvre Gandumas, dit Dumafisse, ou Dumafesse, ou La Queue des Yvelines, était crevé-pourri depuis trente ans. Il s'était viandé un petit matin de l'Occupation (ou de la Libération, même tabac), au pied de quelque connerie d'époque et depuis lors moisissait doucement, de fauteuil en banquet, d'honneur en combine, salué par un haut-le-cœur universel. Tout médrano était là ce matin, les gueules enfarinées de chagrin et les dos tendus au fouet de Monsieur Loyal. Las, pas de fouet. On espérait un ricanement, un sanglot de rire, une gifle : on n'a eu droit qu'aux arabesques de goupillon par les abbés du Colonel-Fabien. Où sont les déterreurs de carmélites ? Où, les fusilleurs de grandes-duchesses ? Ce matin les fonds de tasse de la petite bourgeoisie française portaient en terre la plus typique illustration d'une classe finie : le notable rose fric. Le prosateur aux fureurs bétonnées. Deux cents rigolos exsangues tremblotaient de froid en pensant à leurs glandes. Moi, l'homme qui rit dans les cimetières, peau ensoleillée, col ouvert, crevant de confort tant la haine tient chaud, j'avais plongé la main dans ma poche et je me donnais du plaisir en souvenir des beaux jours de Dumafesse, qui était fin baiseur, dit-on. Mes voisines louchaient sur cette activité vite repérée. La tête penchée dans une parodie de recueillement leur facilitait la surveillance oblique de mon ventre. Elles guettaient le spasme. Si la Leonelli avait été là j'aurais pu combler un de mes vieux fantasmes et l'empaler debout, adossée à une stèle, à dix pas des discours, pantelante de zèle progressiste. Mais on a beau avoir ses convictions, voilà belle lurette que la Leonelli n'enterre plus au-dessous d'un certain seuil de notoriété. Gandumas n'était pas de son club, ce laborieux. Sœur de prodige, rescapée du duo des Enfants Terribles, achevant de se dessécher – les fanons, la voix Passy – en habituée des croisières coûteuses, la Leonelli ne sort plus guère de son petit théâtre de fêtards, de mélomanes et de danseurs rhumatisants. Bahamas, festivals, écosses, Rio, sombres maigreurs. Surtout pas d'écrivains! Cette hygiène l'honore, à y réfléchir, comme son absence de ce matin. Un cordon sanitaire devrait entourer les manifestations du commerce littéraire, car ce sont des foyers d'infection. Seule une putain de mon calibre y trouve encore son compte à la condition de lâcher son pet au juste moment. C'est ainsi que j'ai pris Delcroix à partie après sa misérable tartine. Avec son petit trois-pièces demi-mesure, ses épaules en pagode, trois feuillets à la main, il avait l'air d'un cadre au vin d'honneur du collègue qui part *en retraite*. Je lui ai jeté deux ou trois malices au-dessus des têtes. Il s'est approché de moi en écartant les gens, verbe noble, bouche mauvaise. Là-bas, du côté des gros-bras déguisés en chauffeurs, on s'agitait. Le Parti allait-il me faire jeter hors du cimetière par son service d'ordre? Heureusement la veuve a glapi sous son voile et l'on a rappelé les trublions à la décence. Je serai toujours sauvé par les femmes. Je me suis alors faufilé jusqu'au dernier rang où j'ai trouvé d'Entin, à qui j'ai raconté à mi-voix des gaudrioles afin de dérider sa belle tête académique. Il est toujours déchiré, d'Entin, entre l'envie de me traiter de voyou et la peur de rater une mode. Ne suis-je pas à la mode? Alors il se rengorge, l'œil vague mais allumé, essayant de donner des gages à tout le monde. « Rigole! lui ai-je dit, ose donc rigoler! Tu es un seigneur, comme moi, et cette pantalonnade te débecte. Pourquoi y joues-tu ton rôle ? » Il m'a répondu entre ses dents, de biais, comme faisaient autrefois les cancres, que j'avais bien tort de me priver des voluptés de l'hypocrisie. A d'autres ! Il me caresse du bout des doigts en crevant de peur que je ne le compromette. Et il n'a pas tort. Un jour, tous ceux qui m'auront mignoté, tapé dans le dos, flatté, je leur mettrai le nez dans leur fiente. Je ne tolère que les poètes et les fous. Une phrase de moi pèse plus lourd qu'un volume de ce pauvre d'Entin, qui se prend pour un Ecrivain parce que des dames le reconnaissent au restaurant le lendemain de ses apparitions à la téloche.

Est-ce de Bernanos, le grand Bernanos ! ou citait-il quelqu'un ? « Il faudrait des reins pour pousser tout cela... » Mot énorme, sublime, et que j'enrage de n'avoir pas trouvé. Il tournait en moi quand, la cérémonie s'achevant, je suis sorti du cimetière à grands pas dans le sentiment de délivrance qu'on éprouve en tirant la chasse. Mais oui, délicats, c'était bien l'impression ressentie : je cherchais de quoi m'essuyer. Là, l'embarras du choix : les œuvres de neuf sur dix des présents méritaient l'usage.

JOSÉ-CLO MAZURIER

Il ne comprend donc rien ? L'avoir traînée ici, à ce bal des grimaces comme ils en ont écumé mille ensemble, et pour quoi ? pour le seul honneur d'agir *bien*, de flatter un bonhomme dont je jurerais qu'elle ne sait même pas le nom. L'a-t-il seulement regardée ? C'est beau les couples exemplaires : à force de regarder dans la même direction ils oublient de se jeter de temps en temps, l'un à l'autre, un coup d'œil. Elle titube dans la chaleur saturée de piaillements. Il ne la voit pas tituber ? Puisqu'il la soutient, sa main sous le bras de Claude comme il l'avait mise sous mon bras l'autre jour au cimetière, il doit la sentir qui fléchit, qui flanche... Qu'attend-il pour l'asseoir dans un coin du hall, demander leur vestiaire et la ramener rue de Seine ? D'où je suis il me semble voir ses lèvres bleuir, et cet effort qu'elle s'impose pour être parfaite, comme d'habitude. Voilà dix ans qu'elle est parfaite, c'est marre, elle a payé son tribut à la Maison. Tous nous avons compris qu'elle est malade ; nos têtes le disent ; notre embarras le dit ; Jos est le seul à ne rien deviner. Ou joue-t-il une comédie, mais pourquoi ? Il vit à côté d'elle, connaît son emploi du temps, le détail de ses journées, – comment n'a-t-il rien remarqué ? Elle doit avoir eu des rendez-vous, des absences, des trous dans ses horaires, des coups de téléphone réticents, abrégés. On cache moins facilement la peur que l'adultère. Je les connais, ils n'ont *aucun secret* l'un pour l'autre. Une cachotterie dans leur vie se verrait comme une déchirure. Elle a forcément consulté, attendu des résultats d'analyses, rien de tout cela ne s'affronte le visage lisse, sans laisser de traces. Ses dénégations, ses airs étonnés quand je suis rentrée de Méribel et que je lui ai posé des questions... Elle n'aurait pas trompé un enfant. Alors, Jos... Une saleté la ronge, elle sait quelque chose, j'en suis sûre, quelque chose qu'elle est seule à savoir mais elle ne cédera pas, elle ne refilera le fardeau à personne. J'ai demandé au Professeur : « Vous avez vu maman ? Que se passe-t-il ? »

— Que veux-tu dire ma Claudinette ?...

Le solennel crétin ! Encore un joueur de violoncelle, à moins que sa Cravate ne l'obsède, un fauteuil je ne sais où. A qui demander ? A Jos, je n'ose pas. Je me suis toujours contrainte pour considérer avec *naturel* ce monsieur qui dort dans le lit de ma mère. A douze ans j'avais chaud aux joues, à les imaginer. Le bonheur, bien sûr, le bonheur... Je l'aime, Jos, mais comment lui parler ? Yves me conseille d'être prudente. D'après lui Jos est au courant, mais de quoi ? et il serait indélicat... Etc. Il est vrai qu'il ne fait pas bonne figure, pauvre Jos ! L'enterrement de Gandumas, même s'il en est revenu en ruine, n'explique pas tout. Ils étaient comme deux émigrants, tout à l'heure, dans la foule du salon, maman et lui. Ils paraissaient seuls, embarqués pour un long voyage. Voilà : *le temps*. Le temps a passé. Très long, très lent, mais maintenant ça y est, je suis une grande personne et je n'ose plus leur demander ce qu'il leur arrive. Ils étaient si proches, solides, sûrs, et je les découvre hors de portée, friables, blancs, avec ces gens autour d'eux qui font des cercles, criaillent, guettent, exigent, des mouettes affamées, et moi je suis là contre ma colonne de marbre trop neuf, engourdie, terrorisée, au point de ne pas savoir les embrasser ni leur demander quel malheur menace. L'angoisse est un sentiment sale.

Voilà vingt ans que m'occupe l'amour de maman. C'est vers mes sept ou huit ans que j'ai senti en moi cette énorme bouffée de passion me gonfler, me soulever. Certains soirs je ne touchais pas terre. Gosse, comme tous les gosses j'avais connu les terreurs du réveil : « Et si elle n'était plus là ? Si elle était morte, partie, transformée ?... Si elle n'allait plus me reconnaître ? » J'étais recroquevillée dans mon lit, le drap sur la tête, et je tremblais. Je retardais le moment de l'appeler, sûre qu'elle ne répondrait pas, qu'elle ne me répondrait jamais plus. Enfin je n'y tenais plus et je jetais, les yeux fermés, ce cri déchirant qui était un matin sur deux ma première manifestation de la journée. Elle me répondait très vite, où qu'elle fût, gaiement, comme si elle avait deviné ce désespoir avec lequel je jouais depuis mon réveil. « Tu as fait un cauchemar, Claudinette ? » Elle savait donc ? Moi, je mentais. J'avais honte de tant l'aimer. Je l'embrassais, la touchais, la serrais contre moi au point de l'importuner. Je m'en fichais bien. Jamais je n'ai attiré à moi un garçon avec cet emportement. Pour un royaume je n'aurais pas *parlé*.

Plus tard j'ai découvert avec stupeur ces querelles qui empoisonnaient les rapports de mes copines avec leurs mères. Elles se méfiaient d'elles, leur cachaient des sottises, les espionnaient, incapables de choisir entre le rôle de gendarme et celui de voleuse. Je me rappelle avec quelle horreur j'entendis un jour Violette Chabeuil m'expliquer (et les détails paraissaient la soûler de plaisir) que sa mère avait un amant, qui il était, et l'espèce de chantage que cette découverte lui permettait d'exercer sur la pauvre Patricia, dont elle obtenait tout et le reste. Le soir j'éclatai en sanglots au milieu du dîner. Ce secret m'empoisonna tout l'été 70, au Pyla, où les Fornerod et les Chabeuil partageaient une villa. Je me surpris à épier, moi aussi, à interpréter les gestes, les silences. Peine perdue : Jos et maman proclamaient leur bonheur dans chacun de leurs gestes, de leurs silences. Je suis restée trois ans sans revoir cette peste de Violette avec ses genoux maigres et sa voix de couventine.

Plus je voyais mes petites amies se révolter contre « les parents », ricaner de leurs mères, ruser, mentir, dénoncer le « gardiennage » dont, à les en croire, elles étaient les innocentes victimes, plus je m'abandonnais à maman. Elle tentait de me repousser, doucement. Elle craignait de me garder prisonnière. Elle m'encourageait à voir des garçons. Elle essayait de décliner mes confidences. Un soir j'entendis Jos lui dire : « Il faut arracher le tuteur... » Le mot me parut affreux, pourtant je n'en voulus pas à Jos. Arracher ! Moi qui m'efforçais de parler comme ma mère, de m'habiller comme elle, de raconter les histoires, de rire comme elle ! Elle me paraissait indestructible, cela va sans dire. Je ne m'étonnais même plus du « couple étonnant » qu'ils formaient, Jos et elle. J'avais oublié jusqu'au souvenir de mon père, si peu connu. Dans le lacis de liaisons et de coucheries où vit notre milieu, l'équilibre de Jos et de maman était une anomalie dont j'étais la seule à ne pas m'émerveiller tant elle me paraissait naturelle. J'aurais haï Jos s'il avait trahi maman. Oh! je l'en ai parfois soupçonné! Je me faisais des épouvantails. J'étais odieuse avec « les romancières de JFF », comme on écrivait dans *Flash*. On publiait des photos où l'on voyait l'éditeur trônant au milieu « des dix femmes qui ont fait sa fortune ». Une fortune ? Diable ! Je les épluchais, ces photos, je regardais où étaient les mains, quels fils visibles de moi seule étaient tendus entre les regards. Adolescente, je refusais d'aller chez la Leonelli. Je ne l'ai supportée qu'à partir du moment où elle est devenue moche.

Il a fallu qu'entrent en scène les hommes – enfin, disons : les garçons – comme l'avait prévu Claude, pour que se banalisent, mais si peu, mes rapports avec elle. J'ai eu l'intuition qu'elle n'aimerait pas entre nous ces histoires de dates, de linge et de peau qui succédaient, chez mes amies et leurs mères, à leur animosité à peine refroidie. « Tenons-nous bien », disait maman. De mes dix-sept ans à mon mariage : nos meilleures années. J'avais enfin pris l'habitude d'appeler mon beau-père « Jos », comme tout le monde, mais d'un commun accord maman et moi nous nous sommes toujours donné du « maman » et du « José-Clo ». Je ne lui disais rien : elle savait tout de moi. « Ne fais pas le petit artichaut ! » me répétait-elle en riant. Mais j'avais envie d'être par elle arrachée, débitée, dépouillée feuille à feuille. Elle me conduisait d'une main que je croyais douce et qui était ferme. Elle m'a appris à aimer mon corps et à le respecter, à aimer les hommes, à lire tous ces livres au milieu desquels je vivais sans les ouvrir. Elle m'a appris à voyager seule, à entrer dans une maison inconnue, à compter l'argent et à le dépenser. « Tenons-nous bien... » Il est possible, puisqu'on le dit, qu'elle ait choisi Yves et me l'ait désigné, je n'en sais rien, ou qu'elle l'ait élu parce que Jos avait eu pour lui un coup de cœur, – au fond cela m'est égal. J'aime la paix qu'Yves fait régner autour de moi. Aussi, de sentir cette paix menacée, et menacée par des forces que j'ignore et que Jos semble ne pas soupçonner, je ne décolère pas. Tout ce qui pourrait menacer l'intégrité physique de maman me répugne et me désarme. Amoindrie, malade, elle me deviendrait inconnue. Quant au reste... Ah, ces larmes! Mais c'est de rage que je pleure. S'ils savaient... « Vous avez vu l'état de la petite Fornerod ? » Maman, là-bas, solitaire dans ce salon surdoré comme sur une plage, dans le vent et l'attente, m'a cherchée des yeux. Je la vois ouvrir son sac, sortir ses lunettes, les chausser, se retourner vers moi. De si loin, elle n'ose pas me sourire. « Tenons-nous bien » : l'ai-je si mal comprise ?

JOS FORNEROD

Mes obligations de la journée sont comme le vent derrière une porte. Elles s'engouffreront dès que j'aurai entrouvert. J'ai hâte d'entrouvrir. Hâte d'oublier la petite bagnole enfumée, la voix ronde et friponne d'Elisabeth, les souvenirs un peu poisseux sous lesquels elle enfouit son chagrin. Elle et Gerlier ? Je ne savais pas, et ce chiffre inattendu dans une addition qu'on dit longue ne provoque en moi que l'envie de me détourner.

J'ai marché vite afin d'avoir le temps de passer par mon bureau avant de rejoindre Blaise au Bavarois. Mais il est déjà midi et demi. De derrière le capot levé de ma voiture, au milieu de la cour de la rue Jacob, surgit Jeannot dans sa blouse bleue de magasinier, qui se glisse derrière le volant, les mains graisseuses, et fait ronfler bêtement le moteur. J'emprunte l'« escalier privé » qui me mène directement au couloir de l'Alcôve (toujours ce relent d'humidité que les derniers travaux paraissent avoir exalté) et me glisse chez moi. Louvette ne m'a pas attendu : son bureau, dans l'angle du salon d'attente, est en ordre, housse posée sur la machine, crayons parallèles, et sur ma table la liste des appels de la matinée, une dizaine : tout le monde se trouvait au Plessis-Bocage. Une embellie se lève en moi. Je referme ma porte, émerveillé comme chaque jour par le sentiment de sécurité qui m'attend ici. Le seul lieu du monde où je n'aie pas souvenir de m'être jamais ennuyé. J'ai connu dans ces vingt mètres carrés des anxiétés, des impatiences, des doutes – jamais l'ennui. J'ai installé mon bureau dans cette chambre en

1957 pour un mois (le temps d'en finir avec les travaux) et n'en ai plus bougé. Son alcôve de cocotte, ses boiseries tarabiscotées font depuis bientôt un quart de siècle partie de mon personnage : je suis assez grand garçon pour ne pas déranger les habitudes des photographes et des échotiers. J'ai seulement renoncé à installer un divan : il eût suggéré des plaisanteries trop faciles. Tant pis pour moi qui aime lire allongé. Il est vrai que je ne lis pas dix minutes par an aux « heures de bureau ». Je lis en voiture, la nuit, le dimanche, à la campagne, en été, en avion, en croisière – partout et toujours, sauf derrière ma table.

Les bureaux sont déserts et les seuls bruits, avec la portière claquée de Jeannot, sont des heurts d'assiettes et un brouhaha étouffé venus de la cantine. Je m'assieds, ferme les yeux. Malaise vague. Je porte la manche de mon manteau à mes narines. L'odeur lente et sucrée de la mort colle à moi. On dit : les fleurs... Mais les boutiques des fleuristes ne sentent pas le cadavre. Une des filles d'Antoine, ce matin, comme arrivaient les premiers amis, a demandé : « A-t-on pensé à éteindre le chauffage ?... » Elle est allée ouvrir la fenêtre de la chambre où était exposé le corps. L'odeur est sur mes mains, mes vêtements, sans doute dans mes cheveux. Heureusement José-Clo n'est pas entrée dans la maison. Muller l'a retenue au jardin, sous un prétexte. Je ne pense pas à me passer le visage à l'eau – ou si j'y pense une pudeur m'interdit de le faire. Quand j'allais rendre visite à ma mère, à l'extrême fin de sa vie, je portais sur moi, en moi, pendant les heures qui suivaient mes visites à la clinique, tout aussi tenace et sucrée, l'odeur de l'urine dont on apercevait, sous chaque lit, la poche de plastique gonflée, au bout des sondes.

Il faut que le silence se reconstitue en moi.

Un coup de téléphone à Rupert : il excusera mon retard auprès de Blaise. Ce n'est rien, quelques minutes à affronter, d'où j'émergerai éternellement prêt à écouter les confidences et à revigorer les illusions. « Ils vous pompent l'air », me dit Yves. Lui aussi, ils le dévoreront. A peine aura-t-il conquis leur confiance qu'ils le parasiteront comme ils me parasitent. Mais moi, pensent-ils, est-ce que je ne vis pas à leurs dépens, exploitant et vendant leurs états d'âme, les aidant à béquiller pour me faire, de leur boiterie, une gloriole ? Plaintes et comparaisons dérisoires. Voilà bientôt trente ans que je joue ce rôle d'accoucheur-négociant et que je l'aime. Accoucheur : ce n'est pas moi qui ai baisé la mère ni porté l'enfant. Négociant : qui oserait comparer aux glorieux créateurs le tâcheron, le gagne-petit, le correcteur, le factotum que je suis ?

Blaise m'attend.

Il sait d'où je viens et ne me tiendra pas rigueur de mon retard. Peut-être est-il en train de relire, devant la bouteille de cahors que Rupert aura posée devant lui, les petits papiers sur lesquels il griffonne avant nos rendez-vous ce qu'il a à me dire. Il lui arrive de les oublier sur ma table et après son départ j'y jette un coup d'œil : *1. Un vrai roman, sans honte. 2. Vie privée difficile (vite). 3. Argent. 4. Santé.*

Loin de moi l'envie de sourire. « Sans honte », « argent », « vie privée difficile » : combien de mes auteurs jureraient, avec ou sans petit papier, n'être jamais venus me rendre visite en tournant ces mots-là dans leur tête ? « Sans honte », surtout, m'émeut. Et « vite ». (J'ai conservé ce papier-là.) Dès que leur vient une belle idée, chatoyante, dodue, fondante, ils l'accommodent aux scrupules, ils font la fine bouche. On ne hisse pas de la dentelle en guise de voilure sur ces grosses frégates où tous, un jour ou l'autre, ils rêvent d'embarquer. Et l'on n'est pas davantage une putain vertueuse. Mais le leur dire...

Pauvre Blaise, il est temps de le rejoindre.

Le voyant rouge de la ligne directe s'allume. Je reviens sur mes pas, décroche. Voix précise et étouffée de Claude. On doit toujours faire silence autour de moi quand Claude me parle au téléphone ; on connaît le geste de la main dont j'arrête les conversations.

– Excuse-moi, dit-elle, être triste alors que c'est toi qui reviens d'un enterrement, c'est un comble ! C'est... comment dit-on dans *L'Homme pressé* quand le héros n'ose pas sauter sa femme le soir des noces ?

– Il dit que ce serait « louis-philippard ».

– Oui, c'est ça. Ça me donnait des songes à seize ans... C'est épatant, non ? Enfin je n'ai pas été une bonne complice, ce matin. J'aurais dû t'accompagner là-bas. Et prendre le volant. Tu conduis si mal, Jos ! Est-ce que Blaise ne t'attend pas ? Qui t'a ramené ? Et emmené ?

- Guevenech à l'aller, la petite Vauqueraud au retour.
- Prends Jeannot, surtout ! Et tâche de rentrer tôt. Tu sais, Jos, il ne faudra pas m'en vouloir, je vais être emmerdante ces jours-ci, je t'avertis. Pardon à l'avance. Un pépin de santé, je te raconterai ça ce soir. Rien de tragique. Une sorte... d'usure. J'avais cela dans la tête ce matin (j'ai vu Leroy hier), et ça m'a rendue molle. J'ai prétexté la grippe. Non, s'il te plaît, ne me pose pas d'autres questions.

Je ne sais plus sur quels mots nous nous sommes quittés. D'ailleurs, Claude et moi n'interrompons jamais ces dialogues d'aveugles. Souvent elle laisse la conversation en suspens, elle n'aime pas les au-revoir, ni conclure. J'étais glacé. Quand j'ai peur je deviens bref, on me croit « fâché », les malentendus s'installent.

En aurons-nous échangé, les années durant, de ces coups de téléphone ! « Deux sous de violettes », disait Claude, les premiers temps. Un mot blessant, un silence trop prolongé, aucun de nous ne les supportait. Nous nous séparions en grand froid et une heure plus tard le téléphone sonnait. Nous faisions la paix. Passé le temps des querelles, ce devint une façon de préciser une décision, d'aplanir entre nous le chemin. Chacun a besoin de se retrouver seul pour y voir clair, puis de parler à l'autre pour fixer les choses.

La demi-confidence de Claude ne me bouleverse pas : je l'attendais. Comme j'attends depuis des années la phrase calme, précise, de n'importe quel médecin, à partir de laquelle – ce froid, en moi, qui creusera son trou... – plus jamais la vie (pour Claude ? pour moi ?) ne sera la même. La phrase à partir de laquelle la vie, notre vie commencera de finir. Je n'ai pas l'intuition que le moment en soit venu. « Rien de tragique », dit-elle. Nous savons elle et moi ce que le mot désigne et écarte. Alors ? Nous avons défriché tant de ronces, tous les deux, côtoyé tant de vertiges, que je nous soupçonne d'être devenus invulnérables.

Je roule vers la rue de Beaujolais – la nuque de Jeannot juge sévèrement mon retard – dans une résolution incertaine, que je ne sais à quel ennemi destiner, mais que je sens très ferme. Que me veut Blaise ?

BRUTIGER

Cocotte, tu ne sais pas la plus belle ! La Borgette a fini par signer avec les Grands Humanistes d'*Eurobook* et, au lieu de cacher sa honte, il est allé vanter son coup de maître à Fornerod. En profitant de mon absence, bien sûr ! A peine étais-je à Florence pour la Foire du Livre (mais aussi pour les longs cils de qui tu sais), notre Blaise a presque tiré Fornerod des obsèques du pauvre Gandumas et lui a jeté à la tête les millions qu'il espère tirer de sa saloperie. Beaucoup de millions, à ce qu'on m'a dit, et une subtile saloperie. Voilà le « rare poète » de la baronne Klopfenstein transformé en gagneuse de télé. Ils sont forts, à *Eurobook* ! Ils ont compris, eux, ce que je réponds aux questions éplorées de Fornerod : que Borgette est une ringarde. Tu te rappelles cette grognasse de pub ? « Il y a si longtemps que je vous le dis... » Ils auront enfin l'haleine fraîche quand ils auront recraché Blaise-le-fétide, avec ses cent dix-sept pages d'œuvres complètes qui lui fermentent dans la mémoire depuis quinze ans.

Largillier, qui fait maintenant la pluie et le beau temps à *Eurobook*, m'avait parlé de leur soupe, à mots couverts, à l'époque où ils cherchaient un cuistot pour la touiller. Me prendre, moi, pour une agence de placement, la belle idée ! Les gâte-sauce ne manquent pas, lui avais-je dit. Cherchez du côté de Chabeuil, de Ripert et même, soyez audacieux que diable ! faites une offre à d'Entin ! « Trop gros gibier », m'avait-il répondu en plissant les yeux. Tu entends ça ? D'Entin du *gros gibier* ! Le lapin de civet devenu léopard... « Nous voulons des gens plus souples. »

— Des gens ?

— Une petite équipe, cinq ou six auteurs et un maître d'œuvre.

Eh bien, Cocotte, prends une bonne inspiration et plonge : le maître d'œuvre, c'est Blaise. Voilà le poète tari du *Cyrano*, le lyrique muet, le rewriter à toutes mains, le sec entre les secs promu animateur et inspirateur. Blaise, c'est le fruit parisien exemplaire : plus de noyau que de pulpe. Lui, grand connaisseur des trottoirs de deux arrondissements parisiens et de quelques salons mités, le voilà chargé d'inventer le romanesque saignant qui doit délivrer enfin la télé française des importations américaines. Hugo de pellicule, Zola des Buttes-Chaumont : c'est lui. Lui qui du vaste monde n'a exploré que quelques salles de rédaction, les boîtes à cigares de Florence Gould et les dîners de la Klopfenstein, va nous mitonner ce mixte de *Dallas*, des *Gens de Mogador* et de la *Famille du Raton* qui tendra aux nostalgiques de l'ère pompidolienne un miroir de Musée Grévin où expier leurs péchés. On rêve !

Mais après tout il n'y a pas de sotte façon de faire de l'argent. A *Eurobook* ils sont cyniques et ils ont raison. Quoi de plus triste qu'un grand studio vide ? Quoi de plus gai qu'une caisse pleine ? Mésange et Largillier, pensais-je, savent ce qu'ils font. Mais le savent-ils lorsqu'ils engagent Borgette ? C'est l'erreur absolue, même s'ils comptent lui fourguer une marchandise usinée à l'avance, auquel cas ils devraient choisir une vedette, une « grande signature », un bicornu doré sur tranche, et non ce bibelot empoussiéré depuis vingt ans.

Et même, passons là-dessus : ce sont les mystères du Grand Argent, des carrières prestigieuses, tout ce qu'on voudra. Si les riches ne deviennent pas pauvres c'est qu'il y a un truc. Faisons-leur confiance. MAIS BORGETTE ! Comment lui, parvenu, au prix de contorsions, de mines dédaigneuses, de modesties acharnées et de toutes sortes d'investissements mondains auxquels il excelle, à sortir indemne sa réputation d'un si long tunnel de silence et de nullité, – comment, de gaieté de cœur, saborde-t-il son personnage ? En avait-il assez de ne pas posséder de maison, de costumes londoniens, de femmes, et de manger, aux rares repas où il n'est pas invité, la ragougnasse des bistrots ? Est-il tombé amoureux et se sent-il méprisé ? Veut-il prendre sa revanche sur vingt ans d'ombreuse estime ? Les replis d'âme de ces oiseaux encagés sont mystérieux.

Toujours est-il qu'un déjeuner durant il a essayé de vendre sa salade à Fornerod. Et « vendre » est le mot juste : Blaise voudrait que les JFF publient le *livre* auquel la série télévisée donnera lieu. Sa « novellisation », qu'ils disent. Une sorte de téléroman. Tu te rappelles le mot de Disraeli sur les degrés de la tromperie : le mensonge, le mensonge sous serment et la statistique. Eh bien le téléroman, pour un éditeur, c'est la statistique. Fornerod est venu ce matin dans mon bureau dès son arrivée : « Vous auriez pensé ça de lui ?... » Ce sont les moments où je l'aime bien, Jos. Il est abasourdi. Je vois déjà comment les choses vont tourner et je lui réponds avec prudence : « Je vous donnerai des détails dès que moi-même... » Il me regarde avec plus d'étonnement que de méfiance. Le voilà bien puni d'avoir cru au talent de Borgette parce qu'il l'invitait en bouche-trou une fois par mois.

Le feuilleton s'intitulera, paraît-il, *Le Château* ou *Vallauriche*. Ils hésitent. Tu saisis les connotations ? On va chatouiller une tripe bien française. Les notables et le notable suprême, la pourriture comme aux poissons nous venant par la tête, *Carmagnole* et *Internationale*, le ventru XIXe et le libertin XVIIIe roulés dans une salade de styles capable de démoder la peluche victorienne des séries *de prestige* de la BBC, le feu aux archives et les secrets de la vie des princes. Bref : le Versailles républicain ou, à défaut, un mot-valise d'où, si on l'ouvre, ruisselleront les grosses coupures et les petites envies, sans compter les diams des Ali-Baba bourgeois. On n'a pas fini de rire ! On ne sait plus dans ce projet qui vise quoi ? qui tuera qui ? Est-ce une charge giscardienne contre les « copains et les coquins » ? Un nouveau délire des boutefeux élégants ? L'arrivée des soixante-huitards aux affaires ? Toujours est-il que les syndicats bavent de bonheur : on ne pourra même pas accuser les rosiers et les rosières de demain, s'ils règnent, de « faire de la propagande » : quelques énarques affolés de chambardement s'en seront chargés avant coup. D'ailleurs, la tête sur le billot on ne me ferait pas déclarer publiquement que l'idée est mauvaise. Voir venir, cocotte, voir venir !... Comme disaient le bel Alain dans *Le Guépard*, et après lui le prince : « Tout doit changer si l'on veut que rien ne change... »

JOS FORNEROD

Mon Cher Blaise,

Vous l'avez senti, j'étais hier sous le coup du chagrin causé par la disparition d'un ami, qu'aggravait le désarroi où me jettent des ennuis d'ordre personnel sur lesquels je m'en voudrais de m'étendre. Je vous prie de considérer cette lettre, dictée dans le calme et après réflexion, comme le prolongement serein, réfléchi, qu'aurait dû connaître notre conversation.

J'ai cru deviner, sous l'enthousiasme avec lequel vous m'avez exposé votre projet de télévision, une inquiétude. C'est à cette inquiétude-là, qui m'émeut, que je me permettrai de répondre.

Pour ceux qui comptent – la critique, cent libraires, quelques vrais amateurs de littérature – qui est Blaise Borgette ? L'auteur des *Planètes mortes*, du *Garde des corps*, de *Lettre posthume à Rilke*. En d'autres termes, l'homme de la plus fine exigence, celui qu'à son apparition Supervielle, Fléaux, Jouve saluèrent. Tout cela, me direz-vous, date de vingt ans et toute œuvre peut, doit se renouveler. C'est vrai, mais non pas au prix d'une incompréhensible métamorphose.

Vous n'êtes pas, Blaise, de ces écrivains qui prospèrent de leur plume et rapportent à leur éditeur. Rendez-moi cette justice que, loin de vous le reprocher, j'ai toujours,

Au bar de l'Escadrille 61

par mon silence, approuvé la hauteur, je dirai même la sauvagerie avec laquelle vous traitiez la littérature. Je vous ai encouragé à accepter ces besognes journalistiques où vous n'engagiez pas votre part profonde. Il arrive que le « second métier » se mêle indûment et dangereusement à la création ; ce n'est pas votre cas. Vous êtes resté, loin du gagne-pain, l'écrivain intransigeant que j'ai eu dès 1956 la joie de publier, et qui a préféré, le cas échéant, le silence à la compromission.

Aussi, jugez de ma surprise – qui sera celle de tous vos amis – quand vous m'avez exposé ce projet de feuilleton collectif où vous voilà engagé.

Ecartons les chiffres, les slogans, la séduction équivoque qu'excellent à exploiter les messieurs d'*Eurobook* : je les connais, ceux-là, au moins aussi bien que vous !... Voyons de quoi il s'agit. Si j'ai bien saisi votre propos, vos mandants attendent de vous et de vos collaborateurs un grand, un hénaurme feuilleton destiné à concurrencer sur leur terrain les séries anglo-saxonnes. Vous êtes donc prié de penser à celles – *Le Bon et le Méchant, Forsyte Saga, Dynastie* – qui ont fait le plus d'argent et de leur emprunter les ingrédients réputés sûrs : un milieu social riche, très riche, mais sans cesse menacé d'être sali, voire anéanti par la révélation de secrets nauséabonds, de turpitudes financières ou sexuelles. Il s'agit de jouer la vertu en la poivrant de vice. Vieille recette. Elle était déjà mise en théorie par Laclos dans la préface des *Liaisons*. Mais nous sommes en France. On sait qu'ici d'autres nostalgies fonctionnent. Des *Gens de Mogador* au *Plaisir de Dieu*, le téléspectateur a aimé les salons, les donjons, les parcs, les bals, la chasse, les privilèges, les malheurs exemplaires et élégants – exemplaires parce qu'élégants. Pas trop de destriers ni de hallebardes : les machines médiévales nous inspirent peu de passion. Mais du panache, des baisemains. Deux cents ans après sa grande révolution le petit Français nourrit toujours des rêves de ci-devant. Le coup de génie de Jean d'Ormesson a été le duc. Pensez, un duc ! Le mot est beau comme une flamme sourde et il lève des réminiscences à la Proust, à la Saint-Simon. Le tabouret, le chapeau, quelle fronde ! Albe, Guise, Uzès : quel poème ! Il faudra mêler tout cela dans votre affaire : du blason, du grand fric, du sexe, des demeures historiques. Et n'ayez pas peur de secouer le cocktail. Des étangs embrumés – mais de la Bourse. Des pères nobles – mais des rejetons révoltés. Une chasse à courre – mais de l'écologie. Druon trente ans après, la décadence, l'aube des temps nouveaux, sans doute une manif, une grève, les duplicités du Capital assaisonnées d'épices aristocratiques, tout le charme du vieux monde mais la fatale victoire du nouveau... Quel gâteau ! Pardonnez-moi de n'avoir pas résisté à l'amusement d'en couper une tranche.

Vous rendiez-vous compte, cher Blaise, en me racontant votre projet avec cette excitation si visible, que c'était cette caricature que peu à peu vous dessiniez ? Cette caricature – je crains de rester au-dessous de la vérité – qu'on attend de vous. Et s'il y a tant d'argent en jeu c'est que derrière ce cirque manque le pain. Le pain, d'autres s'en occuperont pour vous, le cuiront pour vous. Appelons ça une volonté et une manœuvre *politiques*.

Et ne m'accusez pas de tout mêler. Elisabeth Barbier, Jean d'Ormesson, Druon, et bien sûr Galsworthy ! avaient écrit des *romans*. Ils avaient fait et bien fait leur métier. Les lourdes mécaniques du cinéma et de la télévision s'en sont emparées et je suis le premier à m'en réjouir puisque, grâce à elles, de bons livres, beaucoup de livres ont été vendus. Mais ce qu'on vous demande, à vous qui n'êtes pas romancier, même pas vraiment inventeur d'histoires, c'est d'accommoder des *recettes*. Or, cher Blaise, en trente ans de métier – du plus beau métier du monde – j'ai acquis une certitude : cynisme et recettes ne payent jamais. La grâce, la magie, l'innocence font les succès, et non pas l'astuce ni la cuisine.

Afin de mieux m'expliquer je reprends mes exemples.

Druon, au lendemain de la Libération, débarque dans une société convulsée, batailleuse, et l'observe. Lui qui sortait du Concours général, de Saumur et de la guerre, il est jeté chez les requins de la grande bourgeoisie. Il est résolu à y faire carrière, mais en dompteur, non en grimpeur. Il écrit un roman qui ressemble à son trouble, à sa fascination et à ses dédains : c'est l'immédiate réussite.

Au plaisir de Dieu ? Une histoire inventée par l'homme qui se souvient des promenades que son père l'emmenait faire, le soir, autour de l'étang, en lui parlant de l'avenir. A quoi vous ajoutez quelques belles dames, les voitures basses, le goût de la mer, et la nostalgie des grands feuilletons du siècle dernier... Non pas une machine infernale destinée à faire éclater la gloire, mais les songes d'un homme, et même de trois ou quatre générations d'hommes de son style et de sa classe. Là encore, une réalité, et le comble de... la candeur.

Mais l'entreprise qui vous est proposée – exploitation rationnelle de procédés, pastiche (badigeonné de tricolore), des modèles *yankee* que l'on feint de mépriser – ce n'est pas votre affaire. Vous allez ébrécher votre plume à ce griffonnage, et votre réputation. Vous me direz que tout s'oublie dans notre petite société ? Je vous répondrai tout aussi sérieusement que rien, jamais, n'y est vraiment *classé*. Un écrivain qui s'est une fois dévoyé, il lui en reste pour toujours « un casier ». Aussi ne me demandez pas, si vous persistez dans votre projet, d'éditer ce feuilleton : ce sera mon geste d'amitié envers vous que d'essayer de vous éviter ce mélange des genres et ce désordre hiérarchique à quoi vous n'avez rien à gagner. Sans illusions, bien sûr, puisque l'honnêteté professionnelle m'oblige à vous écrire ici, noir sur blanc, que s'agissant de ce projet je ne puis que vous rendre votre liberté. D'autres en profiteront avec moins de scrupules.

Peut-être serez-vous étonné que je prenne aussi vigoureusement parti contre une entreprise menée par un groupe et des hommes qui, étant un peu mes maîtres, pouvaient attendre de moi davantage de compréhension. Mais, outre que les représentants d'*Eurobook* au sein du conseil des JFF ont toujours respecté ma liberté, ce n'est pas contre un feuilleton de télévision que je m'élève, mais contre l'idée d'en publier la mouture imprimée. On estime les JFF à proportion de ma prudence, et c'est par prudence que je cherche à attirer votre attention sur les dangers auxquels vous courez. J'ai, jusqu'ici, administré avec amitié votre aventure littéraire et je ne veux pas collaborer à son détournement. Je suis sûr, cher Blaise, que vous le comprenez, et dans quel esprit je vous adresse cette lettre.

Votre ami,
Jos Fornerod.

Je me demande pourquoi prétendre que cette lettre a été « dictée » ? Pour jouer au patron ? J'ai toujours été incapable d'ordonner mes pensées et mes arguments en regardant une Yvonne ou une Florence sucer son crayon. La pauvre Louvette va avoir un mal de chien à me déchiffrer. Elle sait que mes lettres importantes, celles qui lui ont valu le surnom de « Mlle Champollion », à tout prendre préférable à « sainte Thérèse » (parce qu'elle aime disposer des roses sur mon bureau), que mes lettres importantes, donc, j'en écris toujours le brouillon à des heures impossibles, brouillon que je pose ensuite sur sa machine quand elle n'est pas là. Je déteste l'entendre soupirer. Le soupir, cette fois, sera justifié. Renvois, remords, hachures, apostilles rendent ma prose illisible. Sans doute ai-je eu tort d'être si long : je laisse à Blaise le temps de reprendre ses esprits et ses arguments. J'aurais dû écrire simplement : « Ce n'est pas pour vous, ce n'est pas pour moi. Renoncez ! » Il en aurait été troublé. Cela dit, soyons sérieux : Lacenaire, ou Boulenger, ou Cohen lui proposeront cent briques et il s'allongera. Barouds d'honneur : les plus bêtes. Ai-je eu tort de parler des *Grandes Familles*, d'*Au plaisir de Dieu*, c'est-à-dire de réalités de mon métier, au lieu de m'en tenir, comme il est de rigueur, aux généralités et aux principes ?

Comme j'ai envie, soudain, d'ouvrir un manuscrit au hasard et d'être émerveillé... Eau lustrale, vieux battement de cœur, jeunesse pas morte, texte suit. Brave idiot !

(Jos Fornerod était déjà dans la cour de la rue Jacob, caressant de la main au passage, sans y penser, un des deux lions écaillés qui encadraient la porte de l' « escalier privé », lorsqu'il fit demi-tour, remonta deux étages et alla reprendre sur la machine de Mme Louvette le brouillon de sa lettre à Borgette. Debout devant la cheminée il ajouta ceci :)

P.S. – Cher Blaise, il y a trop longtemps que vos *Planètes mortes* sont quasi épuisées. Les quelques exemplaires en stock, en nombre suffisant, certes, pour répondre à la demande, sont défraîchis. Je donne aujourd'hui un ordre de réimpression sous la nouvelle couverture bleue que vous aimez. Ne voyez surtout pas dans ce geste une volonté d'exercer sur vous une pression quelconque. Amitiés.

J.

ÉLISABETH VAUQUERAUD

Hop! Rallumé d'un coup d'œil. Son œil, pas le mien. J'ai même pris garde de ne pas croiser son regard. Déjà que je ne me sentais pas en beauté, entortillée dans mon châle couleur de suie, et sa bonne femme qui fusillait tout ce qui bougeait, ce n'était pas le moment de jouer les tendres fantômes. D'ailleurs, tendre... C'est plus fort que moi je lui en veux. Mes anciens bonshommes, règle générale, hygiène, humour, haute idée que je me fais de moi : je copine avec eux. Puisque je suis paraît-il la plus « tempéramenteuse » du troupeau littéraire (le mot est du cher Restif et l'idée de me l'appliquer, de Gandumas. Mais était-il, pauvre Antoine, si bien placé pour en juger?...), une fois que c'est fait, c'est fait. On devient amis. Nos vies sont parfumées de ces présences d'hommes repus, rieurs. Je plains les soldates du féminisme de se priver de cette guirlande. (Après tout, s'en privent-elles ? La nuit ignore les certitudes du jour.) Mais Gerlier a été trop lâche. Un peu, ça fait partie de leur charme : ils mentent, ils se dérobent, ils se prennent les pieds dans leur « vraie vie », tout ça sans se rendre compte qu'ils nous payent en liberté ce qu'ils nous refusent en loyauté. C'est si bon un type qui se casse, des draps frais. Gerlier, lui, a disparu comme dans une trappe le jour où il a craint qu'une jeunesse de mon genre (à l'époque) le compromette. Abattre le veau d'or, à tous les coups, mais afficher une minette ? plus personne. Ils m'étonneront toujours ces sans-culottes. Quand a paru mon roman il aurait pu m'adresser un signe, même de loin, même discret. Je ne lui demandais pas un édito dans *Les Lendemains qui chantent* mais une jolie note, écrite par un camarade, ou sous un pseudo, pourquoi pas ? ça m'aurait fait plaisir. D'autant qu'on ne se bousculait pas dans les feuilles pour chanter mes mérites. Les esclaves de Jos n'avaient guère mouillé leur chemise. La photo dans un bain de mousse, oui, dix fois pour une, mais le rez-de-chaussée flatteur... Rien, pas un mot, pas un coup de fil. J'étais la plus températmenteuse pestiférée de Paris. Remarque, on se soigne et on guérit. Je l'avais presque oublié, Gerlier. Je ne lis pas les journaux où il exerce sa ravageuse vertu et j'ignore tout des hiérarchies parallèles où il est devenu une huile, paraît-il. Enfin, me voilà au courant puisqu'il m'a dépêché une sorte d'émissaire téléphoniquement chargé, si j'ai bien compris, de m'annoncer l'appel du patron et de me décliner ses titres et fonctions. Diable, il est allé vite ! Il devait faire le pied de grue dans un placard, sa rose à la main. Il est devenu manitou dans l'audio. « La Chaîne... » bêlait le type au téléphone. Une heure après une secrétaire me « passait » (que de précautions ! la saute-t-il ?) *Monsieur* Gerlier. Ah ! mon Frisou ce que c'est que de nous ! Ta voix chuchotée d'autrefois devenue pompeuse, cassante. Quand même, tu me tutoyais toujours. Il est vrai que chez tes copains c'est une règle. Tu as commencé à m'expliquer un projet auquel je ne comprenais rien. Toi aussi tu disais « la Chaîne », comme le type de ton cabinet. Tu as un cabinet, mon Frisou ? Ton pantalon tombé sur tes chaussures, dans la serre du proviseur, tu te rappelles ? Je t'ai suggéré un rendez-vous. Je t'ai entendu interroger la secrétaire-que-j'espère-tu-sautes : « Jeudi ? Non, vendredi ?... » Tu m'as indiqué un restaurant et à ta voix j'ai compris, premièrement, qu'il s'agissait d'un restaurant cher, deuxièmement que tu n'en étais pas encore un habitué, et troisièmement que j'avais intérêt à me fringuer mieux qu'au cimetière.

Revenez-y ? Je ne le crois pas. Tu n'aurais pas usé de ces manières de préfet. Tu as eu pourtant une drôle de voix pour me dire : « Tu sais que tu es encore plus jolie qu'autrefois ? » La secrétaire devait être occupée sur une autre ligne.

— Tu ne m'as pas aperçu, lundi ?
— Non, tu sais...
— Oui, bien sûr...

Du Marivaux, ce dialogue. Etincelant. C'est ce que je lui ai fait remarquer : « Du Marivaux... »

— Tu n'as pas changé !

Rendez-vous vendredi, dans un hôtel à nom britannique. Les bars d'hôtels, de *grands* hôtels, et leurs salles à manger où brille l'argenterie : Ah c'était pas la peine, c'était pas la peine, c'était pas la peine assurément de changer de gouvernement... C'est Antoine qui me traitait de « Madame Angot ». Cher Antoine, en quoi l'eût-on déguisé, lui ?

YVES MAZURIER

Le général B. Mazurier
« La Béchellière »
Viseux
45200 Montargis

Paris, le 29 mai 1981

Cher Papa,

....

J'aborde le chapitre professionnel, puisque tu te dis gourmand de cette partie de *Kriegspiel*!
Tu sais qu'on me surnomme « Monsieur Gendre », aux JFF, depuis que j'y ai pantouflé. Eh bien « Monsieur Gendre », ces jours-ci, avec les égards qu'il leur doit, a bien envie de prier tel et tel, rue Jacob, d'aller se faire aimer chez les Grecs. Formule d'ailleurs adaptée aux personnages sinon à la circonstance. La guérilla que mène Brutiger, non seulement contre moi mais contre tout ce qui ose respirer ou travailler dans la Maison malgré ses sarcasmes, est entrée dans une phase aiguë. L'homme a flairé une faiblesse de Jos et aussitôt avancé ses pions : visite très spectaculaire et remarquée de Me Mayenne, références appuyées aux opinions des pontes d'*Eurobook*, celles-ci

fussent-elles aux antipodes des goûts et idées de Brutiger, silences lourds lors des comités, etc. Toutes les manœuvres lui sont bonnes, qui laissent entendre que Brutiger a des alliés, qu'il pèse plus lourd que quiconque (que moi!...) aux JFF. Il se veut ironique, compétent, occulte, omniprésent. Il rudoie ses favoris avec une désinvolture destinée à redorer son personnage. Sous-entendu : « Si je traite ainsi ceux qui forment ce que vous appelez ma *cour*, c'est que je n'ai nul besoin d'eux. Mon pouvoir est ailleurs et vous le saurez bientôt. Je ne suis pas qui vous croyez – " une folle grassouillette ivre de méchanceté " : vous voyez que je puis vous citer, Monsieur Gendre. On a des oreilles amies –, mais l'homme qui connaît le mieux cette maison, la sent, l'anime, la tient et saura, le moment venu, prendre la décision bénéfique que son patron lui-même hésitera à oser. Ce n'est pas un petit énarque bien marié qui mettra des bâtons dans ma roue. A bon entendeur... »

Depuis notre retour de Florence (as-tu reçu ma lettre de là-bas ? les postes italiennes sont imprévisibles), la situation s'est subtilement détériorée et modifiée. Brutiger cherche le terrain sur lequel attaquer Fornerod et, espère-t-il, le battre. Peu lui importeront les *principes* : il en changera autant de fois qu'il sera nécessaire pour se trouver en position favorable et recruter des complices. Comme je regrette aujourd'hui que tu n'aies pas pu, l'année dernière, dégager la somme qui t'eût permis de racheter les parts de Dubois-Veyrier ! Au moins serions-nous informés, ou en situation de l'être.

Je comprends un peu tard que le dîner, à Fiesole, que Brutiger m'avait offert il y a une dizaine de jours (m'y imposant sans explications la présence de ce Marcello qui ne l'a pas quitté de quatre jours), était une dernière perche qu'il me tendait. « Etes-vous avec moi ou contre moi ? » Je lui ai parlé de José-Clo, de Jos et de Claude avec une affection insistante, afin de marquer mes distances. Loin d'être agacé, il a paru s'en amuser. Il a déployé pour moi cette casuistique caressante dont je ne perçois jamais les prémisses et dans laquelle je me retrouve tout englué. Le beau Marcello me brûlait de regards innocents. Vers minuit, quand il a compris que je ne céderais pas, Brutiger est devenu brutal avec une soudaineté incroyable. Pour un peu – il avait pris le volant de la Lancia de Marcello – il aurait démarré en m'oubliant là. J'ai dû monter en voltige dans la voiture. L'instant d'avant charmeur, fin, il n'était plus qu'un poussah furieux que l'excès de vin congestionnait. Nous ne nous sommes plus parlé jusqu'au lendemain, dans l'avion, où il m'a courtoisement expliqué « les contacts qu'il avait pris » – contacts auxquels, en bonne logique, il aurait dû m'associer durant la Foire, mais passons.

Au retour, mes prises de bec avec Brutiger, dont je n'ai pas soufflé mot à Jos, ce qui est peut-être un tort, m'ont paru dérisoires. En même temps j'ai dû lui rendre justice : il avait senti avant moi l'épreuve que traversent les Fornerod, même s'il ne pense qu'à en tirer profit. José-Clo, bouleversée, m'a révélé ce qu'elle ne faisait elle aussi que découvrir : cette maladie de sa mère dont je te parlais en commençant ma lettre. Le sujet me rend maladroit. J'ai honte de formuler si platement cette menace qui fond sur nous. José-Clo, virgule, bouleversée, virgule, m'a révélé... Je voudrais savoir penser et dire cela autrement, comme je le sens, avec mon cœur, et dans mon cœur la rage de me savoir impuissant. Quand je pense qu'il m'arrive de donner des « conseils de style » aux auteurs ! Je pourrais parfois me rallier aux moqueries dont Brutiger accable « Monsieur Gendre ». Il est vrai que je suis un gestionnaire, un administrateur : mon travail aux JFF ne consiste pas en broderie littéraire. Mais on administre aussi l'amitié, la tristesse, et je sais que dans les semaines à venir mon rôle, même si je ne l'aime guère, ne sera pas négligeable. Il va falloir protéger Jos, et avec lui José-Clo, contre un complot que je perçois encore mal mais que je sens mûrir. Tout semble se passer comme si Brutiger, poussé et manipulé plus qu'il ne croit, cherchait à provoquer une faute de Jos, quitte à paraître abonder un moment dans son sens pour mieux l'entraîner. Jos sera-t-il assez lucide pour éventer le piège ? Jamais je n'avais aussi bien mesuré *l'intimité* de Jos avec la Maison, et à quel point ce qui le blesse risque de la menacer. En état de moindre résistance il cessera d'être vigilant, et ceux qui le guettent connaîtront sa vulnérabilité avant même qu'elle ne se manifeste. Déjà j'ai vu réapparaître sur le bureau de Jos certain flacon de dragées roses de triste mémoire. Quand il y a recours, danger. « Papa se shoote », murmure José-Clo.

Claude, au milieu du dîner d'hier, rue de Seine – elle n'a pas encore « rouvert Louveciennes », à la fin de mai ! cela seul suffirait à mesurer sa fatigue – nous a dit : « Une femme cardiaque, on n'a pas idée, cela ne se fait pas. Chacun sait que l'infarctus menace en priorité le *manager* quinquagénaire, gras, diplômé et citadin. C'est statistique ! Je suis atteinte d'une maladie de banquier juif new-yorkais souffrant de surcharge pondérale. Je vais expliquer ça à Chabeuil, son sang ne fera qu'un tour... »

Impossible de ne pas sourire. Une fois de plus Claude nous a donné à tous une leçon. José-Clo avait les yeux pleins de larmes. Jos a relancé la balle très convenablement et détourné la conversation vers l'antisémitisme de Chabeuil, sujet usé mais de tout repos. Voilà, c'était dit. Les précautions, les médicaments, les lenteurs, tout le décorum de la maladie : rien ne nous étonnera plus. Claude a franchi le pas en deux minutes et quelques phrases drôles. Le soir, lumière éteinte, José-Clo m'a parlé longtemps. Elle m'a une nouvelle fois raconté son enfance, ses rapports avec sa mère, la mort de Kalimenko (qu'elle a presque oublié...), l'apparition de Jos dans la vie de Claude. Jamais elle ne m'en avait tant dit, ni sur ce ton. Voit-elle Jos et Claude comme ils sont, comme ils furent ? Je ne le jurerais pas. Mais elle les aime avec cette douceur évidente, pénétrante, qui m'a attaché à elle. Une douceur capable, si le malheur s'y installe, de la déchirer.

Moi qui n'ai pas eu le temps d'aimer maman et qui ai souffert, tu le sais, de notre double exil – tes garnisons, mes collèges – cette connivence familiale que je découvrais m'a ému. Je m'y suis glissé, c'est vrai, comme un voleur, et sans rien m'en dire tu as peut-être souffert, à ton tour, de mon éloignement. Mais je suis un voleur qui n'a pas emporté son butin et qui désormais a partie liée avec les Fornerod. Je sais que tu comprends tout cela.

....

BLAISE BORGETTE

« ... C'est vous, Lacenaire ? Excusez-moi d'avoir insisté pour vous faire venir au fil mais c'était un peu délicat... Je ne voulais pas confier la chose à une secrétaire... Oui, merci, merci ! Voilà, j'ai eu avec Fornerod cette conversation que je vous avais annoncée, très loyale, très attentive... Je pense... Il me semble que le problème pourrait être résolu, oui, dans le sens que nous souhaitons. Si vous êtes toujours dans les mêmes sentiments, bien sûr ! Vous l'êtes ? Parfait. La situation est encore un peu mouvante mais je crois que Fornerod finira par céder... Quoi ? Ah ça n'a pas été sans mal ! Il est coriace. Oui, oui, bien sûr. Il serait d'accord à la condition que je l'autorise à réimprimer mes *Planètes mortes*... Oui, depuis deux ou trois ans. Etonnant ? Pourquoi étonnant ? Question de style, je suppose, de sensibilité... Fornerod n'a pas pris le tournant de l'audiovisuel. Il voit l'édition comme on la rêvait en 1950. Rappelez-vous la façon dont il a fait capoter le projet d'adaptation des *Distances* au cinéma... Fléaux en est mort furieux. Pardon ?... Bien sûr. Ce serait à discuter. En tout cas vous n'auriez affaire qu'à moi : j'aurai l'assurance de la Chaîne et une sorte de pouvoir de mes collaborateurs. Vraiment ? Peut-être pourrait-on l'éviter ? Leurs noms n'apparaîtraient qu'à l'intérieur du volume, assez discrets... Vous me flattez ! Oh je vois un partage, tout simplement, dans une proportion à déterminer. Un forfait ? Il faudrait leur dorer la pilule... Oui, j'imagine, si la proposition vient de vous... Les chiffres, moi, vous savez... Oui ? Ouais... Je ne sais pas, je réfléchis. Cohen voyait quelque chose de plus important... Je lui en ai touché un mot, c'est vrai, mais nous n'étions pas convenus de taire le projet. Ah, mon cher, ça les excite ! Boulenger m'a encore appelé tout à l'heure. C'est même son insistance, sa brutalité – vous le connaissez ! – qui tout en me rebroussant m'ont incité à vous téléphoner sans attendre, au risque de vous déranger... Oui, merci, vous êtes très amical dans cette affaire et depuis son début. Inutile de vous dire que je vous donnerai la préférence... Votre couverture... A conditions égales, évidemment. Une lettre ? Non je n'ai pas de lettre, mais j'en obtiendrai facilement une. Le chantage, vous savez, moi... Réfléchissez quand même là-dessus, oui, sur cette question de garantie, qui me chiffonne. Je verrais un contrat où l'on parlerait de tirage, plutôt que de droits... Absolument ! Les exemplaires, par les temps qui courent, c'est plus solide que les francs ! Vous allez les voir dévaluer dans les six mois... Mais moi aussi j'en suis sûr. Disons après-demain. Au déjeuner ? Va pour le déjeuner. Ah non, pas à la Bavaria, c'est le repaire de Fornerod ! Vous voulez la mort du pécheur ? Chez Tante Louise ? Parfait. Une heure. Et pardon encore de vous avoir obligé à interrompre votre réunion... »

***

Ah, l'enculé de Fornerod ! Cette lettre... Un jour, je la lui ferai bouffer. Je t'en ficherai de la hauteur de vue, des évocations de notre jeunesse, des conseils fraternels, des aumônes, la sociologie du succès ! Si vous avez tant de subtilité, mon cher, et de connaissance du métier, pourquoi ne l'éditez-vous pas, le comte aux yeux bleus ? Pourquoi ne collectionnez-vous pas les auteurs galetteux, les millions d'exemplaires ? Pas assez chic pour vous, probable. Vous vous croyez sorti de la cuisse de José Corti ? petit-neveu du grand Gaston ? Il faut vous remercier quand vous condescendez à nous publier. Pour les dîners, votre vitrine ! nous sommes assez décoratifs, mais nous cesserions de l'être si nous nous avisions de gagner trois sous. Je suis une bonne action dans votre portefeuille, une action de père la Vertu. Pas question de spéculer avec Borgette. On n'édite pas Borgette pour gagner de l'argent. On ne l'édite pas non plus pour la gloire, d'ailleurs. Les Borgette, c'est votre fond de sauce, votre musique d'ambiance, les petits cailloux qui, accumulés, concassés, finissent par faire ce gravier flatteur devant votre castel de Louveciennes. Acheté avec quel argent, le castel? Un héritage de votre épouse, comme on le prétend, ou le fric gagné sur la peau de *vos auteurs*? Je n'ai jamais mâché une seule bouchée de votre fameuse brioche dominicale, ni regardé aux murs les toiles déjà passées de mode que vous y avez accrochées, sans penser à l'impudeur de tout cela : votre parade professionnelle, votre pavane mondaine, ces pince-fesses du dimanche où vous invitez tellement d'élégants et de richards qu'on s'étonne d'y voir deux ou trois écrivains, perdus... Vous ne les avez donc pas tout à fait oubliés? Eux qui sont à la fois la matière première et les ouvriers de votre industrie, vous pensez encore à en convoquer quelques-uns? C'est délicat et imprudent de votre part. Ne craignez-vous pas qu'ils salissent vos tapis? Des *taches d'encre*, Fornerod, – quel mauvais goût!

Quand je pense que vous osez, vous! me donner une leçon d'insuccès et de renoncement la première fois que je vous apporte un projet vivant, que je vous propose une aventure excitante, saine, je me demande où vous avez la tête. Des « ennuis personnels »? Je vous en souhaite de lourds et de nombreux pour vous humaniser, si c'est encore possible. Ah vous vous étiez mis à y croire, vous aussi, à ma *rareté*, au « Cher Blaise » de la Gould, le pisse-froid entortillé de toiles d'araignée, hein? On va vous administrer la preuve que vous refusez : le succès. J'en conviens, ce coup de téléphone à Lacenaire n'était pas agréable ni facile à donner. J'en ai les aisselles moites, je pue le chien apeuré. Que voulez-vous, je n'ai pas l'habitude : vous ne m'avez guère donné d'occasions de m'entraîner. Mais j'apprendrai vite. A bluffer avec rondeur, à écarter les amis, à faire grimper les enchères. Cohen, Boulenger : eux aussi je vais les allumer. Ils n'ont pas votre scepticisme de poisson froid. Ils ont trente ans, eux, et la mâchoire forte, et les nageoires musclées. Jamais encore je n'avais connu cette envie et cette chance de gagner une partie. C'est âcre et ça sent bon, Fornerod. De loin on va vous faire respirer ça.

BRUTIGER

S'agissant du projet Borgette, l'évolution des circonstances (du fait des bouleversements politiques), me paraît rapide, peut-être fructueuse, et justifier une note qui fixe cette évolution, me permette de préciser mon point de vue et à chacun de se déterminer par rapport à lui. On peut selon moi, compte tenu du nouveau climat qui s'est si rapidement installé dans le pays, et avec modération, estimer à cent cinquante mille exemplaires, peut-être beaucoup plus, les ventes d'un bon roman, de facture solide, classique, d'esprit résolument progressiste, qui serait tiré du feuilleton auquel nous nous intéressons. Le projet connaît une accélération foudroyante depuis qu'ont été précisées sans plus aucune gêne ses options idéologiques et qu'un maître d'œuvre a été choisi, Blaise Borgette, qui a déjà réuni l'équipe d'auteurs qu'il dirigera.

Je me placerai, pour développer mon raisonnement, dans l'hypothèse la plus favorable, à savoir que les réalisateurs désignés, tous, nous promet-on, « vieux routiers pleins de savoir-faire », réussiront du bon travail. C'est là un domaine que nous ne contrôlons pas mais où nous ferons confiance aux indiscutables spécialistes que sont les producteurs et à leurs associés allemands, italiens, suisses, québécois, belges, – sans oublier les propres actionnaires d'*Eurobook*!

Ma certitude est que d'honnêtes artisans de télévision

travaillent bien dès lors qu'on leur fournit, comme aiment à dire les gens de cinéma, « une bonne histoire ». Or, la qualité de cette histoire, voilà où nous avons vocation à intervenir. D'être les éditeurs du ou des volumes tirés de la série télévisée nous donnerait un droit moral – qui devrait être contractuel – de veiller au contenu et à la tenue des scénarios. Il est même probable que si Blaise Borgette s'est adressé aux JFF et non à quelque maison réputée plus « dynamique », c'est dans l'espoir d'obtenir de nous une sorte d'*alliance littéraire* qui lui permettrait, le cas échéant, de résister à des pressions embarrassantes. Je sais bien que la charpente générale de l'œuvre est fixée à l'avance par ses promoteurs, ainsi que la liste des personnages, les lieux de tournage, la distribution des rôles, etc., en fonction de critères qui ne sont pas forcément les nôtres. Mais cela étant admis, la marge de manœuvre – ce que j'appellerai la « marge de talent » – reste large.

Une fois acceptées les règles du jeu, nous aurions tout à gagner à ce que les textes – scénarios et dialogues – fussent aussi savoureux que possible, dans les limites tracées par les lois du genre et tolérées par le grand public. Blaise Borgette, dont on connaît la finesse, possède le talent nécessaire à l'entreprise, sinon l'habitude de ce nouveau travail. Il se peut que son équipe le tire vers le haut ou vers le bas. Ce sont des chances à courir. Néanmoins, en ce qui concerne le texte condensé et, si je puis me permettre le mot, *homogénéisé*, qui constituerait le ou les volumes que les JFF publieraient, nous pourrions dès maintenant prévoir, avec la discrétion convenable, le recours à un *rewriter* aguerri, dont l'expérience nous garantirait la qualité du travail. Le coût de cette opération – *royalties* aux producteurs de TV, forfait versé aux collaborateurs de Borgette, droits d'auteur de Borgette, salaire (important) du *rewriter* – ne doit pas nous inquiéter outre mesure puisque le projet ne sera poursuivi par nous que dans la perspective et l'espoir d'un succès populaire et d'un bénéfice substantiel.

Je n'esquiverai pas le dernier point, si délicat que j'avoue en avoir été troublé un moment, et si ambigu que des réticences moqueuses se sont d'abord manifestées en moi à l'encontre du projet. La question est celle-ci : l'effet qu'une telle publication aurait sur « l'image de marque » des JFF serait-il bénéfique, nul ou désastreux ? En d'autres termes, avons-nous plus à perdre en réputation que nous n'avons à gagner en chiffre d'affaires ?

Réflexion faite, c'est là le type du faux problème qui trop souvent depuis une dizaine d'années nous a empêchés de monter des opérations baptisées, avec quel dédain! commerciales. Elles eussent peut-être, mieux que notre élitisme, assuré la stabilité, l'indépendance et les chances d'expansion de la Maison. Pour ma part je ne verrais donc pas d'inconvénient, au contraire, à poursuivre, voire à rattraper un projet qui peut nous échapper d'un jour à l'autre. Il y a, en cas de décision positive, intérêt à se hâter. C'est pourquoi, usant d'un procédé qui ne nous est pas habituel, et pour gagner du temps, j'adresse cette note à MM. Mésange et Largillier, d'*Eurobook*, en même temps qu'à MM. Fornerod, Mazurier et Fiquet aux JFF.

J.-B. Brutiger
12 juin 1981

ÉLISABETH VAUQUERAUD

Ce n'était pas un restaurant cher, c'était une cathédrale de bouffe, le salon ovale du château, la pompe à gros billets, la niche à Présidents. Gerlier est arrivé trois minutes après moi (soyons honnête : j'étais en avance), pour le plaisir de me montrer son meilleur profil. Au cimetière, face ou profil, je m'étais interdit de l'observer. Il a changé autant que s'il était passé chez le chirurgien esthétique. Son visage a été comme gommé, simplifié, sans doute par l'envie et la révélation du pouvoir. J'ai eu tout loisir de l'admirer le temps qu'entre la porte et moi l'ancien p'tit prof naviguait d'une table à l'autre, touchant des mains, dosant le sourire, impérieux ou rapide, courtois ou souverain. Mazette ! Il jouissait plus de la vie sur ces trois cents mètres carrés de moquette à fleurs que planté dans la plus belle femme de Paris. Il est parvenu jusqu'à moi porté par un nuage. « Descends, lui ai-je dit, tu es arrivé. » Il m'a examinée d'un œil rassuré. Il avait craint, je suppose, que je ne m'attifasse en gredine ou en hippy. Je ne me suis pas maquillée. J'ai la langueur d'une vierge, modèle 1914, dont le fiancé vient de tomber à Charleroi. Un petit foulard autour du cou, simplement, le tulle rouge qui ravissait mon pauvre Antoine, grand consommateur de gigolettes. Et puis ma bouche, bien sûr, que puis-je y faire à ma bouche ! Plus elle est discrète, exsangue, plus ils la regardent.

Ah ! le choix du menu ! Gerlier ne voulait pas avoir l'air et moi, bonne pomme, je ne voulais pas lui infliger l'affront d'un fou rire devant tant de récents Ministres et de nouveaux Directeurs. Je me suis donc entendue commander, d'une voix sortie du Conservatoire, des émincés de requin cru au coulis de fraise des bois. Notre déjeuner a dû coûter l'équivalent des droits d'auteur sur cinq cents exemplaires de mon roman. (Mais a-t-on jamais atteint ce tirage astronomique?) Je l'ai fait remarquer à Gerlier, qui a souri et signé l'addition. Il a une signature en or, cet homme-là. C'est la même qu'il griffonnait il y a dix ans au bas de ses annotations sur mes copies : « Plus de verve dans l'expression que de cohérence dans la pensée. » Enfin ça c'était au premier trimestre, parce qu'ensuite... Mais j'anticipe.

Ses cheveux sont toujours courts et drus. Bravo. La peau a pâli. Une cravate, c'est nouveau, en laine un peu trop vive et chinée. Pas de nostalgie ni de prêchi-prêcha. Gerlier, en dépassant la quarantaine, a enfin acquis le style que les jeunes bourgeois répudient dès leurs vingt ans. Quel détour!

— J'ai une proposition à te faire.
— Et moi une question à te poser.
— A toi l'honneur...
— Ta secrétaire, la bonne femme du téléphone, celle qui sait si jeudi-ou-vendredi, tu la sautes?

Très bien, le regard. Gerlier me considère comme ferait une espèce d'oncle, fait durer le silence, résiste à poser sa main sur la mienne, à prononcer le mot « provocation », peut-être même « provocatrice » que je vois frétiller sur le bout de sa langue, enfin il secoue la tête avec une désolation noble. « J'ai lu ton bouquin, Elisabeth. C'est à la femme qui l'a écrit que je veux parler. Ai-je tort? »

Bien sûr, je fonds. Ondée de douceur. Complicité tranquille. Tout dans le regard. Sur quoi le Grand Manitou parle longtemps. S'il voulait m'étonner, il y parvient, sois franche Elisabeth. Sa proposition me flatte, attendu qu'il ne s'agit plus des notes pharamineuses données à mes dissertes au printemps 71, qui faisaient rigoler la classe, mais que cette fois c'est public et, j'espère, désintéressé. Je ne sais pas ce qui me touche le plus de la proposition faite à la romancière (collaborer au mystérieux feuilleton de Borgette) ou de celle faite à ma tronche (y jouer un rôle, un vrai rôle...)

— Tu crois que je saurais?
— Quoi, écrire ou jouer?

Il triomphe, Gerlier. Le requin cru est exquis, à moins que ce ne soit du cobra mariné au citron vert. Les fraîches Excellences nous adressent des clins d'œil et moi je suis chancelante de convoitise. Vrai, il me dirait « On monte ? », je le suivrais. Ils avaient raison, autrefois, au lycée...

Très pro, disert, réaliste, Gerlier détaille son projet (qui n'est, me semble-t-il, qu'un train où il est monté en marche), les « exigences de la Chaîne », les participations, les quotas, les délais, les droits, les cachets, le style... Pour moi, son truc c'est le Pérou et il le sait, le salaud. Il m'attend, tranquille. J'ai honte du petit tulle rouge, soudain. S'il ne bluffe pas je pourrais vivre deux ans sans courir la lecture, ni retaper d'ours, ni me laisser peloter par les pourvoyeurs de besognes. Je le lui dis, à la loyale, et me voilà émue, oh là là ! la dernière des gourdes. Je me sens moite et lâche comme un pépé qu'on décore, toute molle en dedans, l'air d'une poire trop mûre, la main soumise. Bref, nous faisons affaire.

JOSÉ–CLO MAZURIER

Les parents sont incroyables. Ils changent à toute vitesse de personnage, de sentiments. On les quitte indifférents, on les retrouve désespérés ; on s'apprête à les consoler, ils ont pris leur parti du drame. Yves lui-même, entre eux et moi le grand intercesseur, y perd son latin. Le secret de maman s'est dénoué au beau milieu d'un repas de famille. Je n'arrive pas à croire tout à fait à cette menace cardiaque, mais elle a au moins écarté la hantise qui me rongeait. Pour elle, tout, mais pas ça ! Petite fille, déjà, je m'éveillais la nuit en hurlant après la mort de tante Yette. On avait eu tort de trop parler devant moi. Ce crabe m'obsédait. Quand maman s'est tue, souriante, au dîner dominical, j'ai failli pleurer de joie. Elle m'a dit : « Tu ne vas pas pleurer, ma Clo ? » Je ne pouvais pas lui avouer que c'était de soulagement. Les cardiaques sont des hommes lourds, couperosés, avec des poches sous les yeux. Ou des frénétiques, des inquiets. La sereine Mme Fornerod, qui entre dans les salons et les boutiques comme une goélette sous ses voiles, ne peut pas... Bon, je délire. Elle n'est pas malade imaginaire, Claude. L'a-t-elle assez répété : « Moi ? Je suis bâtie à chaux et à sable... » C'est donc grave. Jos dit : « Sérieux. » Le mot juste, toujours. Quand il lui arrive encore de lire un manuscrit il n'en discute pas l'histoire, il en corrige les mots. Cela le rassure. Donc c'est sérieux, mais propre, ce qui ressemble à ma mère. Nous allons l'obliger à vivre lentement, à se laisser protéger. Nous sommes désormais une famille comme les autres, avec « un problème de santé ».

Cela finissait par devenir insolent cette bonne forme collective et perpétuelle. Désormais il y aura un plaid dans la voiture, des médicaments dans une boîte posée à côté du verre ; on n'escaladera plus n'importe quel sommet ; on dira : « Décaféiné surtout !... » Ce sera doux et un peu étroit, comme le chemin pour entrer dans l'hiver.

A peine rassuré, Jos a sombré dans un abîme de scrupules à propos du « projet Borgette ». Les JFF vont-elles se déshonorer en publiant un télé-roman, ou va-t-on pavoiser d'avoir été assez dégourdi pour décrocher ce joli lot ? Quel cas de conscience !

Quant à Yves, sa passion pour mon beau-père – bénédiction de ma vie ! – le pousse à épouser chaque méandre de ses incertitudes. Il paraît surtout furieux et désemparé que Brutiger, qui est notre agrégé ès grandes littératures, tourne casaque et prenne le parti du bon Blaise et de ses espoirs de pactole. Plus personne ne joue son juste rôle : le patron boude le fric, le directeur littéraire le vante et l'auteur quintessencié en rêve. Métier de magie. On n'a affaire qu'aux passions des gens, à leurs songes, jamais à leur réalité. Ni même à leur intérêt bien compris. Peut-être est-ce là ce qui nous fascine tous ? Ce doit être si ennuyeux un métier où un sou coûte un sou, où un mètre mesure un mètre, inéluctablement. Il n'existe pas chez nous de « maître-étalon » comme ne résisterait pas à ricaner Chabeuil. A propos de qui j'ai encore trouvé sur ma table un kilo de roses et un message hermétique et brûlant. Les secrétaires pouffent. Un de ces jours Yves va lui briser le nez, qu'il a charmant, Chabeuil, quoique amaigri à l'excès par l'âge. Maman raffole de lui.

Yves et moi sommes invités la semaine prochaine à passer le week-end chez les Mésange. (Quelle jolie formule ce serait, et quel joli projet, avec un S... Un dimanche dans un nid, dans les arbres...) Nous ne sommes pas de leurs intimes et cela sent sa manœuvre. Jos a fait la grimace quand, à dessein, je lui ai parlé de cette invitation. J'ai vu le moment où il allait me demander de la refuser mais il s'est repris. Pousse-t-on Jos ou le retient-on ? On dirait qu'on lui agite un chiffon rouge sous le nez.

La volte-face de Brutiger, les amabilités de Mésange, jusqu'à la prudence toute normande de mon époux : quelque chose se passe. Jos lui-même est en alerte, il se méfie. Suis-je devenue adulte et clairvoyante ou toutes ces années abondaient-elles en traquenards, retournements de veste, complots que je ne soupçonnais pas ? A peine suis-je parvenue à me tailler une place dans la Maison – un bureau-placard, de très vagues responsabilités – que j'en découvre avec surprise la fragilité. Les JFF n'ont que cinq ou six ans de plus que moi. Ce que je croyais être une forteresse, une institution, parce que tout le monde autour de moi dit « chez Fornerod », « que va faire Fornerod ? », comme s'il ne s'agissait pas *aussi* du nom de ma mère, m'apparaît soudain comme un château de cartes que chaque automne ébranle. Un millefeuille toujours prêt à s'effriter. Qui veut le dévorer ? Sommes-nous riches – je veux dire : Jos l'est-il ? Je n'en jurerais pas. Je l'ai demandé, un jour, entre la poire et le fromage, avec la moue enfantine faute de laquelle la question aurait paru indécente. Maman a répondu : « C'est un métier de baladins... » Et Jos, en riant : « Les murs sont bons ! » Voulait-il ainsi m'expliquer, très précisément, que l'immeuble et le petit hôtel de la rue Jacob, avec leur cour aux pavés disjoints et les trois acacias, valent plus cher que vingt-sept années d'audace, de sagesse, de création ? Les JFF, c'est avant tout *un local*. Transformé en pierre, le génie littéraire a de l'avenir. C'est tout à fait dans les idées de mon pantouflé, qui fait avec Tanagra des calculs et guigne l'immeuble de la rue de Seine où habitent les Jos : « Tu imagines quelle plus-value on réaliserait en réunissant par la cour et le bout de jardin les deux bâtiments ? »

J'ai trouvé sur ma table, outre la tonne de roses de Chabeuil, sept manuscrits à lire. Brutiger me veut donc du bien. Quand nous sommes en froid ses minets suffisent à assurer les lectures urgentes ; quand ma pile s'élève, c'est qu'il estime avoir besoin de moi. Pour quelle confuse manœuvre ?

Vingt pages feuilletées, hélas, mes paupières s'alourdissent. On ne m'a pas fait cadeau du chef-d'œuvre inconnu. Entre les niaiseries mal dactylographiées et moi s'interpose une image de maman, toujours la même : en pantalon blanc et tee-shirt noir, à Ibiza, deux étés après ma naissance, sur une terrasse. Contre tout bon sens je suis sûre de me souvenir d'elle ainsi vêtue, et de la musique, et des amis qui se trouvaient là, alors qu'il s'agit seulement d'une photographie souvent regardée. Mais sur la photo – ou dans mon souvenir – maman, au lieu de son air de jeunesse glorieuse, a son visage d'aujourd'hui, sa tristesse

cachée, ses yeux indulgents. Brutiger passe la tête par la porte :
« On dirait que ça ne te passionne pas, ma petite Clo, les confidences de la belle Martinez... »

Moi que tout le monde tutoie (« Tu fais partie des meubles... »), le tutoiement de Brutiger m'exaspère.

JOS FORNEROD

Le malaise qui lui a tout révélé, et qu'elle nous a caché, Claude l'a eu en mars. J'étais à Londres, Yves et José-Clo à la neige : pas de témoins. Une syncope dans une rue de Neuilly. Police-Secours a transporté Claude dans une salle commune d'un hôpital délabré où sont entassés les malades ramassés sur la voie publique. Beaudouin-Dubreuilh me lâche tout cela à regret, par bribes. C'est lui que Claude a heureusement fait prévenir : trois heures après avoir été relevée sur le trottoir elle était installée dans une chambre de son service et les examens commençaient. Quand nous sommes tous rentrés, la semaine suivante, Claude était de retour à la maison, à peine dolente. « Une vilaine grippe... » Beaudouin, les Chabeuil, Arturo et Jacinta : tous d'accord pour se taire ou mentir, tous à la main de Claude. Seule José-Clo a flairé quelque chose. A cause du répondeur tout le temps branché ? Moi, rien. Cet aveuglement m'affecte autant que la maladie de Claude, – autre forme d'égoïsme.

Je ne ressens aucune inquiétude fondamentale. Est-ce parce que nous ne sommes pas désarmés devant les dangers que me décrit Beaudouin ? Une discipline, un régime, des précautions : les années passent, c'est l'ordre de la vie. Rien de comparable avec le vertige ouvert en moi quand Claude, pendant ce dîner, a commencé de parler. Choc, chute. « Est-ce à nous que cela arrive ? Est-ce ainsi que cela arrive ? » La vérité m'a paru presque douce. Nous voici devant une pente à remonter, – j'ai l'habitude. Tout ce que j'ai fait dans ma vie l'a été lentement, à la paysanne. Même l'énorme coup de chance du premier livre de Gilles – cette chance si peu dans mon style et que nul mérite ne justifiait – je l'ai exploité en artisan, patiemment. J'ai centuplé en trois ans le bénéfice publicitaire tiré de *L'Ange* et de la légende Leonelli. Je ne guérirai pas Claude mais je la maintiendrai parmi nous, égale à elle-même, fragile, oui, puisqu'ils le disent, mais indestructible. Je le veux, – je le veux avec une énergie inépuisable et toujours j'ai obtenu ce que je voulais ainsi. « Vingt-cinq pour cent de chimie, soixante-quinze pour cent de volonté », selon Beaudoin. Je lui ai dit de s'occuper de la chimie et que je ferais du reste mon affaire. « Je sais », m'a-t-il répondu. Drôle de voix.

— Et alors, quoi?
— N'oublie pas de penser à la volonté de Claude. C'est elle la cible, pas toi...

Il y a un répit, maintenant. Quand l'orage s'éloigne et qu'au tonnerre succède le ruissellement de la pluie. Je suis allé m'enfermer dans l'Alcôve, où j'ai allumé à la porte la petite lampe rouge. Louvette ne me dérangera pas. Doubles vitres, porte capitonnée. Les branches de l'acacia que je refuse de faire élaguer frôlent parfois mes fenêtres : les feuilles sont dans leur bouleversante fraîcheur. Les aurais-je vues il y a dix ou quinze ans? Le premier printemps et le premier été *différents* sont devant nous; il va falloir inventer la bonne façon de les vivre. Je ne pense pas seulement à la santé de Claude ni à ce qu'elle va modifier dans le rythme de notre vie, mais à tout ce dont cet avertissement est le signe. L'éclairage est brutal, le rendez-vous, mystérieux. Voici venir les érosions, les lézardes, tout ce que cachaient la vitesse, l'ambition, la fête, la *décoration*. J'aime le dédain avec lequel les architectes disent : « C'est de la déco », devant les joliesses qui maquillent un défaut de structure. Toute une partie de la réussite appartient en effet à la « déco ». On va voir maintenant comment résiste le gros œuvre.

Mon premier quart de siècle, ma préhistoire, est comme tombé de moi. Mon enfance est celle d'un autre, dans un autre monde. Mes études ne me laissent que des souvenirs d'irréalité ou de niaiserie. Sans parler de la misère. A vingt ans j'ai eu faim, et pas seulement de pain. Je n'avais pas de mots assez cruels pour moquer ma mère qui s'épuisait à négocier au marché noir quelques bouts de viande à nous mettre sous la dent. En 1943 on m'envoya à Saint-Genis-d'Arve, un poumon en dentelle. De l'instant de mon arrivée je n'eus plus qu'une idée, féroce : guérir. Sortir de là. Six mois auparavant je volais des livres ; il m'arriva, l'hiver 43-44, de voler des œufs, des gâteaux. Une grande pauvreté compliquait tout cela. Ah oui, remonter une pente, je connais !

Ma vie date du printemps 44, où je me suis senti renaître. Cette vie-là je me la suis donnée, je l'ai arrachée au tourbillon de désespoirs et de passions qui faisait du sanatorium une épreuve absolue. Les meilleurs s'y brûlaient, soudain se laissaient mourir. Nous étions là trois cents, étudiants ou jeunes profs, dispensés d'héroïsme par la maladie, avec le monde qui se disloquait autour de nous. Il y avait un maquis à deux heures de marche au-dessus du sana. Nous, nous respections « la cure », longue immobilité quotidienne dans nos alvéoles, une couverture jusqu'au menton, face à la montagne. La montagne où de jeunes hommes de notre âge s'apprêtaient à mourir. Dans nos têtes, une salade de tous les sentiments : l'abandon, la peur, la rage, une obstination froide. La promiscuité servait aussi bien les amours et les détresses. On se suicidait beaucoup à Saint-Genis, avec plus ou moins de succès. En mai 44, deux de nos médecins, accompagnés de quelques faux malades, rejoignirent les maquisards. Les infirmières nous soignaient avec une espèce de condescendance, du moins l'imaginions-nous. Le jour du débarquement je devais subir la dernière insufflation de mon pneumothorax. L'interne pensait à autre chose ; les conversations se croisaient au-dessus de ma tête, auxquelles je ne participais pas. Ils m'ont remis en circulation six mois plus tard, en décembre. Il paraît que j'avais été un cas, le malade exemplaire. Les filles m'avaient surnommé « le séminariste »...

Loin, loin tout ça. Enfoui sous des années de travail, de santé, de fête, d'oubli. José-Clo a appris seulement l'été dernier que j'avais passé vingt-deux mois de ma vie dans un sanatorium. Un mot absent de son vocabulaire. Il a fallu qu'elle se décide à lire Thomas Mann et Gadenne pour me poser des questions et découvrir ce temps de ma vie si important, ce rêve éveillé, ce buisson de flammes, sans lequel rien n'aurait été pareil dans la suite de mes jours.

Bourdonnement de l'interphone : Louvette s'en va déjeuner. Le silence de l'Alcôve devient d'une qualité plus fine. Debout derrière la fenêtre je vois les secrétaires partir, puis Tanagra, deux magasiniers s'asseoir dans un rayon de soleil en mangeant leur sandwich, Brutiger traverser la cour de son pas dansé, flanqué de l'Eliacin auquel il trouve du talent cette semaine. Vidée, la Maison m'attire. Je m'y faufile. Aucune envie de risquer des rencontres. En quelques heures des divergences se sont aggravées, des malentendus s'enveniment, auxquels je ne comprends toujours rien. Yves m'assiège, Brutiger m'évite, Tanagra soupire, Borgette fait le mort : une affaire de rien chauffe toutes les têtes. Vingt fois j'ai repoussé des projets de cet acabit, farfelus ou désobligeants, et l'équipe faisait chorus avec moi parce que le choix était évident. Il ne l'est pas moins aujourd'hui que tout le monde se met à piailler. Les piaillements, j'en ai l'habitude. Dans une maison vivante, même les paroles de soumission se chantent sur un air de fronde. Je sais que, franchies les portes, telle de mes attachées de presse dénigre à mi-voix les livres qu'elle est payée pour vanter ; Brutiger déplore successivement mon indifférence à la littérature et mon dédain de l'argent ; Tanagra attablé chez Lipp ne cache pas que sans lui les JFF seraient depuis beau temps en cessation de paiement. De temps à autre me revient l'écho de ces douceurs. Je les oublie aussitôt. Les gens se revanchent ainsi d'une pusillanimité de sous-ordre. Et puis il y a leur rage de lâcher. Je ne la soupçonnais pas avant d'avoir des collaborateurs, des employés, une équipe dont je découvre toujours avec un émerveillement désolé les minuscules trahisons. Il ne faut rien prendre de tout cela au tragique. Ce doit être si ennuyeux de ne pas être le maître ! Je comprends qu'on souffre de démangeaisons. Mais ces jours-ci, rue Jacob, on se gratte trop fort.

J'aime les couloirs. J'aime entrer dans les bureaux désertés, y deviner les tâches en cours, y vérifier ce que je sais de leurs occupants. Des cendriers pleins, des chaises en désordre : une réunion a eu lieu. Partout des piles de manuscrits, des textes en épreuves et souvent, glissé entre deux feuillets, un crayon indique où l'on en est de la lecture. Rien ne m'émeut davantage. Les années ont passé sans user en moi cette émotion-là. Certains bureaux sentent le renfermé, d'autres le parfum, ou le fauve, ou la lassitude des dames à la fin du jour. Celui de mon prétendu gendre est toujours aéré, anonyme. Seul signe personnel, la photo de José-Clo posée sur la cheminée, qui me gêne parce qu'elle n'est pas placée pour être vue par Mazurier mais par ses interlocuteurs. A passer ainsi de porte en porte une évidence s'impose : rien de plus laid que des bureaux. Notre métier ne permet guère un décor époustouflant, qui humilierait les auteurs plus qu'il ne les rassurerait. J'aime dans ces maisons disparates, peu à peu ancrées l'une à l'autre, réunies et bouleversées, les bricolages que leur mariage a imposés : murs percés, recoins, escaliers bizarres. Ils nous empêchent de nous prendre trop au sérieux. C'est la maison des nains de Blanche-Neige. Il y a quinze ans, depuis une de mes campagnes estivales de travaux, que je dois penser à baisser la tête pour ne pas la fracasser quand je passe du pavillon du fond (fabrication, comptabilité) au retour d'aile où se trouvent la publicité, les littéraires, l'Alcôve. Bêtise d'architecte, facile à réparer. « Laissez, lui ai-je dit en riant, ça me rappellera que je ne suis qu'un humble artisan... » C'était un mot d'orgueil, dans l'euphorie d'après le deuxième roman de Leonelli. Eh bien, cela a marché. Je ne plie jamais la nuque sans me répéter : « Attention, n'oublie pas... » Et je n'oublie pas.

Il y a quinze ans, les magasiniers déjeunaient encore « à la gamelle ». Seul le vieil Eloi reste fidèle à la tradition. Les jeunes et les filles avalent en hâte un sandwich et vont boire des cafés rue de Seine ou rue Bonaparte, au milieu d'autres jeunes gens vêtus comme eux, coiffés comme eux, inclassables. La vie a changé. Je n'ai guère pris le temps de regarder autour de moi, toutes ces années. Il faut aujourd'hui le hasard d'un déjeuner annulé (par moi, et sans raison, ce qui est rarissime) pour que je flâne pendant deux heures. Je vois la surprise sur les visages d'Eloi, de Jeannot. « Qu'est-ce qui lui arrive au patron ? » J'étais sorti pour marcher jusqu'à la rue de Beaujolais, où Rupert me trouverait une table, mais je n'ai pas envie de parler, de répondre. Une faim légère m'excite et m'allège. Moi aussi je voudrais m'asseoir dans ces géométries de soleil que ménagent les immeubles. A la terrasse de la Palette ? Je n'oserai jamais, parce qu'en face s'ouvre la porte de mon immeuble. Je descends, par la rue Guénégaud, vers la Seine. Les trottoirs sont envahis par les ouvriers de la Monnaie dont les bleus surprennent dans ce quartier : une usine à deux pas de l'Institut. Sur les quais passent les premières Américaines de l'été, de la démarche plate, nonchalante et barbare que leur font les ballerines. Comme elles sont belles ! De la soudaine et rieuse beauté de mai, qui me déchirait le cœur autrefois, du temps où j'avais un cœur.

Comme j'ai travaillé ! Comme j'ai parlé ! Des milliers de comités, de réunions, des dizaines de milliers de rendez-vous, des milliers de déjeuners, – combien ? Cinq, six mille depuis les premières « petites bouffes » de la rue de La Harpe, chez le Grec dont la gargote empestait nos bureaux, et sans rancune nous descendions pourtant manger chez lui le chiche-kebab dont l'odeur de graisse chaude reste inséparable de mes premiers contrats, discutés là, où l'on calculait les droits sur la nappe en papier. Quatre ans plus tard, Gilles et Colette, capricieux et inflexibles, ne supportaient pas de déjeuner ailleurs qu'au Berkeley ou chez Maxim's, et j'achetai le pavillon du fond de la cour, rue Jacob. Si vite et si lentement, tout cela, si logique et si miraculeux. Cinquante mille manuscrits, dont deux mille (Louvette en tient le compte exact) reniflés, le crayon à la main, feuilletés, rejetés, repris, dévastés, démantibulés, recomposés, zébrés de corrections. D'innombrables séances de confession, d'encouragement. Brutalités de rebouteux et délicatesses de prêtre. Les grands désespoirs qu'il faut aller soigner, toute affaire cessante, à dix heures du soir, devant une bouteille. Les nerfs, les larmes, les reproches, les amertumes, les ruptures, les remords, les retours, les vanités énormes, désarmantes, naïves, que lâchement j'encourageais jusqu'au jour où, coincé, je crevais la baudruche... Les haines, alors ! Les conciliabules, les faux bruits, la calomnie... Sadique, impuissant, maquereau, failli, négrier, – que n'ai-je pas été au long de ces vingt-huit années ! Tout cela emporté dans la fièvre d'un métier superbe, sans autres lois que le flair et le plaisir. Tout cela hâtif, brûlant, ou au contraire immobile, ensommeillé, quand la Maison, on ne sait pourquoi, s'encalmine. Puis un hasard relance tout, un déclic, l'inattendu : un écho venimeux qui porte des fruits inespérés, une critique enthousiaste, un passage fracassant à la télévision, un bonhomme aux deux tiers gâteux qui s'emballe pour un roman et enflamme un jury... Tanagra montait me voir dès mon arrivée, l'œil plus vif, à la main un petit papier – il avait toujours un petit papier à la main – sur lequel il avait griffonné les indications téléphonées par le diffuseur. Ça y était, le livre de X. ou de Z. démarrait. Le total des ventes quotidiennes frémissait, gonflait, passait de deux à trois chiffres, de trois à quatre, et sur toute la Maison soufflait un air plus léger. L'ordinateur, plus tard, m'a privé des petits papiers de Tanagra et lui-même s'est blasé. Tapotement nerveux, plaisir froid, les temps changent. Ce qui n'a jamais changé c'est ce recommencement perpétuel du cycle, les illusions, les campagnes, les patrouilles, les bagarres, les désillusions, l'oubli... Ce qui ne change pas c'est ce film au long duquel les auteurs passent de l'incertitude à l'incrédulité, de l'incrédulité au triomphe, ou de la certitude à la colère, à l'humiliation, à la rancune. Ceux qu'on voit chaque jour, deux fois chaque jour, tatillons, angoissés, harcelant les employés de la Maison, les caressant, leur apportant des fleurs, des chocolats, – puis leurs visites s'espacent... Ils rentrent dans leur trou... Ils lèchent leurs plaies... Ils disparaissent. Et c'est un autre, oublié, enterré dans son métier, sa province, modeste, quasi invisible, que soudain le projecteur tire de l'ombre, isole, anime, galvanise. La notoriété le secoue, le bouscule et à partir d'elle on ne sait jamais ce qu'il peut arriver. Métamorphose ou sérénité? Abondance, stérilité, sagesse? Alcoolisme? Mégalomanie? Certains se délitent, se dispersent. D'autres engrangent et s'adaptent au bonheur avec un naturel stupéfiant. Il y a de tout : des cigales, des fourmis, des ménagères, des princes, des placiers en librairie, des nomades, des rapaces, des pères de famille. Les observer, les peser, les voir se briser ou se fortifier, bouchonner à la vague ou apprendre à naviguer. Plaisir féroce, plaisir fort et secret dont jamais je n'ai tout à fait avoué le goût. Il a envahi ma vie peu à peu immergée dans le métier. Le métier n'a rien épargné, il a tout plié à ses besoins. Les écrivains sont devenus nos amis, et à cause d'eux, autour d'eux, les journalistes, les gens de radio et de télévision, tous les mangeurs et les noircisseurs de papier. Ils ont envahi les week-ends quand Claude a hérité de sa tante la maison de Louveciennes et que nous avons commencé d'y organiser les goûters du dimanche. Quand était-ce? En 69, 70? Ils ont envahi les soirs, les étés, les nuits, la neige, la terre entière puisque nous ne voyagions plus que de Foire en Congrès. Nous allions en Egypte avec les Chabeuil, en croisière avec d'Entin, à Moscou avec Grenolle, au Japon avec le Pen Club, en Suède pour le Nobel de Fléaux, en Arizona ou dans le Connecticut pour arracher un contrat, à New York pour la première du film tiré du roman de Gilles Leonelli, à Rome sonder Moravia, au Sénégal solliciter Senghor...

   Pas un jour depuis trente ans qui n'ait été donné aux livres, à leurs auteurs, à leurs victimes, à leurs profiteurs. Jusqu'à des scènes de comédie. La femme de Tanagra a accouché d'un petit garçon la veille du jour où Gandumas reçut l'Interallié. Nous courûmes dix fois du chevet de Josette Fiquet à l'imprimerie, à la radio, au cocktail. Nous avions si peu d'argent, cet automne-là, que nous avons renvoyé aux épouses des jurés les fleurs que recevait Josette à la clinique. Nous faisions l'échange des cartes sur le lit de la jeune maman. Les infirmières n'en croyaient pas leurs yeux. Bientôt elles nous ont apporté les bouquets qui envahissaient les chambres voisines... Et les blessures, les peurs, les deuils... L'accident de Bretonne, dans les Grisons, et les jours où il était entre vie et mort, que nous avons passés dans ce motel de Coire... Le voyage au Mexique depuis si longtemps promis à Claude, interrompu le troisième jour parce que Marc s'était tiré une balle dans la bouche. « Son éditeur n'était même pas là... », phrase inacceptable, inimaginable. J'ai toujours été là. Là? Las? Piège des mots. Ne serais-je pas seulement las aujourd'hui? Ne le suis-je pas depuis longtemps? Ou pour être moins noble n'en aurais-je pas ma claque, plein le dos et la mémoire? Sisyphe hissant au sommet de je ne sais quelle montagne de prose ces tonnes de papier inutilement noirci, les arbres de ces forêts, abattus...

   Les jeunes femmes qui marchent sur le quai dans le soleil, les couples enlacés du Vert-Galant, les apprentis de la Monnaie aux yeux gouailleurs ne me paraissent pas appartenir à une race étrangère. Je n'ai pas vieilli. Je ne sens pas peser sur moi ces vingt-huit années. Las? de quelle lassitude? Je n'ai pas pris un gramme de scepticisme, une ride d'amertume. Je ne m'étonne même plus d'écouter les écrivains, hommes et femmes, parler d'eux comme de jeunes gens éternels. Ils jettent des corps poussifs aux nouvelles amours avec la même magnifique inconscience sans laquelle ils ne s'attaqueraient jamais à un nouveau livre. Les gigolos de l'une, les tendrons de l'autre ? Mots de retraités. Nous, nous ne raccrochons pas. L'insolence et le désordre que je fais profession d'administrer ont déteint sur moi. Je ne comprends rien à la déférence avec laquelle il arrive à des journalistes ou à de jeunes auteurs de me traiter. Comment me voient-ils ? Pourquoi mon nom a-t-il disparu des listes de « jeunes éditeurs » dans les enquêtes et les échos ? Cohen et Lacenaire seraient *jeunes* et moi, *vieux* ? Arithmétique absurde. Les marchands de soupe, les marchands de canons vieillissent, – pas les marchands de songes. Faire-valoir des baladins, nous bénéficions de leurs privilèges. Nous sommes de la roulotte. Métiers publics, « professions délirantes » : du chanteur, qui plonge chaque soir dans l'ébullition noire et méfiante d'une salle, au renard politique, toujours à rôder autour d'un poulailler, tous ceux qui livrent leur visage aux lumières, s'étripent, s'égosillent, se confessent, jouent chaque livre ou chaque gala à quitte ou double, comédiens, musiciens, peintres, hagards entre four et triomphe, silence et rumeur, vous formez une seule famille et je m'y suis agrégé, celle des grands écorchés, familiers d'une ascèse mais rétifs à la morale, héroïques et flanochards, intraitables et peureux, cabots prompts au suicide, rigolos désespérés. Grands incapables de vivre vous aidez à vivre les inconnus qui, vos livres refermés, gardent les yeux fixés sur vous, fascinés. Je suis des vôtres. Par osmose et amitié, je suis des vôtres. Las ? Plus souvent ! Et dès demain je vais les reprendre en main mes énervés de la rue Jacob. Convoquer le comité, sans explication, par note écrite (ce qui ne s'est jamais vu), une heure plus tôt que d'habitude. Ainsi Brutiger aura la langue pâteuse et, avec un peu de chance, la braguette boutonnée de travers. On leur en foutra du caca de feuilleton « homogénéisé », de vastes visées commerciales, l' « expansion » de la Maison, et autres petites saloperies obliques destinées à me court-circuiter. Le fil direct avec *Eurobook*, paraît-il ! Les mimis au Vrai Capital ! Le « projet Borgette » ! Au trou, le projet Borgette.

FOLLEUSE

Je suis un torchon, ne me confondez pas, Fornerod, avec les serviettes dont vous composez depuis un quart de siècle votre élégant trousseau. Soyez tranquille, le jour venu de vos noces avec quelque esthète des travaux publics, de la banque nationalisée ou du yoghourt (on me dit que ça ne saurait tarder au train où vont vos affaires), vous apporterez en dot la plus ravissante collection de lingerie fine dont puisse rêver le richard qui se paye une danseuse. Non seulement l'inimitable nid d'abeille de la Leonelli, qui vous mit à la mode quand je fréquentais encore la maternelle, mais le grand genre damassé du baron d'Entin ou de Bretonne, l'éponge bouclée de la Sylvaine (la littérature qui essuie), le dacron Chabeuil (le romanesque qui blanchit sans bouillir), le coton Guevenech, serviette kaki à la rugosité toute militaire indispensable au barda du facho breton, le populaire perlon Grenolle, sans parler du linceul à la Gandumas – et j'en passe. Jolie corbeille d'épousée, Fornerod, pour le soir où le fric salvateur vous ouvrira sa bourse et son lit.

Mais, de grâce, ne m'étendez pas à sécher entre vos caleçons de soie. Nous n'avons jamais lavé de linge sale ensemble. Ni gardé les veaux – ces veaux dont sont pleins vos catalogues et vos programmes, à telle enseigne qu'on ne dit déjà plus « l'écurie » mais « l'étable Fornerod ». Vos auteurs ne piaffent pas, ils meuglent. N'étant ni une petite culotte ni un bovidé de littérature, je vous saurais gré de démentir les informations qui ont traîné ici ou là, selon lesquelles j'aurais « signé avec vous » et serais même associé à je ne sais quel projet qu'on vous prête. On ne prête qu'aux pauvres ces projets-là, qui consistent à négocier l'honneur d'un métier contre quelques millions. Vous le savez, je n'aime pas les éditeurs riches, les bons gros tonneaux d'or que je m'entends comme personne à mettre en perce. Nous ne sommes pas faits pour nous entendre, Fornerod. Vous n'êtes pas « un éditeur de la vieille école », ni « un classique », ni aucune sornette de ce ton-là – vous êtes un éditeur sans tempérament. Doué d'un goût honnête, ce qui devient rare j'en conviens, vous n'avez jamais osé prendre parti pour ni contre rien. Votre éclectisme n'est qu'un dégoûtant manque de passion. Vous publiez pêle-mêle des cocos et des fascistes, des illisibles et de la purée, la fausse avant-garde de Rigault et la vraie arrière-garde de Chabeuil, les officiels et les traîne-pantoufles, les arrivés et les panouilles, les profs et les taxis. Espérez-vous tromper ainsi le monde et passer pour un Grand Editeur ? Vous n'êtes qu'un don juan qui n'en tirerait plus une. Vos *mil' e tre* sont pucelles comme des nonnes. Il faut suer, crier, ahaner sur ses auteurs, les besogner, perdre en eux sa semence, jouir d'eux. Tout le reste, les jolies mines, votre exsangue œcuménisme, *les serviettes*, mon cher, c'est de la bureaucratie. Je ne serai jamais un de vos auteurs parce que je veux un éditeur aux mains sales, qui s'essuie au rude torchon Folleuse, qui me torde, me batte, me rince – qui m'aime quoi ! Vous, vous n'aimez personne.

Ayez donc l'obligeance de pulvériser le faux bruit ci-dessus évoqué. Et du même coup faites justice de ces ragots qui galopent les couloirs de la télévision et les rédactions des petits journaux. Après tout, on vous aime bien, et l'on ne demande pas mieux que de vous conserver un peu d'estime.

Dix littérateurs en France, Fornerod, méritent d'être appelés *écrivains*. Vous en avez publié un. Et même, soyons bon prince, un et demi... Je vous laisse accrocher des noms à cette devinette. Vous êtes assez bon juge pour ne pas hésiter longtemps. Que ce passe-temps vous aide, comme ils disent, à remettre les pendules à l'heure.

MUHLFELD ET ANGELOT

MM. Muhlfeld et Angelot – l'un est professeur de lettres au lycée Albert-Camus de Fontenay-le-Duc, l'autre journaliste économique à Valeurs françaises *– travaillent depuis plusieurs mois à une étude à paraître aux éditions Klincksieck sous le titre :* JFF ou trente ans de liberté d'écrire. *Cet ouvrage viendra compléter utilement l'information rassemblée par divers ouvrages ou thèses consacrés depuis quelques années à Gaston Gallimard, Bernard Grasset, Calmann-Lévy, etc. Rappelons que MM. Muhlfeld et Angelot sont déjà les auteurs d'un travail remarqué sur* Les Familles du Nationalisme français, 1870-1958.

Ils ont bien voulu, non pas publier des extraits d'un texte qu'ils tiennent à garder inédit jusqu'à sa parution intégrale, mais en quelque sorte condenser, aux dimensions d'une revue, leur exceptionnelle connaissance du sujet, dans l'étude qu'on va lire, que nous publierons en deux ou trois livraisons. Elle appartient, s'agissant d'une activité très proche, plutôt qu'aux disciplines universitaires, à un genre peu pratiqué en France, celui du profile *à l'anglo-saxonne, portrait à la fois psychologique, sociologique et professionnel d'un personnage et d'une entreprise, conduit selon des règles de liberté dans la sympathie dont la banale traduction, « profil », qui sent trop son bureau d'embauche, ne rend pas un compte exact.*

MM. Muhlfeld et Angelot ont rencontré pour la première fois « Jos » Fornerod en 1978 et ils ont pu, au cours de plusieurs entretiens, en même temps qu'ils avaient accès aux archives des

JFF, lui poser des questions auxquelles l'éditeur répondit avec précision. C'est là un exemple d' « histoire immédiate » que nous sommes heureux d'accueillir à L'Athénée.

La Rédaction

JFF ou trente ans de liberté d'écrire

(...) Le père de « Jos » Fornerod, François, de modeste origine jurassienne, était né en 1891 à Maisons-du-Bois, aux environs de Pontarlier. Le grand-père, Eloi Joseph Fornerod, ayant péri en 1905 dans l'incendie de la scierie où il était contremaître, le jeune François, âgé de quinze ans, dut sans plus attendre gagner sa vie. Il connut les travaux de bûcheronnage dans les forêts du Larmont, les hivers de six mois, les tâches ingrates dont on accablait alors l'apprenti. On peut imaginer que son appel sous les drapeaux, en 1911, lui apparut sinon comme une délivrance au moins comme un répit, malgré la gêne où il laissait sa mère en « partant soldat ».

De 1911 à 1914, il passa ses « trois ans » de camp en garnison dans cette France de l'Est, amputée et impatiente, où très jeune il apprit le patriotisme viscéral qui devait l'animer toute sa vie, en même temps qu'il se familiarisait avec l'austère et rassurant encadrement de la vie militaire. La mobilisation d'août 1914 le surprit sous l'uniforme, et il fut plongé dans la guerre sans être retourné embrasser les siens.

Charleroi, l'Yser, les Dardanelles, Verdun : son régiment fut engagé dans quelques-unes des plus dures batailles des années 1914 à 1918. François Fornerod, deux fois blessé, fit ce qu'on appelait alors « une belle guerre ». Soldat de deuxième classe en août 1914 il se retrouva, en 1919, en occupation à Mayence, lieutenant et chevalier de la Légion d'Honneur. On ne sait pas quelles furent alors ses motivations, surprenantes après huit années passées sous les armes, toujours est-il que le lieutenant Fornerod obtint, en 1919, d'être maintenu en activité au lieu d'être versé dans la réserve et libéré. Le petit bûcheron qui avait rejoint son corps à Besançon à l'automne 1911 était devenu, par la grâce de la guerre, un nouvel homme. Ces métamorphoses sociales furent plus nombreuses qu'on ne le croit.

La carrière ultérieure de François Fornerod, malgré des séjours volontaires au Maroc et en Syrie, fut médiocre. Oubliée la fraternité des combats, on lui fit sentir qu'il n'appartenait pas à la caste où se recrutaient les officiers supérieurs. Il n'était encore que capitaine, et passablement amer, en 1933, quand il se prit de passion pour les Croix-de-Feu du colonel de La Rocque. On lui reprocha vite de manquer au devoir de réserve d'un officier de carrière; sans doute eût-il affronté bien des difficultés si, dans la nuit du 6 au 7 février 1934, habillé en civil, il n'avait pas été tué place de la Concorde lors d'une charge de la Garde républicaine. Cette mort gênante, d'un officier qui n'eût pas dû se trouver mêlé à la manifestation de cette nuit-là, fut escamotée. Aucune chronique du temps ne l'évoque.

Le petit Joseph-François, qu'on nommait déjà « Jos », avait treize ans. Il était l'un des deux enfants qu'avait eus le capitaine de la jeune fille épousée en 1920, Adèle Rumes, fille d'un clerc de notaire d'Arcachon. Adèle Fornerod, selon le scénario qui se répétait de génération en génération, se retrouva seule avec deux enfants à élever, une pension de veuve d'officier et un petit appartement rue de Mouchy, à Versailles. Elle y vécut jusqu'en novembre 1939, date à laquelle elle déménagea pour s'installer à Paris, à une époque où les familles cherchaient plutôt à quitter la capitale dans la crainte des bombardements.

Il faut imaginer ce que furent pour l'adolescent ces années 1934 à 1941, de ses treize à ses vingt ans. Une jeunesse étouffée par une pauvreté décente et hérissée de principes, le souvenir extasié du capitaine, les amertumes de Mme Fornerod : six ou sept années grises, vécues entre une mère en deuil et une jeune sœur à la santé précaire. En 1941 et 1942, Jos poursuivait sans y croire d'incertaines études de lettres et d'histoire en Sorbonne, obsédé par les événements, guetté par le STO[1]. La maladie le délivra de cette menace et de l'ennui. Alors que la fragile Jacotte, élevée à la Maison de la Légion d'Honneur de Saint-Denis, y devenait une superbe jeune fille, Jos, atteint de tuberculose pulmonaire, fut envoyé d'urgence au Sanatorium universitaire de Saint-Genis-d'Arve où il allait passer deux ans.

1. STO : Service du travail obligatoire.

Années importantes à plus d'un titre. Elles permirent à Jos Fornerod d'échapper aux violences de l'époque – privilège qu'il considéra par la suite comme une mutilation – et d'approfondir et canaliser une culture encore désordonnée. A Noël 1944, c'est un homme fait qui revint à Paris. Il y tomba en plein drame familial. Sa sœur Jacotte, alors âgée de dix-neuf ans, avait fait la connaissance à la fin de 1943 d'un sous-lieutenant allemand, ami et protégé du célèbre Gerhardt Heller, et les deux jeunes gens s'étaient aimés. Passion des plus honorables et qu'ils ne songèrent même pas à cacher, mais que ne pouvaient pas tolérer les rancunes de l'époque ni, bien sûr, la veuve du capitaine.

On ne sait pas grand-chose de cet épisode sur lequel Jos Fornerod a toujours refusé de s'étendre. Sans doute en souffrit-il. Sa sœur avait dit adieu à Konrad Kramer à la mi-août 1944. Les jeunes gens s'étaient juré de se retrouver dès que possible. Dénoncée aux résistants de la onzième heure par une lettre anonyme, injuriée, recherchée, Jacotte trouva refuge dans la famille d'une ancienne amie de pension, dont le père avait été, en 1940, un notable de Vichy.

Quand il revint du sanatorium, exalté par les aventures du maquis, qu'il avait côtoyées, la tête troublée par les passions de cet hiver-là (1944-45), Jos mesura l'étendue du désastre familial sur lequel sa mère, dans ses lettres, avait fait silence. Il adorait sa sœur. Il alla la voir en Anjou, dans la demeure des P. où Jacotte devait passer plusieurs mois. Nous ne savons rien de ce que fut cette rencontre. A son retour d'Anjou, Jos Fornerod commença à travailler comme pigiste à Carrefour, puis à Combat. Aucun de ses camarades de cette époque ne se rappelle l'avoir jamais entendu parler de Jacotte. On ignorait qu'il eût une sœur. On sait seulement qu'à l'automne 1946 il parvint à se faire envoyer en mission en Rhénanie, à Offenbourg-en-Bade, auprès du Père du Rivau, et à retrouver la trace de Konrad Kramer qu'il faisait rechercher depuis plusieurs mois. Kramer avait été blessé à Arnhem en septembre 1944 et il végétait aux environs de Munich, manutentionnaire au PX[1] d'un camp américain. Jos alla le voir, l'apprécia et mena à bien les démarches, alors compliquées, qui aboutirent en mars 1946 au mariage, à Offenbourg, de Jacotte et de Konrad. Ajoutons pour conclure cet épisode que le professeur

---

1. PX : sorte de *drugstore* réservé aux troupes américaines en occupation.

Kramer, spécialiste de philologie romane, enseigne toujours à l'Université de Fribourg-en-Brisgau et compte prendre sa retraite, avec sa femme, dans un village du Lot dont ils ont restauré le presbytère.

Nous ne nous serions pas étendus sur ces années de jeunesse – en particulier sur la mésaventure de Jacotte Fornerod – si elles ne nous fournissaient pas de précieux éléments d'appréciation. Ce fonds familial de ferveur nationaliste et de rigueur « versaillaise », sur quoi se greffèrent l'épreuve de la maladie, l'humiliation d'une embardée amoureuse alors tenue pour scandaleuse, mais aussi la force et la liberté de caractère qu'il fallait déployer, en 1945, pour braver l'opinion et imposer un mariage franco-allemand : tout cela enracine Jos Fornerod dans un passé proche encore, certes, mais aux résonances et aux couleurs évocatrices d'une France ancienne, aujourd'hui négligée ou ignorée. On comprendrait mal l'indifférence avec laquelle Fornerod a paru traiter, parfois, telle ou telle innovation esthétique, voire certaines chimères idéologiques, si l'on oubliait à quelle société il s'est toujours senti appartenir. Dans des notes restées inédites, intitulées « A propos de mes parents », qu'il nous a communiquées, on peut lire ce qui suit.

Mon père : mystique de la biffe, des longues marches (forêt ou guerre), désenchantement profond et rageusement dissimulé. Ses lettres à Bernanos, restées sans réponse, mais dont il gardait les doubles. Les numéros de l'*AF* retrouvés quand j'eus vingt ans, zébrés de traits furieux. Je l'imagine, sa dernière nuit, à la brasserie Weber, allongé sur une table – on l'y avait transporté, nous a-t-on dit – se voyant mourir étouffé de mépris, abattu, lui ! par une arme française...

Ma mère : couleurs de *demi-deuil*, manteaux de *demi-saison*, avec ses duretés presque paysannes, son quant-à-soi, son incroyance, snobée à Versailles par les épouses des colonels polytechniciens ou cyrards, étranglée de solitude et se débattant contre le sort. Quand je fus enfermé au sana et que J. eut quitté la maison (entre Noël 43 et la Libération), accablée de honte et de chagrin, que fit-elle ?

Elle hébergea, avec une témérité tranquille, des résistants, et même un aviateur canadien. « Comme ça vos chambres servaient à quelqu'un », me dit-elle un peu avant sa mort. Ce fut son seul commentaire sur ces huit mois, à la fois l'étiage de sa vie et sa seule occasion d'héroïsme. Après cela elle vécut encore treize ans, dans le sentiment qu'elle devait expier, racheter, etc. Apparition alors du vocabulaire catholique, chez elle qui ignorait toute foi. Elle est morte trop tôt pour me voir « réussir ». Elle est morte, aussi, sans avoir accepté de se rendre une seule fois à Fribourg, même après la naissance des jumeaux Kramer, ses seuls petits-enfants.

Nous sommes frappés de ce que les quelque cinquante auteurs des éditions JFF que nous avons rencontrés et interrogés, même ceux qui avaient publié rue Jacob plusieurs livres et pensaient bien connaître Jos Fornerod, ignoraient pour la plupart cette atmosphère de son enfance et de sa jeunesse. Ils ne connaissaient de son passé, pour les plus curieux, que la notice régulièrement réimprimée dans le Who's who *: « Fils de François Fornerod, officier, et de Mme, née Adèle Rumes. » La notice passe ensuite directement des « licences de lettres et d'histoire » à ceci : « Fonde en 1953 les éditions Joseph François Fornerod (JFF) dont il est directeur-gérant jusqu'en 1964, puis président-directeur général depuis 1964. Administrateur d'*Eurobook*, de la* Dauphinoise des Papiers *et des* Reliures franco-suisses. *Vice-président du Syndicat des Editeurs (1977). Président des « Rencontres Internationales de Montreux (1979). » Etc.*

Autant Jos Fornerod s'est toujours montré discret, et même secret, sur son passé familial, autant, les origines de sa réussite professionnelle le passionnant, il nous en a plusieurs fois parlé d'abondance. Comment le pigiste de Combat *se transforma-t-il en éditeur ? Comment passèrent pour lui ces années 1945 à 1952, de ses vingt-cinq à ses trente-deux ans, pendant lesquelles la France émergeait des misères et des haines de l'Occupation pour s'enliser aussitôt, en Indochine, dans les ornières de la « sale guerre » ?*

Notons-le au passage et pour n'y plus revenir, car l'évolution des JFF écarte ce propos, Jos Fornerod, contrairement à ce que ses origines auraient pu laisser prévoir, adopta face aux conflits d'Indochine, puis d'Algérie, une attitude que selon les opinions qu'on professe on peut nommer « progressiste » ou « défaitiste ». Il est hors de doute que son intime amitié avec Max-Louis Sauve (que la presse d'extrême droite, on s'en souvient, surnommait alors « Sauve qui peut »...), à l'époque où celui-ci couvrait comme reporter les événements de Saigon, puis d'Alger, lui ouvrit très tôt les yeux sur ce qui se préparait. Les adversaires de Fornerod se souviennent qu'il donna du travail, après 1962, à d'anciens de l'OAS et qu'il publia le roman-plaidoyer de l'ex-commandant de Villeflains; mais ils oublient que deux ou trois ans auparavant il avait hébergé discrètement tel « porteur de valises » du FLN que traquaient alors plusieurs polices... Nous tenons le fait pour avéré, même si le bénéficiaire de cette dangereuse hospitalité, parce qu'il assume aujourd'hui des responsabilités officielles, nous a demandé de taire son nom. (...)

(à suivre)

DEUXIÈME PARTIE

Le papier jaunit en été

YANN GUEVENECH

Le four est brûlant à San Nicolao. Retour des Amériques, la Leonelli y cuit pour l'été sa clique habituelle, retrouvée après quatre mois. Le palazzo de Didi Klopfenstein est vaste : la Leonelli a relevé sa sauce d'épices nouvelles. Outre Chabeuil l'Ancien, qui est de fondation, le couple Tom-et-Lewis, le Mari, revenu par miracle de São Paulo où l'on disait que Colette l'avait laissé refaire racines et restaurer une fortune qu'elle s'est acharnée à écorner, et l'on attend Sylvaine Benoît. On jure qu'elle ne viendra pas seule. Qui l'accompagnera : garçon ou fille ? Les paris vont leur train. Il y a aussi là-bas un couple d'Italiens inconnus de moi mais ruisselants d'industrie et de considération.

Sylvaine Benoît et la Leonelli, voilà une alliance inattendue. Il y a vingt ans les deux Leonelli, Colette et Gilles, Colette dans le sillage de Gilles, dans sa lumière, dans sa légende, étaient du très gros gibier que traquaient, pour leur offrir des couvertures de magazines à faire saliver les Présidents, les divas de la photographie new-yorkaise et les *paparazzi* romains. Gilles avait vingt-cinq ans et les prédicateurs, en chaire, tonnaient contre lui avec des accents de tendresse furieuse ; Colette en avait vingt, des voitures mugissantes, des amants que sa sulfureuse réputation d'inceste reléguait à l'arrière-plan, la bougeotte, et cette hardiesse des gestes sous des soies laineuses, ou des laines soyeuses, selon le soleil, qui fut le grand charme des princesses et des chanteuses italiennes à l'époque où les robustes dames de Roubaix-Tourcoing découvraient Emilio Pucci.

Colette, alors, on ne pensait qu'à son corps. A sa gorge surtout, qui bougeait. Elle avait des yeux immenses. Quand au milieu de la nuit elle entrait, sa main dans la main de son frère, dédaigneuse, adolescente androgyne que harcelaient les hommes, dans une de ces cavernes où elle usait les heures noires, toujours suivie des parasites de Gilles, de la clientèle de Gilles, des angelots et des démons depuis *L'Ange* attachés au sort du romancier, éperdus, quémandeurs, serviles, méchants, auxquels se joignait chaque nuit la traîne des cadets de clans milliardaires, dames vieillissantes et cinq fois divorcées, chirurgiens noceurs, pilotes de course, photographes, *beautiful people* dans le vent qu'épuisait pourtant la tornade Leonelli, – quand elle arrivait, descendant un escalier de moquette noire, fendant le vacarme sans voir les sourires, sans entendre les bonsoirs, innocente, vive et lente à la fois, ses cheveux mouvants autour de son visage de renard, c'était l'insolence qui passait, un miracle, l'aventure inimaginable de son frère par elle apprivoisée, rendue accessible, assainie, presque normalisée.

Colette Leonelli souriait de loin à Gilles, communiquait avec lui par mille signes invisibles, buvait, se taisait, dansait (elle paraissait toujours danser seule puisque jamais elle n'entraînait son frère), s'alanguissait sur la banquette, se relevait, s'en allait sans rien dire. Alors un homme hésitait, jetait des coups d'œil autour de lui, s'esquivait, filait avec des allures d'assassin vers l'escalier noir où Colette avait disparu.

Sylvaine, à cette époque, n'était déjà plus une gamine et n'avait pas encore conquis son prénom. Les enveloppes : « Madame Jean-Baptiste Benoît ». Monsieur Jean-Baptiste était avocat à la Cour et habitait un rez-de-chaussée avenue Georges-Mandel. Il plaida des affaires pour les éditions du Rocher, le Sagittaire, René Julliard, lequel le prit sous son aile ainsi qu'il aimait faire. Il invita le couple à dîner. Les Benoît en furent enivrés : une duchesse, des voyous, l'épée du général de La Fayette, – Sylvaine sentit le talent lui monter aux doigts. Un an plus tard elle apporta des nouvelles à « René », qui les publia. Mais ça, le succès d'estime, les signatures dans les librairies de Deauville et de Biarritz, l'interview par Dumayet, ce fut en 64, pas avant. C'est un peu plus tôt que Sylvaine avait aperçu pour la première fois les Leonelli chez Pierre et Hélène Lazareff, un dimanche. Sylvaine était arrivée un peu pataude, flanquée de l'avocat, alors que Colette, qui venait en voisine, était ivre, silencieuse et les pieds nus. Gilles était en pêcheur de Saint-Jean-de-Luz. C'est du moins ce que jura plus tard Sylvaine qui les contempla de loin, les yeux ronds. En ce temps-là, l'idée que le clan Leonelli pût un jour inviter Sylvaine Benoît eût fait sourire.

Graziella envoie le maître d'hôtel m'inviter à « rejoindre Madame sur le pointu ». Il n'en est pas question. Si je cède dès les premiers jours à la tyrannie de Graziella mon séjour sera gâché. Je déclare donc que je travaille, l'air sensible, et, avec du papier sur ma table et un stylo à la main, l'alibi a du poids. Dieu m'est témoin que je n'aimerais pas l'anarchie où j'imagine plongé le palazzo en l'absence de Didi, mais il faut reconnaître que d'été en été Graziella devient plus dictatoriale. Les interminables demi-heures de pointu pour se rendre de la Marine d'Aldo à la plage et en revenir sont accablantes. La mer est faite pour être fendue, violée, survolée, non pour y dansoter au clapot.

Et puis nous ne disposons pas de tellement de sujets de conversation. Si l'on use les meilleurs sur le bateau que restera-t-il au dîner ?

Un bon point, pourtant, à ces lents cabotages : hier nous avons croisé le *Saint-Nicolas*, le pointu du palazzo, chargé à ras bord de chair humaine. Didi, prudente, ne loue jamais le chris-craft avec la maison. Le spectacle n'a duré que trois minutes mais il valait l'ennui de la navigation. Les seules convenables, à vue d'œil, étaient la Leonelli et sa fille, Bianca. Colette enveloppée dans un paréo canari, la petite dans un maillot noir, d'une pièce, comme n'en portent que les élèves des nonnes espagnoles. Tout le reste de la cargaison, nu. Graziella enturbannée, boucanée, avait sorti de son sac des jumelles et, impénétrable, dressée, en fusillait le *Saint-Nicolas*. Elle commentait pour nous le spectacle à mi-voix, comme si de l'autre bateau on eût risqué de l'entendre. Les uns après les autres nous levions une main molle ainsi qu'il convient de faire quand on se croise en mer. Voix de Graziella : « ... L'Italien inconnu, c'est un singe... très maigre... les épaules velues... et le dos. Elle, on voit mal. Elle semble avoir beaucoup servi... Colette, on ne distingue que sa tête. Elle vieillit en chef Sioux... Les deux garçons, très bien. Oh oui, Lewis surtout, quelle merveille... Evidemment la petite est parfaite. Les Chabeuil... Où est Patricia ? Il l'aura encore larguée... Il est gras, Chabeuil. Habillé, ça ne se remarque pas, mais là... Tu m'entends, Yann ? Il est trop prospère, ton ami Chabeuil, tu devrais te méfier.. Vous avez le même public, non ? On vous lit dans les manoirs... »

L'instant où les deux barques ont été à la même hauteur Graziella a baissé ses jumelles, agité le bras, produit un sourire et un cri également barbares et jeté dans le vent ce qui était une sorte d'invitation à dîner, inaudible, donc sans péril, suivie du geste universel qui signifie « on se téléphone ». Après quoi elle a repris les jumelles et continué, féroce mais muette, à étudier l'anatomie des invités de San Nicolao. A son silence il était facile de deviner qu'elle détaillait l'interdit, les sexes, les seins, en s'attardant sans doute sur les célèbres reins de Lewis pour lesquels elle nourrit une convoitise moqueuse et sans espoir. Puis la distance est devenue trop grande et Graziella s'est rallongée. « Pauvre Colette, a-t-elle murmuré sobrement, elle a pris une de ces tapes... »

Des appels téléphoniques, des conciliabules, de chinoises subtilités de préséance, des lassitudes, des contrordres, des bouderies, d'autres coups de téléphone, et les visites et dîners entre les deux maisons finiront par s'organiser, comme chaque été. Le commerce est plus fluide, mieux rodé quand Didi occupe sa maison. Quand elle la loue (elle claironne dès avril le prix – en dollars – qu'elle en a obtenu), les rapports sont plus délicats à établir. Il faut danser toute une pavane de provocations, de patiences, de refus pour savoir quelle maison prendra le pas sur l'autre. Cette année Graziella n'aura pas la partie facile avec Colette. Son deuil, la gloire de son nom, son aboulie sont pour la Leonelli autant de forteresses, du haut desquelles elle laisse tomber de terribles silences. Elle se sait inexpugnable. Les bateaux de princesses palermitaines, de cinéastes californiens, peut-être même celui des Agnelli vont venir mouiller en face de San Nicolao. Graziella vivra des heures humiliantes dans l'attente du coup de téléphone, qui ne viendra pas toujours, nous invitant aux festivités – bain, verre ou dîner, dans un crescendo torturant – improvisées en l'honneur des amis de passage. On parle même d'un ministre socialiste. Graziella, sentant que peut-être Colette commettra là son erreur de l'été, se tait et guette. Elle médite les contre-attaques à sa portée : Folleuse, qui ne fera que cracher dans la soupe, les Fornerod, Borgette et ses esclaves en train de travailler à l'hôtel des Palmes, Hubert Fléaux, peut-être même Gerlier si Colette aligne son socialiste. Le rouge cesse d'effrayer Graziella quand on agite du rose devant son nez. « J'ai invité ici des communistes avant elle... » murmure-t-elle comme s'il s'agissait de malfrats.

Ces stratégies ont l'avantage d'occuper notre hôtesse et de nous ménager des moments de solitude. Yo se baigne et je liquide du courrier en retard de trois mois. Je dois, je peux, je veux travailler. Je le répète chaque été en retrouvant la vaste table que Graziella fait placer dans notre chambre face à la mer. Mais la caresse de l'eau contre la terrasse, le froid des dalles d'ardoise sous mes pieds nus, jusqu'à la buée sur les verres quand on y verse un liquide glacé : tout m'enfonce dans ma paresse. Je mens. Quand Graziella, caverneuse et soupçonneuse, m'interroge au dîner, ses yeux charbonnant de méfiance, je prétends « être enfin sorti des tâtonnements », avoir atteint le feuillet cinquante, voire cent, cependant que Yo, pudique, baisse les paupières. Elle sait, elle, qu'elle m'a trouvé ronflant comme une outre pleine à l'heure de la sieste, que je proclame la plus favorable au travail. Je finirai, après dix jours de torpeur, par extraire de moi une chronique pour le *Cyrano* qui paraîtra aux alentours du quinze août, quand personne ne sera là pour la lire.

Pedro, discrètement, est venu poser sur ma table une bouteille et des glaçons. Il porte la moustache épaisse, genre Compagnon du Tour de France, dont les messieurs de San Francisco ont imposé la mode à leurs cousins d'Europe. « C'est curieux, m'a dit un jour Fornerod, les folles ont maintenant des têtes de héros de Verdun. » Il doit penser à son père, dont j'ai vu chez lui la photo, qui avait ce gros accent circonflexe sous le nez. Ils arrivent après-demain, les Fornerod. Je dois donner l'impression de travailler d'arrache-pied, sinon Graziella serait capable de nous expulser de la chambre jaune pour la donner à Jos et Claude et de nous reléguer dans la maison d'amis, d'où l'on entend hurler la télévision des domestiques, quand ce n'est pas leurs cris d'amour.

GRAZIELLA

— Jos, ôte-moi d'un doute : nous n'avons jamais dormi ensemble ?

Claude sourit. Jos m'embrasse la main avec un empressement feint. Je me sens si lourde... Je le sais bien, parbleu, qu'il ne m'a jamais approchée, le beau Jos. Je me demande encore pourquoi. Vers 1960 il n'aurait pas perdu de temps à calculer de combien je suis son aînée. Dix ans ? Douze ? J'étais encore une fleur assez fraîche vers 1960. Une tubéreuse, mais fraîche. C'est ainsi, je n'aurai eu aucun de mes trois hommes préférés : le Président (le vrai, l'autre), parce qu'il ne s'occupait déjà que de pouvoir ; Fléaux parce qu'il fut embaumé bien avant de mourir ; Fornerod parce qu'il n'y a jamais pensé.

Au déjeuner donné par Colette en l'honneur de « son » éditeur (le possessif est audacieux), je les ai observés, Claude et Jos. Depuis qu'ils sont arrivés à Thalassa je tourne autour de leur tristesse sans parvenir à y pénétrer. On dirait qu'ils ont senti ma curiosité — ou ma tendresse ? — rôder autour d'eux. Ils me sourient de loin, se dérobent. Jos va entourer de son bras les épaules de Colette.

Colette et Jos : il en passe, des choses, dans leurs silences. Quand la Leonelli se blottit contre lui — je ne trouve pas de meilleur mot — elle semble retrouver ses vingt ans. L'époque où elle était une biche. (La voilà hulotte, effraie...) Les années soixante : on se demandait comment Gilles et elle vieilliraient. Maintenant, on le sait. Lui est devenu fantôme ; elle, une rapace, une nocturne au vol lourd. Elle changea de personnage en un mois, l'été 68, après que Gilles se fut escamoté. On a été au plus facile, à l'époque, en mettant sa disparition sur le compte des fièvres d'une saison. Gilles se fichait bien des barricades, des piapias de Sorbonne, des travelos qui revendiquaient dans la rue comme des métallos accrochés à leur smig. Lui, il faisait la guerre aux miroirs. « La lutte des glaces », disait Folleuse. Sa fameuse beauté était en peau de lapin, il le savait. La splendeur Leonelli, l'opulence, l'os dur, l'œil insondable, c'est Colette qui les avait reçus en partage. A Gilles n'était restée que cette fragilité vaporeuse, câline, qui lui avait soufflé son premier titre. *L'Ange!* Et l'audace, bien sûr! Il la tenait d'Olga, avec ce quelque chose d'égaré et de provocant qui fit merveille dans ses deux premiers livres et dont Colette n'eut que les miettes. Quand elle s'est mise à écrire, en 70, l'encéphalogramme était presque plat. Tant pis, elle s'obstina. Un premier livre inattendu, on hausse les épaules. Au quatrième on se serre pour faire une place à cette acharnée. Entre-temps elle a même acquis un petit savoir-faire, son pâle vinaigre d'amertume et de rosserie. Pas de quoi casser les ailes d'un critique mais elle était devenue, d'un coup, si riche! Son mariage avec Getulio lui donna ce qui fascine les littérateurs : la mobilité, la puissance. Le moyen de ne pas trouver un peu de talent à une jeune consœur toujours perdue entre Hong Kong, le Kenya, São Paulo, Big Sur? Un nom magique ne devient une vraiment bonne affaire que s'il s'y mêle la magie de l'argent. *Smart money*, cet Eldorado, cette Amazonie dont Getulio lui ouvrit l'accès...

Colette était-elle dans le secret de Gilles en 68? Je jurerais que non. Instruite des intentions de son frère, même si elles devaient lui arracher le seul être qu'elle aimât jamais, Colette eût triomphé. Elle se serait tue, mais avec volupté, avec arrogance. Au lieu de quoi on la vit se dessécher. Les hypothèses les plus extravagantes venaient se briser contre son silence. Ses yeux s'élargirent encore. On parla d'une Trappe, d'une maladie honteuse, des Bénédictins, et de l'Inde, bien sûr. Jos savait-il? Oui, peut-être. A moins qu'il ne dût se contenter de virer des sous à l'American Express... En tout cas jamais on ne lui arracha une confidence, non plus qu'à Colette. J'imagine qu'ils recevaient parfois un signe de Gilles, une carte postale expédiée du néant ? Jamais ils n'en soufflèrent mot. Ils géraient le mystère Leonelli avec une vigilance sourcilleuse. Chaque année de nouveaux lecteurs se jetaient sur *L'Ange* et *Derrière nos murs*. La place de Gilles dans les anthologies et les panoramas grandissait régulièrement. Pensez, Rimbaud ! Il y a trois ans, quand on annonça *La Blessure*, la polémique et les questions rebondirent, s'enflèrent. La rigueur publicitaire de Gilles portait ses fruits. « Logé », traqué, photographié peut-être au téléobjectif il eût perdu son aura. Il fût devenu n'importe quel marginal empoussiéré du côté de Santa Fe. On l'a bien vu à sa mort : les journalistes fouillèrent et ne trouvèrent qu'un monsieur entre deux âges, à peu près chauve, et sans doute myope pour avoir jeté contre un camion, sur une route rectiligne, le vieux break Impala dont n'aurait pas voulu le plus miteux fermier d'Arizona.

Arrivait-il à Colette, dans ses vagabondages, de rencontrer son frère aux Etats-Unis ? J'en doute, aujourd'hui. D'ailleurs, les Etats-Unis, depuis quand s'y trouvait-il ? Il s'est tué quelque part entre Prescott et Flagstaff, mais y vivait-il ? Le minet estropié dans l'accident venait du Nebraska. On l'a passé à l'as, celui-là. Rencontre ou collage ? Auto-stop ou petit ménage ? On a glissé sur les explications. Colette et Jos avaient tellement l'habitude d'administrer Gilles comme un compte en Suisse qu'ils ont continué après sa mort. Bouche cousue. Colette transporte partout, prise par Cartier-Bresson en 1958, l'unique photo de son frère qu'elle tolère. On l'y voit de profil, bavardant avec Truman Capote. Un portrait sans regard. Ses cheveux y ont cette fragilité brillante... « Cheveux d'ange » – c'est le moment ou jamais. Chez Didi, la photo est posée sur la commode de la chambre, entre vodka et dissolvant. On dit que *La Blessure* a atteint les trois cent mille, mais on dit tant de choses, et au ton des gens impossible de savoir s'ils saluent une performance ou déplorent un désastre. Il y a dix ans que Jos ne se vante plus d'un tirage : toujours le compte en Suisse. Getulio est plus bavard. Il aime les chiffres, lui. Avec Jos il est plus naturel que Colette, si l'on excepte cet instant où elle s'est coulée entre ses bras, devant le buffet, dans l'odeur affreuse de ces petites saucisses grillées.

Sans son frère, Colette n'eût rien été. Rien qu'une jolie capricieuse qui se fût décroché un ou deux maris de demi-luxe. Gilles a créé la magie et l'a gouvernée. Il a tout offert à Colette. Il lui a tout permis : la naissance presque clandestine de Bianca, ce port de reine, les Maserati, un mari cousu d'or, cette maturité d'idole, et même de s'essayer à la littérature dans l'indulgence générale. Et sans Gilles Jos ne fût pas devenu aussi vite ce qu'il est, – ce qu'il a été. Entre 1957 et 1968 Gilles fit une fête de tout ce qu'il touchait.

Aujourd'hui Colette et Jos montent la garde autour d'une légende dont, un moment encore, ils toucheront les dividendes. Je me demande comment ils peuvent se supporter sans rire. Ils ont vécu ensemble une aventure fabuleuse : à la fois celle de Gilles et la leur, comme un reflet. Jos, que Gilles inquiétait, a toujours été plus proche de Colette, son confesseur, son banquier, son complice. Rien de plus ? Pas une seule fugue, pas une seule nuit ? Aucune chambre d'hôtel partagée à New York, aucune escale à Mykonos, aucun crépuscule, après le ski, à Klosters ? On le prétend. Les idiots ! Je ne connais pas la psychologie de Pygmalion mais j'en connais un bout sur celle de la statue : la statue couche avec Pygmalion. Il y a cent façons. Appelez ça comme vous voudrez, moi je dis « coucher » parce que je suis une vieille dame, et d'une simplicité reposante. Jos n'a pas *fait* Gilles, mais il a eu l'intuition de ce que Colette, aux côtés de son frère, apporterait à son personnage d'équivoque et d'innocence. C'est lui qui a enroulé Colette autour de Gilles comme une liane. Il aurait pu aussi bien l'arracher. Ces lierres d'enfance crèvent tout de suite. Au lieu de quoi il les a enlacés à jamais. Gilles mort depuis deux années reste inséparable de sa sœur et le silence dont elle l'a recouvert fait encore partie, j'en suis sûre, de cette mise en scène qu'orchestre Jos depuis le premier jour.

Aujourd'hui ? Un vieux couple. On s'embrasse en bougonnant. Mais l'équilibre entre eux s'est inversé. Si Jos porte visiblement une vie sur les épaules, Colette paraît en avoir vécu deux ou trois. Plissée comme un abricot sec, cassante comme du bois mort. Elle a toujours des mains de rêve, et ses yeux d'animal, mais pour le reste la tempête a passé sur elle. Elle est dans l'espèce féminine l'équivalent de ces paysages dévastés, sous les tropiques, qu'on montre aux actualités : bateaux dans les jardins, palmiers déplumés. Colette a fait la noce comme souffle un typhon. Jos la regarde, insondable, peut-être attendri, et tout le monde a soudain l'impression d'un gâchis. C'est leur affaire direz-vous. Oui mais voilà, les autres me passionnent. Ce n'est pas mon genre de voiler de crêpe les miroirs. Je me dévisage, moi, de face. Vous m'avez regardée ? Etonnez-vous, après ça, que je sois curieuse.

Claude, comme d'habitude, m'intimide. Elle le sait et s'en amuse. Elle s'en amuse tristement. C'est nouveau. Superbement bronzée (on sait que je suis une vieille femme puisque je dis « bronzée »...), elle se déplace avec une légèreté de fantôme. Jos la suit comme s'il redoutait de la voir se fracasser. Ah je n'aime pas ça. C'est à lui que je dois parler. Ma brutalité et mes yeux trop faits sont commodes dans ces circonstances-là. Un accent russe, une tête de maquerelle, un cœur rugueux : ça aide. J'accentue ma voix de rogomme et je demande :

— Ta bonne femme, qu'est-ce qu'elle a ? Ce n'est pas son genre de faire la gueule. Elle est malade ?

— Oui.

— Très malade ?

Les silences de Jos m'ont toujours émue. Il regarde la mer avec cette parfaite absence d'espoir qu'à mon âge on a appris à connaître. Non pas la peur, mais une anesthésie, une surdité. Il faudrait poser ma main sur la sienne, quelque chose de ce genre, archiclassique, mais Jos a les mains dans ses poches. Il me devance :

— Ce n'est pas la saloperie à quoi naturellement tu penses, comme tout le monde. Le cœur. Une histoire ancienne que personne n'avait repérée. Ce dont souffrait Charles, tu te rappelles ?

— Opérable ?

— Claude refuse. Refus absolu.

— Alors ?

— La lenteur... les pilules dans une petite boîte d'argent... le calme. Mais à terme c'est inutile. La plomberie, si l'on ne répare pas...

— Comment réagit-elle ?

— Tu l'as vue. Elle refuse de changer quoi que ce soit à notre vie. Nous faisons comme si de rien n'était. Mais, ne me dis pas que tu ne l'as pas senti toi aussi, elle s'est éloignée à toute allure. De moi, de nous tous. Je me sens si démuni, désarmé, que j'en deviendrais méchant. C'est étrange, on ne se connaît pas. Menacée, fragile, Claude me devient étrangère. Je vais te dire, Graziella : je reste seul dans la voiture, arrêtée n'importe où loin de la maison, et je chiale. J'essaie de me vider de cette incrédulité, de cette impuissance, mais c'est inépuisable...

Le téléphone sonne. Je m'éloigne et décroche d'un mouvement prudent. Il y a quelque chose de malséant dans cette sonnerie en ce moment, et de plus incongru encore dans la voix radieuse de Borgette. Il parle une longue minute (j'ai collé l'écouteur à mon oreille afin d'étouffer la voix radieuse), avant de comprendre qu'il tombe mal :

— Je vous dérange ?

Douché, il remballe anecdotes et questions. Peut-il venir demain ? « Il y a les Guevenech, dis-je, et les Fornerod, et la petite Mazurier qui doit arriver... » Je le sens incertain. Je vois Jos, de dos, immobile devant la baie. D'où il est il domine la terrasse où les autres prennent le soleil. Claude doit être là, avec sa passion de noircir. J'abrège le bavardage hésitant de Borgette. « Nous parlerons mieux demain, mon petit Blaise. Venez vers six heures et amenez qui vous voulez... »

Jos se retourne, le visage comme un talus en été. – « C'était Borgette ? Ils sont tous aux Palmes ? La fine équipe en train d'écrire *Guerre et Paix* les pieds dans l'eau... Qui les cornaque, Mésange ou Largillier ? »

Il s'est assis sur le canapé. Il n'attend pas de réponse. Il a l'air songeur d'un homme qui cure sa pipe et la frappe sur son talon. – « Graziella, comment crois-tu qu'ils font ? Six qui dictent et un qui écrit ? Ou bien le « cadavre exquis »... Un cheval, une alouette... Non, plutôt la méthode des anciens peintres... l'atelier. Un pour les drapés, l'autre pour les mains, le troisième pour l'éclat du regard... Je vois assez la petite Vauqueraud se spécialiser dans les scènes où vole le linge... »

— Je croyais que tu l'aimais bien ?

— Que t'a-t-on raconté, à toi ?

Il est là, séduisant, vieillissant, un peu froid déjà, comme un homme qui a enterré trop d'amis, avec des points de suspension entre les phrases, ses yeux de marin à la retraite, et je sens monter en moi, insidieuse, coléreuse, la méfiance. Il ne va pas m'avoir comme ça. On ne m'englue pas, moi. Je ne glisse pas, je rebondis. Je suis au moment de ma vie où je n'ai plus le droit de rater un été. Je sens vivre la maison autour de nous mais Jos n'est conscient de rien. On voit dans les couloirs ces traces de pieds nus, pareilles à des fleurs, qui firent battre sur la plage le cœur de Robinson. Je ne les retrouve jamais, moi non plus, chaque juillet, sans en être chamboulée, ni les rires, les courses sur la terrasse, les bonnes qui soupirent, une porte qui claque en hâte sur un couple aux trois quarts dévêtu. « Mon petit Jos... » Mais une fois de plus il me prend de vitesse. Un peu de malice l'éclaire, soudain : « Ma chère Graziella, tombeau !... »

Nous nous embrassons en riant. – « Si tu me prêtes la voiture j'irai chercher José-Clo à l'avion. Non, non, j'y vais seul. J'ai besoin de me refaire les nerfs. »

Les nerfs ! Que dirais-je des miens. Nous sommes quatorze à dîner ce soir. Où est encore passé Pedro ?

SYLVAINE BENOÎT

Je me dois à elles. Innombrables femmes qui depuis trois années m'ont lue, écrit, m'ont crié leurs désarrois, leurs colères, – leur confiance. Cette liberté que j'ai conquise je ne me sens plus tout à fait libre d'en disposer : il faut que mes mots et mes actes les servent, ces femmes qui se sont connues à travers moi et reconnues en moi. *A tire d'elles* m'oblige. Comme j'aime ce carcan que le succès a forgé autour de moi ! Comme j'aime me savoir assujettie à celles qui m'ont lue, élue, et à ce rôle dont elles m'ont investie !

Chacun de mes gestes, chacune de mes paroles désormais m'engagent et engagent à travers moi la cause des femmes. Je ne souhaite plus, comme autrefois, *passer inaperçue*. Je veux au contraire et en toute circonstance témoigner, à forte voix. Nous avons trop longtemps filé doux. Ce temps est fini. Et fini aussi celui où nous déléguions au combat, du fond de nos cuisines et de nos chambres d'enfants, ces amazones professionnelles qu'étaient devenues quelques profs révolutionnaires ou suffragettes aristocrates. Le temps est arrivé des femmes *ordinaires*. (*La femme ordinaire*, quel beau titre, non ?)

Dans l'invitation de Colette Leonelli, qui, je l'avoue, m'a d'abord étonnée (autrefois elle m'eût flattée ou mise mal à l'aise) et que j'étais prête à refuser comme depuis trois ans je repousse tant de sollicitations, j'ai bientôt vu, cela changeait tout, un aveu de sa part, et un hommage. L'hommage m'était moins adressé à moi, en tant que personne, qu'à la femme de ma sorte et de ma génération qui a su briser, sans que rien l'y préparât, les barrières sociales, conjugales, les tabous dont l'avait encombrée une longue sujétion. Quant à l'aveu, comment ne l'entendrais-je pas dans ces fameux silences de Colette Leonelli auxquels je donne la seule explication qui vaille : silences navrés, silences des bilans catastrophiques. Elle n'a pas encore le courage de les briser d'un cri de colère, mais elle en souligne le ratage stupéfiant de son aventure et de ses livres, encore informes.

En 1957, le succès immense de son frère installa la petite Leonelli, en quelques mois, à un sommet de liberté d'où elle pouvait tout voir, tout juger, tout dire. L'enfant qu'elle était ne le comprit pas, ou de travers. Elle glissa ensuite de fête en fête, d'homme en homme, avec cette légèreté en quelque sorte héréditaire qui colorait sa légende, aérait la prose de Gilles, comblait l'avidité des journalistes, mais où se dilua la puissance de révolte de leur triomphe. Il en est ainsi, depuis des décennies, du sort des femmes. Les plus douées, ou les plus enviées, ou les plus belles esquivent un combat que bientôt mènent à leur place les plus acharnées. Trop souvent la caresse de la gloire et le goût des hommes ont perdu les meilleures d'entre nous. « Notre grande Colette », comme l'appelaient les lettrés radicaux-socialistes, a vieilli en odeur de damnation comme d'autres en odeur de sainteté, avec des gourmandises et des cynismes de vieille noceuse. Beauvoir elle-même, qui avait porté aux mythes épuisés tant de coups, s'est soudain décomposée devant la première mauvaise surprise d'une vie privilégiée : le vieillissement. « Flouée » ? Le mot terrible, si lâche et faible, a dilapidé ce que des années de lucidité avaient capitalisé. On ne finit pas en vieille femme au miroir quand on a été la dévastatrice justicière du *Deuxième Sexe*. On ne larmoie pas sur la peau ridée et le souffle court quand on a été celle par qui le scandale éclate.

Dès mon arrivée dans cette maison au luxe ostentatoire je me suis dévêtue et me suis avancée, sans défense, sans coquetterie ni fards, vers la piscine – l'admirable piscine qui domine la mer – au bord de laquelle m'attendaient, alanguis, peut-être narquois, les invités de la Leonelli. Fred marchait deux pas derrière moi, si beau, et je savais que sous les lunettes noires les regards invisibles détaillaient sa minceur et ma maigreur, son hâle et mes taches de son, la soie de sa peau et le cuir rêche de la mienne, ses muscles longs et mes os qui pointent. Je me suis imposé de marcher vers eux, droite, sans paréo, ni peignoir, ni robe de plage, sans aucun de ces accessoires vaporeux et dérisoires grâce auxquels les femmes se dissimulent et rusent en même temps qu'elles exhibent et provoquent. J'ai marché vers eux – vers la nonchalance de la belle Patricia, vers les seize ans de Bianca Leonelli, vers la perfection ointe et massée de l'Italienne, vers les épaules avantageuses de Getulio – avec mes rides, mon grand pif, ma peau brûlée, toute à l'orgueil d'être moi et de braver la goguenardise perceptible sous les cris de bienvenue. Je ne suis pas dupe. Mais je leur imposerai ma sérénité. Je leur imposerai Fred. Je leur imposerai une image de la maturité et de la femme que rien, malgré leurs mœurs et leurs discours, ne les prépare à accepter. Et tout de suite j'ai su que cette première bataille – du corps dénudé dans la grande lumière de midi – je l'avais gagnée.

Maintenant c'est le soir et je peux baisser ma garde. (Combien de temps encore emprunterons-nous des métaphores aux mythologies de l'homme ?) J'ai longtemps bavardé avec Colette Leonelli dans sa chambre. Elle fait étalage d'un cynisme doux, de désenchantement, d'une modestie de bourgeoise élevée dans les couvents. Ses yeux n'ont pas changé, si sombres, comme palpitants. Sa chambre est dans un désordre qui, malgré moi, m'évoque cent anecdotes sales et tristes. Elle me parle d'*A tire d'elles* avec une délicatesse précise dont je ne l'aurais pas crue capable. Elle boit à lentes gorgées songeuses et sa voix peu à peu devient rauque. Fred est descendu jusqu'à la mer se baigner.

Quel âge a Leonelli ? Quarante-trois ans. Quinze de moins que moi. C'est à n'y pas croire. Si son corps est resté souple, presque aussi maigre que le mien, son visage fait pitié. Les yeux y brûlent comme un reproche. L'alcool ? Une maladie ? L'abandon, en tout cas, à ces facilités qui condamnent une femme plus sûrement que des vices.

La comédie permanente qui se donne dans cette maison fait penser à une turquerie : des sultans de plume ou d'industrie et les odalisques qui se parent pour eux. Comment Colette tolèret-elle cette moiteur de harem ? Tom-et-Lewis y jouent les eunuques. On ne sent vibrer à aucun moment de ces tensions qui révèlent une vie sous-jacente, des violences étouffées. Tout est noyé dans la complaisance de l'alcool et de l'humour. « Tout baigne », selon la jolie expression de Bianca qu'on ne comprendra plus dans cinq ans.

Bianca est de loin le plus passionnant animal de la ménagerie Leonelli. Les yeux de sa mère et, sans doute héritées de son père, cette crinière blonde, cette beauté anguleuse et placide. Le père ? Je ne sais plus lequel des maris de Colette. Encore personne ne jurerait-il que la petite ait dans ses veines le sang de l'homme dont elle porte le nom. Désordre inutile.

Aucun de mes fils ne m'a jamais ramené une jeune personne de la qualité de Bianca. Elle a la pointe et le moelleux, le feu et la froideur. Je manœuvre pour m'isoler avec elle. Sensible à la beauté des très jeunes femmes, oui, toujours, et plus qu'à celle des hommes. Pourtant, Fred ! Mais j'ai eu si peur ces dernières années de dégringoler cette pente-là, tentante, commode quand on s'essouffle, qu'il me fallait m'accrocher à quelqu'un, à une image. Fred n'est-il pas *beau comme une image* ? Il est l'aspérité qui m'a retenue du côté des hommes. Même Benoît l'a compris. Il sourit, il se racle la gorge. Il ferme les portes en veillant à ce qu'elles ne claquent pas. Il a écrit à Colette une lettre parfaite pour refuser l'invitation qu'elle ne lui avait pas faite. Certains soirs, quand je rentre à la maison et la trouve vide, je me surprends à détester ma vie. Je me réfugie dans mon grenier, qui sent la fumée froide, la passion froide. Les feuillets laissés la veille sur la table ont jauni en un jour. Je relis deux ou trois paragraphes au hasard : les mots sont mous, les phrases, distendues, la pensée piétine. De ce tas de quatre cents feuillets raturés il va falloir faire surgir des polémiques, du charme, de l'argent. Fred a des lèvres charnues, comme dessinées par un dieu. J'appelle mes fils, mais les téléphones sonnent au fond d'appartements déserts. Pourquoi mes fils sont-ils toujours absents quand je les appelle ? Ou bien me trompé-je de numéros ? Depuis une année ma mémoire s'effrite. Noms, citations, adresses se fondent dans une rumeur confuse. J'ai la vie « sur le bout de la langue » mais ne parviens plus à la formuler. Il y a quinze ans, quand j'écrivis mes premières nouvelles, j'y déversai un trop-plein, je me grisai d'une surabondance de mots : j'en faisais des listes que je disposais partout autour de moi. Jamais, même à vingt ans, je n'avais joui de pareille sensation de *choix*. Aujourd'hui je n'écris plus qu'embusquée derrière un rempart de dictionnaires, mes vieux compagnons. Je peux passer trois jours sans voir Fred ; j'y trouve même un répit ; mais je deviens folle si j'ai oublié de mettre le Petit Robert dans la voiture. (Je le glisse dans un sac de toile, peur qu'on ne sourie...) A la Pentecôte j'ai fait rouvrir à huit heures, le samedi soir, une librairie de Deauville en criant mon nom... On me regardait sur le trottoir...

Bianca ne souffre d'aucune des gaucheries de son âge. Son langage, seul, avoue seize ans. Mais le langage n'est pas une affaire si sérieuse. Le corps l'est davantage. Le sien, long, poli, l'entoure d'un halo de sécurité. Elle vit dans un rêve, dans une enveloppe charnelle de rêve. A-t-elle lu mes livres ? Sûrement non. Colette m'a avoué ne pas être sûre que sa fille ait seulement feuilleté les romans de son oncle ni, bien sûr, ceux de sa mère. Alors les miens ! Je n'écris pourtant plus, certains jours (ceux où le grenier sent le cendrier plein), que pour être lue demain par des gamines comme Bianca ; les empêcher de devenir des poupées ; leur donner ce regard gai, ce cœur calleux et fort que les années se chargeront de fabriquer aux meilleures, mais les leur donner tout de suite, leur épargner les humiliations, la rongeuse patience.

— Vous connaissez bien les amis de maman ?
— Lesquels ?
— Oh, pas les Italiens ! Ni Tom-et-Lewis, ce sont des anges. Mais les Chabeuil par exemple.
— Tu sais, dans ce petit monde, nous nous connaissons tous. Enfin, plus ou moins. Les Chabeuil, c'est plutôt moins.
— Je vous ai écoutée, vous parlez beaucoup de « ce petit monde » comme vous dites, ou du « milieu ». Chabeuil aussi. Maman n'en parle jamais, pourquoi ?

Le bavardage se tarit à plusieurs reprises, comme ces sources captées en montagne et qui ne coulent que par intermittence.

— Et toi, ce « petit monde »...
— Ce n'est pas mon affaire. Les livres, je comprends qu'on en parle, mais tout ça...

— Tu as lu ceux de ta mère ? Et ceux de Gilles ?
— Oui, évidemment.

C'est dit d'un ton sans réplique. Après tout, sans doute est-ce vrai. A part quelques complicités, Colette n'a jamais dû accorder beaucoup d'attention à Bianca. A Patricia Chabeuil qui remarquait : « Notre fille, son intransigeance nous fait peur. Antigone à la maison, quelle fatigue... » Colette a répondu : « Bianca, elle, serait plutôt à la coule. Tu vois ce que je veux dire ? A la fois avertie et rusée. J'aime ça. Mais je me demande où elle a appris à le devenir... »

Tournent en moi des questions, mais ce sont des curiosités de littérature, pas les mots de la vie. Adressées à Bianca elles retomberaient entre nous, livresques, mortes. (Toujours les soirs au parfum de vieille cigarette...) Je devrais la faire parler d'elle, elles n'aiment que cela. Une prudence ou une maladresse me retient. Ce corps bouleversant a-t-il été déjà dévasté par l'amour ? Tout à l'heure ils bavardaient, Fred et Bianca, sous les regards convergents de toutes les lunettes noires. Les plus beaux d'entre nous, – les seuls beaux. Tom-et-Lewis eux-mêmes prenaient soudain des allures de fruits blets. J'entendais mon cœur battre si fort qu'on devait le voir cogner sous mes côtes, sur mon sein nu. Je me suis enveloppée dans une serviette comme si le soleil eût été trop violent, mais ce geste était ma première défaite, je le savais. Il a d'ailleurs rassuré tout le monde : mémé canait. Je les ai entendus soupirer d'aise. Ensuite on a été charmant avec moi.

Au dîner nous avons parlé droits, argent, fisc, pourcentages avec l'âpreté hargneuse et menteuse des gens de lettres quand ils sont en bande. Le bel Italien nous observait, choqué, avec des usines qui lui dansaient dans l'œil.

Les Fornerod étaient arrivés vers huit heures, dans la troupe des invités de Graziella. Les jambes des hommes paraissent noires, entre le pantalon de lin et les mocassins blancs. Claude Fornerod n'est pas venue s'asseoir à côté de moi comme elle le fait souvent. (La femme de l'éditeur qui caresse, à tout hasard, les vedettes de la concurrence...) Elle s'est isolée sur la terrasse sous le prétexte que la lune, ou la brise... Bianca, les pieds nus, dans une robe de toile parme qu'elle a dû faire déteindre à l'eau de mer et au soleil, marchait sans bruit sur les dalles. Elle est allée rejoindre Claude Fornerod. On les entendait rire.

JOS FORNEROD

De mes années de gêne – c'est ainsi que ma mère appelait notre pauvreté – j'ai gardé certaine répugnance à refuser les *occasions*. Quand on me propose un projet, une affaire, même si mes obligations rendent déraisonnable d'accepter un nouvel engagement, j'hésite. Délais, atermoiements. « Vous amusez le tapis, Jos », me dit parfois Brutiger. Vers 1943, Mme veuve Fornerod laissait des denrées tourner ou moisir dans un placard, en pleine disette, tant était forte sa peur de manquer. L'offre que m'a faite Laffont d'écrire, pour sa collection « Vécu », un livre où je raconterais, comme il le dit, « ma passion d'éditeur » (n'exagère-t-il pas un peu ? je n'ai jamais porté que des croix légères), tourne dans ma tête. Il est évident, pour des raisons privées et professionnelles, que je dois décliner cette invitation. Indiscrétions, colères, scepticisme m'étant interdits, je serais condamné aux généralités et à la platitude. Or, je tergiverse. Longueur, style ? Je feins de me tâter. Et ce qui n'était que réflexe de curiosité a pris de la réalité : je réfléchis à ce texte, je me demande comment l'aborder, je ne suis plus aussi sûr de n'avoir pas envie de l'écrire.

Cette semaine d'oisiveté chez Graziella (seul Yves sait où me joindre et je n'ai pas sorti de leur sac les manuscrits transportés jusqu'ici) me donne une illusion de liberté. Des formules me viennent, la démangeaison d'esquisser tel ou tel portrait. Par parenthèse, si d'aventure je cédais à la tentation d'écrire un livre je ferais bien de m'interdire « brosser un portrait » et autres clichés. Je succombe aux poncifs qui, sous la plume des autres, me sautent aux yeux. Je me suis toujours tu sur ce métier qui m'a comblé. Mes joies gagnent à rester secrètes, mes amertumes à être gommées. Si j'écrivais, elles crèveraient le papier. Ce serait suicidaire. On n'aime pas en France les réussites – encore moins leur récit –, ni que les heureux crachent dans la soupe. Au reste, si un confrère me demande *maintenant* de raconter mon métier, n'est-ce pas le signe que j'y suis moins habile et dangereux que naguère ?

J'éprouverais du soulagement à m'expliquer enfin sur mes célèbres habiletés, sur cette stratégie qu'on m'accuse, avec quelle hargne ! de déployer mieux que personne. Chaque automne, au long de ces deux mois où les journaux s'occupent des pelés et des tondus de littérature, les échotiers vantent moqueusement les exploits de la Maison. Leur malveillance est sans borne et leur incompétence sans espoir. « Les dés sont pipés... » « Les obligés de Jos Fornerod vont payer leur dû... » « L'écurie JFF ou l'art de doper le cheval... » Cette verve-là grince autour de nous chaque fin d'année. Jusqu'aux critiques que cette suspicion contamine. La couverture bleue des JFF, devenue grâce à Gilles symbole de succès, ce qui pouvait agacer, je le conçois, puis de qualité, est en passe de se transformer en tunique de Nessus. La revêtir, pour un auteur, c'est espérer outrageusement la réussite. Les vertueux se voilent la face. N'ai-je pas disposé partout « mes pions » ? Tous les caïds du milieu ne sont-il pas « à ma botte et à ma dévotion » ? Et l'on cite, nomme, dénonce, énumère, chiffre, démonte les subtils mécanismes que je suis supposé, avec l'aide de Brutiger, mon « âme damnée », mon « Père Joseph », avoir réglés.

Comme toutes les indignations édifiantes, celle-ci contient une pointe de vérité. Il m'arrive de flagorner un important, de flatter un jocrisse, à proportion de leur pouvoir. Qui me jettera la pierre ? L'important est ailleurs : dans ces vingt-neuf années au long desquelles j'ai eu tout le temps de *placer* des gens que j'estimais, ou plus simplement de voir les inconnus que j'avais autrefois choisi d'admirer, d'aider, conquérir notoriété et pouvoir. Mon influence d'aujourd'hui découle de mes intuitions justes d'il y a vingt ans. Investissements et bénéfices : peut-on à ce point manquer de vergogne ? Je « tiens » X. ou Y., dit-on. Non, je les aime et ils m'aiment, – depuis longtemps.

Mais tout cela n'est que l'épicerie du métier, son Café du Commerce. Pourquoi s'offusquer des ragots dont bruit la belote vespérale ? Autre chose est plus grave. Ces poux parasitent la création, les œuvres, le cœur et le ventre des écrivains. Nous seuls qui savons tout de leurs faiblesses, illusions, héroïsmes, pouvons mesurer le décalage entre leur *travail* et la façon qu'on a d'en parler. Ce langage d'hippodrome ou de bourse... cette obsession des complaisances... Les écrivains, si l'on voulait vraiment les déshonorer, les humilier, il y aurait d'autres moyens, plus radicaux ou féroces, car ce sont de drôles de corps, pour ça oui ! vulnérables, passablement ridicules. Les réduire définitivement au silence ne poserait aucun problème insoluble. Mais qu'on leur épargne une certaine bassesse, le vocaculaire des maquignons et des putes.

C'est la petite presse qui a fait le mal, les ricaneurs, les branleurs de secrets à deux sous. Une forme d'impuissance, peut-être, ou ce terrible goût français de tout rapetisser. L'écrivain devient littérateur ; le livre, bouquin ; l'information, écho ; la création, astuce ; l'amitié, copinage. « Il en a mis un temps à pondre son bouquin ! » On n'écrit ainsi, en crachotant, d'aucun autre métier. Si, des gens du spectacle peut-être, enfin, de certaines gens. Parce qu'il ne viendrait à personne l'audace de traiter à la légère un metteur en scène, un virtuose, un chef d'orchestre. Des seigneurs ! Ecoutez comme on parle d'eux : des maîtres, les grands chefs. On dirait de gosses bavant devant Œil de Faucon ou Aigle noir. Etrange, ce respect pour les exécutants. Maladie d'époque, difficile à expliquer. Autrefois un régisseur allumait les quinquets, plaçait les fauteuils ; le premier violon donnait la cadence ; la cantatrice ne soupait pas avec les invités. Désormais, triomphe des intermédiaires, des bricoleurs, art de la seconde main. Je respecte davantage le moins vendu de mes romanciers que le plus prestigieux *interprète*. Ecrire, peindre, c'est sérieux. Risquer l'idée qu'on se fait de soi dans ces métiers de songe et de vent, c'est sérieux. Plus qu'une affaire de vélocité, de doigté, d'oreille, d'ascendant, de *présence*. La vraie présence, c'est l'œuvre, et je ne vois pas en quoi un chef d'orchestre, par exemple, serait d'un métal plus précieux que l'entraîneur d'une équipe de football. Les footballeurs et les joueurs de tennis improvisent davantage, sont plus créateurs que les musiciens. Je développerais tout cela si j'écrivais ce livre. Et j'exagérerais, bien sûr, je grossirais le trait, non pas pour donner de la rondeur aux confidences ou aux paradoxes, mais pour parvenir à une sorte de classement, à une remise en ordre. Les métiers de création – et parfois dans leur sillage les métiers, comme le mien, qui consistent à susciter puis à administrer la création – expriment une qualité de risque à quoi rien d'autre n'est comparable. A tout le moins les créateurs peuvent-ils demander qu'on ne les traite pas en suspects.

Il me semble que je saurais expliquer tout cela, qui est fuyant, instable. Par exemple on pourrait croire que les critiques, qui sont à la fois des parasites et des zélateurs de la création, ses profs et ses prêtres, échappent aux simplifications. Il n'en est rien. La part étant faite des sympathies et des antipathies idéologiques, reste que la critique s'abuse, déraille, se compromet, gonfle des baudruches, néglige la forêt et célèbre l'arbre. Non seulement elle ignore – ce qui ne serait pas trop grave : affaire de temps – mais elle se trompe. Inflation en tout genre. Manque de perspectives. La trompette au lieu de pipeau. Le langage de la haute couture pour vanter la salopette d'Uniprix. Vous en profitez! me dira-t-on. Oui, dans l'hypothèse où je vendrais des salopettes.

J'ai tort de chauffer ces colères dans ma tête. Un souffle qui passe sur le visage de Claude et en dérange la paix pulvérise mes plaidoyers. Chaque métier a sa religion, ses doutes, ses hérétiques, ses bûchers. Mon centre du monde est un bled perdu. Comment en dresser la carte, et pour qui? La jubilation où nous plongent un certain équilibre de mots, le rythme de la phrase comme d'une danse, avec ses étourdissements de vitesse, ses flâneries, son vite-vite-lent de tango, ses trois temps de valse, ses blancs, ses reprises. Tout cela, inexprimable, inexplicable. Une électricité passe, une houle bouscule le cœur, quelque chose de vague et de nerveux, une envie de pleurer, parfois un crépitement de jeune feu. Quiconque n'a jamais éprouvé ça ne l'apprendra pas. Il n'y a pas d'école. On se découvre ce goût-là à quinze ans, avec celui des corps, de la musique dans la nuit, de la solitude. C'est d'une évidence si simple et profonde qu'on ne peut pas accepter que d'autres l'ignorent ou se trompent, qui en font métier.

... Propos de fin de dîner, quand on lambine à table et que les dames roulent de la mie de pain entre leurs doigts. « Vous exercez un métier si passionnant... » Il y a toujours une voisine aux yeux noisette – c'est confiant, les yeux noisette, c'est admiratif – pour se rappeler ce qu'on lui a appris aux leçons de séduction : « Posez-leur des questions sur leur travail, ils n'aiment que ça, ils ne brillent que là. C'est leur guerre, leur stade... » Et l'on s'exalte, on trouve les mots. Les cils battent sur les yeux noisette.

Blaise Borgette est venu hier goûter à la conversation et aux boissons, également renommées, de chez Graziella. Il fait très célibataire en forme. Vis-à-vis de moi de la souplesse, et même de l'indulgence : il me pardonne d'avoir raison. Elisabeth l'accompagne, et Mésange, qui produit des sourires comme un cul des vents. Gerlier n'est pas venu. Il souffre d'une allergie aux bourgeois. On ne parle de rien. A l'hôtel des Palmes on est entré en loge, dans le silence affairé, bouillonnant, des marmites où cuit une énorme soupe. Si je comprends bien ils sont neuf : six acolytes pour Borgette, et le tandem Gerlier/Mésange en serre-file. J'entends des noms : au moins deux me sont inconnus. Les autres, personnages des premières comédies d'Anouilh : « Premier accessit de hautbois au Conservatoire de Mont-de-Marsan... »
L'aventure a aiguisé le charme de Borgette. José-Clo, arrivée hier, lui fait des frais. A croire que son mari ne lui a rien raconté de l'affaire ! Ce n'est pas moi qui irai lui expliquer à quel point elle manque encore de prudence, de nuances. Il est vrai qu'il est beau, Blaise. L'été lui va, et cette provocation où il s'émerveille de se découvrir à l'aise. Me serais-je vraiment trompé sur lui ?
Claude est moins diplomate que moi. Elle lance à Borgette : « Alors, Mallarmé, ça marche ces *Trois Mousquetaires* ? » Le sourire de Borgette serait des plus acceptables si l'éclat de rire de la petite Vauqueraud ne le faisait pas virer jaune. Elle m'évite, il me semble, Elisabeth. Pour l'heure elle prend le soleil à plat ventre, la tête tournée vers la mer, et son rire a paru monter du sol. Blaise regarde entre ses pieds, précautionneusement, comme s'il voulait éviter de marcher sur cette méchanceté dont nous l'accablons.

ÉLISABETH VAUQUERAUD

Bien, les serviettes. Vastes comme des draps, épaisses comme les cheveux d'un nègre, *et qui essuient*. Une définition possible du luxe : des serviettes qui essuient. Chambres anonymes. On s'y sent rangé comme un billet dans un portefeuille. Du balcon, la mer est très classique, très convenable, avec des voiles multicolores qui me donnent, je ne sais pas pourquoi, des envies de sanglots. De la piscine montent selon les heures les ploufs des mômes ou les tintements de verrerie du bar. On nous a offert, « pour travailler », un petit salon du rez-de-chaussée, grotte humide qui ouvre au nord sur des arbustes épineux. C'est là que planchent les revendeurs de moulinettes quand, en basse saison, l'hôtel des Palmes accueille des « séminaires ». L'endroit, à bien y penser, n'est pas mal choisi. Et dans chacune de nos chambres on a disposé une table de bridge tout étonnée d'être là. J'y étale mon arsenal de maquillage, façon coiffeuse.

Dix jours déjà, et même onze. N'était l'obligation de garder son sérieux, le travail m'irait. Pourquoi les gens se croient-ils tenus de faire cette longue figure dès qu'ils gagnent leur vie ? Mon rôle officiel de boute-en-train m'autorise quelques plaisanteries, très peu, je reste sur ma faim. Mésange se renfrogne de jour en jour. On dirait que chacun de nos sourires lui coûte cinq cents francs de dépassement. Il redoute l'ivresse presque autant que la gaieté. Il s'encolère si l'on roule jusqu'à notre salon, avant l'heure fixée par lui, la table où sont disposées ces bouteilles que nous attendons – Labelle surtout – avec une impatience manifeste. Pour limiter les dégâts Mésange joue les barmans, lèvres crispées. Il sert chacun en disant : « Ce matin, mes enfants, sans vouloir vous faire de la peine, vous avez merdoyé... » Il commence par mettre les glaçons, qui font volume, puis lève chaque verre à contre-jour afin de mesurer la quantité versée.

Par chance, la georgette de Gerlier l'accompagne. Elle était même ici avant lui et elle se nomme Pamela, ou Rosalinde, enfin un prénom simple. Elle s'attendait à me voir surgir, d'où un avantage qu'elle a mis à profit. Elle a pris dix ans de dureté et ça lui va bien. Ramer longtemps améliore les femmes, – ça les muscle. Je la trouve presque belle et je ne voudrais pas lui *inspirer des alarmes*, mais alors là, pas du tout. Le revenez-y n'est pas dans ma nature. Nous nous sommes observées deux jours durant, elle princière, moi bonne fille, et le troisième le Grand Manitou est arrivé, attaché-case et bermuda. La petite valise doit provenir des environs de la place de l'Opéra et le short de chez les Frères Brooks. C'est qu'on voyage, maintenant. Il y a huit ans (l'ultime entrevue de Cavalaire), Gerlier portait ce qu'il faut bien appeler un maillot de bain, peut-être même un slip, cette dégoûtante petite chose balnéaire qui fit plus de mal, à l'époque, à l'homme français qu'autrefois le béret basque.

Il feint d'être en vacances et de ne pas vouloir *interférer* (comme il a tort de dire) dans notre travail. Ses interventions se bornent à des conciliabules avec Mésange et Borgette, conciliabules dont l'oiseau sort plus déplumé encore, et Mallarmé (comme l'a baptisé Claude Fornerod) avec de discrets stigmates de martyr, mais de martyr résolu. Il est très malin, Blaise. Il a vendu son âme au diable et jamais on ne le surprendra à regretter cet intéressant marché. Il nous entraîne, nous presse, nous galvanise sans ombre d'humour. On lui a jeté une corde, il ne la lâchera plus. Labelle et Blondet ricanent (davantage après quelques verres), mais Binet, Schwartz et moi, qui avons des vertus ménagères, pensons qu'il vaut mieux faire notre travail vite, sans répugnances élégantes. Comme m'a dit Gerlier : « J'avais raison, tu es un bon élément. » Quant à Miller on l'entend peu et on le perd vite de vue : il doit cacher un secret dans les parages.

Je n'aurais pas cru trouver tant de mecs solitaires dans un

hôtel en plein juillet. Aucun n'a bon genre. La plupart exercent de petits métiers, entre bar et bagnoles, et ils apparaissent, leurs heures terminées, vêtus de parfaite bronzette et d'esprit d'aventure. Hélas ils portent toujours au poignet une gourmette, ou au cou une médaille, qui en disent trop long sur eux. Quand ce n'est pas cette terrible démarche de canard avantageux à quoi se repère en deux pas, fût-il nu, le don juan suburbain. Traînent aussi du côté du plongeoir trois ou quatre « industriels » aux usines de qui je ne me fierais pas. Je me sens seulette. Binet me fait des phrases, Schwartz joint le geste à la parole, Miller m'ignore, Labelle me traite avec autant de considération qu'il en accorderait à une fillette de muscadet, mais pour rien au monde je ne sèmerais la discorde parmi nous. « Notre équipe », chevrote Mésange. Au reste, le seul consommable est encore Blaise, qui l'autre soir a succombé en dix minutes aux charmes acides de la belle-fille Fornerod. Aussitôt vu, aussitôt emballé. C'est du moins ce qu'il m'a semblé percevoir au travers de l'irréalité où je flottais chez cette Graziella qu'ils paraissent tous connaître, qui m'a embrassée sur la bouche, tutoyée et m'a donné à boire une géante vodka où elle avait versé deux gouttes de jus d'abricot. Ces gens-là sont épatants. Je suis heureuse qu'ils existent ailleurs qu'au cinéma. Je regarderai désormais les navets dorés sans pouffer.

Autant le reconnaître : tout ça me bluffe. Voilà bientôt dix ans que je vivote dans des deux-pièces sans ascenseur et que mes types m'emmènent dîner chez l'Italien du coin sous le prétexte que j'aime la mer bleue. Les vrais pauvres, connais pas, c'est entendu, mais les riches ? « Tu ne connais pas ton bonheur », m'a toujours dit ma mère. Je suis en train de faire la connaissance du bonheur des autres, qui n'est pas mal non plus. La Leonelli, par exemple, je ne nage pas dans ses eaux ; je ne l'avais jamais qu'entraperçue ; pour moi elle était tarte, point final. Années cinquante, la choucroute Bardot. Ses passions fatales et paresseuses, ses célèbres silences, je m'en tapais. Et je m'en tape encore mais dans ma tête ça se complique. Nous sommes allés, en bande, boire des verres dans la baraque qu'elle a louée à cinq kilomètres d'ici : quel théâtre ! Deux messieurs enlacés font les honneurs ; une espèce de Napolitain, industriel (un vrai, celui-là), mélange les alcools et me coince dans un couloir. Il m'a pris la main – est-on plus romantique ? – et l'a plaquée là où je pouvais me faire de sa personne l'idée la plus flatteuse. Je me (et m'en) suis tirée en riant, pour tomber sur une conversation animée : oui ou non, dans les pornos *hard*, les acteurs mâles sont-ils *appareillés* ? Chair et muscle ou plastique ? Courageusement, Blaise penchait pour une résine expansée. Sylvaine Benoît, qui a de plus en plus l'air d'un train de banlieue, souriait en silence de l'air de celle qui sait. Qui en sait long. J'ai jeté un coup d'œil peut-être indiscret vers son gigolo, au cas où là se serait trouvée l'explication de la sérénité Benoîte. Il s'en est aperçu, hélas, et dans les minutes qui ont suivi j'ai cru être condamnée à mener la même involontaire exploration qu'avec le ruffian napolitain. J'ai glissé mes mains dans les poches de mon jean et me suis lovée dans un fauteuil inexpugnable. Je ne suis pas de celles qui proclament « Quand on me cherche, on me trouve ». J'aime bien chercher moi-même. Par exemple (j'y reviens) la Leonelli. Je l'ai cherchée et trouvée au seuil de sa chambre, extraordinaire foutoir où elle m'a entraînée. *Deux* télés portables posées par terre, des cassettes vidéo en piles sur le lavabo, des feuillets dactylographiés dispersés parmi les serviettes jetées à terre, des verres, encore des verres, partout des verres, un quatuor qui tournait quelque part, et un calecif de mec joliment posé sur la table où il cachait à demi « la page en cours »... Chapeau ! Il y avait aussi une liasse de billets de cinq cents francs sur le lit défait.

Elle m'a fait asseoir, donné à boire et parlé. Supposée se taire toujours, elle a dit des choses douces et sensées sur mes romans, le premier surtout dont elle se souvenait mieux que moi. Elle a vraiment des yeux superbes. Immenses, bruns, avec une lunule blanche au-dessous, à la Baudelaire, quand elle penche la tête. Des yeux qui doutent, interrogent, s'affolent, caressent. Elle avait posé sa main sur la mienne, qui doit être en or massif à en juger par l'intérêt qu'elle suscite. Je n'y avais pas pris garde, je débordais de confidences. J'entendais ma voix se couler en ondulations attendrissantes. J'ai mis trois minutes à comprendre. Holà ! ce n'est pas du tout la pente où je roule. Je me suis alors aperçue dans le miroir, là-bas, au mur du dressing-room, et trouvée très belle. Toute flageolante et belle. Ah ! je la comprenais, en fin de compte, cette femme. Je me suis quand même levée, souriant de mes soixante-quatre dents et la Leonelli, qui est plus grande que je ne la croyais, m'a ramenée vers le salon son bras posé sur mes épaules. Sans rancune, collègue ! Au salon ils avaient renoncé à se communiquer des informations sur la taille de l'étui pénien chez les Noubas et parlaient maintenant du Chtimi, de son éloquence, de sa bedaine, des Clubs Léo Lagrange (qu'est-ce que c'est ?). Les deux folles ont été drôles. Leur sport consiste, pour émoustiller les messieurs, à *en* voir partout. Cela ne tire pas à conséquences et amuse. « Et les vilaines dames, ai-je demandé, pourquoi n'en dresse-t-on jamais de listes, imaginaires bien sûr, comme... je ne sais pas... comme des francs-maçons, des collabos, des faux nobles, des Bloch-devenus-Durand ? C'est un jeu si français... » Dieu sait pourquoi ma question n'a pas fait sourire. La femme du Napolitain est entrée dans le salon, les seins nus sous un voile pistache. Quel âge ? Soixante-dix ? Soixante-quinze ? Les usines doivent lui appartenir. Blaise a dit « Mes cocos... » et il s'est levé. Tout le monde était un peu étourdi. Il paraît que la Napolitaine a quarante-six ans. Pourquoi suis-je si teigneuse ? José-Clo Fornerod – seule à n'avoir rien bu, j'en jurerais – affichait l'air saintenitouche de qui tourne un gros secret dans sa tête comme on suce le meilleur berlingot de la boîte. Elle était seule à avoir repéré le berlingot en question. Je l'ai vue embrasser une merveille surgie par la porte de la terrasse : Bianca, la fille de Colette. Si sa mère ressemblait à ça au temps de ses premières armes... Sans doute pas tout à fait : la race s'améliore et la Leonelli avait les moyens d'offrir à la gosse un père premier choix. Borgette est aussitôt venu caresser la petite, lui aussi, par surprise, dans son dos, de sorte que sa main a rejoint celle de la fille Fornerod sur l'épaule de Bianca. Ces mains prisonnières, ces belles peaux, le lent nuage des sourires (c'est-y pas joli, ça ?) ont composé un moment captivant auquel je crois avoir été la seule, hormis les intéressés, à être sensible. Il était temps de partir.

PLAN GÉNÉRAL I

Jos n'avait jamais aimé les vacances. Il n'en supportait que les quatre ou cinq premiers jours. Après quoi l'ennui menaçait de l'engloutir. Claude le maintenait à la surface quatre ou cinq jours encore à force de marches en montagne (s'il y avait une montagne proche), d'invitations acceptées ou refusées (elle était seule à connaître l'économie qui présidait aux oui ou aux non, personne d'autre qu'elle ne sachant deviner si l'éditeur serait heureux ou harassé de voir *ces gens-là*.) Enfin elle cédait, et c'était le retour fiévreux vers Paris dans un désordre de réservations annulées, d'amis vexés, de billets perdus.

Quand elle le vit, chez Graziella, faire grise mine, elle lui proposa les Grisons, idéal remède à opposer à la chaleur et à la mer, de même que la canicule et la Méditerranée paraissaient, seules, pouvoir guérir Jos de la léthargie qui l'accablait après une semaine de sapins. « L'avion jusqu'à Milan. Là nous louons une voiture : nous serons à Sils trois heures plus tard... »

Le cardiologue, qui connaissait les habitudes des Fornerod, avait téléphoné à Jos : « Plus d'altitude ni d'escalades, bien entendu... »

— Même la montagne à vaches ?
— Mille mètres, onze cents, pas plus, et des sentiers qui descendent...

Cela n'aurait servi à rien d'en parler à Claude. A vingt ans elle avait aimé plus que tout les peaux de phoque aux skis, les nuits dans les refuges, juin en Maurienne ou dans le Vercors. Sa jeunesse. Jos fit la grimace quand elle évoqua Sils.

— Il faudra y passer Dieu sait combien de temps lorsqu'on tournera le roman de Fléaux. Demetrios y tient...

— Si on le tourne jamais !

Jos se renfrogna : mieux valait laisser croire Claude à un caprice qu'à des ménagements. Elle parut s'y tromper.

— As-tu envie de passer seul quelques jours à Paris ?

Six ans auparavant, Jos avait flambé pour une autre femme. Claude, à cette époque, l'avait laissé multiplier les voyages solitaires, les disparitions inexplicables, sans lui poser jamais de questions. Les rênes longues. Jos s'en souvint-il quand Claude lui suggéra de s'en aller ? Il imagina la rue Jacob assoupie, les fenêtres ouvertes sur les arbres de la cour, les facturières en robes claires. Il se sentit renaître.

Il fallut profiter d'un coup de téléphone tombé en plein déjeuner pour monter une comédie, prétexter « un pépin » rue Jacob et annoncer le départ.

— Tu n'auras jamais de place !

Graziella était fâchée. « On garde Claude, tu ne la mérites pas. »

Jos partit dans le gros de la chaleur, vers trois heures, au moment où la sieste engourdissait la maison. Claude l'accompagna jusqu'à la voiture, le visage altéré, et toujours ces cernes bleus réapparus sous le hâle. Jos se sentit empoisonné par un remords inefficace. Dès que la mer fut hors de vue le paysage parut crépiter sous la malédiction de l'été. Collé, des cuisses aux omoplates, à la banquette de skaï, Jos s'efforçait de rester aussi immobile que possible. Il ferma les yeux pour mieux imaginer les lacs de Sils, le chemin vers le Fextal, les drapeaux aux balcons de l'auberge Sonne. « Comment ferons-nous, pensa-t-il, quand le tournage aura lieu ? Il est inimaginable que Claude ne m'accompagne pas... » Il laissa sa lâcheté rêver de drogues miraculeuses, rêver qu'il pourrait remonter le temps. La voix du chauffeur le fit sursauter : il s'était assoupi.

A l'aéroport, comme il faisait la queue pour enregistrer sa valise, un chariot à bagages vint grincer dans ses pieds et une voix cria : « C'est vous Fornerod ? » Il ôta ses lunettes noires et à contre-jour reconnut Rigault, d'autant plus pâle et malsain que l'accompagnait une naïade couleur d'Indien, autour de laquelle bâillait très peu de tissu. « Mais oui c'est lui ! » Rigault paraissait stupéfait que Fornerod pût faire la queue, un sac à ses pieds, par quarante degrés. Accablé, Jos ne reprit vie qu'en pensant aux seins de l'Indienne qu'il pourrait peut-être contempler, d'un regard coulé à sa droite ou à sa gauche, jusqu'à Paris.

L'avion fit escale à Lyon et se posa à Roissy vers huit heures. Rigault avait arraché à Jos un rendez-vous pour le déjeuner du lendemain. Il n'avait pas voulu parler devant sa compagne. Tout le temps du vol il avait fait *bonne figure*. Peine perdue : toutes les fois qu'il se penchait au-dessus d'elle Rigault recouvrait le parfum de bon pain de la jeune femme de son odeur aigre et défaite.

Rue de Seine, Jos n'ouvrit que deux fenêtres, sur le jardin, et se versa du whisky tiède. Il trouva des biscottes, un pot de confiture et renonça à sortir pour dîner. Assis dans le canapé, aussi immobile que l'après-midi dans la voiture qui le menait à l'avion, il attendit que l'alcool accélérât ses pensées. Des pensées ? Des effilochures de souvenirs ou d'angoisses. Il en fut enveloppé deux ou trois heures encore et il alla se coucher, assommé par le soleil du matin, le voyage et l'alcool que, méthodiquement, il avait continué de boire.

Jos contemplait Rigault : bajoues livides des gros mangeurs d'hydrates de carbone. Sans doute ne fumait-il plus depuis quelques mois et croquait-il des sucres dans ses moments de désarroi. Désarroi : c'est le mot moite, béant, dont il usa, à peine assis, comme s'il expliquait tout et justifiait à lui seul leur déjeuner. Heureusement Rupert ne fermait qu'en août le restaurant ; il avait retenu pour Jos sa table préférée, la ronde, avec une banquette circulaire et la lampe suspendue très bas. On se serait cru dans une *Weinstube* munichoise.

Rigault émergeait d'un long tunnel. « Long tunnel », « émerger », comme « désarroi », paraissaient l'apaiser. Il avait préparé les mots susceptibles de lui faire du bien. « Tous ces mois, répétait-il, tous ces mois... » Jos se dit qu'en effet il était resté longtemps sans nouvelles de Rigault et qu'il n'avait pas pensé à s'en inquiéter. Derrière les milliers de livres publiés depuis la première « rentrée », rue de La Harpe, combien y avait-il d'auteurs ? Plusieurs centaines. Une cinquantaine d'habitués, de gens à succès et de raseurs fréquentaient assidûment la Maison. Les autres allaient et venaient. Certains s'étaient évanouis à jamais. Et si, par hasard, un soir à Bordeaux ou à Montréal Jos en rencontrait un, qu'il connaissait à peine (le nom, le titre, l'année : tout s'était effacé), quelle amertume sur ce visage incertain, vieilli, qui ne lui *disait* plus rien. D'autres réapparaissaient après dix ans de silence, un manuscrit sous le bras et des illusions plein la tête, familiers, terriblement *à côté*. Le secret, devant cette rivière qui coulait, d'offrir de la sollicitude à tous ses poissons ! Il arrivait à Jos de penser : « Tiens, Untel, on ne le voit plus. Travaille-t-il ? Je vais lui écrire un mot. » Les mois passaient (Jos n'avait pas écrit le mot), et Untel refaisait surface, aux trois quarts pourri par son cancer, méconnaissable. Quand ce n'était pas l'annonce nécrologique du *Monde* ou, la devançant de vingt-quatre heures, la petite phrase sèche que Brutiger lançait en passant sa tête par la porte de l'Alcôve.

« ... la vraie panne, Fornerod, la panne sèche, ce serait plus facile à supporter que tous ces chemins ouverts, fallacieux, barrés. Ah je connais le métier ! Il y a abondance de biens. Des commencements, des premiers chapitres, des attaques chiadées, saisissantes, du jamais lu – j'en ai mes tiroirs bourrés... »

Rigault s'était fait servir une coupe de champagne qu'il avait battu distraitement, avec une allumette retournée, à petits coups arrondis. Il oubliait de boire.

... « Il y a trois mois je suis parvenu à faire le silence en moi. J'ai tout bloqué. Des semaines sans écrire une ligne – c'est dur... (« Pourquoi » ? pensa Jos.) Il me fallait laisser l'eau s'apaiser, retrouver sa limpidité, et l'essentiel remonter du fond, librement, vous comprenez ça ? Cette fois je tiens un sujet, un vrai. *Mon* sujet, Jos, je le sens. Vous connaissez ma superstition : ne jamais raconter son roman à l'avance... »

— Vous la partagez avec beaucoup d'écrivains, remarqua Jos, moins pour marquer son attention que pour s'assurer qu'il ne risquait pas de perdre l'usage de la parole.

« ... Eh bien, malgré cela, une fois n'est pas coutume, quand je vous ai aperçu à l'aéroport... Bref : j'ai besoin de mettre mon projet à l'épreuve, de tester sa résistance comme disent les ingénieurs. »

Rupert déposa devant eux des œufs brouillés pour Jos et une salade de concombres pour Rigault, qui repoussa aussitôt son assiette comme s'il eût voulu libérer un coin de nappe afin d'y prendre des notes. Il se contenta de poser ses deux mains bien à plat et de les contempler. « Mon idée, commença-t-il, est de partir du plus épais, du plus quotidien : un type dans la cinquantaine, assis au volant d'une grosse Peugeot... »

LE ROMAN DE SÉBASTIEN RIGAULT

... « Un type dans la cinquantaine, assis au volant d'une Peugeot. Vous le voyez ? Ni gros ni maigre, ni beau ni laid, quelconque. A l'aise. On commence en douceur, comme ces films californiens : les érables, les maisons blanches, les pelouses, les écureuils. La vie banale, la vie transparente. Des gens que le malheur n'a jamais remarqués.

Mais quand même, sous l'apparence, comme une trémulation, un frémissement. Alors quand un coup d'ongle va rayer la belle surface lisse on devra commencer à attendre... une vague peur... une menace. On les devinera, je ne sais pas, dans le regard de la femme, dans un silence des gosses... mais rien de plus. On devra supposer une faille, une blessure secrète, et que l'homme, mon personnage, a commencé de se désintéresser. Vous vous rappelez La Loi, *Vailland, tout ça...*

A partir de là je ne procéderai plus par à-plats, en larges touches rassurantes comme pour mon début, mais par des détails de plus en plus ténus, fouillés, des signes de plus en plus discordants. Le délabrement du personnage apparaîtra en pointillé. C'est ça : du pointillisme. Pas une seule idée générale, pas un seul panoramique, rien que la texture de la vie, grossie, observée de très près, mais au bout d'un moment le lecteur reconstituera l'ensemble et comprendra que cette vie-là est devenue invivable. De sorte qu'il attendra la réaction du héros, sa révolte, sa fuite, et quand cette fuite surviendra il l'aura déjà assimilée.

Berthomieu (c'est le nom du personnage, un nom ordinaire, le vôtre, le mien...), Berthomieu va glisser hors de sa vie par petites secousses, petits refus, chaque petit refus entraînant de vastes conséquences. Il va laisser tomber de sa vie peu à peu toutes ses peaux mortes, trancher les adhérences... Je m'explique bien ? Le métier, les horaires, les usages, les « signes extérieurs » : il va s'évader de chacune des prisons où il s'était enfermé. Il va laisser « filer », comme on dit d'un bas, la trame tricotée pendant un demi-siècle. Insensiblement tout va changer : ses vêtements, son emploi du temps, son langage. Quand la famille aura compris, elle y passera avec le reste. Berthomieu va peu à peu rapetisser sa vie, essayer de la réduire à l'os, à la façon, si vous voulez, dont procédait Giacometti avec ses sculptures, ou encore comme s'achève cette symphonie de Haydn, Les Adieux ? *oui, la* Symphonie des Adieux, *quand chaque musicien tour à tour fait silence, souffle sa bougie, se lève, s'en va... Berthomieu va souffler une à une toutes les bougies de sa vie. Et là, c'est à moi de jouer. De réussir mon coup. Je voudrais montrer le concret, le minuscule, le trivial, ce que devient une vie quand on en expulse l'argent, le travail, la comédie sociale, la comédie familiale. Où vit-on ? Que mange-t-on ? Comment survit-on dans nos villes, sur nos routes ? Car je ne veux pas composer une fable, une allégorie du renoncement et de la fugue, je veux inventer pour chaque problème posé une solution. Les ficelles aux godasses ou la voiture d'enfant du clochard : ce sont* des *solutions. Or, l'aventure de Berthomieu est beaucoup plus radicale qu'une clochardisation. Ce sera* aussi *cela, mais ce sera davantage : une aventure spirituelle, bien sûr, taratata, je passe... Une sorte de spirale descendante, une aspiration vers le gouffre. Quel gouffre ? Et mon Berthomieu n'y était-il pas déjà plongé au temps de la grosse Peugeot, de la villa du Vésinet, des chères têtes blondes, des treizième et quatorzième mois ?... Vous savez quelles histoires courent à New York sur les épaves du Bowery : qu'il y aurait là-dedans des gens épatants, importants, etc., qui un beau jour ont laissé tomber. Mais là-bas, tout au long de la mésaventure il y a l'alcool, et en bas de la pente la déchéance absolue, le ruisseau, la mort. Ce ne sera pas mon sujet. L'alcoolisme, pour un romancier, c'est aussi facile que de suicider ses personnages. Un truc. Moi, ce qui m'intéresse : comment se procure-t-on de l'alcool? Le vole-t-on? Mendie-t-on? Et, si l'on mendie, les vrais mendiants vous tolèrent-ils? Ou comment devient-on soi-même un « vrai mendiant »? Sur les trottoirs, croise-t-on d'anciens amis et vous reconnaissent-ils, ou devient-on invisible? Les deux mondes, celui d'avant et celui du refus – le royaume et l'exil si vous voulez – sont-ils perméables l'un à l'autre? A-t-on des femmes, où, lesquelles? Combien de temps survit-on? L'été, on l'imagine encore assez bien, – mais l'hiver? Comment parle-t-on, quand on a toujours été un Monsieur, au flic qui vous interpelle? Comment réagit le Monsieur, l'ex-Monsieur, à la première crasse, aux premiers morpions? Que devient le langage? Que deviennent les rapports avec les gens, ceux qu'on ne voyait même pas, les balayeurs, les nègres dans le métro? Tout à coup ils doivent devenir immenses puisque soi-même on est devenu minuscule. On doit tout redouter : les chiens, les loubards, les bandes d'enfants, la pluie... La pluie! On n'y pense jamais. Comment Berthomieu s'abritera-t-il? Et les défaillances! Quand il n'en pourra plus des bricolages, des expédients, de toute cette nouvelle comédie qui lui paraîtra avoir remplacé l'ancienne, et qu'il sera tenté de remonter la pente. Savoir qu'existent quelque part une famille, une maison, des réserves, des souvenirs, des références, un code toujours prêt à servir, à tout expliquer, y compris la fugue, à tout rendre à celui qui a tout rejeté...*

Vous saisissez, Fornerod, ce qui me fascine dans mon sujet? J'analyserai une aventure possible. *La frontière entre l'ordre et cette espèce de néant est incertaine. Nous vivons tous – oui, tous! – au bord de cet abîme. Un pas de trop et nous y tombons. Notre architecture de préjugés, de règles, d'interdits est fragile. Une pichenette, elle s'écroule. Les gens de notre sorte le savent, n'est-ce pas? C'est cela que je voudrais raconter : ce qui se passe quand on a donné la pichenette. Chaque lecteur devrait être saisi d'un vertige, poser mon livre et imaginer comment pourrait se défaire sa propre vie. Le premier geste* déraisonnable *à partir duquel tout va se débobiner. Si je parviens à ça, j'aurai gagné. J'aurai instillé dans l'imagination du lecteur un malaise dont il ne guérira plus...* »

Jos, avant de s'abandonner au plaisir de savourer ce malaise inguérissable dont seront accablés les lecteurs de Rigault, a mangé ses œufs brouillés, puis du bœuf mode en gelée. Il a bu la moitié de la bouteille de chinon frais posée sur la table. Il n'a pas interrompu Rigault ; il ne lui a pas demandé : « Vous ne prenez pas un peu de concombre ? » Il a appris en tant d'années de métier à ne pas ennuyer avec des concombres un créateur qui essaie de se rassurer en parlant trop fort dans le noir. Car Rigault est dans le noir. Il tâtonne, il tend les bras, il devine des obstacles qu'il ne réussit pas à localiser. Il n'appartient pas à la race des écrivains capables d'inventer en parlant, à qui les idées viennent avec les mots et qui défrichent leur terrain devant n'importe quel auditeur de hasard. Rigault est un lent, un secret. Mais Jos est prêt à parier que la belle Indienne et deux ou trois infortunés copains ont déjà essuyé le monologue qu'il hésite encore à interrompre. Il pressent les difficultés auxquelles va se heurter Rigault, lequel se représente fort bien son texte – sec, chirurgical – mais qui va patauger dans le mou et le bavard dès qu'il se mettra à rédiger. Il a beau jurer : « Pas une idée générale », il en a la tête farcie, et d'allégories, et de comparaisons. S'il avait déjà trouvé le secret d'écrire son histoire (qui est bonne) comme il la rêve, il serait en train de l'écrire, non de mendier des encouragements en la déflorant.

Jos, comme le récit connaît un flottement, et même un miraculeux trou de silence, ose le geste libérateur : il verse un verre de chinon à Rigault qui s'en empare avec une soudaine avidité. Rupert, posté non loin de la table et qui guettait, s'approche, emporte les concombres et pose à leur place une assiette de bœuf froid. L'assiette est aussitôt repoussée, mais Rigault se met à mâchonner un morceau de pain. Jos a le visage sérieux, penché. Il ne lève sur son vis-à-vis que les yeux pour demander :

— La forme ?

— Neutre, méticuleuse, le style le plus bref possible, et bien entendu tout au présent. Une sorte de présent absolu.

— Vous êtes déjà très avancé ? Vous pensez à un titre ?

Les deux questions étant embarrassantes Jos les pose ensemble, laissant à Rigault le choix entre plusieurs dérobades. En même temps il se gourmande : pourquoi est-il si peu engageant ? Deviendrait-il incapable de jouer la comédie pendant une heure pour aider son interlocuteur à reprendre confiance ? Fausse question. Il connaît sa répugnance à discuter les projets. Il croit aux textes, il ne croit qu'à eux, et pas du tout aux parlotes. Dans sa colère contre le projet Borgette il y avait aussi cette horreur des canevas, des ébauches, des plans punaisés aux murs, des phrases trop rondes qu'on lance et déguste un verre à la main.

Rigault, douché, bredouille. A vrai dire, le texte... S'il met à part quelques galops d'essai, des brouillons... Il veut n'entrer dans son travail qu'à coup sûr, mais alors là ne plus s'arrêter, marcher au canon et, dans l'élan, tout sortir de lui d'une seule coulée... Peut-être même, oui, sûrement, quitter Paris. Et à ce propos...

« Nous y voilà, pense Jos. Nous allons parler d'argent. Plus de trente minutes pour y arriver ! » Il pense cela sans méchanceté, avec une lassitude où passent trop de souvenirs de scènes semblables – même lieu, à peu près mêmes mots –, et des images de Claude, de la mer... « Pourquoi suis-je rentré ? » Par réflexe il gagne encore quelques minutes :

— Et le titre ?

— J'avais pensé... oh, « en monstre » comme ils disent au cinéma, à quelque chose de plat, volontairement neutre, gris...

— *La Chute ?*

— Ne raillez pas, Fornerod ! J'y ai pensé, figurez-vous, à Camus, et en épigraphe je pensais même placer...

— Excusez-moi. C'était une simple référence.

— Bien sûr. Que diriez-vous du *Départ de M. Berthomieu ?* Ou de ceci, qui m'est venu en vous parlant : *La Symphonie des adieux ?*

— Mieux, ça.

Jos fit un sourire à Rigault et, à Rupert, un signe de la main pour accélérer la fin du déjeuner. Le chinon lui mettait du plomb dans les paupières. Il se reprit et s'entendit prononcer enfin les phrases qu'attendait Rigault. Il réinstalla sur son visage l'air émerveillé qui s'était évanoui dans l'ennui du récit. (Les femmes qui vous gâchent le goût du café matinal en vous racontant leurs rêves...) Il glissa bientôt des amabilités aux conseils, mit Rigault en garde contre les écueils les plus sournois qui le guettaient. Allons, la mécanique fonctionnait encore. Les conseils étaient précis, argumentés. Jos savait la confusion où des commentaires gonflés et vagues plongent un écrivain : « Dégraissez ici et là... Donnez plus de rythme à l'ensemble... » Tu parles ! Rien ne sert de parler. Il faut s'y mettre, le crayon à la main, sur une table, à l'heure du plus grand calme, et *corriger*, comme à l'école. Enfin, autrefois... L'éditeur est le seul prof à oser encore mettre la ponctuation et l'orthographe. Jos rêvait d'encre rouge. Au fur et à mesure qu'il commentait le projet de Rigault il sortait de sa torpeur. Il le voyait, ce texte, maintenant, il le sentait, il le détaillait à Rigault mieux que l'autre n'avait fait tout à l'heure, – et déjà il savait qu'une fois terminé, s'il l'était jamais, le roman n'égalerait pas cette idée qu'il était en train de s'en faire, le décevrait, le laisserait sur sa faim, tout à l'amertume qu'il connaissait bien de voir une fois de plus un de ces maladroits saboter le travail. La littérature est une affaire trop sérieuse pour être abandonnée aux écrivains ! Il comprenait pourquoi les critiques et les universitaires, vers 1960, s'étaient emparés de la chose littéraire, avaient conféré à leur bavarde petite industrie valeur de création. Quand Rupert avait-il apporté cette damnée seconde bouteille ? Par cette chaleur ! L'œil de Rigault s'était mouillé. « Vous croyez vraiment, Jos ?... » Il était modeste, Rigault, raisonnable, il ne demandait pas plus du double de l'avance que méritaient sa réputation et son projet. Jos, le bon sens intact sous le début d'ivresse, ramena la somme au chiffre convenable, pas mille francs de plus, et Rigault – il n'en espérait même pas tant – prit l'air sournois du négociateur qui vient de se faire rouler mais en doute encore.

Le dessert vint, puis les cafés, l'addition. Rupert, derrière le bar, lisait un journal. Rigault se tamponnait le front, les tempes, de son mouchoir en boule. Il dit à Jos, à brûle-pourpoint, sur le trottoir où la chaleur les avait pétrifiés : « Je suis un peu ridicule, n'est-ce pas ? Un écrivain qui vante sa camelote. N'allez pas croire... » Il se tut, découragé. Jos l'observait. L'autre avait enfin trouvé les seules paroles capables de le toucher. Il prit le bras de Rigault – il avait hésité : je lui prends le bras ? ce n'est pas excessif ? – et l'entraîna vers le jardin du Palais-Royal. « Vous faites un métier difficile, Rigault, et vous le faites loyalement. Peut-être le roman que vous allez écrire ne sera-t-il pas exactement celui que vous m'annoncez, ni son titre *La Symphonie des adieux*, ni son héros M. Berthomieu. Mais cette fois, je le sens, vous ne tomberez pas en panne. La preuve : ce contrat et cette avance que je vous propose. Si j'avais des doutes, je me défilerais, je ne suis pas philanthrope, vous me connaissez ! Alors mettez-vous au travail et revenez me dire où vous en serez... en novembre ? Passez rue Jacob tout à l'heure, où Fiquet réglera cette affaire de sous. Oui, il est là, il sera au courant... »

Comme il s'éloignait sous les arcades Jos crut entendre Rigault faire demi-tour et revenir vers lui. Il accéléra le pas. « Ah non ! J'ai assez donné... » Au bout d'un instant cette impression s'effaça, d'être suivi et menacé. Il s'arrêta devant la vitrine du marchand de médailles et glissa un regard en arrière : tout danger était écarté. Il repartit plus lentement. Il était aussi fatigué que s'il avait marché dix kilomètres. « Ils me vident... » Il sut qu'après quelques simulacres d'activité, signatures, visites inopinées dans les bureaux, il reprendrait l'avion. Il pensa à Claude. Mais avait-il un seul instant du déjeuner cessé de penser à elle ? La pensée de Claude filtrait toutes les autres et les modifiait, les tenait à distance, leur conférait une irrémédiable futilité. Jos comprit que « la torpeur de l'été » n'était pas seule responsable de l'irréalité où se dissolvaient les inquiétudes encore si vives trois semaines auparavant. Que déciderait-il, en fin de compte, pour le projet Borgette ? Que trafiquait Brutiger avec les magots d'*Eurobook* ? « Monsieur Gendre » était-il tout à fait loyal ? Toutes ces questions en composaient une seule, qui était de savoir si son pouvoir aux JFF était intact ou s'il était contesté par les uns, par les autres, sourdement. A commencer par lui-même, qu'engluait cet à-quoi-bon qu'il avait espéré vaincre en revenant à Paris. « L'Engadine n'est pas une bonne idée, pensa-t-il. Il faut chercher plus bas... Des forêts, des sentiers... Le Jura ? » Mais il frissonna en évoquant Morez, ses toits rouillés, les sous-bois spongieux. « Pourquoi pas les Vosges ?

Les vallées qui descendent vers l'Alsace, les fermes où l'on mange des myrtilles, le Champ-du-Feu, le Vieil-Armand... Le capitaine serait content ! » Il fut si loin, d'un coup, loin dans l'espace et loin dans le passé, qu'il divagua un quart d'heure à travers les Tuileries, sans courage pour retourner rue Jacob. Mais il pensa à Rigault frappant à la porte de Fiquet, réclamant son chèque... Appeler Tanagra d'un café ? Mieux valait marcher vite et rentrer à la niche. Il imagina avec une bouffée de satisfaction l'Alcôve aux volets tirés, sa fraîcheur, la petite ampoule rouge allumée à sa porte. « Je téléphone à Claude, décida-t-il. Je lui annonce mon retour. »

***

Il n'est pas facile de raconter l'été tel qu'il se déroulait entre Thalassa, San Nicolao et l'hôtel des Palmes. L'oisiveté, le luxe sont de faux bons sujets. Les gens de luxe et leur clientèle finissent par imiter les mauvaises histoires qui les mettent en scène, de sorte que leur réalité paraît artificielle. On a peur, les décrivant, d'être taxé d'exagération, d'où la sourdine, l'estompe. En quoi l'on a tort, car les riches sont plus insolemment riches qu'on ne les imagine, et leurs jeunes femmes sont plus belles, leurs vieilles, plus extravagantes, leurs demeures plus ombreuses que vous ne les croyez. Le beau linge est toujours brodé. Les conversations, les aveux, les rires, les paroles murmurées et cyniques feraient rougir les plus ardents chambardeurs. A moins qu'ils ne leur parussent du plus amer et inattendu comique, vu qu'il prend parfois fantaisie, aux heureux de la terre, de creuser avec extase le trou où ils vont s'abîmer. Là encore on a peur d'aller trop loin, alors qu'on reste en deçà de la vérité. Le ruffian, par exemple, le Napolitain, ne dirait-on pas qu'il a copié quelque part, dans quelle mauvaise comédie ? ces jeans couleur de sorbet qui le moulent comme ses chausses un mignon d'Henri III, le mocassin bicolore, le foulard, jusqu'à son nez de condottiere de bar ?

On n'ose pas raconter les choses ni les gens tels qu'ils sont : le complexe de la peau d'ours. Vers 1935 le cinéma hongrois s'était spécialisé dans les passions fatales, les téléphones blancs, les séductrices aux yeux verts, les peaux d'ours au pied de vastes lits. Que faire quand une jeune femme a *vraiment* les yeux verts ? Revenons au ruffian. Comment décrire l'homme qui l'accompagne, faire-valoir ou factotum, dont il impose la présence à ses côtés en toute circonstance ? La Leonelli, qui ne doit rien au Napolitain et n'attend rien de lui, a refusé de recevoir le trop fameux Marco. On l'a logé à l'hôtel des Palmes d'où il arrive chaque jour vers midi, souple, rieur, nullement affecté d'être traité en pestiféré. « Une toute petite peste », pouffe-t-il à l'oreille de Chabeuil. Est-il comme le prétendent les lourdauds l'amant de la Napolitaine ? Pas du tout. Il sert de rabatteur au ruffian, qu'il fournit en filles, adresses, œuvres d'art, indiscrétions pourvoyeuses elles-mêmes d'autres filles ou d'autres peintures. Il est homme de grand goût sous les allures d'entremetteur qu'il s'est données pour plaire à son maître. Le rapport entre les deux personnages, quand on a compris de quoi il est fait, paraît anachronique. C'est Naples ou Venise il y a deux cents ans. Mais c'est aussi bien notre temps, et la valse des spéculations, les consciences achetées en devises fortes, les escales discrètes à Bâle ou à Genève, les fugues aux Bahamas, un pied-à-terre à New York, les Fiat blindées, les envols d'hélicoptères qui escamotent les héros d'aujourd'hui comme les machineries de théâtre enlevaient hier vers les cintres les ténors emperruqués. Tout cela joue autour du ruffian, de son âme damnée et de sa femme, comme une musique d'opéra. Allusions codées, mystères. A San Nicolao ils sont le détail qui valorise l'ensemble. « Le zéro dans les calculs, disent Tom-et-Lewis. En soi, c'est nul, mais ajouté à nous ça nous multiplie par dix. » A Venise, où elle séjourne chez la comtesse Volpi pendant que sa maison est louée à Colette, Didi Klopfenstein se vante de la présence chez elle du ruffian, qui démontre, s'il en était besoin, quel statut cosmopolite et mondain garde San Nicolao même en son absence. Chabeuil, que l'or éblouit, trouve quand même les Napolitains voyants. Ils lui inspirent, par réaction ou dépit (« par hygiène », pense-t-il), une chronique bien venue qu'il envoie au *Cyrano* en exprès. Il l'a intitulée *Les Mimosas de San Nicolao*. C'est une petite chose un peu ornée, pas trop, avec deux imparfaits du subjonctif, une citation latine et un rien de désenchantement. On ne sait pas quand ni par quoi Chabeuil a jamais été enchanté mais il est, à en croire les critiques, « désenchanté » depuis si longtemps qu'on a oublié les origines discrètes de ce mal. Dans ses *Mimosas* il a cherché à retrouver ce « ton Guermantes » qui l'emballait, jeune écrivain provincial, à l'époque où Gérard Bauër, roi de la première page du *Figaro*, promenait sa maigreur et les sifflements si élégants de son asthme, de concert en festival. Chabeuil, depuis qu'il a envoyé le chauffeur poster sa chronique, a l'impression de n'avoir pas « perdu » son séjour chez Colette Leonelli. Colette dont il fut si proche, s'en souvient-on encore ? en 58 ou 59, trois semaines d'un printemps qu'il garde en mémoire, lui, comme un souvenir d'horaires déments et de migraines. Par la suite ils sont devenus grands amis. Chabeuil a moins vieilli que Colette : il a presque l'âge d'être son père mais il garde un visage d'enfant comblé sur un corps d'ex-champion. Champion de quoi, on ne sait pas au juste. De bonheur, peut-être. C'est une spécialité qui rend Chabeuil attachant. Bianca, habile à flairer les anciens de sa mère, n'a pas soupçonné celui-là et elle le traite avec affection. Sylvaine le trouve réactionnaire, ce qu'il est, machiste, ce qu'il n'est pas, et tout compte fait du dernier chic. Fred pourrait en prendre de la graine. Il n'est pas très gracieux, Fred. Il ne sait pas encore s'habiller. Sylvaine est assez fine pour déceler quelque chose de subalterne dans la beauté de son compagnon, sa démarche, ses épaules, ses hanches (« mes atouts », dit Fred dans l'intimité). Voilà qu'elle en souffre. Il est difficile d'être vingt-quatre heures par jour une femme souveraine. Elle se demande même s'il était de si bonne politique d'amener Fred à San Nicolao. Venir avec Jean-Baptiste aurait eu « plus de gueule ». (C'est Sylvaine qui pense.) Le palazzo est cet été le paradis des couples légitimes : Colette avec son Brésilien, Chabeuil avec Patricia, les Napolitains, et bien sûr Tom-et-Lewis, parangons de fidélité. Sylvaine a commis une erreur d'appréciation. Elle est ici entourée de gens qui ont assez roulé leur bosse pour se donner des airs de retraités. Son Jean-Baptiste, si encombrant quelques années auparavant, au point que Sylvaine avait vagué de claudine en greluchon pour épater la galerie, se *donner un style*, son Jean-Baptiste, donc, si bien vêtu, et qui ne dit jamais une bêtise, il serait temps de lui refaire une place dans sa vie. Pourquoi pas la première ? Fred, certains soirs, à l'heure du premier alcool, et bien que lui ne boive que de l'eau, détonne comme un mot de boutique dans une mélodie. Sylvaine voit Colette se passer la langue sur les lèvres, Bianca lever les sourcils. Sylvaine s'en veut. Sylvaine dépérit. Si au moins elle avait l'audace d'interpeller Fred, de le houspiller comme à sa place feraient sûrement Didi ou Graziella... Mais elle n'ose pas. Il n'existe pas d'école où apprendre le culot. Il faut avoir traîné longtemps de vie en vie, de dèche en fortune. Ce n'est pas un M. Benoît, avocat à la Cour et le chic anglais, ni une fermette à Condé-sur-Cosson, qui vous révèlent l'insolence.

Thalassa, la maison de Graziella, et l'hôtel des Palmes, sont les viviers où Colette pêche ses attractions. Elle feint de considérer avec une muette commisération le feuilleton Borgette mais elle en est agacée. Quinze ans plus tôt, Gilles – donc elle – eût été dans l'affaire. Ou plutôt on fût venu les supplier d'en être. Elle eût conseillé à Gilles de refuser. Aujourd'hui elle a beau se répéter qu'elles sont, elle et sa mythologie, d'un autre calibre que Borgette, et qu'elle est devenue, grâce à la richesse de Getulio, tellement plus *chère* que les purotins de son équipe, elle n'en aurait pas moins aimé qu'on vînt, comme à Gilles autrefois, lui proposer « un pont d'or ». Las, personne ne semble avoir songé à cette ruineuse architecture. Mésange vient se pavaner à San Nicolao sans faire allusion aux nègres des Palmes dont il a pour mission d'exciter le génie. Quant à Gerlier, on l'a vu une seule fois, sa petite lacoste lui moulant les pectoraux, et depuis il s'est évanoui. Borgette est plus naturel. Sitôt « le travail fini », comme il quitterait un bureau, il arrive à Thalassa ou à San Nicolao, rayonnant. (Il a rayonné davantage les trois jours où Jos a été absent...) Il sait vivre. Il possède un stock d'anecdotes, des secrets sans venin qu'il trahit en riant. Il a l'optimisme d'un gagnant de loterie. Bien sûr tout le monde a compris qu'il était amoureux de José-Clo. Cette passion inspire, au bord de l'eau, des commentaires. La proximité des Fornerod donne du piquant à l'aventure : il est rare dans ce petit monde que la mère d'une jeune femme assiste à ses nouvelles amours. La situation rajeunit ses témoins. Lewis s'est taillé un succès, avec son accent! en glissant à l'oreille de José-Clo : « Vingt-deux, José, ta maman !... » Borgette a été le premier à en rire mais il s'est écarté. Il ne comprend pas que les Fornerod, même si Jos est rancunier, paraissent se désintéresser de cette péripétie passionnante. Claude regarde toujours ailleurs. Plus les Fornerod sont discrets, moins il est à l'aise face à eux. Il a parfois la sensation d'avoir pris le volant d'une voiture trop rapide pour ses réflexes. Et cette route si *dégagée*...

Ce que risqueraient de ne pas percevoir les fanatiques ou les détracteurs de la « peau d'ours », c'est la présence proche et constante du travail sous les rites de l'oisiveté. Société où l'on ne se quitte ni le soir, ni le dimanche, ni l'été. Entre tous les acteurs de la comédie sont visibles des liens d'intérêts, d'argent, d'influence, de vanité professionnelle. On pourrait croire que le ruffian, seul, échappe aux lois de cette maçonnerie. Ce serait oublier que son épouse contrôle, par papeteries interposées, une des grandes maisons d'édition d'Italie. De sorte qu'entre deux gazoducs, deux expositions (visitées après l'heure de fermeture en la seule compagnie du conservateur), deux sénateurs américains, deux gnomes zurichois, le Napolitain peut parler de Barthes et de Foucault, ou, ce qui le passionne davantage, de Pavese, de Bassani. Sous la mollesse des propos et l'ivresse lente des fins de soirées, les tensions de la vraie vie ne sont jamais longues à redresser la trajectoire d'un mot. Personne ici n'a, comme disent les magazines, « débrayé ». Personne ne peut se le permettre. Personne n'en a envie. Des alliances se nouent, des projets s'esquissent. Seuls les Fornerod restent à l'écart des parties multiples qui se jouent. De Claude, on l'admet, alors que la distance affichée par Jos trouble ses compagnons, qui à leur tour s'écartent de lui, l'observent, supputent ses chances de surmonter une « crise » dont ils ne savent rien mais dont ils majorent la gravité à plaisir.

A l'hôtel des Palmes d'autres comédies se déroulent. Les gens de cabinet ministériel, comme Gerlier, jouent à la télévision. Les gens de télévision, comme Mésange, jouent au cinéma. Les gens de plume se prennent pour Fitzgerald ou Faulkner enfermés dans les « bureaux d'écrivains » de Hollywood. Identification qui leur fait un droit et un devoir de boire avec excès, au désespoir de Mésange. Enfin Borgette se prend selon les heures pour un auteur de best-sellers, un machiavel, un accoucheur des Temps Modernes, un casanova. Il ne s'étonne déjà plus, après quinze jours, de voir la mer miroiter sous sa fenêtre, la baie entre les tours génoises, les voiles. Il a hâte chaque matin de retrouver le salon humide où « l'équipe » a vite inventé ses mots de passe, ses blagues allusives, et perfectionné cette nervosité goguenarde qui donne à chacun l'illusion du talent, de l'amitié, du cynisme.

En bonne logique, et à défaut d'une rechute de Gerlier, Elisabeth Vauqueraud, seule femme parmi une dizaine d'hommes, aurait dû esquisser une aventure avec le sémillant Borgette. Mais, outre qu'il n'est pas son genre, ni elle le sien peut-être, la brusque passion de Blaise pour la fille Fornerod a balayé cette hypothèse qu'avaient posée plusieurs des intéressés. Binet, Schwartz et Labelle, considérant dès lors la voie comme libre, décrivent autour d'Elisabeth des cercles de plus en plus serrés, sans croire vraiment à la vulnérabilité de leur proie. La proie est calme : elle prend de longs bains.

Ce décor – mer, tours génoises, fauteuils houssés de toile blanche – forme un arrière-plan à Jos et Claude Fornerod sur lesquels, même s'il donnait l'impression de s'écarter, d'hésiter, l'objectif restait fixé. D'où vient qu'ils paraissent plus difficiles à *cadrer* que d'autres, – Elisabeth ou le ruffian, Sylvaine ou Graziella ? Il serait excessif de voir, entre eux et leurs compagnons de l'été, une différence de nature. A peine peut-on percevoir (et il s'agit là d'un phénomène récent) une différence de son, de rythme. Les Fornerod rient moins vite, parlent moins fort. Une matité assourdit tout ce qui vient d'eux. Ils étouffent leur vie comme on étouffe sa voix.

Jos essaie de dissimuler les regards dont il suit Claude. De loin, sans cesse, il la surveille, guette ses gestes avec une avidité chaque jour accrue. Il redoute si fort un signe qu'il pourrait le provoquer.

Claude cache sa peur, installée en elle depuis février, il y a donc cinq mois. Cela avait commencé si petitement qu'elle n'y avait pas pris garde : de soudains silences de son cœur, un pointillé qui s'espaçait, à quoi succédait une galopade. (Elle a appris le mot : une salve.) Ou bien une torsion, une chute libre, une ruade, là, en haut de la poitrine, sous l'épaule gauche. Mais tous les mots qu'elle a utilisés devant les médecins n'ont pas paru leur plaire. Elle racontait mal. Il y a eu aussi les bourdonnements d'oreille, les sifflements, ou quand elle se pressait, à la maison, là où le long couloir fait un coude, ce sentiment de partir à la dérive. Elle devait s'appuyer au mur. Dès le mois de février elle a cessé de marcher vite : dans le couloir, dans la rue, la hâte bloquait sa respiration, lui donnait envie et besoin de hausser les épaules ; elle cherchait l'air. Elle s'est contrainte à vivre lentement. Quand les signes – et à bien y réfléchir certains étaient apparus depuis longtemps – se sont multipliés, accentués, conjugués, elle s'est promis d'aller consulter. Mais la syncope, rue Perronet, est survenue avant qu'elle n'eût pris rendez-vous.

La vraie peur s'est installée en elle à l'hôpital, pendant ce conciliabule entre Beaudouin-Dubreuilh et son assistant. A partir de là elle refuse de se raconter les quatre derniers mois. Elle s'est découvert des trésors de scrupules et de révoltes, réactions contradictoires qui cohabitent en elle. Le scrupule l'oblige à ne jamais oublier un seul des quatre médicaments qu'elle doit absorber chaque jour, ni la boîte de trinitrine dans son sac, mais la révolte l'a poussée à refuser toute idée d'intervention. Avec quelle âpreté ! La charcuterie ? La plomberie ? Jamais. Une violence d'adolescente. Abandonnée à la main de Dieu. Elle avait toujours su que le moment venu elle réagirait ainsi et elle est soulagée de constater qu'elle se connaissait bien. Elle a seulement été étonnée qu'on ne cherchât pas davantage à la convaincre ni à lui forcer la main. Baroud d'honneur des cardiologues ; baroud d'honneur de Jos et des Mazurier. Après quoi, le silence. « Suis-je à ce point malade, qu'ils se résignent si vite ?... » En quinze jours, dans sa tête, « j'ai refusé l'opération » est devenu : « L'opération était inutile. » Ce malentendu l'a jetée dans un vertige de solitude. « Pauvre Jos, il n'ose plus me parler de rien... » De jour en jour, la discrétion dont elle s'est fait une loi se referme sur elle et l'écarte de Jos presque aussi sûrement que feraient des importuns. Alors qu'ils adorent celles des autres, les gens répugnent aux confidences des malades. Ses meilleures amies trouvent commode de faire les ignorantes. « Un jour, pense Claude amèrement, elles diront : Si nous avions su !... Mais elles savent. Et moi je n'ai pas envie de découvrir *une boutique merveilleuse*. Ni qu'on sorte de son sac à main les photos de Véronique, de Marine, de Patrice. Qu'on m'épargne les vies qui commencent! Comment devient-on si vite méchante? »

En juin, au grand raout annuel d'*Eurobook*, où elle « ne pouvait pas ne pas se montrer », un garçon est venu saluer Jos, un nouveau venu au comité de Lacenaire. Il leur parlait sans avoir retiré le bras qu'il tenait posé sur les épaules d'une jeune fille, presque une adolescente. Il leur a annoncé, à Jos et à elle, avec quel entrain! en leur présentant la petite, un prochain mariage. Il insistait sur la proximité de la cérémonie.

— Pourquoi si vite? a demandé Jos.

Alors la fille, avec un sourire bouleversant de gaieté, ses yeux allant rapidement de Jos à Claude comme pour s'assurer de son pouvoir de les séduire, avait murmuré : « Pardi! Il y a un polichinelle dans le tiroir... » C'était si joli cet aveu, ces mots salés dans une bouche d'enfant, que Jos avait éclaté de rire et embrassé la petite. Elle, Claude – elle ne pense pas sans honte à cette minute-là – avait tourné le dos et s'était écartée. Elle n'avait pas supporté les images que levait en elle la phrase *radieuse* de la petite : l'émoi des familles, les mots qui font mal, puis l'indulgence, la hâte, ce début d'été, le corps qui bientôt se déformerait, et dans six mois les cris, les yeux brillants. Le commencement du monde... Sur les roses, le commencement du monde! « Et moi, où serai-je? » La question lui avait fait horreur mais s'était gravée en elle. Désormais elle la voyait, posée en transparence sur les visages, elle l'entendait rongeant les paroles les plus innocentes. Cela tombait sur elle comme du froid. Elle frissonnait sans cesse, dans cette superbe fin de printemps, et Jos lui posait sur les épaules un châle, une veste, un bras. Peut-être, si elle lui avait tout de suite parlé, serait-elle ensuite parvenue à écarter l'obsession, au moins à la discipliner. Mais puisqu'elle s'était tue il était trop tard, à jamais, pour partager avec quiconque l'hostilité qu'elle sentait monter en elle contre les exubérances de la vie. En entendant une rengaine à la radio de la voiture elle avait éclaté en sanglots : le refrain – « Et moi, et moi, et moi... » – lui renvoyait en écho dérisoire l'unique pensée qui désormais l'habitait.

— Jos tire sur ses amarres, murmurait l'un.

— Croyez-vous vraiment la maison menacée, ou seulement Jos?

Claude se leva, avec la sûreté de mouvements des femmes qui ont toujours été belles, et s'éloigna, maigre, sombre, parfaite. Elle se mordait les lèvres et ses lunettes noires lui cachaient les yeux. Personne n'avait remarqué sa présence.

— Que se passe-t-il ? demanda Guevenech.

Il avait honte, soudain. « Mais je ne savais pas, moi... » Il se leva, marcha derrière Claude pour la rejoindre. Puis il s'arrêta, indécis. Que lui aurait-il dit ? Après tout, peut-être ne l'avait-elle pas entendu.

MUHLFELD ET ANGELOT

Faire l'historique des débuts de la Maison Fornerod (le sigle JFF n'apparaîtra qu'en 1956), c'est raconter un labeur opiniâtre que couronna un extraordinaire coup de chance. Le temps de l'acharnement et des difficultés : les années 1953 à 1957. L'éclat soudain de la fortune et de la notoriété : la publication à l'automne 1957 de L'Ange, *premier roman d'un inconnu de vingt-quatre ans nommé Gilles Leonelli.*

La légende journalistique s'est si vite emparée de cet épisode – un des plus spectaculaires, dans l'histoire du livre en France après la guerre, avec les triomphes de Pierre Daninos et de Françoise Sagan – qu'il apparaît nécessaire d'en conter l'exact déroulement.

C'est en 1952 que Jos Fornerod épousa Sabine Gohier. Elle avait vingt-deux ans. Elle était la troisième et dernière fille de Clément Gohier, un centralien qui avait créé « à la force des poignets », aimait-il à répéter, une petite usine de poêles et de radiateurs. Le succès lui était venu pendant l'Occupation grâce aux fameux poêles à sciure de bois et aux gazogènes qu'il fut un des premiers à fabriquer. A la Libération, les Gohier disposaient d'une large aisance, mais les habitudes de la famille étaient restées de discrétion et d'austérité. Les seuls luxes que, jeune fille, connut Sabine Gohier, furent le tennis et de fréquents séjours à la montagne : elle était bonne alpiniste. Elle s'était même fiancée à dix-neuf ans avec un guide chamoniard, mais son père avait mis obstacle à ce projet qui ne lui paraissait pas convenir à une étu-

diante en histoire, et plus « parisienne » qu'elle ne se croyait elle-même. Déçue, elle boudait les Ardennes, vivait chez une tante à Louveciennes et hantait encore les rallyes convenables de Passy et de Monceau quand elle rencontra Jos Fornerod, de neuf ans son aîné.

M. Gohier ne pouvait pas écarter de sa fille préférée tous les prétendants. (Les deux aînées étaient mariées, l'une à un ingénieur de l'usine, l'autre à un officier américain avec lequel elle était partie en 1946 vivre en Virginie.) Il accepta donc à contre-cœur ce gendre « journaliste », c'est-à-dire à ses yeux dilettante, voire aventurier. Les articles de Jos dans la page littéraire de Combat, *que dirigeait alors Marcel Arland, ne dégageaient pourtant aucun parfum de soufre.*

Les Fornerod, l'hiver 52-53, menèrent la vie fervente mais étroite d'un jeune couple sans argent. La générosité des Gohier n'était pas allée au-delà de l'octroi d'un appartement rue Oudinot, quitté par « l'Américaine » lors de son départ pour les Etats-Unis, dont on mit le bail au nom de Sabine. De la moquette et des rideaux, mais pas de meubles. Mme Fornerod, le cœur saignant, abandonna quatre bergères Louis XVI achetées par le capitaine, en 1930, à Versailles, dans une vente du samedi après-midi.

Ce lieu de belle allure – moquette, rideaux, et les bergères – donna aux Fornerod de l'imagination. Ils avaient été d'accord, dès leur rencontre, pour tenter ensemble l'aventure dont rêvait Jos : l'édition. Ils n'en avaient pas soufflé mot à M. Gohier, zélateur de l'initiative privée quand il s'agissait de chanter ses propres louanges, il eût promis son gendre à la faillite s'il avait connu le projet.

Au printemps 1953, ayant trouvé à louer cinq pièces lépreuses rue de La Harpe, les Fornerod, spéculant sur la crise du logement, alors obsédante, et sur les usages de l'époque, cédèrent le bail de la rue Oudinot à des diplomates belges moyennant une « reprise » exorbitante que justifiaient mal la moquette, les rideaux et deux des quatre bergères du capitaine. Cette reprise, trois millions de francs d'alors, constitua le seul capital avec lequel furent créées les éditions Fornerod. Rue de La Harpe, Sabine et Jos lessivèrent les murs, placèrent leur lit dans la plus sombre des cinq pièces, engagèrent une secrétaire à mi-temps, se battirent pour obtenir une ligne téléphonique, privilège aussi rare ces années-là que la location d'un appartement, et publièrent trois romans à l'automne, sous les sarcasmes conjugués de M. Gohier et de la veuve du capitaine.

(C'est pour mémoire que nous rappellerons ici la façon dont furent racontés les débuts de Jos Fornerod, après 1957, par les journalistes que son triomphe dérangeait. « Les JFF, fondées grâce à la dot consentie par un richissime industriel du Nord à sa fille unique, épousée à point nommé par le jeune loup du taillis littéraire... » Etc. Ceux qui connurent les premiers mois de la Maison, l'époque où les « jeunes éditeurs » prenaient leurs repas, à crédit, au boui-boui qui occupait le rez-de-chaussée de l'immeuble, – ceux-là savent quels prodiges de gentillesse et d'économie permirent à l'entreprise de ne pas sombrer, et ils feront justice de ces ragots.)

Les quatre années qui suivirent la création de la maison d'édition voient Jos Fornerod tâtonner. Dès cette époque, son intuition le pousse à viser haut. « Difficultés pour difficultés, dit-il aujourd'hui, mieux valait les connaître en publiant de bons livres. » Il hésite alors sur le genre de ces livres, non pas sur leur qualité. Quelques ouvrages d'art (ils nécessitent un découvert en banque), des romans d'amis ou d'inconnus (les autres ont creusé leur place ailleurs), une demi-douzaine de traductions (mais les succès escomptés vont aux maisons qui ont pignon sur rue), des documents (ceux que l'on suggère ou sollicite font les meilleures affaires) et même, audace encore concevable pour un jeune éditeur de ce temps-là, quelques recueils de poésie. Un programme dispersé, apolitique (c'est pourtant l'époque de Dien Bien Phu et des premières escarmouches en Algérie) et, quant à l'esthétique, très prudent. Jos Fornerod, devenu à l'Abbaye de Royaumont l'ami des promoteurs de l'aventure, laissera les éditions de Minuit s'engager seules dans la mode du Nouveau Roman, bataille qu'il aurait pu rallier mais dont ses goûts et sa circonspection l'écartèrent. Il observe alors, peut-on penser, l'attitude des maisons prestigieuses, NRF en tête, et des grands critiques. Il les voit plus précautionneux que crédules. Il choisit dès lors de pratiquer un éclectisme dont il ne se départira plus. Teintée d'humour, cette sagesse lui vaudra quelques inimitiés mais lui ouvrira, le jour venu, les chemins du succès. *Parce qu'il ne fut pas à ses débuts, bien qu'inexpérimenté, un éditeur naïf ni systématique, Fornerod inspirera confiance à des écrivains divers, libres, de moins en moins confidentiels. Il verra venir à lui aussi bien des « hussards » que des communistes, et quelques années plus tard des demi-solde de l'OAS en même temps que des gaullistes et des hommes de gauche bon teint. Dans une époque d'extrême méfiance idéologique il administrera la preuve qu'on peut se livrer au « commerce des idées » sans devenir l'otage d'aucun camp. Les yeux toujours fixés sur quelques grands aînés, il réussira à faire des bâtiments biscornus de la rue Jacob (à partir de 1958) un lieu de tolérance, sinon de rencontres. Avec une inflexible courtoisie Jos Fornerod sauvegarda ce libéralisme à travers les remous des années soixante et soixante-dix. Il n'est pas certain que cet effort fût encore porté à son crédit dans le passé le plus proche...*

Mais il nous faut revenir au printemps 1957, au moment où rue de La Harpe, une jeune fille aux yeux farouches (c'est la téléphoniste qui donna cette poétique précision) déposa un manuscrit intitulé L'Ange *et signé d'un énigmatique prénom: Gilles. A cette époque où ses collaborateurs n'étaient pas plus de cinq ou six, Jos Fornerod mettait un point d'honneur à lire lui-même au moins quelques pages de tous les textes qui n'avaient pas été écartés, d'entrée de jeu, par Yann Guevenech, alors chargé de la besogne ingrate de la première lecture.* « En 1957? C'est tout juste si je n'ouvrais pas les paquets... » *se rappelle aujourd'hui Yann Guevenech. Il portait sur les couvertures, au crayon (il fallait pouvoir les effacer!) de brèves remarques, parfois sardoniques, destinées à éclairer Fornerod. Fornerod auquel nous allons laisser la parole en reproduisant* in extenso *l'article qu'il donna le 14 juin 1978 à la page littéraire du* Cyrano.

ADIEU, GILLES
par J.-F. Fornerod

La rumeur parfois extravagante entretenue entre 1957 et 1968 autour de Gilles Leonelli s'était apaisée. Elle avait culminé en 1968 au moment de son grand départ. On m'avait alors harcelé, dans l'espoir que je trahirais le secret dont j'étais en effet l'un des rares dépositaires, sur lequel je continuerai de garder le silence. Révèle-t-on le secret d'une âme comme on ferait d'une cachette ou d'une inavouable passion ? Déjà, quinze ans auparavant, l'effacement volontaire de Jerome David Salinger avait suscité une malsaine et frénétique curiosité. Après que les fables les plus diverses eurent couru Paris, Rome, New York pendant les années 1968 et 1969, on parut, sinon se désintéresser de Gilles, au moins respecter sa volonté d'effacement. Cette discrétion, entrecoupée de révélations fantaisistes, dura près de dix ans. Mais il fut clair, il y a peu, dès que les JFF annoncèrent pour ce mois de mai la publication, après dix-sept ans de silence, d'un nouveau texte de Gilles, que la fièvre des hypothèses allait s'emparer à nouveau de tous ceux que l'aventure de l'écrivain fascina, comme de ceux, hélas ! qui font métier d'inventer la vérité que ne leur livrent pas leurs enquêtes.

Si, aujourd'hui, dans des circonstances que je n'aurais jamais imaginées, j'accepte pour la première fois de parler de Gilles, de notre rencontre, d'évoquer des souvenirs, de fournir des précisions, c'est dans l'espoir d'apporter un peu de véridicité et de tenue aux commentaires qui déferlent depuis deux semaines.

J'ai toujours beaucoup lu. Mais à cette époque, ma Maison étant pauvre en personnel et en argent, je lisais davantage encore. Chaque soir et chaque fin de semaine, quittant mon bureau, j'emportais ma provision de manuscrits. J'avais même pris l'habitude de poser à côté de moi, en voiture, un texte que je feuilletais aux feux rouges...

Ma femme Sabine et moi passions alors de nombreux week-ends en forêt de Compiègne, dans une maison que possédaient des amis au hameau de La Brévière. C'est là que le dimanche 19 mai 1957 j'ouvris le manuscrit d'un inconnu intitulé *L'Ange*.

Embarras, perplexité, excitation : comment nommer le sentiment qui tout de suite s'installa en moi ? Il m'était arrivé, bien sûr, de recevoir des manuscrits dont l'homosexualité était le « sujet », ou l'une des composantes, mais jamais je n'avais trouvé dans aucun texte comme dans celui que j'étais en train de découvrir, pour traiter ces thèmes qui m'étaient à la fois familiers et étrangers, pareille triomphante jubilation, ni, associée à de subtiles perversités, innocence aussi désarmante.

Jubilation, perversité, innocence : je n'écris pas ces mots au hasard. C'est eux, je m'en souviens, que je griffonnai sur la feuille toujours posée à côté de moi pendant mes lectures. A la radio, dans la pièce voisine, une voix tonitruante annonçait la victoire de Fangio au Grand Prix de Monaco. « Baissez le son ! » criai-je.

Je me suis promis, acceptant de livrer ces souvenirs, de ne pas les censurer. Il me faut donc évoquer, pour n'y plus revenir, la gêne intense mais en quelque sorte émerveillée qui s'empara de moi après une trentaine de pages. Je n'accordai pas d'importance à la maladresse d'une dactylographie presque enfantine, ni à quelques fautes d'orthographe, ni même à l'aisance d'une prose absolument *naturelle* et qui aurait dû me stupéfier, tant le contenu du texte m'offensait et me captivait à la fois. Inutile de raconter ici l'intrigue d'un roman dont on a vendu en France près de deux millions d'exemplaires ! mais je dirai par quelle formule je répondis à ma femme quand elle me demanda, vers cinq heures, ce que je lisais « qui paraissait valoir mieux qu'une promenade en forêt ».

— Je ne sais pas encore comment cela va tourner, lui dis-je. Pour l'instant c'est *Le Silence de la mer* à Sodome...

— Un livre à scandale ?

— Oui et non. Une histoire d'amour. Un Français de quinze ans et un lieutenant allemand, en 41...

— C'est bien fait ?

— Si bien, et avec des naïvetés si malignes, qu'on peut se demander s'il ne s'agit pas d'une supercherie...

Oui, tout de suite je craignis d'avoir affaire à une tromperie superbement enlevée. Le métier rend méfiant : les masques, les pseudonymes, les pastiches sont parfois l'hygiène des écrivains. Cette langue aux qualités contradictoires, sécheresse et velouté, vitesse et paresses, ne me semblait pas appartenir à un auteur débutant. Et cet auteur, à condition qu'il ne se révélât pas être un récidiviste astucieux ni une célébrité tentée par l'anonymat, quel âge lui prêter, quelle personnalité ? Un homme, à l'évidence, mais qui appartenait à la génération du lycéen ou à celle de l'officier ? Qui avait vécu l'aventure ou qui l'inventait ? Des détails, sur la vie sous l'occupation allemande, clochaient ; d'autres faisaient trop vrai.

— Est-ce arrivé par la poste ou a-t-on déposé le manuscrit au bureau ?

Je téléphonai à notre hôtesse-standardiste que par chance je trouvai chez elle. Elle me parla, autant qu'elle s'en souvenait, d'une très jeune fille, « assurée et apeurée à la fois ». J'admirai les deux adjectifs et raccrochai, plus indécis encore. Si elle se rappelait si bien les yeux de la messagère, l'hôtesse était incapable de dire si elle l'avait vue une semaine ou un mois plus tôt.

Ma femme restant à la campagne, elle me mena le dimanche soir à Compiègne où je pris le train pour Paris. J'avais renoncé à la voiture afin de pouvoir continuer ma lecture. Quand le train entra en gare du Nord j'en étais à la page 160 et ma perplexité avait fait place à une sorte de malaise enthousiaste.

Au lieu de faire la queue pour attendre un taxi je traversai la place de Roubaix et allai m'asseoir au fond d'un café où j'étais bien décidé à terminer ma lecture. De sorte que, commencée dans les odeurs de feu de bois d'une maison de campagne, ma découverte de Gilles Leonelli s'acheva sous les néons d'une brasserie, dans les sifflements d'une machine à café et les embrassades à bouche perdue des couples dominicaux.

Quand je relevai la tête, la dernière page tournée, je redécouvris le décor, la tasse de thé froid devant moi, les visages, la lumière cruelle. Pendant une heure je les avais oubliés. Ces oublis-là ne trompent pas.

De retour chez moi vers dix heures, je téléphonai à Sabine et lui parlai de *L'Ange*. Elle m'écouta, posa quelques questions et demanda : « Tout bien pesé, emballement ou réticence ?

— Emballement, réticences, scrupules, méfiance sont indissociables.
— C'est brûlant à ce point ?
— Brûlant et glacé. De la littérature, quoi !
— Assez pour n'avoir pas d'embêtements avec ces messieurs de la place Beauvau ?

Je n'y avais même pas pensé. Le ministère de l'Intérieur était encore chatouilleux, à l'époque. Les grands textes de Bory, de Fernandez, de Pasolini n'avaient pas encore paru. L'enjeu, en tout cas, valait le risque. Il n'était pas si tard qu'un coup de téléphone fût impossible. Je formai le numéro indiqué, sans adresse, sur la page de garde du manuscrit.

Après de nombreuses sonneries une voix à l'accent indéfinissable mais spectaculaire me répondit, quand j'eus demandé « Gilles », que « lé pétit » ne rentrerait pas de la campagne avant minuit. « Lé pétit », était-ce de l'accent italien ou un pluriel ? Je dis qui j'étais et annonçai ma visite pour le lendemain à onze heures. On n'éleva aucune objection et l'on m'indiqua l'adresse. Le ou les petits : il y avait de quoi me faire bondir le cœur. Non seulement j'étais curieux de voir l'oiseau au nid, quel qu'il fût, mais j'étais soudain talonné par l'impatience. Depuis combien de temps avions-nous reçu *L'Ange* ? Avait-il traîné sous une pile de manuscrits, comme cela arrivait, sur le bureau de Guevenech ? « Lé pétit », ou la fille aux yeux farouches, avait-il (ou elle) déposé le roman chez plusieurs éditeurs ? Si oui, peut-être étais-je déjà grillé par un concurrent ? Pour sûr, le premier qui lirait ou avait lu *L'Ange* proposerait – ou avait fait déjà signer – un contrat. Je supputais nerveusement mes chances. Un confrère pouvait avoir eu peur du manuscrit, ou avoir été incommodé par le sujet. Mais non ! Allais-je hésiter, moi, si j'avais loisir de conclure ? Je maudis notre lenteur et me jurai de réformer nos méthodes de travail. « Je raterai ce roman, me disais-je sombrement, mais au moins la leçon n'aura pas été inutile... »

Qu'on le comprenne bien, je ne craignis pas alors de passer à côté du miracle, mais de rater un excellent premier livre, d'une singularité, d'une audace qui promettaient un succès de curiosité, même si elles ne permettaient pas de prévoir la suite des choses. C'est plutôt le rien de bravade qu'il fallait pour publier *L'Ange* qui, ce soir-là, m'excitait. Et la certitude que cette bravade faisait partie de mes *devoirs*.

D'innombrables commentaires ont été délayés, en dix ou vingt langues, sur le succès de *L'Ange*. Toujours les mêmes, à des nuances près. Trois thèmes m'ont exaspéré plus que les autres : l'un qui accrédite la thèse du « génial coup de publicité » ; l'autre qui laisse entendre que l'échec commercial était inconcevable et que j'avais dû avoir, dans l'instant, comme une illumination, la vision du tourbillon qui allait suivre ; le troisième qui me soupçonne d'avoir flairé avec délice l'odeur forte du scandale.

Je l'écris donc une fois pour toutes ici, quoique sans trop d'illusions : en septembre 1957 je pensais publier un premier livre de qualité rare, dont je percevais les côtés ambigus, mais que ses ambitions paraissaient devoir tenir à l'écart aussi bien des gros tirages que des exploitations équivoques. Rien ne m'a jamais porté vers les textes croustilleux ni les succès louches. Quant à la publicité, je n'avais pas d'argent pour la payer. Nous n'eûmes pas le temps de déplorer cette pauvreté : en trois semaines le triomphe devint évident et je ne fis plus rien que « suivre », réimprimer, exciter le diffuseur, rassurer puis galvaniser les représentants, canaliser le déferlement des demandes d'interviews, des séances de photographie, des invitations à la radio et à la télévision.

Puis-je aujourd'hui attribuer à tel ou tel élément du phénomène une importance primordiale ? Oui, je le crois, même si je me méfie des explications élaborées après coup. Il me semble que trois événements, ou épisodes, donnèrent au succès de *L'Ange* les accélérations foudroyantes qui sont entrées désormais dans la légende de l'édition : l'apparition de Gilles en public et la révélation de sa beauté, de son étrangeté, de son style. Le virulent bloc-notes que lui consacra François Mauriac, à la suite duquel les ventes du roman furent du jour au lendemain multipliées par dix. Enfin la guérilla juridique que déclencha la plainte déposée contre Gilles par des associations de Versailles, plainte bientôt suivie d'une vingtaine d'autres dans toute la France. On s'en souvient, le livre fut même « interdit à l'affichage », pendant peu de semaines il est vrai. C'est alors que les chiffres flambèrent et rue de La Harpe nous en fûmes presque, je l'avoue aujourd'hui, à regretter que les instances officielles cédassent aussi vite sous la pression des quolibets, et surtout des protestations orchestrées par une vingtaine d'écrivains de renom. Le livre était sorti le 5 septembre. En novembre, au moment où furent décernés les prix de fin d'année à des romans qui, tous, me parurent timides ou poussifs, nous étions sûrs d'atteindre les deux cent mille exemplaires. A Noël nous rêvions de cinq cent mille. Nous atteignîmes le million à la fin du printemps 1958. On n'avait vu cela que deux fois en France. Et surtout on n'avait jamais espéré que ce livre-là, d'une liberté si insolente, pût connaître le sort d'un texte de tout repos. Roman graveleux, fausse littérature, puanteur de décadence ! s'écria un membre d'un grand Jury en menaçant de démissionner si *L'Ange* était couronné par ses collègues. Le vertueux homme ne fit qu'aider la boule de neige à grossir.

Les Leonelli habitaient le Marais en un temps où cela ne se faisait pas. Il est vrai que rien n'était ordinaire dans les habitudes de la famille, ni ajusté aux usages parisiens. Elle occupait l'ancien étage noble d'un hôtel gigantesque de la rue Geoffroy-l'Asnier, délabré, que parasitaient des appentis. Un sellier disposait là d'une remise d'où montait l'odeur écœurante des peaux. La cour avait été couverte, naguère, et deux des quatre fenêtres du salon donnaient sur des chevrons de vitre et de ferraille où achevaient de se consumer les mégots qu'y jetait la baronne Leonelli. L'appartement avait été somptueux à la fin du règne de Louis XIV. De ce passé restaient quelques vestiges grandioses et pathétiques : cheminées immenses, parquet Versailles aux trous bouchés par du ciment, ce que cachaient quelques beaux tapis moribonds, boiseries piquetées de clous.

Madame Leonelli me fit ses confidences. Elle avait été danseuse, ou cantatrice, ou « trop belle jeune femme », disait-elle. Sur ce dernier point elle n'exagérait pas, et la litote disait tout. Elle était russe, plus que russe, et connaissait aussi bien les restaurants de Constantinople que ceux de Vienne ou de New York. Elle avait épousé en 1932 le baron Leonelli, un Sicilien aux chaussures étincelantes, toujours vêtu de noir, mais elle assurait n'avoir jamais mis les pieds à Noto, où se lézardait le palais Leonelli, ni à Palerme, ni à Catane, de sorte que son mari se morfondait en exil, arpentant la rue Saint-Antoine sous la bruine comme s'il se fût rendu au Cercle Noble sous un soleil déjà africain.

Quand je sonnai, après avoir attendu longtemps c'est une très jeune fille que je vis apparaître à la porte. Je reconnus les yeux qui avaient ému notre téléphoniste. « Je suis Fornerod », dis-je.

— Mon frère vous attend.

Elle me précéda en silence à travers le vestibule, le salon démeublé où voguaient quelques belles épaves, un second couloir, interminable. « C'était formidable, ici, pour le patin et la bicyclette... » Elle avait lâché cela, sans se retourner, comme une indication d'ordre géographique ou géologique. Plus tard je connus, par bribes, l'enfance qu'avaient vécue ici Colette et Gilles. Pour l'instant je ne savais rien d'eux, que ce prénom vers lequel je marchais dans la pénombre en évitant des formes houssées et indistinctes. J'appris à deviner la liberté de petits barbares où ils avaient poussé, elle et lui, l'anarchie, la bohème, quand ce n'était pas pour un temps la couveuse, la serre, avant que tout ne repartît à vau-l'eau. L'argent avait toujours manqué chez les Leonelli, et pendant la guerre la nourriture, mais jamais les principes, les disques, les livres, ni le plus intransigeant snobisme.

– Voilà, chez nous, murmura Colette, un instant immobile avant de pousser une porte.

« Chez eux », c'étaient deux chambres communicantes

(on avait enlevé la porte), dont les fenêtres donnaient sur des cours ou des rues différentes. La lumière, tamisée par d'épais voilages vénitiens (déchirés), et trois ou quatre lampes sur lesquelles étaient posés des carrés de soie rouge et or, permettaient à peine de distinguer un capharnaüm de coussins, tapis, miroirs, rayonnages de livres, dents de narval, piano, guitares, chevaux de manège, chandails roulés en boule, magazines, valets muets, tourne-disques, paravents, chaussures de tennis, innombrables photographies. Je m'étais arrêté sur le seuil, comprenant qu'un instant de recueillement s'imposait. « Bien, me dis-je, Cocteau est passé par là... Tout cela est charmant et assez classique... » Une voix sortit du fouillis de la seconde chambre.

– Je suis confus de jouer la partie sur mon terrain, Monsieur.

Je m'avançai et découvris Gilles. Il était loin de paraître ses vingt-quatre ans. Je lui en donnai vingt et le crus même un instant le jumeau de sa sœur. Il me serra la main, me désigna un fauteuil, s'appuya à une table sur laquelle un énorme flambeau en fonte ruisselait de stalactites de cires multicolores et figées, m'examina. Colette était restée dans la première chambre. Je sentais sa présence immobile dans mon dos.

– Vous vous appelez Gilles Leonelli?
– Gilles, Igor, Tomaso Leonelli.

Il était, on le sait, très beau. Il avait trouvé dans son miroir le titre de son roman. Aussi blond qu'était noiraude sa sœur. Mais tout de suite il me sembla percevoir la fragilité de cette beauté, et qu'il la savait menacée. Les cheveux étaient peu abondants, la moue d'ange boudeur pouvait donner un jour un visage précocement fripé. Il m'observait toujours, avenant mais distant. Il était en représentation, et pourtant sa pose ne nuisait pas à son naturel. Je sentis tout cela et j'éprouvai immédiatement la triple gêne (la fascination?) où me plongent les homosexuels, les êtres jeunes, les êtres beaux. J'étais (je l'appris peu après) de douze ans son aîné. Il n'empêche, j'étais devant Gilles mal à l'aise comme l'est un homme mûr devant un adolescent ombrageux. Je devinais derrière moi de minuscules activités de souris, une attente, une attention redoutable. Je ne repris un peu de mon aplomb qu'en parlant du manuscrit, en posant des questions auxquelles Gilles répondit avec une bonne grâce qui me rassura et une impudeur qui ranima ma perplexité. Il disait souvent « nous » et ce pluriel englobait évidemment sa sœur. C'est ce premier matin que je pris l'habitude de considérer « Gilles » comme une sorte de magicien bicéphale. Il accepta d'un sourire les conditions que je lui proposai.

– Il serait gentil de saluer Maman et de lui dire un mot de tout cela, murmura-t-il.

Je me demandai un instant s'il était majeur, s'il avait le droit de signer un contrat. Comme s'il m'eût deviné il dit : « Je suis né en 1933, à Rome, et Colette en 1938, ici, le jour où Daladier revenait de Munich. Le jour où il traita les Français de couillons, dans l'avion, vous vous rappelez ?... » « Mieux que vous », eus-je envie de répondre, mais je me tus.

Ludmilla Leonelli me demanda : « Vous auriez cru cela de lui, Monsieur ? »

Je n'eus pas le temps de lui faire remarquer combien sa question me concernait peu : elle se levait déjà, alluma une cigarette (une autre brûlait, en équilibre au bord d'un livre, sur le guéridon) et quitta le salon. A ce moment le baron Leonelli apparut et traversa la pièce en diagonale, les yeux fixés sur un horizon visible de lui seul. « Voulez-vous que je vous emmène déjeuner ? » proposai-je, au comble de l'embarras. J'avais dit « vous », prudemment, sans les regarder. Colette jeta une veste de daim sur ses épaules, prit Gilles par la main et tous deux me précédèrent dans le vestibule. Ils avaient franchi la porte devant moi, comme des princes. Personne ne parut se soucier de notre départ.

J'étais venu en taxi et regrettai de n'avoir pas laissé devant la maison une voiture où engouffrer mes deux compagnons. Gilles, à la lumière du jour, brillait de toute sa pâleur, languide, précieux. Il me paraissait devoir être le point de mire de tous les passants. En vérité, personne ne fit attention à nous. Colette se révéla volubile, mais elle ne regardait jamais son interlocuteur.

Nous traversâmes deux fois la Seine et, au débouché du pont de la Tournelle, je décidai d'emmener Gilles et Colette au Beaujolais. Là, sitôt entré, je crus qu'ils allaient détester ce vacarme si « français », mais ils parurent satisfaits. A table je constatai que Colette buvait comme un homme; Gilles paraissait ailleurs. « Vous savez quoi », me dit-il soudain (l'expression était alors inusitée et me frappa), « des romans, je vais vous en écrire des tas... » Il emplit son verre de vin frais et le leva en me regardant dans les yeux. Son regard était pressant, moqueur. Je baissai le premier les paupières. « A la gloire ! » dit-il.

Je m'arrête ici. Tout ce qui suivit appartient à l'amitié et n'a pas à être dévoilé. Le plus bel hommage que je pouvais offrir à Gilles était d'évoquer son *apparition*. Ses disparitions successives, jusqu'à ce bref communiqué de l'AFP d'il y a huit jours, sont connues de tous et interprétées à outrance. Pour moi, elles sont à jamais enfouies dans le silence du chagrin.

J.-F. F.
11 juin 1978

Ceux qui le connaissent retrouveront Jos Fornerod tout entier dans ce texte : objectif, ironique, courageux avec discrétion, – assez « protestant » pourrait-on dire. Tenté, aussi, nous semble-t-il, par l'expression littéraire, mais bridant cet élan dès qu'il risquerait d'être emporté par lui.

Il est hors de doute qu'au mois de juin 1978, Jos Fornerod, qui venait de publier La Blessure, *avait été à cette occasion en contact avec Gilles Leonelli et savait à quoi s'en tenir sur son exil. Il n'en est pas moins sûr que l'annonce de la mort de l'écrivain le frappa avec la même brutalité que n'importe qui. Le communiqué de l'AFP*[1] *tombé le 7 juin au matin détermina des journalistes à appeler Jos Fornerod et à lui apprendre ainsi la disparition tragique de son auteur.*

On s'en souvient, aucune précision ne fut donnée dans les

---

1. « On apprend la mort de l'écrivain français Gilles Leonelli, dit Gilles, auteur entre autres de *L'Ange* et de *La Blessure*, dans un accident de la circulation survenu près de Flagstaff, Arizona, le 6 juin 1978 à dix-sept heures, heure locale. Il était âgé de 45 ans. »

jours qui suivirent, ni sur l'accident – on sut seulement que l'écrivain était la seule victime – ni sur les raisons de sa présence dans cette partie des Etats-Unis. Les journaux rafraîchirent toutes les affabulations inventées dix ans auparavant, quand Gilles avait disparu sans traces ni explications. On avait alors prétendu, une fois apaisé le fracas de Mai 68 mis à profit par Gilles pour s'éclipser plus discrètement, l'avoir vu à New Delhi, au monastère bénédictin d'En-Calcat, à Taos au Nouveau-Mexique, à San Francisco. Mais ni preuves ni photographies ne vinrent étayer ces affirmations. Au moment de la publication de La Blessure *ce furent des portraits vieux de onze ans que les JFF proposèrent aux journaux, et, six semaines plus tard, une unique image de l'accident de Flagstaff fut partout reproduite, où l'on distinguait, devant un motel, la carcasse noircie d'un coupé Chevrolet déjà ancien...*

La mort accidentelle de l'écrivain dans des conditions que la presse et le public jugèrent mystérieuses, la détermination avec laquelle Gilles, depuis dix ans, était parvenu à faire oublier son personnage, sinon son œuvre, agirent comme des coups de fouet sur les ventes de La Blessure. *Au mois de juillet 1978 on se crut revenu vingt et un ans plus tôt et « l'effet Gilles » opéra avec une efficacité qu'on n'eût guère attendue. Sans atteindre les sommets touchés avec* L'Ange, La Blessure *fut un des succès de l'été, succès dont le moins qu'on puisse dire est qu'il reposait sur un malentendu. Le parfum de scandale qui avait grisé les premiers lecteurs de Gilles, vingt ans auparavant, était bien éventé dans le soliloque amer de* La Blessure, *que l'on put comparer avec raison à* La Fêlure *de Scott Fitzgerald ou, pour certaines pages, aux confessions de Burroughs, plutôt qu'aux deux volumes sulfureux et lumineux de la jeunesse de Gilles.*

Les années, 1958 à 1962, qui suivirent le triomphe de L'Ange, *voient l'ascension de Jos Fornerod. Nous ne les évoquons que pour nos plus jeunes lecteurs et afin que soit intégralement dessinée la trajectoire professionnelle de l'éditeur. Illustrer sa réussite, c'est faire surgir de l'oubli léger qui déjà les estompe les images de la vie française à la fin des années cinquante. Les sonneries de cuivres par lesquelles on annonçait au TNP de Jean Vilar le début des représentations, – et dans la cohue qui se hâtait le long des immenses couloirs du Palais de Chaillot des dizaines de mains se tendaient maintenant vers Jos. Les fermes que c'était alors la mode d'aménager du côté de Vernon ou de Nogent-le-Roi, où l'on accrochait aux murs chaulés les toiles d'Atlan et les gravures de Bryen. Les premiers droits d'auteur des jeunes romanciers leur payaient des cabriolets couleur de géranium. Les fugues sentimentales à San Gimignano, aux corridas de Pampelune, à Ibiza, aux îles grecques... A toutes ces modes du temps on trouverait Jos associé, en croisière à Rhodes ou aux Baléares avec les Chabeuil, offrant à Gilles et à Colette Leonelli leur première Jaguar, passant d'austères dimanches d'automne dans le moulin des Grenolle à Mézières-en-Drouais.*

Dès février 1958 les JFF[1] s'installèrent rue Jacob, dans deux bâtiments en équerre situés au fond d'une cour. L'un, de pur style XVIIIe, était la maison où les Fornerod avaient trouvé un logement moins exigu dès que leurs bureaux s'étaient développés. L'autre, longtemps occupé par le célèbre Félicien de R., dîneur en ville et excentrique de haute volée dont on sait que s'inspira Proust, plus que de Montesquiou, pour créer Charlus, est une folie Directoire perdue en plein Paris, entre deux jardins. Ces maisons disparates et complémentaires, ce minuscule sous-bois citadin au fond duquel se dresse toujours le buste d'éphèbe, pudiquement moussu, qu'y fit ériger Monsieur de R., les pavés irréguliers de la cour, les ferronneries, les boiseries : ce décor malcommode et charmant fit beaucoup pour la vogue des JFF. Jos Fornerod y ajouta la touche finale en s'installant, avec sa secrétaire, dans son ancien logement et en faisant de son ex-chambre à coucher un bureau : la célèbre « Alcôve ». L'expression fit fureur. Au point que les familiers de la rue Jacob n'utilisèrent jamais pour désigner le bureau de M. Fornerod la formule qui avait cours au service littéraire de la Maison : la Fosse aux Ours. Pour l'apprécier il faut se rappeler qu'en argot d'édition un manuscrit se nomme un « ours » et que Jos Fornerod, quand le rythme de son travail s'accéléra, eut parfois la réputation de bloquer dans son bureau des textes qu'en vérité il n'avait plus le temps de lire...

Les années 1958 à 1962 sont pour les JFF, malgré la violence des passions politiques alors déchaînées, une période d'euphorie.

---

1. Remarquons, une fois pour toutes que la formulation « les JFF » ne correspond à aucune façon logique de désigner la firme. Ce sont simplement les initiales de Jos, qui ornent la couverture des volumes qu'il publie. Mais l'habitude est prise de dire « les JFF » comme on dit « la NRF », et nous nous y conformons.

Tout semble devoir réussir à Jos Fornerod. Les inconnus rêvent de sa couverture ; les auteurs chevronnés ont envie de faire un bout de chemin avec cet éditeur fétiche ; les manuscrits affluent, les propositions, les sollicitations. L'année où la maison rafle trois des cinq grands prix de fin d'année, toute la profession envie Fornerod et cherche à copier ses recettes. Mais en a-t-il ? Il exploite, certes, la chance qu'il a rencontrée, mais avec une prudence qui n'est pas exempte de ruse. Il repousse les succès prévisibles mais trop voyants. (L'Ange a rudoyé le puritain qui sommeillait en lui). Ou, s'il y sacrifie, il le fait oublier en attirant à lui des écrivains réputés difficiles. Les collaborateurs qu'il engage – souvent des inconnus qu'il encourage et publie – feront carrière, en partie grâce à lui, et le jour venu ils le feront bénéficier à son tour de l'influence qu'ils auront acquise. Une « méthode Fornerod » apparaît alors, mais malin serait l'observateur capable de la déceler car elle est pragmatique, lente et n'explique en rien les moissons des années 58-62, lesquelles tiennent à cette vieille loi selon laquelle « il pleut toujours là où c'est mouillé ». Mais ce sont les patientes plantations de ces premières saisons qui donneront, vingt ans plus tard, les ombrages de la maison telle que nous la connaissons aujourd'hui.

En 1960, une sœur de Mme Gohier, donc la tante maternelle de Sabine Fornerod (chez qui la jeune fille, étudiante, aimait à se réfugier), fit donation à sa nièce d'une demeure qu'elle possédait à Louveciennes. Jos et Sabine Fornerod virent quel parti ils pouvaient tirer de « Louveciennes ». L'appartement qu'ils venaient d'acheter, rue de Seine, parce qu'il donnait sur le jardin où régnait l'éphèbe de Félicien de R., était charmant mais exigu. L'idée vint donc à Sabine, un dimanche où ils déjeunaient à « La Grille royale » chez les Lazareff, à moins d'un kilomètre de « chez tante Luce », d'inviter pour le dimanche suivant quelques fidèles des Lazareff, et les Lazareff eux-mêmes, à venir goûter. Au jour dit, vers cinq heures, dix voitures firent en caravane le trajet d'une maison à l'autre et déversèrent sur la pelouse des Fornerod une cargaison parisienne. Un peintre, deux ex-mannequins, et d'interchangeables journalistes, metteurs en scène, comédiens que le projet avait amusés, trouvèrent le thé servi sur la terrasse, de la brioche, des confitures. Les confitures, surtout, plurent beaucoup, et puisque « Pierre et Hélène » étaient venus et décrétaient qu'il faudrait recommencer, on s'enthousiasma aussi pour la brioche. Le dimanche suivant ils étaient quarante, dont une demi-douzaine d'auteurs de la maison.

L'habitude se prendra vite, à la belle saison, de faire le dimanche après-midi une halte à Louveciennes, soit qu'on rentre de la campagne par l'autoroute de l'Ouest (« de bonne heure, avant les encombrements »), soit qu'on ait déjeuné tard chez Lipp ou, bien sûr, chez les Lazareff. Cette tradition des goûters du printemps et de l'automne durera près de vingt ans, survivra au divorce de Jos et à son remariage, Sabine lui ayant revendu la maison de « tante Luce », au scandale de la vieille Mme Gohier, et dispensera Jos de bien des dîners et corvées. Quelques-unes des opérations les plus réussies des JFF seront montées ici, sur la pelouse, entre les aboiements des chiens et les jeux des enfants que c'était la mode d'amener à Louveciennes. Durant vingt ans vers le début d'avril on demandera à Sabine, puis à Claude après une pudique interruption mais sur le même ton : « Quand rouvres-tu Louveciennes ? »

Nul ne pouvait prévoir que les premières difficultés des JFF surgiraient d'un projet bien conçu, bien mené et qui semblait destiné à couronner l'édifice si vite monté et consolidé.

A l'été 1962, la guerre d'Algérie se terminant, les passions par la force des choses destinées à s'apaiser, Jos Fornerod crut le moment venu de lancer l'affaire qui depuis deux ans le tentait et l'effrayait à la fois : créer un hebdomadaire. Partout, selon lui, trop de place était donnée à la politique et pas assez aux livres. Il se sentit assez fort, et entouré d'assez d'amis, pour réussir là où si souvent les éditeurs s'étaient usé les dents. Dès juin 1962, dans les derniers soubresauts du drame d'Alger, il demanda à Maxime Chabeuil, le plus diplomate et tolérant de ses auteurs, si l'aventure le tentait. Chabeuil rameuta pendant l'été quelques amis, prépara une maquette, pansa des plaies, fit des promesses et le premier numéro de Nos Idées parut le 15 septembre. Un nouveau chapitre de l'histoire des JFF, le plus périlleux ? commençait.

Ce n'est pas ici le lieu de détailler une mésaventure de presse. Elle n'entre pas dans le cadre de notre étude. Elle ne nous intéresse que dans la mesure où, échouant, elle mit en péril l'existence des JFF et aboutit, en quelques mois, à faire perdre à Jos Fornerod le contrôle d'une entreprise qu'il avait dirigée jusque-là dans une indépendance absolue. Indépendance à peine tempérée par la prudence d'un banquier joueur et qui se contentait de n'aimer pas « voir Jos au rouge trop souvent ni trop longtemps »...

En vingt ans, les trente-sept numéros de Nos Idées qui sortirent entre septembre 1962 et mai 1963 ont vieilli. Le papier a pris la vilaine teinte jaune des déceptions et du passé. La mise en page paraît à la fois surannée et indifférente aux canons de l'époque. Mais le contenu, lui aussi indifférent aux modes, éclectique avec une sorte de farouche obstination perceptible encore aujourd'hui, n'a pas vieilli dans la mesure où il n'était pas daté. On devine, bien que nul éditorial ne fût là pour expliquer les objectifs du journal – on reconnaît le style Fornerod, un peu trop hautain, dans cette abstention – en quoi consistait le rêve de Chabeuil, Bretonne, Gandumas, Guevenech, les animateurs de l'entreprise : prouver par les textes que l'idéologie, la politique, les terrorismes esthétiques pouvaient n'être pas aux rendez-vous proposés par le nouveau journal. En somme, Nos Idées était un mauvais titre. Il eût fallu dire Nos Goûts : c'eût été mal connaître les Français.

La chimère ne résista pas à l'épreuve. D'autant moins que le projet était ambitieux, « trop lourd » dirent les banques appelées à la rescousse par l'ami de Jos Fornerod, et qui se dérobèrent vite. L'éditeur s'obstina. Il engagea dans l'aventure les réserves de la Maison, à laquelle il vendit même, pour un franc symbolique, son appartement de la rue de Seine. Il ne garda à l'abri de l'aventure que la maison de Louveciennes, et il se trouva des amis pour le reprocher à Sabine...

Quand, le 15 mai 1963, il décida d'interrompre la publication de Nos Idées, Jos Fornerod mit son point d'honneur à ne pas laisser un franc de dette et à régler intégralement salaires et indemnités. Mais la Maison était exsangue et lui-même, que l'on disait riche, dut pendant un temps amputer son propre traitement, ce que ne soupçonnèrent jamais, à l'exclusion de M. Fiquet, ses collaborateurs. Plutôt que de courir le risque de voir les auteurs déserter la rue Jacob, l'éditeur accepta un compromis dont il ne pouvait presque plus discuter les termes. Une augmentation de capital apporta du sang frais aux JFF, mais Jos Fornerod cédait les deux tiers de ses parts. En juillet 1963 on arriva ainsi à la répartition suivante : Eurobook, déjà diffuseur de la Maison, détenait désormais quarante pour cent de son capital; Le Cyrano, *quinze pour cent et Dubois-Veyrier, notaire ardennais proche de la famille Gohier, quinze autres. Restaient à Jos Fornerod trente pour cent de l'affaire qu'il avait créée, et l'assurance d'en rester le président-directeur général tant qu'une majorité de soixante pour cent lui ferait confiance. C'était une clause féroce. Il ne devrait désormais sa liberté qu'à ses succès, et à l'habileté avec laquelle il empêcherait ses actionnaires de se coaliser pour l'éliminer ou l'amener à composition. Les quinze pour cent détenus par Dubois-Veyrier, en particulier, devraient au long des années être surveillés avec une méfiante attention. Bastien Dubois-Veyrier, grand ami et parrain de Sabine Fornerod-Gohier n'étant pas immortel, le sort des JFF reposait sur un équilibre d'affections, de fidélités, de tolérances et de bonne gestion qui avait de quoi angoisser l'éditeur. En tout cas, chacun de ses choix littéraires fut désormais pesé dans cette situation de « liberté surveillée » dont la profession, qui peu à peu avait perdu mémoire de l'épisode* Nos Idées *et de la crise subséquente, fut peu consciente. Alors que, de 1953 à 1963, Fornerod avait été un joueur heureux, il devint à partir de la rentrée 63 un gestionnaire. Son élégance et son habileté consistèrent à le faire oublier. Du moins devions-nous, afin d'éclairer la suite de son cheminement professionnel, rappeler quelle situation juridique et financière le conditionna à partir de 1963.*

(à suivre)

FOLLEUSE

Fornerod, on me dit que vous rechignez à vous laisser déshonorer. La nouvelle est bonne. On me cite de vous des traits courageux, des sursauts de bon sens, voire des mots cruels, – vous si galant ! Est-ce vrai ? M'auriez-vous écouté ?

Je vais vous dire l'origine de cette increvable affection que j'éprouve pour vous, qui me fait rêver de vous voir redevenir vous-même, le jeune éditeur des années cinquante dont j'achète parfois, sur les quais, pour dix francs, les livres anciens et – bien entendu ! – « épuisés », c'est-à-dire soldés.

J'avais moins de vingt ans quand je vous ai approché pour la première fois. Vous étiez au centre d'un petit groupe et vous parliez. Je fus frappé par le rire qui parfois vous échappait. « Foutre, me dis-je, aurions-nous affaire à un carnassier ? »

Vous racontiez une historiette. Sans doute l'avez-vous oubliée : je vous la remémore. Vous aviez emmené la veille Arnolphe déjeuner, dans l'idée de lui présenter je ne sais plus qui. Une dame, je crois, que vous espériez ainsi honorer. Vous vous rappelez ? A l'époque, Arnolphe et Philinte étaient les codirecteurs de *La Nouvelle Revue*. Deux chats, pattes de velours, installés de part et d'autre d'un bureau ministre des éditions Duvauchelle, et qui ne correspondaient guère – mais sans quitter les sommets – que par billets matois et notes perverses qu'ils se glissaient sans lever les yeux comme des cancres « font passer », de pupitre en pupitre, leurs blagues et leurs confidences. Tout cela, mon cher, par ouï-dire, car je me vante de n'être jamais allé empoussiérer mes semelles sur ces parquets-là. J'en sais moins que vous, qui cassiez des graines avec ces grands hommes.

Bref, ce jour-là, et à l'hôtel Cayré ! établissement alors vieillot que fréquentaient les notaires de Landivisiau, vous demandâtes à Arnolphe ce qu'il pensait de la candidature à l'Académie de son vieux complice Philinte. Candidature, si je compris bien, si peu dans la tradition de *La Nouvelle Revue* et des éditions Duvauchelle, toute d'austérité et ennemie des honneurs, qu'elle eût allumé les foudres des Pères Fondateurs s'ils avaient encore été de ce monde. Mais les gros chats de *La Nouvelle Revue* 1900, tous nobélisés et momifiés de gloire, pouvaient bien grincer dans leurs tombes, la souris Philinte dansait.

Alors Arnolphe, dont vous attendiez quelque indulgence embarrassée, à votre surprise s'était mis à pleurer. A pleurer ! Et vous, racontant cela, vous riiez comme on fait peu dans les salons. A votre tour, bientôt, vous pleuriez, mais de rire. On vous regardait ; les visages étaient sévères. « Eh bien, bougonna quelqu'un, je trouve ça plutôt émouvant, moi, le désarroi de cet homme parce que son vieux compagnon trahit les idéaux de leur jeunesse... C'est même assez beau, non ?... »

Vous vous êtes arrêté soudain de rire, d'un coup. Vous avez pris l'air ahuri, amusé, désolé, bon garçon. Vous avez attendu que votre mimique eût réussi son effet et attiré l'attention de tous et, à mi-voix, gentiment, vous avez expliqué : « Mais, Monsieur, Arnolphe sèche d'envie d'être académicien, lui aussi... »

Je repensai à vous plusieurs fois (et à cette anecdote que j'enjolive peut-être en la reconstituant), dans les mois ou les années qui suivirent : quand Philinte fut élu, puis quand Arnolphe fut candidat, puis quand il renonça à l'être, puis quand il le fut à nouveau, enfin quand il fut élu. A chaque fois je me disais que vous aviez eu un bien joli rire et que vous paraissiez, dieu merci, *revenu de tout*.

Hélas, la suite des choses a montré que vous aviez vous aussi vos tentations, vos flatulences, vos accommodements, vos ruses. Mais je vous ai vu un tel visage, l'autre jour, quand je suis allé vider quelques verres chez la Leonelli et que vous avez navigué avec tant d'habileté pour n'avoir pas à me toucher la main (moi, mon cher, c'est d'être touché qui me dégoûte, pas d'être *évité*), je vous ai vu, donc, un tel visage que je me suis posé à votre propos des questions, que j'en ai posé autour de moi et que ma vieille sympathie pour vous (voir plus haut) m'est revenue. Je ne vous digère pas mieux que vous ne me digérez, mais à moi les renvois sont d'amitié, non d'aigreur. Je suis mieux constitué que vous.

Tout cela pour dire que si vous traversez quelque épreuve privée, sans la connaître je la respecte, et que je m'abstiendrai de vous insulter pendant plusieurs semaines. Les piques, me direz-vous, dans ma chronique de jeudi dernier ? Elles sont antérieures à ma bonté pour vous. Mais où ai-je la tête ! vous ne lisez pas mes chroniques...

Dans l'hypothèse où vous souffririez d'une brusque clairvoyance, où vous découvririez des chacals là où vous pensiez avoir des chiens fidèles, je vous signale que mes amis à moi sont riches, puissants, et qu'il ne leur faudrait pas longtemps pour disperser les charognards qui vous assiègent. Le « ballon d'oxygène », comme on dit, je me ferais un plaisir de vous l'apporter. Ou encore : des gens de qualité sont prêts à faire pour vous « un tour de table ». Vous voyez que j'ai appris les mots de la chose. A bon entendeur...

Mais peut-être me trompé-je et êtes-vous florissant, serein, cajolé par vos actionnaires. Auquel cas, l'autre jour, ce n'était qu'un malaise. Il faisait chaud et la nourriture est lourde, dit-on, au palazzo de Frau Didi.

BRETONNE

J'ai croisé la voiture de Fornerod comme je descendais, par la route, du bois de Saint-Gatien vers Englesqueville. Il ne m'avait pas annoncé sa visite mais j'avais parlé la veille à Louvette au téléphone et lui avais dit être en Normandie : il était donc sûr de me trouver.

— Je me suis perdu, comme d'habitude...
— Venez plus souvent !

Je me suis assis à son côté et nous sommes arrivés chez moi en cinq minutes. Je me sentais frustré d'une heure de marche. C'est pourquoi je ne lui ai pas demandé ce qui *me valait l'honneur*. Un dix août ! J'ai attendu, sans trop lever les yeux vers son visage vidé de sang sous le hâle.

Fornerod m'a convenablement posé, sur mon travail, les questions que j'étais en droit d'attendre. Il a fait mieux : la connivence tranquille qu'ont établie entre nous ses questions, ses silences, ses amorces de commentaire. Une fois de plus il m'a montré qu'il savait, parlant littérature, de quoi il parlait. J'ai apprécié, alors qu'il brûlait d'abord ce pour quoi il était venu, qu'il fût capable de s'imposer cette lenteur, cette attention à autrui. Je l'ai délivré en lui demandant enfin la raison de sa visite.

— Je suis venu vous apporter deux informations, inégalement importantes, et vous demander deux conseils, m'a-t-il répondu. Je commence par le plus grave : Claude est malade.

— J'avais entendu...

— Nous le savons depuis quatre mois. Menace précise, constante, Claude a refusé l'intervention que les cardiologues préconisent. Nous n'en parlons plus jamais. (Il a levé la main, comme pour m'interdire de l'interrompre une nouvelle fois.) Vous vous en doutez, je n'ai pas roulé deux cents kilomètres pour me faire plaindre. Mais la maladie de Claude, que j'ai d'abord cru *prendre bien* (il accentue certains mots qu'il souligne aussi d'un sourire de dérision), m'a délabré, plus que je ne saurais dire. Bien. Je suis dans un état de moindre résistance, et voilà que dans cet état j'affronte une difficulté professionnelle qui prend une acuité inattendue. Je ne retrouve pas mes réflexes, ni mon calme. J'hésite, je me laisse aller à la colère.

Là-dessus, Fornerod m'a exposé dans le détail une intrigue de télévision que j'ai dû faire effort pour suivre. Aucun écho de cette histoire, passablement misérable mais que Fornerod semble croire connue de tous, n'était parvenu jusqu'à moi. Sans y mettre nul dédain, le terrain où se déploient ces stratégies n'est pas le mien. Je l'ai dit à Fornerod, qui, patiemment, a entrepris de me démontrer à quel point ce que lui et moi nous aimons dépend, aujourd'hui, des succès ou des insuccès récoltés dans les batailles subalternes. « L'angélisme ne sert à rien », m'a-t-il dit. A la bonne heure, voilà un langage que je puis comprendre. Mais pas au point de savoir conseiller des accommodements. Au reste, si Fornerod est venu jusqu'à Englesqueville, ce n'était pas pour m'entendre l'encourager à se soumettre au chantage. Je lui ai donc suggéré de suivre sa pente, son intuition, qui l'écartent des facilités, d'essayer d'imposer à « ses administrateurs » (je n'avais jamais cru sérieusement à l'existence de ces fantômes de l'ombre et du pouvoir...) ce que j'ai appelé « le passage par la porte étroite ».

Fornerod était à la fois résolu et dubitatif. « Si je perds, m'a-t-il dit, je risque de perdre tout. Que j'aie raison ne changera rien à l'affaire. » Je lui ai fait valoir que l'épisode est en fin de compte assez mince : un livre ou deux à éditer ou non parmi les cent qu'il publie chaque année.

— On publie cent livres mais on ne survit que grâce à une dizaine. Il s'agit d'un ou deux de ceux-là. Or, c'est la première fois que je sens la Maison partagée. La première fois que des collaborateurs choisis par moi osent, publiquement, chercher l'appui d'hommes dont je dépends et tirer de cet appui argument contre moi. On me double, on me nargue. Et la manigance ne vient pas de ceux – les garçons de la publicité ou des ventes – qui en tireraient avantage, mais de Brutiger, mon mandarin, mon lettré...

J'ai imperceptiblement haussé les épaules à l'idée qu'on pût prendre Brutiger pour un lettré mais n'ai rien répondu. J'étais assez occupé à regarder Fornerod ricaner, à l'écouter m'expliquer son cas de conscience comme un homme qui retourne les choses et les formule depuis longtemps dans sa tête, sans plus y mettre de passion. Il était venu me parler : il me parlait. D'où venait qu'il ne parût plus croire à l'utilité de sa démarche ? Soudain il m'a regardé :

— Bretonne, tout cela n'a plus aucune importance. Me croyez-vous ? La maladie de Claude a changé l'échelle. Il y a six mois je me serais battu comme je sais me battre, avec une gaieté méchante. J'ai plusieurs fois franchi des obstacles autrement redoutables ! Rappelez-vous la déconfiture du journal. La saisie du bouquin de Servières... Mais aujourd'hui la bataille est dérisoire.

— Brutiger et sa bande ignorent la maladie de Claude ?

— Non, ils la connaissent, voilà pourquoi ils me harcèlent.

J'ai prêté à Fornerod une paire de bottes et nous sommes descendus vers la mer. Nous l'avons atteinte en une heure : mon compagnon n'avait pas perdu son pas de montagnard. C'était l'heure où la marée basse et le soleil déclinant transforment la plage en un immense miroir. A gauche et à droite, au loin, on voyait les derniers baigneurs de la soirée remonter vers les villas. Des cavaliers galopaient à contre-jour vers Trouville. Nous avons marché dans l'autre direction. En ombres chinoises sur l'horizon de grands pétroliers attendaient, au large du Havre, la haute mer.

— C'est une épreuve de force et je suis à bout de force. Ma seule raison de ne pas céder est qu'ils me croient battu. Je vais les faire plier, après quoi je m'en irai. A mon heure.

Nous sommes remontés au crépuscule et avons pris le détour de Biéville, pour y manger une omelette et des fruits aux Peupliers. Le vin n'a réchauffé ni la voix de Fornerod ni son teint blême. Entre nous s'était installée la gêne de ceux qui ne se voient plus assez souvent. Sans me regarder, Jos a dit, presque rêveusement : « Il y a aussi les échos qu'ils inspirent, de petites saloperies qui paraissent ici ou là... L'odeur de merde... » Le setter de l'auberge est venu s'asseoir à nos pieds et poser sa gueule sur la table. Fornerod l'a caressé un moment, puis nous sommes sortis. La nuit venue, nous avons eu du mal à trouver les chemins creux par lesquels retourner chez moi. Sur la route, les phares nous aveuglaient. On se sentait devenir lapin, chat perdu.

Dix jours plus tard, hier, j'ai trouvé dans la page des spectacles du *Cyrano* un article annonçant que « l'éditeur Jos Fornerod, passant outre aux hésitations qui avaient empêché l'an dernier le projet d'arriver à terme, venait de vendre à Noirmont-Films les droits d'adaptation des *Distances*, le plus célèbre roman de Valentin Fléaux ». Suivaient des précisions : Fornerod et les JFF, afin de faciliter le montage de l'opération, « seraient co-producteurs du film avec la Noirmont ». Quel charabia !... Il est très rare, remarquait-on, qu'un éditeur s'engage ainsi dans un projet de cinéma. « *Les Distances* étant, comme *Paulina 1880, Le Rivage des Syrtes, L'Œuvre au noir*, de ces romans un peu magiques qui fascinent et effrayent à la fois les metteurs en scène, on peut espérer que la décision de M. Fornerod fera école. Elle est à la fois logique et courageuse et devrait permettre la réalisation d'une œuvre de qualité. Au prix de grands risques, évidemment. Le communiqué publié par les JFF souligne d'ailleurs que la mise en chantier des *Distances* écarte les autres projets de collaboration avec cinéma ou télévision qu'on avait pu prêter à la maison d'édition. La réalisation du film sera confiée à Luigi Demetrios. »

En une semaine Jos Fornerod, que j'avais vu chez moi prostré, défaitiste, a donc trouvé le moyen de retourner la situation de la seule façon à laquelle il n'avait pas fait allusion : en allumant un contre-feu sous le nez de ses adversaires. Et quel contre-feu ! Fléaux était un auteur de Fornerod et son ami. Il est surtout un grand écrivain. Porter *Les Distances* à l'écran, et veiller à ce que l'adaptation soit fidèle, est le plus bel hommage qu'on puisse rendre à la mémoire de Fléaux, et le plus grand service à son roman. Nul ne contestera à l'œuvre de Fléaux la priorité sur un télé-roman collectif ! Qui l'oserait ? Je ne sais pas comment Fornerod s'y est pris, si vite, pour ranimer un projet mort-né et conclure l'affaire dans le vide du 15 août. Il est vrai que la date convenait à son coup de théâtre. Ses adversaires ont respecté la trêve du soleil. Lui, non. A moins qu'il n'eût mené la négociation, discrètement, depuis deux mois ? Mais pourquoi ne m'en avoir rien dit, à moi qui aimais Fléaux et n'aurais pas été de mauvais conseil ? En publiant maintenant l'information il prend tout le monde à contrepied. Chabeuil, au téléphone, me l'explique en riant : Mésange vogue quelque part entre Antalya et Chypre, Largillier galope dans un ranch du Wyoming et les patrons du *Cyrano* cuisent à la Guadeloupe. Quant à l'équipe réunie par Borgette pour tisser le chef-d'œuvre elle s'est dispersée pour trois semaines. Fornerod occupe un terrain déserté.

Je prête attention à ces péripéties malgré l'amertume où je suis de n'avoir pas été jugé digne par mon visiteur de ses confidences. Chabeuil est charmé de me trouver moins rétif qu'à l'ordinaire. Il multiplie les détails, les ragots. Je me résous à le doucher : « Reste quand même à faire des *Distances* un bon film », dis-je. Je ne sais pas quelle somme les JFF vont risquer dans l'aventure mais il semble, même à un innocent de ma sorte, que son conseil d'administration ne va pas laisser Fornerod jouer seul la partie. On ne lui pardonnerait pas un échec. Les voilà condamnés au chef-d'œuvre, Jos et ce Demetrios. D'une situation gênante, sans plus (telle était mon opinion), il a fait un piège et s'y est enfermé. Aura-t-il l'énergie d'y échapper, lui qui se disait, il y a huit jours, « sans force » ?

Si, l'autre soir, quand il caressait le setter des Peupliers, il ruminait ce retournement, s'il est venu jusqu'ici ne me dévoiler que la moitié de son embarras et de son projet, s'il a été assez rusé ou prudent pour oublier que j'avais été, plus que lui, l'ami et le disciple de Fléaux, alors il dispose de plus de ressources qu'il ne veut bien le dire et je me pose des questions. Je les écarte mais elles reviennent, moqueuses, me troubler.

TROISIÈME PARTIE

Une couverture écossaise

UNE COUVERTURE ÉCOSSAISE

De ses doigts et de ses paumes posés sur le bois de la balustrade, jusqu'à son cœur, à ses tempes, Jos sent battre et circuler le sang. Son sang paraît battre et circuler dans la joie de la montagne. Le torrent qui dévale de la Bernina emplit la vallée de son fracas. Au levant, le Piz Rosatsch enneigé tend ses miroirs au soleil, défie le regard. On est le dix juin, à dix heures du matin. La gloire ! Encore humides, les rochers, les toits de lauzes, l'asphalte de la route brillent et fument dans les rayons de lumière. Un orage est passé à la fin de la nuit, qui a lavé le ciel et la terre. Le paysage étincelle, mais la chaleur monte et bientôt les gris, les verts, les bleus resurgiront de l'éblouissement, secs et crépitants. Ce sera l'été.

Jos devine derrière son dos, plus qu'il ne l'entend, Claude fredonner dans la chambre, ouvrir et refermer la porte de l'armoire. Une soudaine immobilité, un grincement : elle cherche le bon angle du miroir, s'observe. Elle porte un chemisier jaune, un pantalon d'escalade serré sous les genoux, des bas de laine, des brodequins de montagne. Très vieux, les brodequins, leur daim usé, Claude les mettait déjà à Argentières, à Saas Fé, en Maurienne... Combien d'années ? C'était toujours juin, comme maintenant, et ce trop-plein du monde.

Jos entend craquer une allumette et son visage se crispe. Le parfum sec du bois brûlé et le parfum doux de la cigarette passent dans la brise. Se retourner, parler ? Quoi dire ? Le bruit du torrent couvre tout, et voilà que s'y ajoutent des marteaux-piqueurs, sur la route, derrière l'hôtel, et les appels des jardiniers, tout en bas du jardin, qui taillent les thuyas autour de la piscine. Puis une tondeuse, quelque part. L'exubérance de ce début de journée n'irrite pas Jos. Elle déverse sur lui ses excès de lumière et de bruit, jusqu'à l'inonder de joie. Cette joie... Il a un peu honte d'y être si sensible. « *Le premier matin du monde* », hein ? Nous connaissons cela... » Mais il a beau connaître, il frémit d'impatience. Il se retourne, il demande à Claude : « Es-tu prête ? ».

Un peu plus tard, en bas du perron de l'Engadiner Hof, ils voient apparaître, enlacés, Norma Lennox et le beau Victor. Norma a les yeux mangés de mauve. Ses seins trop blancs (on y devine le lacis bleu des veines) palpitent, à l'étroit dans un corsage paysanne. Elle embrasse Claude : « Tu as vu dans quel état il m'a mise... » Elle cultive son fort accent mais ne se trompe pas dans l'accord du participe. Victor, horriblement avantageux (il a accommodé une moustache de samedi soir à la sauce Garibaldi), murmure : « Tu passes au maquillage et hop ! un teint de vierge, ma Norminette... A condition d'y arriver à temps, bien sûr. Il est prêt, l'évêque ? Où est-il ? C'est toujours lui qui fout le bordel... »

L'évêque, qui est un cardinal, a pincé sa soutane rouge dans la portière de l'autocar. Il jure en trois langues, à la joie des petits grooms italiens qui détournent un instant leur attention des seins de Norma Lennox. Jos est heureux. Plus les plaisanteries sont usées, les situations classiques (Norma et le beau Victor acoquinés dès le troisième jour du tournage), plus il sent le calme descendre en lui. Ce matin, l'addition du monde tombe juste. Claude s'est reculée dans l'ombre des grands séquoias de la terrasse. Fatigue ou méfiance ? Elle n'aime pas autant que Jos cette fête un peu forcée, les sourires de convenance, la tension brouillonne qui énerve l'équipe. Elle allume une nouvelle cigarette. Le concierge s'approche, un sac à dos à la main. Il montre à Jos qu'on y a placé, comme il l'avait demandé, un repas léger et une couverture. C'est un plaid écossais, roulé en boudin sous le rabat du sac selon la plus stricte orthodoxie militaire. Depuis combien d'années... Les camps scouts, l'été 39. « Alors, Jos, on nous lâche ? » On appelle Claude « Madame Fornerod », mais lui, c'est « Jos », et il doit résister au tutoie-

ment universel. Drôle de métier. Le beau Victor les caresse d'un œil d'odalisque, Claude et lui, habitué à ce que les projets se défassent et se recomposent sous l'électricité de son charme. Jos promet :
— Je vous rejoindrai à Zuoz à la fin de l'après-midi. Allez-y doucement sur le Veltliner, aux « Vingt-deux Cantons », Victor...
— Parlez à l'évêque !
Victor, agité et vexé, cherche une parade. Il s'arrête et se retourne en montant dans le car :
— C'est aujourd'hui qu'arrive Muller ? Parce que, dans la scène du manège, il m'a fichu un de ces textes ! De la barbe à papa. Luigi aime ça, je sais... Il croit que nous tournons un remake de *Sissi*, alors bien sûr... Quant à son français !

Aux fenêtres du car on ne voit pas les visages des comédiens mais le sombre reflet du ciel, les séquoias, le Piz Rosatsch qui étincelle. Une vitre s'abaisse et le bras de Victor apparaît, sa main serrée dans un ruché de velours puce : elle agite un papier dactylographié :
— J'ai arrangé trois ou quatre de mes répliques, cette nuit, vous ne voulez pas les lire, Jos ?

Jos, en riant, secoue la tête ; le moteur du car qui se met à tourner dans le halètement nauséabond du diésel le dispense de répondre. Un chien aboie. Deux figurantes piaillent en descendant l'escalier, empêtrées dans leurs jupes, la plus jolie retenant sa tournure d'un air canaille, pour faire rire. Des skieurs qui reviennent du Corvatsch, où ils sont montés à six heures du matin, lèvent les sourcils en plissant leurs fronts brillants et brûlés. Enfin le car commence à gravir la rampe qui mène à la route. Claude sort de l'ombre, souriante. « Tu crois qu'ils passeront la journée sans que tu les pouponnes ?... »

Ils descendirent par le jardin, franchirent le torrent et prirent entre les mélèzes le sentier qui remontait le Val Roseg, plein sud. Une légère brume, et l'éblouissement qui leur étrécissait les yeux malgré les lunettes noires, paraissaient éloigner le Morteratsch vers lequel ils marchaient. Le chemin était plat, large. Quand il se rapprochait du torrent on ne s'entendait plus. Les hôtels de Pontresina n'ouvriraient leurs portes qu'à la mi-juin, dans quelques jours : seul l'Engadiner Hof avait appareillé dès le 1er juin pour héberger l'équipe du film. Le Val Roseg était désert. Ils entendirent siffler les marmottes qu'ils dérangeaient. Claude avait posé son chandail sur les épaules et noué les manches sur sa poitrine. En une semaine elle avait pris son teint de l'été.

C'était leur premier retour à la vraie montagne depuis l'automne 80. Tout l'an dernier Jos avait trouvé des prétextes pour éloigner Claude des Alpes. Mais elle paraissait aller tellement mieux qu'ils n'avaient parlé de rien, en avril, quand Demetrios avait décidé de tourner dans les Grisons, sur les vrais lieux du roman, ou à peu près, les extérieurs des *Distances*. Jos sentait dans sa poche la petite boîte d'argent qui ne le quittait plus : il craignait que Claude oubliât ses médicaments. Mais, si elle avait continué de fumer, pour le reste elle était devenue une malade modèle. Jos bourrait la boîte de coton pour ne pas entendre les pilules, dragées, gélules multicolores brimbaler à chacun de ses pas. Il feignait parfois de traîner la jambe pour ralentir leur marche, mais Claude le regardait en souriant de telle façon qu'ils reprenaient leur allure naturelle. Ils ne parlaient pas. La chaleur, le fracas du torrent, le rythme de leurs pas composaient une seule sensation qui irradiait du plus intime de leurs corps. Depuis qu'à son réveil il était sorti sur le balcon Jos percevait en lui cette mobilité du sang, ce ruissellement de fonte des neiges. Il n'avait plus d'âge.

Le Val Roseg est depuis toujours interdit aux voitures. Ils entendirent derrière eux le trot lourd de plusieurs chevaux. Avait-on déjà remis en service les chars à bancs qui, aux beaux jours, montaient jusqu'au refuge ?
Bientôt les chariots apparurent entre les arbres, chacun attelé à deux chevaux, chargés de toute une compagnie : les femmes sur l'un, les hommes sur l'autre, tous au moins dans leur soixantaine. « Des *contemporains* ! » dit Claude. Ils répondirent en riant aux cris et aux salutations qui tombèrent sur eux dans le roulement des charrettes et la poussière. Un barbu de belle prestance agita longtemps dans leur direction une fiasque de vin.

Quand ils arrivèrent à l'auberge, vers midi, les chevaux dételés paissaient dans la prairie et la compagnie était attablée au soleil. Claude et Jos s'approchèrent, demandèrent de la bière. Mais des protestations et des rires s'élevèrent et ils acceptèrent la bouteille de Veltliner qu'on leur offrait. On trinqua, à défaut de parler, car le rocailleux dialecte romanche décourageait la conversation. Jos mit inutilement son allemand à l'épreuve et rejoignit bientôt Claude. Celle-ci avait ouvert le sac et déballé le sempiternel pique-nique des hôtels suisses : des œufs durs, du fromage, le sel et le poivre dans des papiers quatre fois pliés. « Tu es tenté ?... » De fortes odeurs montaient de la table voisine. On leur apporta bientôt du jambon chaud, des choux, des röstis. Bu au soleil, le vin leur tournait déjà la tête. Ils rirent et levèrent encore une fois leurs verres. Un des chevaux qui s'était aventuré au bord du torrent, là-bas, hennit, et trois ou quatre chiens galopèrent vers lui en donnant de la voix. Claude avait fermé les yeux. « Quel bonheur ! » dit-elle. Ils évoquèrent un à un tous les lieux d'Engadine, des Dolomites, du Tyrol, des Vosges, du Valais où ils avaient vécu des instants comparables à celui-ci. « Saint-Nicolas-de-Véroce... Valloire... Cortina », disait Claude. « Chandolin... le Riffelberg... le Champ-du-Feu », disait Jos. C'était la litanie des étés bleus, des hivers étincelants, avec, derrière les noms de lieux, des visages qui passaient, le souvenir de grandes chutes, de fatigues superbes, de bouteilles vidées comme aujourd'hui dans le bourdonnement du soleil. Jos lui aussi ferma les yeux. Les cris, les rires, les amorces de chansons de leurs voisins gonflaient la chaleur d'une rumeur rassurante. Un contact humide sur sa main fit sursauter Jos : un des chiens mendiait une caresse, un bout de jambon. Ils demandèrent du café.

Quand ils se levèrent, Jos s'apprêtait à reprendre le chemin de Pontresina mais Claude secoua la tête : « Ce ne serait plus une journée de montagne ! » dit-elle.
— Allons jusqu'au pied du glacier, proposa Jos.
— On va trouver tout de suite la neige par là, regarde...
Claude levait le nez vers l'échine de forêt qui les dominait, à l'ouest. « Là, le sentier doit être dégagé, il est presque tout le temps à couvert, tu te rappelles ? On monte jusqu'à une cabane,

on passe la crête et on redescend sur le gauche vers le Fextal. L'auberge Sonne... Tu t'en souviens ? On y boira du thé et on appellera une voiture. Tu pourras être à Zuoz à cinq heures. Comment s'appelle la cabane ?

— Fuorcla Surlej, dit Jos qui avait déployé une carte. C'est une montée sérieuse, tu sais !

A peine eurent-ils marché cinq minutes qu'ils dominèrent de haut le restaurant, les prairies, le trait sinueux d'écume et de remous du torrent. Ils voyaient deux chevaux galoper, jouer les chiens. Les chants montaient vers eux. Ils ne s'arrêtèrent qu'une minute. La neige avait fondu depuis peu et le sentier devint boueux. Ils peinaient. Faire demi-tour ? « A la descente, là-dedans, dit Claude, nous sommes bons pour les glissades et la chute »... C'était vrai. Ils continuèrent donc de monter en assurant chacun de leurs pas. Jos marchait le premier, lentement. Il ne se retournait pas sur Claude mais à chaque tournant du chemin il la surplombait un instant et lui jetait un coup d'œil. Elle ne levait pas la tête vers lui. La joie de tout à l'heure avait fait place, dans le sous-bois, avec les plaques de neige sale et cette terre visqueuse, à une sourde contrainte qu'accentuaient l'ombre, la fraîcheur soudaine. Dégrisé, Jos se demanda ce qu'ils faisaient là au lieu de redescendre vers Pontresina dans la lumière du ciel et les jeux de la rivière. Il s'arrêta. Claude, quelques mètres plus bas, l'imita et s'adossa à un tronc. Elle s'essuya le front.

— Les röstis, le chou, le vin, la montée, c'est trop !

— Fatiguée ?

Mais Claude, depuis un an, ne répondait jamais à cette question-là. Elle donna le signal du départ et prit la tête. Bientôt elle marcha plus lentement que n'eût fait Jos. Elle tenait à la main son chandail, dont une manche traînait sur le sol. Il n'osa pas le lui dire. Quand ils parvinrent à la cabane de Fuorcla Surlej ils étaient tous deux en sueur, avec le souffle court. Claude se taisait. La porte du chalet était fermée, les volets aussi. Jos montra un banc au soleil : « On se repose un instant ? »

— Ne me fais pas languir... Vivement la descente !

Claude réussit à grand-peine un sourire. Jos sentait en lui le poids de treize mois de silence : il ne savait plus comment parler à Claude; elle s'était quand même assise et regardait l'horizon qui émergeait maintenant de la forêt : le Julier, le Piz Nair, la brume légère devinée au-dessus des lacs et de la vallée de l'Inn.

— Merci pour cette journée, Jos. Tu as eu du mal à la leur voler mais ça valait la peine.

Puis, sans transition : « Cette bouffe, c'est trop bête... Ah je m'y entends à gâcher les bonnes choses ! » Elle se leva comme à regret. Elle avait enfilé son chandail.

Le sentier, avant de plonger vers l'Engadine, serpentait un moment entre des buissons touffus. Myrtilles ? Rhododendrons sauvages ? Jos le demanda à Claude, qui ne répondit pas. Il sentait contre sa cuisse, à chaque pas, la boîte aux médicaments. Ils descendirent pendant une dizaine de minutes. Des cascades un peu folles se faufilaient entre les rochers. Le sol était spongieux. Jos commençait à s'apaiser quand Claude se retourna. Elle était blanche :

— Je me sens mal, tu sais. C'est trop bête, il y a bien vingt ans que je n'ai pas eu une indigestion...

Jos, malgré lui, sortit la petite boîte d'argent et la montra à Claude, qui leva la main : » « Non, non ! Tu penses si je connais mon affaire ! Non, je me sens... je me sens comme un garçon à son premier cigare, tu imagines ? Si seulement je pouvais vomir... » Elle tira d'elle un nouveau sourire : « Comme disent les gosses, j'ai *mal au cœur*... Beau piège de sémantique, non ? »

De l'index elle cherchait son pouls. Il y eut un instant tout à fait immobile. « Il bat comme une horloge », dit-elle.

Jos la voyait s'efforcer de respirer profondément. Elle cherchait l'air. Soudain elle se tourna vers lui, le regard affolé. Elle serrait autour de son cou le col du chandail. Ses doigts tremblaient. Elle porta la main à son épaule : « Ah, c'est pas de jeu ! La voilà, la saleté... »

Jos était paralysé. Un geste, un mot : tout pouvait effrayer Claude davantage, détruire cette force, en elle, qui se battait. Puis il vit ses yeux devenir vagues, liquides. En deux pas il fut sur elle, la saisit aux épaules, mais elle était lourde, elle glissait. Il hurla son nom. De tout près il vit la tête blanche et blonde se pencher, son cou se casser. Il l'appela. Mais non, il ne criait pas, il l'appelait à voix basse. C'est dans sa tête que retentissait cet énorme bruit. Elle bascula de côté, très vite, glissa au sol, entraînant Jos qui tomba à genoux. Une jambe de Claude était restée en l'air, accrochée au rocher, retournée dans une position insupportable. Jos voulut l'allonger mais, la saisissant, il la sentit tressauter, elle lui échappa, et ce fut là que se rompit la digue. Il cria. Il cria tant que dura ce tressautement. Il n'osait plus toucher Claude dont les yeux étaient bleus, vagues. Chien aveugle. Une image passa, de cet homme, l'hiver dernier, au Bois, un dimanche matin, qui courait au bord du lac. Il avait eu l'air de buter et il était tombé la tête en avant. Ses jambes s'étaient agitées, en spasmes fous, longtemps, blanches, maigres, mortes déjà depuis des jours et des jours. Mortes. Ainsi le mot pénétra en Jos. Et il entraîna d'autres mots : « L'angoisse est finie, à jamais. Elle n'aura pas souffert... » Une syncope, un malaise à soigner ? En Jos la voix criait : « Non, que ce soit fini, qu'elle ne souffre pas !... » Il sortit la boîte, de la boîte un comprimé de trinitrine. Comment faire ? Il courut quelques pas, jusqu'à ce peu d'eau qui brillait entre les cailloux, en prit dans le creux de sa main. Il essaya d'ouvrir la bouche de Claude, d'y glisser le comprimé, d'y faire couler l'eau par un pli de sa paume. Il mouilla tout le visage et le comprimé tomba dans l'herbe. De sa main sèche, il essuya le visage, puis de son foulard, puis de ses deux mains, et dans ce mouvement, il se sentit, il sentit ses doigts oser le geste, le geste lu dans les livres, abstrait, inconcevable, de fermer les yeux de Claude, et sous ses doigts il trouva les yeux tièdes, les prunelles souples, *vivantes*, qui pourtant restèrent closes, et le visage prit cette expression désolée, comme si Claude, endormie, eût subi en rêve une grande déception. Jos se pencha et posa son front sur le front de Claude. Le sac à dos qu'il n'avait pas déposé glissa et pesa sur sa nuque. C'était une force, un couvercle, qui lui maintenaient le visage contre celui de Claude. Longtemps. Le visage mouillé de Claude. Parce que Jos pleurait. Il se décomposait, il coulait, sa bouche s'affaissait dans la grimace ignoble des larmes. Et sans cesse le martelaient les mots ignobles du soulagement : « Ah c'est fini ! C'est fini !... » Puis il pensa : « Si je n'avais pas été à côté d'elle je n'aurais jamais su, jamais je n'aurais accepté... J'aurais toujours cru qu'on me mentait. Toujours... » La simplicité de mourir l'ankylosait, le berçait. Soudain il se rappela ce tout petit râle, pas même un râle, un ronflement que Claude avait fait entendre avant de glisser au bas du rocher, et la douleur le foudroya. Il se releva, jeta à terre le sac, regarda autour de lui, hagard, fit quelques pas en courant par où ils étaient venus. De l'aide, où en chercher? L'image passa sur lui des mangeurs attablés, de la bouteille qu'on leur avait tendue. Il redescendit, zigzaguant entre les pierres. L'auberge Sonne. La trouverait-il? « On y boira du thé... » Moins d'une heure. Ou Sils? C'est à l'auberge Sonne que Claude voulait aller. Il fit quelques pas à l'écart. Aurait-il la force de revenir, seul, auprès de Claude? Il l'eut. Il s'agenouilla. Il vit l'eau qui ruisselait sur tout le versant de la montagne, s'infiltrait sous les touffes d'herbe, les mottes de terre, les cailloux. Le dos de Claude était déjà trempé. Un profond frisson, comme de la plus forte fièvre, secoua Jos. Il souleva Claude par les épaules et doucement, lentement, la traîna sur une dizaine de mètres jusqu'à ce léger mamelon autour duquel les filets d'eau se divisaient. Il tâta le sol de ses deux mains, toujours à genoux, avant d'allonger là le corps. Pour la première fois il venait de penser « le corps », et non pas Claude, et le frisson, le sanglot, un hoquet de désespoir et de dégoût remonta de son ventre à ses lèvres. Il chercha l'air – « comme Claude », pensa-t-il – et il se redressa, le front humide, les jambes tremblantes. « Voilà ce qu'elle a ressenti. Rien de plus... »

Il devait partir, maintenant. Ses jambes tremblaient comme après des heures d'une rude descente. Il tituba quelques pas. Des cris de choucas, haut dans les rochers qui surplombaient l'alpage, le firent s'arrêter. Il regarda planer les oiseaux. D'autres cris, et il se secoua. Les bêtes! Lesquelles? Toutes. La montagne en juin grouille de vie. Les renards, les martres, les choucas, les vautours, tous les innocents, tous les charognards, tous les prédateurs tournaient déjà dans les sous-bois et le ciel. Jos pensa à ce qu'on dit des corbeaux ou des vautours: leur façon de crever du bec l'œil des cadavres. Il pensa aussi: je dois me tenir. Son corps tout entier maintenant frémissait, grelottait, et non plus seulement ses jambes. Il remonta jusqu'au sac abandonné sur le sol et en détacha la couverture écossaise. Il l'étendit sur le corps de Claude, en diagonale, veillant à ce qu'une pointe couvrît largement la tête et reposât loin derrière elle, et sur cette pointe il disposa une grosse pierre. Il en fit autant aux pieds. Après quoi il replia un peu les deux côtés du plaid, comme on borde un lit, mais en laissant assez de place pour la vingtaine de cailloux qu'il alla chercher un à un, les choisissant de belle taille, lisses et que ne souillait aucune terre. Tout cela, qu'il accomplit lentement, lui demanda un assez long temps. Il avait aussi chaud que s'il eût déplacé des blocs de rocher. Dès l'instant où le visage de Claude avait été dissimulé Jos avait cessé de trembler. Il se redressa. Les choucas – avaient-ils un seul instant cessé de croasser ? – firent leur tapage dans les hauteurs, plus proches sembla-t-il à Jos. Alors il chercha trois grandes pierres plates, les apporta et les dressa, une appuyée à l'autre et la troisième aux deux premières, de telle sorte que la forme du visage de Claude, sous la couverture, fut protégée par cette espèce de pyramide à trois côtés. Le sang battait à ses oreilles ; la sueur coulait dans ses yeux, brouillait sa vue. « C'est bien », dit-il à haute voix, et il s'éloigna, marchant à très grands pas, sa chemise collée à ses épaules et à son dos.

**

Il descendit jusqu'au Fextal comme tombe et rebondit une pierre, tout son poids portant à chaque pas sur la jambe qui glissait, se tordait, et chaque pas retentissait dans son corps, ses épaules, sa tête où se brouillait une rumeur. Il entendit des voix avant d'apercevoir la route et l'auberge. Il traversa le torrent en marchant dans l'eau, sans remonter jusqu'au pont. A deux cents mètres de l'auberge, dans la prairie grasse, il croisa deux promeneurs qui s'arrêtèrent, l'appelèrent, mais sans doute ne les vit-il pas, non plus que d'autres gens, attablés, qui se turent à son passage, quand, butant sur les marches, il escalada l'escalier. Il écarta la sommelière sans voir, de près, ses yeux apeurés. Un jeune homme apparut dans une porte, vêtu de blanc et de bleu comme sont les cuisiniers. Il saisit Jos par les avant-bras et lui dit : « Parlez lentement, Monsieur... » Puis : « Cette dame a fait une chute ? » Jos ne pouvait plus que secouer la tête. Il porta la main à sa poitrine. « Le cœur », aboya-t-il. On crut à un malaise, on l'assit sur le banc. Soudain sa voix fut calme, audible : « Elle est morte, dit-il, il y a une heure, peut-être deux, je ne sais pas... » Puis il ferma les yeux. C'est ainsi, les yeux fermés, la nuque posée sur la boiserie de pin dont l'odeur l'enveloppait, qu'il entendit des pas, des chaussures qui grattaient le sol, s'immobilisaient, des voix basses qui murmuraient des mots allemands. Il eut la sensation d'être au centre d'un cercle. On lui posa sur les épaules une lourde chose laineuse. On desserra ses doigts et on les referma sur un verre qu'à deux mains il porta à sa bouche. Le verre heurta ses dents. Il but l'alcool d'une seule gorgée d'assoiffé. La brûlure fut si forte, si longue, qu'il ouvrit les yeux. Ils étaient sept ou huit plantés devant lui, les visages attentifs et sévères. Le jeune homme revenait, ayant chaussé des brodequins et jeté un blouson sur ses épaules. « Teresa, Jürg ! » Il prit Jos, qui se levait, par le coude : « Vous pouvez remonter maintenant ? » Jos hocha la tête. « Il faudrait... » Mais il vit un garçon et une fille prêts à les accompagner qui l'observaient, et il se tut. Ils l'emmenèrent très vite, par la cuisine, comme des gardes du corps ou des policiers entraînent leur gibier. On l'assit à l'avant d'un engin à larges roues, décapoté, comme en utilisent les militaires et les montagnards. On lui fit répéter le nom – Fuorcla Surlej – qu'il prononçait mal. Du doigt il montrait d'où il était descendu. La jeep remonta un moment le Fextal, franchit le torrent sur une digue de béton et repartit en diagonale à travers les prés. Ils eurent bientôt rejoint la trace que Jos avait suivie. Le conducteur manœuvra un levier et jeta la voiture face à la pente comme on pousse un cheval devant l'obstacle. Jos, cramponné au parebrise, indiquait du mieux qu'il pouvait la direction, la rectifiant chaque fois que la jeep, pour contourner un rocher, un sapin ou chercher un passage s'en était écartée. L'herbe était glissante, la terre gorgée d'eau et plusieurs fois les roues patinèrent dans un bruit de meule emballée. Soudain le conducteur donna un coup de volant et immobilisa le véhicule. « Il faut aller à pied, maintenant, Monsieur... »

Jos regarda leurs deux autres compagnons. Comme ils étaient jeunes ! Une grande fille aux hanches de garçon, coiffée en mouton, et sans doute son frère. En silence ils retirèrent de la jeep une civière pliée, des couvertures, des cordes. Jos croisa le regard de la fille et elle détourna les yeux. Elle portait le rouleau de corde à son avant-bras ; tous deux venaient sans doute d'avoir la même pensée. Elle parut prendre sur elle pour ramener son regard et sourire. Le garçon de l'auberge s'avança vers Jos et, avec une étonnante solennité, il dit : « Mon nom est Walther Rothau. » Les deux autres à leur tour lui serrèrent la main puis ils entamèrent la montée. Personne ne parlait. Ce fut Jürg qui, le premier, aperçut la tache insolite du plaid à travers des buissons et, d'un geste, arrêta Jos. Ce fut lui encore qui l'immobilisa à vingt pas du lieu où était allongée Claude et qui lui montra un rocher où s'asseoir. Mais Jos secoua la tête et s'approcha. Il sentait le brûler les trois regards attachés à lui. Il se mit à genoux et commença de soulever, une à une, les pierres posées sur la couverture. Il les rejetait de côté, dans la pente où elles roulaient plus ou moins loin. Les trois jeunes gens, immobiles, le laissaient faire. A quatre reprises Jos se releva, se déplaça et s'accroupit un peu plus loin. Ne restaient que les trois dalles qu'il avait disposées au-dessus de la tête de Claude, mais elles étaient si lourdes que Teresa dut s'approcher, se pencher, l'aider à les porter. Alors Jos se redressa et implora ses compagnons. Les garçons se mirent aux deux extrémités de la couverture et, ensemble, la soulevèrent. Claude apparut. Son visage était légèrement bleuté et déjà la chair paraissait s'en être amenuisée. L'ossature saillait durement. Jos eût voulu prendre ses compagnons à témoin. A genoux à côté de lui, la jeune fille contemplait Claude avec une fixité étonnée. Avait-elle déjà approché des morts ? L'intensité de son regard était la même qu'on voit aux enfants devant la nudité des adultes par hasard révélée. « Son vrai visage, pensait Jos, son vrai visage, elle ne peut pas l'imaginer... »

Jürg le prit par le bras, l'entraîna. « Venez, Monsieur. » Jos ne vit pas comment Teresa et le cuisinier enroulaient le corps de Claude dans les couvertures grises qu'ils avaient apportées, ni comment ils l'attachaient à la civière. Les couvertures étaient épaisses ; les cordes, serrées ; la forme, indécise. Jos s'était assis et se tenait la tête entre les mains. Jürg, debout, faisait écran entre lui et la scène qui se déroulait à dix pas, dont il ne percevait que des paroles brèves qu'il ne comprenait pas et des raclements inexplicables. S'il serrait très fort les paupières et les dents, s'il bloquait tout son visage, il *tiendrait*. Parce qu'il était un vieux, et un étranger, il était important de tenir. Ils retournèrent vers la jeep en effectuant de longs crochets afin d'emprunter le moins mauvais chemin. Presque tout le temps que dura la descente, et sauf en deux ou trois passages plus périlleux, ils portèrent la civière à quatre. Jos s'était placé à l'arrière, là où ne se distinguait plus qu'à peine la tête de Claude. Une corde, serrée à la hauteur du cou, l'étranglait. Etranglait *qui*? Ou quoi? Ils s'arrêtèrent souvent. Jos était occupé par le seul effort de ne pas avouer son épuisement. Il reprenait souffle longuement, tête baissée. Teresa ne le quittait guère des yeux.

Ils trouvèrent devant la voiture deux des chiens de l'auberge, des bergers d'Ecosse qui avaient suivi la trace et attendaient leurs maîtres. Ils sautèrent autour de la civière, gais et curieux. Jos, d'un geste, empêcha le cuisinier de les chasser. Ils flairèrent la couverture et se turent. L'un se coucha; l'autre en gémissant se colla aux jambes de Teresa. Quand la civière eut été placée à l'arrière du véhicule et arrimée à l'aide d'une autre corde il n'y eut plus de place pour Jürg, qui fit un signe de la main et s'éloigna. Teresa s'accroupit et posa une main sur la couverture grise. «A peu près sur le cœur», pensa Jos. Il reprit sa place à l'avant mais se retourna et posa, lui aussi, sa main gauche sur les cordes, là où se trouvait l'épaule. Maintenant les coups ne lui parvenaient plus qu'assourdis, presque lointains. Un des chiens avait suivi Jürg en jappant. Quand l'autre, au dernier instant, sauta à l'arrière de la jeep et se glissa, toujours gémissant, entre Claude et la jeune fille, Jos sourit. «Elle ne les appelait jamais des colleys, dit-il, mais des Lassie, à cause de ce film...» Teresa sourit sans répondre. Sans doute ne le comprenait-elle pas, ou à peine. Le cuisinier conduisait avec des précautions, piquant droit sur l'auberge mais arrêtant presque la voiture pour franchir chaque obstacle. Des gens les attendaient, qui se turent.

— Pouvons-nous aller jusqu'à Pontresina? demanda Jos.

— Je téléphone à la police, d'abord. Mon frère est gendarme, c'est mieux...

Jos attendit sans faire un geste. Il ne se retourna pas quand une femme vint apporter un châle à Teresa et faire descendre le chien. Le cuisinier réapparut: «C'est en ordre. Allons-y.» Teresa était restée assise dans la jeep. Entre l'hôtel Sonne et le

Waldhaus ils rattrapèrent la charrette qui ramenait au village des promeneurs fatigués. Ils la dépassèrent très lentement car les chevaux s'affolaient. Aux visages soudain figés tout près desquels ils défilèrent, Jos devina combien leurs propres visages et leur attitude troublaient ceux qui les regardaient. Une ombre de silence et de peur passa avec eux. Tout de suite après, le garçon qui avait dit s'appeler Walther Rothau accéléra, comme avec colère. La main de Teresa, sur la couverture grise, se crispa. « Fahren Sie langsam, Walther... » murmura-t-elle. Son visage à elle était d'une dignité surprenante. Jos pensa qu'il ne se dominait que pour elle, pour ne pas faillir devant elle.

Walther Rothau prit des chemins qui évitaient la route de Saint-Moritz et les menèrent, par l'autre rive des lacs, jusqu'aux ruines de San Gian. Jos fermait les yeux pour ne pas voir, devant les fermes, les regards se vider ou se voiler à leur passage. Soudain, aux abords d'une scierie, le parfum des bois blessés les baigna, déchirant et sucré. Des images affluèrent. Claude aux yeux fermés. Claude à la peau brûlée de soleil. Jos chercha quelque chose à dire, quelques mots qui les eussent délivrés, mais il ne pouvait pas parler. A peine eût-il parlé, il se fût défait en plaintes et en sanglots. « Comment vais-je faire ? » se demanda-t-il. Il calculait combien de temps encore il lui faudrait sauver les apparences avant de se retrouver seul.

Avait-il indiqué tout à l'heure le nom de l'hôtel ? Walther se dirigeait sans hésitation. Un camion bloquait l'entrée de service de l'Engadiner Hof et la jeep s'engagea dans la rampe qui menait à la porte principale. D'une main Jos mis de l'ordre dans ses cheveux. Ce qu'il découvrit après le tournant dépassait ses craintes. Une trentaine de personnes guettaient leur arrivée, qui se levèrent, bougèrent, puis s'immobilisèrent.

Walther sentit l'angoisse de Jos et il arrêta la voiture vingt mètres avant le perron. Tous les visages étaient tournés vers eux.

Walther avait entendu parler de l'équipe venue à Pontresina tourner un film. Au téléphone, les gendarmes, mobilisés pour le service d'ordre et très au courant, lui avaient tout expliqué en quelques mots. Mais les voir !... Un couple s'était détaché du groupe : un bandit habillé en plombier de luxe et une femme belle, vêtue de velours et de dentelle, le visage et les épaules couverts d'ocre. Deux pas derrière elle un homme à moustache parut à Walther la réincarnation du fameux Kurt, son bisaïeul, qui faisait encore des enfants à soixante-quinze ans et dont les photos finissaient de s'effacer dans un couloir de l'auberge. Les autres, derrière ces trois-là, agglutinés en bousculade immobile. Les jeans et les chemisettes des techniciens, les robes à faux cul et ce teint lisse, chaud, que le maquillage donnait aux comédiennes : Walther vit tout d'un regard. Il eut mal pour ce vieux type qui se raidissait à côté de lui. Il avait eu de drôles de pensées, Walther, en descendant le corps, puis sur la route, et il n'osait pas trop se tourner vers Teresa, Teresa qu'il épouserait en octobre, entre la saison d'été et celle d'hiver. Teresa qu'il aimait, qu'il retrouvait chaque nuit, en cachette, ou qui le rejoignait dans sa chambre, et comment n'aurait-il pas pensé à ce jour, dans très longtemps, dans un temps inimaginable, où l'un d'eux serait assis, comme ce Français, à côté du cadavre de l'autre, – et tout serait joué. « Nous mourrons ensemble », pensa-t-il un peu bêtement. Depuis deux heures il se sentait gonflé de l'amour de Teresa, comme jamais. Un désespoir d'amour, une folie sourde qu'il se demandait s'il oserait l'avouer, cette nuit, en chuchotant...

La femme en velours et dentelle s'était approchée et enlaçait le Français, maladroite. Le bandit vint aussi, puis le moustachu que Walther vit jeter sa cigarette d'un geste furtif avant de poser, comme les autres, son bras sur les épaules du Français. « Il va craquer... » Mais le visage de Jos émergeait, blanc, inaltérable, de ce nœud d'étreintes et de murmures.

Le directeur de l'hôtel, veste noire et pantalon rayé, s'avança, ses chaussures craquant sur le gravier, suivi de deux bagagistes et de deux valets. L'un fit à Walther un clin d'œil : ils jouaient au hockey dans la même équipe. Le directeur s'inclina devant le Français comme devant un lord arrivé en Rolls. Il avait la sympathie oblique et contrainte. Déplorable effet sur la clientèle. Les skieurs du matin revenaient de promenade et posaient des questions, la voix trop sonore. La fille entraîna de force ses compagnons. A leur tour les comédiens s'ébrouèrent. Fallait-il s'approcher ? Serrer la main ? Embrasser ? Le chef opérateur, un géant roux, écarta les autres et enferma Jos dans une accolade en lui parlant à l'oreille. Puis tout le monde à nouveau se figea : les valets, aidés de Walther, dénouaient les cordes et déchargeaient la civière. Précédés de leur patron ils gravirent le perron, traversèrent le hall. Les figurantes qui ce matin se déhanchaient en envoyant des clins d'œil esquissèrent un signe de croix. Enfin, deux portes ouvertes et refermées, au bout d'un long couloir, ils parvinrent à une petite pièce blanche, aux rideaux tirés, qu'on avait hâtivement aménagée : un lit, un tapis trop coloré. Teresa avait suivi les cinq hommes, le directeur de l'hôtel referma la porte derrière eux en levant la main, la mine pincée.

On laissa Norma Lennox et Demetrios jouer les vedettes. Même dans le drame, il convenait de respecter une hiérarchie. Mal à l'aise, le beau Victor traîna un instant avec les autres, hésitant sur le parti à suivre. Ils avaient prévu, Norma et lui, d'aller à Saint-Moritz, à la Chesa Veglia, boire un verre. C'était fichu. Ou au bar du Palace, voir des élégances. Une voix demanda : « Il va se passer quoi, maintenant ? » Le géant roux répondit : « Le médecin, les flics, les conneries quoi !... » Il regardait, au loin, les montagnes.

— Tu le connaissais, toi, Fornerod, avant le film ?
— Ma femme avait publié un truc chez lui, il y a longtemps. Ma première femme...

Une musiquette très tyrolienne jaillit soudain des haut-parleurs. Le concierge courut, offusqué, un doigt sur les lèvres. Norma et Demetrios avaient entraîné Jos vers un petit salon attenant au bar. Le concierge disparut, revint, dit quelque chose à l'oreille de Victor. Investi enfin d'un rôle le comédien alla chercher une bouteille, emplit un demi-verre de whisky, y versa un peu d'eau et souleva le rideau qui masquait le petit salon. Il fut surpris de trouver Jos en conversation avec Demetrios et Norma. Il tendit le verre, que Jos but d'un long trait et lui rendit, vide. Norma, de la main, montrait à Victor le fauteuil à côté du sien.

... « Weinberg, si on l'appelle immédiatement, peut arriver ici demain, disait Jos. Il ne faut pas perdre une heure. C'est bien compris ? Ce soir ils vont parler... Ensuite ils vont un peu flotter... Il faudra les reprendre en main. Je compte sur toi, Luigi.

Je ferai tout pour être revenu dans quatre, cinq jours. » Il avait posé la main sur le bras de Demetrios : « Crois-moi, c'est mieux ainsi... »

Il se laissa aller au fond du canapé, les regarda. Il paraissait froid et absent.

— Je vais monter dans ma chambre. Peux-tu t'assurer que... que tout a été correctement fait ? Puis tu m'envoies Huguette avec son carnet d'adresses et tu veilles à ce qu'on ne me passe aucun appel. Préviens-moi quand les types seront là, pour les formalités. Tu te renseignes aussi pour... pour le transport... Pardon d'avoir l'air... » Il vacilla. « J'ai eu la main trop lourde », pensa Victor. Jos se pencha vers Norma, lui embrassa rapidement la tempe, fit demi-tour et disparut par la porte de service du bar comme s'il connaissait les recoins de l'Engadiner. « Chapeau ! » murmura Victor. Norma, lui prenant la main, le dispensa d'en dire davantage. « Tu devrais m'emmener à Saint-Moritz... On en a besoin. »

**

Le 15 juin au soir, une voiture de la production partit pour Milan chercher Jos Fornerod à l'avion de Paris. Weinberg la conduisait. Au dernier moment Demetrios décida d'abréger d'une heure le tournage afin de l'accompagner. On avait travaillé toute la journée au château de Bondo : de là, la route jusqu'à Milan n'était pas si longue. Demetrios voulait profiter des deux heures du retour pour parler à Jos. Il espérait faire halte à Côme ou à Menaggio et y dîner. Mais dans quelle disposition allaient-ils retrouver Fornerod ? La mort de Claude avait troublé les comédiens, comme Jos avait eu raison de le craindre, et l'humeur de tous avait changé. Quelque chose de ricanant et de tendu avait succédé à l'élan de la première semaine. Les orages montés par la Maloja, qui crevaient chaque nuit sur l'Engadine, harassaient tout le monde. Serait-il possible d'intéresser Jos aux problèmes du film ? Demetrios ne lui avait pas parlé une seule fois au téléphone depuis son départ, le 11 dans l'après-midi, quand il lui avait dit au revoir, penché sur la voiture d'Hubert Fléaux qui devait suivre le fourgon mortuaire jusqu'à Revin, dans les Ardennes, où Dieu sait pourquoi Claude allait être inhumée. Six cents kilomètres derrière un cercueil sur les routes de montagne, les autoroutes de Suisse et d'Allemagne : les frontières, les péages. Les explications à fournir... Demetrios frissonnait à imaginer le voyage. Mais Fornerod avait été intraitable. Hubert Fléaux s'était décidé à l'accompagner pour lui épargner de tenir le volant pendant huit ou dix heures, seul, les yeux fixés sur le break, une longue Mercedes luisante où avait été placé le cercueil, recouvert, sur un drap gris, de l'énorme gerbe qu'une collecte avait permis de faire composer à Saint-Moritz. Sur le ruban – un ruban *blanc*, avait exigé Norma – on pouvait lire : « *A Claude, l'Equipe* ». C'était un peu sentimental puisque la plupart de ceux qui avaient cotisé donnaient à Claude du « Madame », mais un vent d'émotion avait soufflé. On s'était beaucoup tamponné les yeux.

Maintenant, sur la route qui tournicotait entre Gravedona et Cernobbio – vivement Côme et l'autostrade ! – Demetrios était maussade. Après dix jours d'extérieurs il ne *sentait* toujours pas le film. En tout cas moins bien qu'aux toutes premières heures. Il trouvait les *rushes* confus, les costumes trop colorés. Ça sentait le studio, la carte postale. Peut-être aurait-il fallu transposer. Mais cette passion, ces excès, ce meurtre, comment les faire passer en complet-veston et petits tailleurs... Ah, les romanciers ont la part belle ! Le fils Fléaux avait menacé d'un scandale, au début de l'hiver, quand il avait été question de moderniser l'intrigue, de la situer aujourd'hui, etc. Il avait parlé d'un procès, et de retirer les droits. Jos lui emboîtait le pas : un éditeur avec une casquette de producteur, c'est malsain. Un métier de chirurgien, la production, ou de général. Il faut savoir trancher. Sacrifier du monde. Jos avait la religion du « texte », comme il disait. Tout le temps Visconti à la bouche. Mais il était mort, Visconti, et de son vivant il avait refusé trois fois, à trois producteurs, de tourner *les Distances*. Alors ? Tout le monde savait, même si l'affaire avait été montée solidement et si le budget était généreux, que Fornerod jouait là son va-tout, qu'il se revanchait avec le roman de Fléaux d'échecs subis ailleurs, de doutes qui le harcelaient. Il avait mis trop d'argent à lui dans la combinaison : ça le rendait fébrile. Quand Demetrios l'avait vu, l'autre soir, foudroyé par la mort de Claude, il avait eu peur pour son film. Egoïste ? Mais non, honnête. Il portait sur les épaules une entreprise de trente-cinq millions, il n'allait pas s'offrir des langueurs.

Enfin la voiture entra sur l'autoroute. Weinberg monta jusqu'à cent soixante et soupira d'aise. « Nous arriverons à temps », promit-il. C'était ses premières paroles depuis les épingles à cheveux de la Maloja. Lui aussi se noircissait le sang. « Un amateur désigné comme producteur délégué... Une folie ! » Mais il connaissait Claude Fornerod depuis dix ans et il avait facilement les yeux mouillés. Depuis 1975, il voyait Jos rôder autour du cinéma, tenter de monter des affaires, mettre les droits de tel ou tel de ses livres en participation, mais ce n'était que des velléités, du bricolage. Rien à voir avec une production comme *Les Distances*. Sa rigueur était tatillonne, il ne rêvait pas. Et puis son propre argent et celui d'Hubert Fléaux risqués dans l'affaire, voilà qui en modifiait les données, lui donnait un tour sentimental, familial, qui va mal au cinéma, où l'on préfère affronter les banquiers.

Une ondée tomba soudain. La voiture la traversa en quelques instants qui parurent longs à Demetrios : Weinberg n'avait pas levé le pied. Grâce à quoi ils arrivèrent à Gallarate au moment où les premiers voyageurs de Paris se présentaient à la douane. Jos Fornerod sortit l'un des derniers. Il marchait comme un homme que personne n'attend, somnambulique, lunaire. Il avait dû dormir dans l'avion et un épi de vieux gamin dressait ses cheveux. Weinberg et Demetrios, saisis, le laissèrent passer devant eux sans qu'il les vît. De profil on ne l'eût pas reconnu. Weinberg renifla. « Ah non ! » grogna Demetrios. Il courut, tapa sur l'épaule de Jos, lequel se retourna d'un brusque mouvement, laissa tomber son sac sur le sol et fit le seul geste que n'attendait pas Luigi : il le prit dans ses bras et l'embrassa. De vrais baisers d'homme, enfumés et humides, posés au hasard dans la moustache du metteur en scène, qui la portait jusque dans les favoris, genre François-Joseph.

Dans la voiture, avec cette liberté absente de ceux sur qui le sort s'acharne et qui ont cessé de prêter attention aux détails de la vie, Jos Fornerod ne posa aucune question. Il raconta dans ses détails le voyage entre les Grisons et les Ardennes, soulignant des cocasseries macabres, des tracasseries douanières, expliquant que le chauffeur de la Mercedes noire conduisait si vite que le trajet s'était transformé en une espèce de rallye. Ce fut le mot qu'il employa : rallye. Il ricanait sèchement, comme on sanglote sans larmes. Allait-il revenir sur terre, s'enquérir du film ? Weinberg profitait de son rôle de chauffeur pour se taire. Il laissait le réalisateur relancer le monologue de Fornerod, qu'il n'écoutait plus. Il enrageait. « C'est compromis, pensa-t-il, salement compromis... » Il se vit obligé de passer encore trois semaines à Pontresina, où il dormait mal, où son aorte lui donnait des angoisses. « Il a tué Claude, en l'amenant ici !... » Jos énumérait les gens qui avaient fait le voyage des Ardennes pour l'enterrement, qu'il comparait à un autre, celui de Gandumas, de sorte que cela devenait une compétition professionnelle et mondaine, évoquée avec une amertume un peu méchante. Weinberg eut une irrépressible envie de boire de l'alcool. En traversant Tremezzo il ralentit, freina devant une bâtisse très éclairée. Jos continuait de parler sans demander d'explications. Ils pénétrèrent dans un palace souffreteux, tombé sans doute au déshonneur d'héberger les voyages organisés. La salle à manger paraissait vide, bien qu'un autocar autrichien y eût déversé une cargaison de sexagénaires couperosés. Weinberg s'empara au passage d'une bouteille dans les mains d'un sommelier endormi qui les poursuivit, le tire-bouchon à la main. Dès la première gorgée il se sentit mieux. Fornerod s'était enfin tu. Il regardait autour d'eux les gypseries roses, les appliques à pendeloques. Il faisait peur, dans cette lumière blanche. Weinberg dit :

— On vous a installé dans une nouvelle chambre. Norma s'est occupée de tout...

Fornerod ramena vers Weinberg ses yeux gris. Il le fixa sans paraître accommoder sur lui.

— Vous voulez dire que Norma Lennox a touché aux affaires de Claude, à ses vêtements ? C'est cela ?

Weinberg chercha de l'aide du côté de Demetrios, qui mouillait sa moustache dans le chianti. Mais avant qu'il n'eût trouvé une réplique Jos reprit, la voix indifférente :

— C'est très gentil de sa part... C'est très bien... Puis, à Weinberg : « Je peux passer la main, si la Noirmont le désire, ou les banquiers... Je comprendrais fort bien. » Mais il parut cesser presque aussitôt de penser au film et il tendit le bras vers la fiasque de vin.

Ils arrivèrent à l'Engadiner Hof à minuit. Le directeur devait les avoir attendus. Il serra la main de Jos avec effusion mais dignité et le précéda dans des couloirs. Il sortit de son gousset une clé, ouvrit une porte, alluma et, d'un geste, désigna trois valises inconnues : « Les affaires de Madame », dit-il. Puis il éteignit et referma la porte sans avoir levé les yeux vers Jos. Après quoi il le fit monter par l'ascenseur de service (« Excusez, Monsieur, excusez... ») et le mena à sa nouvelle chambre. Jos ouvrit la porte-fenêtre et s'avança sur le balcon. Le bruit du torrent paraissait décuplé par la nuit. Des nuages bas traversèrent rapidement le ciel, s'effilochèrent aux sapins. Le bois de la balustrade était humide. Jos y posa ses paumes. Il n'entendit pas, derrière lui, le directeur prendre congé. Il laissait la forme des montagnes surgir peu à peu de l'obscurité, noir plus opaque sur le noir mouvant du ciel. Quand le paysage se fut recomposé, Jos ferma les yeux. Les voix des jardiniers... le grincement de l'armoire... le craquement de l'allumette... le parfum du tabac...

Weinberg et Demetrios, trois étages plus bas, fumaient sur la terrasse et parlaient à voix basse. Jos voyait les points rouges de leurs cigarettes. Il se recula : la lumière de la chambre projetait sa silhouette, sinueuse, sur la pelouse. Il alla éteindre et s'allongea sur le lit sans refermer la fenêtre. L'eau écumait et grondait dans l'ombre bleue. Six jours et quatorze heures, exactement, s'étaient écoulés depuis l'instant où, parce que Claude allumait une cigarette, il avait éprouvé le sentiment de sa lâcheté, et de l'avoir abandonnée. « Il était trop tard, tu le sais bien... » C'est ce que lui avait dit le Professeur, à Revin, sur la terrasse, pendant que dans leur dos les gens mangeaient des sandwiches aux rillettes. « C'était probablement congénital... Ou très ancien... L'extraordinaire est que personne ne se soit jamais aperçu de rien. Mais tu n'as pas de reproches à te faire, je te le jure. »

Jos ne s'en faisait pas. Simplement, le matin du 10 juin, il n'avait rien dit quand Claude avait allumé une cigarette, puis une autre, sous les thuyas, ni quand elle avait partagé avec lui cette bouteille de vin, et rien encore quand elle avait exigé de monter jusqu'au refuge. Il l'avait abandonnée. Ce jour-là, qui était un jour de feu et de larmes, il l'avait abandonnée. Pendant des mois il l'avait harcelée, surveillée, suppliée ; il avait ignoré ses soupirs et ses agacements, paru parfois indiscret : il la protégeait. Elle pouvait feindre de se laisser glisser puisqu'il était là pour la retenir. Mais Claude ne feignait pas. Elle guettait le moment où il détournerait son attention. Du moins Jos voyait-il maintenant les choses ainsi. Avec une inexorable patience elle avait attendu l'occasion de mourir. Et si elle avait paru si incrédule et angoissée, sur le sentier, c'est qu'elle ne pouvait pas croire que la délivrance prendrait ce tour sordide, quotidien.

Jos fit un geste de la tête, ou de la main, le même qu'il avait eu plusieurs fois tous ces jours. On chasse le désespoir comme un animal importun, une mouche. Le fracas du torrent l'assourdissait. Il secoua encore la tête, de plus en plus fort. « Inutile, répéta-t-il, inutile... »

Le froid et l'humidité le réveillèrent. Il avait dormi longtemps puisque le ciel blanchissait. Il tira sur lui la couverture et enfonça le visage dans l'oreiller. Son instant de lucidité avait été si bref que l'image de Claude n'avait pas eu le temps de le rejoindre. A moins qu'elle ne régnât, vivante, sur le rêve où il se retourna.

CHABEUIL

L'appel était de la Noirmont. Une personne au nom impossible. Elle m'a juré que Muller était d'accord. « S'il l'était, il m'appellerait lui-même », ai-je dit. On m'a alors avoué que Muller vogue quelque part entre Guadeloupe et Haïti et qu'on serait bien en peine de le joindre. « Je ne corrige pas un ami, ai-je conclu, surtout quand il s'agit d'un excellent écrivain... » La voix s'est tue : tant de noblesse avait découragé mon interlocutrice. Deux heures plus tard un certain Weinberg m'appelait de Saint-Moritz. Il avait le ton pressé des gens plongés dans une fête ou une bataille lointaines, dont leur interlocuteur entend l'écho mais ne sait rien. « Il ne s'agit pas de tripoter le dialogue de Muller, m'a-t-il dit d'une voix lasse. D'ailleurs, il est excellent. Mais je n'ai pas trouvé d'autre prétexte pour faire prendre votre billet par notre bureau de Paris... »
– Parce que mon billet est pris ?
– Monsieur Chabeuil, je ne vous connais pas, mais vous êtes l'ami de Jos Fornerod n'est-ce-pas ? Alors venez. Vous me comprenez ? Venez lui parler, parler aux comédiens, me parler... Demetrios lui-même vous en sera reconnaissant. Vous connaissez Demetrios ? On a besoin d'air frais, ici. Ou d'un électrochoc. Le malheur de Jos leur a mis à tous du noir dans la tête. On a le mauvais œil. Les silences, les tensions, les précautions. On étouffe, quoi !
– Et ma présence...
– Franchement, je n'en sais rien. Elle pourrait être salutaire.

A Jos, en tout cas. Vous écouterez les doléances des comédiens : quand ils ont deux lignes de texte ils en veulent vingt, mais en les caressant on les apaise. Muller monterait sur ses grands chevaux... Quoi ? Je vous entends mal. Mais non, Jos n'aura pas l'impression que vous vous jetez à l'eau pour lui. Alors, vous venez ?

ÉLISABETH VAUQUERAUD

L'été dernier, ce beau feu n'avait pas flambé. Il est vrai que je n'avais pas frotté l'allumette. M. et Mme Chabeuil n'habitent pas mon quartier, ni moi le leur. « Appelez-moi Maxime... » Il a un si beau sourire, Duduche, que je n'avais pas éclaté de rire. Ce sérieux permet le bavardage. Je n'avais pas trouvé les confidences à la hauteur du sourire. Des confidences ? Hélas non, ou à peine. Trop homme du monde : il parle lisse, rond. J'aime que les hommes prennent des risques quand ils se penchent sur moi. Duduche n'avait pas le vertige. Il est vrai que, pour un amant célèbre, il se penchait si peu... Je ne jurerais pas que les trente années qui creusent entre nous un autre gouffre, autrement vertigineux, ne l'impressionnaient pas. S'il avait su combien je suis indifférente à ces soustractions peut-être se fût-il embrasé ?

Je l'ai croisé place Vauban.
— Vous paraissez stupéfaite.
— Oui, de vous rencontrer ici.
— Mais j'y habite.

Il m'a emmenée boire un café dans un tabac local. Des touristes y signaient leurs baisers au dos du tombeau de l'Empereur. Il m'a gaillardement entreprise. La lumière est cruelle, place Vauban, où il y a beaucoup de ciel. De près et dans tout ce soleil de juin Chabeuil conservait belle allure. Un visage qu'on peut regarder de près, c'est déjà la moitié de l'amour. Eh bien non ! Au fur et à mesure qu'il me dévoilait ses batteries, j'avais beau le trouver superbe, Chabeuil, je m'enfonçais dans l'idée de me le refuser. Tout en me disant quel gâchis ! Mais cette mécanique jouait trop parfaitement : huit jours dans les Grisons où se tournent *Les Distances*, un désespoir à consoler, un hôtel superbe, les billets dans sa poche... Ah ! la vie l'a gâté, Chabeuil ! Toujours il a dû se trouver sur le passage de la chance, à l'arrêt des Orient-Express, au plus douillet des microclimats. Moi, je rate les trains et il pleut où j'arrive. Je le lui ai dit. Ou plutôt je lui ai dit : « Patricia est donc absente ? » Il m'a répondu : « Oui, bien sûr, si elle était là je ne vous proposerais pas ce voyage. » On n'est pas plus tranquille. Et toujours ce hâle de moniteur, cet œil moqueur...

— En amis, alors ?

J'ai pâli en entendant sortir de moi la seule niaiserie que je me serais crue incapable de proférer. Chabeuil lui-même a paru interloqué.

— Ah mais non, pas du tout ! Je ne vous ferais pas l'affront de ne pas essayer de vous sauter. Laissez-moi mes chances, et ne discutons pas cela maintenant !

J'ai ri le moins bêtement possible. J'aurais voulu, soudain, être vêtue d'une robe de grand goût. Mes jeans trop délavés et mon tee-shirt imbécile m'ont fait honte. Je ne coucherai pas avec Chabeuil parce que je déteste me prendre les pieds dans le tapis en entrant au château. Il n'y est peut-être pour rien, après tout. Il avait l'air aussi embêté que moi. J'ai longtemps cru avoir le monde à ma main parce que je menais à la cravache des canassons que mes agaceries de dompteuse devaient ahurir. Les vrais fauves, c'est autre chose, et même cette fauvette de Chabeuil. Paradoxe : il ne m'*aura* pas alors qu'il constituerait le plus beau trophée à accrocher à ma mauvaise réputation. Cette résolution ancrée en moi (de ne pas lui céder, ou de ne pas me l'offrir ?), tout est devenu facile. J'ai accepté de dîner avec lui dans ce restaurant trop orné où les garçons le cajolent. Après quoi il m'a ouvert la portière d'un taxi, toujours nimbé de son superbe sourire. Se moquait-il de lui ou de moi ? Nous sommes partis le lendemain pour les Grisons, non pas en avion ni en wagon-lit mais en voiture, comme cela se faisait du temps de sa jeunesse, après la guerre... Sans doute avait-il *des intentions* pour la nuit. Elle s'est déroulée dans un faramineux motel en

Forêt-Noire – quels détours impose la convoitise ! Elle a été des plus sages. Seule l'obstination me tenait encore lieu de vertu, et cette sensation qu'on m'offrait un rôle dans un vieux film. Copie usée, rayée. La pellicule s'est cassée vers les onze heures, quand j'ai refermé ma porte sur la belle gueule de Chabeuil. Déconcerté, il paraissait son âge.

Un rien contraint au petit déjeuner, que nous avons pris sur la terrasse, sous de sombres sapins, Chabeuil ne s'est détendu qu'au volant, mais il conduisait beaucoup trop vite. C'était bien la peine de me confier aux soins d'un sexagénaire pour risquer ma peau comme avec un gandin. Entre Bâle et Zurich la pluie a estompé le paysage et transformé la chaussée en miroir. Je me sentais toute crispée et mettais des paroles amères sur la stupide musique des essuie-glaces. Nous nous sommes enfin arrêtés, plus morts que vifs, à Coire, petite ville aux gaietés mouillées sous les nuées grises. Je me suis empiffrée de gâteaux dans une pâtisserie, sous l'œil d'un muet buveur de café. Nous remontions une vallée aux noms barbares quand les nuages se sont enfin effrangés. Au col du Julier, où Chabeuil m'a fait un cours d'histoire, le soleil était revenu. Nous avons plongé vers un chapelet de lacs dans la dentelle fraîche des mélèzes. Une mousse, une écume verte.

L'excitation de la montagne, sur laquelle j'avais tant compté pour donner du ton au voyage, m'a enfin chauffé le cœur. J'ai posé la main sur celle de Chabeuil, c'est-à-dire sur le volant, mais le prudent séducteur détestait qu'on lui imposât pareille privauté dans les virages. Ensuite nous avons traversé Saint-Moritz, localité presque aussi laide que Coire, hérissée de clochetons et de drapeaux, ses trottoirs bordés de bijouteries. Nous étions à Pontresina vers les quatre heures, prouesse qui a paru combler mon vieux jeune homme.

A peine nos bagages dans les chambres (Chabeuil n'a pas essayé de m'offrir la sienne), nous sommes partis à la recherche de « l'équipe ». Il y avait sur tout le paysage une lumière astringente qui me faisait cligner les yeux. Je déteste les verres de soleil. Chabeuil, lui, le cou mangé par un foulard, des lunettes de star sur le nez, l'échec de ses stratégies amoureuses lui raidissant la nuque, avait pris une allure de prince accablé par l'incognito. Saint-Moritz exerçait sur son physique une influence mystérieuse. Il posait sur les rues, les hôtels, les bars, les vitrines des regards chargés de toute la complicité du (beau) monde. Il ne m'en disait rien : ivresse indicible. Il me surveillait quand même de côté, perplexe. Etais-je à même de sentir combien d'élégances légendaires magnifiaient ces façades illustres ? Et saurais-je, sans en être instruite, deviner que lui, Chabeuil, était *de cent façons* associé aux comédies qui s'étaient données ici ? Ces questions le tarabustaient mais il n'osait pas s'avancer franchement. Je levai les yeux vers le « miroir de courtoisie » et découvris sur mon visage un air de féroce moquerie. Depuis quand l'y avais-je installé ? Mon compagnon était en train de découvrir les inconvénients d'une mésalliance. Essayer de tirer une petite à qui ne vous attachent pas les subtiles connivences du milieu, du vocabulaire, de l'esprit de bande, expose à des blessures d'amour-propre. Passe encore si l'affaire peut être conclue en une soirée, en terrain étranger, loin des commentaires du clan ; mais le risque devient disproportionné dès lors qu'on donne de la publicité à l'aventure. Débarquer « sur le tournage » des *Distances* avec moi pour bagage ne flatterait la vanité de Chabeuil qu'à la condition que je consentisse à jouer son jeu. Mais le mien me convenait mieux. Sans compter que je pouvais, d'un mot, révéler à quel point nous faisions chambre à part. Mon mauvais genre, on le pardonnerait à Chabeuil, mais « la dragée haute »... Maman, quand j'avais dix-huit ans et que papa vivait encore, me conseillait à voix couverte, derrière une porte toujours mal fermée, de « leur tenir la dragée haute ». L'énorme fracas du journal télévisé montait du halo bleu, dans la pièce voisine. Papa, à la fin, était devenu un peu sourd. « Si tu leur cèdes trop vite, ils te tourneront le dos, crois-moi... » D'où tenait-elle sa science, maman ? Que je couche, elle l'avait accepté ; mais elle aurait voulu devenir la comptable de mes effusions. Une comptable économe. Jamais elle ne me parlait quand nous étions seules, tranquilles, dans la lumière du jour. Ses conseils ne sortaient d'elle que dans les circonstances périlleuses, dans la pénombre, et de préférence quand papa tendait l'oreille ou risquait de nous entendre. « C'est fini les messes basses ? » criait-il. Elle implorait, muette, des confidences sales. Mon Dieu, Chabeuil me parle ! Les soupers au Palace, en mars, et les déjeuners à ce club, là-haut, la ronde des hélicoptères, les rires dans le miaulement des rotors, les cheveux plaqués aux yeux, les plus belles filles d'Europe... Oui, il a dit ça, « les plus belles filles d'Europe... » L'avantage des baisers, c'est qu'ils leur ferment la bouche. Il panique, Chabeuil. Il a profité d'un feu rouge pour me regarder et ce qu'il a vu ne l'a pas rassuré. Je le sens prêt à ouvrir la portière et à me pousser dehors. Pourquoi l'humilier ? Je calme le jeu :

— Pourquoi, au juste, êtes-vous venu ici ? *Les Distances*, ce n'est pas le genre de production à inviter la presse...

— Je ne suis pas « la presse ». Et je te l'ai dit à Paris : Fornerod est à la dérive, l'équipe...

— Infirmier, alors ? C'est mieux. Moi aussi je l'aime, Fornerod, mais il est si froid...

— Il souffre comme une bête.

Je regarde fermement devant moi et parviens à garder mon sérieux. Comment Chabeuil a-t-il fait carrière dans la prose en débitant de ces âneries ? Il ne se doute de rien. Il conduit avec des gravités de chauffeur de maître. Il porte des gants. Je demande :

— Vous l'avez revu ?

— Aux obsèques de Claude, dans les Ardennes.

— Vous ne m'avez rien raconté... C'est loin, Zuoz ?

— A cinq minutes, maintenant.

*

Notre arrivée n'a pas été un triomphe. Fornerod, me voyant flanquée de Chabeuil, a levé les sourcils, comiquement. L'air d'un vieux tragédien cancéreux qu'on fait jouer dans une comédie musicale. Il a pris quinze ans. On se dit : « Mais oui, voilà son vrai visage, comment n'y avais-je pas pensé ?... » Son étonnement m'a épargné les condoléances. Il a posé un doigt sur ses lèvres quand il a deviné, à ma grimace, que j'allais me mettre à pleurnicher.

Toute la situation a donc été retournée. Au lieu de jouer les consolatrices je me suis retrouvée sous les questions goguenardes de Fornerod. « Mais non, lui ai-je dit, je ne suis pas comme ça. Vous m'avez mal lue, Monsieur mon éditeur... » Il m'a regardée en dessous : « Si mal que ça ? » Puis il a considéré, de loin, Chabeuil, et il a haussé les épaules, satisfait.

Un veuf, un grand malade : on se fait pour eux le même regard insistant et léger, paupières vite baissées sur l'incrédulité fouineuse des yeux. On est presque heureux de mesurer le délabrement des victimes : on exige des malheurs absolus.

Le lendemain de notre arrivée, pour le casse-croûte de midi aux Vingt-deux Cantons je me suis glissée à côté de Fornerod. Ensuite, quand nous sommes descendus à Stampa, où le tournage s'était déplacé, et le soir à l'hôtel, il m'attrapait la main pour m'attirer auprès de lui. Je surprenais des airs, des silences. J'ai l'habitude. Chaque matin pendant ces dix jours je me suis habillée et maquillée avec soin. « Tu as quelqu'un à séduire ? » me demandait Chabeuil. Lui, tournait autour de la petite Laclot, Delphine, qui joue la sœur dans le film et qui est belle. Son mari commençait à trotter de-ci de-là. On lui voyait la dent sous les babines. A la grande joie de Weinberg, Chabeuil a consenti à épousseter le dialogue de Muller, non sans s'être fait signer une lettre par Fornerod et le fils Fléaux. Une « décharge » ! Pas de flibuste entre littérateurs. Après quoi il a allongé la sauce pour Delphine, qui ronronnait tout en surveillant de l'œil son époux. Quelle horreur d'être à la laisse ! Demetrios surveillait Laclot. Fornerod semblait s'amuser du manège.

Aux Vingt-deux Cantons, j'ai remarqué qu'on éloignait de Jos la carafe de vin. Souvent son verre aussi disparaissait, bu par un autre pendant qu'il rêvassait. Moi, je lui servais de franches rasades, ce pour quoi j'essuyais des regards courroucés. Je n'aime pas les curés, les moraleux. Au milieu du repas Jos s'est levé et m'a entraînée. A la sortie du village de longues prairies descendent vers l'Inn. Les gamins d'un collège chic, vêtus de shorts trop longs et coiffés de ridicules casquettes, y jouaient à un jeu mystérieux.

« Je préférerais encore qu'on ose me parler de Claude », m'a dit Jos, brusquement. Et comme j'ouvrais la bouche : « Non, pas toi. »

Nous avons marché quelques minutes en silence. De blancs nuages cernés de mauve montaient d'Italie et leur ombre courait sur les prés. « Tu verras, la grande baraque de Stampa est belle, d'allure militaire, bâtie, dirait-on, par un mercenaire à la

retraite après de fructueuses campagnes.... Une espèce de château à l'italienne ; le père Fléaux aurait été satisfait. Claude n'a jamais voulu y aller : descendre et remonter le Bergell l'épuisait. Elle *savait*... »
— Fléaux aurait aimé le film tel qu'il est en train de se faire ?
— Non. C'est trop laqué, plaqué. Trop propre. Tu comprends, tout est juste : les lieux, les visages, les costumes. Le dialogue est fidèle, rien n'est vulgaire, chaque détail est à sa place, pourtant le film de Demetrios n'aura pas grand-chose à voir avec le roman de Fléaux.
— On n'y peut plus rien ?
— Moi, non. Demetrios non plus, ni Muller : ils n'ont pas compris grand-chose au bouquin. Pourtant ils en parlaient si bien ! Comment prévoir ? Je pratique un métier où l'on prend des risques sur une œuvre achevée, en connaissance de cause. Ici on joue cinquante ou cent fois plus, à l'aveuglette. Je pensais qu'en produisant le film avec Weinberg j'aurais la possibilité d'intervenir, un pouvoir. Là aussi je me trompais. Les quinze premiers jours j'ai perdu pied dans les détails ; maintenant...

Il parlait sans effort ni inflexions, la voix neutre. Son regard aussi s'était éteint. Marchant à ses côtés je me sentais importante, harmonieuse. Ma jupe se balançait bien, dans les taches de soleil : c'était ma façon d'aider Jos. Toute gêne s'était envolée de moi depuis que j'étais venue me placer près de lui. Chabeuil s'était écarté, ironique. Il ne parlait pas de rentrer à Paris. « S'il part, je reste... »
— Remontons, ils doivent s'être remis au travail.

On tournait dans un renfoncement de la place du village pavée de galets, au bord de l'abreuvoir, et sur l'escalier à balustres de pierre qui ornait une façade jaune. Les crépis, sous les projecteurs et les réflecteurs, prenaient une couleur intense, baroque. A l'écart, deux garçons tenaient par leur licol les vaches qu'ils mèneraient boire tout à l'heure, au commandement. Jos s'était arrêté derrière les curieux, comme un étranger. Luigi l'aperçut et lui fit un signe de la main. Plutôt que de lui répondre Jos se tourna vers moi :
— Tu as vu la Lennox ? Que veux-tu sauver avec un pareil boudin ?

La maquilleuse, derrière l'angle du bâtiment, poudrait les épaules et les seins de l'Anglaise.

— Elle est venue fouiller dans les vêtements de Claude, dans ses bijoux...

Chabeuil s'approchait, deux grosses rides au-dessus du nez.

— Je ne peux pas réécrire tout le film, Jos ! Ne peut-on pas les faire tenir tranquilles ? Maintenant Lennox joue en anglais, Victor en français, l'Evêque en italien... Muller devrait être ici ! Que fout-il dans les Caraïbes ? Ils sont en train de piétiner son texte...

— Mais Delphine dit le tien, non ?

Au *castello* de Stampa le mélodrame avait éclaté une heure avant notre arrivée. Son mari avait interdit à Delphine de se déshabiller pour la scène de baise avec Victor. L'assistant de Demetrios, moustache hérissée, les cent kilos menaçants, avait expulsé le mari et posté deux machinos à la grille. Depuis, on entend la petite Alfa de Laclot tourner autour de l'interminable mur qui ceinture le parc et le verger. Aux virages des angles, les doubles débrayages font de dérisoires explosions de rage. Delphine renifle beaucoup mais ses yeux sont secs. Chabeuil, inquiet, l'encourage à retirer sa chemise, conscient de son ridicule. Il baisse la voix quand je m'approche.

« Il va se faire casser la gueule, Chabeuil, s'il ne rentre pas à Paris... Qu'en penses-tu, toi ? Ils t'ont foutue à poil dans le truc de Borgette ? Ça se fait, à la télé, maintenant. Même dans les pubs, de plus en plus... » Le beau Victor me parle de très près. Je me demande comment il s'y prend : il se trouvait à trois mètres et soudain je lui vois les poils du nez. Il mâchouille une éternelle odeur de menthe. Le chewing-gum avant les tendresses. On n'est pas plus courtois. Il a raison de *coller*, comme on dit dans les bals de Champigny : il est plus beau de près, moins vulgaire. Il a la moquerie avantageuse. « Tu fais quoi, toi, ici ? Tu es avec qui ? Tu ne vas pas me dire... Tu arrives avec Chabeuil, tu ne quittes pas Fornerod, qu'est-ce que tu fricotes ? »

Cher Victor ! Son épaisseur est rassurante. Ses mains m'explorent, ses yeux me fouillent, je redeviens moi-même. Si la Lennox relâchait un moment sa surveillance... Je croise le regard de Jos et me voilà toute flageolante. Un regard blanc, creux. Que suis-je venue chercher ici où je n'avais rien à faire ?

On a posé sur des tréteaux les contrevents du *castello* : des ouvriers de la production leur passent un badigeon bleu lavande. Demetrios se sent depuis hier des délicatesses de coloriste. Le propriétaire et ses fils ont décidé de profiter de l'aubaine. Ils ont démonté tous les volets intérieurs des salons, qui leur donnent la pénombre fraîche où je me suis réfugiée, et ils plongent à leur tour le pinceau dans les pots de peinture. Tout ce qui était patiné, sans âge, prend peu à peu la même couleur criarde. En huit jours la vieille demeure sera enlaidie pour vingt ans. Demetrios, c'est Attila.

Plusieurs comédiennes m'ont rejointe à l'intérieur de la maison. Je ne connaissais que Delphine, qui avait tourné dix jours au Plessis-Bourré dans les mêmes épisodes que moi. Les autres sont de la même eau. Elles observent leur peau dans les miroirs gris ; elles disent des choses crues, cocasses, ménagères, en relevant leurs jupes longues pour contempler leurs genoux. Toutes me connaissent à cause de ma photo dans *France-Soir*, en amazone (moi !...), mes livres sous le bras. Ma présence, elles aussi, les intrigue.

— Fornerod est mon éditeur, dis-je.
— Ah, c'est pour ça... Le pauvre !
Et l'on enchaîne sur les seins de la Lennox, où tout le monde a remarqué que serpentent des veinules.
— C'est pour ça qu'une grossesse m'embêterait. Il paraît...
Là-bas, l'assistant de Demetrios gueule dans le mégaphone. Elle se lèvent à regret. « Tu veux mon avis ? Ce film, il a le mauvais œil. Moi, dans le car qui nous descend de Pontresina jusqu'ici, tu as vu ces précipices ! je les ai à zéro. Sans blague ! Les malheurs, ça tombe en série, toujours... Tu viens ? »

Jos est de plus en plus silencieux. Assise à côté de lui, je l'observe : il ne mange rien. On continue de rafler les bouteilles sous son nez. Weinberg est revenu, appelé par qui ? Il a la bouche hargneuse, dans laquelle il plante de biais un fume-cigarette vide, mais qui pue. Il pousse doucement Jos sur le bas-côté et tout le monde en est soulagé. Messes basses, soupirs. On a profité d'un jour orageux pour tourner les scènes d'intérieur.

Dans le grand salon du *castello* le bleu lavande vire au bleu canard, c'est hideux. Le baron et ses fils souffrent comme si l'on déterrait leurs aïeux. Deux millions de lires par jour et la barbouille gratuite, il y a de quoi se montrer tolérant.

Le cadet des fils a mis trois jours mais il a fini par me repérer. Depuis hier nous jouons à cache-cache à travers la maison, dont il tient à me faire visiter les recoins. Et elle est vaste ! J'ai failli succomber ce matin dans la bibliothèque du second étage, qui sent la poussière chaude et le cuir sec. Lui, Vicenzo, a la bouche fraîche. Mais cette lumière blanche, et la sueur à son front... Il ne sait pas choisir son heure. Jos m'a regardée drôlement quand je suis redescendue par le grand escalier, seule. Seule mais l'œil voilé : je me connais.

Laclot, le mari (Vicenzo l'a surnommé « Liaisons dangereuses » : un bon point), ne parle plus à personne. Delphine est retournée à la niche. Elle a dû refuser à Chabeuil l'ultime sacrifice (comment en eût-elle trouvé le lieu et l'occasion ?) car ce dernier est sur le départ. Il a pris le parti de me parler *avec humour* : « Ni toi ni la petite Laclot, m'a-t-il dit, pour moi ce voyage est un four. »

— Et Jos, l'avez-vous réconforté ?

— Tu ne l'as pas quitté. Impossible de lui parler. D'ailleurs il n'écoute rien. Il t'écoute, toi ? Tous les tournages de cinéma donnent une impression de désordre, de passion, celui-ci sent la catastrophe.

— Personne ne veut intervenir...

— Ma petite Elisabeth, tu apprendras une règle de vie : n'essaye jamais de jouer les terre-neuve. On ne sauve personne. On se sauve parfois, si l'on est vif et lucide, et si l'on n'a pas de point d'honneur, mais les autres, jamais. Si dans un mois, Fornerod ne s'est pas repris, je signerai chez Lacenaire ou chez Gallimard. Je suis un rat, ma chère. Et ce bateau-là...

— Alors, pourquoi ce voyage ?

— Je voulais « voir de mes yeux » – c'est fait – et j'espérais te croquer. Ne prends pas l'air noble. Les rats sont des animaux estimables. Et un homme qui dit la vérité est aussi un animal estimable. J'ai perdu huit jours, ce n'est pas grave mais c'est déjà trop. J'ai écrit trois ou quatre tartines pour Delphine, qui

sont bien les textes les plus *gratuits* de ma carrière ! Demetrios les coupera au montage, et Delphine elle-même est retournée se faire donner des claques par son mari. Bon vent !
— Patricia rentre de Californie ?
— Oui, après-demain, comment le sais-tu ?

QUATRIÈME PARTIE

L'âme à abattre

L'ÂME À ABATTRE

Mme Vauqueraud habite trois pièces rue Lhomond, non loin du couvent des Irlandais. Ses fenêtres ouvrent sur un hôpital : « Je n'aurai que la rue à traverser », dit-elle. Elle le dit gaiement, étant de nature vigoureuse.

A la mort de son mari, qu'elle n'appelle que « Monsieur Vauqueraud », elle s'est hâtée de quitter le pavillon de Vanves où ils avaient vécu vingt ans, élevé Elisabeth, vu l'âge venir. Elle est revenue derrière le Panthéon parce que toute vie a sa pente : sa mère avait été concierge rue d'Ulm pendant l'Occupation et Mme Vauqueraud conservait du quartier un brûlant souvenir. Les étudiants des Arts-déco la sifflaient quand elle suivait leur trottoir, perchée sur ses semelles de liège. Les normaliens, eux, prétend-elle, étaient plus sournois. Quand on la voyait entrer dans le bel immeuble où officiait sa mère on la prenait pour une bourgeoise. Il arriva plusieurs fois qu'un garçon plus audacieux vint s'enquérir auprès de la concierge : qui était cette jolie personne qui venait de franchir la porte ? Sa mère n'avait pas de morale ; elle s'assurait d'un coup d'œil que la belle Gisèle n'était pas en vue (elle pouffait derrière le bât-flanc gris Trianon qui coupait alors les loges en deux), et elle racontait des craques au curieux. Madame Mère attendait, pour le piéger, qu'apparût un jeune homme de belle allure. Elle prétendait n'avoir pas sa pareille pour déceler le richard sous l'étudiant avachi. Si c'était vrai, pourquoi finissait-elle concierge ? Gisèle fut philosophe et épousa en 1945 un placier en encyclopédies ; il avait été héroïque sur les barricades de la Libération : une gloire du quartier. Elisabeth était née dix ans plus tard alors que Gisèle, découragée, avait cessé de courir les charlatans et accepté sa stérilité.

Aujourd'hui Mme Vauqueraud, que personne n'appelle plus Gisèle, regarde passer les innombrables jeunes gens des alentours d'un œil de sagesse et d'expérience. Elle possède d'ailleurs plus de sagesse que d'expérience. Elle a été fidèle au vendeur de dictionnaires, si l'on excepte deux ou trois glissades les années où M. Vauqueraud l'avait fait souffrir. Selon les jours elle les oublie ou les majore, ces glissades, et vieillit sereinement. Elle a le visage moqueur, le corps empâté, l'air de sécurité des anciennes belles. La beauté d'Elisabeth lui paraît donc aller de soi, comme ses succès. Depuis six ans – depuis le veuvage – il arrive que sa fille lui amène des amis, « des conquêtes », dit-elle. Mme Vauqueraud traite tous les hommes avec une familiarité de bon aloi, à la façon dont une commerçante accueille sa pratique. Mais depuis quelque temps elle est moins avenante, elle se néglige. « Je lèche mes plaies », dit-elle sombrement. L'instant d'après elle éclate de rire et raconte les secrets des princes et des vedettes, ses intimes. L'apparition de Jos Fornerod l'a intriguée.

Jamais Elisabeth n'avait *eu* de bourgeois. Du moins ne les avait-elle pas amenés rue Lhomond. « Tu couches avec des vieux maintenant ? » Elisabeth n'avait pas bronché. Elle ne confirmait ni n'infirmait jamais les hypothèses dont sa mère, psychologue, l'accablait. « Et tu lui dis vous !... » Ce dernier trait met Mme Vauqueraud sur le gril.

Jos, le premier soir qu'il était venu chercher Elisabeth rue Lhomond – « Je dois passer chez ma mère... Venez m'y retrouver » –, au lieu de hâter leur départ s'était assis dans la salle à manger et avait accepté un verre de Suze. Il avait aperçu, en arrivant, les rayonnages chargés de livres, les reliures multicolores. Mme Vauqueraud lui avait expliqué le métier de feu son mari. N'était-on pas un peu confrères ? « Tu ne m'avais pas dit ça, Elisabeth... »

— Babeth ? Elle ne dit jamais rien.

Un autre jeudi soir (jeudi était « le jour de Babeth »), Jos était arrivé en avance. « Vous savez où est la bouteille... » Il avait ouvert le buffet, sorti les verres. Mme Vauqueraud fumait des blondes d'une marque introuvable et se bleuissait la paupière au-dessus d'un œil curieux. Non : vigilant. Qui ne lâchait guère, en tout cas, Jos Fornerod. Mme Vauqueraud était résolue à comprendre. Mais qu'y avait-il à comprendre ? Pour quelle raison cet homme maigre et gris paraissait-il se trouver bien chez elle ? Elle n'était pas sotte et s'étonnait. Elle avait punaisé sur le papier peint des centaines de cartes postales. Jos reconnut le Piz Lagalb et la place de Zuoz. Mme Vauqueraud intercepta le coup d'œil.

— Ça fait un peu dactylo, hein ?

Jos sourit doucement : « Aragon en fait autant, sur le tard, dit-on... »

Ils buvaient leur Suze à petites gorgées. « Vous avez de l'influence sur Elisabeth ? » demanda soudain Jos.

— Pourquoi ?

— On entend beaucoup de compliments sur ce qu'elle fait dans le film de Borgette...

— Oh elle est douée ! Tenez, même pour le chant...

— On va sans doute lui faire des propositions, lui offrir d'autres rôles. Il faut qu'elle les accepte. Conseillez-lui de les accepter. Elle ne doit pas trop se soucier de ce que je dis. Ce feuilleton, pour moi, excusez le mot, c'est de la merde, comprenez-vous ? Alors je ricane, je me moque... Mais on peut être très bonne dans un navet. Si la chance passe...

Le visage de Jos était si altéré, et pour rien, que Mme Vauqueraud s'en émut. Depuis quelques instants des soupçons lui trottaient dans la tête. « Pourquoi ne lui parlez-vous pas vous-même ? Après tout vous êtes le mieux placé, Monsieur Fornerod, non ? Moi je ne juge personne, mais Babeth est une gosse, et il me semble... »

Jos releva la tête et vit la mère d'Elisabeth comme elle était : complaisante, la mollesse fureteuse. Il avait honte. Et lui, assis là, devant son petit verre de liqueur jaune. Une détresse tomba sur lui, qui recouvrait tout. Il chercha quels mots convaincraient le plus vite Mme Vauqueraud et lui économiseraient, à lui, un peu de ridicule. Il ne trouva que ceux d'Elisabeth. Ils devaient avoir fait leurs preuves. « Si je vous entends bien, dit-il à mi-voix, vous pensez que votre fille et moi... Votre fille qui, entre nous, n'est plus du tout une enfant. »

La belle Gisèle, saisie, ouvrit la bouche.

— Pas un geste entre nous, Madame Vauqueraud. Pas un mot, pas une intention, rien. Vous m'entendez ? *Rien.* Cela peut-il entrer dans une cervelle de 1982 ? Vous êtes à peu près ma contemporaine n'est-ce pas ? *J'ai votre âge*, est-ce clair ? Et vous avez beau être discrète, délicate, n'y faire aucune allusion, vous savez que ma femme est morte. Il y a six mois. Six mois, et je ne me suis pas relevé. Je suis resté couché entre les pierres, là où elle est tombée. Il y a de la neige, maintenant, là-bas. Deux ou trois mètres de neige... Non, je vous en prie, laissez-moi finir.

Il avait levé la main sans regarder Mme Vauqueraud. Il parlait sourdement, penché sur le lino à ramages.

— Je ne suis pas un type de soixante-deux ans qui a « perdu sa femme ». Ne me considérez pas ainsi, s'il vous plaît. Nous n'étions pas un « vieux couple », un « ménage », une de ces pauvres associations fêlées, grincheuses, sur lesquelles la mort fait souffler un air de liberté. Pardon de vous parler ainsi. Nous nous aimions, Madame Vauqueraud. Claude, ma femme, j'avais failli la rater, la laisser m'échapper, par lâcheté, comme la plupart des hommes s'ils craignent de manquer de souffle. Quand elle est passée près de moi j'avais déjà quarante-neuf ans, une vie, un passé, des entraves de toute sorte. Je me suis dit : le coup de passion, on connaît ça. Le temps y mettra bon ordre. On a peur, on espère, on désespère, on ne sait plus. On est sûr que le feu va s'éteindre. Comme il est difficile de croire qu'on aime ! On dit le contraire ? C'est faux. On se bat, on se débat contre l'amour, pour n'y pas croire, pour l'étouffer. Je me suis débattu trois ans. Pourquoi suis-je en train de vous raconter cela ? (Il lève la tête, égaré, et regarde Mme Vauqueraud. La voit-il ?) Je me suis débattu trois ans contre l'évidence. Je mentais, je rusais, je piétinais tout autour de moi. Claude, patiemment, attendait. Elle ne m'aurait plus attendu très longtemps si je ne m'étais pas enfin décidé à l'aimer. Oh, pour l'aimer, je l'aimais ! J'étais fou d'elle, comme on dit. Fou au lit, dans les hôtels, les voyages, les secrets, les jalousies, des scènes affreuses... Nous n'avons jamais guéri tout à fait de ces trois ans-là... Nous étions les anciens combattants du temps où je n'osais pas l'aimer. Nous n'avons eu, ensuite, que onze années. L'autre jour vous me parliez de la mort de votre mari et vous disiez : « C'était hier »... Quel petit morceau de vie, onze ans. A peine une vie de chien : pas assez pour un amour. Car c'était un amour et non pas un mariage, un « foyer ». Non, pas même un foyer. Peut-être le vrai amour est-il stérile. José-Clo, la fille de Claude, nous a encombrés. J'ose le dire parce que c'est la vérité. Elle le savait, j'en suis sûr, elle en souffrait peut-être, mais elle savait aussi qu'elle ne souffrait pas pour rien. Claude était veuve : je ne l'ai volée à personne. La petite savait aussi cela. Des gens qui s'aiment, ils dérangent, ils gênent tout le monde, ils éblouissent, mais ils ne font honte à personne, ils aident les autres à vivre...

Mme Vauqueraud se tait. Ce grand mic-mac indécent la flatte et la bouleverse. Elle ne risque aucun geste. Elle devine que son visiteur va parler encore, elle ne veut pas l'effaroucher. Et en effet Jos parle encore, la voix de plus en plus étouffée. Elle doit tendre l'oreille pour l'entendre.

— Tout cela a fini le 10 juin. Tout cela. Je pourrais vous en raconter pendant des heures, de petites choses, des détails. Je n'ai essayé de les dire à personne, mais ce silence n'était pas très honnête. Voyez-vous, on m'a amputé. L'image est banale ? C'est pourtant rare, une amputation. Vous voyez beaucoup de manchots, dans la rue ? d'unijambistes ?... Depuis six mois il n'est pas un moment de mes journées où ne s'impose à moi *l'image*. La pierre, les rochers, les touffes de rhododendrons sauvages, l'eau entre les herbes et les pierres, et le corps couché, une jambe tordue, les yeux... Vous comprenez ça ? Je lui ai fermé les yeux avant même de savoir... d'être sûr...

Jos bouge, d'un geste brusque saisit la bouteille, se verse un verre, le boit trop vite, tousse, cherche l'air. Ces larmes, dans ses yeux ? Il a « avalé de travers ». Mme Vauqueraud est convaincue qu'il l'a fait exprès afin qu'elle ne le voie pas pleurer. Elle n'a pas, elle, de ces pudeurs, et elle essuie tranquillement ses yeux, ses joues, le mouchoir en boule dans une main, son autre main posée au creux de ses cuisses, doigts arrondis, inutile, comme font les vieilles gens. Elle ne dit rien. Elle ne dit pas « excusez-moi ». Elle ne revient pas sur cette hypothèse, ces sous-entendus : une maladresse dont elle n'a même pas honte. Elle connaît la vie, et la vie lui conseillait de croire que Jos couchait avec Babeth, voilà tout.

Là-dessus Elisabeth était arrivée, fardée de froid, intense, animée. D'un regard elle avait saisi l'ensemble de la scène : Jos et sa mère, le visage rouge, assis de part et d'autre de la table couverte d'un napperon au crochet, la bouteille et les verres entre eux, sur le divan les poupées alsaciennes, au mur les deux gouaches achetées un dimanche sur le trottoir du boulevard Saint-Michel, les deux fauteuils aux coussins *provençaux*, la télé géante, et elle-même à tous les âges, agrandie, isolée, retouchée, encadrée, occupant toutes les places vides sur les meubles. Elle avait pensé : « Je n'oublierai jamais cet instant. Pourquoi ? »

— Tu es arrivé? avait-elle dit. C'était la première fois qu'elle tutoyait Jos.

Ils convinrent de se retrouver ici le soir du 23 décembre pour regarder le premier épisode du *Château*.

FOLLEUSE

Les femmes, vous le savez, ne sont ni des éléments de mon train de vie ni le plus conséquent de mon capital. Je suis un gâcheur d'amour et de papier. Je noircis des pages ; j'aime des maîtresses ; je les déchire : tout cela est indifférent. L'essentiel est ailleurs, dans l'indifférence justement, valeur absolue et mystérieuse, idéal fugace que je trouve régnant sur moi sans l'avoir voulu.

Fornerod, votre Claude était d'un beau métal. J'y suis sensible. Nous ne comprenons en général rien aux passions des autres, qui presque toujours sont ennuyeuses et obscures. La vôtre était claire. Nous avions connu Claude, avant vous, dans quelques épisodes d'une carrière tumultueuse (reste calme, Fornerod, le chagrin est invulnérable). Donc, nous avions connu Claude. Elle ne choisissait jamais mal ses hommes, ou presque jamais. Elle était d'assez forte qualité pour aimer qui elle voulait. Aimait-elle ? Ce n'était jamais sûr. Elle était intrépide et gaie. A vos côtés elle devint sereine. Sans doute vous êtes-vous souvent demandé ce qui l'avait attachée à vous. N'était-elle pas de beaucoup votre cadette, et voyageuse ? On la découvrit fidèle, presque casanière. Elle vous aimait. Mais sans doute ignoriez-vous ce que vous lui aviez donné, vous : la fierté. Fière, fidèle, rieuse : elle était redevenue à vos côtés une jeune fille d'autrefois. Nous nous comprenons, n'est-ce pas ?

Je la savais malade par une indiscrétion entendue un soir, une de ces mufleries de médecin comme les conversations des dîners en offrent des exemples. De ce jour il m'arriva plusieurs fois de l'observer, de loin, et le cœur hésitant. Je n'avais que dix pas à faire, un mot à dire pour lui donner un instant de bonheur. Enfin, disons : de bonne humeur. Mais je ne fais pas l'aumône. J'aurais eu honte de m'assouplir à ces gentillesses avec Claude, qui avait si belle allure. On s'est posé des questions, l'année dernière, sur votre gravité. Les hypothèses des gens ! Ils flairent bas, ils inventent petit. On vous supposa tiraillés par des querelles alors que la vie même vous trahissait. Je fis le silence sur vous, vous le savez, même si vous ne saviez pas pourquoi. Vous étiez habité par l'angoisse la plus noble : je la respectais en vous respectant. Peut-être comprenais-je mieux que d'autres quel réflexe vous fit refuser l'insanité de Borgette. Oh bien sûr l'épisode était subalterne et ne méritait pas l'ardeur que je mis à vous complimenter. Je sais de quel dédain l'on douche les balivernes quand on est occupé par une pensée forte. J'aimais pourtant vous voir pencher du bon côté dans ce moment de votre vie où vous étiez ébranlé, étourdi, où tout le monde vous eût pardonné un faux pas. Je n'aime pas avoir à pardonner.

Tout cela dit, Fornerod, apprêtez-vous à recevoir de nouveaux coups.

Je venais d'apprendre que Lacenaire projette de tirer à cent cinquante mille exemplaires chacun des deux volumes produits par le sextuor Borgette, et j'étais curieux de connaître quelle merveille – ou quelle putassière salade – justifiait son optimisme. Je suis donc allé à l'une des projections « filtrées », tatillonnes, ultra-discrètes où Mésange et Gerlier soulèvent un coin de voile sur leur chef-d'œuvre. Excusez du peu, je me suis faufilé à la propre séance du PS, que le Président honorait. Raideur et esprit de corps. On s'ébrouait. On se caressait. Entre soi. Cela se passait hier soir.

Fornerod, leur truc est épatant.

Vous savez combien j'ai le goût dépravé et l'instinct publicitaire. Mais, même sans posséder ces qualités, on ne peut que s'extasier. Qui eût cru Borgette et ses veaux capables d'accoucher de ce monstre ? Ce qu'on espérait, ce qu'on redoutait, ce dont on ricanait à l'avance : tout est enfoncé. Dans le cynisme on n'a pas fait mieux, à ma connaissance, « au petit écran ». Les trois Augustes qui ont mis en scène sont des maîtres, et les kilomètres de boyau américain qui servaient de modèle et de référence ne paraîtront plus digestibles. Une douzaine de comédiens ont attrapé là un coup de génie. Je crois qu'ils ne s'en sont pas rendu compte. Louxe, en escroc, est sublime, et Boitel en marquis, hallucinant. J'imagine que vers 1788 les aristocrates jouaient les valets, dans les comédies de salon, avec ce talent-là. Jamais les folies bourgeoises n'avaient réussi parade aussi féroce ni aussi luxueuse. Une vieille classe exténuée et charmante se suicide avec une élégance dont on ne la croyait plus capable. Bien entendu, tout est ignoble : les pensées, les cœurs, les ambitions, les secrets. Mais dans les feuilletons californiens les mauvais sentiments, les comportements méprisables étaient une fin en soi. Il n'y avait pas de morale. Ici il y en a une, racoleuse, maigre comme l'envie, dodue comme la conscience, le chtimi et l'instit confondus en une seule belle âme. Les décorateurs ont dû pâmer de plaisir. Le bal à Ferrières, la chasse (quel équipage s'est loué pour cette farce?...), la croisière et l'escale en Haïti, le pique-nique chez Bébé Doc, les piqouzes derrière une palissade de l'îlot Chalon, la conférence de presse à l'Elysée, le safari, l'audience du pape, les hélicos, les tortues géantes, le château en Médoc, la vente aux enchères des sexes d'or d'Alexandre, le concours hippique dans les ruines de Guernica, l'empalement du gondolier par l'avionneur, la réception à l'Académie, le viol de la petite Allemande dans le cloître du Mont Saint-Michel, le tournage du film porno dans le salon de la Préfecture, la syncope du révérendissime abbé chez le travelo, le cours inaugural de Barthes au Collège de France, ah! j'en passe, mon cher, j'en passe! Jamais une société ne s'était allongée et profanée avec cette grâce. Ce film est une machine de guerre. Le refus par une nouvelle France de *l'héritage*. Or, rien n'a pu y être inventé, illustré, mis en scène, décoré sans la multiforme collaboration des victimes. Sans une trahison éperdue, extatique. Des gens en état second se livrent au fer du bourreau, panse tendue, paupières closes dans le spasme de l'immolation. Le petit public, le soir où j'ai vu les trois épisodes distillés par Mésange, n'en croyait pas ses yeux. « C'est trop beau », répétait un ministre à nœud de satin triangulaire en dévorant des yeux le « bal des riches » organisé par le magnat de l'industrie aéronautique dans Ferrières remeublé. (Remeublé par qui ?...) « C'est trop beau »... Inventerait-on cette réplique ? Cette divine surprise ? Même si dans l'ours de Borgette privé d'images ne passe que le dixième du masochisme, de l'inconscience et du délire du feuilleton, le livre est assuré d'un triomphe. S'il ne le faisait pas c'est que la putasserie et le talent ne paieraient plus : nous sommes trop lucides, vous et moi, pour croire à cette hypothèse.

Les cinquante personnes au courant seront demain mille... Triées sur le volet, on ne les croira pas quand elles crieront au miracle. Croyez-les, Fornerod, et, comme disait Mme Tabouis, apprêtez-vous à savoir que vous avez eu tort. En refusant le pavé de Borgette – beau geste sur lequel je ne tarissais pas d'éloges – vous avez coûté à votre maison des millions. On ne vous le pardonnera pas. Et d'autant moins, si je suis renseigné, que l'adaptation des *Distances* par Demetrios ne serait pas le chef-d'œuvre escompté, que vous y laisserez des plumes. Deux bonnes actions ? Mais on paye très cher les bonnes actions : c'est l'ordre des choses.

NOËL 1982

Borgette a embelli. Il n'a pas cessé d'embellir depuis vingt mois. Vingt mois de bonheur, de vanité comblée, d'émerveillement : dans une vie, quelle lumière ! La plupart des humains vivotent un demi-siècle sans éprouver jamais l'ivresse où flotte Blaise depuis le printemps 81. Le vent a tourné pour lui en deux semaines de ce miraculeux mois de mai. Ses copains sont arrivés aux affaires et lui, Borgette, a pris le pouvoir sur soi-même. Il n'était pas tout à fait sûr, avant ces semaines-là, d'avoir des opinions. Un autre mois de mai, treize ans plus tôt, cette circonspection lui avait coûté de la réputation, et non seulement de la réputation mais du plaisir : le plaisir de se sentir à l'aise dans sa peau et l'ami de tout ce qui comptait, riait, éructait, décrétait. Cette fois, l'âge aidant, il s'est montré plus subtil. Il a découvert dans les déjeuners avec Largillier, Mésange, Gerlier, la volupté de caresser et de mentir. Il a compris qu'il n'était pas nécessaire de croire au messianisme pour en peaufiner les formules, et, mieux, en pratiquer les silences. Une sorte de gravitation précipitait ses semblables dans les délices de la Révolution ? Blaise s'est abandonné à cette pesanteur. Il n'était que de se laisser aller. Pas de profession de foi : les bons sentiments vont sans dire. Aussitôt il a senti autour de lui se dénouer les réticences, se réchauffer les complicités. En trois rendez-vous il a su qu'il « obtiendrait le marché », comme il se surprenait à dire, et qu'on le laisserait libre de rassembler son équipe. Il l'a constituée comme on attendait qu'il fît : Gerlier n'eût pas mieux choisi. Surprise : le contrat signé, il a eu honte. Quel raffinement ! Trois ou quatre jours difficiles. Trois ou quatre jours avant de comprendre que les donneurs de leçons séchaient d'envie. Envié, Borgette a découvert, après la volupté de mentir, celle d'être jalousé, presque aussi douce. Il a fait des dépenses déraisonnables. Il a répondu d'abondance aux questions des journalistes. Pourtant, quand elles étaient perfides il perdait encore pied. Là-dessus est arrivée la grande lettre de Jos Fornerod, si bénisseuse, si pharisienne. Au lieu d'abattre Blaise elle l'a revigoré. Il a furieusement voulu réussir. Il a décroché son téléphone. Il a acheté dix rames de papier. Troisième volupté : celle de travailler. Blaise a découvert qu'il n'avait jamais fait que flânocher. Travailler, c'est autre chose que les poussiéreuses petites obligations auxquelles il s'était astreint pendant vingt ans. Travailler, c'est être une brute, inflexible et égoïste. Et dès lors qu'on travaille, tout se met en marche. Nouvelle révélation : la vie appartient à ceux qui se couchent tard et veulent la dévorer, la vie. Le bruit de ses propres mâchoires broyant cette proie savoureuse a émerveillé Borgette. Le soir de juillet où il est arrivé pour la première fois chez Graziella (ou était-ce chez la Leonelli, sur la terrasse de Didi Klopfenstein?), Blaise avait dans les oreilles et le cœur ce bruit d'os brisés et se pourléchait. Quand José-Clo est apparue, il l'a considérée comme un délectable morceau de *blanc*. Une aile. « Blaise raffole de l'aile », disait encore sa mère à la veille de mourir en découpant le poulet de son dernier dimanche. Borgette était prêt à considérer José-Clo comme intouchable, – l'habitude... Heureusement il s'est rappelé qu'il était un homme nouveau. « Je suis un homme nouveau », a-t-il déclaré à José-Clo, à mi-voix. « Voyons cela », lui a-t-elle répondu.

On pouvait donc convoiter la femme des autres ? Cette possibilité, ressassée par tous les auteurs, éblouissait Borgette, qui n'avait pas davantage d'expérience en amour qu'en acharnement au travail. Là aussi, il avait pratiqué à la sauvette, tricotant de petites affaires sans conséquence. Il voulut soudain José-Clo, et il la voulut pour soi seul. Epouse de Mazurier ? Bru de Fornerod ? Fille de Claude ? Raisons de plus. Lui qui toujours s'était défilé se porta en avant. Mouvement si impétueux, inhabituel, que José-Clo en fut troublée. L'été était brûlant et Yves s'entêtait à rester à Paris. Et puis ces regards, ces encouragements goguenards... Les vertus les plus discrètes finissent par tomber dans un concert de chuchotements et de publicité. Elles aussi peuvent être vulgaires et faciles, qui oserait les en priver ?

Un halo de lumière l'entoura : la beauté de Borgette fit des progrès rapides. Il redoubla d'invention au travail, de cynisme. Il devint l'ami d'Yves Mazurier. Il menait son septuor à la cravache. « Quel flair nous avons eu ! » répétait Mésange. José-Clo devint la maîtresse de Blaise dans la chambre jaune et grise de l'hôtel des Palmes, avec les voiles suspendues dans le ciel, les tours génoises, le bruit des rires et des verres. « Que tu es beau ! » dit José-Clo, leur première fois. « Tu crois ?... » Il paraissait inquiet, sérieux. Il était bourrelé d'incrédulités et de peurs. Tout allait trop vite. Il se rappelait ces moments de printemps qui affolaient sa jeunesse, avec les rues soudain bruissantes, les premières peaux nues, les premières peaux brunes. « Il y a trop de tout... » pensait-il alors. Pour la première fois de sa vie, à quarante ans, il ne se plaignait pas qu'il y eût trop de tout, et même rien ne pouvait plus le rassasier. Il fit repeindre son appartement, où José-Clo passait de plus en plus de temps. Quand Yves Mazurier « fut au courant », Borgette ressentit l'orgueil d'une promotion. Que se serait-il passé si les Mazurier avaient eu des enfants ? Blaise en frissonnait. Eût-il été de ces amants athlétiques qui prennent les gosses avec la femme et semblent porter le monde en riant ? Ah il n'en était pas sûr ! Les enfants distendent et chiffonnent les femmes. José-Clo était soyeuse, étroite. Et s'il lui prenait caprice d'en vouloir un, maintenant, ou à Mazurier de lui en faire un, maintenant ? Blaise avait beau imaginer des triomphes, des films, des voyages et se dire que, peut-être...

Pendant le tournage des premiers épisodes du *Château*, au Plessis-Bourré, en Hongrie, à Nice, il avait été heureux. Partout José-Clo l'avait accompagné, traitée avec des égards, à la fois clandestine et discrètement fêtée. Blaise savourait l'impression de consommer en public une précieuse marchandise de contrebande. Puis ce sentiment s'était atténué et José-Clo, qui ne se décidait pas à quitter Yves pour de bon, était devenue un des éléments de sa métamorphose. Elle avait travaillé avec les techniciens et lui au montage des films et montré des dispositions. Elle avait le sens des ellipses, « du rythme », disait la monteuse. José-Clo riait : « Une bonne éducation vous apprend à être légère, à savoir prendre congé. Ce n'est pas plus malin que ça, le montage... »

Blaise se demandait parfois s'il voulait faire du *Château* un succès pour éblouir José-Clo ou pour humilier Fornerod. Il ne pensait pas à l'éditeur avec sérénité. Les premiers mois il le détesta, d'une haine industrieuse et attentive. Mais quand le feuilleton prit forme et que l'entreprise absorba toute son attention, Borgette s'éloigna de son ressentiment et cessa même de le comprendre. Plusieurs fois il rencontra Claude, et même un matin rue Pierre-Nicole où elle était venue voir sa fille, Yves Mazurier étant aux Etats-Unis : le souci de ne pas fréquenter la maison de l'adultère ne la tourmentait pas. José-Clo accueillait Claude avec un emportement de tendresse qui étonnait Blaise, peu habitué à voir les gens s'aimer. Plus tard il comprit que José-Clo savait sa mère malade. Elle ne lui en avait rien dit.

Quand Louvette, le dimanche 11 juin 1982, apprit la mort de Claude, elle s'aperçut que personne ne savait où joindre les Mazurier. Argentine ? Chili ? Yves avait convaincu sa femme de l'accompagner en Amérique latine et d'aller skier quelques jours à Portillo. « Ce sera toujours plus excitant que Val-d'Isère ! » Mais rien de ce qui venait d'Yves ne pouvait plus, pour l'heure, exciter José-Clo. Alors, pourquoi avoir dit oui ? Hélas pour lui, Blaise avait été maladroit ; on l'avait aperçu deux ou trois fois avec la Vauqueraud. José-Clo n'allait pas se donner le ridicule d'être jalouse, mais l'idée d'annoncer à son amant qu'elle partait pour le bout du monde avec son mari lui parut douce. Là-bas, Yves et elle avaient décidé de partir en randonnée, nul ne sut dire où. On retrouva leur trace au bout de quatre jours quand ils redescendirent, brûlés de soleil, beaux et se supportant mal. Brutiger tint à parler à José-Clo, et non à Mazurier, à qui elle jeta sans même poser la main sur l'appareil : « Maman est morte... » Yves, à qui l'insolation donnait un peu de fièvre, frissonna violemment. José-Clo se composa une attitude. Elle n'était plus assez intime avec son mari pour se laisser souffrir devant lui. Lui qui pensait : « L'éducation

apprend-elle cette dignité ?... » Chez les Mazurier on pleurait tant et plus.
Ils arrivèrent à Revin le surlendemain de l'enterrement.

***

Blaise Borgette vécut les quatre ou cinq semaines qui suivirent la mort de Claude dans un sentiment d'irréalité. Une fois de plus il changeait de statut. Personne ne parut plus trouver choquante sa présence auprès de José-Clo. Les grandes rafales du chagrin simplifient les équations sociales. Dans l'échelle des sentiments, la tromperie ne pouvait pas rivaliser avec la mort. Aux obsèques de Claude, dans les Ardennes, où Blaise avait tenu à se rendre, Jos ne parut pas le voir. Au cimetière, et ensuite chez les Gohier, dont c'était le fief et qui avaient tenu à « recevoir » après la cérémonie, tout à la jubilation de se montrer magnanimes et d'enterrer l'intruse, la briseuse de ménages, sur laquelle quand même ils pleuraient « car ils l'avaient vue naître », il y eut un de ces moments de confusion familiale comme en provoquent les morts brutales et la liberté des mœurs. Blaise s'y perdait et cherchait qui pourrait lui expliquer ces liens enchevêtrés. Il trouva *très bien* cette personne un peu distante qu'il entendit nommer « Sabine Gohier ». « J'étais la meilleure amie de Claude », dit-elle, impénétrable. Elle oublia d'ajouter qu'elle avait aussi été Madame Fornerod. Blaise, éperdu, chercha refuge auprès d'Hubert Fléaux, qui le prit sans doute pour Mazurier car il lui murmura son inquiétude : le tournage des *Distances* était calamiteux, des bruits couraient sur les JFF. « Pouvez-vous me rassurer, mon vieux ? » Blaise ne le pouvait pas, mais chaque information catastrophique lui était délicieuse. « La première femme, demanda Fléaux, combien de parts a-t-elle ? Cela peut devenir important... » La tribu Gohier, sur sa terrasse, et comme adossée aux murs, aux arbres du parc, aux forteresses du temps et de la vertu, contemplait l'espèce de fête hagarde et chuchotante qui saluait le départ de Claude. Claude qui les avait tous charmés, entortillés, et qui avait fini par leur faire tant de mal et par blesser Sabine. Chère Sabine ! Comme le blanc lui allait bien. Elle avait longuement hésité. Elle eût trouvé le noir indiscret de sa part. Elle pensait à José-

Clo, restée Dieu sait où avec Yves, alors qu'on lui prêtait des amants. « Pauvre gosse. Vingt-trois, vingt-quatre ans ? Et le désordre dans le sang. Est-elle toujours aussi jolie ? Tout à fait Claude au même âge, quand on se fût damné pour elle. A cette époque-là Jos ne l'avait même pas remarquée. Il est vrai que Claude, dans les années soixante, était difficile à saisir, toujours entre deux hommes, deux adresses. Comment était-elle restée une bonne mère pour José-Clo dans ce tourbillon ? Elle avait dû l'être pour que la petite lui vouât cette passion. En 70, c'est évidemment Claude qui avait voulu Jos. C'est toujours ainsi. Elle disposait d'étranges armes, Claude. Cette fille de douze ans, par exemple, que fascinait sa mère. Jos, j'en suis sûre, en a été fou. La fille que je ne lui ai jamais donnée... »

Sabine Gohier est encore belle. Blaise, qui enfin a compris, l'observe. Elle ne peut pas avoir moins de cinquante ans mais elle est belle. Elle ne devine pas sur elle le regard de Blaise, sinon elle-même ne couverait pas son ancien mari de cet œil impitoyable et assouvi. Tout est rentré dans l'ordre. C'est une bénédiction que le caveau de la famille Landholt se soit trouvé ici, à Revin, à cent pas de celui des Gohier. La vie, les amours, l'ambition peuvent donner aux gens l'impression qu'ils se sont arrachés au passé, qu'ils ont composé leur existence, vécu une aventure, été « eux-mêmes », etc., la mort fait le ménage dans ces illusions. Claude revenait pourrir où elle était née, où elle avait appris à souffrir, où on lui avait appris à vivre. Le reste – ces vingt ou vingt-cinq ans de bruit et de passion, les hommes, deux maris, les yeux qui brillent le soir – le reste était anéanti.

Sabine se rappelle les quinze ans de Claude, sa précocité, cette façon qu'elle avait, lumineuse, ardente, de ronger son frein. Orpheline, elle détestait tout ce qui « faisait famille ». On le lui pardonnait en soupirant. M. Gohier l'avait adorée, cette gosse. Il avait recommencé avec elle à jouer au père, à taquiner, à donner des conseils, à résoudre les problèmes d'algèbre. Quand Claude avait rencontré Kalimenko, son violoniste, elle avait dix-sept ans. De quel droit l'eût-on retenue ? Le mariage avait eu lieu, à Revin, bien sûr, à l'automne 57. On s'était disputé, à table, à cause de *La Question*, d'Henri Alleg. Claude avait cherché pendant deux jours à s'isoler avec Sabine. Elle la cajolait, elle lui posait des questions : « Je pourrai aller te voir à Paris ? Tu ne me traiteras pas en petite fille ?... » Après quoi elle avait disparu, ou à peu près, pendant dix ans. Elle venait chaque été à Revin, mais à Paris elle semblait avoir perdu l'adresse des Fornerod. Elle n'était réapparue qu'en 69, mais alors...

Sabine se frottait avec un malsain plaisir à ces images qui lui faisaient mal. Et par un détour ce plaisir se changea en chagrin, et là, à l'angle de la terrasse, sous la Gloriette, elle sentit les larmes lui mouiller les joues. Elle était coincée. S'échapper? Elle ne le pouvait pas sans traverser la petite foule. Alors elle était restée immobile, adossée au mur, ne regardant rien, le visage bouleversé. Les gens l'avaient vue et ils s'étaient tenus à distance. « Quelle leçon ! » avaient murmuré certains. Mais Sabine pleurait seulement sur le gâchis de sa vie, sur la férocité câline d'une ancienne petite fille qui, à sa manière, venait encore de réussir sa sortie. José-Clo, seule, avait osé s'approcher de Sabine et l'embrasser.

**

Eurobook n'organisa que quatre projections du *Château*. On avait intrigué pour arracher des invitations à Lacenaire, aux vedettes, aux auteurs, même aux techniciens puisque le bureau de Mésange, celui de Largillier et le cabinet de la rue de Valois les refusaient. Les patrons des journaux, habitués à rendre leurs politesses en montrant à leurs amis des films inédits, les radios périphériques, tous les usagers habituels du Club 13, des salles feutrées de l'Empire, du sous-sol de Publicis, en avaient été pour leurs prières. « Ils ont peur à ce point de le montrer, leur monument ? » avait-on ricané. Mésange était resté intraitable. Autant il avait orchestré le tintamarre pendant les tournages, autant il jouait aujourd'hui sur le mystère. Dix jours avant le 23 décembre des articles sur *Le Château* s'étalaient dans toute la presse, écrits par des journalistes qui, parfois, n'avaient même pas assisté aux projections. Les grincheux avaient été réduits au silence par une campagne de publicité jamais imaginée pour un feuilleton. Une chaîne de télévision achetant de l'espace dans la presse, un feuilleton lancé comme un film à oscars, cela ne s'était jamais vu. Lacenaire avait glissé ses petits airs de flûte dans ce déchaînement d'orgues : échos, photos, et trente interviews de Borgette puisque personne n'avait pensé à en organiser la pénurie. Les vedettes et les metteurs en scène (il y en avait trois pour les quinze premiers épisodes), réduits au silence par les contrats d'exclusivité, Borgette et ses équipiers avaient été partout sollicités. Mieux le suspens était entretenu, plus Borgette parlait. Il fit tout pour que le livre fût mis en circulation huit jours avant Noël. Mais cela, les contrats l'avaient prévu et interdit. On discuta. Finalement il fut entendu que les livres arriveraient le 21 décembre chez les libraires, dans des colis que signalerait un auto-collant géant, en forme de blason. Lacenaire tint une conférence de presse au cours de laquelle, entre deux chiffres et deux professions de foi socialiste, il déplora que la télévision n'eût pas osé filmer certaines situations audacieuses « indispensables à l'économie de l'œuvre et à sa volonté de subversion ». Borgette, en l'écoutant, comprit pourquoi l'éditeur avait bataillé pour que le manuscrit fût entrelardé d'une demi-douzaine de scènes scabreuses. L'équipe rechignant, Blaise les avait torchées en huit jours, étonné d'y prendre plaisir. Après quoi il fallut quatre séances de travail pour décider quelles images décoreraient les deux couvertures du roman et serviraient à sa promotion. Deux ? Non, une seule image, mais forte. On avait renoncé à la séduction. Mieux valait quelque cruauté : le sourire osseux et sarcastique de l'avionneur sur fond de mâchicoulis, de luxure et de Méditerranée. Il y avait de l'idéologie là-dessous. Les maquettistes avaient réussi pour l'arrière-plan un collage formidable : on y distinguait un yacht, une scène de guerre (marchands d'armes), deux palmiers, une chasse à courre, un couple en train de forniquer et un drapeau rouge. L'avionneur tenait de Voltaire (« et ton hideux sourire... »), du président Le Nain et du juif Süss selon Veit Harlan.

— Vous ne craignez pas l'équivoque ?...

— Qu'y puis-je si Louxe, qui va devenir une grande vedette, possède cette tête-là...

Dix mille présentoirs destinés aux vitrines des librairies furent distribués, et des affiches, et des photos. Un professeur au Collège de France rédigea une étude sur « Roman populaire et agitation politique ». Louxe « eut » la couverture de *Vogue-*

Homme et Béatrice Boitel celles de tous les magazines féminins. On imprima des tee-shirts. La silhouette du Plessis-Bourré, avec son pont-levis, ses quatre tours rondes, sa pièce d'eau, répétée à satiété, fut en deux semaines connue de toute la France. Quant au vieux Louxe, qui avait joué les seconds rôles depuis un demi-siècle dans plus de cent films sans soulever enthousiasme ni réprobation, son visage tendineux fut assimilé à celui de l'avionneur milliardaire et briseur de grève avec tant de vérité que le comédien fut pris à partie, et sa voiture secouée, un samedi matin qu'il traversait les banlieues pour aller tirer le lapin dans le Soissonnais. Quand il l'apprit, Mésange jubila. Il obligea Louxe à ne circuler pendant trois semaines qu'au fond de la Rolls de l'avionneur, qu'on loua avec le même chauffeur qui la conduisait dans le feuilleton. Louxe dut, par contrat, sillonner les rues parisiennes deux heures par jour et essuyer les sifflets, vautré dans le cuir et la ronce d'acajou. Il vint au comédien des idées de grandeur et des rigueurs politiques : il se mit à détester ce peuple qui le conspuait. Un photographe suivait la Rolls dans une voiture discrète et prenait des clichés que se disputaient les journaux de province. On envoya Béatrice Boitel passer deux jours en Californie afin d'accréditer la légende de son engagement à Hollywood. Elle revint de cet aller et retour épuisée, victime d'un virus attrapé dans l'avion, ce qui retarda de huit jours le tournage du dix-septième épisode, à la rage de Largillier que le génie publicitaire de Mésange commençait à lasser.

***

Quand la lumière se ralluma pour la première fois dans la salle de projection rouge et or, la partie était gagnée. Largillier avait compté pour rien – ou presque rien : gêne et flatterie mêlées dans la proportion de toutes les douceurs officielles – la séance offerte aux caciques du pouvoir dans la salle de l'hôtel de Clermont. Toutes ces vestes croisées, ces épaules en accents circonflexes, ces barbes jardinées à la française, malgré les gentillesses prodiguées à l'équipe du *Château*, étaient trop étrangères aux usages de leur petite société pour rassurer Mésange, Largillier, et même Borgette. Seuls les comédiens invités avaient frétillé d'aise : ils se voyaient promis à tous les festivals cassoulet et spectacles subventionnés.

La seconde projection – cent personnes capables de faire ou défaire n'importe quelle réputation – ce fut autre chose. Les meilleurs bavards professionnels, les père Joseph des journaux étaient là, noyant sous les embrassades, les superlatifs et les murmures vingt critiques patentés, besogneux, qui guettaient le visage des patrons avant d'ajuster leur tir.
Vers la vingtième minute, Largillier se détendit. Arrivé en retard et dans le noir, il était assis au dernier rang, là où un pupitre et une veilleuse permettent d'écrire, et un micro, de parler au projectionniste. Il fit un signe à son assistante qui poussa vers lui le verre de whisky dissimulé dans l'ombre. Largillier but, et, dans le mouvement qu'il fit, s'aperçut que la sueur collait la chemise à son dos. Il adressa un clin d'œil à Mésange, qui ne le vit pas. La salle riait où il fallait, respirait large. Il y eut même à deux reprises des applaudissements, générosité peu pratiquée dans les séances de ce genre. Borgette, le profil éclairé par le reflet du bal au Plessis-Bourré, souriait aux anges. « Ses cent interviews ne l'ont pas troublé, pensa méchamment Largillier. Maintenant il va se taire un peu... » Rassuré, il demanda à mi-voix, les lèvres frôlant le micro, cinq minutes d'entracte entre le premier et le second épisode.

Borgette, la main dans la main de José-Clo (et non le contraire), attendait en écoutant battre son cœur l'instant où il verrait les visages. « S'ils se retournent vers nous, pensa-t-il, c'est du onze sur vingt. S'ils se lèvent, s'il y a un petit tumulte, c'est vraiment la bonne note... » Il maudissait l'inexpérience qui l'avait fait s'asseoir et subir pour la quinzième fois des images et un dialogue dont il ne voyait plus que les ficelles, la retape. Les réalisateurs, plus prudents, étaient allés boire des verres au tabac de la rue Jean-Giraudoux. Ils minutaient leurs libations et ne reviendraient qu'au moment du souper. Enfin le faux marquis servit le dix-cors, essuya sa dague dans le pli du bras de son habit rouge ; un fondu enchaîné passa de ce rouge-là, chasse et sang, à celui d'un drapeau qui claquait dans le vent, cependant que la sonate de Corelli, comme déraille un disque usé, se brisait en un fouillis de notes d'où émergèrent, fragiles mais déjà triomphants, les accents lointains d'une *Internationale*. On entendit siffler l'asthme du président, et même un toussotement. Peut-être trouvait-il la dose un peu forte ? Puis la lumière se leva, sur les murs de velours cramoisi, comme une aurore verticale. Borgette vit en gros plan le visage ingrat de Troissant avec toutes ses dents hors de prix ; il entendit une houle d'applaudissements et José-Clo, moqueuse, lui glissa à l'oreille : « Et l'on prétendra encore que je ne sais pas choisir mes hommes... »

*
**

Dans les jours qui suivirent Noël (trois épisodes du feuilleton furent diffusés en une semaine, histoire d'enfoncer le clou), les journaux rendirent hommage au *Château*. Excès discordants. A gauche on salua pêle-mêle la « qualité France » retrouvée, la maturité politique, un divertissement populaire enfin libéré des tabous et des « révérences et déférences » du genre. Sur l'autre bord on parla de racolage impudent. Mais la colère était à proportion de l'astuce des auteurs. On n'eût pas attaqué si férocement un navet. « Le mauvais coup », titra *le Figaro* en rappelant *Jacquou le Croquant*, et surtout le fameux *Jaurès* de Gandumas, qui avaient si habilement doré de talent les pilules idéologiques. On ne pouvait rêver réclame plus efficace : les taux d'écoute grimpèrent dès le deuxième épisode.

Chez Lacenaire, on réimprima sans attendre, au bluff, cent mille exemplaires. Avec les cent cinquante mille qui traînaient déjà dans tous les hypermarchés, le risque était grand. Quelques jours durant les chiffres hésitèrent, oscillèrent. Soudain, le 28 décembre, à la date la plus ingrate de l'année, ils flambèrent : l'ordinateur annonça onze mille soixante-deux exemplaires vendus aux libraires en une seule journée. Borgette apprit le chiffre en Casamance, où il avait emmené José-Clo prendre des couleurs. Elle n'aimait pas les hivers en peau blanche. Comme il revenait, rêveur, vers la piscine où somnolait sa compagne, Blaise décida de s'offrir une mélancolie. Quel luxe ! Au fond de lui la satisfaction cuisait à feu doux, faisant ses bulles et ses bouillons, mais il trouva élégant d'ouvrir à son bonheur un hori-

zon de désenchantement. José-Clo, allongée et éblouie, n'ouvrait qu'un œil : « De mauvaises nouvelles ? »
 Blaise ricana douloureusement. Oh non! Les nouvelles ne pouvaient pas être meilleures... « Lacenaire a vendu hier douze mille exemplaires... » (Il arrondissait, déjà, comme tous les auteurs. Mais naguère il s'agissait, et après six mois, de maquiller quinze cents en deux mille. L'échelle avait changé.)
 — Alors ?
 — Je pense à ton beau-père, à la lettre qu'il m'a écrite, à ce papier du *Monde*... Ils ne vont plus rien me pardonner, maintenant !
 — Avant, *ils* n'avaient rien à te pardonner, était-ce mieux ?
 José-Clo s'était agenouillée sur son matelas, aux pieds de Blaise. Elle était résolue à empêcher les gâcheurs de plaisir d'abîmer le leur. Blaise, honteux d'avoir si facilement joué la comédie, sentit un frémissement courir sur sa peau. Il prolongea un instant encore sa simagrée. « Peut-être n'ont-ils pas tout à fait tort, dit-il avec sobriété, personne ne traverse le succès impunément... »

 Le soir, José-Clo entraîna Blaise à boire plus que de coutume. Elle voulait le « faire », comme un gant neuf, le « raisonner », comme un enfant rebelle. Elle avait pressenti, sous la comédie, le ferment de malheurs futurs. Elle lui parla longtemps, sur un fond de ciel rose, pendant que de grands Noirs aux yeux blancs circulaient en silence autour d'eux, les pieds nus sur les dalles. « Jos ne croit sans doute pas un mot de ce qu'il t'écrivait dans cette fameuse lettre, risqua-t-elle. J'imagine qu'il s'est crêté contre ce projet parce que Brutiger, Fiquet, mon mari, tout le monde l'y poussait, tout le monde en parlait aussi à *Eurobook*. Il a eu le sentiment d'un complot. Et rappelle-toi : maman était malade, il le savait, il n'était plus lui-même. » Blaise trouva que José-Clo en prenait à son aise avec les convictions de Fornerod. Mais il n'allait pas défendre une morale qui le condamnait. Il laissa donc filer, hochant la tête. Ses états d'âme du matin provoquaient trop de vagues. Au reste, il les avait digérés : « Le chiffre exact, pour les ventes d'hier, dit-il, c'est onze mille soixante et quelque... »

Mésange passait désormais son temps dans les avions. « Je surveille un tournage à la Victorine et un en Hongrie, sans compter l'équipe qui travaille déjà au Plessis-Bourré sur les épisodes dix-huit et vingt, – ni les pépins ! Tu n'es pas au courant, Blaise ? Le père Louxe s'est offert un malaise, l'autre jour, dans la Rolls. Heureusement, l'avant-dernier jour de ses tournées. N'empêche, j'ai dû engager un cardiologue. Deux briques par mois : il ne va plus quitter Louxe d'une semelle. Quant à la petite Laclot, il faut que tu le saches, son furieux lui a fait un gosse. Elle est honnête, elle m'a averti : elle commencera à grossir en mars. Ou tu élimines son personnage, ou tu lui donnes le ballon. Je préférerais la première solution... Il paraît que sur le plateau des *Distances* le mari a été odieux...

— Pas d'autres désertions en vue ?

— Si, une que tu risques de regretter : Vauqueraud. Enfin, ce n'est pas encore sûr. Tu as eu une fameuse idée de la faire chanter dans le cinquième ! Faraday l'a trouvée si bonne qu'il lui propose un disque, une carrière, Bobino, je ne sais quoi... Elle en est tourneboulée.

— A Louxe aussi on propose des films !

— Il n'est pas fou, Louxe. Il tient un bureau de tabac il ne va pas le lâcher. Si tu l'avais vu, l'autre soir, après sa syncope ! Il avait moins peur de mourir que de perdre son rôle : « Si Borgette apprend ça, il me sucre... Motus, hein ! Sans ça, comme le vieux Jok, dans *Dallas* : à la trappe ! » – « Mais vous êtes un des héros de la série, Louxe, presque le rôle-titre ! Et Jok était *vraiment* mort, lui ! » – « Il s'en fout pas mal, Borgette, il me sucrera. Il ne manque pas d'imagination ce gars-là... Méfiez-vous de lui ! »

Vers le 20 février, deux mois après la mise en vente du roman, toutes les courbes de prévisions des éditions Lacenaire le promettaient : on marchait vers les trois cent cinquante mille exemplaires. Le livre était en cours de traduction en Allemagne, en Espagne, en Italie et en Hollande. Un dîner à l'Impériale de Maxim's rassembla le septuor Borgette, Lacenaire, José-Clo, le président d'*Eurobook* et celui de la chaîne, autour desquels virevoltaient Mésange entre deux voyages, Largillier plus pontifiant que jamais, et des mousquetaires de relations publiques qui portaient beau : ils s'attribuaient le triomphe. On excusa les metteurs en scène qui bouclaient loin de Paris les derniers épisodes de la première série.

Négligeant les usages, le président de la chaîne frappa son verre de la lame d'un couteau et prit la parole, adossé au bar de l'Impériale, avant de passer à table. « Chers Amis, *Le Château* est une victoire, peut-être la plus belle jamais remportée par une télévision francophone, non seulement parce que les chiffres ne mentent pas, mais parce que – pour une fois! pour la première fois! – nous portons, avec du délassement, un message. La tradition des grands feuilletons à vocation humaniste se porte bien, mieux que jamais. De toute part on nous réclame " du Château "... Nous avons de quoi satisfaire notre public jusqu'à la mi-juin. Seulement jusqu'à la mi-juin! Ensuite... Ensuite, Messieurs, nous serons en " rupture de stock "... Peut-on accepter que s'épuise l'espérance? Peut-on imaginer de couper les ailes à ce formidable enthousiasme créateur? Non, n'est-ce pas. Les lendemains du *Château* continueront de chanter... »

« Il a forcé sur l'écossais, souffla Elisabeth à l'oreille de Schwartz. D'où sort-il, ce pingouin? » – « Il s'occupait des loisirs dans je ne sais quel comité d'entreprise des houillères... Ou dans les bagnoles, je ne sais plus... » Schwartz, philosophe, laissait ses lunettes glisser le long de son nez et considérait le président en baissant la tête, avec l'air étonné des presbytes. On entendit siffler l'asthme du patron d'*Eurobook* et l'orateur, inquiet, s'interrompit, chercha d'où provenait ce bruit de bouilloire ou de pneu en train de s'affaisser. Rassuré, il se raccrocha au visage sévère de l'asthmatique...

« C'est pourquoi M. le président d'*Eurobook* (geste de la main) et moi, nous avons décidé de reconduire notre accord et de mettre en chantier, très vite, une nouvelle tranche de dix épisodes, dont le premier devra – je dis bien : *devra* être diffusé le 1er octobre 1983, après que nous nous serons interrompus, par la force des choses, pendant l'été. Ce qui signifie que dès demain – *demain!* – les contacts seront repris avec les comédiens et de nouveaux contrats seront proposés, ainsi qu'à M. Lacenaire s'il veut bien nous suivre, comme nous le souhaitons, dans cette nouvelle étape de l'aventure. Nous allons discuter de tout cela à loisir au cours de notre dîner. Mais d'ores et déjà je lève mon verre, Madame, chers Présidents, Messieurs, aux nouveaux épisodes du *Château*, aux aventures palpitantes que vous allez nous concocter, aux heures d'évasion, de colère, de rêve et de vérité que grâce à vous nous allons offrir au petit écran de la France... »

Trente-deux mains applaudirent, dix-sept verres furent levés et l'aspiration gémissante du président Le Nain s'étira douloureusement dans un silence. Il y eut une sorte d'étreinte des chefs, maladroite, avec des gouttelettes de whisky et de champagne sautant sur les vestons, puis on se dirigea vers la grande table ovale. « Tu me crois, maintenant ? » glissa Lacenaire à Borgette. « Viens signer demain. Tu verras : je t'ai préparé une surprise... Et tâche de retenir la petite Elisabeth. Elle me botte, moi, cette gosse... »

MAXIME LIBRARIEUX

Maxime Librarieux
Avocat à la Cour

Le 3 mars 1983

Monsieur Joseph-François Fornerod

Mon vieux Jos,
C'est au nom de nos anciennes réunions des sept – espacées désormais, entre les survivants, au point qu'on pourrait nous croire infidèles –, que je viens t'entretenir de sept autres citoyens (ou plus exactement six citoyens et une citoyenne...) dont tu vas devoir sous peu te méfier. Je ne crois pas être indiscret en t'adressant la note que tu trouveras sous ce pli. Tu m'as consulté assez souvent dans le passé pour que je considère les JFF comme une maison amie, dont le sort, comme le tien, m'intéresse. J'ajoute que j'entreprends ici une démarche privée, confidentielle, et que pour éclairer mon argumentaire je n'utiliserai, cela va sans dire, aucune information que j'aurais pu recueillir à titre professionnel et qui serait donc soumise à la règle du secret. Je tente simplement une synthèse de renseignements, de faits avérés et d'hypothèses, afin d'attirer ton attention sur les conclusions qu'il convient d'en tirer. Sans doute es-tu au courant de la plupart des événements rapportés dans cette note, mais peut-être n'as-tu pas su, ou

voulu, les relier entre eux ni les interpréter. Je sais sur quel fond de chagrin et, j'imagine, de solitude, tout cela se déroule pour toi. Raison de plus, mon petit vieux, pour essayer de te donner un coup de main.

Lis-moi attentivement, Jos, s'il te plaît. C'est la survie des JFF qui est en cause, et ta propre position dans ta maison, dégradée à un point que peut-être tu ne soupçonnes pas. Qu'on veuille « ta peau », tu t'en doutes, mais tu n'imagines pas au moyen de quelles manœuvres.

Je suis à ta disposition, mon Cher Jos, pour discuter plus avant de vive voix et, d'ami, redevenir avocat. *Ton* avocat.

Je t'embrasse,
MAXIME

Note

Les mille actions constituant les JFF – ou pour être plus juridique les Éditions Joseph-François Fornerod – qui appartenaient en propre à Jos Fornerod et, dans une proportion que j'ignore, à sa première femme, Sabine Gohier, de la fondation de la Maison en 1953 à la première « crise » de 1963 (échec du lancement d'un hebdomadaire), furent réparties, début 1964, à l'occasion d'une augmentation de capital, de la façon suivante :

400 actions à *Eurobook*, distributeur des JFF.
150 actions au *Cyrano*.
150 actions à Bastien Dubois-Veyrier, notaire ami de la famille Gohier, parrain de Sabine Gohier.
300 actions, en indivision, à Jos et Sabine Fornerod.

En 1971, lors du divorce entre Jos Fornerod et Sabine Gohier, ces 300 actions furent partagées entre eux par moitié. Le mariage ultérieur de Jos F. avec Mme Claude Kalimenko ne modifia pas cette répartition, non plus que le récent décès de la seconde Mme Fornerod.

Depuis onze ans, Jos Fornerod ne possède donc plus que 15 % de l'affaire qu'il dirige et dont il a constamment été réélu Président-Directeur Général, ses distributeurs *(Eurobook)* le soutenant, ainsi que son ex-épouse et que M. Dubois-Veyrier qui a toujours aligné son attitude sur celle de sa filleule.

La situation a récemment évolué de la façon suivante :

M. Dubois-Veyrier, qui se prépare à prendre sa retraite, laisse entendre qu'il vendrait volontiers tout ou partie de ses 150 parts au *Cyrano*, « par souci de neutralité ». Cette transaction, si elle se fait, ne modifiera pas fondamentalement l'équilibre des forces, Jos Fornerod restant très lié à l'équipe propriétaire du quotidien.

En revanche les 150 parts de Mme Sabine Gohier, ex-Fornerod, semblent devoir faire l'objet d'un possible marchandage.

Il est de notoriété publique qu'aux JFF il existait, début 1982, un « clan » partisan de la « novellisation » du *Château* : M. Brutiger, directeur littéraire, menait cette faction à laquelle se ralliaient plus ou moins discrètement M. Fiquet, le Service de Presse et même le propre gendre de Jos Fornerod, Yves Mazurier, aux arguments de qui la direction d'*Eurobook* n'était pas insensible.

Or il se trouve qu'une liaison existe, depuis six ou sept mois, entre Blaise Borgette, le maître d'œuvre du *Château*, et Mme Yves (José-Clo) Mazurier, belle-fille de Jos Fornerod. Mme José-Clo Mazurier a quitté son mari et vit maritalement, rue Pierre-Nicole, avec M. Borgette. On conçoit que Mazurier, le « mari trompé », ne ressente plus l'urgence de soutenir Jos Fornerod maintenant que sa femme l'a quitté, que sa belle-mère est morte et que le mari de cette dernière se trouve en mauvaise posture. Il intriguerait, dit-on, pour racheter les 150 parts de Sabine Gohier et devenir ainsi le maître du jeu : il lui suffirait de s'allier avec *Eurobook* pour « tenir » les JFF.

En effet *Eurobook*, qui avait soutenu à regret Jos Fornerod quand il refusa d'éditer le roman du *Château* et rendit sa liberté à Blaise Borgette, a financé à hauteur de 55 % la réalisation du feuilleton télévisé. Aujourd'hui que ce feuilleton est un triomphe et que le livre qui en a été tiré, publié par les éditions Lacenaire, marche dans son sillage (on parle de 400 000 exemplaires, déjà vendus), la direction d'*Eurobook* va « demander des comptes » à Jos Fornerod. Manque de flair, erreur de gestion, consultation insuffisante de son équipe ? Tels sont les griefs qui lui seront adressés.

M. Brutiger et plusieurs collaborateurs des JFF sont prêts à appuyer *Eurobook* dans une action visant à éliminer Jos Fornerod. Si celle-ci était conjuguée avec le rachat des actions de Sabine Gohier par Yves Mazurier, puis avec une alliance Mazurier-*Eurobook*, on ne voit pas comment l'actuel P.-D.G. des JFF pourrait n'être pas mis en demeure de se retirer.

J'ajoute que certains dirigeants d'*Eurobook* (notamment M. Largillier, fort de ses réussites récentes), songent à fondre en une seule maison, dans un proche avenir, les éditions Lacenaire, qu'ils contrôlent déjà, et les JFF qu'ils espèrent contrôler bientôt. Yves Mazurier, pour prix de sa souplesse, serait nommé Directeur général de cette nouvelle société. Remarquons, sur un plan plus psychologique, qu'il éprouverait sans doute quelque satisfaction à devenir ainsi le bénéficiaire et le gestionnaire des succès de... l'amant de son ex-femme (il vient d'introduire contre elle une instance en divorce...).

Il n'est pas en notre pouvoir, à cette date, de connaître le degré d'avancement des pourparlers entre le *Cyrano* et M. Dubois-Veyrier d'une part, entre Mme Sabine Gohier et M. Mazurier de l'autre. Il ne serait pas impossible que ces divers contacts fussent plus étroits qu'on ne le dit. En particulier Mme Sabine Gohier, aux sentiments étrangement contradictoires puisque sa famille avait élevé la jeune Claude, qui plus tard brisa son ménage et épousa Jos Fornerod, est capable de prendre n'importe quelle initiative. Lors des obsèques de Claude Fornerod, son attitude avait étonné tous ceux qui l'avaient approchée. On ne peut pas attendre d'elle, dans cette affaire, un comportement *logique*. Etre de passion, et de passion longtemps contenue, Sabine Gohier peut souhaiter aujourd'hui précipiter la déconfiture de l'homme qu'elle a aimé, aidé, perdu, et qu'elle n'a peut-être continué de soutenir, paradoxalement, que par tendresse pour sa rivale, qu'elle avait connue enfant et qu'elle aimait. Mais ces considérations excèdent les limites d'une note juridique.

M. L.

A Paris, le 1er mars 1983

ÉLISABETH VAUQUERAUD

Je croque à deux râteliers. A la fois bénéficiaire du *Château* et confidente de Jos, complice de Borgette (qui déteste Jos), donc de José-Clo, (qui épouse la querelle de tous les ennemis de son beau-père), je surprends de miteux petits secrets, je les saisis avec des pincettes et je les jette le plus loin possible de moi, au lieu de les apporter à Jos à qui peut-être ils permettraient de se défendre. J'ai honte d'être lâche à ce point. Car c'est de lâcheté qu'il s'agit. J'ai peur, si je parais me ranger aux côtés de Jos, de laisser échapper les perches qu'on me tend. Les nouveaux épisodes du feuilleton à écrire, puis à jouer, sans rien dire de cette tentation qu'ils m'ont mise dans la tête, de chanter – des chansons dont les textes seraient de moi! Tout cela signifie ma liberté assurée, Gisèle hors d'eau, mes tarifs de pute à plume au moins quadruplés...

La première fois, à l'hôtel des Palmes, que j'ai ouvert ma fenêtre sur la mer où régataient (ah mais!) les couillons en blazer qui sont l'illustration vespérale du bar, ce n'était encore qu'un intermède plaisant, une erreur de la poste: je touchais le mandat destiné à une autre. J'enfilais des tee-shirts déchirés *exprès*, tachés *exprès*, pour voir sur les visages des couillons en blazer, au crépuscule, cette moue, ah cette moue! et leurs sourcils levés, en même temps que s'allumait à leur ventre la flamme que je connais bien et que je m'entends à doucher. Mais aujourd'hui l'adresse sur le mandat est bien la mienne, le nom est le mien, pas d'erreur possible. Voilà un an que je suis une autre. Aujourd'hui est à peu près jour pour jour l'anniversaire de ma seconde naissance, c'est-à-dire de ce déjeuner avec mon brave Gerlier, dans la salle à manger ovale, écrasante de chic, où il m'arrive de retourner, vêtue comme il convient, et désormais je sais qu'il faut y commander des œufs brouillés aux morilles.

Jos sent tout cela, sans rien m'en dire, ou presque rien : à la mère Gisèle et à moi, à deux reprises, il a expliqué qu'il me fallait « saisir la chance ». A l'heure où lui en manque tellement, il se passionne pour la mienne. Il a même jeté un coup d'œil sur le contrat que me proposait Lacenaire et il en a modifié une clause et un chiffre : affaire conclue. Comme c'est simple. Jamais il ne s'est moqué de mes prouesses dans le septuor ni de mes apparitions dans le film. L'avant-veille de Noël, quand nous nous sommes assis dans les « fauteuils de bridge » de ma mère, devant sa télé géante (mes premiers vrais cadeaux), je n'en menais pas large. Jos a suivi ce premier épisode calmement, je veux dire : calme à l'intérieur de lui, attentif, et même bienveillant, j'en suis sûre, car s'il m'avait jeté des ondes mauvaises, s'il avait réprimé des ricanements, je ne le lui aurais jamais pardonné. Quand ont retenti les sonneries de trompette et la rengaine composées par Michel Legrand (qui se vendent comme *Etoile des Neiges* dans les Mammouths), il a commenté le film en professionnel, expliquant en quoi c'était habile, en quoi, trop racoleur. Ce qu'il disait je l'avais parfois ressenti, aux Palmes, ou plus tard pendant le tournage, mais je n'avais pas su le formuler. D'ailleurs me demandait-on mon avis ? « Tu es très bonne, Babeth », m'a-t-il dit en me flattant les naseaux. Babeth ! La belle Gisèle n'en revenait pas et reniflait son émotion. Elle me sentait sauvée. Ce miracle qu'elle attendait avec une confiance de mère poule ou de mère maquerelle depuis mes quinze ans (tout en trouvant que le destin lambinait un peu), ça y était, il était là, flamboyant, aux deux tiers réalisé. Alors elle pleurait. Elle pleurait en sortant du buffet les flûtes et les boudoirs pendant que Jos débouchait le dom Pérignon qu'il avait apporté. Il riait : « Sacré Borgette ! Il est plus futé que je ne l'aurais imaginé, mais il a de la patte... C'est malin, son meccano. Il n'a pas rusé, il n'a pas fait ça du bout des lèvres, il a pigé la recette du roman populaire : croire à ce qu'on raconte. Un clin d'œil d'humour, l'air d'être supérieur à son affaire, et il fichait tout par terre. Naïf, il réussit son coup. Je ne suis pas éditeur d'images mais à tant faire que d'en fabriquer, autant les réussir. »

Après quoi je suis restée trois semaines sans le voir. De petits mots – jamais un téléphonage – mais aucun rendez-vous. Je savais par Borgette qu'il résistait à de rudes assauts.

Il a fait sa réapparition au début de mars : voulais-je l'accompagner rue de la Chaise où il devait visiter un appartement ? « Pour qui ? » ai-je demandé. – « Pour moi, bien sûr. » Il n'en a pas dit plus. A la réflexion, il pouvait avoir envie de quitter la rue de Seine où circulent des fantômes.

Je l'ai attendu sur le trottoir, comme une dame de l'immobilier guette son client. Il est arrivé méconnaissable, tendu. « C'est au troisième, a-t-il grogné sans me regarder, je te précède. » L'entrée et l'escalier sentaient la chaisière. Les trois pièces vides où nous entrâmes étaient d'une tristesse à serrer le cœur. Par les fenêtres – j'allai repousser les volets – on apercevait des choses usuelles et grises : garde-manger d'autrefois, petites culottes. C'était l'envers des vies, ce qu'on en cache chez les bourgeois de Zola, *Pot-Bouille*.

« Expliquez-moi », ai-je murmuré. Jos m'a assise sur l'unique chaise qui traînait là et m'a saisie aux épaules. Il s'est penché sur moi : « Dans quinze jours, ou dans deux mois, peu importe, je serai dépossédé. Tout à fait légalement, correctement : un vote et l'invitation à " partir en retraite la tête haute ", comme dit le ch'timi. Pour des raisons compliquées, l'appartement de la rue de Seine, que tu connais, fait partie du capital des Editions. C'est un " logement de fonction ". Ils auront l'élégance de m'y laisser quelques mois, mais je n'aurai aucune envie de bénéficier de leurs élégances. Ni aucune envie de supporter plus longtemps... Enfin, tu imagines. C'est comme une râpe contre laquelle, chaque soir, je me frotterais. Je parle seul, je bois... »

— Mais cet endroit...

— ... est sordide ? Oui, et alors ? Un coup de barbouille, dix meubles et ce sera parfait. Un lit, une table et, comme ta mère, un récepteur de télévision à écran géant pour t'admirer dans le soixante-quinzième épisode du *Château*. Ne te fâche pas, ma belle, mieux vaut rire de tout cela. De quoi ? De tout : ma retraite, la fortune de Borgette, l'irrésistible ascension de Mazurier, les écrans géants... Voilà l'avenir ; il me rattrape au moment où je n'ai plus envie de courir. Cela tombe bien. Je vais encore réussir deux ou trois supercheries, à la sauvette, tant qu'on honore ma signature, comme de réimprimer ton premier roman. Pas le second, il était faiblard. Ensuite ils pourront convoquer un « Conseil extraordinaire », me brandir sous le nez les bilans de Lacenaire, oublier trente ans – exactement trente ans de passion, et me débarquer. Car ils ne me proposeront pas une sinécure, une présidence bidon, non, rien ! Je suis prêt à le parier. Ils essaieront de me pousser au trou : j'aurai déjà sauté. Ici, tu vois, c'est le fond du trou. La Maison, j'ai honte à le dire, me dégoûte. Pour la première fois depuis 1958 je m'ennuie dans l'Alcôve. Je m'y terre et je m'ennuie. Dans les couloirs les silhouettes s'esquivent, les portes se referment. Fiquet m'appelle « Monsieur ». Depuis dix ans il rusait, il évitait d'avoir à me nommer, « Jos » lui écorchait les dents ; maintenant il me donne du « Monsieur... » Fiquet ! Le téléphone sonne moins, les vieilles relations entrent dans le silence à la façon des malades condamnés, insensiblement.

Il s'était redressé en posant les mains sur les lombes comme les vieilles fatiguées par le ménage, s'était approché de la fenêtre et contemplait les garde-manger, les landaus couverts de plastique, les balais posés plumeau en l'air. « *Un petit loyer...* C'est ce que m'a dit la dame de l'agence pour m'allécher. Me voilà revenu trente ans en arrière, rue de La Harpe, au-dessus du Grec. La boucle... Comme c'est fragile, une vie ! Un moment d'inattention, un cœur qui se disloque... »

— Si le film de Demetrios est un succès, vous n'êtes pas remis en selle ?

Jos s'est retourné et m'a regardée d'un œil tout à fait froid, tout à fait vidé de passion.

— Ils n'attendront pas la sortie du film pour me pousser dehors. C'est de bonne guerre. Au reste, il est bien possible que j'aie outrepassé mes droits en investissant dans *Les Distances*. La Noirmont continuera de faire des affaires avec

Eurobook : ils ne se jetteront pas au feu pour moi. Et quel feu ? A Saint-Moritz tu as vu des *rushes*, tu as flairé l'atmosphère : ça ne sentait pas le chef-d'œuvre. Tu es du bâtiment, maintenant. J'ai tellement aimé Fléaux, autrefois, j'ai été si fier de publier *Les Distances*, que j'ai oublié d'être prudent. C'était si beau, tu vois, de jouer Fléaux contre Borgette (pardonne-moi...), Demetrios contre les zigotos interchangeables du *Château*. Le symbole, quoi ! Les moulins à vent, le prestige... Eh bien regarde où va venir loger le prestige !

Bien entendu, Jos en rajoute. C'est sa façon d'encaisser l'humiliation qu'il prévoit : il la précède, la joue, la noircit, la proclame. Mais à quoi servirait de le lui dire ? Je me suis approchée de lui et me suis glissée sous son bras, la tête sur sa poitrine. J'entends battre son cœur à coups réguliers, bien frappés. Un cœur d'athlète. On ne chasse pas un athlète. Il a posé la main sur la crémone de la fenêtre, de sorte qu'il m'enlace sans me tenir vraiment, sans refermer la main sur mon épaule. Je suis là sans y être, comme si souvent depuis quelques mois, heureuse et vaguement exaspérée. Rien de plus naturel pour une femme que de ne pas coucher avec un homme. Moi qui ai pourtant la réputation dévastatrice, je m'habitue en huit jours à des rapports copain-copain, et si le type se réveille, change d'avis, me bouscule, je crie à l'inceste. Avec Jos les huit jours ont duré neuf mois : je suis sa vieille sœur. C'est confortable, absurde, un peu ridicule. Tout le monde sait que je ne raffole pas des jeunots. De là à traquer les sexagénaires... Bon, la question ne sera pas posée. Jos est à mille lieues de méditer sur ma chasteté. Il se promène, l'œil vague, au milieu de son chantier de démolition. Moi je sèche sur pied, triste et vide. Juste de quoi faire une chanson. Depuis ce joli petit frisé de Pontresina, rien, personne. Il sentait bon le sable chaud. Sans blague, il sentait la plage, l'enfance. Hélas la conversation ne valait pas l'odeur. J'allais vite retrouver mon éclopé, mon grand gris maigre et grave (les allitérations, ça vaut les rimes, pour une chanson, non ?) qui ne me parlait pas davantage et sentait la mort... Est-ce ça, l'amitié ? Voilà, je suis l'amie de Jos. Vous qui ne croyez pas à la chose admirez-en une illustration exemplaire. Que se passera-t-il le jour où il me regardera drôlement ? Entre nous, on ne donne pas des chiquenaudes à oncle Jos : comment m'en sortirai-je ? Mais pour l'instant le péril n'est pas immédiat. Je ne sens même pas, dans ce bras posé sur mes épaules, irradier la chaleur insidieuse d'un rêve en train de prendre corps.

FOLLEUSE

Folleuse a mis dans le noir de la cible, comme d'habitude. J'ai rencontré hier, dans un dîner de sacs où je m'encanaillais, le président Le-Nain-comme-le-peintre que ses ailes de nabot empêchaient de marcher : il rampait dans un divan profond. Prosterné aux pieds d'une actionnaire il la rassurait sur le pelé, le galeux : les jours de Joseph (il disait « Joseph ») Fornerod sont comptés. Comptés jusqu'au dernier. « Question de semaine, chère Amie, de semaine... Et il est temps ! Ses méthodes deviendraient contagieuses. Le groupe... »

Voilà Jos contagieux. Non seulement maladroit, insolent, cabochard, élitiste mais *contagieux*. Le mot est délectable. Si on le laissait faire, l'illuminé flanquerait à tous ses compagnons de chiourme le goût de la littérature, vérole ! Cette peur de la littérature qui règne avenue Kléber le condamne plus sûrement que toutes les erreurs de gestion. On le sait, les *grands groupes* se reconnaissent à ce qu'on peut y engloutir impunément les plus fortes sommes pendant des années dans des chimères de *marketing*, de promotion, de stratégie, de XXIe siècle, etc. Mais le moindre sou dilapidé au service des saltimbanques condamne le prodigue sans recours. Vous avez sur les lèvres le nom de ce formidable torpilleur de journaux qui a coulé, en quinze ans, tous les canards qu'il a dirigés. Partout où il est passé, du fond de ses bureaux lambrissés de marbre ou d'acier, moquettés d'angora, vaporisés d'exquis parfums, ce bouffeur de millions s'est toujours montré sourcilleux sur les dépenses inconsidérées. Il est resté célèbre, non pour avoir écorniflé l'énorme puissance des entreprises successives qui l'ont employé, mais pour avoir licencié sur-le-champ tel ou tel idéaliste coupable d'avoir payé trop cher un dessin humoristique ou majoré les piges modestes. « Un gestionnaire impitoyable doit savoir braver l'impopularité... » Le-Nain-comme-le-peintre, ce qu'il n'a jamais pu digérer à *Eurobook*, c'est les livres. Leur parfum l'entête. Leur utilité lui reste mystérieuse, mal connue, et le mot le trouble au point qu'il a rebaptisé « Eurobook » le *holding* de l'avenue Kléber, la notion lui paraissant moins perverse en anglais, langue que Le-Nain-comme-un-géant feint de maîtriser. Il a tout fait pour détourner le groupe du *livre*, son péché originel, et le « diversifier », c'est-à-dire l'aventurer dans des activités modernes, propres, plus ou moins électriques, que mignotent ses jeunes cadres sans se laisser contaminer par les émanations nocives que dégage encore, quelque précaution qu'on prenne, cette littérature à laquelle espérait élever un monument l'arrière-grand-père par alliance du pygmée.

Donc, Fornerod, vous êtes flambé. « *Fired* », doit dire Le Nain.
Au moins devriez-vous finir en beauté.
Vous savez avec quelle répugnance j'accueillais il y a deux ans les bruits – lancés par qui ? – selon lesquels je m'apprêtais à devenir un de *vos* auteurs. Ce possessif m'offensait. Tous les possessifs m'offensent. Aussi ne vous proposé-je pas de devenir, vous, un de *mes* éditeurs, mais de tirer avec moi une de vos dernières salves. Les tergiversations du Nain dureront assez pour nous laisser le temps, à moi d'écrire, à vous de publier une petite prose de ma façon dont ils lécheront longtemps la blessure qu'elle leur infligera. Nous devons avoir un bon mois devant nous. Entre le ski et les Caraïbes, Le Nain perdra du temps ; et quand il aura convoqué le conseil, le délai légal de deux semaines fera le reste. Je n'aurai pas de mal à rédiger en dix jours : parviendrez-vous à imprimer en vingt ? J'ai toujours peiné à entraîner les éditeurs à un rythme vif. La littérature a pour eux la démarche lente et glissée des gâteux,

alors que je ne la conçois qu'au galop, au canon. Il y a quinze ans que je n'ai plus écrit de *jolies choses*. Désormais, j'écris pour faire mal. Je cogne (et j'aime qu'en argot le mot veuille aussi dire « je pue », car n'est-ce pas ce que je suis devenu, un écrivain puant, puant de puanteur et puant d'orgueil, un devant qui les délicats se bouchent le nez ? Mais nous savons, n'est-ce pas Fornerod, que les délicats dégagent des odeurs autrement nauséabondes que mes colères et mes vérités. Vous en êtes asphyxié...)

Vous n'allez pas (on ne va pas) vous laisser assassiner sans crier. Je vous vois venir : l'élégance, le désabusement, le chagrin. L'élégance est le bel habit des faibles, Fornerod, le panache des vaincus, nous allons vous les épargner.

Je vous propose ceci : je vais demander à tous vos fidèles, vos amis, vos auteurs, vos obligés, vos admirateurs, qui étaient légion au temps de la chance et ne doivent pas s'être volatilisés, non pas de signer une protestation comme la plumaille française se ridiculise à en barbouiller depuis quarante ans, mais d'écrire, puisqu'ils sont du bâtiment, noir sur blanc et avec toute la véhémence possible, leurs raisons de vous estimer et de vouloir qu'on vous laisse continuer votre travail. En bonne logique, cela devrait faire un beau tas de papier. Je collationnerai le tout, y ajouterai la présentation qui me chauffe déjà le stylo et nous en ferons, en quinze jours, un brûlot de deux cents pages. A chacun je demanderai quelques sous afin qu'on ne vous accuse pas de dilapider la trésorerie des JFF pour votre défense. S'ils sont cent ils donneront mille francs ; s'ils sont davantage, cinq cents suffiront. Cela permettra d'imprimer, et même d'acheter un peu de publicité. Laquelle publicité je me fais fort d'obtenir pour rien : de vos amis par amitié ; de vos adversaires par embarras. Pour le reste, laissons la profession taper sur ses tambours : on n'aura jamais vu pareil sommaire ! S'ils assortissent leurs témoignages de quelques menaces voilées (ou explicites !), de quelque esquisse de chantage, le tour sera joué. Je défie le nain de se battre seul contre les deux cents personnes sans qui son pactole tarirait en six mois. Qu'un éditeur, diffuseur, grand maître du papier et de la pellicule redécouvre, ô surprise, que sans les auteurs il n'est rien, salubre entreprise. Elle vous sauvera au passage, je l'espère. Pas de certitude absolue. Vous êtes assez pessimiste pour nourrir le léger doute qui s'insinue en moi. Spéculer sur la gratitude, la fidélité et un tout petit peu de courage reste une espérance hasardeuse...

Comme je crains les réticences de votre pudeur, j'ai pris la liberté de solliciter déjà vos amis. Ne repoussez donc pas mon aide, cher Fornerod, il est trop tard.

JOS FORNEROD

Je pourrais aussi bien détruire tous les souvenirs de Claude, bazarder les objets qu'elle aimait, défigurer les lieux où elle a vécu, ou au contraire instaurer un culte, et alors le plus naïf, le plus méticuleux me conviendrait. Déjà une liturgie m'emprisonne, à peine consciente. Ordre du secret : tous les gestes, toutes les pensées à quoi je m'abandonne et qu'interdirait une présence étrangère. Condamné à être seul puisque, si je cessais de l'être, je ne pourrais plus entrer chaque soir dans la pièce qui fut, les derniers mois, la chambre de Claude, y allumer les lampes de chevet et m'agenouiller au pied du lit, là où je me serais agenouillé si la mort l'avait prise à Paris, si au lieu de la chambre au tapis rouge, au fond de ce couloir de l'Engadiner Hof qui menait aux communs, j'avais veillé Claude ici, au milieu de ses robes et de ses livres. Oui, je me serais agenouillé. J'aurais posé mon front sur sa main comme j'ai fait dans la chambre au tapis rouge. J'avais fermé la porte à clé. En 1934, déjà, dans le froid de février à grand soin entretenu (fenêtre entrebâillée sur le jardin nocturne, gris de givre), je m'étais agenouillé près du cadavre du capitaine. Mais lui, je n'avais pas osé le toucher. Ni de la main, ni du front. J'avais posé mon front sur le lit, à côté de la main grise, la main de la couleur du jardin froid, et j'avais peur que, ma tête enfonçant le matelas, y creusant une pente, la main morte soudain ne glissât vers mes cheveux, mon visage. J'aurais hurlé, je le crains. Mais les morts sont rigides. Ils n'esquissent pas de ces caresses inattendues. Et plus tard, cette année 1935 enfiévrée par la déraison de mes quinze ans, fugues nocturnes, mysticisme, haines soudaines et farouches, chaque soir je m'enfermais dans le salon de la rue Berthier où, toutes lumières allumées, comme pour un bal, j'allais théâtralement m'accouder à la cheminée devant une photo de mon père. Un genou posé sur le tabouret Louis XVI, je m'abîmais dans un bourdonnement vide où passaient des images du mort à la tête bandée, des résolutions, des tracas scolaires, et surtout une grande pitié pour moi-même, compliquée du souci d'offrir à ma mère un spectacle édifiant, ainsi affalé devant la photographie du capitaine en uniforme, prise en 1933 pendant des manœuvres à Mourmelon.

On n'a pas d'imagination devant la mort. Mes gestes, je les ai inventés à la fin de l'enfance. Mais alors qu'à quinze ans mon attention et mon chagrin se relâchaient, aujourd'hui je donne de la tête contre mon mal avec une obstination de dément. Les mêmes images, celles dont la blessure est immédiate, tournent sans cesse en moi, et j'enfonce la tête dans le dessus-de-lit, je la secoue dans un geste d'absurde dénégation, comme si l'on argumentait avec le néant, et je la replonge dans le lit qui a laissé s'évanouir le parfum de Claude, qui ne sent plus que la poussière, et dans la nuit et la poussière l'image m'attend. De moi à genoux, ce jour-là, au bord de la couverture écossaise, quand je posai une à une les pierres qui dessinaient, une à une, la forme de ton corps.

Cette image-là est la plus constante. La scène à laquelle tout me renvoie. Les sensations en sont fixées dans mon corps, mes mains : l'herbe spongieuse sous mes genoux, la dureté coupante et humide des pierres, une à une portées, mon dos courbé, toute cette sueur froide dans laquelle je tremblais. Parfois une autre image se substitue à celle-là : mon arrivée à l'auberge, le soudain silence, mes yeux fermés, le piétinement autour de moi. L'autre matin j'ai fermé un instant les yeux, parce que, assis face à la fenêtre, pendant le Comité, le soleil m'éblouissait. Aussitôt les voix se sont tues et le raclement des chaussures sur le sol, ou des chaises, a reconstitué le cercle des curieux. Odeur de l'arolle, craquement d'une allumette. Quand s'apaiseront les souvenirs? J'ai rouvert les yeux. Autour de la table ils s'étaient tus et me regardaient. Mêmes visages, même neutralité attentive et sévère. Yves secouait encore pour l'éteindre l'allumette qu'il venait de craquer. Aux réunions suivantes il avait disparu : il ne jugeait plus utile de venir rue Jacob aussi longtemps que je m'y incrusterais. Maxime ne se trompait pas : c'est lui, Mazurier, qui s'installera dans l'Alcôve le lendemain de mon éviction, en attendant que le service « domaine » d'*Eurobook* ait évacué les JFF de leurs deux vieilles maisons pour les installer enfin dans des locaux *fonctionnels*. C'en sera fini des recoins, des couloirs favorables à l'esquive et à la confidence. Ce sera mieux ainsi. J'étais seul à m'attendrir encore sur le salpêtre et les souris de la rue Jacob. Même Claude, qui n'avait pas vécu nos éblouissements de 1958, comprenait mal mon plaisir à me cogner la tête au fameux étranglement entre les deux bâtiments. « Ta madeleine... » disait-elle.

L'engagement de location pour le clapier de la rue de la Chaise est signé. Jeannot et les magasiniers se sont proposés pour le repeindre à leur façon, pendant les week-ends, « au noir ». C'est drôle de peindre « au noir ». Ils le disent sans sourire. Ils me parlent avec une nuance de familiarité qu'ils n'auraient jamais manifestée naguère, parce que je vais être vaincu et habiter un lieu médiocre. C'est leur façon de m'aimer : le patron a des malheurs. Alors que la mort de Claude les engageait à davantage de distance, ma prochaine défaite m'apprivoise. Je ne risque plus de mordre : on a pitié. Je ne sais plus si j'aspire au sommeil ou si je le redoute. Il est devenu le pôle de ma vie et son horizon, mon eau fraîche au bas du toboggan des heures. J'en vole un morceau à n'importe quel moment du jour. Le canapé de l'Alcôve, où n'ont jamais eu lieu les galipettes que suggéraient les échotiers, m'offre à volonté l'insondable plongée. Allumée, la petite lampe rouge tient Louvette à distance. Du moins je l'espère. Il a dû arriver qu'un impatient passât outre et me trouvât en train de ronfloter, déjeté sur le vieux cuir noir. Même la discrète Louvette aura fini par tirer de là des murmures. Pensez donc, un veuf! C'est respectable et vermoulu comme un meuble d'époque. Il a droit aux spectaculaires souffrances, aux défaillances dramatiques. Mais ces roupillons d'ivrogne... On a beau être habitué, dans le papier, aux dégueulis d'ivresse, aux bousculades et aux criailleries d'auteurs entre deux vins, mon personnage paraissait exclure pareils excès. On a commencé à répéter que je dormais tout le temps. La rumeur a remonté des bureaux aux bars et aux restaurants, des JFF à *Eurobook*, de la rue Jacob à l'avenue Kléber, accompagnée, au début, de la plus belle symphonie de conseils. Le lamento des crocodiles, l'affection exhalée, paupières indulgentes, bouche ronde, avec la première bouffée du Montecristo, dans les cabinets de Lapérouse ou de Drouant, et si l'on avait eu l'oreille fine on aurait entendu les pelles et les pioches creuser mon trou. Mais le président couvrait ces rumeurs désobligeantes de sa voix la plus famille, pour me conseiller Bangkok, Sri Lanka, la paix de l'âme. Ah, putain de misère, les doux salauds ! « Vous savez, mon cher Jos, l'estime, l'affection que nous avions tous pour Claude... Personne mieux que nous... La loi inexorable... L'échec prévisible, convenez-en, mais désolant, désolant ! du film de Demetrios... Nous avons toujours apprécié, rendu hommage, cherché à comprendre... »

Il était entre trois et quatre heures, sur le trottoir de ces avenues que le vent prend en enfilade ou le soleil à la verticale, selon la saison, agression nauséeuse, insistante, sous laquelle il me fallait composer mon visage à cause de ces yeux gris, soupçonneux, qui me guettaient, et des joues pleines – ah ! leur rose profond, riche, leur fragilité gorgée de sang où perlait toujours une légère rosée –, le vent ou le soleil, le parfum du havane, et à l'arrière-plan un chauffeur qui tenait entrouverte la portière d'une Peugeot couleur de glace au café. Puis les paupières retombaient sur les yeux curieux :

— Brutiger avait donc raison. Il est marqué...

Jeannot ne m'attendait jamais. Il est entendu qu'à l'issue de ses déjeuners « le patron aime à marcher », ainsi que disait Jeannot, style noble. Des rues qui montaient, toujours. Friedland, Wagram, Hoche ? J'ai le souvenir d'interminables escalades citadines, avec au ventre le feu des sauces et des petits bordeaux légers, cette torsion des tripes qui ressemblait peut-être à l'autre, au *malaise*, – et la voix de Claude soudain dominant le tintamarre des rues : « Est-ce assez idiot ?... » Ce malaise d'enfant, comme une mauvaise farce, une erreur de vocabulaire à partir de quoi la vie s'était arrêtée. Arrêtée. « Pourquoi ne pas commencer par la salade de queues de langouste ? Ils ont ici un vinaigre de xérès... » Je continue de bourrer une chaudière éteinte. Je remonte l'avenue Hoche, ou l'avenue de Friedland, je ralentis le pas, je baisse les yeux. Je veille à ce que ne m'échappe plus aucun de ces secouements de tête que pendant des mois j'ai opposés à la marée des images, comme si l'on disait non à la nuit quand soudain elle s'appesantit, désertée par le sommeil, hantée par les images : de la jambe tordue, de la peau bleue, des pierres une à une posées sur la couverture écossaise, des mottes d'herbe entre lesquelles ruisselait l'eau joueuse de juin. Des mois durant, ce geste de la tête, les yeux fermés, des mois durant, les lèvres serrées sur un vomi de supplications et de refus, l'attention de toutes les heures pour boucher les trous, se taire, se terrer, mais chaque matin on redécouvre qu'on n'avait pas rêvé. Le cauchemar n'était pas un cauchemar, c'était la vraie vie, ma vraie vie, branche sèche au feu, membres écartelés.

Pourquoi aller me loger dans cette oubliette ? Le lieu m'a tout de suite attiré ; j'éprouvais une sécurité en renonçant aux beaux décors dont la réussite m'avait donné l'habitude, pour retourner à l'un de ces logements sans âme, mais décents, auxquels me vouèrent successivement la solde du capitaine, le veuvage de ma mère, la guerre, la *gêne*. Mot qui explique tout : l'appartement de la rue de la Chaise suinte la honte des générations de petits-bourgeois qui s'y cachèrent. Moi aussi je n'ai envie que de m'y faire oublier. Non sans un peu d'ostentation ? Folleuse, au téléphone, a eu un mot féroce : « Pas le corbillard des pauvres, Fornerod, ça fait nouveau riche... » Il oublie que je n'ai plus *d'apparence*, ni à sauver, ni à ruiner. Depuis huit mois je suis exactement ce que j'ai l'air d'être. J'en ai fini avec les comédies. Une envie opiniâtre, butée, de rapetisser toute vie autour de moi, de réduire ma place sur la terre. Impression retrouvée, dès la porte franchie, rue de la Chaise, de ce rêve si souvent rêvé dans mon enfance, d'être lové, recroquevillé dans un gîte minuscule, un terrier chaud et obscur au-dessus duquel j'entendais les gros pieds du monde marteler le sol. Rêve du jeudi matin quand je m'éveillais replié dans un coin du lit, la tête sous les draps, me bouchant les oreilles aux bruits des pas dans l'appartement, des voitures dans la rue, aux menaces du jour. Ou encore j'étais allongé dans un étroit bateau, long et clos comme un cigare, qui filait entre les remous, les écueils, les algues, les périls, les grands sauriens tapis dans l'eau boueuse. Ivresse de se croire invulnérable et oublié.

Invulnérable, je suis en train de le devenir. Une fois traversées les quelques secousses prévisibles, plus rien ne pourra m'affecter. On me privera demain de la responsabilité que je m'étais donnée de faire travailler quarante personnes. Déchargé de ce fardeau, que pourrait-il m'arriver ? Je n'aurai jamais faim, jamais froid. Je ne souffrirai jamais d'ambition inassouvie ni de songes déchirés. Je n'ai plus envie de marcher sur ces chemins de montagne à l'horizon toujours dérobé. Il n'y a rien à voir au-delà de la crête. Le hasard n'a pas voulu nous faire mourir ensemble, Claude et moi : seul privilège qu'il me soit arrivé d'implorer, – mais auprès de qui ? De Qui, comme ils écrivent. Nous n'avions espéré que cette chance noire, cette chance négative. Nous n'avions pas besoin d'en parler. Le lendemain de ma mort était inimaginable pour Claude, comme pour moi le lendemain de la sienne, et pourtant je l'ai vécu, ce jour, minute après minute, dans l'inexorable banalité des formalités et des décisions à prendre, qui durcissait autour de moi, que je ne parvenais à disloquer que les instants où, enfermé dans la chambre au tapis rouge, je m'agenouillais au bord du lit. J'avais demandé qu'on étendît Claude sur la couverture écossaise. J'étais revenu en arrière, là-haut, comme nous commencions la descente, et l'avais ramassée ; je l'avais pliée et posée à côté de moi sur le siège de la Land Rover, humide, souillée de terre. Une femme de chambre de l'hôtel l'avait étendue au soleil, sur un fil, et brossée. Je l'avais vue faire par la fenêtre du couloir. Sur le moment je n'ai pas pensé aux gestes qu'ils avaient dû accomplir, ensuite, pour la disposer sur le lit. Les gestes... Les gestes des hommes pour déplacer un cadavre, fixés en nous par des peurs et des vénérations immémoriales mais que nous évitons, dont nous chargeons les autres, les hommes et les femmes des métiers de la mort. Depuis quelques semaines les questions interdites ont forcé ma peur et m'assiègent. Comment s'y sont-ils pris ? Se hâtaient-ils ? Redoutaient-ils mon arrivée ? Ont-ils saisi Claude par les jambes et les épaules ? L'ont-ils, un moment, posée à terre sur le tapis rouge ?

Au matin, rue de Seine (je dors sur le canapé du salon), les inventions de l'insomnie ont plus de densité que les souvenirs réels. Je confonds les unes et les autres. Lesquels ai-je vécus ? Lesquels, imaginés ? Le téléphone sonne, Madalena m'apporte le café, puis le courrier qu'elle pose sur la table basse, mais sous la table pourquoi ce tapis rouge, pourquoi sur le canapé une couverture écossaise ? et au sol ces grosses pierres plates, maculées, avec les traces verdâtres des herbes écrasées... Madalena me regarde, elle voudrait parler, m'encourager à lui parler. Le téléphone sonne une nouvelle fois et la voix grasseyante de Folleuse dissipe enfin et écarte les épaisseurs accumulées du silence. Il écume, il ricane. Il crie dans l'appareil comme il ferait à la tribune d'une réunion publique. Il rit, il jette ses énormités au hasard, – peut-être a-t-il même oublié à qui il parle ? Pourquoi m'appelle-t-il ? Sa protestation a fait long feu. On ne saura jamais si mes amis restés muets me trahissent ou redoutent Folleuse et ses outrances. J'ai reçu, moi, trois douzaines de lettres amicales, embarrassées et surtout *confidentielles*. Prière de ne pas donner de publicité à l'affection fidèle. On m'aime dans le secret des enveloppes closes. « Que cette péripétie professionnelle, que vous surmonterez, ne serve pas la mégalomanie d'un auteur qui n'avait même pas voulu, naguère, être des vôtres... » « A n'importe quelle autre initiative soyez sûr, cher Fornerod, que je me serais associé de grand cœur... »

Pour intempestive qu'elle fût, la tentative de Folleuse a au moins atteint un de ses objectifs : les journaux se sont emparés de mon affaire et l'ont rendue publique. On lit ici et là des échos, des informations, fausses ou prématurées, mais qui *allument la mèche*. Dans la plupart des journaux, et même dans l'un que contrôle *Eurobook*, on prend parti pour moi contre la puissance et l'anonymat de l'argent. Pardi ! Ils sont bien légers ! Ils s'indignent comme si mon intransigeance (ou mon erreur de jugement) n'avait pas coûté aux JFF un manque à gagner de dix ou douze millions. Quant aux *Distances*, même si le film « va à Cannes » comme on l'espère depuis quelques jours, il n'y remportera aucune médaille et ne *fera* jamais les six ou sept cent mille entrées escomptées. Il asséchera pendant un an une trésorerie que les banques rechigneront à couvrir. Je n'ai jamais su, comme on me le conseillait, « ouvrir un parapluie ». Quand vient un grain je me fais tremper. Au moment de l'échec de *Nos Idées* j'avais encore l'élasticité, l'élan de nos premières années. Aujourd'hui la tentation est forte d'abonder dans le sens de mes adversaires.

Les bureaux de l'Elysée fourmillent de vieux jeunes gens qui ont flirté avec la littérature. Tel et tel d'entre eux ont publié chez moi. Ils s'en souviennent et s'enflamment pour cette bonne cause dont j'offre les apparences. Ils parlent, et l'on commence à murmurer que « le Président s'est ému », qu'il « s'est étonné »... Emotion et étonnement ne feront frémir personne avenue Kléber, où l'on trouvera commode de manifester à bon compte l'indépendance du groupe vis-à-vis du pouvoir. « Le Président connaît-il le dossier Fornerod ? Il n'est pas fameux... » Une note discrète circulera, explicite mais anonyme, qui douchera les vertueuses indignations. Sans doute ce baroud d'honneur vaudra-t-il au film, en effet, de figurer dans la sélection française et d'être présenté au Festival de Cannes. C'était inespéré. A la Noirmont, on a changé de ton avec moi, mais ces machiavels de cinéma sont des enfants : ils vont boire dix jours de petit-lait et de champagne, feront leurs comptes et me tourneront le dos derechef. Louvette a reçu mission de dresser le barrage : je ne suis plus là pour Weinberg et consorts. Ils mettent ma dérobade sur le compte du chagrin, d'un abandon auquel on déplore dans Paris que je me laisse aller. Mais « Paris », qui est-ce ? Où est-ce ? En vérité, je coulerai dans l'indifférence de tous. Entrer dans le malheur ou la poisse, c'est entrer dans la solitude. J'avais cent fois constaté ce pouvoir qu'ont une ville, une profession, d'oublier ceux qui cessent d'y briller, ou simplement d'y paraître. On les redécouvre morts ou moribonds. Gémissements tardifs. Quand vont-ils se mettre à gémir sur moi ? Sans le froncement de sourcils élyséen les JFF me seraient arrachées dans la pénombre, en douce, comme autrefois dans les fermes isolées on achevait grand-père entre deux matelas.

La seule personne à qui je raconte volontiers les épisodes de mon agonie, parce qu'elle a le naturel de me poser des questions, c'est la mère d'Elisabeth, que sa fille n'appelle que « la belle Gisèle » et en qui rougeoient encore les langueurs et les braises des femmes longtemps convoitées. J'aime ces tissus souples.

Je l'avais appréciée, ce soir du 23 décembre où nous avions tous les trois attendu et regardé le premier épisode du *Château*. Elle n'avait proféré ni une niaiserie ni une amabilité. Les compliments adressés à Elisabeth étaient mérités. Pour le reste, elle avait eu la moue de qui en a vu d'autres (ou aurait pu en voir). La belle Gisèle avait l'œil lucide. « Il faut voir la suite », disait-elle. Et encore : « C'est *Confidences*, en plus méchant. » Elle me demanda :

— Cela va avoir du succès ?

— Enorme, dis-je.

— Eh bien tant mieux pour toi, Babeth. N'oublie pas : tu m'as promis Venise...

Et tournée vers moi :

— Quand je pense qu'il ne s'est jamais trouvé un coquin pour m'emmener là-bas !

J'avais apporté deux bouteilles de champagne que Gisèle Vauqueraud avait regardées d'un air las. Sa paupière paraissait toujours bleuir et tomber sur des réticences, du dégoût, mais tout de suite la gentillesse la ranimait. Elle parlait de sa vie – de la vie – avec une simplicité reposante. « Etre concierge... » disait-elle. Je sentais Elisabeth tendue, mais de minute en minute je la sentais aussi se rassurer. Je n'avais jamais vu autant d'amitié sur son visage quand elle le tourna vers moi :

— Alors, je suis acquittée ?

Je retourne de temps en temps rue Lhomond, parfois pour y chercher Elisabeth, parfois seul. Jusqu'à vingt ans on ose aller ainsi sonner chez ses amis sans les avoir avertis ; plus tard, on perd de sa spontanéité. Quand je vais chez la belle Gisèle je prends le trottoir d'en face, je m'arrête, j'observe les fenêtres du second. Mme Vauqueraud doit avoir conservé, du temps où pendant les absences de sa mère elle gardait l'immeuble de la rue d'Ulm, l'habitude de surveiller les allées et venues, car souvent elle m'aperçoit, ouvre une fenêtre, me fait signe de monter. A elle, rien ne paraît plus naturel que de me voir ainsi apparaître. Les voisines, autrefois, venaient sans doute bavarder, leurs cabas à la main, après avoir frappé au carreau. J'ai apporté quelques bouteilles rue Lhomond et Gisèle s'est mise à mes goûts. « Ah vous êtes bien comme Elisabeth ! » m'a-t-elle seulement dit. Elle continue de croire que je suis « l'ami » de sa fille, le donneur de conseils, et elle trouve le choix mauvais, j'en jurerais, mais elle apprécie mes visites et depuis bientôt dix ans elle ne se mêle plus des secrets d'Elisabeth. Cette complicité – moitié indifférence, moitié canaillerie – me fascine. Mes traînasseries, ma présence auprès d'Elisabeth, jusqu'à mon chagrin doivent lui apparaître comme les maux d'un interminable âge ingrat. Parfois j'aperçois l'adolescent en question entre deux cartes postales scotchées sur le miroir à glands, au-dessus du buffet, et je me tais brusquement. « Allez, me dit la belle Gisèle, cessez donc de vous ronger... »

PLAN GÉNÉRAL II

José-Clo n'aimait pas comment Blaise avait arrangé son appartement. Le jour où elle avait fini par le lui avouer, il avait ri. La phrase, dite sur un ton boudeur, dans le quart d'heure d'après l'amour, quand les amants contemplent la chambre comme un paysage –, donc la phrase était : « Je n'aime pas comment tu as arrangé ton appartement... » Puis tout de suite : « Pourquoi ris-tu ? »

Blaise : « On dirait de l'Aragon, tu ne trouves pas ? Ecoute : "José-Clo n'aimait pas comment Blaise avait arrangé son appartement..." Ce pourrait être dans *Les Beaux Quartiers*, ou *Les Cloches de Bâle*, du temps qu'Aragon désossait la phrase, pour faire peuple, vers 1935... »

— Tu étais né, toi, en 1935 ?

— Calcule...

— Oh, de toute façon, tu es vieux. Regarde ta peau, là, et là, je peux ramasser de pleines poignées de plis... Le succès te profite, comme aurait dit, non pas Aragon, excuse du peu ! mais la grand-tante Gohier, à Revin, autrefois. Celle qui savait tuer les lapins...

C'est après l'amour, classiquement, qu'ils se racontaient leur vie d'avant l'autre, chacun insistant sur ce qui peut faire un peu mal, mine de rien, histoire de vérifier son pouvoir.

Depuis bientôt trois mois qu'elle y habitait, José-Clo avait amélioré la rue Pierre-Nicole : « Le logement d'un prof de lettres, disait-elle, et dans les petites classes !... » Elle avait surtout renâclé, au début, devant les fauteuils péquenots, paillés, et l'air dont Blaise demandait : « Tu n'aimes pas les bois fruitiers ? » Non, elle les détestait. Et les dessous de pétrins, les faux bureaux en merisier, tout ce petit confort des intellectuels du temps de sa naissance. Elle n'aimait que le Louis XVI cucu des palaces, ou alors l'acier, les miroirs, le fer, les angles auxquels on se blesse, les sculptures hérissées et méchantes. « Si j'avais aimé les bois fruitiers, comme tu dis, je ne serais jamais partie avec toi. » Blaise l'écoutait, tranquille. Il agaçait José-Clo, parfois :

— Ne prends pas l'air de fumer ta pipe !

Blaise ne fumait pas, surtout la pipe, et il était assez sûr de sa silhouette pour se lever, nu, sans les enveloppements savants des don juans grassouillets. José-Clo le suivait de l'œil, satisfaite. Elle avait encombré les quatre pièces de lampes italiennes, de poupées hopi, de posters criards. Elle n'attendit pas vingt secondes : le bruit de la douche arriva de la salle de bain. Ce qu'il était propre, Blaise ! Elle se leva, nue elle aussi, s'aperçut dans le miroir de l'entrée. Vingt-quatre ans dans trois jours, et un front bombé de bélier. Sa pensée effleura le souvenir de Claude, jamais absent, le contourna, sauta par-dessus celui d'Yves et atteignit son but, qui était de réfléchir sur la solitude. Sa solitude. Les images et la pensée de son père, longtemps entretenues à grand soin, s'étaient assoupies au fond d'elle depuis dix ans. La rue de Seine était devenue sa maison, plus que Louveciennes, qui lui apparaissait comme une de ces coques vides qu'on loue pour y « recevoir ». Elle avait traversé sans crise ni orages les années de son adolescence et oublié de détester Jos ou de jalouser Claude. Il avait fallu la maladie de sa mère pour qu'elle se mît à considérer Fornerod avec une colère piaffante et incrédule. Elle ne lui pardonnait pas d'avoir trop vite renoncé, entre le 10 et le 13 juin, à les joindre, Yves et elle. Elle eût trouvé, elle en était sûre, un moyen de revenir, même du bout du monde, d'être là à temps pour voir la boîte descendre dans la boue de l'affreux cimetière de Revin. Au lieu de quoi elle ressassait depuis des mois le remords qui fermentait en elle. Le 13 juin : le plus beau jour de cette randonnée à ski, dans les Andes, avec le guide chilien trop doux, trop beau, qui prodiguait à Yves des soins un peu mortifiants. Yves qui avait voulu cette escapade au Chili, « notre dernière chance », disait-il. José-Clo le quittait, revenait, repartait, vivait entre Borgette et lui avec un naturel qui le stupéfiait. Elle lui avait offert ces quelques jours comme une aumône. Pauvre Mazurier ! Il avait mal supporté l'altitude. Il trébuchait, tombait. Le moniteur prenait soin de lui comme d'un vieil enfant. José-Clo, glacée, savait qu'à Paris elle s'installerait chez Blaise, sans retour. Les eucalyptus, la lente approche de la montagne couleur chocolat, et soudain les masses incroyables de neige, le chalet devant lequel piétinaient des mulets. Tout cela tournait dans la tête de José-Clo. Elle avait passé au refuge (on lui avait prédit qu'à plus de trois mille mètres elle ne dormirait pas) une nuit interminable. Pas un rêve. Aux heures, exactement aux heures où là-bas le cortège montait vers le cimetière dans la douceur du printemps ardennais, et où les gens – ah elle les voyait, elle voyait leurs visages.. – se penchaient sur le caveau et y jetaient des roses. Personne en France ne savait où étaient les Mazurier. Hubert Fléaux, plus tard, afin de l'apaiser, lui avait raconté Pontresina, l'égarement de Jos, la course en voiture derrière le fourgon mortuaire, mais rien ne pourrait jamais aider José-Clo à oublier l'oubli de Jos, ni comment il s'était isolé dans sa peine, ni comment il avait voulu montrer que Claude était à lui, rien qu'à lui, et José-Clo le lui pardonnait moins facilement que cette discrète distance à laquelle, pendant douze ans, le couple Fornerod l'avait tenue.

— Ils s'agitent, à *Eurobook*, tu le sais ?

Blaise revenait, les reins serrés dans une serviette, les cheveux recoiffés avec une négligence de bon aloi.

— Brutiger m'a téléphoné. J'évite d'aller rue Jacob...

— C'est à couper au couteau, là-bas, paraît-il. Mais ils sont décidés à en finir.

— Qui, « ils » ?

— *Eurobook*, Largillier, les gens de la promotion, plusieurs auteurs... Le coup d'intimidation de Folleuse les a exaspérés et rejetés dans le camp de Brutiger.

— Alors ?

— Alors il faudrait quand même savoir ce que vont faire Sabine et Dubois-Veyrier. Ils sont comme cul et chemise, c'est eux qui détiennent la solution.

— On dit...

— ... On dit n'importe quoi. Et si ce qu'on dit est vrai ton mari – il est encore ton mari ! – se retrouvera maître du jeu. *Le Cyrano* restera neutre, Mazurier se livrera à Largillier et on lui offrira un fauteuil. C'est ce que tu souhaites ?

— J'ai quelque chose à souhaiter ?

— Tu es la seule à pouvoir toucher Sabine.

— Depuis des années je ne la vois presque plus. Tu sais, c'était compliqué...

— Ça ne l'est plus. Et ne voulais-tu pas aller à Revin ?

— En somme, tu me demandes d'aller là-bas et de parler à tante Sabine, c'est ça ? Alors explique-toi. Je ferai ce que tu me demanderas, encore faut-il me le demander...

José-Clo avait mis du temps à comprendre ce que Blaise attendait d'elle. Quand enfin il lui avait parlé, ce jour où il avait l'air de porter un pagne en sortant de la salle de bain, elle avait ressenti un pincement. Au cœur ? Au ventre ? Elle n'était pas une vraie adulte si elle s'offusquait d'entendre traiter d'affaires après l'amour. Elle ne détestait pas Yves. L'ayant quitté, humilié, fallait-il encore qu'elle le privât de la vengeance qu'il mijotait ? Elle était choquée – très légèrement, très vaguement, un malaise – que Blaise lui demandât d'accabler Yves. Car c'était de ça qu'il s'agissait, non ?

Elle partit pour Revin un peu plus tôt que prévu, et indécise. Elle n'était encore décidée à rien au moment où, devant la gare de Charleville, elle s'installa dans la voiture de location. Un orage menaçait. Il éclata à Bogny-sur-Meuse. Les essuie-glace ne balayaient pas assez vite les gouttes énormes. Les camions, phares allumés, surgissaient du déluge. José-Clo arrêta la voiture sur un terre-plein de ciment où se dressaient deux pompes à essence abandonnées. La pluie martelait durement la carrosserie. La jeune femme alluma une cigarette. « Récapitulons, murmura-t-elle. Sous le prétexte d'une visite au cimetière, visite dont la seule idée me fait horreur, je vais demander à celle que Jos a aimée, puis trompée avec ma mère, de ne pas aider l'homme que j'ai aimé, puis trompé... Tout cela n'est guère convenable. Je devrais faciliter la vie d'Yves, et voici que je pars en guerre contre lui. Et contre Jos aussi je suis en guerre, si je rallie la coalition de ses ennemis. Maman ne me pardonnerait rien de tout cela, et pourtant je vais l'accomplir parce que Blaise me le demande et que Blaise a désormais plus d'importance que Jos, que mon ex-mari, que le souvenir de maman... Je suis soumise et têtue, – une petite femelle : je convaincrai tante Sabine. Depuis dix mois je me vautre dans des choses écœurantes et jamais la vie n'avait été aussi succulente. » L'orage cessa brusquement, le ciel se déchira sur un soleil cru. José-Clo accéléra afin d'arriver à l'heure pour le déjeuner. Le vieux Monsieur Gohier avait l'appétit et la ponctualité des octogénaires.

La maison était toujours aussi sévère et belle, mais on avait abattu deux des séquoias de la façade, et à l'arrière-plan on voyait se dresser, incongru, un petit immeuble. Des ennuis d'argent ? Sabine l'attendait sur la terrasse, l'embrassa. « Comme tu ressembles à Claude », murmura-t-elle. Elle était enjouée, naturelle. « Les parents ont bien vieilli », dit-elle aussi. « Ils sont comme les séquoias, pensa José-Clo, la prochaine fois on les aura abattus... » Elle n'aimait pas ces regards insistants et impudiques des sourds posés sur elle. Les Gohier n'avaient rien pardonné à Claude ni à Jos, et ils ne comprenaient pas l'intrusion de José-Clo. Ils le montraient, en silence. Mme Gohier fit un lapsus : elle appela Jos « ton père ». Sabine sourit.

Après le déjeuner elle prêta des bottes à José-Clo et elles partirent en forêt. Il faisait sombre, sous une chaleur lourde. Elles se taisaient. Elles parvinrent « aux trois cèdres », le but de toutes les promenades, aussi loin que remontât le souvenir. On voyait la vallée, la Meuse, des fumées. « Je t'emmènerai au cimetière tout à l'heure. »

Sabine facilita la tâche de José-Clo en posant la première question :
— Jos est vraiment fichu ?
— On dit que oui. Et qu'il n'a plus envie de se battre.
— Il a beaucoup aimé ta mère.
— Vous savez qu'Yves et moi...
— On me l'a dit. Que souhaites-tu que je fasse ?

— A propos de quoi ?

— Des actions, bien sûr ! De quoi es-tu venue me parler sinon des actions ?

Sabine, du bout d'une branche morte, troublait le labeur d'une colonie de fourmis. Elle continua, la voix neutre : « Ton mari me tarabuste depuis trois mois ; il harcèle même parrain, qui est un vieux monsieur... Les veux-tu, toi, ces parts ?

— Et ensuite qu'en ferais-je ? Et puis je n'ai pas d'argent...

— Ah oui, l'argent !

— Blaise pense que peut-être...

— C'est sérieux à ce point ?

Elle examina José-Clo avec attention. Elle pensait à ces femmes qui prennent, brisent, choisissent, repartent. Elle avait appartenu, elle, à la race des chèvres, qui broutent là où est planté leur piquet. La petite était mal à l'aise. Sabine eut pitié d'elle : « Je vais écrire à Borgette et lui indiquer le prix que m'a offert ton mari. S'il peut réunir la somme... Quant aux parts de Dubois-Veyrier, je préfère le laisser libre de les vendre à sa guise... » Elle se retourna vers José-Clo : « Tu devines que tout cela n'est pas très... très apaisant pour moi. J'étais sûr que Jos ne se battrait pas, je le connais bien. Toute cette aventure lui ressemble. Vois-tu, j'ai aimé Claude, comme on aime une cadette plus dure et plus avide que soi, et j'ai aimé Jos comme on aime son premier homme, presque le seul... Pourquoi aurais-je cessé de les aimer parce qu'ils se sont reconnus, trouvés, aimés à leur tour ? Tout le monde ici m'a prise pour une gourde quand je refusais de maudire les années " perdues ". Perdues pour quoi, pour qui ? Si tu savais comme nous nous sommes amusés, Jos et moi ! Te parle-t-il quelquefois de ce temps-là ? Les années 52 à 62, à peu près, notre décennie glorieuse ! Mon bureau, rue de La Harpe, donnait sur un puits, et sur le puits également s'ouvrait la cuisine du Grec, notre voisin du rez-de-chaussée. Il m'est arrivé, un soir d'été, de voir un chat et un rat (le chat maigre et le rat obèse) guetter ensemble, réconciliés, au fond du boyau, la pitance dont n'auraient pas voulu les clients. Je n'en ai rien dit à Jos et nous avons continué de descendre chez Papas prendre nos déjeuners... Deux cents francs d'alors, c'est-à-dire deux francs... Un jour ma mère est arrivée à l'improviste, elle est venue nous surprendre chez le

Grec, elle était horrifiée. Le succès de Gilles, comment te dire ? nous a paru presque naturel, à moi en tout cas, j'avais une telle confiance en Jos ! Cela te fait rire ? Pardon de te dire ça mais les tromperies, les coucheries, tu sais, ce n'est pas un sujet de tragédie... Il est bien, ce Blaise ? Dans mon souvenir il est flou. J'ai recherché ses premiers livres mais je ne les ai pas trouvés. Son feuilleton, j'ai adoré ! En province nous sommes sans malice... »

Les points de suspension des confidences de Sabine ponctuèrent les deux journées que passa José-Clo à Revin. On lui avait donné, sans le lui dire, la pièce biscornue que les bonnes appelaient toujours « la chambre de Mme Claude ». Il est vrai qu'elles étaient âgées. Mme Gohier, frêle, hostile, posait à José-Clo des questions sur ses examens comme si elle eût été une gamine. « Mais c'est une femme, maman, presque une dame ! Pense donc, elle est déjà en train de divorcer... » L'indignation et la maladie de Parkinson agitaient la tête de Mme Gohier d'un tremblotement perpétuel. Les fenêtres étaient ouvertes sur un printemps hâtif où voletaient ces papillons oubliés à Paris. José-Clo s'enferma dans la bibliothèque et appela Blaise : « Ne me laisse plus jamais seule, Blaise... »
— Un galant ?
— Non, la tristesse.
— Et nos affaires ?
— Si tu as des sous, elles sont résolues.
— J'en ai, ma belle, j'en ai !

En embrassant Sabine, au départ, José-Clo pleurait. « Toi aussi je t'aurais aimée, comme ta mère, lui dit Sabine. Mais je ne suis pas sûre de te revoir souvent à Revin. Ne t'inquiète pas pour le cimetière, j'y veille. » Elle éclata de rire, ce qui fit paraître mélodramatiques les larmes de José-Clo.

*
* *

Fornerod emménagea rue de la Chaise pour le terme du 15 avril. Le surlendemain, José-Clo vint le voir. Elle lui avait arraché ce rendez-vous. Entre eux, qui avaient été douze ans comme père et fille, le silence s'était installé. Les cartons de livres encombraient le salon où quelques meubles qu'elle avait toujours vus rue de Seine parurent à José-Clo méconnaissables. Dans un désordre de catastrophe, au milieu des tapis roulés, une dizaine de photos de Claude, toutes encadrées d'argent, étaient posées sur une table, essuyées, brillantes. Jos tenait encore la peau de chamois à la main quand il vint ouvrir à José-Clo. Il resta à un mètre d'elle. « Je ne t'embrasse pas, je suis crasseux... »

La jeune femme, incrédule, regarda autour d'elle, incapable de courtoisie. « C'est laid, hein ? » constata Jos. Elle n'avait fait, depuis deux mois, que le croiser dans les couloirs de la Maison, où elle évitait de traîner. Elle n'y était plus allée du tout depuis quinze jours : le coursier déposait et reprenait rue Pierre-Nicole les manuscrits que Brutiger voulait qu'elle lût.

— Il faudra mettre des rideaux, des voilages, dit-elle, avec un geste vague.

En un an les taches de vieillesse s'étaient multipliées sur le front et les mains de Jos, sa peau s'était collée aux os, ses yeux avaient pâli. « On vieillit de façon si banale ! » ! pensa José-Clo. L'image des séquoias de Revin la traversa. Jos était en manches de chemise, les doigts poissés de poussière, de la sueur aux tempes. Il dégagea deux fauteuils et en montra un du geste, sans proposer une visite de l'appartement.

— Tu vas me trouver indiscrète...
— Tu viens me parler « affaires » ? demanda-t-il en insistant comiquement sur le mot. Puis tout de suite son visage redevint indifférent. « Je t'écoute. » Il avait repris un des cadres anglais et l'essuyait. José-Clo voyait la peau de chamois passer et repasser sur le sourire de Claude. Claude sur le pont d'un bateau, en 75, à Rhodes. Ou en 77, à Port-au-Prince.

— J'ai vu Sabine à Revin. Elle ne vendra pas ses parts à Yves. Ni à *Eurobook*.
— A qui, alors ?
— A Blaise.
— Blaise fera alliance avec *Eurobook* ? Contre moi ?
— Oui.

Il avait toujours été ainsi Jos, incapable de laisser un détail dans l'ombre, précisant et appuyant tout ce qui pouvait faire mal. Il dévisagea José-Clo. Chacun de ses traits altéré, les yeux gris et étrécis, il demanda :

— Pourquoi es-tu venue me parler de cette saloperie ?

José-Clo, glacée, s'aperçut qu'elle avait espéré dieu sait quelle complaisance de Jos, une scène molle et attendrie. Au lieu de quoi, cet ennemi...

— Sabine, à la rigueur, aurait pu me parler, ou Borgette. Mais toi !

Il se leva, alla chercher des cigarettes sur la cheminée, en alluma une. « Il ne fumait plus depuis vingt ans », pensa José-Clo. Elle regarda ses doigts : ils n'étaient pas encore jaunis. A ce moment on sonna et Jos alla ouvrir. C'était Jeannot et un emballeur : ils apportaient un petit meuble, un classeur de notaire que José-Clo avait toujours vu dans l'Alcôve. « On le met où, Patron ? »

Quand ils partirent, Jos s'était apaisé. Il parla sur un ton neutre, comme il eût fait dans son bureau ou au comité. « Dubois-Veyrier vendra à ton mari ; il vient de me l'écrire. Mais il n'est pas pressé. Borgette le prendra de vitesse : c'est à lui que Largillier devra quelque chose, pas à Yves... Ce n'est quand même pas ma place que veut Borgette ? Il n'en a plus besoin ! »

— Non, bien sûr !

Jos parut ne pas l'entendre. Il réfléchissait. Il écrasa sa cigarette, en alluma une autre. Il inhalait la fumée avec l'application d'un sportif faisant un exercice respiratoire. Soudain : « Demande à Borgette de ma part, veux-tu, d'appuyer ton mari. Enfin, ton ex-mari, bientôt. Il sera le moins dangereux. Dis-lui que je ne lui en voudrai pas. Mais il faut faire barrage à Brutiger et à sa clique. Ils puent, ceux-là. Borgette a été loyal dans toute l'affaire. Dis-lui de n'appuyer, après mon élimination, que la candidature Mazurier. Tu es d'accord, toi, au moins ? Tu lui dois bien un cadeau d'adieu à Mazurier ! »

Quand elle redescendit les deux étages, les jambes de José-Clo tremblaient. Elle avait raté son départ ; elle avait raté toute sa rencontre avec Jos. Elle lui avait planté deux baisers idiots du côté des oreilles, comme à un adolescent rétif. Il n'avait pas souri. Quand il avait refermé la porte, son regard était déjà baissé et José-Clo n'avait pas pu le croiser. « Que va-t-il faire ? se dit-elle. Va-t-il continuer d'astiquer les cadres autour des photos de maman ? »

Jos jeta la peau de chamois sur un fauteuil et alla se laver les mains, le front, passer une chemise propre. Quand il se sentit rafraîchi (il eût fallu un long bain pour se nettoyer tout à fait après la visite de José-Clo), il fouilla dans un carton et en sortit du papier à lettres à son nom et des enveloppes. Il trouva sa vieille machine à écrire dans l'entrée, sous une valise. Il avait trois lettres à faire. Il les tapa sans avoir rédigé de brouillon, s'arrêtant de temps à autre pour choisir un mot. Il avait hâte d'en finir et, malgré l'impression qui le gênait d'agir trop vite, sous l'empire d'une émotion malsaine, il savait qu'il ne serait pas en repos avant d'avoir glissé les lettres dans leurs enveloppes. L'une était destinée au président Le Nain, l'autre à Folleuse, la dernière à ces deux professeurs (ou journalistes ? on ne sait plus trop aujourd'hui), qui avaient commencé d'écrire sur les JFF avec une application de comptables ou de chiens fidèles. Il dut chercher leurs noms dans un carnet, après avoir cherché le carnet, ce qui lui prit du temps et donna loisir à l'incertitude de le submerger.

Au président, Jos Fornerod expliquait son intention de ne pas s'accrocher à son poste et même, si on le lui demandait, de faciliter ce qu'il appelait « la passation des pouvoirs ». Il ajouta qu'il n'agissait pas ainsi pour « sauver la face » ni pour « garder l'initiative », mais parce qu'il était fatigué et qu'il aspirait au silence. Il hésita un moment avant d'employer le mot « silence », qui lui paraissait bien subtil. Finalement il le fit et donna à la fin de sa lettre un tour personnel, presque cordial.

A Folleuse, qu'il remerciait de son intervention malheureuse, il avoua que l'échec de la protestation l'avait blessé, bien qu'il prétendît s'être attendu à cet échec et au lâchage de ses amis. Il veilla à n'être pas trop empressé : Folleuse dévorait de baisers quiconque lui abandonnait un regard et, dans l'étreinte, il étouffait sa proie.

A Muhlfeld et Angelot (il écrivit à Muhlfeld, Angelot n'ayant pas un nom à lui inspirer confiance), il suggéra « de publier dans un journal sérieux une information enfin exacte sur les changements qui allaient, sous peu, affecter les JFF ». Il annonça son départ, sans dissimuler qu'il serait dû à la défiance des actionnaires, livra quelques chiffres qui illustraient la situation de la Maison et indiqua à la suite de quelles erreurs d'appréciation il avait perdu la confiance qu'auparavant on ne lui avait jamais mesurée. A chacune des précisions qu'il formulait – il essayait de le faire avec clarté et sans passion – il lui semblait donner un nouveau tour de clé à la porte qu'il refermait sur son passé. Si Muhlfeld et Angelot (à qui il proposait une rencontre) publiaient rapidement les informations qu'il leur livrait, il prendrait tout le monde de vitesse mais, dans le même mouvement, hâterait sa fin et ruinerait toute chance de redresser la situation.

Il relut sa lettre trop vite, ne corrigea pas les quelques mots qui lui déplaisaient, tant par horreur des ratures que pour ne pas perdre dix minutes de plus à expliquer et justifier trente ans de sa vie. Il bouillonnait d'une sombre satisfaction en tirant la langue pour coller ses enveloppes. Pour la première fois depuis trois mois il avait l'impression de remporter une victoire, au moment où il signait sa condamnation. On avait bien raison de douter désormais de son sérieux. Il enfila une veste, noua un foulard autour de son cou et alla porter ses lettres à la poste de la rue du Four. Quand il les eut jetées à la boîte il s'aperçut qu'il n'en avait ni double ni photocopie. Il s'arrêta au coin de la rue de Rennes, ébranlé, sans voir des gens qui le reconnurent et le saluèrent. « Soyons honnête », se dit-il : il avait pensé, en longeant la rue de Sèvres, qu'il devait rouvrir ses enveloppes et faire tirer des photocopies de sa prose dans une papeterie. Mais, outre qu'il craignait d'y être reconnu (et alors ?...), l'idée de gâcher trois timbres l'avait arrêté dans son élan. Cela ne l'étonna pas trop : il lui était arrivé, à dix-huit ans, de perdre une petite amie par flemme de rouvrir une enveloppe pour barrer le mot blessant qu'il avait écrit, qu'il avait laissé accomplir ses ravages. « Je tombe, pensa-t-il, et quand on tombe on ne s'arrache pas les ongles en agrippant les buissons. »

*
* *

Muhlfeld et Angelot furent reçus rue de la Chaise, où Jeannot avait passé son dimanche à mettre de l'ordre. Ils ne jetèrent qu'un coup d'œil indifférent au décor et installèrent un magnétophone sur la table. Angelot prenait des notes pendant que Muhlfeld posait les questions. Ce n'est pas eux qui auraient oublié de garder copie de leurs épanchements. Deux jours plus tard leur article parut dans *Le Monde*, sous le titre « Fin d'une époque aux éditions JFF ». Le sous-titre était : « Joseph Fornerod quittera sous peu la direction de la maison qu'il a créée il y a trente ans ». Seule la première phrase – « *L'illusion lyrique* a vécu rue Jacob » – manquait à la neutralité sérieuse à quoi s'étaient appliqués les auteurs. Toutes les informations fournies étaient si fidèles aux confidences de Jos que celui-ci se demanda si Muhlfeld et Angelot avaient respecté la règle d'or du journalisme et vérifié auprès de la partie adverse chacune de ses indications. Le coup de téléphone qu'il reçut de Largillier, dès trois heures, le renseigna : ses interlocuteurs avaient négligé de faire confirmer ses affirmations par les intéressés. Profs, décidément, plus que journalistes. Avaient-ils deviné son intention ? En tout cas ils l'avaient servie. Jos savait qu'on aurait beau nuancer ou démentir ses déclarations, celles-ci conserveraient le poids que confèrent l'initiative et l'antériorité. On l'avait tout de suite compris avenue Kléber et Largillier, au téléphone, fut violent. Il parla d'incorrection, d'irresponsabilité. Jos éloigna un peu l'écouteur de son oreille et, au bout de quelques secondes, raccrocha. Il se demandait pourquoi il avait depuis huit jours renoncé à sa passivité et agi de la sorte. Etait-ce seulement la hâte que tout fût terminé ?

Les premières chaleurs du printemps pesèrent sur Paris. Le logement de la rue de la Chaise révéla des fraîcheurs de cave. Tout alla très vite. Le conseil était convoqué pour le 28 avril : Le Nain et Largillier y vinrent avec pour seule arme (outre des chiffres...) l'interview signée par Muhlfeld et Angelot. Entre leurs mains elle devint un dossier accablant, qui permit d'éliminer Jos en moins d'une heure. Il fut néanmoins traité avec une déférence qui l'amusa. Ses adversaires avaient prévu pour lui des hochets : la « présidence d'honneur » d'un nuage, une place au conseil d'administration des songes. Jos ayant annoncé d'entrée de jeu qu'il refuserait les jouets posés devant la cheminée, les magots respirèrent. Ainsi, son élimination ne serait même pas coûteuse ? Soulagés, ils prodiguèrent hommages et remerciements. On se sépara en pleine comédie. Jeannot, averti, déménagea dans l'après-midi les quelques affaires personnelles que Jos avait préparées et emballées dans l'Alcôve. De sorte que Brutiger et Mazurier, vers cinq heures, quand ils poussèrent la porte du petit bureau à recoins et à boiseries, le trouvèrent aussi inhabité et vide que si Jos Fornerod l'eût quitté depuis un an. Eux aussi respirèrent. Il y eut de proche en proche, de « Kléber » à « Jacob », une vague de soupirs, y compris ceux des employés sentimentaux qui payaient ainsi leur tribut de gratitude à Jos. Mais ces soupirs durèrent peu : aucune entreprise ne regrette longtemps les patrons vaincus. Yves Mazurier avait été chargé d'une « mission exploratoire » : on le nommerait à la présidence avant l'été.

BRETONNE

Ah ! je vois bien comme nous sommes ridicules ! Nous chipotons pour une virgule mal placée, un voisinage désobligeant, mais nous laissons un ami sans secours ni conseils. Quand Fornerod était venu me consulter à Englesqueville (consulter est un mot trop pompeux), je lui avais conseillé l'épreuve de force, et de ne pas transiger dans cette affaire d'argent et de télévision qu'on lui reproche aujourd'hui d'avoir négligée. En somme, je lui avais fait la suggestion la plus périlleuse. Il l'a suivie, et ce choix l'a condamné. A quoi rimerait de le « soutenir » aujourd'hui après l'avoir poussé vers le plus grand risque ? Je me rappelle comme j'avais été irrité d'apprendre par un journal, quelques jours après la visite de Jos en Normandie, le prochain tournage des *Distances*. J'avais presque accusé Fornerod de dissimulation. Mais ce projet pouvait retourner la chance et il fallait souhaiter sa réussite. Par un hasard étonnant me voilà en mesure aujourd'hui, presque deux ans ayant passé, de concourir au succès ou à l'échec du film de Demetrios. J'ai accepté à contrecœur de sortir de mon travail pour présider le jury du Festival de Cannes. Rien ne me ressemble moins que l'exercice de ce magistère cosmopolite et mondain dont certains écrivains se font une friandise. Ces responsabilités me troublent et me laissent désemparé ; je les prends trop et trop peu au sérieux.

J'avais donné mon accord depuis plusieurs semaines quand la sélection des films français proposés à la compétition a été connue : j'ai appris avec embarras que *Les Distances* en feraient partie. On a beaucoup murmuré que l'œuvre manque d'éclat ; que seule l'intervention du Président, qui est lettré et souhaitait marquer sa sympathie envers Fornerod, a convaincu une commission réticente. Fornerod ne m'a fait aucun signe. Se soucie-t-il encore du sort des *Distances* dans le moment où il doit abandonner sa maison ? Le succès, si succès il y a, arriverait trop tard, et si je comprends ces problèmes d'intendance auxquels Fornerod essayait certain soir de m'intéresser, un peu d'argent gagné dans une coproduction, et même vingt ou trente mille exemplaires du roman de Fléaux vendus au cours des prochains mois, ne sauraient faire oublier ces millions que l'on accuse Fornerod de n'avoir ni su ni voulu gagner.

*
* *

On m'a reçu et l'on me traite ici avec des égards que je sens trop stéréotypés pour y être tout à fait sensible. J'ai obtenu qu'on ne m'imposât pas d'habiter le Carlton, où fermente une foire permanente. On m'a logé sur les hauteurs du Cannet, dans le silence, et un salon attenant à ma chambre me permet de me rassembler quelques instants sans être obligé de contempler mon lit défait, spectacle déprimant. Le chauffeur mis à ma disposition pour faciliter mes allées et venues conduit avec une brutalité exaspérante. J'arrive aux projections le cœur battant. Heureusement il est très beau, de la beauté sommaire et en quelque sorte *hâtive* que tout en l'admirant je redoute. Si Klaus, comme il en était question avant mon départ, vient passer quelques jours auprès de moi, nul doute qu'il ne prenne ombrage de la présence de ce Domenico. De sorte que je ne sais plus si je dois ou non souhaiter que se réalise ce projet sur lequel, au téléphone, j'évite de m'étendre. Il est vrai que Klaus m'épargnerait telle ou telle interchangeable voisine de table dont la peau, bleue à force de hâle, poncée, imprégnée de laits rares, transforme pour moi chaque souper en exotique épreuve. J'ai perdu ce pouvoir de rire et d'être cruel qui allégeait ma jeunesse. Klaus, à défaut de me la rendre, m'offre le spectacle d'une méchanceté et d'une gaieté semblables aux miennes d'autrefois, ô souvenirs !

Je tiens aux privilèges de ma présidence. Trop, sans doute. Au point d'imposer mes airs de roi outragé aux messieurs des grandes compagnies (on les appelle ici les *major* – accent anglais) qui me serrent d'un peu trop près. J'ai la vertu farouche. Tonio, qui jouait au football ou au rugby, je ne sais plus, dans une équipe connue, me parlait des « gros pardessus de la Fédération ». On désigne ainsi, dans les vestiaires, les affairistes du sport, les organisateurs de matches, tous ces fumeurs de cigare qui profitent, parasites obèses et obscènes, du talent, de la forme, de la beauté des jeunes hommes. A peine arrivé à Cannes je me suis souvenu de la formule de Tonio. Ici aussi règnent les « gros pardessus », à peine plus jolis à observer que leurs homologues des stades. Ici aussi le cheptel vif des affaires est constitué par ces jolis animaux aux yeux fous, aux cheveux mouvants, garçons et filles qui n'ont que deux brèves semaines pour inspirer confiance ou désir, et dont le charme oblique, patient, me fascine. L'envie et le mépris passent sur les réunions, les cocktails, les soupers, sur le pont des yachts, à la terrasse des bars, en ondes lourdes, comme l'air moite que brassaient dans les colonies d'autrefois les pales des ventilateurs. L'effroi qu'on devine dans certains regards point le cœur. Seuls paraissent à l'aise quelques vieux lions et lionnes dont soudain le visage, tellement connu, et parfois depuis trente années ou davantage, nous saute aux yeux, à la fois évident et méconnaissable, infiniment plus ravagé, buriné qu'on ne l'imaginait, et ruisselant en même temps d'une *jeunesse* triomphante. Souvent les vieux lions sont américains. Des seigneurs. Leur gloire est visible, logique, de droit princier. Démarche et dents de fauves, yeux de ces couleurs inclassables, aquarium ou pierre dure, qui font la photogénie, écrasante habitude de la séduction. Eux ne craignent plus rien. Ils sont richissimes, hors de portée de la jalousie et de la concurrence, entourés d'une cour de secrétaires et de diététiciens, habitués des grandes ventes, et ce Van Gogh célèbre, où est-il ? Ne cherchez pas : sur les murs de leur maison californienne ou de leur résidence londonienne. Les hommes, dans ce troupeau, l'emportent évidemment sur les femmes en longévité et en insolence. Rares sont les comédiennes à oser accepter, en vieillissant, ce masque d'autorité, cette laideur avide et provocante que produit la tératogénie de la gloire.

La pauvre équipe des *Distances* a commencé de se faire voir dans les deux jours précédant la projection du film. Si française, si *province* malgré Demetrios et quelques comédiens étrangers, elle ne pèse pas lourd dans le cirque des lions. Le metteur en scène a l'air d'un frêle artisan vêtu de toile bleue et de formules magiques. Les réalisateurs américains, eux, sont des athlètes boucanés, des ogres au rire tonitruant, ou de cinglants jeunes gens comme en distillent les sociétés riches et suicidaires. Luigi Demetrios s'époumone à proclamer des intentions, des théories, des colères. Locatelli, en pape hilare peint par Bacon, ou plutôt en cyclope, car il garde un œil fermé du côté où fume le havane, l'écoute, ironique, colossal. Des Allemands aux allures de voyous, cheveux raides, longs et sales, louchent du côté des magnats américains. On voit aussi passer des beautés en sari, des fonctionnaires de l'Est rectangulaires, deux ou trois Anglais en tweed mou sur des maigreurs décadentes, les seins de la Lennox semblables à ceux qu'on aperçoit par les portes entrouvertes des maternités, des Espagnols aux fesses serrées, des lyriques, des barbares, des furtifs, des Cubains encadrés de gogos de chez nous, et par bancs entiers les goujons français, le fretin, hargneux mais inséparables puisque, ne se connaissant qu'entre eux, ils doivent renoncer à frayer avec les brochets internationaux qui les croqueraient sans les avoir reconnus.

Je ne vois pas le film de Demetrios bien parti. La plupart des jurés ignorent l'œuvre de Fléaux, et la seule à connaître son nom, une journaliste italienne, n'a pas lu *Les Distances*. Elle ne dispose donc pas des références ni des vénérations qui, entre Français et entre écrivains, feraient bénéficier le film d'un préjugé favorable. Pour elle il ne s'agit que d'une de ces éternelles et intraduisibles prouesses littéraires comme la France, vieille bavarde, est condamnée à en produire jusqu'à épuisement de ses sources. Et moi j'aimerais ça par simple complicité d'espèce, par esprit de corps. N'a-t-elle pas raison ? On me fait comprendre, dans le jury, que j'occupe le fauteuil du président pour ces mêmes raisons qui poussent les Français à sélectionner le film de Demetrios, et moi à l'aimer. Les gens sérieux sont les *techniciens*. Il y a là un terrible Allemand à la peau grise, aux yeux gris derrière les cercles d'acier de ses lunettes, grand buveur de vin blanc, qui est une encyclopédie. Il connaît tout, et tout lui gâche tout, de sorte qu'il paraît détester le cinéma avec une véhémence brève et brouillonne de spécialiste. Il me fait peur. Jamais encore nous ne l'avons vu sourire. Il semble tout ignorer et tout deviner de moi, il me scrute, il me pèse. Le jour du vote je veillerai à le placer du même côté que moi, à la table de délibération, afin de n'être pas transpercé par ce regard froid.

J'ai toujours tenu les fâcheux à distance en adoptant une conduite secrète, ou subversive, ou somptueuse. Dans chacune de mes attitudes j'ai cherché à donner une fière et haute idée de la littérature et de l'écrivain. Je ne réponds pas volontiers aux questions; je ne fréquente pas les râteliers ni les abreuvoirs devant lesquels mes confrères pullulent; je ne « sors » pas. J'entretiens le mystère. Pareil comportement ne va pas sans un effort de style qui lui corresponde, l'appelle, le magnifie, le justifie. D'autres, mes aînés, ont donné l'exemple, en tête desquels je placerai Jouve, Mandiargues, Gracq (encore qu'il soit bien modeste et qu'il faille plus de superbe au personnage dont je rêve), et bien sûr Fléaux, dont l'allure et les dédains me comblaient.

Mais ici, où je suis à peu près seul de mon espèce, et tout à fait seul à pratiquer certaines façons, je découvre leur inanité pour les gens qui m'entourent, qui en ignorent l'ascèse et le sens, et leur préfèrent l'esbroufe, l'ostentatoire *santé* qui partout s'étalent et sont la loi de cette petite société. Une société en fin de compte aussi fermée que la littéraire, mais qui passionne davantage de fanatiques, qui risque, perd ou gagne bien plus d'argent et qui confère à ses vedettes une gloire plus tapageuse. Je suis mal à l'aise et m'efface, parce que mon or n'a pas cours ici où circule une monnaie dont mes poches sont vides. Il n'empêche : quelle leçon! Non pas de modestie, on sait que je ne l'apprécie guère, mais de solitude. Pourquoi affaiblir nos répugnances et nos défenses? Le papier nous emprisonne et nous protège. Nous avons tort de tenter des sorties. L'assiégeant nous fusillerait. Je vis dans une enveloppe close.

La première projection des *Distances* a eu lieu ce matin devant une salle pleine aux trois quarts et courtoise. Ici, la houle vaut mieux! Comme je le redoutais, le film est fidèle à la lettre du roman plutôt qu'à son faste et à son esprit. Il est d'une perfection formelle un peu raide, un peu insistante, sans nulle faute de goût, sans nul excès. *Clean*, comme me l'a soufflé McPherson pendant les applaudissements. Mot juste : propre, inodore, le film n'a aucun de ces relents de violence et de crasse, de ces emballements, il n'est traversé d'aucune de ces rafales qui créent à Cannes l'événement et marquent la différence entre une œuvre et les œuvres concurrentes. Demetrios aura droit à une babiole, à une consolation qu'on lui donnera d'ailleurs par égard pour moi. J'ai cherché en vain à joindre Fornerod par téléphone en sortant de la projection; on feint, rue Jacob, d'ignorer son nouveau numéro. Après tout, c'est peut-être vrai. Je lui ai écrit quelques mots.

ÉLISABETH VAUQUERAUD

Je n'ai jamais nourri d'ambitions démesurées, mais s'il est un symbole que j'étais résolue à éliminer un jour de mon existence, c'est bien la bouilloire électrique. Elle est l'illustration des jeunesses pauvres. Indépendantes, mais pauvres. Elle est en général assortie d'un rideau en plastique à fleurettes, ou imitation toile de Jouy, qui sépare le coin-cuisine (aussi appelé *kitchenette* ou *cuisinette* si l'on a l'estomac solide) des espaces nobles réservés au sommeil, au travail, à l'amour. Il arrive que le coin-cuisine soit également salle d'eau, qu'on brosse ses dents et ses fonds de casseroles sous le même robinet, qu'on fasse sécher sa lingerie intime au-dessus du bac à douche, ou qu'on doive, à défaut dudit bac, avoir recours à l'antique *tub*, qui n'est que bassine de zinc, et à l'éponge, laquelle évoque heureusement les naïades, les quais d'Hydra aux larges dalles. Ne nous étendons pas sur les autres éléments du décor. Une odeur dans la cage d'escalier, la peinture chocolat des murs, une certaine qualité des bruits superposés, rivaux, confondus, tels que les portes minces les laissent se répandre dans les « parties communes » – les bien nommées : tout Français d'origine modeste porte cela dans la mémoire.

La bouilloire électrique, avec son calcaire qui macule les chaussettes dont on la fourre à chaque changement de piaule, occupe une place importante dans le bagage et le style de vie de l'étudiante bûcheuse, qui prépare Sèvres à grand renfort de

Nescafé (donc d'eau bouillante) et de nuits blanches. Ses veilles sont inséparables de la bouilloire bosselée, fidèle, qu'en tâtonnant l'on rebranche sans quitter de l'œil le polycopié. Inséparables aussi des tasses de jus noir qui les prolongent, comme elles ponctuent les visites des copines, les séances de travail en commun, les réveils matinaux (déclic du radiateur électrique, ce cousin de la bouilloire), les remords aux retours tardifs du cinéma, parfois les incursions de l'amoureux, encore que celles-ci soient honorées d'un peu d'alcool plus volontiers que de café soluble.

Les souvenirs de mes vingt ans n'ont pas tant d'austérité. Aucun concours, des horaires vagues, des examens indécis. J'ai appartenu à une autre espèce d'utilisatrice de la bouilloire : la jeune fille qui travaille ; la jeune fille qui loue les chambres de bonne et travaille de ci-ci de-là à de petits métiers. Des remplacements. Des trouvailles intérimaires. Des expédients : la vie qui boite, la démerde, les obstinés minuscules transports de brindilles à quoi excelle la fourmi-jeune fille.

Nous étions insensibles à la laideur des choses. Toutes nous habitions des piaules, des turnes, des chambres, des studios, de faux duplex où l'on doit ramper, et il faut croire que nous n'étions guère délicates pour ne pas souffrir de la misère proprette, pratique, qui régnait sur nos territoires. Matelas posés à même le sol, si banals qu'on ne les remarquait plus. On vivait pieds nus, ou en chaussettes, et l'on piétinait le lit sans y prêter attention. On s'y laissait tomber. Les jupes aussi tombaient, facile, et les jeans. Le pieu à ras du sol reste inséparable des tentations de l'amour. L'idée qu'on doive *monter* dans un lit pour s'aimer coupe mes élans. J'aime tomber à mes propres pieds comme dans les bergeries tombait une chemise de batiste aux pieds de l'ingénue. Si dans une maison où j'entre pour la première fois j'aperçois un lit très bas, ah ! révérence parler, je mouille. Voyez où nous mène une bouilloire. Les vraies étudiantes étaient rares parmi nous (nous : je veux dire les dix copines avec qui je me brouillais, raccommodais, partageais tout ces années-là, vers 1975), ou alors elles fréquentaient « la rue Blanche », apprenties comédiennes toujours entre deux déprimes, deux malentendus tragiques, aimant d'incandescentes pédales aux cheveux roses qui ne s'intéressaient qu'aux motards ou aux coiffeurs, et si l'on apercevait un tube de somnifère au fond de la bordélique gibecière qui leur servait de sac à main on était supposé avoir des pensées de suicide, des frissons. Parfois une bourgeoise se fourvoyait dans notre petite bande : elle avait abandonné, dans des déchirements insoupçonnables, l'appartement familial de la Muette ou de Monceau pour « prendre, comme elle disait, un studio ». Et déjà ce mot-là faisait la différence, car nos studios à nous ne se laissaient pas prendre si facilement ! Il y fallait toute une stratégie, des mensonges, sinon l'on n'y coupait pas du dépôt de garantie et des six mois de loyer à payer d'avance, vu que nous n'étions ni employées des Postes ni nanties d'un papa-Monceau, d'une maman-Muette. Donc elle prenait un studio, la mignonne. Mais à quelque chose de joufflu et de laiteux dans toute sa personne on devinait l'enfance choyée, les vacances mer-montagne, les premières boums à la sortie desquelles Maman l'avait attendue au volant de son Innocenti métallisée. Silence farouche sur tout cela, bien entendu. Langage affranchi. Cigarette perpétuelle. Ce qu'elles pouvaient fumer, nos petites renégates ! Et leur air, quand j'annonçais comme des atouts maîtres ma grand-mère concierge et la loge de la rue d'Ulm ! Tout leur visage se convulsait de naturel. Concierge ? Mais comment donc ! Pourquoi pas tireuse de cartes, femme de peine, cuisinière en maison bourgeoise ? C'est tout ce que nous aimons. Elles étaient gentilles à croquer. Nous les perdions en général quand elles avaient rencontré un gus impossible, de ceux dont aucune garce de mon genre n'eût voulu, et le suivaient, sauve qui peut, car ces délurées n'avaient ni jugement ni prudence. On les retrouvait deux ans plus tard paumées, shootées, à la dérive, ou plus fréquemment revenues dans leur droit chemin, radieuses, oublieuses, ayant épinglé un cadre d'IBM ou de CQFD qui devait, au lit, se poser parfois des questions.

Quand les JFF publièrent mon premier roman, qu'on me *découvrit*, interviewa, télévisa, je crus échapper à la bouilloire électrique. Mais ne voilà-t-il pas que le Jeune Auteur se révélait tout aussi traîne-patins que mes copines et moi, et pauvret, bohème, petit genre. Quant à Gandumas, quand il entra en scène, il adorait, après avoir dépensé des mille et des cents en grosses bouffes canailles, gagner, titubant, mon perchoir et y prendre son pied en rase-mottes. Lui aussi le matelas posé par terre l'excitait, et les petites culottes mises à tremper dans le lavabo ou à sécher sur le porte-serviettes. Au reste, mes droits d'auteur me payèrent tout juste une chaîne suédoise et un manteau de loup qu'on me vola un soir dans la Porsche de Gandumas, dont il avait oublié de boucler la portière. La bouilloire devint un élément de ma légende. Une bouilloire *emblématique*, en quelque sorte. J'attrapais les tics de la tribu.

Peu après notre déjeuner historique dans la salle ovale du Commodore, ou du Balmoral, ou du Bedford, ou de l'Ambassador, Gerlier tint à me rendre visite. Je fis tout pour l'en détourner et le revoir à son bureau de la rue Cognacq, qui devait être épatant, ou renouveler le festin de l'Ambassador (Balmoral ? Commodore ?). Mais il ne semblait pas qu'un festin supplémentaire fût prévu dans le budget de « la Chaîne ». Je cédai. Au fond cela m'amollissait le cœur de retrouver Gerlier en tête à tête. Il frappa à la porte de mon sixième étage, rue des Entrepreneurs, essoufflé et déçu. Il jeta un regard incrédule autour de lui. « Tu cultives le style étudiante », constata-t-il, la voix neutre.
— Me gonfle pas, répondis-je, ou file tout de suite et renonçons à tes projets. Cette piaule, ce n'est pas le « style étudiante » comme tu dis, l'homme de gauche ! C'est le style purée. Tu te souviens ? Ça marche, la mémoire ? Je n'ai pas fait carrière dans les instances culturelles et les bureaux paysagés, moi. Je n'ai pas de jolis frais ni de bagnole de fonction. C'est d'ailleurs pourquoi *ton argent m'intéresse*, comme dit l'autre. (A qui tu ressembles d'ailleurs. Méfie-toi.) Tu veux un café ? Je n'ai qu'à faire bouillir de l'eau...
— J'aurais préféré...
— Un scotch, comme autrefois ? C'est d'un vieillot !
— ... J'aurais préféré te retrouver plus installée, moins hargneuse. Ne me mords pas ! Au fond de toi tu sais que j'ai raison.
Au fond de moi ? Il n'essaya pas de me rouler sur le matelas et se comporta avec un naturel de bon aloi. Avais-je à ce point

enlaidi ? Au vrai, j'avais honte. « Je n'ai qu'à faire bouillir de l'eau... » Je me sentais les oreilles chaudes. « Dans trois mois, me jurai-je, je vivrai ailleurs et je n'aurai plus jamais chaud aux oreilles. » Mais toute cette année 81-82 passa en séjours exquis, comme à l'hôtel des Palmes, et ensuite en tournages. Le Plessis-Bourré, Budapest, la Provence, et quand je restais à Paris des expéditions à Ferrières ou dans le Perche, là où les scènes à chiqué l'exigeaient, départ à l'aube en autocar et retour à la nuit. Alors, les vanités immobilières...

Mais trop c'est trop. J'en ai assez de donner mes rendez-vous dans les bars et d'hésiter à me faire déposer devant chez moi. Jos l'a deviné. Ou peut-être la belle Gisèle lui en a-t-elle *touché un mot*. Toujours est-il qu'il m'a conseillé d'habiter un endroit convenable. « Tu vas vieillir vite si tu t'obstines à jouer les gamines en pétard. Connaître les doses, c'est tout l'art de la vie. » Jos avait raison : dans ma tanière j'avais maintenant l'air d'en faire trop. « Il y a quelque chose à louer, rue de la Chaise, au-dessus de chez moi. Mieux. Du soleil. Tu devrais le prendre. »

Victoire ! J'étais devenue à mon tour une jeune personne qui *prenait* un trois-pièces ensoleillé rue de la Chaise. J'ai dit oui à l'étourdie et Jos s'est occupé de tout. Il s'y entendait, lui. Jeannot et les magasiniers, un samedi, ont transporté mon fourbi, et j'ai trouvé vingt roses thé sur la cheminée du *salon*. Ce n'est qu'en voyant la tête de Jos surgir de l'escalier, goguenarde et curieuse, que ma sottise m'est apparue. Pourquoi étais-je venue m'installer au-dessus de cette tête-là ? Aucun homme ne pourrait plus retirer ses chaussures chez moi sans que Jos les entendît tomber. C'était malsain. Mais l'équipe partait le lendemain pour une auberge de Pont-Audemer et il serait toujours temps, au retour, de m'expliquer avec Jos et avec moi-même.

Au manoir Saint-Timoléon (une adresse discrète du nouveau Gerlier ?), on nous a installés, pour travailler, dans un retour d'aile à l'écart. Ma chambre donne sur un balcon d'où je descends directement à la cour, où sont parquées trop de BMW pour mon goût. Et de Rover. Et de Jaguar. Fortune et bonne fortune. Ou pour être dans le ton juste, fric et baise. Ces tête-àtête, ces glissements furtifs, ces silences énamourés plongent le septuor dans un étrange éréthisme. On devait éprouver la même sensation, à Vichy, quand les ministères occupaient les chambres d'hôtels et les secrétaires, les salles de bain. On tend l'oreille dans l'espoir toujours déçu de percevoir un soupir, un halètement. J'aurais aimé être aventurière à l'hôtel du Parc, dévoyer des scouts, des amiraux, affoler ces ministres si constipés que nous montrent les photos d'époque. Otaient-ils leur francisque pour la glisser dans la poche quand ils se risquaient en chaude compagnie ?

Nous nous sommes remis au travail dans l'euphorie laborieuse des « périodes » d'officiers de réserve. Heureusement, José-Clo ne quitte guère Borgette et ces dames rejoignent parfois leurs hommes pour un dîner-câlin, sinon j'aurais mauvaise manière, enkystée dans mon sextuor à moustaches. Les fillettes que leur patron éblouit, à Saint-Timoléon, d'un magret de canard et d'une bouteille de bouzy, me contemplent avec stupéfaction : comment ai-je fait pour en recruter six, et consommables ? Leur vieux fronce le sourcil. Il interroge la patronne, tout heureuse d'éclairer ces messieurs-dames. La télévision ? Ce... ce feuilleton ? Les regards de la fillette s'embuent et ceux de l'homme se font suspicieux. Saltimbanques, gauchistes, picoleurs, irresponsables. Tout cela est bien jugé. Une fille qui passe ses jours et ses nuits dans une auberge à écrire des saletés contre les bourgeois est une marie-couche-toi-là. Encore suspicieux, l'œil maintenant s'allume. Pour un peu le vieux tenterait sa chance dans le couloir, entre la porte de la chambre Jean-Bart et celle de Jacques-Cartier. Mais je me fonds dans l'obscurité du jardin, sylphide, nymphe suivie de ceux de mes faunes qui ne me préfèrent pas le bar. Labelle et Blondet s'y accoudent. Il arrive même à Blondet de descendre en ville pour se noircir tranquille, loin de l'angoisse de Mésange. Borgette se retire avec José-Clo et je me retrouve le plus souvent avec Binet, Schwartz et Miller, mon trio. Miller reste à la traîne, essaie de lier des connaissances, gâche pour un public qui ne l'apprécie pas la plaisanterie inséparable de sa poignée de main : « Enchanté. Miller. Pas Henry ! Arthur »... Le vétérinaire de Lisieux ou le maquignon de Saint-Lô trouve qu'il n'y a pas à se vanter d'un nom pareil et prend par les épaules sa compagne pour la tenir à distance de ce beau parleur aux lèvres luisantes. Miller, désabusé, nous rejoint dans « notre salon » où Schwartz a sorti les bouteilles de leur cachette. Le temps passe un peu trop lentement. Schwartz, lui aussi, s'est mis à boire. Il n'est plus à l'aise avec moi depuis certaine péripétie, aux Palmes.

Ce soir-là, parce qu'il ne réussissait pas à lire mes notes pour les taper à la machine, besogne pour laquelle il s'était porté volontaire, il m'avait demandé de passer dans sa chambre et de l'aider à déchiffrer. De fil en aiguille et de rire en rire... Sans ses lunettes Schwartz avait un regard d'enfant. On en croise de semblables, le mercredi, à *Old England*. « Quelle erreur, me dit-il, je suis un juif métaphysique et tourmenté. Le contraire du blondinet que tu imaginais. D'ailleurs je ne suis pas blond, mais roux. » C'était vrai. Nu, il révéla une maigreur blême, des épaules tachées de son. Il avait si peur de moi que je ne savais comment l'apprivoiser. Habile, je l'affolais ; passive, je le laissais se perdre dans un monologue embarrassé, haché de ricanements. Ce fut une pauvre demi-heure d'amour, hâtive et mal conclue. Il avait cessé de plaisanter. « Ne dis pas que tu t'excuses, je t'en prie... » Je lui murmurai cela dans le cou, sans le regarder. J'avais envie d'être tendre. J'avais envie surtout d'être assez rassurante et amicale pour que, le lendemain matin, Schwartz fût naturel. Je faillis feindre de m'endormir, rester là. Il aurait eu une seconde chance au réveil. Mais lui-même paraissait attendre mon départ. En me rhabillant, je me sentis embarrassée sous ses lunettes froides et le détestai, ce long maladroit livide. Une nuit de sommeil effaça tout cela.

Nous nous sommes attelés à la suite du feuilleton plus et moins facilement que nous ne le pensions. Tout paraît facile parce que nous sommes devenus rusés, que le succès nous porte, mais nous avons du même coup perdu un peu de notre naïveté. « Attention au cynisme ! » nous répète Borgette. Il sent le danger. Nous commençons à mépriser le public qui a marché dans nos malices. Quand nous avons montré le début de notre travail à Mésange et à Gerlier, venus nous galvaniser, ils ont été enchantés. Le toc faisait donc l'affaire ? Blaise marqua le coup, mais José-Clo, d'un sourire, le calma. On était venu nous prier d'accélérer, de prendre de l'avance. « Les réalisateurs font des miracles. » Alors nous nous sommes jetés dans notre histoire avec une frénésie moqueuse et gaie. Après avoir travaillé huit heures dans la journée il nous arrive de nous y remettre le soir. Ivres, Labelle et Blondet ont des inventions superbes. Nous avons renoncé à la trêve des week-ends. Ces jours-là monte de la salle à manger un brouhaha, où passent des fumets de sole normande, de gigot trop aillé. Nous nous faisons servir dans notre repaire des sandwiches et de l'eau minérale.

Jos m'appelle presque chaque soir.

J'ai passé trois dimanches de juin avec lui à Paris, mais me voilà prisonnière. « Allô, ici la Chaise », dit-il au téléphone, comme si j'allais décrocher l'appareil. On m'annonce, à la cantonade, un « Monsieur Lachaise » sur qui mes compagnons se perdent en hypothèses et plaisanteries. Je monte prendre la communication dans ma chambre. Où tout cela me mènera-t-il ? Jos grince et ricane. Il ne supporte pas son premier été de solitude, ni l'oisiveté. Je ne l'encourage pas à me faire visite à Saint-Timoléon, où il refuserait de s'aventurer – en suis-je si sûre ? – mais je lui ai suggéré de venir dimanche à Deauville.

Il est arrivé samedi au Normandy, au volant d'un vieux cabriolet qui amuse les grooms : je jurerais qu'ils surnomment Jos, Columbo. Il me montre la Peugeot de loin en souriant : « La voiture précédente était comme l'appartement : *de fonction*... Je commence à me demander si je ne jouissais pas aussi d'une vitalité de fonction, d'une patience, d'une lucidité attachées aux murs de la Maison. La Maison quittée, mes vertus m'abandonnent. »

Nous voulions manger des poissons sur le port de Trouville. Partout, on nous aboya des refus. Les vacanciers étaient arrivés. Jos, excédé, est remonté en voiture sans un mot et nous sommes retournés au Normandy. Il lit à voix haute le prix des plats en consultant la carte, et plus le maître d'hôtel le considère de haut, plus agressif il est. Un éclat peut advenir à tout moment. A onze heures nous quittons le bar, piétinons un instant les fleurs du tapis, sortons dans le vent.

— Tout cela ne peut plus durer, dit Jos, c'est trop absurde.

Il y a longtemps que je redoute le moment où il parlera ainsi, dans la nuit, sans me regarder, ses cheveux jetés en avant par les rafales. C'est par les cheveux qu'un homme vieillit le plus brutalement. Un matin, au réveil, ils trahissent l'âge, ils s'agglutinent en mèches rares, jaunissantes, sous lesquelles brille le crâne rose.

— Cessons de nous voir, dis-je, si nos rencontres doivent vous rendre malheureux.

— Nos rencontres ? (Il paraît étonné, s'arrête, se plante devant moi. Je me sens rapetisser.) Nos rencontres, c'est le meilleur de ma vie depuis dix mois. Mais je ne peux pas te voler plus de temps que je ne t'en vole. Regarde cette soirée... Je ne supporte plus rien, je gâche tout. Que fais-tu, toi, à côté de moi ? Et ces trois dimanches ! Comment as-tu pu, toi ! passer trois dimanches avec moi ? J'ai calculé : je t'ai cherchée et raccompagnée à la gare... Nous ne nous sommes pas quittés... Et en juin ! Ce foutu mois de juin plein de peaux nues et de fleurs, tout ce raffut de plaisir, ces matins... Tu comprends ? Un matin de juin, l'autre année, et là-bas on entendait le torrent, les gosses, et comment dire ? ce bruit du soleil dans la montagne... J'ai dans la tête le souvenir d'un fracas et d'un soleil énormes. Je suis toujours là-bas, je n'y peux rien, je suis là-bas depuis plus d'une année. La nuit surtout, les longues nuits. Tout à l'heure, au restaurant, j'étais sûr de trouver Claude assise devant moi quand je lèverais les yeux de la carte. J'entendais ma voix, j'essayais de me dominer, j'entendais ce coquin de maître d'hôtel, je voyais tourner le baratin du menu et j'étais sûr que Claude allait me demander, à sa façon narquoise, légère, ce qu'il m'arrivait. D'une moquerie, elle guérissait mes maladies imaginaires. Et Dieu sait ! Toi aussi tu as le don. Le don des mots nerveux et des mouvements doux. Tu marches à côté de moi et les flots s'apaisent. Une femme devrait toujours savoir marcher sur les eaux. Ecoute, le vent est tombé.

Les grandes tourmentes qui sifflaient dans les hampes des drapeaux, à la piscine, mollissent. On voit passer des nuages rapides qui voilent la lune ou la dévoilent. J'ai frissonné et Jos a retiré sa veste et me l'a posée sur les épaules. Il a laissé sa main là où elle s'est trouvée, dans une de ces fausses étreintes dont il a le secret. J'en ai assez, soudain, de cette partie de cache-cache sans règles ni enjeu. « Je suis fatiguée, dis-je, je vais rentrer. »

Avec un empressement que je n'essaie pas d'interpréter Jos me ramène vers ma voiture. Nous contournons l'hôtel par la droite, cette rue d'où l'on aperçoit, entre des charmes, la salle à manger où soupent des gens aux rires muets.

— Vous regrettez d'être venu ?

Jos, à tire-d'aile, s'envole loin de moi. « Ici ou ailleurs... » Il l'a dit si bas que je pourrais, dans le vent, ne l'avoir pas entendu. Je pense à la journée de demain, au long dimanche, aux bagnoles enchevêtrées, à la nappe sale d'après le déjeuner. Je n'aurai pas la force ! Je veux seulement fermer ma porte, mes volets, dormir. Je ne veux plus tirer, guider, pousser cet infirme courtois qui dit « ici ou ailleurs... ». Jos, debout sur le trottoir à côté de la voiture, m'observe. « Je quitterai Deauville très tôt demain matin, dit-il enfin, sans autre explication. Et sans doute vais-je quitter Paris... Je ne sais pas trop... Je t'écrirai. »

La-dessus il a fait demi-tour et s'est éloigné sans un mot d'adieu, sans m'avoir embrassée. C'est la première fois en dix mois que nous nous séparons comme des indifférents. J'ai les yeux pleins de larmes et de rage en enchaînant les sales petits virages de la route. Qu'est-ce qui les rend si dangereux ? La pluie ou la colère ?

*_**

Nous nous sommes laissés couler au plus profond de la France oubliée. Si nous appelions au secours personne ne nous entendrait. Des prairies où grouillent les aoûtats entourent à perte de vue le château. Les allées calcinées vont se perdre dans des bois riches en champignons vénéneux. Sur la terrasse s'aventurent parfois, guide en main, des Hollandais que n'intéresse pas le bonheur.

Les gastronomes en vacances qui avaient remplacé les discrets couples illégitimes nous ont chassés de Saint-Timoléon. Une auberge provençale à la réputation fabuleuse – Mésange dresse la liste des vedettes qu'il y a vues se coudoyer – nous a découragés en deux jours. Nous voilà donc installés dans le seul château-hôtel qu'aucun touriste de bon sens ne se risque à chercher, tant il est perdu à l'écart des routes, loin des tables étoilées, des éminences, des cloîtres, des festivals. Au milieu d'une pelouse jaune, dans un bassin creusé sous Louis XV, carpes et têtards attendent l'heure de mon bain. Labelle et Blondet se sont mis aux vins de Loire puisque nous sommes à mi-chemin des sancerres et des gros-plants. José-Clo s'est esbignée dès le troisème jour : Blaise a des silences de dogue. Les chambres sont hideuses, dans un style familial-médiéval, avec de « jolies choses » 1900. Avoir un passé, quelle horreur ! Et quelle horreur de le vendre ainsi, en larbinant pour quelques égarés ou fanatiques de la vieille pierre... Le très approximatif baron qui joue les patrons-châtelains porte des vestons croisés, genre Assurances, et cache de mauvaises pensées sous une ptose des paupières. Il feint de devoir aider « un personnel débordé » pour monter le plateau du petit déjeuner, qu'il pose sur mon lit, les mains vagues, le regard précis. Nous nous retrouvons tous les sept à neuf heures dans la bibliothèque où l'on nous apporte toute la matinée des cafetières. Les aoûtats font des ravages dans la chair blême et comestible de Schwartz, qui se gratte sournoisement là où jarretières et ceinture arrêtent les bestioles et les portent au comble de la cruauté.

Cahin-caha, les scènes succèdent aux scènes, les épisodes aux épisodes. Nous avons le coup de main, désormais. L'humour ne nous a pas démobilisés. A Lacenaire, venu aux nouvelles et que démoralisaient les prétentions gothiques des lieux, Borgette a fait un résumé éblouissant du travail accompli et de celui qu'il nous reste à abattre. Nous sommes épatés nous-mêmes d'avoir inventé pareil enchaînement de catastrophes, vilenies, ardentes révoltes et conclusions morales ! Nous détestons cet exil au milieu des herbes rousses et des chemins creux, mais nous éprouvons tous la même impatience de terminer le puzzle. Si nous nous dispersions maintenant et prenions huit jours de vacances, la mémoire et l'imagination collectives que nous avons développées cesseraient de fonctionner. Nous perdrions le fil. Aucun de nous ne prend au sérieux son résultat mais le travail lui-même, qui a sa logique, ses règles, sa probité, – le travail nous passionne. Nous livrerons à l'heure dite le bourratif et savoureux gâteau.

J'hésiterais à m'exprimer aussi librement lors des séances plénières du septuor. On ne sait jamais quel degré de cynisme ou de crédulité chacun de nous a atteint. Il est difficile de rire – sans rire jaune – d'une besogne qui rembourse les dettes, les emprunts, paye la mer aux petits, ajoute des chevaux à la voiture familiale. Même Blondet, l'anar, commence à parler avec déférence du *Château*. Et puis, comment des écrivains ratés ne respecteraient-ils pas une tâche qui fait appel à leur *talent* tout en les dispensant d'écrire?...

J'ai commencé, soir après soir, de composer mes chansons. Le projet, écouté comme une galanterie, fait en moi son progrès et ses dégâts: il a déjà mis à mal une velléité de roman et il m'apprend à ne pas essayer de glisser dans le *Château*, en contrebande, trop de mots, de situations, de sentiments selon mon cœur. Si j'expliquais cela à Jos – mais depuis trois semaines « la Chaise » ne répond plus – il en conclurait que me voilà contaminée. Il ne pardonnait pas à Blaise cette contamination, au moment où notre maître d'œuvre lui exposa le projet de feuilleton. La dichotomie. Le gagne-pain d'un côté et le gagne-estime de l'autre. La soupe et l'âme. En suis-je là? Si oui, sensation charmante. Je note les finesses, cocasseries, formules, coq-à-l'âne, cris du cœur et autres merveilles qui me traversent la tête pendant que nous labourons les grasses terres de Borgette, et le soir, en cachette, comme il est dit dans un roman que j'aime à propos de M. de Coantré: « Je m'en fais du bien. » Je deviens écureuil, ramasse-mots. Une chanson, c'est deux ou trois trouvailles de rien, parfois une seule, une confidence, un truc de nervosité, de colère, de gaieté, qu'il s'agit d'attraper. Une ancienne de la rue Blanche, qui tourne maintenant dans les MJC où elle chante la révolution, pépère, entre deux retraites sur la Côte où son type possède voilier et piscine rouges, m'a expliqué comment faire. Je prends une chanson dont j'aime l'air et le rythme et je colle dessus mes paroles. Le procédé permet de chantonner en travaillant, d'éprouver les rimes, les effets. Le plus souvent possible j'essaie d'habiller à ma façon les chansons de Cardonnel, mes préférées avec celles de Brel, dont le mouvement me convient. C'est en fredonnant *La Folle*, une des plus jolies, secrète, chuchotée, que j'avais donné à Borgette, au Plessis-Bourré, l'idée de me faire chanter dans l'épisode de la chasse présidentielle. Un soir de mai, l'année dernière. L'orage avait tourné toute la journée sans éclater. On avait les nerfs noués. Number One était comme un crin. Le soir, Borgette et Mésange, sous prétexte d'un anniversaire (la Delphine prétendait avoir vingt-cinq ans, – elle est faible en calcul!), avaient organisé un verre dans la véranda du château, entre les plantes en pot et les paravents chinois. Béatrice avait gratté de la guitare, pas si mal, et je m'étais mise à chantonner *La Folle*, sans y penser, parce que Béatrice la jouait en sourdine, tristement, en levant ses yeux noirs. On entendait le tonnerre rouler sur les forêts, ou sur la Loire, au loin. Borgette s'exaltait vite en ce temps-là. José-Clo l'avait rejoint sur le tournage pour la première fois. Il avait le bonheur communicatif: il me bissa. Je m'appliquai, et le soir même, à minuit, il m'apporta la scène modifiée à seule fin de m'offrir l'occasion de montrer mes talents. « Après tout, pourquoi la poulette de l'avionneur ne passerait-elle pas un tour de chant dans un cabaret, une cave, une péniche ? » José-Clo riait. Elle trouvait la vie plus drôle que naguère, quand elle glissait dans les couloirs de la rue Jacob avec ses airs baissés et ses lèvres mordues de nonne.

Je m'étais composé un personnage qui eût ému Gandumas, mouchoir rouge autour du cou, jupe exiguë, et j'avais déterré une chanson oubliée de Fréhel : un malheur ! Le président Le Nain avait daigné m'écrire un mot de billet. J'avais fait cela comme une blague. Je ne réussis que les blagues : mon premier roman, devenir scénariste, jouer la comédie... Eh bien, chantez maintenant !

José-Clo, depuis deux ans bientôt je la regarde vivre. Nous n'avons jamais eu beaucoup à nous dire, mais avant l'été 81 c'était moins que rien. Je la prenais pour la fille de Jos et les filles du patron n'ont jamais mobilisé mes sentiments. Je l'ai dit : elle frôlait les murs, un corps à faire rêver, braise sous la cendre, etc. Je n'aime guère. Je me rappelle chaque détail de sa rencontre avec Blaise. (Ce n'est pas *Borgette* qu'elle enflamma ce soir-là, c'est *Blaise*. Entre elle et moi voilà la différence : je n'écoute que le vrai nom des hommes, je n'ai pas de goût pour leur « petit nom », leur nom chrétien. Jos est l'exception. Mais Jos ne sera jamais l'un de *mes hommes*.)

Nous étions venus, à l'heure où les femmes passent une robe, avec Mésange et Borgette, de l'hôtel des Palmes jusqu'à la maison de Graziella. J'avais voulu les entraîner par le sentier des douaniers mais ils s'étaient indignés. Leur faire ça, après six heures de labeur! De jour en jour, cet été-là, Borgette prenait du tonnage. Il était – qui s'en serait douté à Paris, à le voir enfermé dans ses flanelles? – de ces hommes que la mer et le soleil améliorent. Il avait l'œil chaque soir plus velouté, et la cambrure du cou-de-pied d'un brun de pain croustillant. Il posait sur toute chose le regard d'un qui découvre son pouvoir sur le monde. José-Clo était arrivée la veille, fragile encore quoique déjà tannée par l'été, flexible et fuyante comme les épouses esseulées. Elle s'était avancée sur la terrasse, vêtue de probité candide et de lin noir, la dernière. Borgette la regardait.

Les hommes que je trouble, je les vois comme de gros morceaux de viande qui se remettraient à saigner. C'est animal, organique, silencieux. Quand Borgette s'était trouvé face à José-Clo, on avait entendu crépiter des étincelles sèches et rapides. Il n'avait plus écouté ni regardé personne. Il s'était illuminé, tendu, avec cette intensité presque dramatique des hommes de plaisir pour qui, soudain, plus rien ne compte que cette proie qu'ils viennent d'apercevoir. Notre Borgette! Les témoins gloussaient d'excitation. Mazurier était à Paris; Borgette était célibataire: aucun des à-côtés fâcheux d'une affaire amoureuse n'était donc à redouter. Pas de victime sonnée ou agonisante de laquelle détourner les yeux. La vieille loi des étés régnait sur le palazzo Klopfenstein, sur la terrasse de Graziella et son salon aux canapés de toile blanche, aux vitrines débordantes de jades et de coraux. Ces verts pâles de la pierre dure, ces rouges un peu obscènes d'organes secrets, de chairs marines ou de sexes, symbolisaient à mes yeux (encore passablement éblouis) le mélange de sécheresse et de plaisir où vivait la clientèle de Graziella. Réalisme et sensualité. Voilà qui me stupéfiait dans le court-circuit auquel nous assistions: José-Clo, l'instant d'avant inaccessible – de ces femmes à qui la perfection de leur vêtement semble interdire toute défaillance –, endossait avec un naturel et un élan singuliers son rôle d'intrigante. On sentait que d'instinct elle saurait feindre, mentir, se faire oublieuse ou féroce. La belle métamorphose! Borgette, notre modeste, qui paraissait toujours avoir une chance à se faire pardonner, avait repéré dans l'instant ce gibier vulnérable.

La mère de José-Clo fusilla Borgette, toute la soirée, de plaisanteries à bout portant, sans quitter de l'œil sa fille, comme pour la prendre à témoin de son brio et de la piètre défense de la victime. Mais José-Clo, visage fermé, lèvres minces comme naguère dans les couloirs de la rue Jacob, s'illuminait brusquement quand Borgette s'adressait à elle. Elle se fichait bien de l'agacement de cette pauvre Claude. Elle finit quand même par prétexter une visite au palazzo, un livre qu'elle avait promis à Colette Leonelli, pour s'évanouir. Deux minutes plus tard Borgette avait pris congé, en état d'apesanteur, dans la consternation et la gaieté générales.

Moi qui ai si souvent formé un couple avec tel ou tel – et parfois il s'agissait d'un couple bien éphémère! – je continue à m'émerveiller de la facilité avec laquelle un homme et une femme s'apparient. Leur hardiesse, leur impudeur, le plaisir qu'ils éprouvent, jouant les offusqués, à clamer de cent façons qu'ils sont *ensemble*. « X et Y sont ensemble » : mots neutres, inodores, pour dire une réalité de feu. Quand une fille se livre aux bras d'un homme, dans le mouvement qu'elle fait ses vêtements balaient l'air, se gonflent d'un vent mystérieux. Cet emportement me trouble davantage que les gestes qui vont s'enchaîner à partir de ce premier geste. Une fille qui se livre à l'homme ressemble à la *Marseillaise* de Rude, – enfin : plus ou moins. Le visage est en général moins farouche.

Mésange nous avait donné campos cet après-midi de juillet où le gouvernement se présentait devant les députés. On attendait le discours-programme. Allaient-*ils* nationaliser Cartier, les vins de Champagne, les valises Vuitton, la haute couture, l'aspirine, l'immobilier, les clubs de vacances, les œufs des stations de ski, le racket des pisciniers et celui des voiliers-charters? On scrutait les intentions prêtées à ce gros homme du Nord aux discours sentimentaux et sonores, au visage boudeur, indigné, crédule, érigé sur un triple chapiteau de graisse. Des bruits couraient, poursuivis en riant par ceux-là mêmes qu'ils menaçaient. Je le découvris, les vrais riches sont rarement tragiques. On alla chez Graziella. Mais le seul récepteur de télévision de Thalassa était placé dans cette pièce, près de l'office, où se tenaient les domestiques aux heures chaudes et le soir. Impossible d'apprendre là, sous les regards impénétrables du maître d'hôtel et du chef, à quelle sauce on serait mangé. On fila donc à San Nicolao, où la Leonelli avait loué trois télés dès son arrivée. Dans le salon surchauffé – le vent ne soufflait pas et l'on avait oublié, le matin, de tirer les volets – une douzaine d'invités de Colette étaient agglutinés devant l'écran. Léocadia Daniels, dont le mari se trouvait à Los Angeles, l'avait appelé au téléphone et le gardait au bout du fil, l'appareil posé sur ses genoux, répétant ou traduisant à mi-voix au banquier, mot à mot, les déclarations du Premier ministre. De temps en temps on entendait gronder, là-bas, en Californie, la voix terrible de Daniels : « Ils me nationalisent, oui ou merde ? C'est vague, tout ça, c'est vague ! » Léocadia, imperturbable, coinçait l'écouteur entre épaule et joue, allumait une cigarette, reprenait son chuchotement. Dans les instants où le tumulte à l'Assemblée interrompait le discours, on demandait à Mrs Daniels : « Mais enfin, Léocadia, vous êtes américains... (ou monégasques, ou sujets de prince de Vaduz : personne ne paraissait fixé). Tout cela ne vous concerne pas ! »

— Hélas, chéris, vous êtes si gentils, mais voyez-vous nous sommes *aussi* français... C'est incroyable, non ? Dany a été un tel héros, il paraît, dans les commandos, en 1944, qu'après la guerre on lui a collé ce passeport français, et sentimental comme il est, il l'a accepté. Alors de fil en aiguille la moitié des affaires sont devenues françaises... La banque, les imprimeries, les snacks des *autostrades*, les hôtels...

— Même les hôtels !

— Mais oui... c'était très chic, tu sais, chérie, ces noms français, les sommeliers avec leur tablier noir, les sauces, les gravures de Versailles, tout ça... Tu te rappelles comme Dany aimait le Général... »

Elle avait fermé les yeux et parlait à voix plus basse, en confidence, les lèvres caressant le combiné : « Non, Dany, je ne raconte pas ta vie, mais c'est vrai que tu aimais le Général, n'est-ce pas ? Pour l'instant... (elle rouvrit les yeux)... ils sont comme des gosses, tu vois, ils claquent leurs pupitres, ils poussent des cris... Ce n'est pas très intéressant. Attention, il recommence... »

Au fond du salon passait parfois, ne tenant pas en place et jetant des regards dégoûtés, Sylvaine Benoît, qui avait voté pour la révolution. Elle devait se répéter : « Je suis une lionne en cage »... Ou peut-être : « Je suis une panthère furieuse »... et elle imitait Mélina Mercouri qu'elle avait vue une fois, chez des amis, jouer au naturel une scène de colère épatante. Dans la pièce voisine, les Napolitains, Marco et Colette tapaient le carton, mais ce n'était pas l'heure du poker, dans la chaleur où tournaient les mouches, ni de boire, et ils considéraient avec une légère réprobation leurs amis pendus aux lèvres de cet orateur de province. Seul à leurs yeux le vieux Grattegnaux sauvait la face : veuf, retiré de toutes ses présidences, couvert d'austères milliards insoupçonnables, il était descendu de sa chartreuse chez Graziella, qui se trouvait être sa nièce, Dieu sait par quels mystères génétiques et mondains. Il regardait de très loin l'écran, sans lunettes, mais portait la main à son oreille et l'orientait vers les voix, ce qui lui donnait l'allure d'un éléphant guettant les chasseurs. « Les cons ! » tonnait-il parfois, « Ah les cons ! », une phrase anodine du Premier ministre ayant eu le pouvoir d'allumer sa rage. « Il est bien, Hector », appréciait Chabeuil. « Quelle forme ! Ça lui fait combien ? Quatre-vingt-trois, quatre-vingt-quatre ? Ah ! ce n'est pas lui qui se serait laissé déposséder comme ces enfants de chœur... » Mais Hector Grattegnaux – chaussettes et chaussures blanches, cheveux d'un blanc bleu aussi délicat que sa chemise – n'entendait rien. Les jurons sortaient de lui sans colère, à intervalles réguliers, comme les crachotements de lave d'un vieux volcan. J'étais allée le saluer et ses yeux m'avaient scrutée avec l'implacable dureté aiguisée, pendant soixante ans, à lire les contrats, à sonder les adversaires, les femmes, sa propre famille. « L'avionneur ! » avais-je pensé. C'était la première fois que je *voyais*, bien vivant, un modèle possible du personnage que Borgette destinait à Louxe. On ferait bien de les amener quelques jours ici, les futurs comédiens du feuilleton, en stage, en travaux pratiques, en safari-photo. « Les cons !... » Graziella couvait son oncle d'un regard attendri. Borgette s'était approché de moi sans bruit : « Tu y penses toi aussi ? » chuchota-t-il.

A partir de ce jour-là notre travail prit davantage de caractère. Borgette ne fit aucune déclaration solennelle, mais, en s'appuyant parfois sur moi d'un regard, d'un sourire, il imprima à notre histoire un tour plus caricatural. Plusieurs fois je le surpris à glisser dans les amorces de dialogue des phrases entendues chez Graziella, les mots comme des gouttes d'acide. « Tu crois vraiment ? » demandaient Binet, Miller. Et plus tard, sur les tournages, ce fut pareil : Borgette intervenait pour changer une réplique, en abréger une autre, ou les lester d'une de ces paroles légèrement *à côté* qui déroutaient Number One (lui surtout, le moins futé), mais que je reconnaissais : Borgette avait de l'oreille et de la mémoire ; à lui, les stages avaient profité.

*_**

De ces mois de tournage je garde un souvenir de confusion et de bonheur. J'avais connu déjà des épisodes de vie immobile, ou de vie brouillonne, mais jamais je n'avais été ainsi prise en charge, encadrée, véhiculée, parée et encouragée à ce minimum de narcissisme sans lequel il n'y a pas de comédie. J'ai toujours fait grand usage des miroirs. Et des hommes, ces autres miroirs. Non pas pour me voir belle en eux, mais pour me détailler, me critiquer, m'améliorer. Entre la loge de la rue d'Ulm, le pavillon de Vanves et l'œillade glaciale d'Hector Grattegnaux au palazzo Klopfenstein, quel voyage ! Et, comment dire ? quel *enseignement*... J'avais rêvé à dix-huit ans – un peu après Gerlier, si j'ai bonne mémoire – d'un homme qui serait à la fois mon maître et mon compagnon. Maître d'école ; compagnon de route. Même à Gerlier je posais déjà des questions, des questions... Il soupirait : « Heureusement que vous n'êtes pas trente-cinq comme toi... » Et il tripotait mon chemisier. Ce n'était pas Gerlier, le Gerlier de cette époque-là qui m'eût aidée à fuir le pavillon de Vanves... Alors j'avais roulé. On dit « rouler sa bosse ». Moi je roulais ma faim, ma soif, mes yeux, un énorme appétit de comprendre et d'apprendre. Et s'il me fallait une ribambelle d'hommes pour trouver réponse à mes questions, eh bien tant pis, tant mieux, je passerais par une ribambelle d'hommes. Je les aimais, ça tombait bien. Parfois ils comprenaient ; parfois non. Gandumas, par exemple, avait été formidable. Il me parlait pendant des heures, il m'expliquait le monde. Nos dîners, mes questions, ses monologues, il les appelait les « explications de texte ». Il avait la passion des anecdotes, des citations, des « rapprochements », des panoramas. A l'hôpital encore, il ne pouvait presque plus parler, les citations lui venaient aux lèvres, il les bredouillait, incompréhensibles, sa superbe mémoire devenue cette bouillie de mots, cette pourriture d'intelligence qui coulait... Ah la saleté !

Chaque jour de l'année 82, il m'a semblé découvrir une règle nouvelle, une recette, un secret de métier, une façon de me comporter. J'étais meilleure, de semaine en semaine, je le savais et je m'acharnais à devenir meilleure encore. Souvent Borgette m'avait laissée composer mes propres répliques, et je les disais bien. Il m'arrivait aussi de les modifier, d'improviser. Ça agaçait les comédiens, les pros, que déjà mon statut équivoque irritait. Ils feignaient d'avoir des blancs à cause de moi, ils m'accusaient de tirer la couverture. Mais je parvins à tous les reconquérir, un à un, en commençant par les bonnes femmes. Et aucune aventure « sur le tournage » : j'avais compris que c'était la première règle de conduite. Je ne quittais guère José-Clo quand Borgette était là. Les types, bien sûr, tentaient leur chance. Les réalisateurs se repassaient la consigne : « Vauqueraud ? Essaie de la tirer si tu peux, moi j'y ai renoncé... » Je devenais une prouesse à réussir. J'ai bien failli glisser avec Number Two, qui avait du bagout, et un grand pif béarnais comme je les aime. Un soir, à Budapest, les coquins de violons, une saleté de vin sucré, la vulgarité quoi ! J'avais mal joué l'après-midi : le trac, l'orage, une scène déshabillée, un ricanement qui m'avait démontée. Number Two me consolait. C'est presque aussi efficace que de nous faire rire, paraît-il. Mais justement j'avais eu, tout à coup, envie de rire, et les violonistes n'avaient plus eu qu'à ranger leurs archets. Quand même, quel bel été !

**

Celui-ci, en revanche, est pourri de nostalgies. Les souvenirs de l'hôtel des Palmes, ceux du Plessis-Bourré, de Ferrières, du lac Balaton –, ces deux années brouillent ma tête et l'attristent. J'ai l'impression de tout recommencer, mais la magie s'est évaporée. Schwartz s'est disputé avec Borgette et deux heures plus tard il était parti. Sans nous dire au revoir. Comme il avait été piteux et pitoyable dans le grand lit des Palmes ! Je l'imagine attendant le train de Paris sur le quai d'Angers, son amertume, ses yeux différents quand il relève sur le front ses lunettes. Nous sommes allés, en deux voitures, dîner au Plessis-Bourré où Number Two met en boîte les extérieurs des épisodes vingt à vingt-six. Je découvre, dès notre arrivée, que Béatrice et lui... Bon, les trains ne s'arrêtent plus à ma station. La Béatrice me considère comme si j'étais un serpent et elle un petit oiseau. Number Two est moqueur, cérémonieux. Ah je déteste ces vins qui poissent et qui pétillent.

Ma chanteuse de carmagnoles des MJC a rencontré Rémy Cardonnel quelque part du côté de Nantes où leurs tournées d'été se croisaient. Elle lui a raconté que je mets des poèmes sur ses musiques. Il a dû avoir l'impression que je suis la Hugo des parolières, à en juger par l'excitation de la Carmagnole au téléphone : « Il veut absolument te voir, tu sais, absolument ! Si tu savais comme il est mignon... » Allons bon. L'envie de me taire et de me cacher glisse en ondes froides le long de mon dos pendant que la pauvre évoque ses succès au Cercle des Amitiés Cubaines de Ploumanac'h et à la salle polyvalente Guevara de Villedieu-les-Œufs.

— Il est où, le mignon ?
— Il passe demain à Vichy, et après-demain à Saumur.

Saumur ? Ce n'est pas le bout du monde. Je laisse un message à l'hôtel où « l'artiste et ses musiciens » doivent descendre. Je m'inquiète d'une voiture à emprunter, décourage les galants désireux de me faire escorte et passe un long moment à me laver et sécher les cheveux à ma façon, c'est-à-dire à les rendre vaporeux, légers, un songe ! Il faut se faire une tête d'ange quand on se sent l'âme d'une bête.

CINQUIÈME PARTIE

Ombres longues du soir

JOS FORNEROD

La corde me serrait le cou, l'autre soir. Debout dans le vent à côté de ta voiture (je n'ai même pas pensé à m'étonner : tu possèdes donc une voiture maintenant?), le besoin de parler et l'impossibilité de parler, conjugués, m'étranglaient. Ma gorge se dessèche, le monde réel s'éloigne, se vide, se tait. Je reste seul, enfermé dans des images intransmissibles, comme tu m'as vu là-bas, debout dans la nuit et le vent.

J'ai quitté le Normandy le lendemain, tôt le matin, comme je te l'avais dit. J'avais une valise dans le coffre, personne – qui est-ce « personne »? il m'arrive de me le demander ; les gens aussi sont devenus flous, opaques, muets – donc personne ne savait où j'étais. La très vieille habitude m'a ressaisi, de rouler au hasard. Quand je pense au passé, le vrai passé d'avant ma trentaine, les meilleurs souvenirs, les plus *naturels*, sont de ces randonnées que tous les prétextes m'étaient bons pour entreprendre, presque toujours seul au volant, avec quelques vêtements, des livres, des journaux en désordre sur le siège du passager. Je les jetais à l'arrière si je prenais un auto-stoppeur. Des garçons, en général, car je n'aimais pas l'air pincé ou aguichant des filles quand elles voyaient freiner devant elles un homme seul. J'ai parcouru toute la France ainsi, solitaire, la tête vague car nulle réflexion ne m'occupait. J'étais vacant, suspendu entre deux épisodes de ma vie, attentif et abandonné. Un vieux mur? Je le longeais jusqu'au portail qui forcément le perçait, et si le portail était ouvert je le franchissais, et je ne m'arrêtais qu'au moment où apparaissait, au bout de l'allée, une maison. Parfois je ne m'arrêtais pas. Il se passait alors ceci, ou cela. Ou rien, c'était selon. Les villages, les bouquets d'arbres, une tour, de hauts toits entrevus, tous ces signes auxquels un amateur sent battre son cœur me détournaient des routes, me perdaient en détours interminables. Mais je n'allais nulle part. J'aimais les hôtels de hasard, les salles à manger où plane un silence quand on y entre, ma liberté d'homme seul (toujours un peu suspecte), ce qu'on devine des vies, les impatiences et les appétits que le voyageur croit discerner sur les visages, toutes ces portes entrouvertes, ces vies entrouvertes, ce goût de rapine et de fuite.

Ni Sabine ni Claude ne se sont jamais laissé entraîner à mes errances. Sabine était trop convenable; Claude, trop exigeante. Et puis, près d'elle, j'avais vieilli. Quand je les renouvelais, mes fugues n'avaient plus une saveur aussi forte. Je téléphonais le soir rue Jacob, rue de Seine. Il ne servait plus à rien de tirer sur mes amarres.

J'ai cru, les premières heures du dimanche, quand à Lisieux j'ai bifurqué vers Falaise, Vire, et roulé entre les lisses blanches des prairies où rêvassent les alezans, que la magie allait renaître. J'apercevais des haras, des manoirs, la géométrie des colombages entre les arbres, et des bouffées de jalousie gonflaient en moi, comme autrefois, à l'idée de ces beaux lieux cachés que je ne posséderais jamais, de ces vies lentes. Mais l'envie m'avait passé de donner soudain les coups de volant qui, il y a longtemps, m'auraient jeté à la découverte des maisons entre des arbres, m'auraient arrêté près des chevaux aux yeux fous, pour poser ma paume, puis mes lèvres, sur leurs naseaux gris et roses.

J'ai retrouvé de grandes routes au bord desquelles guettent des gendarmes. La chaleur était devenue lourde comme elle l'est parfois, l'été, au cœur des continents, loin de la mer. Les prés, ici et là, jaunissaient. De plus en plus nombreuses sont apparues dans les haies, les bosquets, les taches rousses des arbres en train de se dessécher. Parfois on voyait quelques vaches terrées à l'ombre exiguë d'un orme qui faisait, sur le ciel, un dessin de dentelle maigre et brûlée. Bientôt je n'ai plus vu qu'eux, les agonisants, leurs branches desquamées, je n'ai plus vu que les touffes couleur de rouille, cette lèpre.

Vers la Bretagne, les vacanciers encombraient les routes. Alors je me suis enfoncé dans le cuir épais de la campagne, loin de tout, là où l'on perd le sens de l'est et de l'ouest, où les chemins se creusent, où ne passent plus depuis longtemps les guerres, où s'assoupissent les désirs. Tu dois te trouver dans un de ces culs-de-sac, à en juger par ton adresse. Pauvre Elisabeth! La route suivait distraitement les courbes du paysage. Le soir tombait. En traversant un village, comme je suivais une petite bagnole jaune, de celles que les ornières malmènent depuis dix ans, deux chats ont sauté d'un mur, l'un poursuivant l'autre. Le premier a échappé à la bagnole jaune; le second a été projeté par elle à deux mètres. Retombé sur la route, disloqué, on l'a vu faire d'affreux soubresauts. Ses membres partaient dans des directions absurdes. Le cœur sur les lèvres, je m'étais arrêté. L'autre aussi. J'ai vu sa silhouette se retourner, un bras sur le dossier. Puis la bagnole jaune a reculé en hoquetant et, en deux passages, le conducteur, manœuvrant posément, a achevé le chat. Il ne restait sur la chaussée qu'une bouillie de poils et de tripes. Après quoi la voiture s'est éloignée, de son allure cahotante et tranquille.

J'avais pensé m'arrêter pour la nuit dans le premier hôtel que j'apercevrais. Il n'en était plus question. J'ai roulé des heures, comme au hasard, veillant seulement à me diriger vers le sud. J'étais si fatigué, les yeux brûlants, que j'aurais dû somnoler. Au lieu de quoi j'étais extraordinairement attentif. La nuit était surpeuplée de chiens amoureux, de chats en maraude, de lapins fascinés dont je voyais briller sur les bas-côtés les yeux rouges ou dorés. Certains se coulaient dans les herbes, d'autres se jetaient sur la route. Un peu avant Bressuire j'aperçus un grand épagneul couché sur le flanc devant une ferme. Il paraissait endormi, mais, à y bien regarder, ses flancs avaient la maigreur affaissée des cadavres. A Ruffec ce fut un chat, à demi aplati déjà, dont je n'eus pas le temps d'éviter le corps, de sorte que la voiture encaissa deux petits chocs, négligeables, en l'aplatissant plus encore. Je roulai quelques kilomètres, puis m'arrêtai enfin au bord de la route et m'endormis, recroquevillé sur mon siège. Dans mon sommeil, bien sûr, le massacre continua.

Je me réveillai avec tout ce sang me brouillant l'estomac. Il faisait une aube de brume. J'eus la tentation d'attendre une heure décente et de te téléphoner. Mais que te dire ? Que les ormes sont malades ? Que des milliers d'animaux agonisent la nuit au bord des routes dans la puanteur des moteurs et l'éblouissement des phares ? Le même accablement qui m'avait empêché trente heures auparavant de te parler m'a interdit de t'appeler au secours. Ce que j'avais à crier n'entre pas dans les oreilles de vingt ans. Un jour arrive, plus ou moins tôt, où l'évidence et l'ubiquité de la souffrance et de la mort couvrent, comme d'un voile, les apparences du monde. Deviennent la réalité du monde. J'ignore à quel moment cette connaissance passe du stade abstrait et bavard à la douleur d'une blessure. Quand on l'a une fois ressentie on n'en guérit pas. Tu te rappelles, il y a trois ans, les obsèques de Gandumas ? Et notre retour ? Je te revois, au cimetière, à l'écart, avec une pauvre petite gueule et vêtue en bohémienne. Eh bien, alors, malgré la maladie qui menaçait Claude, malgré les visites que j'avais faites à Antoine et à la fin desquelles, le dernier dimanche, son corps me révéla ce tassement noueux, le même qu'au grand chien roux aperçu dans la nuit, malgré tous les signes je n'étais pas encore entré dans l'ombre de la mort. Cet enterrement n'était qu'un épisode pénible de mon emploi du temps de la semaine, et j'avais interdit à Claude de m'y accompagner, de peur qu'elle ne prît froid. Je faisais *bonne figure*. Les miroirs sont vides.

J'essaie de m'exprimer pour toi en termes simples, sans pathétique ni complaisance excessifs. Un vieil homme dans une Peugeot grise, avec une valise légère et peu de conversation. Autour de moi la France tourne sa valse de l'été, peaux brûlées, hommes en short, gosses aux yeux battus. On a des impressions d'exode et de défaite. Parfois un carambolage de voitures fait un peu de boucherie à un carrefour. Au bord des routes trottent les chiens abandonnés, langue pendante, qui tournent vers le fracas des bagnoles des yeux incrédules, jusqu'à ce qu'un écart les livre au choc et à l'agonie. Comment te dire tout cela autrement ? Le vent soulève au bout des champs les sacs de plastique blanc et bleu qu'on y a abandonnés. Les poisons qu'ils contenaient font planer sur les sillons une odeur de chimie et de peur.

Je ne suis pas devenu le chimérique défenseur des mulots, un de ces illuminés christiques qu'on voit vendre sur les marchés, à croupetons entre les crachats, de rachitiques fromages de bique. Je te montre simplement *le spectacle du monde*.

Je suis tenté de dire, bien que la formule paraisse creuse et facile : Claude a eu raison de s'en aller. Mais bien sûr elle ne s'est pas *en allée*. Dégoûtante façon de s'exprimer, fausse délicatesse, comme on prétend *endormir* les animaux que l'on tue. La mort n'est ni un poétique voyage ni un assoupissement serein. Une ignoble affaire de tubes qui éclatent : elle a précipité Claude dans ces deux minutes de terreur si intense que je suis resté paralysé, incapable de franchir les trois mètres qui nous séparaient, pendant qu'elle tombait. Elle ne m'aura même pas vu me jeter vers elle les bras tendus. Ses yeux, j'espère, ne voyaient plus. Ils étaient devenus vitreux en quelques secondes.

Si la tentation me vient de penser « elle a eu raison de s'en aller », c'est à cause de ces épisodes minuscules, insignifiants, les seuls auxquels désormais je suis sensible : la mort d'un animal, les plastiques blancs et bleus voletant sur les campagnes comme font ces boules d'épineux, dans les westerns, poussés par le vent dans une rue vide où se prépare un meurtre. Jamais je ne recueillerai tous les chiens errants. Jamais je ne soignerai tous les éclopés, les fracassés. Aucun paysage ne sera par moi débarrassé de ses sacs imputrescibles ni de ses arbres desséchés. Pourquoi, dès lors, continuer de vivre en détournant les yeux de ce qui empêche de vivre ? Peut-être Claude en était-elle arrivée à ce moment où les poids sont trop lourds à porter ?

Après la mort d'Hélène, sa femme, Paul Morand, âgé de plus de quatre-vingts ans, demandait : « Que fais-je encore ici ? » Il avait toujours son air étonné, chinois, critique. Il partait toujours pour de brusques et inutiles voyages. Mais son ressort était cassé. La dernière fois qu'il avait dîné rue de Seine, je l'avais retrouvé assis au fond du divan de la bibliothèque. Il n'avait pas souri de la soirée. Il m'interrogeait sans me voir : « Quand viendra-t-*elle* ? Je suis impatient... »

En trois jours j'ai atteint les paysages vers lesquels me tirait je ne sais quel désir. La chaleur qui tremble à perte de vue sur le vignoble languedocien, avec, ici et là, comme des îles bruissantes et ombreuses, de vastes maisons aux toits rouges, étouffées de verdure et de crissements. La violence verticale de midi sur les Alpilles et les monts de Vaucluse. Les déserts de pierraille de Valensole où bourdonnent sur les lavandes les abeilles et palpitent les papillons blancs.

C'est aussi, j'en conviens, le spectacle du monde. Partout ici nous avons eu des amis, nous avons habité des maisons, pris des bains, bu de l'alcool tard dans la nuit, savouré le plaisir d'être éternels et d'être aimés. J'ai pourtant effectué tous les crochets nécessaires pour éviter les maisons, les trajets, les souvenirs, ce que je me rappelais des habitudes, le marché d'Apt, et celui de L'Isle-sur-Sorgue, et celui de Carpentras. Je reconnaissais des portails, des amorces de chemins, des noms de maison gravés dans une pierre dressée. Tous ces gens-là, ceux qui habitaient au bout de ces chemins et dont je connaissais les usages, les tics de langage, les opinions tranchées, les vanités, les rires, – tous ces gens-là m'ont trahi.

Sais-tu combien de lettres j'ai reçues quand les journaux ont eu annoncé mon éviction des JFF ? Sept. Exactement sept. Et combien de coups de téléphone ? Cinq. Douze hommes et femmes dont le destin, les intérêts, la réussite avaient été liés aux miens m'ont adressé un signe d'amitié. A la mort de Claude j'avais reçu quatre cents lettres. La secrétaire me l'a dit plus tard. Elle avait passé une semaine à glisser des cartes dans des enveloppes. Des cartes *imprimées*. On ne m'avait pas demandé mon avis. J'étais en train de cuver du vin blanc dans les *Engadinerstübli* que tu sais. Douze amis fidèles. Et quel Judas ? Les autres, où étaient les autres ? Rigault, qui ne m'épargnait naguère aucun détail de ses innombrables projets avortés ; Grenolle qui me téléphonait pendant une heure chaque fois qu'il songeait à quitter le Parti communiste (c'est dire s'il était un correspondant assidu) ; d'Entin, Rouergat, ton Blondet, ton Schwartz, la belle Varouchinian, l'affreuse Lavatelle, les veuves, les « ayants droit », les agents, les traducteurs, sans compter tous les gens qui ne me devaient rien mais à qui un mot d'amitié n'eût rien coûté...

Où sont-ils passés, tous ? Je comprends la peur, la superstition, la lâcheté ; je comprends qu'on change de trottoir pour ne pas toucher la main de ce cireux fantôme qu'on voit s'approcher à petits pas et qui sera liquidé dans quinze jours « à la suite d'une longue et cruelle maladie », – mais moi ! Une retraite un peu anticipée, une gaffe cher payée, ça ne me rend pas contagieux. Et les gens de mon bord, mes homologues, les collègues, les concurrents, les compagnons nocturnes de Francfort, les messieurs et dames d'importance pour qui un secrétariat attentif mâche la besogne, coche les annonces nécrologiques, signale les « distinctions et nominations », – pourquoi se sont-ils tus ? Ingratitude absolue ; indifférence absolue : est-ce la règle ? Ou bien étais-je devenu si vermoulu que déjà les mémoires m'avaient rejeté et que mon naufrage n'a même pas plissé l'eau ?

Depuis quatre mois je suis étonné et affaibli comme un homme qui, derrière une porte, a entendu ses amis parler de lui. La vérité ! Comme j'ai toujours veillé à être épargné par elle... Aujourd'hui je suis immergé dans la vérité ; une force me pèse sur la tête et me maintient au fond, à ne respirer que l'âcre et poisseux poison de la vérité. La petite José-Clo couche avec l'homme à cause de qui j'ai tout perdu. Mes amis ont pris prétexte de l'été pour me « laisser à mon chagrin ». En septembre, peut-être me fera-t-on signe. « Mais avec qui le mettre ?... » C'est ainsi qu'on parle – que j'ai longtemps parlé : on *met* X. avec Y. dans des *fournées*, et toujours, sous ces affaires de liste, de placement, de mélanges, on peut deviner un calcul, une si longue habitude des stratégies parisiennes qu'il est rare qu'un dîner ne soit pas en quelque façon utile. Mais à qui, à quoi serai-je utile désormais ? Un homme au rancart, qui ne dispose plus d'aucun de ces pouvoirs éclatants ou occultes que le temps nous confère, est presque aussi gênant, en société, qu'il y a un siècle un failli, un banqueroutier. Il ne doit pas parler trop fort. Il n'est plus l'horloger d'aucun mécanisme. Il est échoué. Encore heureux qu'on ne le laisse pas, ventre en l'air, à pourrir au soleil, qu'on lui *fasse signe*, qu'on lui donne pour un soir l'illusion de la haute mer. Mais qu'il n'en demande pas trop. Que ses appels téléphoniques ne soient pas trop fréquents ni ses conversations, trop longues. S'il dispose encore de crédit qu'il en use sans parcimonie au profit des plus jeunes poissons. Qu'il sache distribuer l'éloge si on lui reconnaît du jugement, colporter l'information, distiller la médisance. Qu'il ne se souvienne pas trop du passé des gens en place : chaque génération vénère ses idoles et ne tient pas à savoir qu'elles ont débuté au gré des canailleries. La mémoire n'est pas une vertu sociale. Les jeunes ambitieux ont le droit de forcer le placard où se décomposent les cadavres, mais on n'attend pas cette effraction des vieux sages. Qu'ils restent assis sous le tilleul, à hocher la tête en silence. En silence ! Et ce Borgette a bien du talent puisque le voilà millionnaire, et l'amant de ma belle-fille, et un homme dont on parle.

Hélas, non, pas de colère. Sur la corde, la colère noue ses gros nœuds et aide à grimper. Mais je ne trouve en moi nulle colère. Je m'impose de faire mes comptes mais je suis plus absent à mon ancienne société qu'elle n'est absente à moi. Même le mépris, dont je pensais faire un jour consommation abondante, ne répond à presque aucun de mes besoins. L'universel chagrin m'englue peu à peu. A chaque nouvelle dépouille au bord de la route je ne ressens qu'un écœurement résigné, presque doux. Je connais désormais la fade odeur sucrée de la mort : elle isole moins que ne fait ce goût du néant qui aide à ne pas la respirer.

Tu sais qu'au printemps j'allais souvent rendre visite à ta mère, rue Lhomond, qui n'est pas exactement une dame selon mes anciennes habitudes. Je me suis pris à l'estimer et à l'aimer. Pourquoi ? Parce qu'elle est la moins *décorée* des personnes de ma connaissance : sa maison est laide ; son langage n'est pas orné ; il ne lui vient pas à l'idée de déguiser ses sentiments. Je lui dis la vérité, sans gêne ni crainte de la gêner. Et la vérité que je lui dis n'est pourtant pas celle que je m'applique à exprimer pour toi. La rudesse de la belle Gisèle m'interdit certains des abandons que je me permets avec toi. « Allez-vous longtemps vous soucier de tous ces salauds ? » m'a-t-elle demandé. Tout était dit.

De Sète à Beaucaire, de Tarascon à Draguignan j'ai ratissé

pendant dix jours cette vieille terre sur laquelle l'été pose sa gale. Les hôtels sont bondés. Je trouve des chambres de hasard, chez des gens, dans des lieux isolés ou ridiculement coûteux. (Ceux-là, je ne me les offrirai plus longtemps.) A Valdiguières, dans une maison qui appartint longtemps à Guevenech et qu'il a vendue, on a installé un hôtel, un « château-hôtel » promettent-ils, qui plus ou moins doit ressembler à ton castel : les gens de cinéma (avec qui ceux de télévision ambitionnent d'être confondus) raffolent des mâchicoulis et des faux portraits de famille. Je m'apprêtais, sitôt aperçus les nobles murs, à faire comme d'habitude demi-tour, quand j'ai vu l'enseigne en forme d'écu qui pendait au-dessus du portail. Je me suis approché. Des voitures considérables étaient garées sous les micocouliers. Oui, il restait « un appartement », et l'on m'a mené jusqu'à la chambre à l'indienne passée, aux gypseries surchargées, où nous avions dormi, Claude et moi, il y a dix ans... J'étais abasourdi, incapable de ramasser mon sac, de bégayer une excuse et de fuir. La femme de chambre a refermé la porte sur mon ahurissement, une gamine au visage de souris que j'étais sûr de reconnaître : une des noiraudes à peine vêtues qui, autrefois, agaçaient les gamins en poussant des cris sous les fenêtres de la maison, au désespoir de Guevenech pour qui ces cris faisaient petit genre.

A quelques détails près, qui sentaient l'hôtel, comme ce téléphone couleur de mandarine posé sur la table de chevet, rien n'avait changé depuis le temps des Guevenech. Mon impitoyable mémoire reconnaissait tout : les meubles de qualité moyenne, ces objets dont on ne sait pas s'ils viennent des familles ou de la brocante locale, l'orient un peu tocard des tapis. Ce qui avait été charmant quand Yann et Yo se battaient avec cette maison trop lourde pour eux ne dégageait plus que de la tristesse. J'ouvris la fenêtre à la moustiquaire trouée ; en me penchant je pouvais voir un tennis, une piscine bleue, des dames qui prenaient des photos.

C'est en descendant dîner (je reconnus à peine les voûtes de l'ancienne cuisine et du cellier attenant) que j'ai rencontré Vendredi. Voici donc l'anecdote et le portrait destinés à me faire pardonner les lamentations ci-dessus dévidées.

Rencontre de Vendredi

Il faut d'abord noter que les deux heures passées avant le dîner, allongé sur le lit, dans la chambre à l'indienne fanée, à ne pas oser en sortir pour aller à la redécouverte d'une maison pleine de fantômes – ces deux heures-là pouvaient me donner l'impression d'en finir avec une époque. Il n'était pas question de continuer à vivre comme je le faisais depuis mars ou avril : en boitant d'une incertitude à l'autre, j'avais l'air de jouer à cache-cache avec mon passé, de ranimer une flamme, de chercher à me faire plaindre. Déjà, étant resté trois semaines sans t'appeler, j'avais mis un peu d'ordre et de dignité dans ma déroute. Ce soir-là, j'étais parvenu, les mains sous la nuque et les yeux voyageant le long des fissures du plafond, à la conclusion que seule pouvait me sauver *l'organisation*. Robinson, sur son île, s'en tire par la méticulosité presque comique avec laquelle il reconstitue les décors et les servitudes de la civilisation. Ainsi devais-je agir. Puisqu'on m'imposait la solitude, je devais l'accepter, mieux : la parfaire, l'approfondir, l'agencer. Le logement de la rue de la Chaise et le nouveau numéro de téléphone (alors qu'on m'avait proposé de conserver l'ancien) faisaient déjà partie de ce fantasme d'île déserte qui pouvait m'aider à supporter, voire à magnifier le nouvel état auquel j'étais contraint. C'est donc la tête bruissante de ces résolutions, échauffé par le whisky monté dans la chambre par la noiraude, que je descendis l'escalier, dont m'étaient familiers le gigantisme, l'odeur des murs, l'usure glissante des marches de pierre.

J'attendais, debout au milieu de la salle à manger, que le maître d'hôtel me désignât une table, quand un escogriffe se leva, cria « Fornerod ! » à travers la pièce où mon nom résonna et rebondit de voûte en voûte. Les têtes se tournèrent, les unes vers moi, les autres suivant Philippe Larcher qui s'avançait, main tendue, le foulard en jabot de poule.

Tu te rappelles Larcher ? Tu l'as sans doute vu, à la Cinémathèque, dans des films des années cinquante ou soixante, l'époque où il travailla pour la Nouvelle Vague avant de s'exiler, à Rome d'abord, ensuite en Californie. Il s'y était enterré, apaisé par un solide héritage, et n'avait plus fait retentir le monde de ses exploits. Mais peut-être n'as-tu jamais entendu parler de lui.

Vue de près, sa tête paraissait immense, ou plutôt composée d'éléments de grande taille : nez de tranche-montagne, dents en touches de piano, rides profondes ravinant une peau longtemps cuite. Un vieux cheval qui hennissait et me secouait la main. « Fornerod ! » répétait-il en soufflant. Puis, en confidence : « Venez à notre table, mon vieux... Nous sommes le point de mire, ici... » Il m'entraîna, fit des moulinets, exigea un couvert et m'assit avant de me présenter à une gamine maigre, sans âge ni milieu, qui me tendit sa main, comme à baiser, pendant que celle de Larcher, autoritaire, m'interdisait de me relever pour saluer la donzelle. J'étais éberlué. La poigne du forban n'avait pas quitté mon épaule, qu'elle broya avec affection quand il parla (brièvement) de Claude. Bien entendu la gamine se nommait Sandrine. Ni brune ni blonde. Larcher la caressait distraitement en me racontant, avec des phrases aussi usées que sa peau, sa vie à Santa Monica, les passions qu'il avait essuyées, les rôles qu'il avait refusés. Les raisons de son retour me parurent obscures. « Tu te rappelles ?... » Il était passé au tutoiement pour évoquer les circonstances de notre rencontre, le tournage d'*Oncle Jean*, le film que Malle avait tiré du premier roman de Rigault. « Tu te rappelles les Vosges, le Hohwald ? Et la cuite que j'avais prise à Sainte-Odile ?... »

Il parvint à nous débarrasser de Sandrine dès le fromage sous le prétexte qu'elle ne l'aimait pas, et « tu-tombes-de-sommeil-mon-petit. » Puis il me prit par le bras. Pour un client arrivé du matin il connaissait bien le chemin du bar. « Ne fais pas attention à la petite, m'a-t-il dit. Je l'ai emballée avant-hier dans une pizzeria du Grau-du-Roi. Elle ne rêve que de vedettes, de petits rôles, tout ça... Tu ne me savais pas rentré au pays, hein ? »

Assis, adossé à un approximatif point de Hongrie, un verre à la main, il avait moins l'air de galoper pour le derby d'Epsom. Sa grande gueule de comédien exprimait à volonté et à toute vitesse, en majorant chaque sentiment, la compassion, le dédain, le désenchantement. Il trouva des mots délicats pour parler de Claude, qu'il avait peu connue. « Je ne voulais pas, devant la petite... » murmura-t-il mystérieusement.

— Jamais marié ? ai-je demandé.

— Jamais !

Puis, moins bravache : « Les lendemains ne chantent pas, mon petit vieux... Tu sais que j'ai dépassé les cinquante-neuf ? Je ne les parais pas, évidemment, et ce ne sont pas les propositions qui manquent, mais que veux-tu... J'ai profité de la vie, ça oui !... »

Il se donnait du mal pour composer un visage de vieux baroudeur. Mais, là où nous étions assis, il devait veiller à la fois à la qualité de ses deux profils. Tâche difficile. Il posait partout autour de lui le regard viril, abstrait et lointain de la célébrité qui se sait reconnue mais n'en a cure. J'aurais parié que personne au château de Valdiguière ne connaissait ni ne reconnaissait Philippe Larcher. Sur certaines fins de phrases sa voix montait et des gens, alors, jetaient vers lui un coup d'œil. On devait le prendre pour un dentiste de Nîmes en bonne fortune.

— La vérité, Fornerod, c'est que je suis aussi seul que toi. Je suis revenu en Europe parce que ma mère était en train de mourir, en Suisse, à Coppet, dans une clinique. Tu savais qu'elle était riche ? Elle avait près de quatre-vingt-dix. Tel que tu me vois je suis un orphelin de soixante piges et de fraîche date. Tu as une recette, toi ?

— L'île déserte, ai-je répondu, étonné de formuler à voix haute, et pour Larcher ! mes songes d'avant le dîner.

— L'île déserte ? Ça n'existe pas. Regarde, ici, dans ce trou, et après toutes ces années, comme ils me dévisagent... Quant à toi mon bonhomme, si tu espérais jouer les Robinson, tu as trouvé ton Vendredi ! Tu n'avais pas remarqué l'empreinte de mes pas sur le gravier de la cour d'honneur...

Me croiras-tu si je t'avoue avoir passé deux jours à Valdiguière à écouter Larcher se vanter de ses performances amoureuses, révéler la frigidité des stars californiennes et chercher des yeux, humblement, des touristes entre deux âges dont il attendait, le nez avantageux, qu'elles implorassent un autographe ?

Je suis reparti tôt ce matin – tu connais mes horaires ! – sans dire adieu à Vendredi. Il devait dormir encore, sa grande bouche ouverte et sa grande queue ratatinée, près de Sandrine éveillée mais pâteuse, qui regrettait d'avoir bu hier soir toutes ces Marie-Brizard à l'eau pendant que péroraient ses deux vieux, tristement.

PLAN GÉNÉRAL III

Ils avaient été nombreux à écrire à Jos, vers la mi-avril, mais il l'ignorait. Les lettres adressées rue de Seine, où l'on installait Lacenaire et ses services, comme celles arrivées rue Jacob, au lieu d'être réexpédiées rue de la Chaise avaient été remises à la secrétaire de Brutiger, et par celle-ci à son patron, qui décida de les « regrouper » afin de les remettre lui-même à Jos, « par délicatesse ». Il passa un samedi après-midi à les ouvrir, lire et classer. Trois ou quatre, anodines, furent portées chez leur destinataire, ornées de la mention « ouverte par erreur, avec nos excuses ». La plupart des autres restèrent dans une boîte au fond d'un tiroir de Brutiger. Quelques-unes, trop explicitement amicales pour Jos ou hostiles à l'équipe nouvelle, annotées, cochées, certains noms soulignés, donnèrent lieu à l'établissement d'une liste de suspects. Elle ne fut pas longue, les manifestations de fidélité inconditionnelle et de gratitude étant restées rares. Elle compta une quinzaine de noms, fut glissée par le directeur littéraire dans son portefeuille et permit de discrètes représailles. Des lecteurs cessèrent ainsi d'être consultés, des traducteurs d'être sollicités, et cinq ou six auteurs furent soudain traités avec une fermeté et une vigilance inhabituelles. On leur proposa de renouveler leur contrat et, moyennant quelques avantages, de s'engager pour l'avenir envers les nouvelles JFF. A l'exception d'un romancier qui claqua la porte, les autres, flattés, signèrent. Après quoi silence et indifférence retombèrent pour longtemps sur leur sort. « J'ai colmaté », annonça

Brutiger à Mazurier. La victoire était minime : Monsieur Gendre et le directeur littéraire avaient redouté une débandade, une hémorragie. Jos était aimé : sans nul doute, les plus vivants de *ses* auteurs, à défaut de le suivre, puisqu'il n'allait nulle part, manifesteraient de l'humeur, iraient rôder du côté de la concurrence. Rien de tel ne se passa. Deux ou trois vedettes profitèrent de la péripétie pour arrondir leur pourcentage. Les autres firent des visites, posèrent des questions, mendièrent des cajoleries. On les leur prodigua. Brutiger, d'un naturel pourtant misanthrope, en fut rebuté. « Quelles putes », murmurait-il, songeur, après chaque rendez-vous avec un auteur *rallié*.

Si Jos Fornerod avait pu lire certaines des lettres subtilisées, s'il y avait répondu avec la perfidie et la chaleur qu'attendaient sans doute ses correspondants, il eût réussi à fomenter une fronde dans l'entourage des JFF. Au lieu de quoi les envoyeurs de condoléances, ne recevant pas de réponse, jugèrent qu'en effet Fornerod avait bien changé, qu'il n'était plus que l'ombre de lui-même, qu'il fallait « essayer de comprendre l'équipe d'*Eurobook* ». Ils s'en furent rue Jacob faire leurs dévotions. « Changer de couverture est une aventure dangereuse », dirent-ils. Aussi n'en changèrent-ils pas. S'il leur arriva de rencontrer Jos (ce ne pouvait être que dans la rue puisqu'il avait cessé de fréquenter les lieux où des écrivains croisent parfois leur éditeur), ils avaient autant que lui des raisons d'être distants, ce dont ils ne se privèrent ni l'un ni les autres. Des ruptures furent consommées, des années de confiance, oubliées, en deux minutes, sur un coin de trottoir de la rue de Sèvres ou du boulevard Saint-Germain, sous le soleil de juin. Les visages se fermèrent, les bouches se pincèrent. Une question eût suffi à tout éclaircir, mais les gens de plume préfèrent, à la clarté, l'amer plaisir d'être blessés. Quant à Jos, il avait vertigineusement envie que sa catastrophe fût consommée. C'est dans cet état d'esprit qu'il était parti pour Deauville.

Il revint à Paris un long mois plus tard, dans la torpeur d'avant le 15 août. De Valdiguière à la rue de la Chaise il roula d'une traite, essayant de ne pas voir l'herbe jaune ni les familles titubantes de fatigue et de haine vacancières. La ville vide sous le plomb de midi lui parut plus familière que la France irréelle qu'il sillonnait depuis cinq semaines. Il marcha à travers Paris de lentes heures, longeant les rideaux de fer baissés, les façades aux persiennes closes, avec un soulagement de rescapé, s'arrêtant parfois pour boire une bière dans un café resté ouvert où languissaient des touristes aux bras rouges. C'est sur un trottoir du quinzième arrondissement, sous les tours de Beaugrenelle qu'il rencontra Delcroix, dont la large bouille se fendit d'un sourire sans réticence. « Pourquoi ne m'avez-vous pas répondu, Fornerod ? » demanda-t-il. Trois répliques leur suffirent pour deviner la manœuvre dont Jos avait été victime. Troublé, il accepta le whisky que Delcroix commanda au bar de cet hôtel japonais où ils s'étaient risqués. On parla d'autre chose.

Le lendemain, qui était le jour où sont le plus basses les eaux parisiennes, Jos chercha dans un tiroir le trousseau des clés de la rue Jacob qu'il avait, par inadvertance, conservées. Il traversa, sans y perdre pied, les vagues d'étrangers qui battaient les rivages de Saint-Germain. Aucun visage connu ne risquait d'apparaître, un 15 août, dans la touffeur du début d'après-midi. Rue Jacob la loge des gardiens était barricadée, la cour, vide. Il monta par l'escalier dont pendant vingt ans il avait bataillé pour se réserver l'usage, désireux qu'il était de pouvoir s'éclipser sans croiser de fâcheux. La porte de la cour frottait toujours sur la même dalle et la clé jouait dans le verrou avec la mollesse usée qu'on trouve aux très vieilles serrures. On ne cambriole jamais les maisons d'édition : il n'y a rien à y voler. La porte du second étage s'ouvrit aussi facilement et il se retrouva dans le couloir où donnaient son ancien salon d'attente et le bureau de Louvette, lequel sentait le bois neuf, la peinture fraîche. Là, Jos s'arrêta, le cœur lui battant dans les oreilles.

Tous les changements, minimes, apportés en quatre mois au décor lui sautaient aux yeux : une nouvelle machine à écrire, des placards aux portes fermées au lieu des rayonnages aimablement anarchiques de naguère, un canapé futuriste. Louvette, elle, était toujours là, Jos le savait. On la poussait à la préretraite mais elle y résistait. Jos reconnaissait son ordre, les crayons taillés, les corbeilles vides. Il ouvrit le deuxième tiroir du bureau et le double parfum – menthe et tilleul – lui sauta au nez : jamais la rigoureuse Louvette n'avait été prise en flagrant délit d'haleine forte ou d'aisselles moites. Entre les pastilles pour l'estomac, les allumettes, les mouchoirs de papier et le bâton de déodorant, Jos trouva le passe, toujours accroché à un petit canard de plastique jaune : on n'avait pas osé retirer à sainte Thérèse son unique privilège. Avait-on changé les serrures ?

Sans avoir poussé la porte de l'Alcôve (il savait par une allusion de Louvette, lors d'une conversation téléphonique, que l'ex-Monsieur Gendre s'y était installé), Jos sortit et suivit le labyrinthe des couloirs jusqu'à la porte de Brutiger. Le passe l'ouvrait toujours. Il laissa le canard jaune sur la serrure et poursuivit son chemin. Là où des parois vitrées permettaient de voir l'intérieur des bureaux on devinait, comme dans un jardin public à la fin du jour, à la disposition et au désordre des sièges, quelle réunion ou quel rendez-vous s'y étaient tenus dans les heures d'avant le « pont » du 15 août. Jos alla jusqu'au service commercial. Au mur, le programme des mois de septembre à décembre n'était toujours pas dissimulé par le volet mobile qu'il avait autrefois fait poser et demandé, en vain, qu'on fermât. Un coup d'œil lui indiqua que, pour l'essentiel, la rentrée des JFF serait celle qu'il avait prévue au printemps. Une ou deux surprises, trois noms inconnus : peu d'inédit. « Il faudra un an, pensa-t-il, pour que les traces du passé se raréfient... » Il lut dans un coin du tableau : « Co-éditions Lacenaire – JFF : le *Roman du Château*, tome II, date à fixer ». Au grand panneau de liège qui tapissait tout un mur étaient punaisés des projets de couvertures illustrées. Six gouaches de grand format étaient consacrées au seul *Château*, l'une entourée d'un cercle rouge. Jos la contempla, clignant des yeux, les poings sur les hanches. « Eh bien, pensa-t-il, maintenant c'est votre affaire... »

C'était donc pour empêcher *cela* – une gouache un peu racoleuse (pas assez...) – qu'il avait bouleversé sa vie, perdu la Maison, interrompu un jeu de trente ans ? C'était dérisoire. Héroïque ou dérisoire ? Lettré exemplaire ou risible couillon ?

Jos s'était laissé tomber dans le petit canapé où s'asseyaient les visiteurs de Langlois et il regarda plus attentivement les six projets de couverture. « Ils n'ont pas choisi le meilleur », constata-t-il. Ils avaient eu comme une pudeur, un accès de subtilité. Il se retourna : le mur opposé était décoré par deux ou trois cents jaquettes et couvertures, imprimées celles-là, utilisées par les JFF au cours des dix ans passés. Chacune, ou presque, évoquait pour Jos une discussion, une illusion, parfois un coup de colère. Il y avait là de l'argent gagné et de l'argent perdu, l'idée qu'il s'était faite de la réputation de la Maison (« jusqu'où peut-on aller trop loin ? »), des bagarres avec Brutiger, des rires avec Claude, les occasions de pointes goguenardes lancées par des auteurs *littéraires* que ces modestes complaisances offusquaient. « J'ai cédé cent fois, pensa Jos, pourquoi me suis-je insurgé à la cent unième ?... »

Tous les conflits professionnels, les épreuves de force entre équipes et patrons, vieux renards et jeunes loups, hommes d'argent et « artistes » étaient-ils aussi vains ? On s'usait le cœur pour rien à ces batailles de bureau. Pourquoi avait-il cru que les empoignades autour des livres étaient d'une essence supérieure, plus nobles que des affaires de ferraille ou de banque ? Le commerce des fantasmes n'était pas différent de n'importe quel négoce. Dans cette affaire du *Château*, il avait fait montre d'un idéalisme de nigaud. Une belle âme ?

« J'étais fatigué », décida-t-il.

Etait-ce l'explication ? Il pensa à Rigault, à Bretonne, à d'Entin, à Delcroix, à Sylvaine, à Colette elle-même, tous ceux qui, de confiance, lui donnaient raison : tous de belles âmes ? Ou de plus subtils analystes ? Ils savaient que la bonne littérature finit toujours par tourner à la bonne affaire, alors que la pêche aux lecteurs glisse à la chiennerie. Tel avait été l'évangile de Jos. A tort ? Il n'arrivait pas à regretter sa bataille perdue.

Jos tendit le bras et prit, dans le meuble où il savait les trouver, une bouteille et un verre. Souvent il était venu trinquer avec Langlois et ses assistants quand un livre doublait le cap des vingt-cinq mille, ou des cinquante. Langlois aimait les célébrations. Louvette passait sa tête à la porte de l'Alcôve : « Ils font un pot chez Langlois... » et Jos se levait, heureux d'être dérangé et de sentir la Maison vivre de sa vie propre, vibrer, jouer au même jeu que lui. Il se versa une rasade, la but. Ce verre sale posé sur le bureau intriguerait demain une secrétaire.

« Pourquoi, se demanda Jos, le grand argent paraît-il moins naïf, moins sordide que le petit argent de nos métiers ? » Il appelait « grand argent » celui de la banque, les vastes flibustes de l'immobilier, du pétrole, tout ce qui fait rêver. Les modestes millions du papier ne font plus rêver personne. Même *Le Château*, « un tabac », n'était qu'une misère par comparaison avec les spéculations dont vivait *Eurobook*. « Je me suis suicidé pour une misère », pensa Jos. Et c'était vrai. Et ce n'était pas tout à fait vrai non plus. Il regarda autour de lui : vingt-cinq ans de sa vie avaient passé avec ces murs pour horizon, ces couvertures multicolores pour illustrations, à la poursuite de chimères. « Une belle vie, ah oui ! » Et aujourd'hui la retraite du directeur d'agence d'une banque sans panache, et ses amis perdus... « Mes amis, il est temps de penser à eux... »

Jos se leva lourdement, rangea la bouteille et retourna vers le bureau de Brutiger. Le canard jaune se balançait au bout de la chaînette. Brutiger n'était pas un affamé de décoration : le bureau où il passait dix heures par jour n'aurait pas dépaysé un clerc de notaire. Les piles de manuscrits, partout érigées, jusque sur le sol, indiquaient seules à quelle activité on se livrait ici. L'odeur du tabac froid, après trois jours de congé, restait entêtante. Le malaise de Jos remonta, intense au point qu'il hésita : à quoi bon ? Il tira presque distraitement les tiroirs du bureau. Aucun n'était fermé. Que cherchait-il, au juste ? Il bouscula des enveloppes, des rouleaux de ruban adhésif, des boîtes de punaises et de pâtes pectorales avant de mettre la main sur un carton qui avait dû contenir des chocolats de Noël. Son nom était inscrit sur le couvercle, et une date : « mai 83 ». Brutiger avait toujours été méticuleux. A vue de nez, il y avait là une centaine de cartes, de lettres, quelques télégrammes. Cela faisait une petite liasse de fidélités somme toute convenable. Au-dessus, quelques lettres étaient attachées par un trombone, ainsi qu'une liste de noms, certains barrés, d'autres marqués d'une croix. « Les chaleureux... » pensa Jos. Tout était limpide. Il jeta un coup d'œil à la liste, aux lettres et feuilleta la liasse sans l'extraire du carton. « Trop tard », pensa-t-il encore.

Assis dans le fauteuil de Brutiger, il leva les yeux sur le paysage de paperasses, les photos mal encadrées, le petit monde de poussière et de mots à quoi se limitait l'horizon de l'homme qui l'avait trahi : « Lui aussi... » Il referma le carton, le prit sous le bras et sortit. Dans l'escalier la chaleur de l'été avait exalté l'odeur du plâtre humide. La lumière, au-dehors, aveuglait. Jos s'arrêta, hésita. Il fit demi-tour, remonta au second étage et regagna le bureau de Brutiger, où il remit en place le carton de condoléances, et un semblant d'ordre dans le tiroir. Cette fois il ferma à clé la porte du bureau et alla déposer le passe au canard jaune entre les pastilles de magnésie et la brosse à cheveux de sainte Thérèse. Quand il se retrouva dans la cour son visage brillait de sueur; son souffle était court. Il avait monté et descendu très vite l'escalier, galopé dans les couloirs. Il desserra sa cravate puis, à la réflexion, l'ôta et la plia dans sa poche. Là où il se trouvait, en haut des trois marches du perron, il pouvait apercevoir, par-dessus la grille du jardin, les fenêtres de l'appartement de la rue de Seine. Le salon, la chambre. Il pensait : « Le salon, *notre* chambre. » Peut-être n'avait-on pas, là-bas non plus, changé les serrures ? Ce devait être un beau chantier. Où Lacenaire s'installerait-il ? Dans la chambre ? Dans la pièce, où Claude aimait à se tenir, que l'acacia maintenait dans une fraîcheur verte ?

Le passé reflua, d'un coup, et roula Jos dans une amertume brutale, un écœurement de jamais plus. Il resta un moment immobile, cloué à la porte qu'il avait si souvent, le soir, refermée sur les tracas du jour, les chiffres menaçants, les questions sans réponse. Il sut qu'il venait de la franchir enfin pour la dernière fois, pour la dernière fois aussi il foulait les pavés disjoints, pour la dernière fois il pensait « la cour de l'hôtel de Guermantes »... Il entra dans l'ombre de la voûte en frissonnant et, parvenu rue Jacob où les Américains traînaient leurs grands pieds caoutchoutés, il s'éloigna d'un pas ferme. Il s'aperçut, au coin de la rue de Furstenberg, qu'il tournait le dos à sa direction. « Ma direction » : c'était la formule qu'il avait opposée aux gêneurs, dans les discussions, à partir du moment où il n'avait plus été tout à fait son maître; il l'employait avec un peu de grinçante ironie que ne percevaient pas toujours ses interlocuteurs. Il aurait pu dire « mes administrateurs », « mon Conseil », « le Groupe », mots dont se gargarisaient les patrons des autres fiefs d'*Eurobook*, mais Jos préférait « ma direction », et ce mot de petit bureaucrate continuait de lui faire payer une défaite mal acceptée.

« Quelle est-elle, *ma direction*, aujourd'hui ? »
A gauche, vers la rue de Seine et la porte cochère aux clous martelés, le terrain était miné. Rentrer rue de la Chaise ? Le goudron mollissait. Les grands garçons blonds qui déambulaient devaient y imprimer, en dessins compliqués, les semelles de leurs godasses multicolores faites pour courir dans l'aube fraîche. Soudain ce détail – les trottoirs devenus élastiques – accabla Jos. « Si je reste trop longtemps immobile, la nuit durcira le sol et je prendrai racine. » Il alla prudemment s'asseoir sur un des bancs de la place Furstenberg, le seul libre, les autres étant occupés par des couples de Martiens au bord de la fornication. Il se rappela le petit appartement de Nicole Védrès, là, au quatrième étage, et qu'elle lui avait appris le nom des arbres de la place : « Ces espèces de figuiers », avait-il dit, et elle l'avait corrigé. Des paulownias ? Des catalpas ? Il avait oublié. Nicole n'était qu'indulgence. Il se souvint du jour où il lui avait annoncé l'irruption d'une nouvelle femme dans sa vie. Elle l'avait regardé avec une ombre de moquerie sur le visage. Un visage que déjà la maladie marquait, dont elle accentuait la sagesse narquoise.

Une cloche distinguée ? Un retraité ? Un cardiaque qui se ménage ? Un pépé heureux d'échapper pour une heure à la réunion familiale du 15 août et aux criailleries des mômes : de quoi ai-je l'air ? Je vais me lever, bientôt, mais avez-vous remarqué combien il est difficile de se lever d'un banc, sur une place, un après-midi d'août ? Vous avez l'impression que tous les regards vont se braquer sur vous, détailler les froissures du vêtement, la calvitie moite et rose, les mocassins poussiéreux, la peau flétrie sous les yeux. Et aller où ? Quelle heure est-il ? Bientôt six heures. L'heure où les vieux hommes perdent espoir et marchent sur les trottoirs.

Pendant douze ans Claude l'avait préservé de la hantise de vieillir. On n'est pas vieux quand on a pour compagne cette personne lisse et parfaite qu'était restée Claude, sur qui le temps n'avait pas prise. Les goujats disaient, style comédie de Boulevard, « votre jeune femme... ». *Jeune* n'était pas le mot puisque Claude avait traversé déjà ce long morceau de vie plein de rumeurs, puisque José-Clo était là, jambes et cils de biche, cœur aux aguets. C'est *ardente* qu'ils auraient dû dire, ou *intense, intrépide, rieuse.* La maladie de Claude avait suspendu au-dessus de Jos une menace jamais imaginée. En une heure, sur la prairie aux touffes de myrtilles et de rhododendrons, le temps avait dressé sa vague et terrassé Jos.

La mort, oui. L'âge, oui. Ces clous s'étaient enfoncés en lui. Depuis plus d'une année on avait tapé dessus assez fort. Mais comment les petits conforts de la vie s'étaient-ils effrités à ce point? Comment avait-il laissé ses amis se disperser, ses habitudes se diluer? Il n'était pas concevable qu'un si étroit intervalle séparât le vainqueur du vaincu, l'homme de son ombre. Il aurait pu, bien sûr, s'emparer des lettres dérobées puis replacées dans le tiroir de Brutiger, dresser la liste de ceux qui ne l'avaient pas abandonné, choisir parmi eux ceux qu'il estimait, leur écrire, les appeler, leur expliquer les choses. « Les choses? » Leur expliquer son humiliation?

Jos ne se voyait pas remontant dans ses anciens bureaux et récupérant, cette fois pour de bon, les lettres qui lui appartenaient. Il ne se voyait pas appelant après quatre mois d'un silence pour eux inexplicable des gens à qui il devrait faire l'aveu de sa déchéance. Il ne se voyait pas dans le rôle du chien bâtard qui vient raconter les coups reçus et mendier. Son abandon lui faisait horreur, mais moins horreur que le récit, amer et brillant si possible, qu'il lui faudrait en faire.

Il se leva. Les Martiens, enlacés sur les bancs, certains par terre, dans l'odeur aigre des sueurs et la musiquette d'un harmonica, regardèrent Jos marcher vers une bouche d'égout, fouiller ses poches, s'accroupir et jeter dans le trou un objet qui brilla, peut-être une clé, ou un trousseau de clés. Il y eut un commentaire dans une langue rauque, quelques rires. Mais quand Jos se releva les visages étaient déjà retournés à leur apathie. Il se dirigea vers la rue de l'Abbaye. Il y avait eu là, autrefois, un bar où chantaient deux Américains, un Noir et un Blanc. C'était un lieu qu'ils aimaient, Sabine et lui, vers 1950. On y buvait du gin-fizz et jamais l'on n'y applaudissait : on claquait des doigts. C'était le genre de l'endroit. Gordon et Lee? N'était-ce pas cela? Les deux prénoms surgirent, indécis, d'un oubli de trente années. Jos passa sans les regarder entre les vitrines de Delpire et de Gheerbrant. Elles aussi appartenaient désormais au passé, avec le souvenir de coéditions, de vernissages en commun, de projets, d'échecs, de réussites, – tout cet accompagnement de son métier et de sa vie qu'il avait cru qui durerait toujours. Mais voilà, l'indifférence était venue. Autrefois, quand il avait eu des passions, c'est-à-dire quelques-unes de ces cachotteries et maraudes qui marquent toutes les vies d'homme, Jos n'avait jamais supporté, l'affaire une fois enterrée, les partenaires qui lui adressaient des messages, lui remémoraient ses émois. Il décida, vis-à-vis des acteurs et des figurants de son passé, d'adopter la même attitude qui lui était naturelle. Il puisa du réconfort dans cette résolution, l'illusion d'être encore fort et et libre, comme il l'avait été avec les femmes quand son désir était assouvi, comme il s'était encore exercé à l'être, du temps de Claude, une ou deux fois, histoire de résister à l'aimer, sottement, par peur. Puis la paix était venue. Elle avait duré onze années.

Maintenant Jos remonte la rue de Rennes, qui était la plus morne de Paris avant qu'on ne dressât dans son axe cette tour absurde, si mal à sa place, mais qui a mis un peu d'animation dans l'omelette citadine. Jos le constate une fois de plus : il n'est à l'aise dans aucun des lieux communs qui vont sans dire pour les gens de son espèce. Il aime les tours, les jeunes filles, les autoroutes. Il déteste Paris au mois d'août et les vins de pays. Il pourra toujours devenir un de ces bilieux qui assomment les auditeurs de leurs paradoxes. Un *esprit fort* : presque la même chose qu'un gâteux. Boutiques closes, sauf les bistrots et les pâtisseries, devant lesquelles des cornets à glaces écrasés souillent le trottoir, ou de la pistache, de la fraise, en étoiles vertes et roses. Le soir domine Jos de toute son aride durée, escalier aux marches démesurées, surplomb de temps qu'il ne sait comment franchir. Entrer tôt dans une brasserie ? (Car la tripe réclame, vide depuis le matin, et la tête trop légère qui vague et tourne...) Retrouver ensuite la chaleur, sur le trottoir où elle l'attendra, tapie comme un remords. Marcher. Encore marcher. Ainsi pendant deux semaines a-t-il roulé sur les routes d'autrefois. Mais les rues, elles, sont restées inchangées, et sur elles la torpeur d'août, qu'il connaît puisque chaque année il lui fallait revenir à Paris au plus lourd de l'été pour « préparer la rentrée ». C'est à croire que jamais il n'ouvrait les yeux. Il se hâtait de l'Alcôve à l'un ou l'autre des restaurants d'hôtel où il avait ses habitudes, et jamais seul, ou avec un manuscrit ou des épreuves à lire posés sur la table à côté de lui, pris déjà, malgré la rumeur des conversations étrangères, ce film où ne figurait aucun des acteurs de sa comédie personnelle (ceux-là il les retrouverait en septembre, et dans d'autres lieux qu'il se croirait de nouveau obligé de fréquenter), pris déjà dans les impatiences, les angoisses, les manœuvres de cet automne qui s'approchait, folie et plaisir de son métier.

Pour la première fois depuis trente ans le mois d'août le trouve sans mille ou deux mille pages à relire, à peser, sans les stratégies de saison à mettre en place, sans personne à convaincre ni à circonvenir, sans aucune intrigue à mener, aucun auteur à aiguillonner ou à apaiser, aucune illusion à laquelle donner corps, de confidence en prière, de murmure en argument. Son métier, cette fête nerveuse, ce poker, cette cascade d'histoires d'amour, son métier l'a abandonné. Il n'a plus de rêves à vendre. Il n'a plus de gloire à fabriquer avec rien, ou presque rien : des mots, des aveux, des amertumes. Jos s'aperçoit qu'il n'a pas lu une seule ligne d'un seul texte depuis cinq mois. Les mots sont tombés de sa vie comme s'oublie, au fond d'une poche, la monnaie d'un pays où l'on sait ne devoir jamais retourner. Les journaux eux-mêmes, avec lesquels il avait toujours entretenu des rapports capricieux, lisant en priorité les pages consacrées aux livres, et souvent ne lisant que celles-là, lui sont tombés des mains au printemps. Dans les hôtels où il couchait, il n'a jamais lu que les titres de la première page du journal posé sur le plateau du petit déjeuner. On eût dit que les mots lui étaient devenus ennemis, que le papier recélait désormais une menace, le danger d'une escroquerie.

Jos s'arrêta devant la taverne furieusement alsacienne où l'avait conduit une nostalgie de charcutailles et de bière. Par cette canicule ! Les baies vitrées du restaurant étaient ouvertes et de l'accordéon, des rires, des voix qui coulaient sur le trottoir. Il entra. Des serveurs en gilet rouge ou coiffe noire, sans âge, titubaient dans la lumière crue. C'était vide. Qui avait-il entendu rire ? On lui désigna vaguement une table mais il se dirigea vers l'escalier, derrière la caisse, qui plongeait dans les odeurs de chlore et les perspectives de faïence blanche. Il prit une pièce dans la soucoupe proposée aux pourboires et la glissa dans le taxiphone. Pendant que s'éternisait la sonnerie il aboya deux ou trois mots afin de s'assurer que tant d'heures de silence ne l'avaient pas laissé muet. Quand Mme Vauqueraud décrocha, Jos, de joie, resta un instant sans pouvoir parler. Ce fut la voix presque joyeuse qu'il répondit au troisième « allô » impatient de Gisèle.

**

« A la niche ! » bougonna Jos, soudain affairé, en guettant, debout dans un caniveau de la rue de Vaugirard, le passage improbable d'un taxi. Mais on ne trouve pas de taxi un 15 août à sept heures du soir place Adolphe-Chérioux. « Venez donc », lui avait dit Mme Vauqueraud, nullement étonnée. « Savez-vous que Babeth est à la maison ? » Rue de la Chaise il avait bien vu, ouverts, les volets du quatrième, mais Elisabeth ne les tirait jamais. Comment l'imaginer seule dans ce désert ? Enfin, seule, il n'en savait rien et s'en irrita. Il n'avait jamais aimé que les autres – les femmes surtout – continuassent de vivre hors de sa vue. Mais Elisabeth, si un homme l'occupait, moisirait-elle rue Lhomond à sept heures du soir ?

Jos descendit dans le métro et chercha sa direction avec des maladresses de Marie-Chantal. De toute façon Gisèle Vauqueraud habitait au bout du monde et il dut encore marcher un quart d'heure, traînant les pieds dans la poussière du Luxembourg où suffoquaient, sous les arbres secs, des humains qui lui ressemblaient. Il avait l'air d'un chemineau quand il tourna le coin de la rue d'Ulm et de la rue Lhomond. Elisabeth l'attendait sur le trottoir en fumant une cigarette. Elle ne souriait pas mais l'œil était doré.

— Tu as envie de monter ? demanda-t-elle. Puis elle se leva sur la pointe des pieds – elle portait des ballerines – et lui posa un baiser sur le menton.

— Tu me tutoies ?

— Pour apprivoiser les fugueurs il convient de les traiter avec une familiarité de bon aloi. Tout le monde sait ça.

Cette fois, l'œil riait. Jos prit Elisabeth aux épaules et la regarda. Bon dieu, qu'était-il allé chercher sur les routes ? « J'ai dit à ta mère... »

— La belle Gisèle a sa migraine, elle est comme un crin, crois-moi !

Jos leva les yeux : les fenêtres de l'étage Vauqueraud étaient fermées, aucun rideau ne s'écartait.

— Tu as besoin de te rafraîchir le museau, constata Elisabeth en plissant le nez. Puait-il à ce point ? Le palais de la Chaise fera l'affaire, non ?

Elisabeth conduisait avec une décision que Jos ne lui connaissait pas. Elle ne posa aucune question mais lui raconta les fastes du Maine-et-Loire, les prairies jaunes, les lits à baldaquin, les aoûtats, le film. Ce fut un monologue de trois minutes, drôle et net. Jos l'observait : trop drôle ; trop net.

— Et la vraie vie ?

— J'aime un type. Je crois que j'aime un type.

Cela avait été dit d'une voix neutre, les yeux fixés droit devant, la main – qui tenait une cigarette – rétrogradant de troisième en seconde. On était au coin de la rue de Tournon et de la rue Saint-Sulpice. A l'ombre de l'église il y eut un instant de fraîcheur hypocrite. Jos regardait autour de lui, passif et tranquille maintenant, comme un paquet. Vieux-Colombier, Sèvres, Raspail, Varenne. En août on gare où l'on veut. Elisabeth coupa le contact. Toujours cette précision nouvelle de ses gestes.

— Je le connais ?

Hésitation légère. Puis : « De nom, peut-être, mais ce n'est pas sûr. Je vais vous raconter. » Elle était revenue au vous.

*
* *

Le 23 juillet au matin, un dimanche, et très tôt, Elisabeth avait quitté sa chambre en tapinois, essayant de ne pas faire grincer la porte ni l'escalier, afin d'échapper à la curiosité du baron et aux questions de Labelle et de Blondet, ses voisins du « couloir de la tour », cul-de-sac encombré d'armures et de cathèdres. Chaque soir, pour les flatter, elle feignait d'avoir le plus grand mal à décourager les audaces de ses compagnons. Un loquet d'antique apparence rendait sa chambre inexpugnable. Elle avait eu soin de laisser la veille sa voiture à une place inhabituelle, d'où elle put s'éloigner sans agacer l'oreille des autres membres du septuor.

Elle était arrivée à Saumur bien avant neuf heures, dans les odeurs d'arrosage municipal et de pain chaud. Une brume de chaleur traînait sur la Loire. Cardonnel avait chanté en ville la veille au soir : elle ne pouvait pas se présenter décemment à son hôtel avant onze heures. Sans doute avait-il trouvé à son arrivée la lettre qu'Elisabeth lui avait écrite, où elle lui annonçait cette visite. L'attendait-il? Elle s'était assise à la terrasse d'un café d'où elle surveillait l'hôtel Anne d'Anjou, les pieds dans la boucle d'un des huit que le garçon dessinait, à l'aide d'une carafe d'eau, dans la poussière de juillet. La ville était d'une dignité un peu hautaine et inexplicable. Elisabeth s'était sentie heureuse.

Elle n'avait pas eu le temps de boire son double express qu'elle aperçut Rémy Cardonnel. Il ne sortait pas de l'hôtel Anne d'Anjou mais y revenait, en survêtement, une serviette roulée autour du cou. Il ne pouvait passer que devant la terrasse où, en hâte, Elisabeth plongea le nez dans sa tasse. Elle releva les yeux au moment où le chanteur s'arrêtait à quatre pas et la dévisageait. De quoi avait-il l'air? De l'inaccessible frère aîné dont sont toujours flanquées les copines; d'un étudiant à diplômes. Un visage en tout cas qui agaçait Elisabeth mais qu'elle s'étonna de trouver si jeune (bien plus jeune que sur les photos) et, oui, c'était le mot, innocent.

Il s'avança vers elle :

— Vous aussi vous êtes tombée du lit?
— Pourquoi savez-vous que c'est moi?
— Il m'arrive de regarder la télévision. Et puis...

D'un geste circulaire, il avait désigné le quai Carnot, l'ombre vide sous les arbres, la ville encore ensommeillée sur laquelle les cloches se mirent à sonner. « Je n'ai pas de mérite, vous êtes le seul être vivant à la ronde... Avec ce chat, là-bas, sur le parapet. »

Il s'assit à côté d'Elisabeth, sans nulle désinvolture, plutôt avec une souplesse silencieuse assez semblable à la modestie d'un animal. « C'est drôle, dit-il, où que je porte mon regard je vois toujours un chat, un oiseau, un vieux chien. Vous êtes comme ça ? » D'un geste il commanda du café.

— Moi, où que je regarde, je vois des types...

Inutilement provocante, la réplique d'Elisabeth creusa entre eux une petite gêne. Pas trop profonde. « Ah oui, les types... » Cardonnel, accommodant, semblait penser à autre chose. Il mit trois sucres dans sa tasse où il tourna longtemps la cuiller. Elisabeth sortit une douzaine de feuillets dactylographiés et les posa entre eux sur la table. « J'ai indiqué au crayon les titres de vos chansons, pour la musique... »

— Oui, ta copine m'a expliqué comment tu procèdes...

Il lisait lentement, les lèvres détaillant les mots, un index marquant le rythme, mais à peine. Il but quelques gorgées de son café sans lever les yeux des feuillets qu'il ne reposa sur la table qu'après cinq ou six minutes. C'est long, cinq ou six minutes. Elisabeth avait eu le temps de regretter sa maladresse et de retrouver son calme. Elle n'avait guère quitté Cardonnel des yeux tout le temps qu'il lisait. Il portait les cheveux courts ; la serviette cachait mal un cou de chef scout. « Tout ce que je déteste, pensa-t-elle. Et quel gamin... » Le cœur lui manqua quand il releva la tête. Que se passait-il ? Cardonnel lui demanda en combien de temps elle avait écrit ces paroles, si elle en avait d'autres en réserve, etc. Les réponses parurent à la fois le réjouir et le désoler. « Pourquoi n'es-tu pas venue me voir plus tôt ? C'est du gâchis, tout ça. A moins... Tu me laisses ça, et ça... Je vais te les habiller autrement. »

Ils passèrent une journée très douce. Ce fut tout de suite Rémy, Elisabeth, un tutoiement comme de toujours, ce que leur âge suffirait à expliquer. Plus étonnante fut cette paix que Rémy s'entendait à établir avec toute chose. Il s'adressait aux gens avec une courtoisie ferme qui faisait merveille. Il parlait de lui ou posait des questions avec le même naturel. Tout allait de soi. Un dimanche de juillet dans le Maine-et-Loire, deux inconnus qui tâtonnent à la recherche l'un de l'autre : rien de tellement facile, pourtant. D'autant moins qu'un gala attendait Rémy le soir, à Cholet, et que sa voix lui donnait du souci, parfois se voilait. Il avait noué un foulard à son cou, il suçait des pastilles, il parlait en modérant chaque son, le modulait avec une prudence qui donnait à la moindre de ses paroles un rythme de confidence. Il emmena Elisabeth visiter le Musée du Cheval, qui était bien le dernier lieu du monde où elle eût pensé pénétrer un jour. Il lui expliqua la haute école, les aides, les allures, les cravaches à bagues d'or, le Cadre noir et il fut étonné qu'elle ne connût pas *Milady* ni le commandant Gardefort, dont il lui raconta l'histoire, révélant ainsi le long usage d'un vocabulaire qu'Elisabeth ignorait, des curiosités et des passions insoupçonnables.

— Je n'ai accepté de chanter à Saumur que pour visiter ce musée, et à Alençon pour aller au haras du Pin. Sais-tu que je n'y suis jamais allé ?

— Tu aurais dû être... comment dit-on ? Ecuyer...

— J'aurais pu.

Il avait dit cela avec un sérieux si sombre qu'Elisabeth éclata de rire. A une heure, ils rebroussèrent chemin devant une hostellerie à sauces. « Ah non, quand même pas lui ! » avait pensé Elisabeth quand Rémy avait engagé la petite Renault (il avait pris le volant) sous le porche prétentieux. Ils se firent servir une omelette quelques kilomètres plus loin, dans un café de village dont la patronne, extasiée, demanda un autographe et offrit du marc.

*
* *

— Vous me trouvez idiote, non ? Nunuche, cloche, pomme comme pas deux...

Elisabeth donne un coup de poing dans un coussin. Elle a éteint presque toutes les lampes et établi, entre deux fenêtres, un courant d'air ravageur. Elle porte un kimono de lin gris qui la laisse plus que nue. Entre cinq ou six bouteilles poussiéreuses, elle choisit la moins vide, qu'elle pose entre eux sur le tapis, près du seau à glace, avant de s'y étendre elle-même, adossée au canapé. Jos et elle boivent depuis un moment. La nuit est tombée, poisseuse de traînées de musique, d'échos de télévisions. Jos est très calme. A des signes, on devine qu'Elisabeth a cherché, depuis peu, à embellir son appartement.

— Le soir, après lui avoir dit au revoir devant son hôtel et fait semblant de repartir vers mon castel, j'ai guetté le démarrage du gros break où ses musiciens, au bord de la crise nerveuse, attendaient Rémy depuis une heure, et j'ai pris derrière eux la direction de Cholet. Ils m'ont semée en trois minutes, évidemment. Arrivée devant l'espèce de gymnase où il devait chanter, comme le guichet était fermé j'ai racheté une place un prix fou à un margoulin de douze ans et je me suis faufilée dans la salle. Je ne risquais pas d'être aperçue dans cette pagaïe ! Il y avait une fumée aussi épaisse que le bruit, la musique, la chaleur. J'ai pensé à la voix du pauvre Rémy. Etait-ce comme ça chaque soir de l'été ? Un type me draguait – le casanova du Maine-et-Loire – et je n'arrivais pas à lui en vouloir. Ah ! ils étaient épatants les fans de Cardonnel ! De bonnes bouilles de petits Français, à la fois la sortie du lycée et ces souris et souriceaux qu'on trouve derrière les guichets des postes, si hargneux, mais là, dans le boucan, il fallait les voir : illuminés, transportés, et au milieu d'eux des pépères d'au moins quarante ans, genre prof dans le coup, le collier de barbe, le gilet de cow-boy. C'était le côté catho, les débuts de Brel, tout ça... Je vous l'ai dit : il a une nuque de boy-scout. Tout le monde s'est mis à taper des pieds, on suffoquait. La fête, quoi ! Je me demandais ce que je faisais là, et puis non, je ne me le demandais pas du tout. J'étais bien. Je vous passe les chansons et les états d'âme. Au moment des bis, à la fin, quand la salle a été chauffée à blanc, Rémy a fait un truc formidable. C'est pour en arriver là que je vous raconte ma vie. Il a chanté *Les Bêtes*, une de ses chansons anciennes, ou plutôt non : sur l'air des *Bêtes* il a chanté *mes paroles*... Comme ça, par cœur, sans une explication, sans une hésitation. Il lui avait fallu les apprendre en voiture, entre Saumur et Cholet, entre le pianiste et le guitariste en pétard, j'imagine... Et il ne pouvait pas soupçonner ma présence. Il me faisait ce cadeau pour rien, pour son plaisir. Les mômes, au début, se regardaient, puis à la fin ils l'ont acclamé. Alors Rémy a lancé mon nom et ils ont applaudi et crié de bon cœur, sans écouter, ça va sans dire... Moi je flottais entre deux ciels... J'ai failli aller l'attendre à la sortie et me jeter dans ses bras. C'était l'idiotie à ne pas commettre, je m'en suis quand même rendu compte et j'ai repris la route du Castel, où je suis arrivée vers quatre heures du matin après m'être plantée à chaque carrefour... Vous me voyez, la nuit, sans carte !

Jos, pour la première fois depuis très longtemps, a allumé une cigarette, puis une autre. L'âcre douceur qui a tué Claude. Pourquoi a-t-il obéi autrefois aux médecins du sana ? C'était si bon les gauloises de marché noir, les pipes maréchalistes, on disait la bouffarde, le brûle-gueule, et c'est un souvenir inséparable de la mystique des forêts, de celle des âmes, du gazogène, des profils de médaille sur fond de retour à la terre : la France antédiluvienne de sa jeunesse. Avec son poumon en dentelle, s'il avait été mauvais malade il ne serait plus aujourd'hui qu'un souvenir pour quelques Versaillais au bord de la retraite. Un souvenir ? A peine ; une ombre, un nom qu'on a « sur le bout de la langue » mais qui ne daigne plus se risquer à l'air frisquet des vivants. C'est qu'il voulait vivre, alors ! Sa discipline, ses petits soins, ses obsessions de poids, sa feuille de température... « Le séminariste »... On a cessé de mourir de la tuberculose un peu plus tard, dans les années cinquante. Enfin, chez les gens bien.

Jos rêve à une vie où il aurait fait l'économie de vivre. Pas de JFF. Pas de Gilles Leonelli. Pas de Claude. Sabine ? Oui, il aurait eu le temps de rencontrer Sabine. Elle l'aurait encore mieux aimé, crevard, les pommettes rosies par la fièvre. La famille Gohier se serait dressée contre « cette folie ». – « Un malade, te rends-tu compte ?... » Le coup de pouce, la pichenette qui fait basculer un destin, plusieurs : la source des hypothèses est intarissable. La rencontre de Saumur par exemple. Un matin de vacances au bord de la Loire, une fille intrépide et libre qui s'est levée tôt, l'odeur des villes de province après le passage des arroseuses, quand les garçons dessinent des huit sur le ciment sale, un doigt dans le col de la carafe, à la terrasse de leur café. Presque trop joli, ce détail : l'invente-t-elle ? Après tout elle est romancière notre Elisabeth. Elisabeth goguenarde, qui secoue le bras de Jos :

— Vous m'écoutez encore ?

— J'étais en train de te trouver un joli titre : *La Rencontre de Saumur*. Tu te rappelles comme nous nous amusions à chercher des titres ?

— Je n'étais pas admise aux fiestas de l'Alcôve, moi. D'ailleurs c'est un titre de roman. Pas même : de récit, comme on en murmure, au bar du Pont-Royal, à l'oreille de gredines aux jambes maigres. Une chanson, ça serait *Saumur*, tout simplement. Mais je ne m'y risquerais pas. C'est pour le Rémy, ça. Je ne comprenais rien, avant, à ses chansons. Je les aimais mais je ne les comprenais pas. Je ne savais rien de son *arrière-pays*. J'ai commencé à le découvrir ce dimanche-là. Je m'explique bien ? Brel, si l'on ignorait Bruxelles, la bière, les frites, c'était formidable mais mystérieux. Ses airs de Fernandel triste, les petits vestons de ses débuts ne livraient qu'une moitié du secret. Saumur ! Le Haras du Pin ! Vous me voyez, la fille de la belle Gisèle, la Vénus de la rue d'Ulm, au Haras du Pin ? L'autre côté de la boule, les antipodes. C'est marrant, un chanteur, on n'imaginerait jamais qu'il a dans la tête ce passé de maisons et de forêts... Quoi ?

— Rien, continue, tu parles bien de lui.

— Vous trouvez ? C'est à la fois flou et précis. Il y a des chiens roux, des volets tirés pour que ne *passe* pas la tapisserie des fauteuils, des femmes délicates qui accueillent la gourgandine en lui posant le bras sur les épaules, en l'appelant « ma chérie », et qui lui offrent du thé... Du thé !

— Tu romances ou tu racontes ?

Défrisée, Elisabeth se secoue, se lève.

Pas le dimanche suivant, celui d'après – il y a donc quatre jours –, Rémy l'a menée chez lui, du côté de Senlis, un village nommé Chamant, une maison dans les arbres bien sûr, aux volets blancs. Rémy abat une à une les cartes de son jeu : une mère, une sœur, les chiens roux, les volets blancs. Quel rapport peut-il exister entre la tabagie de Cholet, le break bicolore lancé à cent quarante sur la route, les samedis de la télé, les pochettes de disque où un berger d'Arcadie pose sur fond de nuit, et la maison de Chamant, cette fille de vingt ans aux seins durs, aux yeux furieux, la dame aux cheveux gris qui disait : « Venez à l'ombre ma chérie » et, en se retournant vers Rémy : « Alors, cette tournée ? » Elle lui en parlait comme d'un bureau.

Ah l'affreux dimanche ! Le merveilleux dimanche. Elisabeth avait honte de son corps, de ses lèvres, de cette moue de féroce appétit qui gonfle sa bouche si elle n'y prend pas garde, des mots qui lui viennent et qui ne sont jamais les bons, qui ne sont jamais les mots disciplinés, fruités, soyeux qui avaient cours à Chamant, et dont Rémy, lui, usait avec une ironie de voyageur. Mais comment s'y prenaient-ils, tous ? La sœur aux yeux de charbon s'appelait Marie. Elisabeth aurait fait des bassesses pour conquérir l'estime de Marie. « Je n'en ai rien à foutre !... » Oh ! mais si ! Marie dévorait Elisabeth, la scrutait, la pesait avec une impudeur d'enfant. Là-dessus voilà qu'en allant se laver les mains, Elisabeth, dans un couloir, l'œil traînant par habitude sur les rayonnages de livres, était tombée sur son premier roman. Elle l'avait sorti du rang : un peu jauni, fripé, à la juste place que lui assignait l'ordre alphabétique entre Vailland et Veraldi. Alors, pour eux, elle n'était donc pas exactement une rien du tout, une Marie-salope introduite en fraude dans la maison aux volets blancs ? Il y avait peut-être dans leur mémoire un peu de musique à son propos ? Elisabeth était bouleversée quand elle était réapparue sur la terrasse où gagnait l'ombre. Pour un moment elle s'était sentie naturelle.

Un homme en tablier bleu était arrivé par le jardin. Il tirait, au bout d'une corde, un berger allemand aux oreilles couchées, aux yeux troubles.

— Qu'est-ce que c'est que ce chien ? s'était écriée Marie.

Les setters s'étaient levés, inquiets, mais déjà ils fouettaient l'air, curieux, excités.

— Ce chien, c'est une chienne, dit Rémy. Regarde les deux autres. Et même une luronne, à en juger par leur état !

L'homme au tablier la contemplait, embarrassé : « La pauvre, je l'ai trouvée au village, du sang au cul, avec cinq ou six mâles qui lui tournaient autour, et cette corde effilochée au cou... Si on la laisse à la rue elle est foutue... »

Elisabeth participa du mieux qu'elle put au débat qui suivit, où il fut question de chenil, de SPA, de la salauderie des hommes, de la durée des chasses et du tempérament fougueux de Voltaire et Rousseau, les setters. Après le Musée du Cheval elle était prête à tout. Rémy l'observait, à peine moqueur. Elle n'avait pris parti que sur la salauderie des hommes, – son sujet. On avait fini par confier la louve au gardien, dont le pavillon était entouré d'une barrière qu'il se mit, séance tenante, à grillager. On entendait les claquements secs de la cisaille et les coups de marteau quand Elisabeth et Rémy, vers sept heures, avaient repris la route. Marie avait embrassé Elisabeth.

Jos, sans veston ni cravate, les manches relevées, est assis dans le canapé avec d'autant plus de dignité qu'il boit maintenant depuis trois ou quatre heures et qu'il se sent perdre pied. L'histoire d'Elisabeth et de Rémy ne le passionne que modérément. Il ne peut pas s'empêcher de sourire à constater combien sa réaction est classique : amertume de barbon. Est-il jaloux ? Il regarde Elisabeth assise par terre, jambes allongées, adossée au velours du canapé, qui fume sans plus rien dire. Il voit sous le kimono un de ses seins, plus menu qu'il n'eût imaginé, placé haut : la gorge d'Elisabeth et son visage n'appartiennent pas à la même femme. Non, elle ne le trouble pas. Troublé, il lui suffirait, comme il fait maintenant, de se lever à grand-peine et d'apercevoir dans le miroir de la cheminée cette silhouette maigre, ces cheveux rares et hirsutes, pour être guéri de ses tentations. Il va, la démarche hésitante, jusqu'au guéridon où en arrivant il a posé sa montre : il avait le poignet moite. Elle marque près de deux heures. Il y a donc très longtemps qu'il est ici. « Je vais descendre chez moi », dit-il sans reconnaître sa voix.

— Allongez-vous, Jos. Prenez ma chambre. Je vais dormir ici un moment et à six heures, je filerai. Nous avons tous rendez-vous pour reprendre le travail à dix heures. Vous mettrez un peu d'ordre, laverez les verres, fermerez les fenêtres... Vous voulez bien ?

A l'aube, dans le tumulte d'un rêve et la blancheur qui envahit cette pièce inconnue, Jos a entendu grincer des portes, de l'eau couler. Il a voulu se lever mais le sommeil l'a assommé. Quand, longtemps après, il se réveille, il est neuf heures et la façade d'en face chauffe déjà sous le soleil. L'alcool de la nuit épaissit la langue de Jos et broie ses tempes. Il titube jusqu'à la douche et attend, en frissonnant sous l'eau froide, que la lucidité lui revienne. Le sein nu d'Elisabeth, la bouteille vidée, l'âcreté des cigarettes à sa bouche, qu'il avait oubliée : la soirée se reconstitue peu à peu. Et l'amour ! N'oublions pas l'amour. Le jardin d'Elisabeth est en fleurs. Jos n'aura plus longtemps la secourable Elisabeth à sa disposition. « Une chienne qui se trouve un maître, pense-t-il, c'est aussi simple que ça »... Ont-ils baptisé la louve de Chamant ?

Il est sorti de la salle de bain et il s'étrille pendant que passe le café. Il n'a pas hâte de regagner son étage. Il regarde autour de lui, cherche des traces, des signes. Il a remarqué hier deux ou trois meubles nouveaux, de ces objets en acier et en verre qui ne paraissent beaux qu'aux vitrines, mais rien qui indique une présence, aucune de ces cordes qui amarrent un homme. Une idée lui vient et, sa tasse de café à la main, il se dirige vers le tourne-disque (« la chaîne », dit Elisabeth). Ce qu'il cherche est par là : des cassettes, des disques, toute la jeune gloire de Rémy Cardonnel, et même une affiche punaisée à l'intérieur d'une porte de placard. Elisabeth l'a bien décrit : sa jolie gueule de tala narquois, une tendresse éperdue qui lui jouera des tours. Enfin, c'est ce que suggèrent les photos sur les pochettes des disques : celle-ci où Cardonnel, vêtu de blanc, est assis devant un piano blanc dans un paysage de neige ; celle-là où flamboie Manhattan à la tombée du soir ; celle-là encore, prise sans doute à Chamant, où gambadent Rousseau et Voltaire. C'est ce disque-là qu'il pose sur la platine avant de se servir une autre tasse, de s'asseoir dans le canapé où Elisabeth a dormi. La voix roule dans la pièce, enfle, elle doit rebondir entre les façades de la rue déserte. Jos n'éprouve pourtant pas le besoin de modérer la puissance de l'appareil. La chanson est belle, d'une sauvagerie inattendue chez ce garçon aux traits suaves, et plus belle sans doute dans ce paroxysme qui doit fanatiser les auditoires des galas. « La tabagie de Cholet... » Jos ne hausse pas les épaules aux enthousiasmes des jeunes gens ; il se rappelle comme il a aimé, autrefois, la voix éraillée de Yupanqui, celle de Piaf, les poèmes d'Aragon que chantait Ferré, et Brel, bien sûr, qu'à la stupéfaction de José-Clo il écoutait plus souvent qu'elle. Quand elle avait quinze ans il allait dans sa chambre et disait : « On écoute quelques disques ?... » Cette passion des mômes pour leurs musiques, pour les appareils dont ils ont la folie, cela n'a jamais étonné Jos, qui n'y voit pas une religion au rabais, mais du goût pour un autre métier magique. Les « vedettes » du music-hall l'ont fasciné, les meilleurs, à la fois gladiateurs et joueurs, qui affrontent la foule et risquent chaque soir leur légende : « Ils sont de la roulotte, eux aussi... » Les enregistrements réalisés en studio, avec leur technique époustouflante et un peu mensongère, il s'en méfie, mais cette bande qu'il écoute maintenant, sur l'étiquette de laquelle une main inconnue a écrit « Golfe Juan, septembre 81 », comment n'y sentirait-il pas frémir le public, passer les houles de l'impatience, du plaisir ? On entend le halètement du chanteur, presque un râle, ses reprises de souffle ; on devine ce que les caméras de télévision parfois révèlent : les doigts crispés sur le micro, l'œil affolé qui cherche une issue, comme d'un oiseau qui se serait égaré au-dessus de la fournaise où montent les cris, vibre la sono, s'entrecroisent les faisceaux des projecteurs, et dont les ailes palpiteraient, en désespoir, à la recherche du ciel libre.

Oui, tout cela passe dans l'enregistrement inégal, indiscret, un peu chaotique, d'un récital donné par Cardonnel une nuit de fin d'été. Des poèmes déjà enregistrés sur le disque, si propre, de tout à l'heure, résonnent à nouveau ici, plus rudes, plus ardents, et Jos constate qu'il est heureux de les aimer et qu'il avait raison d'aimer Elisabeth. Voilà, il est dix heures du matin, le 16 août 1983, dans un appartement où pénètre le soleil. Les fenêtres sont ouvertes, par où s'envolent dans les rues désertes les mots d'un garçon de vingt ans, et Jos est assis, en peignoir de bain, l'ivresse de la veille lui vrillant encore la tête et le café du matin lui accélérant le cœur.

Elisabeth est repartie. La vie va redevenir immobile, elle fuit, elle se vide. Le surplomb de la nuit a été franchi, mais comment Jos échappera-t-il au vertige du jour, de la suite des jours ? Il ramasse ses vêtements froissés ; il tire les volets : il éteint l'électrophone et, sans se rhabiller, veste et chemise sur le bras, ses chaussures à la main, il redescend jusqu'à son étage, ouvre sa porte, entre chez lui où l'attend dans la pénombre l'odeur acide de sa misère.

*
**

De l'enveloppe jaune, en papier fort, tombèrent quand Jos l'ouvrit une coupure de journal et une lettre. La coupure, ainsi que le précisait une mention manuscrite, était extraite du *Monde* du 26 août 1983. La voici :

Un regroupement dans l'édition

C'est le 1ᵉʳ septembre prochain que les éditions JFF et Lacenaire ne formeront plus, officiellement, qu'une seule entité juridique, elle-même intégrée au secteur « Edition » du groupe Eurobook. Cette fusion, annoncée, puis démentie, dès la démission de Joseph-François Fornerod de la présidence des JFF, est présentée aujourd'hui avenue Kléber comme le moyen d'assainir une maison en difficulté, les JFF, de réaliser des économies substantielles par la mise en commun de plusieurs services, et de faire bénéficier l'entreprise ainsi « musclée » de la vitalité bien connue des éditions Lacenaire. Celles-ci, en dépassant cette année les 600 000 exemplaires de Roman du Château, *tiré du célèbre feuilleton télévisé, ont une fois de plus prouvé leur capacité d'exploiter toutes les possibilités offertes au livre par les médias réputés lui faire concurrence. Les JFF, au contraire, traversent de sérieux remous, dus à des rivalités internes, à l'échec financier du film* Les Distances, *imprudemment coproduit par la Maison, et au regrettable départ de M. Fornerod qui les avait fondées en 1953 et les animait depuis lors.*

La collaboration entre les deux équipes sera facilitée par l'installation des éditions Lacenaire, rue de Seine, dans des bureaux qui appartenaient aux JFF et ne sont séparés que par un jardin du vieil hôtel occupé depuis 1958 par la Maison. On affirme, avenue Kléber, que les équipes conserveront leur « autonomie littéraire », sous la présidence commune d'Edmond Lacenaire. M. Yves Mazurier devient directeur général des JFF, dont M. Brutiger, leur directeur littéraire, prendra le titre de directeur général adjoint.

On accueillerait avec sympathie et curiosité l'union de deux maisons aux ambitions et aux styles différents si celle-ci ne devait pas, à brève échéance, entraîner, selon toute vraisemblance, des compressions de personnel. On dit, au siège d'Eurobook, que celles-ci seront limitées, progressives et consisteront essentiellement en départs en retraite anticipée. On veut l'espérer, et que le puissant groupe ne profitera pas de la situation sociale particulière d'une profession où l'encadrement syndical reste faible.

Les personnels des deux maisons ont prévu de constituer un « comité de vigilance » sur l'activité duquel nous serons appelés à revenir.

L.M. & G.A.

La lettre manuscrite était écrite par Louis Muhlfeld en son nom propre et au nom de Georges Angelot.

Paris, le 26 VIII 1983

Cher Monsieur,

Nous avons regretté de ne pas recevoir de réponse aux questions que nous posions dans la lettre à vous adressée lors de votre départ de la rue Jacob, en avril dernier. Mais nous avons deviné quel choc devait être pour vous pareil bouleversement de votre vie professsionnelle.

Aujourd'hui que l'été est passé et que la métamorphose des JFF est acquise – j'espère que notre article de ce jour, joint à cette lettre, vous paraîtra à la fois précis et objectif – ne serait-il pas temps que vous nous accordiez, à Georges Angelot et à moi, un entretien au cours duquel nous ferions le point ? En effet, après bientôt quatre ans de recherches, il nous semble que notre travail s'achève et que *JFF ou trente ans de liberté d'écrire* pourrait voir le jour. Le texte est autant dire achevé, à une vingtaine de pages près, et notre titre a pris un sens prophétique. Votre brusque démission et les conditions de votre départ éclairent de façon nouvelle notre dernier chapitre que nous voudrions centrer sur vous, allant même jusqu'à lui donner, avec votre accord, un tour très personnel. Il nous semble en effet que la disparition tragique de Mme Fornerod est inséparable de votre décision, et du dénouement de la déjà longue histoire de votre maison telle que nous avons essayé de la conter.

Nous imaginons que les circonstances vous rendent doublement pénible une conversation de ce genre. Mais nous

nous autorisons, pour vous la demander avec insistance, de l'extrême générosité avec laquelle vous nous avez naguère accueillis, comme, si j'ose dire, de l'importance particulière que prendra notre étude maintenant qu'est clos *votre* chapitre des JFF.

Sans doute avez-vous des projets? Nous imaginons mal que vous puissiez ne pas *rebondir*, ne pas offrir une alternative aux auteurs qui vous restent attachés. C'est de tout cela, Cher Monsieur, que nous aimerions vous entretenir, et je vous remercie à l'avance de bien vouloir appeler l'un de nous afin de nous fixer un rendez-vous.

Fidèlement à vous,
Louis Muhlfeld

Au même courrier, Jos reconnut, parmi trois ou quatre lettres (on se souvenait donc de lui?), l'écriture de sa sœur. L'enveloppe était bordée de noir.

Archignac, le 24 août

Mon petit Jos,

Tu vas comprendre, j'en suis sûre, que je vienne si tard, trop tard, t'annoncer l'affreuse nouvelle que je n'ai jusqu'ici pas été capable de partager avec quiconque, sinon les enfants : Konrad s'est éteint le soir du 15 août, après neuf semaines d'une bataille inutile et atroce, terrassé par un cancer du pancréas. Le mal avait été diagnostiqué, à Brive, au printemps. Ses progrès ont été foudroyants. J'ai vécu ces deux mois dans un tel tourbillon d'espoirs et de chagrins que je n'ai pas trouvé la force de te mettre au courant. Si, à vrai dire, je t'ai appelé au secours vers le 25 juillet, un soir que j'étais trop seule. Mais à ton numéro parisien le disque « il n'y a plus d'abonné... » m'a répondu. J'ai compris alors qu'après les ennuis professionnels dont les journaux se sont fait l'écho ta vie avait dû changer, que tu avais quitté sans doute la rue de Seine, mais ce disque m'avait glacée et je n'ai pas eu le courage de chercher autrement à te joindre. D'ailleurs, cette nuit-là, on m'a appelée d'urgence à l'hôpital et la course affreuse a repris. Seuls Anne-Lise et Peter étaient près de moi, avec Greta, ma belle-sœur, tous arrivés d'Allemagne au début d'août, juste avant que Konrad ne glisse à l'inconscience où les médicaments l'ont maintenu jusqu'à la fin, qui a été, comme on dit, « très douce »...

Toi-même, mon petit, il y a quatorze mois, tu as voulu affronter seul la même épreuve et j'ai compris ta volonté, même si je la comprends mieux encore aujourd'hui, comme tu me pardonneras, j'en suis convaincue, mon silence.

Les trente-neuf années de ma vie avec Konrad furent trente-neuf années de lumière et de joie. C'est toi, je ne l'oublie pas, qui me les as données. C'est toi qui osas, en 1945, faire taire les ignominies de l'époque et obtenir que notre amour soit accepté, légitimé. Tu te rappelles le Père du Rivau ? Un jour que je lui demandai : « Comment remercier Jos ? » il me répondit : « Priez pour lui, et obtenez de lui qu'il prie pour vous... »

Ne me téléphone pas, s'il te plaît, Jos. Au téléphone je ne suis pas fameuse, je pleure, je m'effondre, j'ai honte de ma faiblesse. Mais quand tu le pourras, quand tu le voudras viens jusqu'ici. Tu verras combien Konrad avait embelli la maison, lui avait donné cette *présence* un peu mystérieuse que je vais essayer maintenant d'entretenir, qui lui survivra parce que c'est *sa* présence, je le comprends, et que ma façon de lui être fidèle sera de rester ici et d'y attendre, dans la paix qui viendra, la fin de mon propre voyage.

Je t'embrasse tendrement,
Jacotte

P.S. – Konrad a été enseveli au cimetière d'Archignac, selon sa volonté, et la mienne sera, le moment venu, de l'y rejoindre. Merci de t'en souvenir.

La première réaction de Jos, quand il eut replié la lettre de sa sœur, fut de se remémorer les étapes de sa randonnée des dernières semaines. Il était passé, il s'en souvenait, tout près d'Archignac, ce jour où il avait dîné et dormi à la Madeleine, à Sarlat. Une partie de la soirée il avait joué avec l'idée d'appeler Jacotte, mais les heures avaient passé, jusqu'à ce qu'il fût trop tard, et le lendemain, avec son habitude de se lever à l'aube, il était trop tôt pour téléphoner au presbytère. Au vrai, il n'avait jamais eu sérieusement l'intention de passer chez Jacotte et Konrad, qu'il n'avait pas vus depuis deux ans et dont l'édifiante sérénité eût ravivé ses blessures. Il se rappelait l'unique visite qu'ils avaient faite, Claude et lui, au presbytère, et l'espère de suffocation qui les avait saisis. Konrad et Jacotte n'avaient pas le bonheur familier. Sous leur règne, dans la vieille maison quercynoise restaurée (simple maison de vacances, à l'époque), on respirait l'air raréfié des sommets et l'orgueil des passions légitimes.

« Pauvre Jacotte, elle est tombée de haut... » Déjà, sous l'Occupation, quand elle avait aimé son lieutenant allemand, Jacotte cédait à la tentation du sublime et de l'inexpiable. Plus tard, elle ne s'était pas déprise du jeu et elle avait vécu une étrange existence, à la fois popote et exaltée. « Au cimetière d'Archignac... »

Un coup d'œil aux talons de son chéquier le lui confirma : c'était bien la soirée et la nuit du 25 juillet qu'il avait passées à Sarlat, cette soirée où Jacotte, comme elle le lui écrivait, les mots échappant pour une fois à sa pudeur, l'avait « appelé au secours ». Et lui n'avait rien senti, rien deviné. Allez croire à la télépathie familiale ! Jos reprit la lettre : son beau-frère était mort « le soir du 15 ». Cela voulait-il dire six heures et les rues moites ? Sept heures et les funèbres Alsaciennes en coiffe noire multipliées par les miroirs de la brasserie ? Ou plus tard, pendant qu'il buvait et qu'Elisabeth, son bonheur lui brouillant la voix, retombait en adolescence ? Ce jour-là, oui, peut-être avait-il senti, sans comprendre, le frôler l'aile invisible.

Jos, conscient de l'étrangeté de sa réaction, et à défaut de chagrin (en trente-huit ans il avait rencontré vingt fois le mari de sa sœur), consacra ce jour-là le plus possible de ses souvenirs et de ses songes à l'homme qui venait de mourir. Il y mit une sorte d'application : n'était-ce pas à peu près ce que lui demandait Jacotte et qu'elle appelait « prière » ? Mais il se sentait ankylosé d'indifférence et d'oubli. A quoi ressemblait l'ex-lieutenant Kramer ce jour de l'été 45 où il l'avait découvert, dans le vestiaire où déposaient leur blouse blanche les employés de ce PX américain des environs d'Augsbourg ? Jos se souvenait du lieu, des odeurs, mais il avait oublié le visage. Maigre, probablement, osseux, fermé : c'était l'apparence de tous les Allemands à l'époque, exception faite des jeunes femmes déjà livrées à la bouffe, à la musique et à l'onctueuse canaillerie des vainqueurs. Plus tard il était apparu des lunettes sur le nez du Dr Kramer, et une sorte d'intraitable gravité dans le moindre de ses propos. Il lui était arrivé d'écrire à Jos pour recommander des romans parus en Allemagne, mais il avait le goût trop abstrait.

Jacotte ? Son frère ne s'inquiétait pas pour elle. Elle allait régner sur sa douleur et sur le village, et, de ce vide, se faire des journées pleines de devoirs. Elle allait protéger les arbres, les mères célibataires, les chefs-d'œuvre en péril, les petits délinquants. Elle n'avait jamais oublié ces mois de l'hiver 44-45 où elle s'était cachée, maudite, et où seule une famille de collabos avait consenti à l'accueillir.

Jos, en soupirant, chercha du papier à lettres et des enveloppes. Il s'assit devant le guéridon rond du salon, puisqu'il ne supportait plus de se poster derrière un « bureau ». Avant de se mettre à écrire il pensa très fort à Claude, les yeux fermés, très fort et très longtemps : c'est elle qu'il priait de lui inspirer des mots de compassion. Puis, tout imbibé de pitié pour soi-même, les mots lui vinrent et il commença d'écrire.

FOLLEUSE

Vous connaissez le mot de Danton : « On donne volontiers quatre-vingt mille francs à un homme comme moi, mais un homme comme moi ne s'achète pas pour quatre-vingt mille francs... » Changez le chiffre et vous aurez l'essentiel de ma philosophie et de ma réponse à Lacenaire, dans la cervelle de qui ne doivent pas fourmiller les citations révolutionnaires. Il est vrai qu'il s'agit ici de corruption, non de révolution. Je suis trop insolent pour être corrompu. Et même, je le suis peut-être trop pour être corrupteur : il faut feindre de l'intérêt pour les gens que l'on veut acheter. Je me suis toujours épargné cet effort. Mais je m'égare. En tout cas ne mettez pas sur le compte de quelque grenouillage avec Lacenaire mon refus de jeter à Fornerod une bouée de sauvetage. Cette petite chronique de notre métier me répugne et je ne vais pas me frotter les fesses dans les fauteuils de Fornerod maintenant qu'on l'a expulsé de sa maison. Tenez-vous-le pour dit.
Et puis, une bouée ! Quelle bouée ? Je ne comprends pas qu'on sauve les désespérés. Un robinet de gaz ouvert, vous le fermez, affaire de bon sens, à supposer qu'aucune étincelle n'ait encore provoqué d'explosion et qu'un misérable chagrin d'amour n'ait pas soufflé un immeuble innocent. Pour le reste, laissez mourir. Une veine entaillée, un sommeil profond : ces naufrages ne menacent personne et il ne convient pas d'en contrarier le cours.
Je n'en veux même pas à Fornerod d'avoir saboté mon projet

d'ouvrage collectif, qui fut bien, dans la nauséeuse liquidation du printemps dernier, le seul, exactement le *seul* effort tenté pour le défendre et l'honorer. J'avais sous-estimé son désespoir, – ou son dédain. (Mais je n'avais pas surestimé la qualité ni le courage de ses amis, rendez-moi cette justice... Je craignais leur lâcheté, j'ai été servi.) Ce brave Chabeuil, le saviez-vous ? consulte à tout bout de champ une espèce de mage, ou de mystagogue, et n'entreprend rien sans avoir reçu son aval. Il pousse la superstition (ou l'économie ?) jusqu'à ne pas essayer de rendre service à l'ami que son gourou lui affirme être pour l'heure sous une influence planétaire néfaste. Je pense que toutes les étoiles du ciel ont abandonné Fornerod et qu'il est vain de vouloir le retenir à nos rivages. Ce n'est pas faute d'avoir essayé.

L'autre jour, disposant grâce à votre obligeance de la nouvelle adresse de Fornerod, mais pas de son numéro de téléphone que les renseignements refusent d'indiquer, je me suis rendu rue de la Chaise. La maison est médiocre. Vous m'aviez dit : troisième gauche. Un tapis gras, une odeur de frichti et de lessive qu'on eût dit composée à dessein pour blesser l'honneur, et surtout quelque chose d'abominablement *convenable* dans la peinture pisseuse des murs et les effets de faux marbre : j'ai eu scrupule, soudain, à surprendre Fornerod dans cette disgrâce. A ce moment a surgi, descendant l'escalier avec un naturel d'habituée, la petite Elisabeth Vauqueraud. Elle m'a salué, vaguement, non pas gênée mais distante, car cette très récente gloire du spectacle ne fréquente pas chez mes amis. Vauqueraud / Fornerod ? La conjonction m'a troublé et je n'ai mis que plus de hâte à faire demi-tour. Consultés, les ragotiers m'ont ri au nez : j'étais bien le dernier à ignorer l'affaire, sur le fond de laquelle ils sont d'ailleurs restés évasifs. Tout cela n'avait pas meilleure odeur que la cage d'escalier.

J'ai annoncé ma visite à Fornerod par une lettre et suis retourné là-bas à l'heure dite, du parfum dans le pommeau de ma canne, ainsi que faisaient les gentilshommes que leur charge obligeait à se tenir parfois à la poupe des galères, où, sous le vent, la chiourme puait. Je n'aurais pas été surpris de trouver porte close : la fin d'été pouvait justifier une absence, quelque voyage. Non, Fornerod était là et il ne m'a pas fait attendre. Nous ne nous étions pas rencontrés depuis dix mois.

Sa débâcle et son délaissement l'ont en quelque sorte effilé. Une pièce de bois trop affinée, devenue presque transparente. Cassante. Son propre fantôme. Ni formule de bienvenue ni aucune de ces phrases banales que la situation pouvait inspirer. Et un tel air d'indifférence que j'ai aussitôt changé mes batteries. Qu'étais-je venu lui proposer ? C'était encore imprécis dans ma tête : je le voyais se transformer en une sorte d'agent littéraire ou d'éditeur volant, sans équipe ni raison sociale, qui eût suscité des livres, les eût placés dans des maisons traditionnelles, et lancés. Faire seul, avec légèreté, sans maîtres ni appareil, ce métier qu'il connaît mieux que personne. L'idée était simple – je n'en suis pas l'inventeur – et elle pouvait offrir à Fornerod des occasions de revanche.

J'ai vite compris que ces mots-là – métier, revanche – n'avaient plus cours dans le logement de la rue de la Chaise où je reconnaissais deux ou trois beaux meubles échoués là comme après une tempête. Le charme de la rue de Seine tenait donc à Claude. José-Clo avait récupéré « sa part », Fornerod se trouvait réduit aux seules ressources de son goût, qui sont minces. On se serait cru chez un chef d'escadron en retraite. Lequel ne m'invitait ni à m'asseoir, ni à boire. Comme une bouteille se trouvait là je me suis servi, après avoir rincé un verre au robinet de la cuisine, lieu révélateur que j'ai trouvé sans peine, le « troisième gauche » étant exigu. Des rogatons et des bouteilles traînaient. Les bouteilles : un assez bon bourgogne, à la présence inexplicable.

Une rogne m'a échauffé. Non pas de la pitié, ni de l'étonnement, mais la juste colère qu'inspirent le gâchis et la complaisance. Car on ne m'ôtera pas de l'idée que Fornerod prend la pose, ni que sa façon de se fondre dans la grisaille est une agressive exhibition.

– Vous voulez nous empêcher de vivre ? lui ai-je demandé méchamment.

Il a eu, de la main, le geste courtois du ministre qui ne veut pas entendre la question d'un gêneur. Il n'a rien dit mais s'est versé à son tour du vin dans un verre, sans le laver, lui.

– Vous ne me demandez pas la raison de ma visite ? Pourquoi me recevez-vous en ennemi ?

Il a négligé la seconde question et a répondu assez gaiement à la première :

— Vous venez me proposer des capitaux ? Une association ? Une candidature académique ? Un logement plus décent que celui-ci ? Je donne ma langue au chat.

Je l'ai regardé sans amitié pendant quelques secondes. Sa bouffonnerie ne m'amusait pas. Quand je lui ai enfin répondu j'ai martelé mes mots plus qu'il n'aurait fallu :

— Je suis venu vous dire adieu, Fornerod, car là où vous êtes nous ne nous rencontrerons plus. De l'estime que j'ai ressentie pour vous, de l'affection (que vous avez toujours repoussée), que reste-t-il ? Rien. Vous n'êtes pas un roi en exil. Il vous faudrait être des nôtres, c'est-à-dire un créateur, pour vous draper dans l'attitude que vous avez choisie. Du chagrin et de la malchance ne tiennent pas lieu d'œuvre. Vous avez vendu de la fumée pendant trente ans, et, aujourd'hui que vos feux sont éteints, vous n'êtes plus rien. Un marchand de tableaux, on espère qu'il lui reste quelques illusions aux murs et des économies à la banque. A vous, qui ne vous êtes pas enrichi, il ne reste rien. Encore quelques décennies et le papier sur lequel vous avez imprimé vos auteurs, vous le savez, sera détruit. Quel symbole ! Feuilletez-vous parfois les premiers bouquins que vous avez publiés ? Ils ont une couleur de vieille merde et ils sont près déjà de tomber en poussière. Nous étions quelques-uns à vouloir vous offrir une ultime chance d'exister, c'est-à-dire de nous servir, mais on n'offre pas de ces triviales occupations à... à cet émigré que vous êtes devenu. Encore que...

J'avoue avoir jeté autour de moi un regard sans bonté.

« ... je pense qu'on avait plus de panache du côté de Coblence. Ah ! Fornerod je vous en veux d'être vaincu, et de l'être avec cette ostentation, cette soumission ! Nous attendions mieux de vous. »

Ma tirade dévidée, je me suis retrouvé assez bête, debout au milieu du sinistre salon. Je n'avais pas pris la précaution de placer un mot de la fin et cet oubli compromettait ma sortie. D'ailleurs, un reste d'amitié me bloquait là, à essayer de tirer Fornerod de sa léthargie. Je le soupçonnais encore de jubiler comme font secrètement les gens que la tendresse de leurs amis rudoie. Ils se sentent importants, aimés. Il est vrai que je n'ai guère l'expérience des ravages qu'exerce la tendresse. Plutôt que de chanter dans un registre qui n'est pas le mien j'ai marché à grands pas vers la porte. Fornerod m'a suivi avec une décision inattendue. « Vous avez raison, m'a-t-il dit, nous ne nous reverrons plus. Il y a cent personnes, qui étaient mes familiers, mes complices, mes amis, et que je ne reverrai pas. Il ne faut pas s'insurger, Folleuse. Je vous cite : " La vie ne rebondit pas, elle coule. " Je l'ai toujours su. Néanmoins je vous remercie de votre visite, de vos lettres, de votre drôle d'amitié, même si je l'ai trouvée brouillonne. Maintenant j'ai besoin d'ordre. »

Nous nous sommes donné une accolade, comme des héros de Pierre Benoit. J'étais – dans l'odeur d'ail et de javel retrouvée dès la porte ouverte – suspendu entre stupeur et fou rire. Je me sentais tellement à côté de moi-même que n'importe quoi pouvait m'arriver. Il est arrivé seulement que Fornerod a fermé sa porte, les yeux baissés comme une vierge qui vient de sauver *in extremis* son pucelage, et que j'ai descendu l'escalier quatre à quatre, la bouche ouverte, rigolade enfin libérée. Alors, mon vieux, ne venez plus me parler de sauver Fornerod : j'ai déjà donné.

ÉLISABETH VAUQUERAUD

Nous avons abandonné le castel angevin, nouvelle série bouclée. Il était temps. Je suis parvenue à quitter ces lieux hospitaliers et gothiques sans connaître le nom du baron ni celui de la demeure. « La Ribaudière »? « La Ravinière »? Je ne regretterai que le chien et les carpes, à qui j'ai dit adieu, un peu plus émue qu'il n'était décent de l'être. Quand le sextuor a pris ses quartiers dans cette maison je ne connaissais pas Rémy et je ne faisais que balbutier mes premières chansons. Ici, j'ai compris quel déclic il convient de faire jouer pour composer ces poèmes pour rire. D'ici je suis partie pour Saumur, ce qui était bien l'initiative la plus saugrenue qu'il me soit arrivé de prendre en douze ans de ma vie de dame. Ici je suis rentrée, à l'aube, après « la nuit de Cholet », qui n'était pas une partie de jambes en l'air mais beaucoup plus, beaucoup mieux, une nuit de solitude et d'amour. Enfin c'est ici que le 3 août Rémy est venu me chercher, que le 6 il m'a ramenée, – et j'étais une autre personne. Ils l'ont vu tout de suite. Blondet ne m'a plus appelée qu'Anna Karénine, ce qui était sa façon à lui d'être malheureux. La mienne (d'être heureuse) a consisté dès lors à jouer l'ange du sextuor, la fée de cet étrange foyer collectif sur les braises duquel mijotaient notre ragoût télévisé, nos velléités d'intrigues, et, de plus en plus amère, la soupe politique dont mes compagnons s'envoyaient des assiettes à la figure. « Ils en ont parlé », comme disait la légende d'un dessin de Caran d'Ache, ou de Forain, je ne sais plus, du temps de l'Affaire. Une Affaire à eux, que cet été plein de nerfs et de sarcasmes qui voyait « la déconfiture de la gauche » (Blondet, Labelle), « l'outrecuidante inconscience de la droite » (Miller, Binet), formules (celles-là ou leurs contraires) qui jaillissaient, à propos d'élections partielles, d'un article du *Monde* (Miller pédalait chaque soir jusqu'au bourg où le tabac-journaux ne le commandait que pour lui), ou des informations télévisées. Quand Gerlier vint passer un week-end avec nous et qu'il commença, inconscient de l'électricité dont l'atmosphère était saturée, à débiter ses discours habituels, on frôla la rixe. « Je vais le claquer, ce con ! » hurlait Blondet, ivre de rage et de gros-plant, à trois pas de Gerlier, dans le bar où un vénérable couple britannique se noircissait sans faire tant de bruit. Heureusement José-Clo avait rejoint Borgette. Nous nous divisâmes en deux tables pour le dîner. J'eus droit à la rouge, et aux regards appuyés de Gerlier à qui l'on avait fait remarquer mon changement de coiffure.

Que six messieurs frivoles, hâbleurs, tire-au-flanc et bâfreurs fussent capables, soir après soir, d'échanger des mots sifflants à propos du Parti socialiste ou du maire de Paris, voilà qui ne donnait pas une flatteuse idée des hommes. Notre amitié en gardera des cicatrices et je ne suis pas sûre, le cas échéant, que le sextuor soit capable de se rassembler pour composer une troisième série d'épisodes.

Rémy est rentré d'Allemagne, où il a chanté pendant dix jours, avec des musiques qu'il a composées pour huit de mes poèmes (ceux qu'il avait empochés à la terrasse du café de Saumur), et je travaille comme une damnée. La mère Leonelli prétendait connaître le meilleur professeur de chant de Paris : une cantatrice d'avant la guerre des Boers, moustachue, polonaise, qui habite le rez-de-chaussée du calamiteux hôtel du Marais. Je croyais à des radotages mais elle disait vrai. Rémy a de la dévotion pour la moustachue et il n'aurait « jamais osé lui demander de te prendre en main ». Eh bien c'est fait. Je vais trois fois par semaine rue Geoffroy-l'Asnier où l'on me torture. J'aime les apprentissages mais celui-ci est rude. La Polonaise, entre deux cigarettes, les yeux mi-clos, commence à me regarder moins cruellement. On lui a dit que j'écrivais mes chansons : « Alors tu ne sauras jamais les chanter », a-t-elle décrété. Puisse Faraday ne pas l'entendre, avec qui Rémy m'a emmenée déjeuner en me faisant un rempart de son corps. Le petit homme est un ogre. Malgré la vigilance de Rémy j'ai eu le plus grand mal à dénouer ma jambe de celle de l'ogre, qui l'enlaçait comme eût fait un lierre carnivore. Seigneur ! Au café j'avais récupéré le pauvre membre engourdi et notre affaire était conclue : on enregistrera un premier disque en décembre. Rémy a dû promettre de m'accompagner au piano.

Comment n'aurais-je pas un peu de vertige ? Je pose mes conditions pour le tournage des prochains épisodes du *Château* : « Garde-toi pour les chansons », me répète Rémy. Gisèle, sûre depuis toujours du génie de sa fille, est seule à n'être pas étonnée. Je le suis, moi, du matin au soir et du soir au matin (car je dors de plus en plus mal : l'angoisse) et je me fais des promesses : devenir « une vraie professionnelle » (obsession de ces petits milieux à la réputation de fumisterie) sans glisser au sérieux ni à la garcerie. A peine est-on sorti de la panade, on est sollicité, pressé, tenté, appâté et il faut apprendre à dire non. L'économie d'une carrière, c'est le refus. Jos me le disait à propos de la littérature mais je ne le comprends que sur le tas, aujourd'hui. J'admire Rémy d'être à la fois désinvolte et ferme, en vedette et secret. Comment s'y prend-il ? L'explication doit se trouver du côté de la prairie où jouent Voltaire et Rousseau. Le trottoir et le jardinet de la rue Gambetta, Vanves, Hauts-de-Seine, ne possédaient apparemment pas les mêmes vertus pédagogiques. J'ai tout à apprendre de ce qu'un Rémy sait de naissance. Je l'ai senti lors de l'historique première rencontre Fornerod-Cardonnel, si réussie que je me sentais presque de trop. Nous y reviendrons. J'essaie de mettre de l'ordre dans cette course où je suis entraînée. Je parviens, au long de ces interminables insomnies qui m'épuisent, à tenir la déprime à distance en faisant en moi le ménage. Pas de meilleur mot sous la langue. J'époussette ce qui vaut de l'être, je me débarrasse de mes vieilleries. Il y faut un caractère résolu. En quelques jours je viens de jeter quelques copines mitées et deux ou trois types resurgis du néant. A la poubelle, la cafetière électrique ! Aux oubliettes, Elisabeth au cœur mou. Quand Rémy sonne à ma porte (trois coups, c'est le code depuis que Faraday est venu tenter de me violer une fin d'après-midi), je veux que lui ouvre une personne *nette*. A défaut de n'avoir pas de passé – Rémy se doute que j'ai beaucoup navigué – je lui offre un présent peigné, ratissé, limpide. Moins pour lui faire plaisir et illusion que pour me donner, à moi, le courage de l'aimer. Je feuillette mes meilleures pages, je me projette mes plus flatteuses images, je brouille et déchire le reste. A Rémy j'ai parlé de Gandumas, un peu trop longuement, en lui donnant plus d'importance qu'il n'en eut, parce que la mort confère de la noblesse à la baise et cautérise la jalousie. Sur Gerlier, tombeau ! comme dit Jos (ou Proust ? ou qui, dans Proust ?...) Il rôde, Gerlier, il patrouille autour de moi, il m'observe. Il a conscience de m'avoir *inventée*, d'être à l'origine de toutes ces chances qui ruissellent sur moi depuis deux ans et il trouve que je ne lui ai pas dit merci très tendrement. Il se doute aussi qu'il m'a laissée filer trop loin de lui pour me rattraper. Il y a six mois je n'aurais pas mis le verrou à ma porte. Aujourd'hui je ne réponds plus à ses coups de sonnette. Ingrate ? Mais non, j'ai payé d'avance. Rappelle-toi la serre du proviseur...

Au retour d'Anjou j'ai commencé par m'enfermer trois jours rue de la Chaise. Rémy était quelque part entre Cologne et Mayence. Je n'ai croisé personne dans l'escalier en montant et, à peine chez moi, j'ai retiré mes chaussures, marché pieds nus. Par goût du confort ou pour ne pas apprendre à Jos mon retour ? J'avais encore dans les oreilles les joutes oratoires de mes penseurs du septuor, et besoin de silence. Les derniers jours avaient été difficiles, entre tous ces types aux babines retroussées.

J'étais sotte de n'avoir pas appelé Jos ni frappé à sa porte : je passais devant le troisième gauche sur la pointe des pieds et je rasais les murs pour descendre acheter six yaourts et un kilo d'abricots, comme une pécheresse traquée. Le troisième soir je suis allée sonner chez lui. Il y avait un revenez-y de chaleur, on étouffait. Jos m'a ouvert sans surprise, torse nu ou à peu près : une chemisette lui battait les reins, même pas boutonnée. M'avait-il entendue ouvrir les fenêtres, marcher ? Il m'a embrassée et poussée vers le salon. Il y régnait non pas un désordre mais un ordre étrange. On aurait dit qu'un infirme avait disposé à portée de main tout ce dont il pouvait avoir besoin : sur le guéridon des chemises, des bouteilles, du papier à lettres, des paquets de biscottes, et même du gruyère sous une cloche. Un oreiller était posé sur le canapé, chiffonné, et par terre des piles de livres, un transistor, des boîtes de médicaments. Un pantalon plié sur un cintre était suspendu à la crémone de la fenêtre et bougeait dans le courant d'air.

— Je me suis replié ici, grogna Jos, la seule pièce fraîche.

Je racontai nos derniers jours de travail, les caractères qui s'aigrissaient, les prises de bec, la tournée de Rémy en Allemagne. J'évitais de regarder le torse maigre de Jos, ses joues rasées de près, mais grises. Enfin je ne sus plus quoi dire et le silence tomba. Jos allait et venait dans le capharnaüm, déplaçait inutilement des objets. « Tu as dîné ? » demanda-t-il. Puis avec un sourire oblique :

— Je suis en train de tourner dingue, moi.

Il alla s'asseoir le plus loin possible de mon fauteuil, une de ses mains malmenant l'autre. Il portait, ce qui lui changeait le visage, des lunettes destinées à la lecture et avec lesquelles, je le savais, il voyait flou. « J'ai failli partir en voyage. Les Ardennes. La Dordogne. Tu sais ? ma sœur... » Il dressa l'avant-bras, le laissa retomber, se tourna enfin vers moi et releva ses lunettes sur le front. Il souriait toujours. « Ma tournée des cimetières... »

Que répondre ? Je suis ainsi faite que l'ivresse, les excès de langage ou de sentiment, les comportements inexplicables me gênent jusqu'à la paralysie. Jos laissait l'obscurité nous noyer peu à peu. J'avais faim, soif, et une colère irraisonnée me gagnait. Que faisais-je là ? Enfin je recouvrai mes esprits et me levai. J'entendis une drôle de voix salonarde sortir de moi et dire : « Il est temps que je vous laisse »... Jos ricana. Je tâtonnai vers le vestibule, ouvris, et j'attendis un instant sur le seuil, dans le noir, aux aguets. Rien ne se produisant je sortis et claquai la porte derrière moi.

Le surlendemain, quand Rémy revint, je lui racontai ma visite à Jos, qu'il ne connaissait toujours pas mais sur lequel il m'avait posé beaucoup de questions. « J'ai une idée », me dit-il en souriant. Je ne voyais pas dans tout cela de quoi sourire et je n'en sus pas davantage sur son idée. Rémy s'était assis au piano où il me joua, une à une, les musiques qu'il venait de composer pour moi.

*
* *

J'avais les yeux mauves et intéressants, le lendemain matin quand j'ai croisé Colette Leonelli sous le porche de la rue Geoffroy-l'Asnier. Elle venait rendre visite à ses parents et j'apportais, moi, les nouvelles partitions à ma dragonne. Je n'avais pas vu Leonelli depuis des mois.

— J'étais en Californie avec Bianca. Mais je sais tout. Ça marche formidablement, pour toi...

La voix murmurante me tutoyait. Les longs cils se levaient sur des yeux de tendresse indécise, curieuse. « Je fais un petit dîner pour Jos, ce soir, à la maison. Peux-tu venir ? Avec Rémy ? »

Ce « Rémy » me troua la poitrine. Je ne suis pas encore habituée à ces complicités enchevêtrées, parfois cocasses. J'arrive, moi ! J'acceptai, avant même de comprendre qu'il eût été facile à Jos, s'il avait eu envie de me voir, de prier la Leonelli de m'inviter. Il l'eût fait il y a trois mois.

Colette et Rémy se tutoient, s'embrassent. Bon. Jos est déjà arrivé ; il m'observe pendant que mon œil fait le tour du célèbre salon Leonelli et reconnaît, pour les avoir vus sur tant de photos, les paravents de Coromandel, les divans noirs, la forêt des fétiches et des masques océaniens dont le fond de la grande pièce ovale est comme hérissé. On me glisse un verre dans la main. Tout bouge autour de moi en éclats dorés, voix sourdes, rires invisibles. Je suis la seule à entrer ici pour la première fois et je me damnerais pour être une habituée, pour me couler, comme ils font tous, dans les canapés bas, oreilles et lèvres tendues vers des confidences. Chabeuil est là, ce revenant, avec sa Patricia à la peau cuite, et Bianca qui vient frotter contre ma joue son museau de levrette, et ce beau type maigre, ministre de dieu sait quoi. Cela se fait encore, en 1983, d'inviter les ministres ? Celui-là, oui, sans doute, si bien vêtu, et qui connaît le pouvoir d'une gueule de carnassier tendre. « *Le Château*, épatant... » me souffle-t-il au passage. Puis il se tait, épuisé. Jos a tiré sur ma main et m'a fait tomber à côté de lui, où il

m'enlace, étreinte brutale, garçonnière, ses doigts me meurtrissent l'épaule. « Alors, murmure-t-il à mon oreille, et la voix neutre ne semble pas appartenir à la même personne que le bras, alors on touche tous les tiercés ?... » Il cherche des yeux Rémy. « Tu me l'amèneras ? Comme il est jeune ! »
— Vous me trouvez blette ?
— Calme-toi. Détends-toi. Ce n'est pas l'Olympe, ici, tu sais ! C'est un rez-de-chaussée de la rue de Verneuil, décoré avec goût, et payé non pas avec ce bel argent que j'ai su gagner, autrefois, mais par le capitalisme brésilien.

Jos regarde autour de lui, tranquille. Est-ce le même homme qui ricanait dans la pénombre, il y a trois jours, la chemise ouverte, les côtes saillantes ? Il ricane toujours, mais dans un registre plus civilisé :

— Tous, ici, et même toi ! vous êtes mon troupeau, mes brebis... Je connais le goût de votre lait... A moi il ne faut pas jouer la comédie...

Après le dîner je lui ai « amené » Rémy, à cette table du jardin où il s'était assis à l'écart, un verre posé à côté de lui sur la balustrade. Je n'étais pas au bout de mes surprises.

Un homme fait, avec ses aspérités, ses rondeurs, rien de plus massif, on peut sans risque le frotter à autrui ; il ne s'effrite pas ; il n'est pas malléable. Rémy, face à Jos, m'a paru *tendre*, comme le sont une jeune viande, un caractère mal trempé. Ressemblance ou mimétisme ? Il a paru abonder dans le sens de Jos, ou Jos dans le sien. « Le capitaine Fornerod », ce père un peu mythique, est apparu dans la conversation comme s'il y avait régné de toute éternité, avec des souvenirs où passaient Versailles, la forêt, et bien sûr Saumur (Jos m'avait donc écoutée ?), et ces grands chevaux exaltés sur lesquels Rémy avait tenté en vain de m'émouvoir. Jos reconnaissait le Rémy que je connaissais mal et s'émerveillait de le découvrir ainsi fait, d'un matériau inattendu, et, disons-le : si différent de cette pétroleuse d'Elisabeth. Un chanteur ! Je voyais Jos amusé et charmé. Chamant ? Il connaissait, et même la maison il l'avait aperçue de loin, du jardin d'Alain et de Mary, il s'était d'ailleurs demandé...

J'étais là, à les écouter se caresser, contente et idiote à la fois. Ils ne s'occupaient plus de moi. Rémy *jouait* bien un peu, je le sentais, mais n'était-ce pas pour me rassurer, une façon d'entrer plus avant dans ma vie, de saluer mon amitié pour Jos?

Colette s'est approchée. Elle s'était composé cette coiffure en tête-de-loup pour ressembler à l'autre Colette, pour l'évoquer, une espèce d'hommage. La Leonelli, maintenant que l'âge venait, partait à la recherche de son nouveau personnage. Elle prit ma main avec naturel. Elle voulait voir mieux cette bague, le premier cadeau de Rémy. Elle s'adossa, se laissa aller dans le divan noir sans lâcher le bout de mes doigts. Il n'était pas besoin de parler, ou alors à voix basse, chacun pour soi, chacun pour l'autre, cependant que le grand salon, sa pénombre mouvante à cause des bougies et de ce feu dans la cheminée, que ranimait un Vietnamien silencieux, paraissait vivre de sa vie propre, de la paix un peu magique qu'il dispensait, ou préservait, et prolongeait en sages rectangles de lumière sur le dallage de la terrasse. Les paupières baissées, ma main effleurant celle de Colette, j'essayais de récapituler tout ce que colportait depuis vingt ans la légende Leonelli. Ce salon que Gilles avait décoré (même pour lui, il avait alors paru extravagant), puis abandonné; les fables chantées sur les toits, mais les amours cachées; la relève qu'avait assurée Colette et l'histoire de cette séduction fameuse à laquelle, hommes et femmes, avaient succombé plusieurs des plus beaux oiseaux de la volière, jusqu'aux noces brésiliennes qui avaient tiré, sous l'addition des aventures, une barre dorée. L'Olympe? non, Jos avait raison (même si le salon n'était pas de la poche de Getulio), mais l'œil d'un cyclone de douceurs et de secrets, le moyeu au centre de la roue folle du vertige.

Bianca, qui s'était éclipsée, réapparut en tirant par un doigt un voyou de son âge. On aurait dit le page énigmatique que Losey fait surgir dans son *Don Giovanni*.

— Il loge ici, tu sais. Bianca l'a installé chez elle, il me fait un peu peur. Pas à toi?

La pensée me traversa, de la façon dont ma grand-mère, m'a-t-on dit, repoussait l'assaut des amoureux de la belle Gisèle... Quels voyages, ce soir, dans ma tête!

— Il est trop beau, c'est à cause de ça?

— On n'est jamais trop beau.

Est-ce avec des certitudes de ce tonneau-là que Colette avait subjugué son monde? Impérieuse, sa voix avait porté. Des têtes se tournèrent. Un lent mouvement, comme de poissons ou de somnambules, déplaça la scène. Ils savaient s'y prendre, tous, pour bouger aussi bien. Chats, poissons, mannequins, somnambules : de combien de comparaisons aurais-je encore besoin pour exprimer mon étonnement ? Jos lui-même redevenait ici, un homme différent, un homme ancien dont je n'avais pas soupçonné l'existence. « A moi l'épave, pensais-je méchamment, et à Colette le cher dandy fatigué... »

Sans doute était-il temps de l'honorer, Jos, pour qui le dîner était donné. Colette, qui l'aimait, avait été horrifiée après six mois au Brésil de le retrouver vaincu. Elle ne m'avait rien dit de tel mais cela n'allait-il pas sans dire ? Et n'avait-elle pas le pouvoir de malmener les contrats, d'aller porter ailleurs la légende et les droits de Gilles ? Elle avait fermé sa porte à Brutiger, on le savait, mais elle était harcelée par Mésange, par Le Nain lui-même. Ce dîner prenait, à y penser ainsi, un autre sens. L'élimination de Jos pouvait rendre à Colette sa liberté, – avec de bons avocats...

Comme Jos parlait, Colette leva la main, imperceptiblement, et tous se turent. Jos regarda autour de lui, amusé. « ... Dois-je aller m'adosser à la cheminée, Colette ? »

Rémy s'était glissé près de moi. D'abord je ne fis pas trop attention aux propos de Jos. Je lui gardais rancune : depuis son retour il me déroutait. Je ne comprends rien aux affections glissantes, aux dérobades. J'avais l'impression de n'avoir plus, de lui, le meilleur. Rémy me força à l'écouter : « Il dérape, ton copain », me glissa-t-il à l'oreille.

Jos parlait lentement, avec soin, cherchait ses mots. Quand il croisa les yeux de Colette, elle lui sourit.

« ...Je suis fasciné par les villas Samsuffit. Je n'ai jamais pu imaginer ma vieillesse. J'avais beau accumuler les hypothèses plausibles, prolonger les lignes existantes, me dessiner un *profil de carrière*, un plan de vie, aucune image ne mordait sur la réalité. De cette impuissance, je déduisis tout naturellement que j'étais jeune. Qu'auriez-vous fait à ma place ? Jeune pour longtemps. Jeune pour toujours. Un privilège qui ne m'épatait même pas. Les gens qui me considéraient avaient devant eux un quadra puis quinquagénaire de moins en moins frais, et ils tiraient de cette vision la conclusion qui s'imposait. Mais ils avaient tort. Ils ne me voyaient pas comme j'étais : non pas immortel – ce qui serait banal – mais *jeune*. Un jeune homme de cinquante, bientôt soixante, que les marques de déférence agaçaient, que les rares fatigues de son corps indignaient. Tout a changé le jour où, visiblement devenu un vieil homme, je me suis aperçu que ma vieillesse m'était toujours inconcevable... J'avais perdu mon avenir comme l'autre, son ombre. Mais je suis assez lucide pour comprendre que cet avenir-là est aujourd'hui mon présent. Les miroirs me le disent... Vos visages me le disent... C'est à mon présent que je ne parviens pas à croire... aujourd'hui... demain... Le trou, le vide ne sont plus devant moi : je suis dedans... »

Jos parlait avec l'application de qui ne répète pas une certitude déjà formulée mais tente, mot après mot, de cerner ses sensations. J'avais beau ne pas être une familière du salon aux paravents de laque noire, je devinais, à la tension un peu scandalisée des visages, que Jos outrepassait les limites en usage. Mais, en même temps que leur embarras, les gens qui se trouvaient là exprimaient assez de respect ou de sympathie pour que Jos pût continuer à chercher ses mots.

Quand avait-il commencé à parler de Claude ?

« ... Ma vie après elle, ou la sienne après moi, je les avais imaginées. Alors que mon avenir se dérobait, j'étais capable d'imaginer l'avenir de notre amour, ou si vous préférez les lendemains de notre amour, dans une peur et une horreur extrêmes, mais avec une précision impitoyable. Bien entendu, la réalité n'a ressemblé en rien à mes cauchemars. J'avais redouté une vie impossible, j'ai découvert une survie presque facile, sans saveur, la grisaille... Une nausée universelle mais presque douce. »

A demi allongé avec une grâce extrême, le ministre parvint à regarder sa montre sans que le geste fût remarqué. Jos cherchait maintenant à capter un regard mais tous nos visages étaient penchés dans un simulacre de réflexion. Ses lèvres, entrouvertes, tremblaient. Colette Leonelli se pencha par-dessus l'immense table basse et tendit la main vers lui, mais de si loin qu'il ne pouvait pas la saisir. Bianca se leva, emplit des verres, les offrit. Le silence se prolongeait, seulement occupé par les gestes de Bianca, les froissements de sa robe, l'écroulement des bûches que tisonnait le petit homme jaune. J'eus envie de hurler. De me dresser et de hurler. Rémy me serra davantage la main.

Dans la rue non plus il ne me lâcha pas. Nous étions partis les premiers. Sur le seuil j'avais éprouvé un regret : l'appartement de Colette m'était apparu comme une grotte baignée de parfum, sombre et dorée, qui s'enfonçait loin dans la nuit du jardin, dans les profondeurs d'une ville magique et trompeuse, et que je n'avais pas su explorer, que j'avais eu tort de fuir à la sauvette. Colette, impénétrable, nous avait embrassés. « Pauvre Jos », avait-elle murmuré : elle aussi l'avait abandonné.

C'est le lendemain que Rémy m'emmena pour la seconde fois à Chamant. Nous n'avions pas annoncé notre visite afin de trouver la maison dans son naturel. « Je n'aime pas quand ma mère a ses cheveux bleus », disait Rémy en riant. Elle les avait entre gris et jaune, en effet, et elle jardinait, aux mains de gros gants d'ouvrier. Le gardien n'en pouvait plus de voir Voltaire et Rousseau, extatiques, assiéger la bergère derrière la barrière du pavillon. « Vous voulez la placer ? lui demanda Rémy ; je vous la prends... » C'est ainsi que nous installâmes la chienne à l'arrière du break panaché dans lequel Rémy avait tenu à faire la route. Il avait son idée en tête. « Tu es fou ! » déclara Mme Cardonnel.

— On l'appelle Zulma, dit le gardien, c'est une idée des gosses.

La chienne assise dans le break, oreilles dressées, suivait notre discussion avec une intensité extraordinaire. Quand nous arrivâmes rue de la Chaise elle nous précéda dans l'escalier, l'échine ronde. Les loups ont une façon bien à eux d'avaler les marches avec prudence, le nez au ras du tapis. Elle s'arrêta au troisième, se retourna, nous attendit. « Eh bien, les dés sont jetés », constata Rémy. Et il sonna à la porte de Jos.

PLAN GÉNÉRAL IV

A Rémy, lors de ce dîner chez la Leonelli, il avait raconté le chien de la Bégude. Un grand berger d'Irlande ou des Pyrénées, un de ces poilus anarchiques dont il confondait les races mais qu'il imaginait bons compagnons, amis des familles. Il l'avait aperçu, fracassé sans doute par une voiture, dans l'herbe du bas-côté. C'était à l'entrée d'un village et Jos roulait lentement. A peine un village, un hameau de dix maisons appelé la Bégude. Il existe vingt lieux de ce nom entre Digne et Montpellier.

Le chien n'était pas là depuis longtemps. Il était couché sur le flanc, pattes allongées, avec cette sagesse qu'on leur voit, morts, cette paix. Elle trompe l'automobiliste qui, les apercevant et les croyant endormis, ralentit, donne un coup de volant. Quelquefois, à bien y regarder, un peu de sang leur poisse les narines ou la gueule. Il y a aussi les mouches.

Jos avait tout vu d'un regard. L'image s'était plantée en lui. Il venait de faire halte, pour quelques jours peut-être, à deux kilomètres de là, dans un hôtel isolé, l'Aigueparse, où – grâce soit rendue aux malheurs du franc – on n'entendait pas parler français. Il ne pouvait pas éviter de traverser plusieurs fois par jour le hameau : l'hôtel était situé au bout d'un chemin sans issue.

Jos était sûr qu'à son prochain passage on aurait ramassé le chien mort pour le jeter à la décharge, peut-être même lui creuser un trou. Mais non, il était toujours là, à dix pas du portail d'une jolie maison, une maison grattée, restaurée. Il était gonflé, déjà, sembla-t-il à Jos, sous le soleil de midi. Et le lendemain il y était encore. Jos avait ralenti, une main portée involontairement à ses lèvres comme s'il eût craint de vomir.

De jour en jour, pendant la semaine qu'il passa à l'Aigueparse, Jos revit la charogne, peu à peu éventrée, répandue dans l'herbe et la poussière, et malgré le coup d'accélérateur qu'il donnait maintenant à l'approche du portail, malgré l'effort pour porter ailleurs les yeux, il ne pouvait pas ne pas apercevoir, le temps d'un regard, le tas informe, la boursouflure de chairs et de poils, ne pas deviner le bourdonnement exaspéré des mouches, l'odeur. L'odeur surtout, qui devait avoir envahi l'élégante maison, son jardin, sa terrasse, sa piscine peut-être ? et Jos songeait aux gens qui passaient là l'été, des gens de goût à en juger par le portail bleu lavande, les lanternes, des pots italiens, des détails parfaits, et de jour en jour la puanteur les avait sans doute chassés, les femmes, les enfants, du jardin et de la terrasse et relégués au fond de leur belle maison, fenêtres closes, là où ne s'était pas infiltrée encore l'odeur triomphante de la mort.

Jos avait raconté l'histoire à mi-voix, attentif à ne pas attirer d'autres auditeurs, et moins pour Rémy que pour vérifier qu'il aurait, lui, le courage de trouver les mots justes. Il n'avait même pas remarqué, ou à peine, avec quelle intensité l'écoutait le chanteur, ni la crispation de son visage. Il avait parlé pour lui-même, par hygiène. Pour déposer, dans le salon noir et or où sa dernière soirée remontait au déluge, la charogne du chien de la Bégude, afin que sa puanteur couvrît le parfum des bâtonnets à la rose dont Colette se fournissait à Londres et que les invités – ce vieux cuir de Chabeuil, le sémillant ministre – fussent obligés, sur la moquette profonde, de faire un détour pour ne pas glisser dans la sanie et le sang.

Quand il ouvrit sa porte, le soir du 13 septembre, et que Zulma, assise, pencha sa tête sur le côté, écoutant leur silence à tous trois comme les chiens écoutent un grattement, une voix derrière une cloison, il sut que Rémy avait retenu l'histoire de la belle maison empuantie, et peut-être aussi, Elisabeth, la

confuse litanie débitée un mois plus tôt, des cabots écrasés, des chats démantibulés, des arbres moribonds dans l'été français.
Zulma était un cœur à prendre. Le pavillon du gardien à Chamant, le haut grillage, le parc interdit, ces silhouettes, là-bas, aux voix douces, les deux mâles prêts à se battre pour elle : rien de tout cela n'offrait à une chienne perdue la sécurité. Elle avait attendu, oreilles droites, sans peur ni repos, se débrouillant nul ne sait comment avec l'histoire de trahison ou d'oubli qui blessait sa mystérieuse mémoire d'animal. Quand Jos se pencha vers elle et lui parla, puis s'agenouilla, là, sur le seuil, dans ce lieu suspendu entre les parfums confus et affolants de la ville et ceux, inconnus, de cette maison inconnue, Zulma resta assise – lui avait-on, dans une autre vie, appris à le faire ? Lui avait-on appris cette allure fière des chiens dressés ? Elle lécha soigneusement le visage penché vers elle, s'ébroua, se leva, entra au petit trot dans l'appartement et se dirigea vers le canapé du salon où elle grimpa et se coucha. Seule son encolure tendue, son regard fixé au mur, attentif mais détourné, donnaient la mesure de son incertitude. Elle entendit derrière elle des rires. Alors elle s'allongea tout à fait, gueule entre les pattes, soupira, mâchouilla sa langue et leva les yeux vers les hommes.

Il y eut dès lors dans la vie de Jos une présence, cet infime frémissement de l'air à quoi se reconnaît, dans un lieu clos, le souffle d'une vie. Les premiers jours la chienne ne le quitta guère : elle se levait s'il se levait, sortait des pièces avec lui, le suivait dans le couloir, tête basse, allure affairée. Il n'était pas question de la laisser seule. Jos surprenait aux moments les plus inattendus l'attention de Zulma tendue vers lui, ses yeux précis de berger qui le fixaient. La nuit – dès le premier soir elle dormit sur le canapé qui occupait un mur de la chambre et *commandait* le lit, le couloir, les deux portes – Jos l'entendait soupirer, déglutir, ronfloter un instant, gémir à quelque rêve, se lever et tourner en rond sur elle-même, plusieurs fois, avant de se recoucher. Parfois elle descendait en silence du canapé et venait se coucher au pied du lit, la tête posée sur un pan de robe de chambre. Le matin elle poussait le nez avec une douceur pataude dans le cou de l'homme, contre son oreille, ne risquant aucun coup de langue avant qu'un geste, un grognement ne lui aient indiqué que son maître revenait à la vie. Elle avait faim de promenade à dix heures, de viande au retour, de jeux tout le reste du temps. Des balles de tennis grises, mâchonnées, traînèrent sur le parquet où elle dérapait à leur poursuite dans un grattement d'ongles. Quand une balle roulait sous un meuble bas la chienne s'aplatissait et, les yeux perdus dans la bouche d'ombre où avait disparu sa proie, jetait de brefs jappements aigus, claquants, de plus en plus impérieux, jusqu'à ce que Jos vînt se coucher sur le sol et, le nez dans la truffe de la chienne, sous son regard brillant, glissât le bras sous la commode ou le bahut et, déjeté, empoussiéré, récupérât la fugitive.

Trois ou quatre fois par jour Elisabeth tendait l'oreille à cette succession de rebonds, glissades, aboiements étouffés à quoi elle reconnaissait les parties de balle. Elle croisait maintenant dans l'escalier la course folle de la chienne dévalant vers la promenade, et Jos qui la suivait, actif, l'air faussement grave, une laisse à la main. En quatre ou cinq jours, dans le quartier, on le connut, alors qu'il traînait par les mêmes rues depuis cinq mois sans que quiconque eût fait attention à lui. On le salua. On lui adressa de ces questions plates et attendries auxquelles les maîtres d'un chien, on le sait, sont sensibles. Il prit l'habitude de sortir en blouson, un foulard au cou, tenue qui correspondait mieux que ses éternels costumes à la compagnie d'un loup et à l'usage qui voulait qu'on lui parlât à mi-voix, tout en marchant, de sorte que Zulma retournait vers lui ses yeux obliques et accentuait ses allures ondoyantes. Jos renonça aux deux gargotes où l'on avait mal reçu la chienne et prit ses habitudes dans ce restaurant de la rue du Cherche-Midi, trop cher pour lui, où un labrador couleur de sable, couché près du bar, accueillait Zulma en état de frénétique béatitude.

Les déambulations de Jos dans la ville devinrent des itinéraires, avec un but (les quais de la Seine, les Tuileries où l'on peut galoper entre deux colères des gardes, le Champ-de-Mars où règnent, le soir venu, les lanceurs de bâtons), des lieux interdits (telle rue où la chienne refusait d'avancer comme si elle y eût vécu quelque épreuve effroyable dans une existence antérieure). Les heures passées rue de la Chaise ne furent plus abandonnées à la prostration ni à la sieste. On ne roupille pas au milieu du jour sous le regard vigilant d'un grand chien. Zulma imposa à Jos des activités logiques, une dignité que la solitude lui avait déjà désapprise. Il mit de l'ordre. Depuis presque trente ans il entassait son courrier dans des boîtes de carton, sans le classer, par un superstitieux et professionnel respect pour la prose des pisseurs de prose, ne mît-elle comme ici ses privilèges qu'au service de velléités vite oubliées, de vanités outragées ou de comptes de cuisinière. Jos avait naguère laissé Muhlfeld et Angelot fouiller dans quelques-unes des boîtes. Ils y avaient introduit un semblant de classement : des trombones de belle taille attachaient les unes aux autres les lettres des mêmes correspondants, rendant leur lecture à la fois plus commode et plus nostalgique.

Les traces laissées par ses exégètes rappelèrent à Jos la lettre de Muhlfeld oubliée depuis un mois. Il n'y avait pas répondu par aboulie ; il s'imposa d'écrire quelques lignes courtoises ; mit son silence sur le compte « d'un deuil », vaguement. Puis, à la réflexion, il recommença : « La mort brutale de mon beau-frère, Konrad Kramer... » Il expliqua aussi que jamais le message du mois d'avril ne lui était parvenu, « non plus que beaucoup d'autres... » Pour le reste, la lettre était une fin de non-recevoir. Il signa, timbra et alla immédiatement la jeter à la boîte, dans un sentiment de délivrance. La chienne aimait beaucoup la promenade jusqu'à la poste de la rue de Rennes.

Un Bechstein blanc fut monté chez Elisabeth, où Rémy passait de plus en plus de temps. Jos entendait des accords de guitare, de piano, des lambeaux de phrases vingt fois répétées. Il la plaisanta : « Tu vas te plaindre au propriétaire de ce vieux type, avec son clebs, et moi je lui dirai ce que je pense de la foutue chanteuse du quatrième... »

Il y eut dans le jardin de Chamant une séance de photos destinées à la pochette du quarante-cinq tours. Tout y passa : le piano de famille sous le cèdre, Elisabeth en Gitane, en rat d'hôtel, en Ange bleu. Le photographe et son assistant jouaient les artistes. Elisabeth mettait à obéir à leurs suggestions la même application qu'à travailler sa voix avec la sorcière de la rue Geoffroy-l'Asnier ou à corriger ses paroles avec

Rémy. « Elle a dû bûcher tout aussi sérieusement avec Borgette et ses boys », pensait Jos en l'observant, de loin. Il se demandait ce que signifiaient ces deux rides, parfois, sur le front d'Elisabeth : allait-elle faire longtemps la saintenitouche ? C'est Rémy qui avait insisté pour qu'il vînt à Chamant. « Ça marchera très fort avec Maman », avait-il promis en riant. Il disait « Maman », comme les mômes. Zulma, circonspecte au temps où le jardinier l'exhibait au bout d'une corde, un cas social, revint en triomphatrice. Nantie d'un maître, qu'elle ne quitta guère de l'œil, les reins lui frottant le pantalon, elle se contenta d'écarter Voltaire et Rousseau de deux ou trois brefs claquements de mâchoire. Les setters se le tinrent pour dit et se couchèrent, admiratifs, à quelques pas d'elle.

Jos n'aimait guère ce rôle de grison que la logique des âges l'obligeait à jouer. Une main sur l'encolure de la chienne, il regardait Mme Cardonnel le regarder. Courtoisie et curiosité disputaient un match incertain sur le visage aux cheveux bleus : ce sexagénaire aux malheurs exemplaires, qui cornaquait la petite Elisabeth, l'intriguait. Mme Cardonnel n'appelait Elisabeth que « mon petit » et l'embrassait beaucoup. A Jos elle donnait du « monsieur ». Ils parlèrent animaux. Elisabeth, en habit et chapeau haut-de-forme, un jonc à la main, se tenait à califourchon sur la plus basse branche du cèdre. « On va m'entretenir de tous les petits Cardonnel qui sur cette branche... » Jos frémit, se leva et, sans s'excuser, traversa la prairie. Comme Elisabeth était belle ! Zulma vint se dresser à côté d'elle, ses pattes de devant posées sur l'écorce, et tout le monde comprit que ce serait la meilleure photo, celle qui après beaucoup d'inutiles hésitations décorerait la pochette du disque.

Pendant que l'équipe rangeait son matériel, pliait les vêtements dans les valises, rentrait le piano dans le salon, les trois chiens firent sur la prairie une sarabande si folle qu'on entendait, au passage, le souffle rauque du vieux Voltaire. Il y eut un instant immobile, tout le monde regardant les chiens jouer. Elisabeth, toujours en Marlène, ne se décidait pas à ôter le pantalon noir, les souliers vernis, le gilet gaufré blanc qui lui allaient si bien.

Rémy dut intervenir pour arrêter la farandole des chiens avant que Voltaire ne fît une attaque. Il lui fallut se jeter dans l'herbe pour arrêter Zulma en pleine course. Elisabeth serra le bras de Jos et, du menton, lui désigna la prairie où la tondeuse avait dessiné ses parallèles plus ou moins vertes, les fauteuils sous le tilleul, le piano en équilibre en haut des marches de la terrasse, les ombres que la fin du jour et l'automne allongeaient. Puis, à voix basse : « Alors ? Vous y croyez, vous ? »

— Pourquoi pas ? répondit Jos. Ne bouge plus, ne ris pas, le petit oiseau va sortir. Oui, pourquoi pas ? Si tu sais garder ton sérieux...

SIXIÈME PARTIE

L'aire de repos

« L'ESCADRILLE »

Delebecque était une *vieille tige*. On ne savait plus, tant il était obèse, brouillon, sans âge, s'il avait été un as de 14 ou de 40, s'il avait posé son zinc sur le toit des Galeries Lafayette ou sur la Cordillère des Andes. On ne savait même plus s'il avait jamais tenu un manche à balai. Mais il avait écrit de beaux livres virils et nostalgiques sur l'aviation de papa et il possédait, disait-on, la plus complète collection de photographies des combats aériens des deux guerres, des meetings d'acrobatie, des « salons », des pilotes célèbres (avec dédicaces), sans parler des maquettes, dont il prétendait avoir refusé « des fortunes ». Il y avait eu du mérite car il était pauvre, assoiffé, et si sale qu'on ne lui offrait plus guère à boire dans les bars où il atterrissait chaque soir.

On ne sut jamais comment il avait trouvé l'argent pour racheter le bail d'un local crasseux, rue de l'Estrapade (était-ce un restaurant vietnamien ? une blanchisserie ?) et le transformer en une espèce de cabaret. Il y fit installer le comptoir le plus long de Paris (« le seul zinc qu'il ait jamais piloté », dirent les méchantes langues), y suspendit par des fils de nylon ses plus beaux modèles réduits, des Spad et des Nieuport de 14-18, et couvrit les murs, à touche-touche, jusqu'au plafond, des fameuses photos, images jaunies, bouleversantes, au milieu desquelles trois ou quatre agrandissements régnaient : le regard de Guynemer, le profil d'ange de Mermoz, l'œil de gazelle triste de Gary, l'élégance un peu distante du *group-captain* Townsend...

Tous les amis qui ne régalaient plus aussi volontiers Delebecque que jadis furent là, à l'automne 81, pour se faire régaler par lui : l'inauguration fut un triomphe, et le triomphe dura. L'Escadrille était depuis deux ans un endroit à la mode. On y voyait se coudoyer des baroudeurs trop beaux pour être vrais, des comédiennes, des gaullistes au rebut, des champions de tennis et des dames aux cuisses fuselées qu'on appelait courtoisement les hôtesses de l'air. Personne ne demandait sur quels vols de quelles compagnies. On laissait les voitures place du Panthéon dans un désordre où les agents du commissariat voisin avaient renoncé à intervenir tant ces gens-là tutoyaient de préfets. Delebecque grossit encore, ne ralluma plus ses havanes et disputa leurs numéros au Café d'Edgar et au Don Camillo. On entendit chez lui des chansonniers vraiment féroces, des chanteurs aux convictions inattendues, Manitas de Plata, des transfuges de l'Est. Il refusait du monde tous les soirs. Même sans trop se soucier des règlements de sécurité, on n'entassait pas plus de quatre-vingts personnes dans la petite salle en contrebas. Quant au fameux bar, seuls les sept ou huit premiers tabourets permettaient d'apercevoir, de haut, le spectacle ; les suivants n'offraient à leurs occupants d'autres possibilités que de s'alcooliser lentement en tendant l'oreille à des bribes de chansons. C'était là que les habitués se tenaient, bavardant à mi-voix, toujours trop fort au gré du barman, par qui ce devint chic de se faire imposer silence.

 Rémy avait parlé d'Elisabeth à Delebecque, mais c'est Chabeuil qui le premier la mena à L'Escadrille. La vieille tige venait d'y engager un orchestre de tango, des Argentins qu'on disait en exil, chassés en 1980 par les militaires, menacés par des tueurs, etc. Ils attiraient rue de l'Estrapade un petit public masculin tiré à quatre épingles, reins cambrés, les yeux chauds, qui venait là comme à l'église. Les Français regardaient, ébahis, les neuf messieurs de l'orchestre suivre avec ennui leur propre enterrement. Les violonistes, debout, les joueurs de bandonéon, assis, fracassaient avec les mêmes gestes mécaniques et parallèles une musique déchirante. Ils étaient vêtus comme des gratte-papier épuisés par les heures supplémentaires. Les neuf visages aux joues creuses, aux rides chevalines, n'exprimaient nul sentiment. Le rythme enroulait et déroulait comme en dehors d'eux son piétinement obsédé.

Muette, Elisabeth se laissa imbiber, pénétrer. « C'est donc ça !... » Rémy avait composé pour deux de ses poèmes des airs de tango qu'elle s'évertuait depuis un mois à chanter sur un lugubre balancement de cours de danse. Ici, elle découvrait un crépitement de flammes froides. Pourvu que Rémy aimât cet orphéon spécialisé dans les spasmes et agonies ! « C'est bien, non ? » murmura Chabeuil. D'un geste elle le fit taire. Schwartz, lui, quelques autres : elle commençait à mépriser les hommes qui l'avaient convoitée sans l'avoir eue.

Vers minuit, comme les neuf croque-morts se reposaient, Delebecque poussa sa bedaine entre les tables et vint les saluer. « Cardonnel m'a beaucoup parlé de vous », dit-il à Elisabeth. Il la contemplait avec l'humble et encombrante insolence des obèses. « Puis-je vous entendre ? » Il ajouta précipitamment : « Je vous ai vue dans le film, bien sûr... et écoutée... J'ai toute confiance en Rémy... » Les petits yeux la fouillaient, des rigoles de sueur coulaient des cheveux vers les vastes joues.

Elisabeth avait beau s'être fait, depuis un an, une morale de soldat, elle trouva l'épreuve difficile : la scène sous trois ampoules, Rémy au piano, Delebecque et Robert, son barman, seuls dans la salle vide. Rémy chantonna quelques instants, improvisa. Il gagnait du temps. Puis le barman cria, façon para : « Go ! » et il alluma un projecteur. Elisabeth éclata de rire, saisit le micro et, délivrée, chanta quatre chansons à la file, dans un silence de cimetière. Quand elle sortit du cercle de lumière elle se rendit compte que Robert avait bougé : il revenait du bar avec un seau à champagne et quatre verres qu'il tenait par les pieds, en bouquet. Il fut convenu qu'elle commencerait très vite, avant le 1er novembre, parce qu'il fallait combler le vide entre les deux passages des « pistoleros », comme les appelait Delebecque.

— Tu n'as pas vu ça ? demanda-t-il en se tournant vers Rémy, il faut venir, c'est la messe ! Je ne peux pas couper les envoûtements du Padre Gaffa avec un gazier qui viendrait débiter des carabistouilles sur Marchais... Vos chansons, ça ira. Elles ne casseront pas la soirée. Elles ont de la gueule. Presque trop. Sans vouloir te vexer, ma petite Elisabeth, mon spectacle va faire un peu deuil en vingt-quatre heures, non, Robert ?

Le premier soir qu'Elisabeth se produisit à L'Escadrille, Rémy se trouvait à Luxembourg pour y enregistrer un spectacle de télévision. Il fit semblant de maudire le sort, Elisabeth renchérit, mais au fond tous deux préféraient ne pas affronter ensemble le trac qui, les derniers jours, avait submergé Elisabeth. Delebecque était pour la discrétion. « Avec dix copains, ta salle est faite... » Ils furent moins encore : Colette, les Chabeuil, Borgette et José-Clo, et à la dernière minute Gerlier, qui inventa dieu sait quelle parlote ou commission (à cette heure-là ?) pour arriver « sans sa Georgette », rayonnant la joie pâle des jeunes pères.

Jos chercha plusieurs jours qui consentirait à passer rue de la Chaise la moitié de la nuit pour y garder Zulma. A l'avance il redoutait un départ furtif et le regard dont l'accablerait la chienne. Comme Elisabeth était allée consulter une dernière fois la Polonaise – elle n'était pas sûre de ses deux tangos, qu'elle chantait maintenant dans le style funèbre du « Padre Gaffa » – Jos, en allant l'attendre rue Geoffroy-l'Asnier, vit débouler Bianca de l'immense escalier. Le matin la rendait à son extrême jeunesse, qui le soir du dîner chez Colette était apparue à Jos un peu voilée. « Tu as l'air d'avoir échappé au loup », lui dit-il.

— J'échappe à mon grand-père, ce n'est déjà pas rien ! (Elle savait éviter de répondre...) Qui es-tu, toi ?

Cette question s'adressait à Zulma. Laquelle s'était dressée, décidée à poser ses pattes sur les épaules de Bianca. Il y eut entre ces deux jeunes personnes un échange de sentiments si convaincant que Jos osa demander à Bianca le sacrifice de sa soirée. « Tu peux amener ton coquin », ajouta-t-il, regrettant aussitôt de n'avoir pas inventé meilleure formule. – « Bien sûr », murmura Bianca sans sourire.

Elle vint seule, vers neuf heures, et attaqua aussitôt les chocolats que Jos avait achetés pour elle.

— Comme tu as raison de porter une robe, lui dit-il.

— Je n'aime que les robes, la soie, les bijoux, les limousines, les parfums... Vous voyez quel destin je me prépare.

Couchée sur le divan, Zulma contemplait avec une égale vénération la jeune fille et la boîte de chocolats. Jos partit tranquille. En un quart d'heure il fut place du Panthéon. La laisse manquait à sa main. Il vit manœuvrer la voiture des Chabeuil, une lourde chose grise que Maxime peinait à garer, moins désinvolte qu'il n'eût voulu le laisser croire. Il trouva une place à l'angle de la rue d'Ulm, une vraie place, dont il prit précautionneusement possession sous l'œil de Jos. Il claqua la portière et bloqua les serrures avec modestie. Patricia jouait les désabusées : « Tu y vas souvent, toi, chez le Gros ? » demanda-t-elle à Jos.

L'orchestre du senor Gaffa le transporta très loin de la table où s'entassaient les amis d'Elisabeth, si loin, et lui donna l'air si absent que personne ne prêta attention à lui quand, profitant d'une rafale d'applaudissements, il se leva et poussa une porte. Il s'enfonça dans un couloir éclairé d'une veilleuse et là, s'arrêta. Ses yeux étaient brouillés de larmes. Parviendrait-il encore à goûter une émotion sans que l'étouffât l'absence de Claude ? Quand il eut repris son calme il s'avança et frappa à la porte où était inscrit à la craie le nom d'Elisabeth. Il la trouva souriante, assise dans l'unique fauteuil du réduit aux murs de parpaings laqués de blanc. Il l'embrassa. Toute trace d'anxiété disparue, elle écoutait *Buen Amigo* que nasillait l'interphone accroché dans un angle du plafond. Les sons étaient éraillés mais le rythme intact.

— C'est trop beau, Jos. Les prochains soirs j'attendrai mon tour dans la salle. Ici, toute seule, leurs sanglots me bousculent. As-tu vu Gaffa, leur patron ? Il a l'air d'un curé irlandais...

Jos resta seul dans la loge quand il fut temps pour Elisabeth de suivre son pianiste venu la chercher. « Demain, j'irai dans la salle », promit-il.

Tout le temps que dura le passage d'Elisabeth – elle chantait cinq chansons et bissa la dernière – Jos demeura immobile dans le fauteuil. Le haut-parleur était si détestable qu'il n'était pas question de juger ce que faisait Elisabeth ; Jos ne pouvait qu'apprécier le volume et la durée des applaudissements. Il regarda les trois bouquets de fleurs (dont le sien), les quelques pots de crème qui suffisaient au maquillage d'Elisabeth, la photo qu'elle avait fixée à la rampe d'ampoules, une photo prise à Chamant où l'on voyait Rémy se roulant sur la pelouse avec les chiens, et, à l'arrière-plan, un peu floue, la silhouette d'un Ange bleu immobilisé dans un geste d'effroi.

Quelles pentes, quels étranges enchaînements avaient-ils mené Jos à cette halte dans un bout de cave hâtivement aménagée ? Il pensa à tous les messieurs en frac, dans les romans et les films, qui s'étaient ainsi morfondus dans des loges, entre fleurs et jupons, désir et mépris, dans le parfum des fards. Le comte Muffat se déshonorant, des gigolos, des héritiers pressés de se ruiner, des princes, de s'encanailler. Quelle littérature ! Jos se dit que les temps avaient changé, et pourtant les mêmes gestes ou à peu près venaient toujours aux hommes, l'envie de jouer leur vieux rôle. Un rôle ? Il mesura avec quel soin il avait préparé cette soirée, avec quelle angoisse il l'avait vue s'approcher, et croître le trac d'Elisabeth. Depuis quinze jours, depuis qu'elle était descendue sonner chez lui au retour de l'audition, Jos savait qu'il serait ici ce soir, tendu, tassé dans un recoin qu'il n'avait pas imaginé différent, et depuis quinze jours il savait aussi que le moment serait difficile à vivre, mais que chaque soir, si Elisabeth acceptait sa présence, il reviendrait, se tasserait, attendrait ainsi. Il était devenu cet homme qui avait besoin de dégringoler les chemins jusqu'au bout. Il se rappela le roman fantôme de Rigault, les vertiges de *Monsieur Berthomieu*... Plus rien, presque plus rien ne le retenait au-dessus du vide sur lequel il éprouvait l'irrésistible besoin de se pencher.

La porte s'ouvrit. Robert, le barman, lui sourit : « J'ai une jolie place au bar, Monsieur Fornerod... » Jos, à son étonnement, ne put pas répondre. Il secoua la tête. Robert referma la porte doucement, comme s'il eût craint de réveiller un enfant endormi. « Claude morte, et pas de fils... » On finit toujours par découvrir et exprimer deux ou trois misères fondamentales, les mêmes, à un détail près, pour tous les hommes. Celle-ci, par exemple, dont Jos ne savait pas qu'elle l'obsédait : « Je n'aurai rien su faire que caresser des textes et les vendre... Je n'aurai mis ma force d'homme au service de rien, que cette démangeaison de lecture, ces combinaisons de goût et de savoir-faire... Ah ! les beaux combats ! Et pas même un môme de vingt ans pour me cracher à la gueule. Plus même une femme à voir vieillir, de qui avoir pitié, devant qui voiler les miroirs. Rien. En me volant mon métier ils m'ont tout volé puisque je ne possédais plus rien que lui. Un métier ! Tous paraissent-ils un jour à ce point dérisoires ? »

... Les applaudissements enflaient, rudoyaient l'interphone qui vibra lamentablement quand, là-bas, ils se mirent à frapper leurs mains en cadence comme cela se fait dans les galas politiques. Chez le gros Delebecque ? Un comble ! Jos calcula qu'il n'avait plus que quelques instants avant le retour d'Elisabeth. Il donna un coup de talon et remonta, remonta vers la surface avec la sensation que ses poumons allaient éclater. Maintenant l'interphone ne diffusait plus qu'un brouhaha, des raclements confus. Il y eut des pas et des rires dans le couloir, encore des raclements, puis une milonga éclata, faussement allègre, comme un tango ivre. Jos avait fermé les yeux. La phrase lui vint tout naturellement – « on lui ferma les yeux » –, et avec la phrase l'ignoble frisson. La milonga évoquait des trémoussements de pute avariée. « Tout pourrait finir ici, maintenant, pensa Jos. Je suis prêt. » L'était-il ? Il ne se sentait pas le courage de se lever ni de rejoindre dans la salle les amis d'Elisabeth. Il n'avait jamais su enchaîner dans sa vie les gestes les uns aux autres, les épisodes aux épisodes. Légère aggravation, rien de plus.

Robert réapparut : « Elisabeth vous demande de la rejoindre à sa table, Monsieur Fornerod. Voulez-vous que je vous y mène ? »

Ainsi, elle n'était pas venue.

Jos, au passage, vérifia son apparence dans le miroir encadré d'ampoules nues et s'y trouva bon visage, l'air presque gai. Robert, dans le couloir, se retourna : « C'est un succès, Monsieur, nous pouvons être rassurés. »

*
* *

Jos vit l'automne pourrir, novembre s'enfoncer dans la pluie et le froid. Pendant trente ans, ces semaines-là, il n'avait jamais regardé par la fenêtre : les deux mois les plus fiévreux de la Maison. Il gardait le seul souvenir d'un ciel bas, uniforme, ou de rafales chassant un soleil blanc, sur ces deux ou trois fins de matinée de novembre où, presque chaque année depuis 1957, il se retrouvait, vers midi, calmant les nerfs d'un de ses auteurs, attablé au fond d'un des bistrots stratégiquement placés où chaque éditeur a ses habitudes, buvant un verre à la glace fondue, l'oreille collée au transistor. Le premier ou deuxième lundi de novembre c'était du côté de l'Opéra, une de ces rues où Zola situe *Pot-Bouille*, avec leurs badauds, le bruit, les innombrables cafés : on avait l'embarras du choix. Huit jours plus tard il fallait dénicher un endroit discret rue d'Aguesseau ou rue d'Anjou : les jurys délibéraient au Cercle Interallié. Jos préférait le grill du Crillon aux bistrots où les employées du quartier mangent leur sandwich en frissonnant dans le premier froid. En cas de victoire le luxe du lieu faisait partie de la fête ; il consolait les déçus en cas de défaite. Tout cela, que dans les années cinquante il dédaignait, non sans un soupçon d'envie, avait pris de plus en plus de place dans son existence après le triomphe de Gilles, quand on avait commencé d'attribuer à la Maison un pouvoir un peu magique (ou le génie de l'intrigue...) et que les auteurs avaient afflué. Le succès consiste à administrer ses anciens dégoûts. Jos avait cultivé le sien avec bonhomie et passion. Plus tard, Claude elle aussi s'était prise au jeu. Elle n'aimait guère les calomnies, les faux bruits, les polémiques qui empoisonnaient parfois les réussites des JFF, mais elle aimait la complicité, les trop longues soirées, les voyages avec les auteurs, tout ce réseau d'amitiés qu'elle s'entendait à tisser. Que restait-il aujourd'hui de ces liens chatoyants ? La fidélité de Colette, celle de Chabeuil, et leurs efforts pour ressusciter Jos. « Me *remettre en selle*, comme dit Maxime ».

Jos vit l'automne se mouiller et pourrir parce que Zulma, qui détestait la pluie, ne résistait pourtant pas à une frénésie de promenades et de courses dont elle revenait crottée. Il fallait alors l'étriller, dans un désordre de protestations et de fuites à travers l'appartement, rien ne valant à son estime les trémoussements avec lesquels, sur le dos, pattes en l'air, elle s'essuyait à sa façon aux dépens des deux ou trois tapis que Jos n'avait pas donnés à José-Clo. Trois fois par jour Jos offrait à la chienne sa ration de tendresse en même temps qu'il la bouchonnait. Cela usait le temps. Il attendait le soir sans impatience. Vers dix heures, après avoir fait un effort de toilette, il sortait, Zulma en laisse, passait sans les regarder à côté des retraités de la rue, qui lui ressemblaient plus qu'il n'eût voulu, et qui « descendaient » eux aussi, parfois en pantoufles, un chien morose qu'ils encourageaient à pisser dans les coins d'ombre. Jos, lui, entamait alors sa vraie journée. Zulma, oreilles hautes, l'œil étréci et vif, reprise à cette heure par l'instinct nocturne et chasseur des loups, si excitée par l'ombre qu'elle ne pensait pas à tirer sur son collier, trouvait naturelle une vie où chaque nuit un maître solitaire emmène sa chienne au cabaret.

L'Escadrille reconstitua tout de suite autour de Jos une société selon son vœu : étroite, indifférente, frivole. Il ne se demanda pas ce que pensaient de lui et de ses habitudes les six ou sept piliers du bar de Robert, ni Robert lui-même, qui accueillait Zulma avec un os mis de côté pour elle et Jos avec un alcool blond allongé d'un doigt d'eau plate. Zulma, son festin achevé, se faufilait derrière le bar. Elle se redressait quand Elisabeth entrait en scène et se mettait à chanter. Un soir elle aboya, ce qui fit rire. Dès lors Jos préféra passer dans la loge, comme le premier jour, le temps du tour de chant. Robert y apportait rituellement l'os et le whisky et restait bavarder un instant. Mais Jos n'aimait que le moment de vraie solitude, la chienne allongée sur le canapé qu'un samedi Jeannot était passé prendre rue de la Chaise et avait transporté ici, dans la fourgonnette désormais repeinte aux couleurs des éditions Lacenaire. « Faut ce qu'il faut, Monsieur Fornerod !... » Parlait-il du canapé, de sa resquille ou d'un nom substitué à un autre ?

Jos apprit à distinguer les uns des autres les parfums. A croire que les talents de Zulma déteignaient sur lui. Le goût de poivre et de citron d'une eau de toilette dont usait parfois Elisabeth signifiait qu'elle porterait ce soir une robe et que Rémy viendrait la chercher pour souper : Jos s'esquivait. L'odeur légèrement acide de la sueur indiquait la hâte, la nervosité. Ces soirs-là les vêtements d'Elisabeth étaient jetés en désordre, son sac ouvert sur la coiffeuse, des billets épars entre les brosses et les pots. Jos rangeait l'argent dans le sac, pliait les vêtements, sans que jamais Elisabeth s'en aperçût, et s'il ne pleuvait pas il l'emmenait, à pied, jusqu'à la Coupole, où des gens parfois les saluaient de loin. Aux têtes penchées, aux yeux insistants, puis détournés, Elisabeth et Jos devinaient qu'on parlait d'eux, qu'on interprétait leur présence, leurs gestes. Il arrivait qu'un audacieux vînt leur serrer la main. La conversation consistait surtout en caresses au chien. « Je redeviens populaire », constatait Jos.

Un peu avant la fermeture de la brasserie ils se levaient, laissaient de l'argent sur la table (Jos ne supportait plus d'attendre ; une impatience mauvaise le rongeait), et ils s'en allaient à la recherche d'un taxi. Une fois sur deux le chauffeur refusait de « charger le cabot ». Jos, sans insister, embrassait Elisabeth et repartait par le boulevard Raspail où ces deux ombres qui s'allongeaient et se cassaient sur les murs inquiétaient la chienne. Elle s'arrêtait, grondait. Le jardin de l'Alliance Française, où sans doute des dames déposaient furtivement leurs rogatons pour les chats, la jetait dans des transes. Jos s'accroupissait, lui fermait la gueule à deux mains pour l'empêcher d'aboyer, riait, mais aucun soir il ne songea à emprunter l'autre trottoir. La fureur joueuse de Zulma, les mouvements de sa tête pour se libérer, le drôle de groupe qu'ils formaient, elle et lui, enlacés sur le trottoir, plaisaient trop à Jos : on eût dit des bouffées de bonheur.

**

A la veille des débuts d'Elisabeth, Jos avait rendu visite aux rédacteurs en chef de *Flash* et du *Cyrano*. Le premier, Gendron, avait été un fidèle des goûters de Louveciennes. Le second, Rotival, était un proche cousin des Gohier. Aux deux hommes Jos était allé demander d'aider Elisabeth. Naguère, une démarche de ce genre, monnaie courante, il l'eût faite par téléphone, « à charge de revanche », etc. Là il lui parut naturel de solliciter un rendez-vous aux secrétaires, de se déranger, d'attendre, assis en face de personnes onctueuses qui ressemblaient aux « hôtesses de l'air » de L'Escadrille, insensible à l'effet qu'il produisait, Zulma couchée à ses pieds, sur les journalistes qui passaient en hésitant à le reconnaître.

Gendron bougonna des choses mélancoliques, se fit apporter du café, évoqua des prouesses oubliées, promit d'envoyer un photographe rue de l'Estrapade et devint bientôt si fébrile que Jos prit congé. Quant à Rotival, il ne le lâcha pas avant de lui avoir arraché un engagement et une date. Le patron du *Cyrano*, peu habitué à être rudoyé par un solliciteur, surtout par ce type qui avait largué Sabine, gâché ses chances et lui fourrait sous le nez son fauve, à lui qui souffrait d'allergie aux poils, éternua et

s'étonna que Chabeuil, « dont ce n'était pas le genre », fût prêt à écrire « sur la petite Vauqueraud. »
— Elle n'a pas roulé plutôt pour les cocos ? Gandumas, Gerlier, les zigues du *Château,* tout ça ?...
Il jetait des noms comme avec un galet on fait des ricochets sur l'eau et les regardait, du coin de l'œil, rebondir. Il était bon journaliste, Rotival. « Elle n'est pas dans nos idées... » Finalement le plaisir de publier Chabeuil (en le payant mal puisqu'il était demandeur) l'emporta sur celui de dire non à Fornerod. Rotival attendait donc le papier de Chabeuil – par qui il ne restait qu'à le faire écrire. Ce fut l'objet de la troisième étape de Jos, qui, de l'avenue Montaigne marcha jusqu'à la place Vauban. Zulma elle-même traînait la patte. Il trouva Patricia seule, qui s'engagea à obtenir l'article de son mari. Elle demanda combien il serait payé, puis :
— Tu savais que Maxime avait essayé de la sauter ? D'ailleurs je ne sais pas pourquoi je dis « essayé » ; il l'a sûrement eue...
Comme toutes les épouses vieillissantes et aigres, Patricia croyait son homme irrésistible. Jos réfléchit une seconde : apaiserait-il Patricia en lui racontant l'arrivée de Chabeuil avec Elisabeth, à Zuoz, l'été 82, les prairies au bord de l'Inn, les Vingt-deux Cantons ? Il y renonça. Il ne voulait rien dire qui risquât d'exciter la molle mais imprévisible Patricia. Chabeuil était capable d'écrire un beau portrait d'Elisabeth, et ce portrait, bien encadré dans *Cyrano,* obligerait les autres journaux à réagir, à envoyer quelqu'un à L'Escadrille, à publier une photo, un écho : cela seul comptait. Jos avait retrouvé la souplesse et la pugnacité avec lesquelles, autrefois, il créait l'événement. Il savait qu'il convient d'être précis et opiniâtre si l'on veut que les promesses ne s'effilochent pas en trois jours, et de n'avoir pas de respect humain.

Il se retrouva sur la place Vauban, épuisé comme il l'était naguère après une séance trop longue du Conseil ou un comité houleux à *Eurobook.* Il lâcha Zulma sur les pelouses de l'avenue de Breteuil. Il la regarda jouer, immobile, sans sourire. Sa fièvre était retombée. C'était soir de fermeture rue de l'Estrapade et Elisabeth ne chantait pas ; Rémy l'emmènerait passer la soirée et la nuit à Chamant. Jos pensa aux six ou sept heures qui allaient stagner, étales, avant qu'il pût raisonnablement espérer s'endormir. Il rattrapa la chienne à grand-peine et entra s'asseoir dans ce café où, un matin de l'été 82, Chabeuil avait convaincu Elisabeth de l'accompagner en Engadine. La première buée de l'hiver troublait les vitres de la terrasse. Jos acheta le journal qu'un crieur lui tendait. A peine l'eut-il déployé que cette image lui fit horreur, de lui à sept heures du soir, assis avec son chien dans un café, le nez plongé dans cette pitance de politicailleries et de crimes. Il releva la tête, hagard, et froissa le journal, à la stupeur de ses voisins. Il souleva la cloche de plastique posée sur une assiette, prit deux brioches et, morceau par morceau, les donna à manger à Zulma. Le journal, maintenant les brioches : l'hostilité, autour de lui, épaissit. Alors il sortit de sa poche un billet de cinquante francs et le chiffonna, exprès, avant de l'abandonner sur la table en se levant. Il était dans un de ces moments comme il en affrontait de plus en plus souvent où l'excès de solitude se transforme en suffocation de colère. Il chercha du regard d'autres regards, mais tous se détournèrent. Il se força à prendre une respiration profonde avant de se faufiler entre les guéridons et les sièges : il ne contrôlait plus ses mouvements. Dehors, un peu de froid l'apaisa. Il se dirigea vers le boulevard des Invalides. Depuis leur départ de l'appartement, et sans compter les haltes, cela faisait trois heures qu'ils marchaient. Zulma ployait l'échine, couchait les oreilles en frottant son pelage au bas pisseux des murs. La rue de Varenne fut interminable. Jos se redressait, comme s'il eût voulu « sauver les apparences » sur ce trottoir désert où piétinaient, de loin en loin, des policiers postés devant les portes cochères. Il voyait flou : les yeux pleins de larmes. Et il pensait à son visage tel qu'il devait apparaître, luisant, épuisé, quand il passait sous un lampadaire. Il se rappela le 15 août, la taverne alsacienne ; il avait flanché, ce soir-là, il avait appelé au secours. Il n'en aurait ni l'audace ni la lâcheté aujourd'hui. Il traversa en somnambule le boulevard Raspail, atteignit la rue de la Chaise, monta les trois étages dans une débâcle de son sang et de ses muscles. Il eut du mal à introduire la clé dans la serrure tant il tremblait. Tout de suite Zulma trotta vers la cuisine et son bol d'eau. Du salon, Jos l'entendit longtemps laper à grand bruit. Puis elle revint et se hissa à côté de lui sur le canapé. Il n'avait pas retiré son imperméable et pourtant il frissonnait. La chienne, le museau posé entre ses pattes, le regardait, le bas de l'œil blanc. Jos, sans se déshabiller, attira à lui le téléphone et le carnet d'adresses et là, entre sept et huit heures, il appela onze personnes, hommes et femmes de journaux, de télévision ou de radio, qui tous dans le passé avaient été ses obligés et lui avaient à leur tour rendu des services. Il n'avait rencontré aucun d'eux depuis huit mois, même ceux – un vieux courriériste, une jeune femme – qui se trouvaient être aussi des auteurs des JFF. Chacun, l'entendant annoncer son nom, laissa peser un silence, une sorte de blanc comme en placent les comédiens lorsqu'ils jouent la surprise. Avec chacun il abrégea les formules de politesse et de sympathie afin d'exposer plus vite le but de son appel : attirer leur attention sur les chansons d'Elisabeth, L'Escadrille, le disque que Faraday préparait. Sur ses neuf interlocuteurs – il y avait deux absents – cinq étaient plus ou moins au courant et l'un avait même passé la soirée de l'avant-veille rue de l'Estrapade. Jos ne prit pas la peine de varier son discours ni ses arguments. C'est pourquoi au fur et à mesure de ses appels il devint de plus en plus convaincant. Il rappelait les deux romans d'Elisabeth (ils justifiaient son intervention), ses succès dans *Le Château*, et il prit sur lui d'annoncer à qui l'ignorait sa liaison avec Rémy Cardonnel. Il épargnait ainsi à ses correspondants les supputations qui les eussent amusés deux ou trois minutes une fois la conversation terminée. Il n'insista jamais jusqu'à arracher une promesse. Le gibier n'était pas assez gros, ni le téléphone un instrument assez subtil. Il retrouvait, ni quémandeur ni ambigu, la manière dont, éditeur, il avait appris à recommander aux gens de presse les livres qu'il aimait : une sorte de confidence de vieil artisan, un ton de bonhomie et d'évidence. Il leur rendait le service, entre amis, de les mettre au courant, attitude qui entraînait chez les plus tendres de ses correspondants des protestations de bonne volonté, et chez les plus rassis des grognements difficiles à interpréter.

Jos fit en sorte d'avoir tiré toutes ses cartouches pour huit heures dix. Il laissait ainsi à ses interlocuteurs le temps de nouer leur cravate avant de sortir dîner, ou de la retirer s'ils restaient chez eux. Il reposa le téléphone sur le guéridon et regarda autour de lui : Zulma, sans qu'il s'en aperçût, avait quitté le canapé pour aller se coucher, épuisée, sur le lit. Jos avait chaud, maintenant. Il retira son imperméable. Il espéra être resté assez discret pour que jamais l'écho de ses interventions ne parvînt à Elisabeth. Il avait toujours fait confiance à la délicatesse des gens réputés n'en pas avoir, et s'en était trouvé bien. A Rémy, il rendrait brièvement compte de ses démarches afin d'éviter de sa part tout zèle intempestif, mais la chose resterait entre eux. Jos nota sur un papier les noms des deux absents pour ne pas oublier de les appeler le lendemain. Quand il se leva, il ressentit, sensation oubliée, la courbature voluptueuse qu'il éprouvait autrefois après avoir mené campagne tambour battant. Au cours des années il avait tenté de proscrire, rue Jacob, l'usage des mots à la mode dont les mœurs de la radio, puis la guerre d'Algérie, avaient affublé ces efforts soudains et passionnés pour faire connaître un nom, partager un enthousiasme. « Matraquage », « intox » : Jos n'aimait pas entendre nommer ainsi les morceaux de rhétorique où il était passé maître, la litanie des arguments, les comparaisons ou les louanges discrètement suggérées, toute cette dialectique du succès qu'il avait su – mieux que personne ? on le disait – mettre au service de ses auteurs. « On verra si j'ai ou non perdu la main », se dit-il. Une des méthodes de sa réussite avait consisté à ne jamais vanter ce qu'il n'aimait pas. (Il payait des gens pour cette besogne-là.) Il était sûr que quiconque irait rue de l'Estrapade prendrait plaisir aux chansons d'Elisabeth, aux sinueux lamentos du senor Gaffa, à la fraîcheur moite que brassaient les grandes hélices de bois suspendues au plafond, et à l'impression de voyage nocturne, intime, presque familial, que le gros Delebecque s'entendait à faire régner à L'Escadrille. Il suffisait d'envoyer les gens là-bas, comme naguère il suffisait de leur faire ouvrir tel livre, seulement l'ouvrir : le reste serait donné par surcroît.

Il était neuf heures quand Jos s'arracha enfin au canapé. En passant devant la porte de sa chambre il devina dans l'ombre les deux reflets rouges qu'allumait dans les yeux de Zulma, réveillée, la lumière du couloir. « Calme, dit-il, calme ! Tout va bien... » et il toussota une sorte de rire, parce que la formule valait pour l'homme autant que pour le chien. Calme ? Restaient quatre heures à tirer, au minimum : L'Escadrille aggravait déjà son noctambulisme. Il sortit une pomme du réfrigérateur, et une bouteille d'eau, qu'il porta dans le salon en prenant au passage la carafe de whisky. Il introduisit dans le magnétoscope, sans choisir l'épisode, une des cassettes du *Château* qu'Elisabeth lui avait offertes en riant jaune. Il se versa la dose d'alcool nécessaire et suffisante pour faciliter la traversée de la soirée, éteignit la lampe proche, appuya sur les boutons de la télécommande. La cassette n'avait pas été rembobinée : sur l'écran éclatèrent les couleurs du pique-nique chez le généralissime Ocampo. Jos porta le verre à ses lèvres sans quitter des yeux les bananiers, les seins nus, les flamboyants, les mélodramatiques moustaches de traître accrochées aux lèvres des hommes. Il accéléra le déroulement de la bande et savoura un moment l'abstraite cacophonie qui s'ensuivit. L'alcool lui chauffait les oreilles, les mains. Il hésita : se lèverait-il pour se servir un autre verre ? Il le fit et but, debout, une gorgée pure avant de verser l'eau. Il marcha jusqu'à la chambre, caressa et embrassa Zulma avec l'emportement un peu théâtral que lui donnait un commencement d'ivresse, revint au salon et se laissa retomber sur le canapé. Il rendit le film à son rythme mais supprima le son : Elisabeth gravissait les degrés d'un escalier de pierre. La caméra se rapprocha d'elle, cadra son visage en plan serré, éliminant les cheveux et le cou. Plus épaisses que jamais les lèvres s'ouvraient sur « les dents de la chance ». Jos pensa avec une sorte d'insouciance qu'il aimait Elisabeth, bien entendu, qu'il la convoitait, qu'il était animalement jaloux de tous les hommes qu'elle avait mis dans son lit, et que tout cela n'avait aucune importance. Il ricana en se rappelant la dignité offensée dont il avait douché les soupçons de Mme Vauqueraud. Elisabeth, elle aussi, savait à quoi s'en tenir : elle menait le jeu.

« Plus jamais, dit Jos à haute voix, plus jamais... » Là-bas, sur le lit, la chienne sursauta et dressa les oreilles. Le verre vide roula en silence sur le canapé et Jos, la nuque appuyée au coussin de velours, entra dans le sommeil au moment où sur l'écran Elisabeth se déshabillait dans une chambre du Negresco. A moins que ce ne fût un peu plus tard, à l'hôpital, alors qu'elle pleurait au chevet d'un très jeune homme en train de mourir. Pendant une demi-heure encore les turpitudes et les crapuleries du *Château* se déroulèrent, rebondirent, multicolores et muettes, devant Jos endormi, des lèvres de qui s'élevait un souffle un peu rauque. Puis le film, avec un déclic, s'interrompit, et le salon bascula dans la nuit.

*_**

Vers le 15 novembre Elisabeth voulut changer sa tenue de scène, qu'elle trouvait triste. On l'en empêcha. Delebecque et Rémy l'obligèrent à regarder les coupures de presse qu'elle s'était refusée à lire. Presque toutes la montraient dans son fourreau noir, le col serré, les épaules nues, et tenant à la main ce mouchoir de soie rouge avec lequel, le premier soir, elle était entrée en scène par inadvertance et qu'elle avait repris chaque soir comme un fétiche.

— C'est *toi*, ça, maintenant.

Elisabeth regarda de côté, l'œil faussement méfiant, cette image d'elle-même qu'elle avait inventée et fixée sans y réfléchir, comme ça, parce que le noir allait à sa peau et qu'elle avait toujours aimé l'allure de Gréco, de Barbara, les grandes corneilles sombres qu'elle enviait. « Tu comprends, dit-elle à Rémy, depuis mes quinze ans j'ai tellement peur d'être traitée de boudin... »

Elle réfléchissait. – « Et en Ange bleu, comme pour le disque, ça ne serait pas mieux ? »

— On change la pochette du disque ! Tiens, voici la photo choisie par Faraday. Et il a raison !

C'était une photo bougée et « travaillée » à la fois, prise au flash pendant qu'elle chantait. Elisabeth pensa qu'elle cessait de s'appartenir. Protesterait-elle ? Elle s'imposa silence et sourire avec une facilité qui l'étonna.

Delebecque avait « rarement vu autant de presse pour un poussin dans ton genre ». Les combinaisons de Jos, et le grossissement dont la télévision fait bénéficier ses héros, offrirent à Elisabeth ces échos sarcastiques (et d'autant plus précieux), ces photos bien choisies, le bouche à oreille flatteur qui remplissait chaque soir L'Escadrille. Seul Jos ne paraissait pas étonné. Il savait, d'expérience, qu'il est facile de placer sous le projecteur les nouveaux venus lorsqu'ils appartiennent à plusieurs milieux, à plusieurs disciplines. Les touche-à-tout et les coq-à-l'âne plaisent aux fabricants de réputations. Sans parler de la beauté.

Jos savait aussi qu'une fois lancées les boules de neige ne demandent qu'à prendre du volume : il donna de nouveaux coups de téléphone.

Elisabeth acheva entre le 15 et le 30 novembre son éducation, commencée à la sortie du *Château*. L'expérience de L'Escadrille confirma et compléta celle du feuilleton : elle aimait la renommée, et être applaudie. Si, à dix-sept ans, elle avait été si provocante – la « petite salope » de Baudelaire – n'était-ce pas pour sentir sur elle brûler les yeux ? Dès le premier soir ce lui fut une révélation. A peine le silence établi, quand elle se retrouva, debout, immobile devant le micro, sous cent regards dont elle aimait la curiosité, l'avidité et jusqu'à l'indifférence (car elle allait la briser), elle se sentit souveraine. Elle laissa durer le silence, l'attente, à la surprise de son pianiste, tant elle aimait cette sensation d'être au cœur du cercle de lumière, le noir de la cible. Et quand elle commença à chanter, toute anxiété disparut. Elle contrôlait sa voix, ses gestes ; elle était sûre, si quelque incident se produisait, si l'attention se relâchait, de pouvoir renverser la situation en sa faveur. Quand vinrent les premiers applaudissements elle aima jusqu'à la griserie leur agression, la honte un peu tremblante qu'ils levaient en elle, comme d'être nue en public, mais en même temps elle se savait calme, calculatrice. Elle fit quelques pas, déplaça le micro, dit un mot au pianiste afin d'inverser l'ordre de deux morceaux, tout cela sans raison, pour le seul plaisir de mesurer l'aisance de ses mouvements et la docilité de la salle. De chanson en chanson ses sensations s'aiguisèrent. Elle fut sensible à chaque tension, à chaque relâchement, découvrant à quel point la qualité payait, l'acharnement au travail payait, et qu'il était toujours possible, avec du savoir-faire, de sauver une sauce. A la fin de son tour de chant, quand on lui fit une manière d'ovation, elle sut, tout en la savourant, l'interrompre assez vite pour bisser une chanson, une seule, sa préférée, sortir de scène avec une modestie mesurée et aller s'asseoir à la table de ses amis. Elle en avait oublié Jos, qui se desséchait dans la loge.

Ce bonheur dura sept semaines et devint doux comme une habitude. Quand Delebecque déclara ne plus pouvoir retarder davantage le passage des « Trois Josianes », avec qui il avait prévu de « faire Noël » et qui trépignaient, on décida de fêter à la fois le succès d'Elisabeth, sa dernière et la sortie de son disque, dont Faraday était stupéfait de vendre douze cents exemplaires par jour. On fixa la soirée un lundi, jour de relâche dans les théâtres, pour que pussent venir les amis comédiens, la « bande du *Château* », et l'on invita tous les journalistes qui avaient soutenu Elisabeth.

A l'heure où elle s'habillait – ce soir elle arriverait rue de l'Estrapade dans le fourreau noir de son tour de chant –, Rémy offrit à Elisabeth un trousseau de trois clés : la petite décapotable n'attendait pas au bas de l'immeuble, comme dans les films, car il pleuvait, d'ailleurs le stationnement est interdit rue de la Chaise, mais dans un beau garage allemand du côté de la porte Maillot. Ils descendirent chercher Jos et offrirent à Zulma un os gigantesque qu'Elisabeth était allée négocier, cinq minutes avant la fermeture, dans une boucherie rue du Cherche-Midi. Ils burent un verre, debout dans le salon que les caprices de la chienne avaient dévasté. Jos leur parut un rien trop compassé pour un homme à jeun. Mais ils étaient trop gais pour s'en soucier. A un moment où ils se trouvaient seuls, Rémy et elle, Elisabeth vit que le magnétoscope était resté allumé. Le bouton « pause » était enfoncé, l'image grise et hachurée : Jos avait sans doute interrompu à leur coup de sonnette le film qu'il était en train de regarder. Curieuse, Elisabeth appuya sur « lecture ». Après deux secondes les images s'animèrent et reprirent leurs couleurs. C'était la dernière des cassettes du *Château* qu'elle avait offertes à Jos, l'épisode qu'elle appelait « la scène bleue », la seule scène trop déshabillée du feuilleton, celle qui lui avait valu un jour de gêne et une soirée de migraine, à Stampa, et qui se déroulait dans un camaïeu de bleus dont le décorateur s'était beaucoup vanté...

Elisabeth se vit apparaître, nue, dans les bras de Louxe. Elle sentit sa peau brûler jusqu'aux cheveux et ne se retourna pas. Rémy se tenait quatre pas derrière elle, tout aussi immobile. Elle tripota maladroitement le clavier et l'image, muette, se figea. Elle y était à genoux, ses cheveux balayant la poitrine de Louxe. Elle baissa les yeux, pesa lentement sur la touche « stop » et l'image, après deux ou trois soubresauts, disparut. On entendait, dans le couloir ou la cuisine, Jos parler à la chienne. Quand il rentra dans le salon Elisabeth se retourna brusquement. Rémy ne chercha pas son regard. Il s'était agenouillé et expliquait à Zulma, dans les termes et sur le ton appropriés, qu'elle allait rester à la maison, la garder, cacher son os sous les coussins du canapé ou dans le lit de Jos. La chienne lui décocha à l'improviste un coup de langue et la voix de Jos dit : « Allons, les enfants... Essayons de ne pas arriver là-bas les derniers... »

FOLLEUSE

On m'avait promis des brigands émaciés, les bouges de la Bocca, et je tombe dans une fête de famille à la gloire de Mlle Vauqueraud qui, à en croire les gazettes, serait devenue un savoureux combiné de Dekobra, de Ginette Leclerc et de Piaf. J'en regretterais presque de n'avoir pas adhéré jadis au club des usagers de cette personne. Il y avait foule, mais foule satisfaite. Aujourd'hui notre protéiforme idole réserve l'exclusivité de ses talents privés à un gandin de chansonnette pour qui elle me paraît être un bien gros poisson. Mais je me trompe, paraît-il, et ce Cardonnel serait une des meilleures affaires de l'inénarrable Faraday. Charmante société, dont quelques fleurs sont piquées ce soir dans le parterre de nos complices habituels. Quel engrais ranimera cette terre épuisée ? La haine de mes amis est si vigilante que je n'affronte plus guère les lieux ni les circonstances qui les réunissent. Tout à l'heure, quand je suis entré dans ce beuglant de la montagne Sainte-Geneviève où se produit notre Callas, ma hardiesse m'est apparue, qui m'a donné de moi une idée flatteuse. Je suis donc satisfait. Seules Graziella et la Leonelli m'ont embrassé de bon cœur. Plus effarouché qu'il n'y paraît, et mes lunettes dans la poche, je ne distingue guère les visages les uns des autres. Ce subterfuge aide ma myopie à simuler le dédain qu'on attend de moi et me compose un visage impassible.

Je parviens jusqu'au bar en bousculant dix personnes de ma connaissance au brusque silence de qui, dans mon dos, je mesure l'affront que mon indifférence leur inflige. Je suis une insulte permanente. Il m'arrive d'être las moi-même de me couler au milieu des autres comme une goutte d'acide dans une dégoulinade de sirop. Je brûle et ne me mélange pas.

Un verre à la main, je me retourne, les yeux encore baissés. Ils aperçoivent un pied élégamment chaussé, au bout d'une jambe croisée sur l'autre, et qui tremble. De ce tremblement involontaire, furibond, qu'on voyait autrefois aux notairesses en visite dans des salons de province quand la méchanceté les électrisait. La chaussure est anglaise, la chaussette vieillotte, et leur propriétaire est Fornerod, qui s'est assis, seul, le visage à la hauteur des culs. Myope ou pas, il est encore plus indifférent que moi. Il ne m'a pas vu et je l'observe sans scrupules. Le fil invisible ainsi tendu entre nous me protège des importuns : personne ne m'aborde.

Fornerod – je connais bien ce visage-là – est arrivé au bout de quelque chose. De quoi ? Le psychologue pressé dirait : de l'exaspération. Vrai et faux. Jos est bien au-delà ; il a atteint ces régions lunaires où l'on ne perçoit plus que le ridicule ou l'odieux de la comédie en train de se jouer et à laquelle, de toutes ses forces, on tente d'échapper. Etat singulier. Aucune des conventions tacitement acceptées naguère, aucun des respects, aucune des délicatesses qu'on pratiquait encore la veille avec déférence ou désinvolture, ne semblent plus mériter le moindre soin. De voir Fornerod glisser – j'en jurerais ! – à cette âpreté sans espoir me donne pour lui une bouffée de sympathie. L'envie me vient de lui parler de moi, de mon livre, de la nudité écorchée où il me laisse, comme je le faisais autrefois, tout au plaisir un peu sadique d'exposer mes états d'âme à un éditeur qui rêvait de le devenir mais n'était pas le mien. J'éprouve un instant la sensation que nous sommes seuls, Fornerod et moi, dans cette petite cohue d'amis-ennemis à respirer l'air glacé-brûlant de la vérité. On devine mon désarroi : glacé ou brûlant ? amis ou ennemis ? Il n'y a plus de vérité que se détruisant elle-même.

Il m'arrive de redouter ma soudaine dislocation. De ne plus supporter l'intensité suicidaire de mes sensations. Fornerod m'émeut dès lors que je le soupçonne d'être aussi fragile et forcené que moi. Je voudrais le lui dire, partager... Partager ?

Allons-nous ricaner ensemble, de l'alcool à la main, au milieu de cent notables de la tribu que nous exécrons ? Je sais, moi, que mon salut, si salut il y a, se trouve dans la surenchère dont mon livre pulvérisera le désespoir *moyen* que professent mes semblables. Ils ne croient plus à rien – moi je crois à moins que rien. Ils se taisent – moi je rigole. Ils sont frileux – moi j'arrache mes vêtements et je me frappe la poitrine. Je suis le King-Kong du nihilisme universel. Fornerod me semble n'être plus qu'un vieux sceptique en *retraite anticipée*. A quoi bon risquer de lui faire prendre froid en arrachant les fenêtres et en établissant un mortel courant d'air ?

La Vauqueraud, style Chabeuil/*Cyrano*, rayonne. J'imagine que tout à l'heure elle chantera, et la *fine qualité* de sa prestation ravira l'auditoire de ses amis. Je l'observe, si gourmande, si physique, avec sa robe qui semble ne la vêtir qu'à regret. Elle est Nane, elle est Bérénice (celle de Barrès !) – si ces gracieuses revenantes évoquent encore quoi que ce soit dans la volière des papoteurs. Aux murs, une centaine de photographies illustrent l'héroïsme et la mort. Avions-libellules ou cigares d'aluminium en train de plonger à la pointe d'un sillage de fumée vers l'ultime écrasement. Visages d'os et d'angoisse sculptés par la prémonition du sacrifice. En fallait-il, du culot ou du mauvais goût, pour faire, de ces instantanés funèbres, un *décor* !

Archange médiatique aux langueurs de houri, le jeune Cardonnel pose de temps à autre sa main et constamment ses yeux sur toute cette peau qu'étale la Vauqueraud. Borgette, en confidence, révèle à Chabeuil, histoire de ronger un peu plus son ulcère, que *United Artists* lui offre un séjour de trois mois à Hollywood pour y étudier la possibilité de concocter une version américaine du *Château*. Le monde à l'envers. Sylvaine cache à grand-peine qu'elle a enfin signé chez Lacenaire parce qu'il lui donne dix-sept pour cent. Elle calcule qu'à ce taux-là il est temps pour elle de revenir à son mari et de se composer un personnage un peu large, tailleur chiné, col Danton, genre ancien ministre. Bretonne se dépite d'être seul de son calibre à piétiner le parquet noir de L'Escadrille et cherche à déceler, dans les grâces encore frêles de Cardonnel, trace d'une ambiguïté qui lui laisserait l'os d'un rêve à ronger. Gerlier, Grenolle, Rigault, à peine habitués qu'ils étaient aux conforts du pouvoir (un chauffeur les attend à la porte, ces pions mités), le sentent vaciller, leur saison déjà passée, et se demandent comment repiquer aux pourritures de l'adversaire. Boitel, visage élastique et mobile de comédien trop négligeable pour imposer *une* gueule aux producteurs, se cuite. La jolie Darle allume Faraday. Delphine Laclot parle de très près à Beaudouin-Dubreuilh, curieuse de savoir si un *grand patron* se laisse amollir le cœur comme l'ordinaire des messieurs qu'elle pratique. Colette Leonelli tient sa fille par l'épaule – arrimage? protection? – et semble ignorer, grâce d'état, que son visage aux yeux immenses avoue plus de péchés que les malveillants ne lui en prêtent. Mésange et Largillier, prospères, ont une conversation de bureau. Louxe, à tout hasard, bonimente, les yeux dans les yeux de Patricia Chabeuil, fervent comme s'il y avait un cacheton à décrocher... Tout cela, limpide ! Habitués à la pénombre et à la fumée, mes yeux maintenant détaillent les visages. S'ils sont flous, qu'à cela ne tienne, j'invente. A défaut des cœurs j'ai toujours su sonder les reins. Ces gens-là je sais leurs secrets, leurs formules, leurs pensées silencieuses, les défis qu'ils claironnent, les misères qu'ils étouffent. Je sais aussi qu'il ne faut pas se laisser par eux émouvoir. Je suis sur terre pour étoiler le miroir où ils se contemplent. Je rêve de livres qui leur éclateraient entre les mains comme des bombes. A moi aussi, comme à Fornerod, la jambe tremble d'impatience, et ma bouche a son rictus des mauvais matins. La rage me tétanise – muscles, pensées, langage – et je voudrais piétiner les illusions de ces fantômes. Ils détournent de moi le regard? ils me gomment? ils nient ma présence? mais ils ne m'empêcheront jamais d'enfoncer en eux les mots qui les démantibuleront. Ils n'ont pas encore tissé le bâillon qui m'imposera silence.

L'AIRE DE REPOS

Du côté de l'Argonne, peut-être. L'autoroute en tranche les côtes et les bois d'une coupure vive, nette, qui ne laisse guère soupçonner les blessures anciennes, les cicatrices boursouflées dont le pays est marqué sous la végétation trop fraîche. Les plus vieux arbres, ici, ont soixante ans. Poussière d'os et d'acier, terre plus lourde de peine qu'aucune autre au monde, que le capitaine piétinait, arpentait avec l'exaltation hagarde et ruminante que le petit garçon ne comprenait pas mais qu'il n'oublierait plus.

Jos a tendu la main et demandé à Elisabeth la carte Michelin numéro cinquante-six. Il l'a à demi déployée puis, à quoi bon ? l'a reposée, un doigt glissé entre deux plis, sur la banquette où elle fait maintenant sa tache jaune. Zulma a baissé la tête une seconde, déplacé une patte et s'est redressée, attentive à ne pas quitter la route des yeux, intense, sérieuse, ne se détournant parfois que pour suivre d'une torsion rapide de l'encolure l'éloignement d'une voiture en sens inverse. Des noms de lieux passent dans la tête de Jos – la Chalade, Vauquois, Bois-Brûlé, les Islettes, Montfaucon – et la vision ancienne de villages à l'unique rue bordée de façades grises, encombrée de processions d'oies, aux portes de granges fermées sur des odeurs de clapier et de foin. Et d'autres images, de monuments, d'ossuaires, de cimetières aux alignements de croix blanches sous un drapeau mouillé de bruine. En sont-ils éloignés ? Son enfance à goût de guerre et de deuil. Il suffirait de consulter la carte, de dire un mot à Elisabeth et à Rémy qui, à mi-voix, bavardent à l'avant de la voiture, de leur expliquer... On sortirait de l'autoroute et Jos indiquerait le chemin. Mais le connaît-il ? Les pins plantés sur les paysages dévastés – comme une barbe dissimule les traces de la vérole – ont grandi. Des stations-service doivent jalonner les routes sinueuses et vides d'autrefois. Le capitaine désignait l'horizon de buttes rases, les forêts étêtées, les prairies où s'étaient dressés des villages, et sa voix prenait le débit embarrassé, pressé, un peu grandiloquent parfois, qu'on entendait à tous les anciens combattants, à ces hommes encore si jeunes, alors, qui avaient mis des brodequins et des leggins pour mener de jolies femmes dans la boue d'Argonne. Mais elles n'osaient pas descendre des voitures afin de ne pas gâter leurs chaussures, peut-être même bâillaient-elles discrètement, l'air les avait creusées, et c'était abstrait, n'est-ce pas, ces ondulations de terre broyée sous lesquelles achevaient de pourrir des inconnus qu'elles auraient pu aimer, tromper, voir lentement vieillir...

Jos avait-il à dix ans vu tout cela ou l'imaginait-il aujourd'hui, ne l'avait-il jamais qu'imaginé ?

Voilà qu'il avait l'âge, lui, d'être le père de son père, de l'homme à la moustache rêche et jaunie qui le menait par la main sur les chemins d'Argonne – lui qui n'avait eu ni fils ni fille et qui jamais ne faisait l'aumône d'une pensée à cet étrange oubli de sa vie –, le père de cet homme qui lui paraissait alors si vieux, si large, avec ses odeurs de ceinturon, de laine chaude, de tabac, ses souvenirs aux noms de massacres.

« Jos est fatigué », devaient penser Elisabeth et Rémy. « Il rêvasse ou il sommeille ; ne le dérangeons pas... » Rémy jetait un regard dans le rétroviseur. Elisabeth se retournait à demi sous le prétexte de caresser Zulma, en vérité pour voir si Jos avait les yeux fermés. Oui, il avait les yeux fermés. Cela l'aidait à faire éclore les images et le confirmait dans sa certitude que l'infime parenthèse de sa vie n'avait pas été vécue, qu'il était toujours et pour toujours, comme le lui suggérait son corps, le petit garçon aux yeux gris que le capitaine encourageait à gratter le sol des cagnas écroulées. Voilà quel secret caressait Jos, les yeux fermés. Sans doute son père, ce jour d'octobre 1929 ou 1930, ne parvenait-il pas à croire à sa guerre, ni à la fuite de sa jeunesse, plus que Jos, aujourd'hui, une main oubliée sur l'échine de Zulma, ne parvenait à croire à son âge, à sa solitude. Il allait s'éveiller. Il allait ouvrir les yeux et le vrai monde retrouverait son ordre : Claude serait là, une main sur la poignée de la portière, prête à aller marcher en forêt, et le capitaine prendrait la pose sous la tour-lanterne de Douaumont, et Madame Fornerod, dans le salon de la rue Berthier, couverait de l'œil les bergères Louis XV qu'elle n'avait cédées qu'à regret « au jeune ménage »...

« Fatigué, Jos ? » Les images se pressent, se chevauchent, d'une fraîcheur insolente, insupportablement vivantes, – Jos enrage qu'on l'en arrache. Elisabeth s'est retournée vers lui, l'interroge, rieuse, peut-être inquiète. Jos replie la carte jaune. Le break a ralenti et l'on voit au tableau de bord clignoter une flèche verte. Il y a du soleil, du vent, des nuages rapides qui font courir leur ombre sur le moutonnement de la forêt. « Rien ne nous presse, dit Rémy, nous ne chantons que demain soir. Il y a là une aire de repos. Voulez-vous qu'on se dégourdisse les jambes et qu'on fasse jouer la chienne ?... »

Jos a souri sans répondre. Il feint de sortir d'un petit somme. Les « petits sommes » rassurent tout le monde. La rumeur des jours anciens, quelque part, s'apaise. Le monde réel épaissit et dresse autour de lui ses longs murs. La voiture glisse entre les pins ébouriffés et des poids-lourds à l'arrêt. Des chauffeurs discutent, d'autres cassent la croûte sur des tables et des bancs disposés entre les arbres. « Eh bien, j'ai ouvert les yeux. Voilà le monde réduit à ce qu'il est. » Jos tremble en descendant de voiture. C'est un aigre temps de décembre, à la lumière dure. Elisabeth rassemble et serre contre elle ces vêtements informes comme elle aime de nouveau en porter (depuis qu'elle est heureuse ?), superposés, qui gomment son corps et le font oublier. Rémy s'étire, regarde la carte et demande : « C'est quoi, la Voie Sacrée ? » Puis, tourné vers la voiture : « On t'oublie, toi ! » et il va ouvrir la porte arrière du break, par où Zulma hésite à sauter.

Il faut tirer la chienne par son collier pour qu'elle consente à descendre. Elle flaire l'herbe, s'étire comme faisait Rémy l'instant d'avant et lève vers le ciel un museau palpitant. Quels parfums passent-ils sur les bois, assez puissants pour dominer la saloperie des moteurs ? « Nous serons à Strasbourg vers deux heures », calcule Elisabeth. C'est en se tournant vers elle pour lui répondre que Jos voit la chienne : elle est déjà à vingt pas et file, d'une allure sournoise, oreilles basses. « Zulma ! » Il a hurlé, malgré lui. Son cri semble lever l'hésitation de la chienne, qui oblique et s'allonge dans son irrésistible galop des poursuites et des jeux. Les voix d'Elisabeth et de Rémy jaillissent à leur tour, et un ronflement de moteur. Jos s'est jeté en avant : il peut attraper la chienne là-bas, près du sapin, avant qu'elle n'atteigne la chaussée. Quelque chose de furieux et d'aigu se déchire en lui. Il s'entend grogner « sale conne ! sale conne... » et un sentiment d'injustice le précipite, bras tendus. Au loin il voit des voitures arriver de l'est, puis un camion. Le vent apporte leur grondement. La chienne s'arrête, hésite. Il peut encore la coincer sur le terre-plein central si elle se risque à traverser. Il lui semble faire de tout petits pas, des foulées ridicules sur le dur béton de la chaussée. Une ombre monte à sa gauche dans un fracas de ferrailles malmenées. Rémy hurle. « Ta gueule ! pense Jos, elle va s'affoler... » – et le choc le soulève très haut, lentement, le ciel bascule, et la forêt, et encore le ciel, et encore la forêt.

Le corps de Jos est retombé, disloqué, sa tête à quelques centimètres d'une roue arrière de la BMW bleue qui s'immobilise en travers de la route dans une odeur de feu. On n'a pas entendu, avec le hurlement des freins et des pneus, cogner et rebondir le crâne sur le ciment. Ce cri interminable, maintenant, qui le pousse ? Des hommes courent dans les claquements des portières. On les voit haleter. Le conducteur de la BMW a jailli, tournoyé. Il tombe à genoux. Le cri ne cesse pas, puis il se casse, net, et le silence de l'hiver immobilise la scène. Les hommes sont penchés, les femmes se détournent, une main sur la bouche, comme dégoûtées. Pendant un moment les deux voies de l'autoroute, à perte de vue, sont vides.

Ce n'est qu'une vingtaine de minutes plus tard qu'Elisabeth s'inquiéta de Zulma. Elle courut en tout sens en criant son nom. Les gyrophares de l'ambulance et des voitures de la gendarmerie jetaient leurs éclats froids. Le conducteur de la BMW était assis sur un des bancs de pique-nique, la tête sur la table, entre ses bras. Elisabeth éclata en larmes. Elle n'avait pas pleuré encore mais, à cet instant, elle éclata en larmes. Un gendarme s'approcha d'elle; il désigna de la main un des chauffeurs de poids-lourds : « Il dit qu'il a vu des collègues sauver le chien... »

— Des collègues ? (C'est Rémy qui avait parlé.)

— Des routiers. Des routiers allemands, comme lui.

Deux autres hommes s'en mêlèrent, dont un grand roux qui avait tout vu, un Français celui-là. Il fut catégorique : « Deux types, avec un frigorifique... »

— Tu as vu le nom ? La firme ?

Le grand roux n'était sûr que d'une chose : le nom de la ville commençait par un D. Duisbourg, peut-être, ou Dortmund. Le gendarme s'impatienta : « Duisbourg ou Dortmund ? » Le rouquin secoua la tête : « Un grand frigo... blanc et noir... et un D. Je suis sûr du D... »

Il le répétait encore quand les voitures de la gendarmerie, la BMW bleue, l'ambulance et le break s'engagèrent sur la chaussée, en convoi, dans la direction de Verdun.

Les routiers restèrent un moment à discuter. Ils cherchèrent toutes les villes d'Allemagne de leur connaissance dont le nom commence par un D. Puis l'un d'eux haussa les épaules, salua de la main et regagna sa cabine. Tous l'imitèrent. On entendit bientôt trépider les diesels. Après quoi, un à un, les camions déboîtèrent et s'éloignèrent.

TABLE

I. Au bar de l'Escadrille.................... 13

II. Le papier jaunit en été................... 105

III. Une couverture écossaise 183

IV. L'âme à abattre.......................... 221

V. Ombres longues du soir 313

VI. L'aire de repos 381

Cet ouvrage a été réalisé par la
SOCIÉTÉ NOUVELLE FIRMIN-DIDOT
Mesnil-sur-l'Estrée
pour le compte des Éditions Grasset
en février 1997

Imprimé en France
Dépôt légal : février 1997
N° d'édition : 10277 – N° d'impression : 36399
ISBN : 2-246-47040-4 luxe
ISBN : 2-246-47041-2 broché